Bibliografische Information der Deutschen Nationalbibliothek:
Die Deutsche Nationalbibliothek verzeichnet diese
Publikation in der Deutschen Nationalbibliografie;
detaillierte bibliografische Daten sind im Internet
über http://dnb.dnb.de abrufbar.

Illustration: Kontexte & Transkription
Herstellung und Verlag: BoD – Books on Demand,
Norderstedt
ISBN: 9783743103290

Für Vanessa

ich um Punkt vierzehn Uhr an Mittelwegs
ensargtür.
den Hörer aufknallend) „Da sind Sie ja endlich

ehn Uhr, ich bin pünktlich." Von *endlich* kann
e Rede sein, du Doppelzopf.
mal den Telefonhörer: „Frau Ziekowski, kei-
in den nächsten zwanzig Minuten und bitte
Tee!" Er sieht mich an: „Für Sie auch?" Ich:
ich, dass er überhaupt fragt. „Nein, vielen
hatte gerade noch..." „Hamma was gespart"
schwänzi und wirft den Hörer wieder auf des-
tz. „Frau Eul, ich möchte also, dass Sie für die
ch Hamburg fliegen..." (Weil Frau Rebmann ja
ausgefallen ist...warum, erfahre ich von ihm
icht, muss ich mal bei den Empfangsladies
n).
hallt es noch in meinen Ohren nach: FLIEGEN!!
n habe ich endlich einen Vorwand, mir einen
sauschicken sauteuren Samsonite Trolleys mit
Beautycase das man dann so praktisch darauf
n oder wie auch immer, zu kaufen. Oder ob ich
en Spesen...? „Es gibt natürlich eine Reihe von
tagen, Reisetipps etcetera etcetera, aber ich
serer Leserschaft mal mit einer neuen Form des
hts punkten. Sie sind ja ein wenig unkonventio-
der Rest der Redakteure hier und ich erwarte,
ns was Sexy-es liefern." (Warum war ich dann
n nicht sofort die erste Wahl? Arschkrampen,
hkrampen. Aber gut, jetzt bin ich ja dran. Nur
önlich nehmen. Tue ich aber!)
unkonventioneller sein als die lieben Kollegen
n den PCs und Macs?? Ist das nun ein Kompli-
r habe ich das als „Das ist Ihre letzte
m bei uns einen Fuß in der Tür zu halten, Eul!"
hen?
en doch auch schon von der Buchmesse ganz
berichtet und dabei auch ein bisschen Frankfurter
rit einfließen lassen etcetera. Und dann das

Der Anruf

„Frau Eul, ich möchte, dass Sie nach Hamburg fahren und
kucken, was da so los ist." Am Telefon ist Uwe Mittelweg,
seines Zeichens Chefredakteur des Frauenblattes *OVATI-
ON*. Herr Mittelweg kommt eigentlich aus der Werbung
und will auch, dass man das noch sieht. Sein nunmehr
fast ergrautes Haar endet, halblang, in einem kleinen
Zöpfchen. Zweischwänzig und stets in Schwarz gekleidet
geht er durch sein Workaholicleben. Frau Eul bin ich, freie
Autorin beim Mittelweg Verlag und an diesem Morgen außerdem ziemlich verschlafen.
„Ist da was passiert?" frage ich dümmlich und spüre durch
den Hörer, wie Mittelweg wieder mal kurz davor ist, aus
einem wie immer zu engen schwarzen Kragen zu platzen.
„Genau das gilt es ja, herauszufinden! Wenn ich die Zeit
hätte, würde ich selber nachsehen aber für so einen Tüd-
delskram fehlen mir ein paar Tage Urlaub!" Ich wundere
mich im Stillen, woher er dieses Wort kennt: URLAUB.
„Wir hatten in der letzten Redaktionskonferenz eigentlich
Frau Rebmann für den Job vorgesehen doch die fällt jetzt
kurzfristig aus." „Okay..." sage ich vorsichtig. Mittelweg
beordert mich für vierzehn Uhr in die Redaktion und legt
auf.

Die Hyäne im Aquarium

„Dir auch noch einen schönen Tag, Zweischwänzi", sagt Frau Eul in den taubstummen Hörer und dann geht endlich auch das rechte Auge auf. Zum synchronen Augenaufschlagen bin ich ob des frühen Anrufs noch gar nicht gekommen. Der Sandmann lädt auch immer unverschämt viel Quarz in meinen Klickern ab, meine Herren! Dann erstmal Koffein in großen Mengen und Renovierung der Person. Soso, das Rebmännchen ist also ausgefallen. Kurzfristig. Hm... ist auch ´ne freie Mitarbeiterin. Ob es da wohl Stunk gegeben hat? Oder vielleicht hat sie ja auch ein besseres Jobangebot bekommen. Könnte sein. Ist mir aber auch wurscht. So dicht gedrängt ist mein Terminplan im Moment nun auch nicht.

Um 13 Uhr fünfzig bin ich im Verlagshaus und stiefele in den vierten Stock. Aufzüge sind was für faule Fettis. Okaayyy, ich bin ein wenig klaustrophob. Aber dafür schlank. Man kann ja nicht immer alles haben.

Die *Ovation* gehört zu einer Familie diverser Printerzeugnisse deren Redaktionen alle hier in diesem Gebäude sitzen. Es gibt u.a. so exotische Dinge wie den *„BBQB"* – *Barbecue Boy. Das heiße Magazin für männliche Grillfreunde (!)* Also eher ein Nischenprodukt. Dann noch ein Blättchen für biedere Hausfrauen (sorry, da gibt es auch unbiedere aber die lesen was Anderes. Ganz sicher!) mit Fernsehprogramm, Schwachsinnsdiäten, Königshaustratsch, Rätseln und großer Medizinseite. Dann noch eine Art Branchenklatschblatt für Manager. Und ein erfolgreiches TV-Heft. Gerne mit blonden Frauen ohne viel an drauf. Interessantes Portfolio. Man könnte auch sagen: Wo ist da der rote Faden?? Aber das sagt keiner. Und so lange das keiner tut, läuft die Chose weiter. Und dann gibt es natürlich noch die *OVATION*, neuestes Produkt aus dem Mittelweg Verlagshaus. Ich bin schon froh, dass sie nicht *OVULUM* heißt. Verkauft sich aber ganz gut das Blatt und ist irgendwo zwischen *Gala*, Bunte, Brigitte, diversen Modeblättchen und ein wenig *Emma* angesiedelt. Eine etwas wilde Mischung, kommt aber knackig gut an bei der

Zielgruppe 30-55jährige Hausweibchen als auch to gibt also genug Käuferinn – ausreichend Werbekund auf den klebegebundenen sie gepriesen, denn dank chen Lage, mir quasi für Natürlich soll ich auch dar geht, inklusive Beschreibur spähung von u.a. Shoppin unter dem Siegel der Versc schaft weiter zu geben ha Autorin versorge ich die *O* Kolumnen und Kurzgeschic irgendwie aus der Mode gek fühl, dass dieses Genre ir langsam wiederauflebt.

„Hallöchen", begrüße ich spä ßer Atem die Vorzimmerladie überhaupt farblich passend chen, Backsteinmauern, Glas licht aus großen Fenstern. Sc Schicki-Hafen. „Hallo Frau E kowski und Frau Heimann, gle sen wir über diese Albernheit Augenwinkel, wie Mittelweg i tech-Chaos-Büro wütend ins drauf ist, hat man ihn auch sc hören. Ich hatte dabei die A Aquarium. Dazu die immer zu bei dreißig Grad plus!!). Kein ! merkwürdige Kopfbewegungen genanwälte bei *Ally Mc Beal*: „M Gedanken..." blabla und beweg-Hals im zu engen Hemdkragen Herr Hyäne, und ich muss mict ernst zu bleiben. Noch ein kurz mann und Frau Ziekowski am E

dann klopfe Schneewittc Er, (gerade Frau Eul!" „Es ist vierz also gar kei Er hebt noc ne Störung noch einen wundere m Dank! Ich knurrt Zwe sen Ruhepl *Ovation* na kurzfristig natürlich r nachhorche Und dann Yeah!! Dar von diesen passendem klicken ka das von d Stadtrepor will bei un Reiseberic neller als dass Sie bitte sch alles Arsc nicht pers Ich soll draußen a ment ode Chance, zu verste „Sie hab knackig k Lokalkol amüsante Interview mit dem besoffenen Buchkritiker Machsschlecht…" „Markbrecht!" werfe ich ein. „Egal, wäre doch ein passender Name, oder?" Hyänenlachen. Oh, er hat heute einen Weißclown gefrühstückt, Achtung, Humoralarm. Oder ob er mal wieder Sex hatte die vergangene Nacht? Soll ja so entspannend wirken. Auch ich kann mich noch dunkel dran erinnern… Aber Mittelweg sprudelt schon weiter: „Oder Ihr Eigenversuch bei der Heilpraktikerin!" „Das war kein Eigenversuch, ich gehe da aus Überzeugung hin und habe dann einen Artikel darüber geschrieben", wende ich ein. „Es gab eine extrem positive Resonanz unserer Leserinnen, gerade zum Thema Menstruationsbeschwerden, ungewollte Kinderlosigkeit und Menopause und wir haben zwei potente Werbekunden aus dem Homöopathiebereich dazu gewonnen." Das muss ich ihm noch mal unter sein etwas kartoffeliges Sams-Näschen reiben.

Er übergeht dies. Vielleicht sind ihm diese Weiberthemen auch peinlich. Oder lästig. Aber dann sollte er vielleicht besser für *FHM* oder so schaffen. *Blow Job und Hopp*. Aber das wäre für ein Herrenmagazin wohl schon fast zu poetisch. Oder für den *Kicker*: *Multiple Torgasmen – Deutschland schlägt die Tommies 4:1!!*„Jedenfalls sind Sie doch ganz gerne mal unter Leuten in verschiedensten Situationen und können sich auch gut da überall einfügen etcetera" sprudelt der Ex-Werber weiter und sein Mondgesicht glüht fast vor Aufregung.Frau Ziekowski kommt mit dem Tee herein. Und mit Plätzkes. Leise verschwindet sie wieder. Ich grüble unterdessen, ob der Chef heute einen auf *Der König von Siam* macht oder was sollen die ganzen *Etceteras*? Und wieso schmiert er mir Honig ums Maul?

Mittelweg schlürft seinen Tee und verbrennt sich ein wenig die Schnüss. Ärgerliches *Mir-ist-unbehaglich-bei-dem-Gedanken-Halsgeschiebe*.

„Frau Eul, Butter bei die Fische. Es geht los am Mittwoch, dann haben Sie genug Zeit, sich in der Stadt umzutun, Kontakte zu knüpfen" - Kontakte knüpfen, IIICH?? Ich bin doch sooo kontaktscheu. Wie kommt er nur darauf, dass ich leicht Kontakte knüpfe? Weil der eben erwähnte Buchkritiker sich sternhagelvoll von mir ins Bettchen bringen ließ, mir vorher brisante Brancheninterna an der Hotelbar offenbarte und mir dabei den Po tätschelte? (ohne weitere Folgen, er schlief im Zimmer sofort ein. Sieht eh aus wie 'ne Fritte, der Gute). Oder weil mich die lesbische Heilpraktikerin so sehr ins Herz geschlossen hatte, dass sie sich auch über die Zeit der Recherche hinaus gerne mit mir gedatet hätte? Oder weil ich bei der Reportage über zu wenig Kitaplätze zwei Jobangebote erhalten hatte, weil ich die Lütten so rein entertainmentmäßig wunderbar aufgemischt habe? Oder spielt er auf den männlichen Promikochclub an, bei dem ich hospitierte und der mich, obwohl oder weil Frau, sofort als Maskottchen haben wollte? Nein, bestimmt ist er beeindruckt davon, dass ich ein Wochenende lang so Möchtegern-Hells-Angels in Heinsberg begleitet habe, ohne mir dabei einen Köttel in die Bux zu machen. Keiner kam mir doof, keiner war respektlos. Genau wie der attraktive Mannschaftsarzt des heimatlichen Handballvereins, dem ich mal unter anderem auf den Zahn gefühlt habe, warum die Damen im Handball eine eher untergeordnete Rolle spielen. Der Trainer war auch nicht schlecht aber leider nur 1,70 groß. Na ja. Eigentlich ging es bei diesem Artikel auch nicht um die Frauenfrage, sondern eher um unterschiedlichste Menschen (Ärzte, Toilettenfrauen, JurisstInnen, Einzelhandelsangestellte, Hotelfachfrauen und -männer usw.), in unterschiedlichsten Jobs zu unterschiedlichsten Zeiten und vor allem zu sehr unterschiedlicher Bezahlung. Mir hat es die *Ovation* zu verdanken, dass jetzt auch die gemeine Klofrau unser Blättchen liest. Und das von ihrem schlanken Salär! Und dass männliche Handballer an der Tanke für ihre Ischen die *Ovation* über den Tresen schieben. Die *Amerika-für-Frauen-Tour* hat trotzdem eine fest angestellte Redakteurin zugeschustert bekommen, grolle ich innerlich. Da ist Blut denn doch dicker als Wasser.

Mittelweg pustet in seinen Tee und erzählt mir, dass ich im *Mare* unterkommen werde. Es gäbe zwar auch neuere, hippere Absteigen aber dies sei immer noch eine Hausnummer. „Okay, mit Blick zum Hof oder wie?" frage ich

motzig. Und: „Gibt es da ´ne Drehtür?" Klaustrophöbchen lässt grüßen, sage ich nur. Mittelweg hat keine Ahnung. Ich werde mit Frau Ziekowski (u.a. zuständig für Reiseplanung) mal ein Schmüschen halten, damit ich zumindest eine Juniorsuite und kein pissiges Einzelkomfortzimmer kriege. Wenn schon dennsch… „Einen Fotografen kann ich derzeit nicht abstellen, die Budgets sind begrenzt und wir müssen Sie ja auch noch ein wenig stadtfein machen" unterbricht mich das teegestärkte Sams mit Frauenfrisur. Danke auch, sage ich stumm. Oder doch nicht? Er guckt etwas scheel aus dem Hemdkrägelchen. Habe ich wieder laut gedacht? „Sie sind ja auch ganz gut im Fotografieren!" Oha, das ist ihm aufgefallen? Ich habe mir ja auch von meinem sauer verdienten Geld eine Profikamera geleistet. Mein Dispo sieht entsprechend aus… „Unser Moderessort weiß Bescheid, Sie können sich da schon ein wenig ausstaffieren lassen, den Rest müssen Sie auf Verlagskosten selbst besorgen, aber: Denken Sie dran, das ist UNSER teuer Geld, wir zahlen ja auch noch Kost, Logis, Extraausgaben für Dinge wie Konzerte *etcetera* und
natürlich ihr Honorar! Und der Markt ist tough. Nur weil es im Moment gut läuft dürfen wir uns nicht auf unseren Lorbeeren ausruhen…labersülzblabla".

Mode, Omma, Männer

Ja, iss klar, Cheff, ich sehe aus wie ´ne ahl Schrappnell, die man erstmal aufhübschen muss aber das dann am besten bei Hasi & Mausi in den Schadow Arkaden oder wie? Nicht, dass ich nun rein gar nichts zum Anziehen hätte. Aufgrund meiner oft prekären finanziellen Lage kann ich aber auch nicht immer so, wie ich will. Dann sitze ich seufzend über eine *In Style* gebeugt und kämpfe mit den Tränen (na ja, fast), weil ich mir die angesagten Trends derzeit nicht leisten kann. Natürlich gibt es Wichtigeres. Und auch Schöneres im Leben. Aber was denn eigentlich? Was ist schöner, als SHOPPEN zu gehen??? Mit genug Geld in der Tasche?? Ihr wisst es nicht Mädels? Ich auch nicht. Eklatant wichtig ist das natürlich nicht. Wichtiger ist Gesundheit und eine funktionierende Beziehung. Gesund bin ich ja. Zumindest fühle ich mich so und meine Ärztin schreit beim Checkup auch nicht erschrocken auf und bedeutet mir dann, meinen letzten Willen zu formulieren. Aber eine funktionierende Beziehung habe ich nicht im Repertoire. Ist ja auch nichts Ungewöhnliches heutzutage, wenn eine Frau meines Alters noch unbemannt und unberingt ist. Die Männer sind doch eh ein komplexes Thema. Wird man mit Komplimenten überhäuft und springt entzückt darauf an, macht der Fuzzi einen erschrockenen Rückzieher und will ja lieber doch Single bleiben oder ist am Ende doch schon (fast) verheiratet. Reißt man die Zögerlichen mit Flirtgebaren auf, schrecken sie auch zurück denn dann ist man ja zu kühn und dominant. „Ilsa, du bist so witzig, mit dir habe ich so viel Spaß!" „Ilsa, du bist so intelligent und gebildet, mit dir kann man sich echt gut unterhalten!" „Ilsa, du bist SO attraktiv, du hast so schöne Augen …" Und wer wird geheiratet oder hat eine feste Beziehung? Genau, ich nicht! Keine Ahnung, wieso die Jungs dann Angst vor mir zu haben scheinen. Mal bin ich zu tough und dann wohl wieder zu sensibel. Was sich für mich so darstellt, dass die Kerle lieber eine nicht so facettenreiche, witzige, intelligente Person neben sich haben wollen (ich vergaß das Attribut

BESCHEIDEN), sondern dann doch lieber so eine Art Standardmodell mit Langhaar, Holz vor der Hütte und Büchern wie „Die weiße Massai" im Regal. Oder so Kumpeltrinen zum Pferde stehlen. Oder Karriere-Tussis aus „Altes-Geld-Familien". Oder, ach keine Ahnung. Ich habe auch keinerlei Gelüste, da irgendwelche Trends zu bedienen. Wenn die meisten Männer so ticken, muss ich eben auf den Mann warten, der auch ein wenig individueller gestrickt ist. Der gelassen ist, wenn ich mal mehr weiß als er. Oder ihn Löcher in den Bauch frage, wenn ich mal was nicht weiß. Der auf einer Augenhöhe mit mir ist, aber eine Schulter zum Anlehnen hat. Und natürlich Humor, einen scharfen Arsch inne Bux, nicht geizig ist... Gibt´s nicht? Hm... „Kink, wann jehste dann ens hieroode?" fragt mich meine Omma immer gerne. Woraufhin Ilsa dann ganz wichtig in ihrem Terminkalenderchen blättert: „Oh, nächste Woche is schlecht, Omma, da muss ich Undercover ins Phantasialand und recherchieren, ob die Leute da den armen Kindern heimlich Hasch verticken!" Für meine Oma laufen alle Drogen unter dem Titel „Hasch" und natürlich ist das überall frei zugänglich und „wat iss dat nur für enne Wellt? Dat jab et früher nisch!" Na - türlich nicht! Ansonsten ist meine Oma extrem okay und wird abgöttisch von mir geliebt. Sie ist inzwischen über achtzig, hat zwei relativ missratene Puten in die Welt gesetzt „Isch weiß jar nit, wieso die e so gwoorde sind!" von denen eins meine Mutter ist, der ihre Kinder immer relativ wurscht waren. Seit *dä Oppa* tot ist, lebt meine Oma doch recht zufrieden in ihrem kleinen Knusperhäuschen und hat sich in ihrem Leben ganz gut eingerichtet. Immer war sie für mich da und ich habe mehr Zeit mit und bei ihr verbracht als mit und bei meiner verkorksten Rest-Familie.

Na ja, Oma hat teilweise mein Studium mitfinanziert und will natürlich auch nur das Beste für mich. Dass Frauen von heute arbeiten, ist ja im Prinzip ganz in Ordnung und damit macht man sich auch unabhängig. Aber, hey, ein Mann gehört trotzdem ins Haus! So ohne Mann stellt man dann doch nix dar. „Wenn de ens hieroode jehs bezall isch disch auch dat Kleed, Kink!" Danke Omma.

Na ja, ich schweife wieder ab. Zurück zum Ausgangspunkt: Nachdem Mittelweg mir bedeutet hat, mich zu entfernen, bin ich erstmal zu Frau Ziekowski in die Teeküche auf ′nen Schnack. Ich muss gar nichts sagen, Frau Ziekowski sieht mir wohl an, dass ich dem Chef gegenüber mal wieder gemischte Gefühle hege. „Na, hätte ich besser Beruhigungstee serviert?" fragt sie grinsend. Ich mag sie sehr gerne, eine gepflegte, blonde Person um Ende 50 (oder sie hat sich verdammt gut gehalten) immer perfekt geschminkt und onduliert und durch nichts so leicht aus der Ruhe zu bringen. Und immer extrem gut gekleidet. Ob sie hier so viel verdient? „Na ja, sie kennen ihn ja..." sage ich lächelnd und Augen verdrehend und genehmige mir ein Schlückchen Wasser. „Was ist denn dem Rebmänn chen widerfahren?" frage ich höchst diplomatisch. „Ist wohl nicht so konform gegangen mit den Gedanken des Chefs." Frau Ziekowski nippt angelegentlich an ihrem Kaffee. „Ich glaube, sie hatte zu konservative Ideen, will sowieso lieber in irgendein Wissenschaftsressort. Oder so ähnlich." Frau Ziekowski zuckt die Achseln und stellt ihre Tasse ordentlich in die Spülmaschine. „Ist doch letzten Endes auch egal, oder?" blickt sie mich dann lächelnd an. „Ich gönne Ihnen den Job, Frau Eul, wirklich. Sie bringen immer frischen Wind hier ins Haus und ich lese Ihre Artikel immer mit größtem Vergnügen! Kreativität und die Gabe, Menschen für sich einzunehmen kann man eben nicht lernen. So was hat man! " „Oh, danke für die Blumen!" sage ich leicht verlegen. Das ist DIE Gelegenheit um nach einem besseren Zimmer zu fragen. Aber ich muss gar nicht lange darum bitten: „Frau Heimann hat bereits ein Zimmer für Sie gebucht. Wir haben eine zauberhafte Juniorsuite für Sie als Upgrade bekommen." Verschwörerisches Augenkneifen. „Wie das?" frage ich entzückt. „Man hat so seine Tricks", gibt die gestandene Vorzimmerdame zurück und hüllt sich in geheimnisvolles Schweigen. Ah, ja. Ist ja auch peng, Hauptsache, die Prinzessin wird - zumindest halbwegs - standesgemäß untergebracht. Wir plaudern am Empfang noch ein wenig miteinander. Ich bedanke mich bei Frau Heimann, die, wie gesagt, auch blond ist, aber jünger als ihre Kollegin und ebenfalls sehr attraktiv (woher kriegt der Hyäne immer solche Prachtmädels?) und mache mich dann aus dem Staub. Ich muss ja noch so viel planen und vorbereiten! Das Gute ist, dass ich tatsächlich vollkommen freie Hand habe, was die Art und den Inhalt des Artikels anbelangt. Es könnte also alles schlimmer sein in meinem Leben als Singlefrau und freie Journalistin, und Möchtegern-Autorin, die gerade parallel damit beschäftigt ist, ein Kinderbuch zu Ende zu schreiben und irgendwie in Erfahrung zu bringen, wie man den Schmonzes vermarkten kann. Auch wenn mit Kinderbüchern oder Büchern allgemein ja angeblich null Kohle zu machen ist. Merkwürdig, dann gäbe es ja weder Autoren noch Leser noch Verlage noch Buchhandlungen noch Amazonien und buch.de und nur Doofköppe, die nicht lesen können. Und vor allem auch keine Buchmessen mit angeschickerten Kritikern. Alles nur Halluzinationen in meinem kleinen Leben. Na, dann tue ich mal so, als wüsste ich nichts von den Hallus und versuche es einfach weiter, gell? Egal, ich bin nach kurzem Flug in Hamburg gelandet und habe meine Juniorsuite bezogen. Dann nix wie raus hier! Wie ich nun also durch die Grachten Hamburgs laufe, die dort übrigens Speicherstadt heißen, schmerzen mich auf einmal, o Wunder, meine zarten Füßchen. Zuvor hatte ich in meiner *Mare*-Nobelabsteige - *Der Klassiker* - oder könnte Kaii Komikaa sich so lange irren? noch gerätselt, ob neue Schuhe sich wirklich zum Stadtbummel eignen. Die Antwort kenne ich nun. Aber die Hafencity will nun mal erlaufen werden und ich trödele dann noch ziemlich lange vor der neuen Elbphilharmonie herum um DAS Foto zu machen. Ansonsten lässt mich die Hafencity relativ kalt. Sowas kennt man nun doch auch schon aus Köln und Düsseldorf. Etwas kleiner, aber der Stil geht doch in eine Richtung. Ich weiß nicht, wie viele Kilometer ich schon runtergerissen habe, nebst Hafenrundfahrt (dabei konnte ich immerhin sitzen und mir die frische Hamburger Luft ums Näschen wehen lassen). Nun steige ich aus der Barkasse und lege noch ein paar Shoppingstationen ein. Mittlerweile mit Tüten beladen, beginne ich langsam dezent zu transpirieren, denn entgegen aller Vorurteile das Hamburger Klima betreffend, ist es heute schweineheiß. Mit geliehener hanseatischer Anmut schwebe ich dem nächstbesten Straßencafé entgegen. Dieses lockt mit geschmackvollen Sonnenschirmen in sattem Beige und bequem aussehenden Loungesesselchen.

Schnell ein paar Fotos fürs Blatt geschossen (für einen begleitenden Fotografen hat´s Budget ja wie erwähnt dann doch nicht gereicht) und dann freue ich mich wie ein Kind darauf mich 1. meiner Schuhe zu entledigen und mich 2. mit Cappuccino und diversen Kaltgetränken sowie einem kleinen Imbiss zu verwöhnen. Als hochsensible Person muss ich nämlich große Mengen Flüssigkeit und, ebenfalls regelmäßig, - so etwa alle zwei Stunden - feste Nahrung zu mir nehmen. Meine zu diesem Behufe mitgenommene Plastewasserflasche ist inzwischen geleert, ebenso mein Magen. Die Kioskdichte hier lässt zu wünschen übrig. Muss ich unbedingt vermerken.

Traum?

Es überrascht mich nur kurz aber heftig, dass alle Schattenplätze belegt sind. Statt in ihren Kontoren Pfeffer– und Kaffeesäcke zu zählen, sitzen die Eingeborenen mit ihren Hintern bräsig in Straßencafes und stehlen Geld bringenden Touristinnen mit Schreib- und Rechercheauftrag die Sitzplätze. Ich bin etwas angezickt. Aber na gut, dann setze ich mich halt in die Sonne und töne meinen Teint! Ich strebe auf einen freien Tisch zu und nehme zwei Dinge wahr: 1. Der Tisch sieht skan-da-lös aus da noch nicht abgeräumt und 2. sitzt in unmittelbarer Nähe ein Herr entspannt im Schatten, der mir sehr bekannt vorkommt. Also, der Herr, nicht der Schatten. Ich starre unauffällig durch meine Sonnenbrillengläser erst zu ihm. Dann wieder zum Tisch. Weiter unauffällig zu ihm hinstarrend steuere ich die Oase an und stolpere dabei ein wenig, weil ich natürlich auf IHN und nicht auf meine Füße geachtet habe. Und auch nicht auf das Stuhlbein, das im Weg stand. Also stolpern, mit den Shoppingtüten rascheln und so tun als wäre nichts geschehen. Als ich mich mit einem Seufzer auf den Loungesessel niederlassen will, wird der Herr aktiv, hebt mit charmanter Geste seine gepflegte Hand und zupft mir sacht am Rockzipfel. „Werte fremde Dame, verweilen Sie doch kurz!" Ich halte mit skeptischem Blick inne. „Es wird vielleicht von Interesse für Sie sein, dass ich gerade eine neue Folge von *Dr. Michael* drehe, ich nehme hier nur eine kurze Auszeit! Ist das nicht ein traumhaftes Wetter?" und „Gesellen Sie sich doch zu mir und versüßen Sie mir den Tag." „Übrigens: Axel Wegner mein Name, aber das wissen Sie ja bereits." Galant rückt er mir den Stuhl zurecht und nimmt mir umsichtig meine Einkaufstüten ab um sie auf einem dritten Stuhl abzustellen. Zugleich schnippt er mit der immer noch gepflegten Hand nach der Bedienung und ordert eine gut gekühlte Flasche Champagner. Ich muss meine Beine und Gedanken sortieren und bleibe erst einmal schweigsam. Axel Wegner!! Ich bin außer mir vor Aufregung und atme unauffällig gaaanz langsam ein und vor allem aus, zur Entspannung. Für diesen Mann schwärme ich ein wenig. Vielleicht auch ein Viel. Der Champagner wird serviert. Bald sind Axel und ich per du (oder perdu, ich zumindest bin bereits verloren. Ach! Axel) und in eine angenehme Plauderei vertieft.

Wirklichkeit

Ooo-kay, ich gebe zu, ganz so ist es nicht. In Wirklichkeit sitzt der Herr, seines Zeichens ein ziemlich prominenter und renommierter Schauspieler, bekannt aus Serien, Literaturverfilmungen und nicht zuletzt dem *Ort des Geschehens* aus dem Hohen Norden (den ich IMMER anschaue, komme was wolle), an seinem Platz und liest in einem Drehbuch oder so. Na gut, er hat auch schon in seichteren Sachen gespielt. Ich kleines Provinz-Schreiberchen entere inzwischen den Tisch und verstaue meine Taschen höchst selbst und höchst umständlich auf einem verkrümelten Stuhlkissen und nehme dann, nach vorheriger Inspektion der Sitzfläche, auf einem der Sessel Platz. Durch meine getönten Gläser sehe ich gedämpft zerknüllte Servietten mit Kaffeespuren, Karottenbreischlieren auf mit angekauten Brötchenhälften garnierten Tellern, die Rechnung meiner Vorgänger (Holy Moly!) und schwitzende Wurstscheiben auf der Tischplatte. Ob die nicht ursprünglich mal woanders hingehört haben?
Würdevoll sitze ich nun da und ignoriere
a) so gut wie möglich den von mir beschwärmten Herrn und versuche
b) die nordische Tablett-Trägerin auf mich unwürdige Touristin aufmerksam zu machen.
Was mir misslingt. Frau „Da-könnte-ja–jeder-kommen-und-bedient-werden-wollen" nimmt eine erneute Bestellung zwei Tische weiter auf und scharwenzelt dann auf Axel zu um ihn nach seinem Wohlbefinden auszufragen. „Noch alles recht, der Herr?" sülzt die Bedien-Trine und lächelt groupiehaft. „Bei mir ist alles in bester Ordnung junge Dame, aber mir ginge es wirklich NOCH besser, wenn sie auch meiner reizenden Nachbarin eine Bedienung zuteilwerden ließen" antwortet der gute Axel (one of the last Gentlemen!) und schaut galant zu mir herüber.
Die Tabletteuse kuckt mit verzerrtem Lächeln erst auf Axel, dann auf mich und bewegt ihren „Tor-zur-Welt-Hintern" auf mich zu. Leicht vergrätzt fragt sie nach meinen Wünschen. Antwort „Ein Cappuccino und eine große

Apfelschorle bitte" und bemerkt, dass sie erst einmal ein Tablett holen müsse, um den Tisch abzuräumen. „Mhm" bemerke ich wiederum und hebe leicht die linke Augenbraue. Mehr muss man dann auch nicht sagen. Obwohl ich vorgebe, gaaaanz entspannt zu sein bin ich doch arg damit beschäftigt, NICHT zu erröten (gelingt nicht ganz) und NICHT ständig in Herrn Wegners Richtung zu glotzen. Gelingt ebenfalls nicht, mein Erbsenköpfchen dreht sich immer von ganz alleine zu ihm hin. Ehrlich jetzt!
Ich streife erstmal so elegant wie möglich das Schuhwerk von den Füßen.
Axel erinnert mich ja immer optisch ein wenig an Heinz Rühmann. Nur dass er natürlich viiiel attraktiver ist. Obwohl dem Heinz ja auch ein ziemlicher Schlag bei Frauen nachgesagt wurde. War ja auch ein Netter. Zwar etwas klein, aber: zu große Männer mag ich eh nicht. Sind irgendwie unhandlich, stoßen sich den Schädel am der Türrahmen und passen in kein Bett. Das will doch keiner. Axel also hat sich mit einem leichten Lächeln um seinen Heinz-Rühmann Mund wieder in seinen Text vertieft. Vielleicht ist das ja gar kein Drehbuch, sondern ein altes Yps–Heft oder so. Vielleicht aber Schopenhauer oder was weiß ich, ist mir auch wurscht. Axel Wegner so nah neben mir – oder doch FAST neben mir sitzen zu haben ist schon ein Ding! Während ich dies denke, kommt die Nordisch-bynature- Pussy zurück. Mit Tablett. Sogar mit Tablett Mit-Was-Drauf! Wow! Aber nun hat sie Schwierigkeiten, die Abgabe der Getränke bei gleichzeitiger Abräumung der Unordnung zu koordinieren. So what, ich lehne mich gelöst zurück und genieße es, Luft an meine armen gequälten Prinzessinnenfüßchen zu lassen. Die leise Geräuschkulisse wird nun von ihrem Geschirrgeklapper und Papiergeraschel und Lappen-wisch-wisch aufgemischt. Axel hebt stirnrunzelnd den Blick und lächelt mir dann sanft zu. Ach! Aber ich muss aufmerksam bleiben: „Ich hätte gerne noch die Speisekarte!" säusele ich etwas angeeist. Sie reicht mir vom Nebentisch ein beigefarbenes Druckerzeugnis mit grauer Schrift und hohen Preisen darauf. Ohne mich dabei anzusehen, geschweige denn, mir ein Lächeln zu schen-

ken. Kostet alles extra hier! Notiz ins Notizbüchlein, Farbe: Pink: *Bar–Grill-Café "Relax" gute Lage, edler Style, Service ausbaufähig, Preise nicht!*
Ich sitze dann relaxt auf meinem Sesselchen und mache einen auf Wunderkerze.

Die Wunderkerze

Was das ist? Ihr wollt wissen was Wunderkerze bedeutet? Okay, ich verrate es euch, Mädels.

Jede von euch wird bestimmte Flirt- oder So-mache-ich-auf-mich-aufmerksam-Strategien kennen. Nicht? Ach kommt! So etwas hat doch jede von Euch im Repertoire, erzählt mir nix und spart euch den Unschuldsblick. Ist doch auch in Ordnung, ohne Werbung keine Aufmerksamkeit. So käme doch auch beispielsweise ohne Werbung niemand jemals auf die Idee, die „German Kleinigkeit" namens Raffaello auch nur anzusehen, oder? Wenn man aber zum hundertsten Mal das bestusste Werbefilmchen mit dieser dauer-urlaubenden Ferrero-Hostess gesehen hat, ist man am End so genervt, dass man den Dreck schließlich kauft. Oder zumindest mal heimlich probiert. Ist ja auch ganz lecker. Derselbe ungesunde Mist wie alles aus diesem Hause- aber eben auch lecker!

Aber ich schweife ab. Genau, die Wunderkerze. Das ist MEINE Werbung in eigener Sache. Nix Dolles eigentlich. Manche wird müde darüber lächeln. IST ja auch lächerlich. Aber eigentlich ist ja vieles lächerlich, was mit Balzen, Flirten und dem ganzen Gedöns zu tun hat. Oder?

Viele Geschlechtsgenossinnen machen auf sich aufmerksam indem sie sich der klassischen Methoden bedienen: Wimpernklimpern, Dekolletee zeigen, am besten Kettenanhänger in der Busen-Schlucht neckisch hin und her baumeln lassen, Kopf schief legen (Flirtposition), und, ganz wichtig: Haare. Hier kann man wählen zwischen dem oft genannten „Hairflipping" (Mähne, falls vorhanden, mit Schwung in den Nacken oder über die Schulter werfen) oder dezenter: Strähnen hinters Ohr streichen, hierbei sanft von unten nach oben lächeln. Stimme aufhellen, (albern) kichern, überhaupt oft lächeln, ganz ganz wichtig. Es gibt Vielerlei, worauf Männer hereinfallen. Hauptsache, es hat Feuerwerksqualitäten. Wenn man darauf keine Lust hat bzw. sich durch ein Gegenprogramm abgrenzen will, kann man Wunderkerze spielen. Die Wunderkerze ist ja quasi das schwächste Glied im Feuerwerks-

zubehör. Die Wunderkerze besticht durch milden, aber doch etwas auffälligen Schein, der von einem angenehmen „Pfffffffhhhhprprppffffhhh"-Geräusch begleitet wird. Die Abbrenndauer übersteigt die eines Himmelsfeuerwerkskörpers um Einiges (ist also was für Genießer) und sie hat den netten Nebeneffekt, nicht mit penetrantem Lärm, wie z.b. Ladykracher (Achtung: Wortspiel) den Mitmenschen auf den Knopf zu gehen. Mich nervt dieses laute Balzgetue meiner Mitfrauen nämlich oft gewaltig. Ich hingegen sitze in dem ganzen aufgesetzten Flirtzirkus und verhalte mich diametral: Einfach ruhig sein, Charisma verbreiten (ja, das geht), natürlich auch hübsch aussehen (in den mir eigenen, von den Genen gesetzten Grenzen) und durch Gelassenheit ein hohes Maß an Ausstrahlung verbreiten (ja, auch das ist möglich). So wie die bescheidene aber doch schöne (und seit Jahren beliebte) Wunderkerze sitze oder stehe ich im öffentlichen Raum und denke: Schaut nur, schaut, wenn ihr wollt, ihr müsst aber nicht, ich bin mir meines Selbsts sicher, weiß aber, das die Skala nach oben hin offen ist. Nach unten jedoch auch. Ja, charmant lächeln kann ich auch, aber nicht zu übertrieben bitte. Ein ganz dezentes Parfum schadet der Wunderkerze ebenfalls nicht. Ein subtil weibliches und gepflegtes Äußeres darf, nein, sollte, es schon sein.
Insgesamt könnte man sagen: Der Typ „Wunderkerze" ist mehr was für Kenner. Mir sind Männer eh suspekt, die vielleicht im übrigen Leben ach so tolle Kerls sind (16 Stunden Job, Asche ohne Ende, Stressabbau beim Pologolfunterwasserrugby in den Anden oder so) und die dann in puncto Frauen auf die läppischsten Tricks ´reinfallen und sich später wundern, was für eine abgewichste Ziege sie sich da an Land gezogen haben. Die attraktive Frau mit den perlweißen Zähnen und der perfekten Büste ist aber nun mal das, was rein statussymbolmäßig sein sollte und außerdem wird sie doch auch recht bald nach der Eheschließung mehrfache Mutter. Das ist die beste Lebensversicherung für diese Damen überhaupt. Es kann sich hierbei aber auch immer um eine Affäre oder einen One-Night-Stand handeln, die Männer reagieren jedenfalls

fast alle fast immer auf diese Feuerwerksstory. Oder die Mädels machen einen auf kühl und geheimnisvoll sind aber in Wirklichkeit einfach nur abgefeimt, humor- und phantasielos.

Ja, natürlich gibt es Ausnahmen, sowohl auf der weiblichen als auch auf der männlichen Seite. Aber wenige! Auf die Damen, die RICHTIG gut aussehen, möchte ich hier gar nicht erst eingehen. Diese Spezies – es sei ihr aufrichtig gegönnt – muss sich solcher Mittelchen und Tricks gar nicht erst bedienen.

Axel blickt inzwischen wieder auf: „Für mich bitte eine Flasche Crèmant und ein Antipastiteller für zwei Personen. Und bringen Sie bitte auch noch einen Liter stilles Wasser und natürlich zwei Gedecke!" Die Bedienstete tut wie ihr geheißen.

Niedergeschlagen schlürfe ich meinen Cappucino und nehme große Schlucke von meiner Apfelschorle. Antipastiteller für Zwei! Und natürlich zwei Gedecke! Was für eine bittere Enttäuschung. Axel kriegt noch Gesellschaft! Na ja, was dachte ich auch? Hoffentlich nicht seine attraktive und emsige und super-total- oke-e Frau. Die ist ja bestimmt sowas von nett anzusehen und intelligent und bestimmt auch fröhlich und patent und wie sie das alles geregelt kriegt, Kinder, Beruf, Schauspieler-Ehemann usw. Och Männo, die will ich jetzt nicht sehen, da habe ich keine Lust darauf! Und die Apfelschorle ist auch leer. Und ich habe HUNGER! Verdammt noch mal! Aber den doofen Axelpastiteller will ich jetzt nicht mehr (hatte ich mir nämlich auch schon ausgesucht aber JETZT nicht mehr, so!). Ich nehme aus Trotz, ja, was nehme ich denn nur? Upjerescht blättere ich in der kleinen Speisekarte. Die haben ja Preise wie im Pu...

„Gestatten Sie", vernehme ich eine wunderbare Stimme neben mir. Es ist ER!!! Ich erstarre und gucke entsprechend drein. „Mein Name ist Axel Wegner." (WEISS ich doch!) „Angenehm" erwidere ich und vergesse, mich vorzustellen. „Darf ich mir erlauben, Sie zu einem kleinen Mittagsimbiss einzuladen? Sie würden mir damit eine große Freude machen." Hat die Wunderkerzenmethode also wieder gegriffen!

Zick Zick, hooray!

Ich gebe vor, erst überlegen zu müssen, zögere ein wenig (ja, ist ja gut: Ich ZIERE mich! Also soviel Mädchengetue sollte selbst mir vergönnt sein. Basta!) Charmant lächelnd sage ich so einen Quatsch wie: „Warum nicht, gern, bitte sehr, bitte gleich" na, irgend so was halt. Und dabei fällt mir auf, dass ich keine Schuhe trage. Beiläufig klaube ich sie unter dem Tisch hervor und greife meine Handtasche. Jetzt habe ich aber WIRKLICH alle Hände voll zu tun. Axel sieht das auch so und kümmert sich bereits um meine Einkäufe. Ein wahrer Kavalier alter Schule- und vampirgleich gelingt es ihm, parallel auch noch ein Sesselchen für mich parat zu schieben und sich erst wieder niederzulassen, als ich auch wirklich kommod sitze. Ach! Aber das sagte ich ja schon. Nun fällt ein sanfter Sonnenschirmschatten über unsere Gesichter. Ich versuche, entspannt zu atmen, oder, durch bewusstes Atmen in Entspannung zu verfallen. Ich hoffe, dass es niemandem auffällt, dass selbst Rexona Crystal in manchen Situationen versagt, ich spüre riesige Schwitzeflecken unter meinen epilierten Achseln. Es juckt teuflisch aber ich kann ja schlecht hier vor meinem Schwarm sitzen und mich wie ein Pavian unter den Armen kraulen. Aber das ist sicherlich nur die Einbildung, die mir hier mal wieder einen Streich spielt. Vor meinem inneren Auge sehe ich einen Affen, Paul Breitner nicht unähnlich, der sich mit Affenlauten die Achseln kratzt. Ich verscheuche das Bild (wegscheuchende Handbewegung). „Oh, werden Sie von einer Wespe attackiert?" fragt Axelchen besorgt. Ich habe die Einbildung wohl tatsächlich weggewedelt. „Ach, die Gefahr ist schon wieder vorbei", antworte ich etwas kurzatmig und lächle offen.
Die Bedienung erscheint derweil an unserem Tisch und hat alle Mühe, nicht über ihre hanseatische Kinnlade zu stolpern, welche ihr gerade krachend zu Boden gefallen ist. Sie beeilt sich nun, die Getränke nebst Gläsern zu servieren und entschwindet erbost ins Innere der Restauration.

Axel befüllt die Gläser höchst selbst, das hat unsere Bedienung (superzickige Superzicke, die!) nämlich aus Hass versäumt. Innerlich danke ich dem Rebmännchen, dass es nicht nach Hamburg wollte. Er fragt mich charmant nach meinem Namen. „Verraten Sie mir auch Ihren Namen?" Ich antworte verschämt. Habe ich mich immer noch nicht vorgestellt, wie peinlich aber auch. „Ilsa Eul." Axel meint, dass dies ja ein überaus schöner Name sei, selten und gut zu merken. Und Ilsa! Wer denn heute noch Ilsa heiße, das wäre doch Ingrid Bergmanns Name in „Casablanca" gewesen. „Genau", sage ich und erhebe mein beschlagenes Glas mit dem perlenden Gesöff: „Ich schau dir in die Augen Kleines!" Axel lacht und wir prosten uns zu. Ach, Axel! Ja, ist ja gut, ich krieg mich wieder ein.

Der Crèmant ist köstlich und vor allem kühl, ich lange auch beim Wasser gut zu, aus den eben erwähnten Gründen. So langsam könnte aber auch das Essen kommen! Hamburg ist ja nun wirklich schöner als ich dachte, denke ich bei mir und bin sehr zufrieden. Wir plaudern nun wirklich angeregt und Axel will genau wissen, was ich hier mache, ob ich dies das und jenes schon kenne und ich frage ihn, ob er früher auch Yps Hefte gelesen hätte. Seinem Gesichtsausdruck nach zu urteilen hat er keinen Schimmer was ich meine, aber bevor er fragen kann, läutet sein mobiler Fernsprecher und entschuldigend nimmt er das Gespräch an. Er erhebt sich diskret vom Tisch, um in Ruhe zu sprechen. Derweil sehe ich die Bedienung an unserem Tisch vorbeieilen. Scheinbar mucken die Dove-Geriatric-Ladies vom Nebentisch gerade auf, weil sie ihre laktosefreien Diätsalate noch nicht serviert bekommen haben. Eine davon sieht eigentlich gar nicht geriatrisch aus. Sie wird mir noch öfter begegnen...

Axelpasti

Als sich die Gute an mir vorbeischlängeln will rufe ich: „Und hier fehlt noch ein Axelpastiteller!" In diesem Moment kehrt Herr Wegner an den Tisch zurück und lacht. „Das muss ich mir merken! Nun habe ich doch tatsächlich eine Leibspeise, die auch noch meinen Namen trägt." „Tja, und einen Stern" (gedacht: aber den schenk ich dir heut Nacht), murmele ich errötend aber diese Assoziation versteht`s Axelchen nicht. Gut, er wird auch nicht unbedingt DJ-Mützi und Klabauterkalle oder wie der andere Pimpf heißt, hören. Aber auch so gehen uns die Gesprächsthemen nicht aus. Endlich wird auch fürs leibliche Wohl gesorgt und Ilsa und Axel atmen die Speise mehr oder weniger ein. Und trinken und erzählen. Meine Achseln sind auch wieder fast im Trockenzustand. An den umliegenden Tischen versucht man verkrampft, NICHT zu uns zu schauen aber ich WEISS, dass alle wissen, wer hier sitzt. Mit MIR sitzt. Nicht das Axel jetzt der endgeile Superpromi oder Popstar wäre. Aber eine gewisse Prominenz haftet ihm ja nun an und er hat offensichtlich einen hohen Wiedererkennungswert. Und ich darf mit ihm lunchen, wie dufte ist DAS bitteschön? Ha! Triumphierend werfe ich den Kopf in den Nacken und meine Sonnenbrille rutscht aus dem Haar und geht mit Sonnenbrillenhinfallgeräusch zu Boden.
Axel deutet meine ruckartige Kopfbewegung zum Glück anders: „Nun, die Wespen scheinen Sie aber wirklich sehr zu mögen, Ilsa! Sind Sie schon einmal gestochen worden? Sie sind doch nicht etwa allergisch?" Elegant erhebt er sich und greift nach meiner Sonnenbrille am Boden. „Muss man da nicht immer ein Gegengift dabeihaben?" fragt er, mir die Sonnengläser reichend. „Doch, antworte ich und stippe mein letztes Scheibchen Baguette beiläufig in den Olivenöl-Knoblauchsud", ich habe immer einen Begleittank dabei, steht um die Ecke." Axel lacht wieder charmant und möchte wissen, was ich beruflich mache. „Und, was machen Sie beruflich, liebe Ilsa?" (er sagt wirklich: „Liebe Ilsa!"). Mein Fotografieren von vorhin hat er also entwe-

der nicht mitbekommen oder als touristisch eingestuft. Meine Kamera ist auch nicht so Paparazzo-riesig. Ich setze zu einer Antwort an. „Nein, sagen Sie nichts, ich möchte raten!"

Die Alster -Ischen schauen jetzt WIRKLICH zu uns herüber. Zwei Tische weiter höre ich zwei mittelalte Ehepaare erregt diskutieren: „Des isser, dä Axl Weschner! Ei, geh fott, isch säh däm doch immä im Fernsäh!" „Und des is sei Frauuu?" „Nää, die isch doch sone griffische Blondä". O.k. Pfälzer fahren auch mal nach Hamburg. „Griffische Blondä!" Hähä, ich bin schlank und brünett, ätschi. Aber ich weiß ja auch tatsächlich nicht, wie sie in Wirklichkeit aussieht. Inzwischen hat mein Schwarm ein wenig gerätselt und geraten. Er nimmt mich dabei genau ins Visier seines Sanftmütiger-attraktiver-Nachbar-Irrer-Killer-Gemisch-Blickes und mir wird ein wenig anders zumute. Gleich brauche ich mein Riechsalz, ich sehe es kommen. „Ilsa", sagt er mit samtener Stimme und ich bin kurz vorm Schmelzen, „ich glaube, sie machen irgendetwas Kreatives. Sie sind niemand, der nine-to-five im Büro sitzt und staubige Akten wälzt". „Richtig, ich wälze mich lieber mit Axeln!" Buhaha, was für ein Brüller – aber ich lasse den Kalauer dann doch in meiner Hirn-Schublade für knallige aber unpassende Witzchen liegen. „Also", Axelchen beugt sich vertraulich interessiert zu mir herüber, „was tun Sie? Malen? Bildhauern?" Ich setze erneut zu einer Antwort an. „Nein", antwortet er sich selbst, „ihre Hände sind zu fragil, zu leptosom für solch hartes Handwerk." Er nimmt zart meine rechte Hand in die seine, betrachtet sie und fragt, ob ich denn wisse, welche wunderbaren Hände ich besäße. Sie seien ja wirklich außergewöhnlich ansehn lich und an den Händen würde man wahre Schönheit erkennen. „Was sind dichte Lockenmähnen und Prachtdekolletees gegen solche Hände?" Ich LIEBE diesen Mann! Und: Er hat ja SO Recht! Und ich bin ja sooo angepitscht vom Kribbelwasser! Axel hebt schnuppernd sein spitzes Näschen: „Sonderbar, hier liegt so ein Geruch von Wunderkerze in der Luft!" Ich schaue unschuldig drein: „Wirklich? Ich rieche nichts". Sanft lässt er meine manikürte

Seidenpfote wieder auf den Tisch gleiten (schade! Oder: Gut! Sonst wäre ich an einem Atemstillstand verstorben), bleibt vorn übergebeugt und knabbert nachdenklich am Bügel seiner Sonnenbrille.

Schichtwechsel

Die Bedienung steht plötzlich an unserem Tisch und möchte abrechnen. Schichtwechsel! Axel fällt ein wenig aus allen Wegner-Wolken. Wie spät es denn sei, fragt er nach seinem Portefeuille kramend, er habe ja komplett die Zeit vergessen, und „Wie viel macht´s denn?" und „Bitte, Danke, Auf Wiedersehen" und ich sehe das Ende meines Traumes gekommen. Belämmert sitze ich da und beschaue seine gepflegten Hände, die das Wechselgeld verstauen, das Portemonnaie in die Hosentasche zurückschieben und die Sonnenbrille vor seine schönen grauen Augen schieben. Och nöö, bitte noch nicht!

„Ilsa, es tut mir sehr leid, dass ich nun unhöflicherweise so abrupt aufbrechen muss aber ich habe noch einen wirklich dringenden Termin!" Hastig wirft er einen Blick auf seine schicke Uhr (hat ihm bestimmt sein griffiges blondes Superweib geschenkt) und grapscht seine Unterlagen. Also, ein Yps Heft ist das nicht, soviel ist klar. Ich bedanke mich artig für das Essen und seine nette Gesellschaft. Er deutet einen Handkuss an (!! Im Ernst! Da seid ihr aber platt, Mädels). Und riecht auch noch gut dabei. Nach Vetiver, ganz klassisch. Und irgendwie auch sexy. Ob Hyänchen das schon als etwas „Sexy-es" einstufen würde? Aber es ist doch sehr privat. Oder sollte ich...? Ach! Axel! Nett gekleidet ist er übrigens auch. Und hat nicht so unmöglich den Bauchansatz betonendes Zeugs in depressiven Farben mit unmöglichen Strickkrawatten an. Wiewohl die schon wieder so unmöglich sind dass sie fast wieder als heimlicher Trend gelten könnten. Nein, er trägt ein sehr schönes weißes Hemd mit blau-weiß gestreiftem, leichten Herrenschal welchen er in der Hitze aber abgelegt hat. Dazu eine ebenfalls leichte, sandfarbene Chino. Vom Bauchansatz sehe ich übrigens nix. Aaach...

Ja, das hatten wir schon. Es geht aber noch weiter: „Sie müssen unbedingt noch mehr von Hamburg sehen! Und bald auch wieder etwas essen" (ich habe ihm von meiner Hochsensibilität erzählt). Er empfiehlt mir noch ein paar Shoppingadressen und das beste Café am Platze, mit hausgemachtem Kuchen. „Ich muss nun wirklich dringend fort" (ich weiß es doch, ich weiß es doch! Aber ich will´s nicht wissen!). Erneuter Blick auf die Uhr. „Natürlich", beeile ich mich zu sagen, „Gehen Sie nur, ich habe Sie schon viel zu lange in Beschlag genommen labersülzblaba" und im Knopfloch eine Träne – Abgang. Doch, HALT! So ist denn dann doch nicht: Axel nimmt wieder meine Hand. Was kommt denn nun? Er bitte mich darum, den Abend mit ihm zu verbringen! ER. BITTET.MICH! ICH. DANKE. IHM. Innerlich. Und springe ihn beinahe an vor Freude. Aber dabei wäre nur wieder meine Sonnenbrille hintüber gefallen. So strahle ich nur von einem Spockohr zum anderen. Und sage natürlich (!) gerne zu. Rasch noch Nummern ausgetauscht; dass ich im *Mare* nächtige weiß er bereits. Dann: Eilt der Schauspieler meiner heimlichen Schwärmereien auf leisen Sohlen davon und ich schaue ihm noch gerne und lange nach.

Podologische Schmerzen und ein Mann mit Hut

Dann raffe ich mich auf, und meine Einkäufe zusammen. Wieder in die Schühkes geschlüpft und ab geht´s. Nun strebe ich erst einmal zum Hotel zwecks Abladung meiner Errungenschaften und einer Auffrischung meiner entzückenden Person. Außerdem muss ich meine Notizen noch ins
Läptöppschen hacken. Im Hotel laufe ich geradewegs in Kaii Komikaa hinein und während sachte hinter mir die Drehtür nachschwingt (ich hasse Drehtüren! Klaustrophobiiiee...) wo war ich, genau, die Drehtür dreht noch ein wenig alleine ihre Runden und ich fummele an meinen Shoppingtüten herum und Kaii entschuldigt sich bei MIR! „Ich sage: „Nur keine Panik, mir fehlt nichts". Kaii schiebt seinen Hut zurecht und grinst. Ich habe das Gefühl, dass er mir noch nachblickt aber als ich mich umdrehe, sehe ich, wie er bereits durch die Tür schwingt und seinen behuteten Körper nach links grooved.
In meiner Junior-Suite angekommen hören alle, die es hören wollen, zwei plumpsende Geräusche. 1. Tüten zu Boden fallen und 2. mich aufs Bett fallen lassen. Lange bleibe ich quer über dem Bett verteilt liegen und starre mit dümmlich entrücktem Grinsen zur Decke. Gedämpft wabern leise Hotelgeräusche um mich herum. Meine malträtierten Füße bilden sich langsam und schmerzhaft in ihre Ursprungsform zurück. Das hat aber auch mal wehgetan. Und bildet sich da etwa untendrunter schon ´ne Blase? Ich habe doch noch so viel vor! Seufzend auf den Bauch gedreht und das Kinn in die Hand gestützt. Der Axel, ist es zu fassen?
Endlich rappele ich mich auf und benutze ausgiebig das Bad. Nach dem Duschen prüfender Blick in den Spiegel. Der teure Friseurtermin letzte Woche war jeden Cent wert. Aus meinen neu geshoppten Klamotten wähle ich eine schwarze, taillenhohe Marlenehose, puderfarbene Schluppenbluse ohne Arm mit passendem Strickjäckchen als Überwurf zur späteren und kühleren Stunde, schwarze Edel-Ballerinen und schwarze Chandeliers für die Öhrchen.

Die Bluse ist edel-sexy, die Ohrringe auch, die Schuhe scheinen bequem zu seln. Die Frisur ist wie immer brünett, mittelkurz-lang und gerade ein wenig auf 20er Jahre gerüscht. Make up: Abendtauglich aber nicht zu krass, dunkle Augen und ein wenig Lipgloss, fechtisch!

Frisch gestylt beschließe ich, meine Knusperzeit in der Lobby einzunehmen und danach weiter durch die Stadt zu schlendern, bevor ich mich mit Axel treffe. Seinen Geheimtipp zum Kaffeetrinken kann ich ja auch immer noch morgen oder übermorgen ausprobieren. Vielleicht auch mit ihm zusammen?? Ach...

Ein Kännchen Kaffee und zwei köstliche Petit Fours später sitze ich noch in der Lobby und beobachte die Hotelgäste und die Touristen, die einmal einen Blick in dieses Haus und auf mögliche Prominenz werfen wollen. Ich mache mir Notizen und natürlich habe ich bereits ausgiebigst photographiert. Derzeit sehen die Touristen nur ein paar langweilige andere Touris die hier ihren Kaffee einnehmen sowie eine große, schlanke Frau (ja, mich!) die, die Kaffeetasse auf dem Unterteller balancierend, mit dem linken Fuß und wippt. Und lächelt. Und strahlt und grinst. Wirklich, ich kriege dieses Hochgefühl und das Lächeln nicht gezähmt. Warum auch? Ich habe Zeit, ich habe –fast-Urlaub (haha), ich bin in der schönsten Stadt der Welt und habe einen vermutlich zauberhaften Abend vor mir.

Da soll man mal beiläufig gelangweilt gucken!

Die Drehtür wird wieder frequentiert. Es ist Kaii. Schon zurück?! Diesmal trägt er ein paar Tütskes, scheinbar Leckereien aus einem Delikatessengeschäft, wie der Aufdruck auf den Traghilfen verrät. Dass er sich selbst um so etwas bemüht, wundert mich etwas. Aber man muss ja auch mal ´raus aus dem Luxusambiente und sich unters Volk mischen, vermute ich. Schluffend durchquert er die Halle und sieht mich durch seine schwarzen Gläser vergnügt dasitzen. Er grinst mir zu und ich winke kurz und fröhlich zurück. Klar, man kennt sich ja! Plötzlich nimmt er Kurs auf mich, setzt die Augengläser ab und fragt artig, ob er sich dazu setzten darf: „Ist hier noch frei, Prinzessin?" Soviel zu meiner Kontaktarmut. „Bitte", sage ich und mache eine einladende Handbewegung. Herr Komikaa lässt ohne Eile seine schmale Figur auf die Sitzgelegenheit nieder und bestellt ein Heißgetränk: „Alfred mein Guter, bring mir mal ´n Teechen". Oh nein! Zweischwänzi is everywhere! Leicht transpirierend sitzt er neben mir. Vielleicht wäre ein Eistee besser? Alfred ist sofort im Thema und eilt davon. „Halt!" Alfred macht auf dem Absatz kehrt." Was will die Prinzessin noch trinken?" Die Prinzessin: Wünscht sich eine Orangina mit Strohhalm. Alfred: Ab. „Steiles Gewand, Prinzessin! Gefällt mir. Hast wohl noch ´n Date heute?" Ich stelle meine Tasse ab aber nicht mein Grinsen. Es wird noch breiter. „Richtigpopichtig!" Die schaulustigen Touristen stehen in einiger Entfernung und begaffen die Dame in Schwarz und den Mann mit Hut. Natürlich begaffen sie in erster Linie IHN. Aber hallooo: Was ist das für ein Tag heute? Das glaubt einem doch kein Schwein, was hier passiert. Ist ja im Prinzip auch nix Besonderes. Habe ich halt zweimal an einem Tag einen anderen Kerl vor mir sitzen der charmant mit mir plaudert. Dass den Kerl dann auch Leute aus dem Fernsehen oder von Schallplatte, Rundfunk usw. kennen ist ja nun echt ein Zufall. Obwohl...: „Ich glaube nicht an Zufälle" sage ich aus dem Nichts heraus. Kaii ist gar nicht verwundert. „Ich auch nicht, Prinzessin! Alles Determination, kannste mir glauben, du."

Alfred kommt mit den Getränken. „Danke Kumpel und alles auf meinen Deckel, auch der Kaffee und so von der Prinzessin hier, ne klar". Und bring mal alles ´raus, die Prinzessin braucht Luft und Sonne. Also Umzug in den hübschen Außenbereich mit Brünnlein und Gewächsen und Sonnenschirmen und netten Bedienungen, die dem Master of Music natürlich freundlich begegnen. Mir aber auch. Wäre ja auch noch schöner. Kaii sinniert noch ein wenig über Indianerweisheiten, das Weltall und so allerlei Kleinkram herum. Dann erzählt er, dass er abends noch einen kleinen Privatauftritt hat. Für gute Kumpels macht er das schon mal so just for fun und für „´ne kleine Mark." Nur so hundert Leute als Publikum und Open Air im Garten einer Elbvilla. „Voll duftes Ambiente und mein

Kumpel ist ganz relaxed. Heiratet grade die dritte Liebe seines Lebens." Wir gackern beide. Er will wissen, was ich so treibe. „Ich schreibe", sage ich. „Cool, ich auch." Er nimmt einen Schluck vom duftenden Jasmintee. „Schreibst´n so?" Ich erzähle es ihm und dann sprechen wir noch über dies und das. Ich schlürfe meine Orangina. Kaii sagt (und mir fällt auf, dass er etwas lispelt): „Komm doch mit deinem Liebsten heute Abend bei meinem Kumpel vorbei, Prinzessin! Oder haste etwa keinen? Mein Kumpel hat immer gerne schöne Ladies um sich herum. Und was im Kopf haste ja auch. Gibt´s nicht so oft, die Mischung!"

„Ich habe keinen Liebsten!" „Solltest du aber haben!" grinst mein Gegenüber süffisant. „Ich bringe trotzdem jemanden mit!" Ich bin auch geschmeichelt ob des Spruchs zu *schöne Ladies und was im Kopf haben*". Mich kann man leider immer mit solchen Komplimenten weich klopfen. Das „Leider" denke ich natürlich nur, auch wenn es mir schwerfällt. „Wo findet das denn statt? Kommen wir da so ´rein? Ich frage mal, ob der Jemand Lust hat". Kaii grinst und kritzelt die Adresse auf die teure Hotel-Mare-Serviette. „Frag einfach nach Lambert, der ist der Gastgeber. Und der lässt niemals so was wie dich einfach vor der Tür stehen". Nun kramt er in einer seiner Tütskes. „Hier, probier mal, Prinzessin, besser als Manna!" und schiebt mir schon sanft ein Stück köstlichen Brotes in den Schnabel. „Wird nur bei zunehmenden Mond gebacken." Aha, deshalb geht´s mir heute so gold: Es wird Vollmond! Alles klar. Kaii stippt das Brot in eine Art Creme die sich in einem kleinen edlen Gläschen befindet. „Das reinste Aphrodisiakum!" und schiebt mir das Bröckchen in die Schnute. „Köftlif" sage ich mit vollen Backen. „Aber if brauch fo waf gar nif!"

Bevor ich noch erfahren kann, worum es sich bei dieser Geilmacherpaste überhaupt handelt, erscheint aus dem realen Leben irgendein Mensch neben Kaii und meint, dass Herr Komikaa sich nun vielleicht langsam in seine Räume zurückziehen möchte, denn um zwanzig Uhr sei ja Soundcheck und wischtisch wischtisch-tralala. „Au Backe" hektisch blicke ich auf die Uhr. Nur noch zwei Stunden bis zum Date. „Ja ist gut Alter, bin schon da" Kaii erhebt sich und die Touristen glotzen wieder und grinsen dämlich in ihren Allerweltsgesichtern. „Ciao, Prinzessin, war ´ne echte Bereicherung, mit dir zu reden, du. Wir sehen uns dann später. Und tu nichts, was ich nicht auch tun würde, har har". Der Lakai trägt Herrn Komikaas Feinkosttaschen und beide sind flugs verschwunden. Ich verschwinde kurz im Gekachelten und erledige etwas, anschließend Händchen waschen, Krümel aus dem Mundwinkel wischen und Lippen nachziehen. Dann wieder durch den Alptraum der Drehtür.

Draußen angekommen schüttele ich das Drehtürunbehagen ab und orientiere mich erst einmal. Das fällt mir immer etwas schwerer als dem Rest der Bevölkerung denn eigentlich besitze ich gar keinen Orientierungssinn. Aber hier komme ich noch klar. Die Alster ist ja quasi direkt vor der

(Dreh-) Tür und Wasser kann ich immer schon zehn Meilen gegen den Wind riechen. Wenn man am Niederrhein aufwächst, kann man viel mit Wasser zu tun haben. Oder so gut wie gar nix. Der Niederrhein steht zwar immer für Wasserreichtum wegen Feuchtwiesen oder was weiß ich aber (natürliche) Seen hat es eher wenige. Dabei bin ich süchtig nach Wasser, nach schönen Seen aber am allermeisten nach dem Meer. Sobald ich meinen trockenen Gefilden entflohen bin, geht es mir gut, der Fisch kriegt Wasser und beendet die Schnappatmung, Entspannung und Freude machen sich breit. Das Meer, die offene See, das kann nichts toppen.

Gut, nun ist die Alster ja nun auch nicht grade der Pazifik. Aber dass diese Stadt so sehr vom Wasser um- und durchspült ist hebt ihren Wohlfühlwert doch ungemein. Fotoknips und Notizen. Jede Stadt, die ein schönes Gewässer (oder gleich mehrere) ihr Eigen nennt, gewinnt für mich sofort an Lebensqualität. Wieder eilige Notizen ins Blöckchen. Auch noch ein paar „Geheimtipps" bezüglich „Geheimshoppingadressen" etcetera, gell, Herr Mittelweg.

Was der wohl grade so treibt? Ach, eigentlich will ich´s gar nicht wissen.

Noch ein Mann mit Hut

Ich stehe schnuppernd am Wasser und genieße den Blick übers Blau. Beobachte die Segelboote und Ausflugsdampfer. Schließe die Augen und genieße die Sonne und den Wind. Leben kann so schön sein.

Per Untergrundbahn strebe ich ins Schanzenviertel und kann dort prima die Wartezeit vertrödeln. Nette Läden gibt es hier, ganz anders als bei uns. Sehr viel Vintage-Gedöns, was manchmal etwas muffig ´rüberkommt, aber auch Boutiquen mit Klamotten junger Designer, die Wert auf Qualität, Individualität, schöne Details und Understatement legen. Also schon eher meine Kragenweite. Das Viertel ist lebendig und lebhaft. Eine bunte Mischung Menschen jeden Alters, vornehmlich aber jüngere Menschen und jüngere Familien mit Puten, quirlen durch die Straßen, bevölkern die Außengastronomieen, sitzen in türkischen und asiatischen Lokalen, befühlen das Obst an der Auslage des großen türkischen Gemüsemarktes und haben eine gute Zeit. Ich bin entspannt und shoppe, fotografiere, komme ins Gespräch.

Schaue mir die Rote Flora mit den merkwürdigen Gestalten davor an. Um die Flora wird es später richtige Ausschreitungen in diesem friedlich wirkenden Viertel geben. Davon ist jetzt noch nichts zu spüren oder zu sehen. Ein Blick auf die Uhr und die Entspannung ist hin. So spät schon? Ich muss sofort zurück, Axelchen will mich um Sieben in der Lobby aufpicken. Ich fahre mit dem Taxi, geht schneller. Dann flugs in die Drehtür gehetzt und erstmal kurz stecken geblieben. Die Rotationsdiva mag es nicht, wenn man sie zu sehr pusht und streikt dann. Geht mir genauso. Aber Freundinnen werden wir deshalb noch lange nicht. Hängende Zunge, peinliches Gefühl, derangiertes Äußeres. Ich stehe in der Lobby und suche meine Einzelteile zusammen. Ein mir sehr sympathischer Herr sitzt entspannt auf einem der Canapees und trägt zweifarbiges Schuhwerk (beige-weiß im Budapester-Style). Außerdem einen hellen, leichten Anzug. Das heißt, nur die Bux davon, obenrum trägt er ein cremefarbenes Poloshirt das irgendwie leicht und doch wie gestrickt aussieht, die Jacke und ein helles Sommerhütchen hat er neben sich auf der Sitzfläche abgelegt.

Bei ihm wirkt das alles richtig, nichts ist aufgesetzt, alles passt. Mit seinem leisen, stets zerstreut - amüsiert wirkenden Lächeln sitzt er da und spielt mit seiner Sonnenbrille. Haaach, ich beneide mich selbst, der ganze Axel nur für mich allein. Heute. Hier. Wieder breitet sich das strahlende Grinsen auf meinem Gesicht aus.

Er bemerkt meinen Blick und sein Lächeln vertieft sich. Langsam erhebt er sich und kommt mir entgegen. Ich weiß nicht, was sich in diesem Moment alles in meiner Magen – und Bauchgegend tummelt aber es ist nur Gutes. Slow-mo-mäßig schreiten, nein SCHWEBEN wir aufeinander zu.

I got a feeling

In meinem Kopf: „I got a feeling. That 2nite´s gonna be a good nite. That 2nite´s gonna be a good nite, that 2nite´s gonna be a good goo…" Kreischquietschgeräusch, Nadel über die Vinylscheibe gescratcht, Mucke aus. Stattdessen: „Herr Wegner, Guten Tag, entschuldigen Sie den Überfall aber hätten Sie kurz Zeit für ein kleines Spontaninterview?" aufgesetzt charmante Stimme, gepflegtes Blondhaar, etwas üppige Figur, typisches Frauenhabitus mit leicht professionellem und toughen Anstrich. Wer, bitte schön, ist DIE Pussy denn jetzt?? „Hau ab!" Das habe ich definitiv GESAGT und nicht nur GEDACHT. Axel lächelt reserviert. Aber GANZ schön RESERVIERT! Ich stehe quasi mitten im Sprung gestoppt und taumele noch ein wenig nach meiner Vollbremsung. Die Schreiberpussy textet weiter auf ihn ein. Seine Miene: Höflich verfinsternd. Noch verfinsternder. Gibt´s nicht, das Wort. Aber so eine Miene, die gibt es!! Ich sehe es doch gerade selbst!
Er würdigt mich keines Blickes und ich weiß auch warum. Natürlich muss ja nicht sofort die ganze Yellowpress erfahren, was Herr Wegner hier privat so treibt. Und mich soll auch keiner kennenlernen, dem ich es vorher nicht erlaubt habe. Dass die ihn einfach so penetriert, hier in diesen heiligen Hallen wo man doch Wert darauflegt, dass der Gast, prominent oder nicht, unbehelligt seines Lebens frönen kann. Für gutes Geld, natürlich. Aber die *Kanaille de Journaille* ficht das nicht an. Wie auch, irgendwie muss die sich ja auch ihre Designerschühkes und die It-Bag verdienen. Außerdem trägt sie GENAU DEN mattgrünen Nagellack *Mossy Mood* von *Kessie*, hinter dem ich schon seit Ewigkeiten wie wild her bin. Blöde Kackkuh! Sie schnattert weiter. Na astrein, du Huhn. Jetzt hat die so viel Brimborium gemacht, dass auch noch ein paar Touristen aufmerksam werden und tatswahrhaftig ein Autogramm haben wollen. GEHT´S NOCH? Wir haben hier ein DATE!! OHNE euch Schmeißfliegenpack. Schiebt eure doofen Ärsche an die Hotelbar und sauft euch euer Leben schön, aber VERPISST euch! Mich hört wieder keiner. Nur

mein Gesicht spricht Bände. Aber in der Beachtungsskala stehe ich derzeit eher unten. Okay, ICH werde mir nun mein Leben schön trinken. Habe ich es nötig, hier wie ein Groupie gaffend herum zu stehen bis der Herr Promi sich der Paparazzine oder Paparazzone, wie Amazone, höhö, entledigt. Antwort: NEIN! Ergo: Ab!

Schubert Outdoor

Das *Mare* verfügt ja, wie gesagt und eventuell bekannt, über einen lauschigen Outdoorbereich den ich jetzt schnellstens frequentiere. Hier darf man auch rauchen. Würde aber eh niemanden stören. Außer mir ist kein Aas da. Die freundliche Bedienung ist männlich, jung, gutaussehend und wird es in der Damen – und Hotelhierarchie sicherlich noch weit bringen. Was für ein charmantes Grinsen! Der bestellte Prosecco-Aperol (scheißegal, ob der modern ist oder nicht) - ich nenne ihn aus verschiedenen Gründen immer *Schubert*, kommt in Begleitung einiger Salzmandeln flugstens an mein Tischchen. Die Zukunft der Gastronomie (und einiger gebrochener Herzen) gibt mir Feuer. Wenigstens EINER, der noch weiß, wie man sich zu benehmen hat! Kaum am Getränk genippt, Auftritt Herr Wegner. Leisen, aber raschen Schrittes nähert er sich meinem Tisch und bittet sofort um Verzeihung für diese eben geschehene, unzumutbare Szene. „Ilsa, ich bin untröstlich. Was für eine überflüssige und peinliche Situation! Ich weiß gar nicht, was in Frau Maulbach gefahren ist. Normalerweise vereinbaren wir einen Termin zum Interview und gut. Ich habe ihr klipp und klar gesagt, dass ich dieses Verhalten nicht dulde!" Kopfschüttelnd und verärgert nimmt er Platz. Der gastronomische Superschuss nimmt Axels Bestellung auf: „Für mich das Gleiche wie die Dame bitte". Superschuss: Grinsen. Ab. Frau Maulbach heißt bei mir ab sofort sowieso nur Maulaffenfeil, denke ich.

Axel nimmt meine Pfötchen in seine beiden Hände und haucht mir einen Kuss darauf. „Ach Ilsa, manchmal ist das alles sehr lästig." Axels *Schubert* wird vor ihm platziert. Diskretes Entfernen der Bedienung vom Hauptgeschehen. „Man muss die Presse schon hin und wieder ein wenig mit ins Boot nehmen aber doch bitte alles in Maßen!" Wie Recht er doch hat. Wir stoßen an und ich sage, dass die Sache ja nun geklärt sei und ich nicht weiter Schaden genommen hätte. „Mit solchen Tussis wie Frau Maulaffenfeil werde ich noch fertig in meinem Leben" knurre ich. Axel schmunzelt. „Es war so richtig von Ihnen, sich aus der Situation zu stehlen." Wieder entspannt schiebt er sich ein paar Salzmändelchen in die Zuckerschnute. Lächelnd beugt er sich zu mir, hält mir sein Glas zum Anstoßen hin und sagt: „Jetzt aber Schluss mit dieser Siezerei. Ich heiße Axel!" Kleine Verbeugung. Lachen. „Ich heiße Ilsa!". Anstoßen, Trinken...und äh, jetzt??? Axels Haupt kommt noch näher. Gaaanz sanfter Hauchkuss auf meinen erwartungsvollen Mund. Nun Grinsen bei ihm. „Das gehört doch wohl dazu, oder irre ich mich?" Nun müssen wir beide lachen. Der junge Ober fühlt sich dadurch aus irgendeinem Grund bemüßigt heran zu eilen. „Die Rechnung bitte", ordert Herr Wegner, äh, Axel, und, zu mir gewandt, „jetzt aber nix wie weg hier, wir haben doch noch etwas Anderes vor!"

Es gibt noch einen anderen Ausgang. Diskret und ohne Drehtür. Puh, Glück gehabt. Obwohl... mit Axel bleibe ich von mir aus auch mal in der Drehtür stecken. Aber auch nicht ewig, so groß kann keine Liebe sein!! Herr Wegner und Frau Eul tragen nun Sonnenbrillen (beide) und Hut (er) und der steht ihm gut. Wir spazieren die Alster entlang und reden über alles und nichts. Er will nun endlich wissen, was ich beruflich mache. Ich sage es ihm. „Wusste ich´s doch, dass du kein simples Büroweibchen bist. Das würde dich auch kaputt machen, so als sensibler und kreativer Mensch." „Woher willst du das wissen, du kennst mich doch kaum?" Außerdem sitze ich ja quasi auch im Büro... „Ich habe einen Blick dafür, vor allem bei Frauen." Na toll. Wie viele hat er denn schon begutachtet? Er bemerkt meinen Blick und kann wahrscheinlich auch Gedanken lesen. „Ilsa, so war das nicht gemeint. Mir fällt nur immer wieder auf, dass es gerade die Frauen sind, die ihren Neigungen oft nicht nachgeben und dann in irgendwelchen Strukturen stecken bleiben, die nicht auf sie zugeschnitten sind." „Stimmt, Männer denken weniger darüber nach, was die Umwelt von ihnen erwartet. Die tun was sie wollen wann sie es wollen und wie sie es wollen. Wir Weibsvolk gucken immer noch erst, ob die Frisur richtig sitzt. Statt einfach einen Hut aufzusetzen!" Axel lacht.

„Was soll das heißen? Er lupft seine Kopfbedeckung. „ Gefällt dir etwa meine Frisur nicht?" „Du meinst die Reste davon? Doch, alles à jour!" Mit gespielter Entrüstung stemmt er die Hände in die Hüften. „Also bitte, was heißt hier Reste? Und was hast du gegen meinen Hut?" Lachend sage ich, dass ich sowohl an seinem Haar als auch an seinem Hut Gefallen finde. „Es gibt nicht mehr viele Herren, die einen Hut tragen. Und noch weniger, denen er auch zu Gesichte steht. Du bist auf jeden Fall ein Typ dafür, bei dir wirkt das alles ganz authentisch." Schwärm und sülz. Du gute Güte, jetzt mach aber mal halblang, Eul!

Axel ist scheinbar angetan von den Komplimenten und bietet mir seinen Arm zwecks Unterhakung. „Bin weder Fräulein, noch schön..." „Ach Ilsa!" Leicht zieht er mich an sich. Das sollte er lieber nicht tun. Oder lieber doch. Aber ich meine halt nur mal so, zu seinem Eigenschutz. Oder zu MEINEM? Arm in Arm lustwandeln wir weiter. Der Schubert ist mir auch ein wenig in den Kopf gestiegen. „Aber besoffen bin ich von dir!" Ach du Scheiße, hatte ich das wieder laut gesagt? Wie peinlich ist das bitte schön!? „Ja, mir wird´s auch ein wenig leicht ums Gemüt", sagt er und lächelt versonnen. Hinter ihm Wasserglitzern und weiße Bötchen. Augenblick festhalten: Ritschratschklick. Und weiter geht´s mit der Erdrotation. Ich muss jetzt dringend was essen. Mich erden. „Ich habe uns ein nettes Lokal ausgesucht. In fünf Minuten sind wir da!" Er KANN Gedanken lesen. Also: Obacht!!

Das Lokal ist lauschig und diskret. Direkt in Alsternähe. Nicht zu schick aber auch nicht zu gewollt nicht schick. Es heißt auch noch *Die Zeit der Rosen*. Kitsch, ick hör dir trapsen! Aber mir gefällt´s natürlich. Ich mache Fotos (mit und ohne Axel drauf, ich darf das, hat er mir erlaubt). Wir belegen einen Tisch unter Weinranken. Die Romantik sitzt auch schon da. Alle guten Dinge in meinem Bauch bewegen sich fröhlich. Letztes Sonnenlicht fleckt durch das Laub. Axel scherzt mit dem Kellner (er scheint den Maître zu kennen). Zurechtrücken des Stuhls für die Dame, Absetzen des Hutes und Ablage desselben auf einen Stuhl. Der Romantik auf den Schoß. Die nimmt es lächelnd zur Kenntnis und hält ihn leicht in ihren schönen Händen. Ein echter *Coke Zero-* Moment: Leben, wie es sein sollte.

Die Hände der Romantik

„Die sehen ja aus wie meine!" „Wer, was?" Axel ist verwirrt. Und sieht ja so süß dabei aus. Aber auch männlich. Egal. „Na, die Hände der Romantik!" (Kacke aber auch, schon wieder laut gedacht. Wie ein Kleinkind! Hört das denn nie auf? Nein, nie. O.k. Resigniertes Schulterhängen). Die Romantik unterdrückt ein Kichern mit einer ihrer schönen Hände. „Die Hände der Romantik? Was ist das? Das klingt ja wundervoll!" Ich schaue zu Axel aber lasse trotzdem ein wenig meinen Blick streifen. Rechts hinter ihm die Rettung: Ein üppiger Rosenstrauch in einem riesigen Terracottakübel. Ein sanfter Duft liegt in der Luft. „Diese schönen Rosen da hinter dir. Die heißen so!" Ich lächele erleichtert. Axel folgt meinem Blick. „Wirklich sehr hübsch, und wie sie duften." Er steht wieder auf und hebt zwei voll erblühte Rosenköpfe vom Erdreich auf. „Und der Name passt hervorragend dazu. Diese Form der Blätter sieht wirklich ein wenig aus wie Finger." Er nestelt vorsichtig am grünen Blattwerk, welches das Röschen umgibt. „Und die Rose bildet dann den Handteller" sage ich schnell. Alles gaaanz plausibel.

Eine der Blüten reicht er mit übertrieben galanter Geste mir, die andere fiemelt er sich ans ripsige Hutband seiner Kopfbedeckung. Zum Glück hat die Romantik sie aus den Händen gelassen. Mein Rosenköpfchen hat keinen Stiel mehr und deshalb lasse ich es nach eingehendem Einsaugen des köstlichen Duftes behutsam in meine Tasche gleiten. *Something to remember*.

Der Meister des Hauses serviert zwei Schuberts „ist auch zu einem meiner Lieblingsgetränke avanciert" und entspannt sitzen wir uns gegenüber und finden uns und alles irgendwie toll. „Was darf es denn zum Schnabulieren sein?" Unternehmungslustig und jovial steht der *Maître de Maison* wieder an unserer Insel der wohligen Seufzer. So wie der auftritt kann das unmöglich ein Nordlicht sein! Und irgendwie kommt er mir latent bekannt vor „Wo kommen Se dann von aff?" frage ich deshalb flapsig, auch, um die etwas schmalzige Stimmung etwas aus einer möglichen Peinlichkeit zu heben.

„Isch komm auch ausem Rheinland, Mädschen!" kommt die lachende Antwort. „Nää, escht? Woher denn jenau?" „Licht der Welt erblickt in Kochschenbroisch, dann aber lang in Düsseldorf und später Kölle jewonnt!" *El mundo es un pañuelo* würde der Spanier sagen, wenn er denn nur auch hier wäre. Nebenan schnäuzt sich ein mittel - alter, südländisch aussehender Herr in ein Stofftaschentuch. Ungläubig blicke ich ihn an: „Habla Español?" Fragendes Augenaufreißen hinter textilem Schneuzläppchen. „Wie bitte?" „Ach, ich habe mich geirrt, Verzeihung." Daraufhin folgen zwischen dem Meister und mir diverse: „Jibbet jar nich" und: „Kennnste den und den" und natürlich kennen wir den und den gemeinsam und „was wurde eigentlich aus Fritze Prallsack und Trudschen Karoblock" und wir werden immer ausgelassener und Axel lächelt etwas ver-wirrt ob dieser rheinischen Wiedersehensfreude, obwohl wir zwei uns ja eigentlich gar nicht kennen. Der Meister heißt übrigens Rudi (ich darf ihn fotografisch festhalten, ist ja auch Werbung für ihn) und will uns schon die ganze Zeit etwas zu speisen empfehlen aber dann kommt er vor lauter Geplapper und Gealber nicht dazu.

Axel räuspert sich aber dann so vehement, dass wir schließlich ein Einsehen haben und gebannt lausche ich, was es alles Feines gibt. „Gegrillte Wachtelchen mit Zwie-bel-Mango-Jus und neuen Kartöffelchen" „Gibt's das auch mit Aal?" frage ich und wieder prustet Rudi heraus. „ Die machen doch viel mit Aal hier, oder?" Nach einigem Hin und her bleibe ich bei den Wachtelchen und nehme vorab einen Shrimpscocktail nach Art des Hauses. Herr Wegner einen Fischsalat und als Hauptspeise irgendwas mit viel Fleisch. So ein Männergericht eben. Rudi: Ab (kichernd). Axel: Lächelt. Mich. An. Ich: Sanftes Schwingen von Schmetterlingsflügeln in der Bauchgegend. Zarte, duftige, blau-silberne Schmetterlingsflügel.

Das Essen nehme ich leicht wattiert wahr. Wir reden, wir trinken. Wir lachen. Wir essen. Wir trinken. Und wir trin-ken. Ein Fläschen weißen irgendwassens Wein steht

schräg im Kühler und lässt perlend Tautropfen an sich
herunterlaufen.

Die Chens

Mich streift kurz, aber ohne Nachhalt und – hall, dass es sich hierbei bereits um die zweite Flasche handeln könnte. Oder ist das etwa bereits Nummer drei?? Ich will derweil wissen, wieso Axel hier in HH abhängt: „Bissu nich´ sons hauptberuflich im *Ort des Geschehens* tätig?" frage ich, leicht angeschickert und glucke schon wieder albern. Axel grinst süffisant und tupft vornehm mit dem Serviett-Chen am SchnütChen herum. Zunächst ein SchlückChen Wein welches vorher dem FläschChen entnommen und ins GläsChen gespült wurde. Und dann huscht ein Eichhörn-Chen vorbei. Ach nee, doch nicht. Nur, zu viele *Chens*. Finde ich bemerkenswert, in gewisser Art und Weise, die zu vielen *Chens*. Sogar im angeschickerten Zustand. Aber irgendwie und irgendwo wollen die ja auch mal leben, „die putzigen kleinen *Chens*". „Wer sind jetzt schon wieder die *Chens*?" fragt Axel. Gute Frage. „Och Nachbarn von mir, haben ein Chinalokal und sin´ gaaanz klein und sooo putßis!" Ich krächze mit Kleinkindstimmchen, ziehe ein Kleinkindgesicht mit Schnütchen, so wie wenn Kleinkinder halt etwas niedlich finden und zeige parallel dazu, wie KLEIN und wie PUTZIG die Chens doch sind. Also, sie passen echt in den kleinen Abstand zwischen meinem Daumen und Zeigefinger. „Unn wie possierlich sie immer im Eia...Eiabä...Eiabär, verflixt, Eierbecher baden! ßüüüüß!" Ich bin ganz hingerissen von den *Chens*! „Und sie haben ganz kleine, klissekleine Kinderleins, die schlafen in Fingerhüten." „Ohhh, niedlich!" Axel steigt voll auf die *Chens* ein und zieht auch ein „Wie ßüüüüß-Schnütchen". „Aber leider besissen se nur Plassefingerhüte, also, die aus Plasse, verstessu? Die aus Metall können se sich momem... momemm... momen...also grade, nich leisten. Laden läuf schlecht. Die Krise, weissu?" Ich lehne mich bedauernd zurück und weiß, dass ich ab jetzt riesige Mengen Was
sers benötige um mich wieder halbwegs nüchtern zu trinken. Sonst wird es peinlich. Also, NOCH peinlicher. Zum Beispiel für die Leute am Nebentisch, die nun auch die kleinen *Chens* kennen und ängstlich gespannt wissen wol-

len, ob denn die armen Kinder nicht schwitzen in diesen Plastikfingerhutbettchen.

Das gefällt mir. Die Menschen hier in diesem wunderbaren Lokal sind ganz wunderbar und besitzen wunderbares Mitgefühl und Humor. Wie isses denn nur wunderbar! „Doch", sage ich, fast den Tränen nahe. „Immer sin sie wund, weil sie so schwitzen in den Plassehütchen. Ich sammel aber grade für Metallhüte!" „À propos Hüte" Axel schnappt sich seinen Hut und weckt damit die Romantik auf, die gerade ein still- lächelndes Nickerchen gemacht hatte. Leicht schwankend steht er am Nebentisch: „Bitte eine kleine Spende für die putzigen *Chens* und ihre Fingerhütchen!"

Den Rest des Dinners habe ich dann später nur noch nebulös in Erinnerung. Die Gäste am Nebentisch haben offenbar lachend ein paar Münzen in den Hut geworfen. Rudi kommt ob des Trubels dann auch noch mal nach dem Rechten sehen und bringt mir bald darauf lachend Wasser und „mindestens einen dobbelden Expresso". Während Axel zahlt, erzähle ich Rudi schon wieder etwas nüchterner: „Wir gehen nämlich noch zu ´nem Komikaa - Privatkonzert!" „Und: Komm´ doch auch", lade ich ihn ein, taumele nur ein wenig und mache eine "Wat kost´ die Welt"-Mimik, begleitet von einer generösen Handbewegung. „Nee!?", sagt Rudi und reißt erstaunt die großen braunen Augen noch weiter auf. Und „Ach...?!" sagt Axel überrascht und reißt seine grauen Wegnerguckis auf. Das Zuckerschnütchen bleibt auch glatt ein wenig offenstehen. Sein Hemd ist halb aus der Hose gerutscht und den Hut trägt er schief auf dem Kopf. Das Jackett liegt dafür erstmal gemütlich im Staub neben seinem Stuhl. Ach ja stimmt, hatte ich ihm ja vor lauter Lauter noch gar nichts von erzählt. „Dann sehen wir uns da ja noch! Mein Cousin hat da das Catering übernommen und ich soll nach Feierabend mal ´rumkommen" freut sich Rudi. „Cool!" sage ich cool, „dann müssen wir ja nich´ noch umständlich Nummern austauschen oder so". Würdevoll stolpere ich wieder einmal über einen Stuhl und schweb-schlingere in Richtung *Damen*. Aber erssma Nase pudern!"

Bei den *Damen* angekommen lasse ich mich unsicher auf die Brille fallen und kriege einen Lachflash. Hervorgerufen durch ZUVIEL Alkohol und ZUVIEL Axel und Außergewöhnlichkeit. Ich krieg mich gar nicht mehr ein! „Und die kleinen *Chens*! Wie süüüüß!!" quietsche ich. „Hihihi, buhahah, nee wat lustisch alles". Noch etwas unsicher auf meinem Geläuf bringe ich halbwegs meine Klamotten in Ordnung und schwinge enthusiastisch mein Kabinentürchen auf. Eine gepflegt ondulierte Dame mittleren Alters schaut mich flüchtig aber kritisch an. Kenne ich die nicht irgendwo her?? Wenn sie könnte, würde sie wohl eine Augenbraue hochziehen aber das können nur „Mr. Spock und Ilsa Eul!" „Angenehm, Kaufmann!" antwortet sie.

Aber ich hab doch gar nix gesacht. Oder doch? Die Dame schaut verwirrt drein und vorsichtig in Richtung Kabine. Ich blicke mich ebenfalls um. „Ähm... hä?" „Ist da noch jemand drin?" fragt mich die Dove-Geriatric- Schnecke allen Ernstes. „Wieso...?" „Haben sie nicht eben zwei Namen genannt?" „...??..." „Es hörte sich auch ein wenig so an, als kämen zwei unterschiedliche Stimmen aus der Toilette." Aus der Toilette? Können hier die Klos kommunizieren? Hat die Olle einen Hirnschiss? Bevor ich das abschließend klären kann, verliere ich die Lust an diesem dadaistischen Gespräch und gehe über zum Hände waschen, Wasser auf den Schläfen verteilen und über die Handgelenke laufen lassen um ein wenig klarer im Kopf zu werden. Besser nüchtern und schüchtern, denke ich bei mir. Dann noch Lippen nachziehen und was Mädels sonst noch so auf der Damentoilette treiben. Die Lady hat sich hinter dem Türle verdrückt (buhahah, ein Wortspiel) und ich mache, dass ich hier ´rauskomme. Nicht, dass die irgendwie gefährlich ist in ihrem Wahn.

Mit einem Taxi zum GANZ GROSSEN GLÜCK

Herr Wegner sieht auch nicht mehr gar so derangiert aus (obwohl ich das auch gaaaanz putßiss fand) und nestelt gerade an seinem mobilen Fernsprecher herum. Oha, hat sein holdes Weib einen Kontrollanruf gemacht? Ich beschließe, dass mich das nicht interessiert und frage mich und ihn, wie wir denn nun zum Kaii kommen.

„Ich glaube, ich weiß wo das ist. Wir fahren aber mit dem Taxi, zu Fuß wäre das viel zu weit." „Un´ vor allem in unsam Zustand!" sage ich. „Was soll`n die *Chens* von mir halten, wenn ich dermaßen allo...alkokoholisiert nach Hause komme?" Aber erstmal geht es ja nicht nach Hause, sondern zu Kaiis Kumpel. Und das Taxi ist auch schon da. Kichernd und albernd sitzen wir auf der Rückbank. Unterwegs passieren wir allen Ernstes ein Chinalokal: *„Fu Wen Chen"* steht auf dem Schild darüber und: *Der Original-Mandarin Chinese Ihres Vertrauens!* Darunter das Piktogramm eines Hundes und einer Katze - beide durchgestrichen. Daneben hat es ein Geschäft mit gebrauchten Singernähmaschinen und Kurzwaren. Mir bricht der Schweiß aus vor lauter Lachen, mit aufgerissenen Augen zerre ich Axel am Textil und weise mit der anderen Hand auf das Szenario. Kraftlos vor Gegacker lasse ich meinen Kopf an seine ebenfalls vor Lachen zuckende Schulter sinken. In einer Lachpause hebt er behutsam mein Erbsenköpfchen von seiner Schulter und schlingt stattdessen seinen Arm um mich. Er hat immer noch seinen Hut auf und so ist es dem Taxifahrer sicherlich nicht möglich, detailliert zu beobachten wie ich gerade geküsst werde. Selbst wenn, es gäbe nichts, was mir gleichgültiger wäre. Ach was, in diesem Moment IST mir ALLES gleichgültig. So sollte es bei guten (ersten) Küssen ja wohl auch sein, oder, Mädels? Und Axel küsst wunderbar. Sanft und süß und nur ganz leicht benetzend. Besser könnte Götz Alsmann das auch nicht beschreiben: *„Ganz leicht...willst du wissen, wie man beim Küssen was erreicht? Küsse ganz leicht!"* Es ist auf jeden Fall ein „Davon-hätte-ich-gerne-noch-die- Fortsetzung"-Kuss. Im weiteren Verlauf wird er noch ein ganz klein wenig feuchter (also der Kuss). Aber es bleibt: So angenehm, dass alles kribbelt und krabbelt, Wärme in alle Körperteile flutet und die Zehen sich von selbst ein wenig in die Höhe erheben. Mir wird wunderbar flau und mau. Ich bin atemlos. Und sprachlos. Worte würden diesen Moment wahrlich auch nur zerfasern. Ja, mich kriegt man (leider) schnell mal in eine rosa Stimmung versetzt. Was soll ich dagegen tun? Nix!

Das Taxi ist angekommen. Benommen beobachte ich, wie mein Date den Fahrer bezahlt. Wie dieser sein Taxameter wieder auf Null stellt. Wie der Taxifahrer mir im Rückspiegel einen Blick zuwirft. Mit leisem Lächeln um die Augen. Und wie uns der Taxifahrer noch einen charmanten Abend wünscht (benutzt er wirklich das Wort charmant?) und Axel mir galant aus dem Gefährt hilft und die Türe schließt und der Taxifahrer: Abfahrt. Rote Rücklichter: lichtern rot. Gelber Blinker: blinkt gelb. Ilsa: Guckt eingeschränkt. Axel: Leichtes Lächeln, Armumschlingung. Ich schlinge nun auch einen Arm um seinen Körper. Wow, erneutes Kribbeln durch Ilsas Lebendhülle. Es fühlt sich GUT an. ER fühlt sich GUT an. „So, da wären wir, meine Schöne." Vor uns: Weiße Mauer, schmiedeeisernes Rie senangebertor. Dahinter, in einiger Entfernung: Weiße Protz-Villa. In unseren Ohren: Entferntes Musikschubidua. Auf der Straße: Ein Barbie-SUV neben dem nächsten neben anderen Großraumteuerschlitten.

Ich weiß nicht, ob da wirklich ´rein will. Aber Axel hat keine Scheu und drückt auch schon fröhlich auf die Klingel. Natürlich hat es auch eine Kamera. Irgendein Securitytyp oder Hauslakai kommt ans Törchen und beäugt uns. Er sieht aus wie Roy aus Las Vegas. Der, dem der Tiger beinahe den gelifteten Schädel abgeknabbert hätte. Seitdem ist er nie mehr ganz der Alte geworden, munkelt man. Also, der Roy, nicht der weiße Tiger. Ob man das arme Vieh wohl abgeknallt hat? überlege ich. Als der verkappte Tigerdompteur Axels angesichtig wird runzelt er nachdenklich die Stirn. „Guten Abend" sagt Axel höflich, aber bestimmt. Und ich: „Wir möchten gerne zu Lambert!" Langsam kann ich wieder artikulierter sprechen.

Gut so. „Zu HERRN Lambert Apfelstein", möchten Sie wahrscheinlich, sagt der Las Vegas Fuzzi streng. „Ich kenne Lambert nur als Lambert. Vielleicht möchten Sie ihn ja mal herbitten?" sage ich würdevoll. „Herr Apfelstein ist derzeit nicht abkömmlich!" „Aber verlöblich! Und wir sind zur Feier seiner dritten großen Liebe eingeladen!" In dem Moment dudelt mein Handy! Es ist Doppelschwänzi. Jetzt! „Frau Eul!!!" bellt er zur Begrüßung. „Herr Mittelweg! Ist was passiert?" „Ich wollte mich nur mal erkundigen, wie und wo sie gerade die Spesen verballern, hähähäh" lacht die Hyäne. „Dann tun Sie´s doch". „Was?" fragt Doppleschwänzi verwirrt. „Na, sich erkundigen! Bisher sagten Sie nur: Ich wollte mich nur mal erkundigen!" Wir haben NICHT die gleiche Art von Humor, scheint es. „Ich befinde mich gerade vor der Villa Apfelstein. Hier findet heute eine Verlobungsfeier oder so statt und Kaii Komikaa hat mich dazu eingeladen" prahlt Frau Eul. Erneutes Hyänenlachen dringt an mein Ohr währenddessen der Securitytünnes argwöhnisch guckt. „Sie sind schon immer witzig, Frau Eul, das muss man Ihnen lassen. Na ja, ich baue darauf, dass Sie uns was Hübsches abliefern, schicken Sie doch morgen mal einen kleinen Zwischenstandsbericht mit ein paar Bildchen ´rüber, ich muss jetzt Schluss machen, habe ein Gespräch auf der anderen Leitung!" (Telefonklingelgeräusch aus dem Aquarium „Ich hab grad ein Gespräch, nicht viel Zeit, wieso störst du..." oder so ähnlich und aufleg). Also, MIR hat er aufgelegt! Oder heißt es MICH? Jedenfalls ist die Leitung tot. „Ooookay, dir auch tschüss und einen schönen Abend, kleines Sams", sage ich beim Handyverstauen zu meiner Handtasche. Der Bewacher schaut immer noch misstrauisch und will uns keinen Einlass gewähren. Ich setze zu neuen Verhandlungsgesprächen an, da kann ich ja auch hartnäckig sein, ich will jetzt wissen, was da drinnen abgeht. Nix da von wegen „Du komms hier net ´rein" oder so. Nicht mit dem Commander! Axel will gerade auch seinen Senf dazugeben als ein leicht halbseiden aussehender Typ im teuren weißen Anzug, mit weißem Hemd und weißen Schuhen!) dazukommt und uns neugierig anschaut.

Ich reiße ungläubig die Augen auf. Nun stehen beide, Roy UND Siegfried vor mir!! Ungelogen, der etwas zu gebräunte und etwas verlebt aussehende Kerl in Weiß hat dieselbe Frisur wie Siegfried. Und die hammer-gebleachte Kauleiste. Gut, er mag etwas jünger sein als unser Deutscher in Las Vegas aber die Ähnlichkeit ist doch frappierend. Mir fällt sofort die alte „Schmidteinander" Show mit Superarschloch Harald Schmidt (der war damals noch lustig und nicht nur ätzend) und Herbert Feuerstein ein. Siegfried, Roy und ihre weißen Raubkatzen waren Thema der Sendung. „Now I verwandle Roy into a weiße Tiger!" „LookatmeIamRrrroy" So ging das den ganzen Abend und dabei haben die beiden immer irgendwelche Plüschtiger (die gar nicht weiß waren, glaube ich) in Gitterwägelchen gesperrt und versucht, sie zu verzaubern. Hat natürlich nicht funktioniert. Dieser Siegfried hier heißt Lambert und strahlt uns an wie ein Pfefferkuchenesel. „Hallo und einen schönen Guten Abend, ich bin Lambert, du musst die Prinzessin sein!" Spricht´s und derweil öffnet sich das riesige Tor automatisch. „Die Prinzessin, aha…" murmelt Axelchen und blickt mich interessiert von der Seite an. Lambert strahlt nun noch breiter und umarmt mich und luft-küsst mich auf beide Wangen. Na ja, nicht *ganz* luftig, die Schmatzer. Der Bräutigam riecht nach einem süßlichen Parfum und ein klitzekleines bisschen auch nach Alkohol. Bestimmt Champagner. „Kaii hat deinen Besuch bereits angekündigt, ich freue mich immer, die Freunde meiner Freunde kennenzulernen." Und deren Freundesfreunde und deren Freunde. Und unserer Väter Väter Väter Väter. Ach nee, anderes Märchen.

Ich lächle prinzessinnenhaft und stelle meinen Begleiter vor: „Das ist Axel!" Siggi-Lambert gibt Axel die Pfote und mit der anderen streicht er ihm zärtlich-kameradschaftlich übers Schulterblatt. Ganz schön touchy, der kleine Dompteur. Aber irgendwie auch nett. „Angenehm" sagt Axel artig und: „Vielen Dank für die spontane Einladung, ich dachte schon, man hielte uns für ein Überfallkommando!". Wir drei lachen. Halt so Smalltalklachen unter Menschen, die sich sympathisch finden wollen obwohl (oder weil) sie sich nicht oder nicht gut kennen, zum Warmwerden. Aber mir ist eh warm, mit diesem Menschen an meiner Seite. *LookatmeIamRRRoyyy* hat wieder seine Securityvisage aufgesetzt und nestelt an seinem Knopf im Ohr, derweil er sich wahrscheinlich neue Namen für die Babytiger oder aber neue Zaubertricks ausdenkt. „Viva Las Vegas", sage ich abschiednehmend zu ihm, aber natürlich peilt er das nicht. Wie auch, mit halbem Kopf! Über den natürlich knirschenden Kies werden wir nun ins traute Heim geführt, so eine Art Empfangshalle in Weiß (klar!), durch ein überdimensioniertes Wohnzimmer oder wie auch immer man diesen Thronsaal nennen soll und von da aus auf eine klischeehafte Monsterterrasse die einen prima Blick über jede Menge tanz- und feierwütige Menschen in schicker Garderobe bietet. Siegfried-Lambert strahlt immer noch als hätte er sich ein Dauerdildo in den Allerwertesten gezaubert und will uns seine große Liebe, „sein GANZ GROSSES GLÜCK" vorstellen.

Das GANZ GROSSE GLÜCK ist höchstens 1,67 (eher klein für ein Ex-Model, finde ich. Jedenfalls stand mal in der Bunten, dass sie ein Model ist/war/sein wollte). Sie heißt Janina, ist sehr blond, sehr gebräunt, sehr weißzahnig und bietet richtig an. Auch sie schenkt uns ein strahlendes Lächeln. Siggi-Lambi stellt uns vor, bei mir lächelt sie lieb, bei Axel noch lieber. Ist schon o.k., ich nehme es nicht persönlich. Ich krame aus meiner Handtasche ein kleines Geschenk hervor, hübsch weiß- silbern verpackt, das ich nachmittags noch schnell in einem kleinen Laden im Schanzenviertel erstanden habe: Zwei weiß-silberne bzw. weiß goldene (für den Bräutigam) Tintenschreiber mit Herzchen und Täubchen darauf. Den Clip bildet bei ihr eine Taube, bei ihm ein Herz. Wunderbar kitschig zum Liebesschwüre schreiben. Jeweils mit einem silbernen bzw. goldenen Schreibblöckchen dazu. Ich hatte es eigentlich als Gag gemeint aber nun vermute ich, dass dieses Geschenk passt wie Faust aufs Auge.

„Ohhh, wie schööön", seufzt DAS GANZ GROSSE GÜCK mit Plüschaugen und umarmt mich kurz. Lambert dito. „Damit kann ich dir jetzt immer kleine Liebesbotschaften schreiben und in deinen Hosentaschen verstecken", sagt Janina naiv-zärtlich und der Blonde aus Las Vegas kontert neckisch: „Aber nur, wenn ich die Hosen dabei anhabe, harhar" und anzügliches Augenzwinkern nebst Grinsen. Ja, dann braucht´s auch die Dildobux nicht mehr DENKE ich. DENKE ich? Ja, DENKE ich, puh, ich habe nicht ge sprochen, gut. Axel macht zu dieser hammer Lovestory ein charmant neutral-mitfreuendes Gesicht. Ein Domestike schwebt auf des Jubelpaars Geheiß heran und versorgt uns mit exzellentem Kribbelwasser. Wir stoßen auf die beiden Liebenden an, die sich ja SO SEHR freuen, dass wir zu ihrem *Polterabend*(!!) gekommen sind. Tatsächlich höre ich gerade Geschirr zerbrechen, aber das war wohl nur ein ungeschickter Kellner unter einem der weißen Festbaldachine.

Ich frage, ob ich fotografieren darf. Natürlich, diese Menschen lassen sich GERNE ablichten und sind nicht hardcoremäßig auf Privatsphäre und den kompletten Ausschluss der Öffentlichkeit bedacht. Lambert-Siegfried packt sofort sein GANZ GROSSES GLÜCK und steckt ihr die Zunge in den Hals. Sie stößt ihn ein wenig von sich, etwas verlegen lachend und streicht das silberblonde, mittelgescheitelte Goldhaar aus dem gebräunten Glücksgesicht. Beide stehen Arm in Arm und verstrahlt lächelnd. So sieht Liebe aus! Leises Klick und die zwei Turteltäubchen sind im Kasten.

Ringelpiez mit Anfassen

LookatmeIamRrrrroy kommt herbei und meldet neue Besucher. Das Liebespaar entschuldigt sich und ermuntert uns, nur ja kräftig beim Essen zuzugreifen und den Abend und die Musik (und den Tanz) zu genießen. Wir schreiten also die Terrassenstufen herab und mich durchströmt kurz ein echtes Prinzessinnengefühl. Ein wenig Neid keimt auf. Jeden Tag hier herunterschweben, eingehüllt in feinstes Tuch diverser Luxuslabels, barfuß, aber bestens vom hauseigenen Friseurteam gestylt, hach ja, das wär´s! Axel vernimmt mein Seufzen und nimmt zart und galant meine Hand. Für einen stillstehenden Moment sind wir DAS TRAUMPAAR des Abends und die Menge lächelt uns verzückt und wohlwollend zu. Axel und ich lächeln uns ebenfalls verzückt und wohlwollend zu und dann bleibt er doch tatsächlich mitten auf der Freitreppe stehen, zieht mich leicht an sich und gibt mir einen Kuss, der die Welt mal kurz in den Hintergrund treten lässt. *Blitz, blitz*, irgendjemand hat diesen romantischen Moment, der ja - by the way - eigentlich gar nicht sein darf und schon gar nicht in der Öffentlichkeit, fotografisch festgehalten. Irritiert wache ich aus meinem Pilchertraum auf und auch Axel blickt leicht nervös um sich. Scheint sich aber nur um einen privaten Fotografen des Hauses zu handeln denn er sagt: „Die Bilder könnt Ihr auf Janinas und Lamberts Hochzeitshomepage einsehen. Oder in Janinas Hochzeitsblog", und reicht uns ein Kärtchen mit den entsprechenden Neue-Medien-Koordinaten. Hochzeitsblog!!! Ich stecke das Kärtchen in meine Tasche. Meine Beine: Pudding. Mein Herz: *Beating like a djungle drum*. *A ramtatamtatamtatakka-tamtam*. Oder so ähnlich jedenfalls. Das geht allerdings in der affenlauten Musik unter die gerade von der weißverkleideten und weißbodigen (!) Bühne schallt. In dem ganzen Weiß nimmt sich die dünne Gestalt mit Hut etwas fremd aus. Kaii verursacht gerade positive Energie beim Publikum, lispelt ins Mikro und federt ungelenk in den Knien. Axelchen macht sich kurz aus dem Staube um dann mit zwei neuen Gläschen des köstlichen Prickelwassers zurückzu- kehren. Wir stoßen an, schauen uns in die Augen und die Welt kann mich grade mal wieder unheimlich gerne haben.

Dann ertönt ein fiependes Rückkopplungsgeräusch von der Bühne. Kaii schwafelt etwas Unverständliches ins Mikro. Ich höre nur Fragmente wie:

„Mein alter Kumpel Lambi, DAS GANZ GROSSE GLÜCK, kosmische Fügung tralala." Und dann geht´s weiter mit der Mucke. Nun kommt Bewegung in uns beide, wir stellen unsere schon wieder leeren Gläser ab- deshalb bin ich so leicht im Kopf, hihi- und stürzen uns ins Getümmel. Axel rockt richtig ab und macht Faxen, zwischendurch finden wir uns auch beim Tanzen, er führt, ich lache und habe den größten Spaß seit Langem. Kaii geht derweil auf der *white stage* ab wie Pommes. Auch das Brautpaar tanzt nun direkt neben uns auf der Tanzfläche sehr intensiv. Ich groove abwechselnd mit Axel, Janina und Siegfried-Lambert und wir alle sind glücklich, alkoholselig und leicht aus der Puste. Und dann kommt natürlich noch „Damals an der Alster" und alles was halbwegs ein Pärchen bilden kann, geht über zum Schmusibusi-Engtanz. Axel und ich auch. Ich lasse mich fallen und führen und schließe einfach nur die Augen und lasse mich irgendwo und irgendwie herum schieben. Axel brummt einige Textpassagen oder auch nur die Melodie mit und ich falle in eine Art Wachtraum. Die Luft ist warm und erfüllt von Glückseligkeit und Blütenduft und leichten Parfumwolken. Ich kuschle mich enger an meinen Kavalier. Er duftet immer noch nach Vetiver und nach irgendwas das ich unwiderstehlich finde. Auch er vergräbt sein spitzes Riechorgan an meiner Halsbeuge und atmet tief ein. „Hmhm... Ilsa-Eulchen, du machst mich ganz karussellig." Dito, Schätzelein!

Die Schmusestimmung endet abrupt, als Kaii schweigt und irgendein Flachzangen - DJ *Song two* von Blur auflegt. Das ist mal ein Kontrastprogramm! „Alter! Sind die bekloppt!?" stoße ich ärgerlich hervor und löse mich abrupt aus der Stimmung und von Axel. Benommen sehe ich die wild herumhüpfenden Gäste um mich herum. Ich steh aber auf das Stück und tanze fast sofort ausgelassen mit. Axel verzieht sich mit unserem Mann aus Las Vegas zu enem der Catering-Baldachine. Vielleicht ist das Lied nicht mehr seine Altersklasse?

Familienverhältnisse

Aber als dann deutscher Schlager gespielt wird, verlassen auch DAS GANZ GROSSE GLÜCK und ich den Tanzboden und streben nach Erfrischung. Ich kann unsere Männer zurzeit nicht erblicken und so besorge ich bei einem Catering- Menschen, der fatale Ähnlichkeit mit dem Handlanger des Grafen von Monte Christo hat (in der Verfilmung mit Gerard Depardieu) wie hieß der Mensch doch gleich? - erst einmal zwei stinknormale Mineralwasser. Der Cateringfilmstar reicht mir lächelnd das Gewünschte und in dem Moment fällt es mir wieder ein: „Bertuccio!" Er lacht. „Nein, Cosimo!" Das muss also Rudis Cousin sein. Ich kann nicht sofort reagieren, denn Janina und ich trinken das Wasser wie zwei Kaltblutpferde die man aus Versehen zwei Tage in der Wüste geparkt hatte. Ich will ihm aber so-fort kundtun, dass ich ja *SO ENG* mit seinem Cousin bin – man stelle sich gekreuzte Zeige- und Mittelfinger vor -, mache das entsprechende Zeichen, aber komme vor lauter Mineralwasserwetttrinken und Aufregung nicht so ganz elegant dazu: „Bürp, oh Verzeihung" *Luftschnappen, Weitersprudeln*, „ich habe aber eben Ihren Cousin kennen gelernt, der ist ja echt ein lustiger Zeitgenosse, *buihburp*, oh, Verzeihung, liegt das leckere Essen bei euch in der Familie?" *Nachluftschnapp.* „Er will gleich auch noch vorbeikommenwiesosindSieItalienerundernicht?" *Leiserabschlussschluckauf.* Mir tränen die Augen von den Bäuerchenunterdrückversuchen. Da war ich leider nicht ganz erfolgreich. Der Aushilfsbertuccio lacht mit büffelmozzarellaweißen Zähnen und wirft seine gelockte Haarpracht in seinen etruskischen Nacken. „Meine Mamma ist Mutter und mein Vater ist Rudis Onkel!" „Ach nee...!" „Ich meine natürlich" Janina kichert nun auch neugierig albern, „ähm, also ich meine natürlich, dass mein Onkel sein Vater ist und seine Mutter meine Tante, also die Schwägerin meiner Eltern!" „Ahaaaa..." Cosimo hat sich verrannt. Ob DAS GANZ GROSSE GLÜCK ihn verwirrt? Stehen Itanuffen (auch halbe) nicht IMMER auf starkbebuste Blondettas?

„Noch mal von vorne: Ich bin über meine Eltern mit Rudi verwandt!" „Nu sach bloß...!" Janina und ich gackern ungehemmt. Cosimo guckt sparsam. Und lacht dann auch. Ganz schön schönes Lachen. So echt und trotzdem charmant und unaufdringlich. Gar nicht papagallomäßig. „Und ist nich´ eure Omma die Tante von Rudis Bruders Vetter mütterlicherseits?" Haha, nee, wie kann man sich über so einen gequirlten Quatsch doch köstlich amüsieren. À propos köstlich: Die essbaren Artikel die an Cosimos Tisch, oder besser gesagt: Tafel, feilgeboten werden, sehen gar liebreizendlecker aus. Ich stibitze ein paar Kleinigkeiten und genieße, während Janina und der Catering-Italian- Stallion versuchen, die Verwandschaftsgrade in die Reihe zu kriegen. Es stellt sich heraus, dass Rudis Vater und Cosimos Vater Brüder sind. Seine *Mamma* hat das italienische Blut beigesteuert. „War doch gar nicht so schwer" spotte ich immer noch kauend. Wieso habe ich eigentlich schon wieder Hunger? Und eben schwebt wieder ein Champagnertablett an mir vorbei. Ich greife gerne zu. Dann wische ich die Lachtränen aus den Augen und die Fingerchen an einem Serviettchen ab und möchte Bertuccio-Cosimo fotografieren. Janina, die Gastgeberin gesellt sich zu ihm und beide strahlen mich mit ihren blinky Beißerchen an. *KlickimKasten*.

Ein echter Held gibt Tittengeld

Cosimo füttert uns mit weiteren Häppchen und Jasmina erzählt mir, wie sie Lambert kennengelernt hat. „Es war ja *SO* romantisch, er ist ein echter Held." Das klingt spannend, Cosimo und Ilsa spitzen die Ohren. „Ich hatte mich als Hausmodel für sein Blusenlabel beworben." Oder Busenlabel? Haha, lustig Ilsa, lustig. Ab in die Pubertätsecke! Also: „Ich hatte mich als Hausmodel für sein Blusenlabel beworben."

Ilsa und Cosimo nicken. „Er sucht die Models IMMER selbst aus, weil sie natürlich seine Kreativität und seinen Stil hundertprozentig verkörpern müssen!" Janinas Wangen sind gerötet, schnell am Champagner genippt. Ilsa und Cosimo: Verständiges Nicken. Janina: „Ich also vor ihm gelaufen undsoweiter, er war direkt *SO* charmant und wollte mich immer wieder in verschiedenen Outfits sehen. Und ob ich nicht auch für seine Jeanslinie *Darling-Denim* auf der Hausmodenschau laufen könnte." War das jetzt der Aufbau eines Spannungsbogens? Cosimo und ich lauschen weiter gebannt. „Ich war geschmeichelt. Natürlich wollte ich auch in den *Darling-Denims* modeln, ganz klar. Ich brauchte auch dringend Geld. Mein damaliger Freund hatte einen Berg Schulden." Wie nett, dass Janina ihm da heraushelfen wollte. Cosimo und ich: Verstehend-mitfühlendes Nicken. Inzwischen hat Kaii wieder angefangen zu knödeln, eine Coverversion vom „Sonderzug nach Pankow", und es ist entsprechend laut. Janina muss fast schreien: „Hamid hat immer gesagt, dass er nur bei mir bleiben würde, wenn ich ihm das Geld geben würde, ich bekäme eh nie wieder so einen tollen Kerl ab wie ihn weil er wäre ja ein Hengst im Bett und ich könnte froh sein, wenn mich mit meinen kleinen Titten überhaupt jemand anfasst." Ich bin erschüttert. Cosimo dito. „Also brauchte ich auch Geld für die Tittenvergrößerung!!" Kaii: *„Ist das der Sonderzug nach Pankow? Bruu- uuhm!"* Janina: „Ich MUSSTE also den Job haben und ich hatte ein gutes Gefühl bei Lambert." Natürlich, können diese Zähne lügen? „Aber leider war Hamid mir heimlich zu dem Termin gefolgt. Er wollte zwar, dass ich die Kohle ´ranschaffe aber er war auch hammermäßig eifersüchtig." Was für eine Pissprimel! (denke ich, dass ich denke) „Stimmt!" sagt Cosimo. Kaii: *Entschuldigung, der Sonderzug nach Pankow? Bruuu-uuhm.* Shit! Denke ich. Wirklich. „Als ich in Lamberts Büro war um die Details zum Vertrag und so zu klären, gab es draußen einen Riesenkrach " schreit Janina und fuchtelt theatralisch mit ihren Gelnägeln vor meinen Augen herum. Ganz klar, das war Hengsti-Hamid! (denke ich...okay, ich geb´s auf) „Genau, das war Hamid, der gerade der Vorzimmerdame damit drohte hier alles auseinanderzunehmen, wenn seine Tussi nicht sofort ´rauskäme und der Apfelsteinschwuli seine schleimigen Flossen von mir lässt." Kaii: *Ich hab ein Fläschchen Cognac mit und der schmeckt sehr le- kker...* Janina: „Hamid hatte einen Baseballschläger dabei und wollte alles kurz und klein schlagen!!" *...das trink ich dann zusammen mit dem Erich Hon-ecker...* Ilsa und Cosimo: „Oh-O!" Die umstehenden Gäste: Irritierte Blicke. Janina merkt davon nix, sie hat sich in Fahrt erzählt. „Die Frau Dorn, Lamberts Assistentin, war außer sich vor Angst und hat nur noch geschrien. Lambert und ich sind also ´raus aus seinem Büro und ich sehe Hamid und denke schöne Scheiße jetzt ist alles im Arsch!" DAS GANZ GROSSE GLÜCK hat definitiv keinen bildungsgeschwängerten Upper- Class-Hintergrund. DENKE ich. Denke ich? ... Ja, denke ich. Puh. „Und dann?!" ruft Cosimo, er hat schließlich noch anderes zu tun als hier angelegentlich herumzustehen und sich Räuberpistolen anzuhören. *„All´ die ganzen Schlageraffen dürfen da singen, dürfen ihren ganzen Schrott zum Vortrage bringen, nur der kleine Hamid, nur der kleine Hamid, der darf das nicht und er und sein Basy verstehn´ das nicht!"* Äh, hä? „Lambert hat ganz toll reagiert. Ganz chillig hat er Hamid gefragt ob es Probleme geben würde und man könnte doch in Ruhe reden. Vielleicht wär das ja alles nur ein großes Missverständnis" Janina fächelt sich mit einer Serviette Luft zu. „Aber Hamid hat sich voll auf mich gestürzt, mich an den Haaren gepackt und wollte mich unter Gebrüll aus dem Haus ziehen." „Mit dem Basy noch in der Hand?" will ich wissen. „Das muss ja voll neandertalermäßig ausgesehen haben." Cosimo lacht. „Hamid sieht eh ein bisschen aus wie ein Urmensch. Aber das ist mir erst später aufgefallen. Ich war früher immer voll schüchtern und hatte kein Selbstbewusstsein. Da war ich echt froh, so einen Kerl wie Hamid abzukriegen" offenbart Janina gnadenlos ihr Innerstes. „Und was passierte dann?" frage ich neugierig. Ich will jetzt mal die Pointe wissen. „Hamid hat unheimlich mit dem Baseballschläger 'rumgemacht aber Lambert ist ganz cool geblieben und hat ihm den mit einem Schlag aus der Hand gehauen." Alter Falter! Dat iss ja ein super Typ. Es stellt sich heraus, dass Lambert irgendeine asiatische Kampfkunst beherrscht und Hamid dem Hengst seine hölzerne Penisverlängerung mit einem lauten *„Miiii Fang!"* oder so auf den Lippen aus den Hufen bzw. Klauen gekickt hat. Oder geschlagen. Oder sonst was. Dann hat Lambert den orientalischen Pferdejungen in die Knie gezwungen und irgendwie in Schach gehalten. Die Damen hat er gebeten den Raum kurz zu verlassen und dann war erst mal Ruhe im Karton. Janina und Frau Dorn haben dann wohl nachbibbernd mit den anderen Modelaspirantinnen im Defileè-Raum gehockt und Mord und Totschlag gefürchtet. Tatsächlich war aber nur leisestes Gemurmel zu hören und nach einiger Zeit führte Lambert den zum Wallach gedemütigten Hamid aus dem Haus. Seitdem sah und hörte man nichts mehr von ihm. Untergetaucht. Vom Erdboden verschluckt. Zum Gnadenbrot auf ein trakehnisches Gestüt verbracht. Wie auch immer, Hamid war fott und Janina ob dieser Heldentat hin und weg von ihrem potenziellen (und knapp 25 Jahre älteren) Arbeitgeber. Sie ist dann auch ganz schnell aus ihrer 1,5 Zimmer Bude in seine Villa gezogen, dann folgte alsbald der Heiratsantrag. „Ich fand das ja im Nachhinein SO romantisch!" sagt das GANZ GROSSE GLÜCK mit verträumtem Blick. "Und meine Tittis hat er mir auch noch bezahlt, obwohl Lambert NIE gesagt hat, dass er sie zu klein findet. Aber ICH wollte es so!" Tja, diesen Balkon kann auch kein Push-Up-BH der Welt hermogeln, denke ich trocken.

Blühe wie das Maulaffenveilchen im Moose...

Denke ich...ja, okay, ich habe es wohl ausgesprochen und Cosimo senkt schnell den Blick und den Kopf um sein Grinsen zu verbergen. Ich habe den Blick wegen meiner Größe leider aber auch genau von oberhalb auf Janinas Balkonschlucht und damit die zwei prallen Bälle aufdringlich vor Augen. Wenn man da draufdrücken würde, wäre das bestimmt so ein lautes Hupen wie beim Autokorso nach dem WM- 4:0 gegen Argentinien, DENKE ich. Du guter Gott, was habe ich denn nur für schlimme Gedanken. Und das als FRAU! „Hm..., mache ich zur Ablenkung, und reibe mir mit der rechten Handoberfläche über die rechte Wange, gucke wie Marlon Brando in *Der Pate* und sage mit heiserer Stimme: „Wahrscheinlich hat er dem Hengst ein Angebot gemacht, dass er nicht abschlagen konnte." Cosimo, mit Häppchennachlegen beschäftigt, lacht. Janina guckt ausdruckslos. „Ja, irgendwie so was habe ich auch schon gedacht. Bestimmt hat er ihm Geld angeboten damit er abhaut oder so." Echt pfiffig, das Mädchen! „Jedenfalls habe ich seitdem eine Handy-Geheimnummer und vor Lamberts Stadthaus steht nun immer Security. Kann ja immer mal was passieren!" Wie wahr! Vor allem in Stadthäusern. Und wie auch immer: ich muss jetzt mal dringend woanders hin und wo ist überhaupt mein Begleiter abgeblieben?

Egal. Ich entschuldige mich, suche die Damentoilette auf lasse mich hinter einem Türchen erleichtert auf die gepflegte Brille plumpsen. Nach Verrichtung der Dringlichkeit bedarf es wieder einer Kurzrestauration meiner äußeren Hülle. Ich betrete den Vorraum und schrecke zusammen: Vor dem Spiegel sitzt, auf einem gepolsterten, moosgrünen Höckerchen in sich zusammengesunken eine weibliche Person. Die Maulaffenfeil!! Folgt die mir, der heimlichen Wegnergespielin, jetzt schon ins Allerheiligste?? „Also, ehrlich jetzt, finden Sie das nicht einen Hauch übertrieben?" Die Maulaffenfeil blinzelt mich mit tränenumflorten Augen an und kapiert gar nix. Klassische Schmierspuren von Wimperntusche überziehen das Ge-

sicht. Kennt die keine wasserfeste Mascara? Statt zu antworten schnaubt sie in ein zerfusseltes Zellstofftuch. In ihrer anderen, relativ kräftigen Hand (mit immer noch DEM mattgrünen Lack auf den Nägeln, grrr) hält sie ihr Hightech Handy-i-pod-tablet-Hapenpapen und glotzt unglücklich aufs Display. Au weia, hoffentlich bin ich jetzt nicht die einzige Person die bei ihr ist als sie gerade vom Tod ihres Chinchillas/Opas/Ex-Tanzlehrers erfährt. Vorsichtig und mit neutralem Gesichtsausdruck gehe ich zum Waschbecken und säubere mir meine filigran-leptosomen Händchen. Derweil das Maulaffenveilchen (höhö, ein neues Wortspiel) tief Luft holt und scheinbar um Fassung bemüht ist. Irgendetwas Unverständliches murmelnd ... (haben wir das nicht alle schon mal getan?
...*Murmelrhabarbermurmelknöttermurmelrhabarber...*) und haben wir nicht genau diesen Satz so auch schon tausendfach gelesen: „Irgendetwas Unverständliches murmelnd...) Ist ja auch schnurz, wollte es nur mal kurz erwähnt haben...erhebt sie sich zu ihrer ganzen etwas walkürigen Figur und versucht mittels kalten Wassers die Tränen und Mascara aus ihrem Antlitz zu löschen. Was misslingt. „Möchten Sie vielleicht ein Abschminktuch haben? Ich habe auch noch Mascara im Angebot. Und Kompaktpuder" schleime ich mich vorsichtig ein. Ich kann nichts dafür, wenn die Leute anfangen zu knatschen, tun sie mir erst einmal leid. Auch wenn ich sie eigentlich kacke finde. Und dann verwende ich auch solche Worte wie „Kompaktpuder". Im Ernst, so was sagen doch eher die stark geschminkten Weibchen bei Douglas in ihrer türkisblauen Duftglitzerwelt. Aber wer führte schon allen Ernstes losen Puder in seiner Handtasche mit sich? Das Maulaffenveilchen schaut dankbar drein und hat ein relativ verwaschenes Stimmchen. „Danke, das kann ich gut gebrauchen!" Dann fällt sie wieder einem kleinen Tränenkollaps anheim und lässt sich auf das Höckerchen plumpsen.Och nööö, ich will jetzt keine Trauerbegleitung spielen. Wir kennen uns (und mögen uns) doch eigentlich gar nicht! Ich will zurück ins Geschehen und zurück zu Axel. Jede Minute mit ihm ist kostbar, denn ich weiß, dass wir

nicht mehr so viel gemeinsame Zeit haben. Ja, ich weiß es. Aber ich will es ja wieder nicht wissen. Und könnte doch auch anders sein, ach, erstmal abwarten und das JETZT genießen. Also, das gleichkommende JETZT. Das Jetzt Jetzt muss ich irgendwie noch abhaken. Und sie tut mir ja auch WIRKLICH leid. Aber weswegen denn eigentlich? „Ähm, ist jemand verstorben?" frage ich dann auch verschämt- direkt und lasse mich in die Hocke gleiten. Auf Augenhöhe sehe ich in ihre tränennassen blauen Klicker. Die sind ja, zugegebenermaßen ganz hübsch. Wenn man solche blauen Kullerchen mag, heißt das. „Ach!" macht sie gramerfüllt und zerknüllt ein neues Tempo in der Hand. Ojeee, de Omma iss tot! "Sie wissen doch, wie die Männer sind!" kommt es da aber.

Wie DIE MÄNNER sind

Und damit hat sie mich. Wie kann man als Frau NICHT wissen, wie DIE MÄNNER sind? Da ist man doch sofort auf jeder Fraus Seite. Wenn ein weibliches Wesen wegen eines Mannes Kummer hat, rotten sich alle verfügbaren Weiber doch SOFORT zusammen und sind GEGEN DEN FIESEN MÖPPENMANN. Auch wenn erstmal gar nicht klar ist, was der Tuppes verbockt hat. Und ob überhaupt. Aber: Liebeskummer hatten wir doch alle schon einmal, gell? Da fraternisiert man eben, wenn es gerade mal eine andere trifft. Normal. Ich nicke also verständnisvoll und setzte mich auf den Boden. Das kann ja jetzt ein bissken dauern. Und ich bin schon ziemlich neugierig. So wie immer halt. Frau Eul ist neugierig aber nicht indiskret, darauf lege ich großen Wert! Ich würde niemals in anderer Leuts Sachen herumschnüffeln, Tagebücher oder Kontoauszüge lesen oder so. Natürlich wüsste ich gerne manchmal was da so drin steht aber es geht mich halt nix an und das respektiere ich. Wenn auch nicht immer so ganz easy-peasy. Aber ich schwof schon wieder ab.
Hier geht´s weiter: „Ich habe da so... eine Art... Beziehung" (Ach...) „ schon seit längerer Zeit." Schnauben ins Taschentuch. „Ist so eine On-Off-Geschichte. Wenn er in Hamburg ist, sehen wir uns. Manchmal bin ich auch bei ihm in Düsseldorf. Aber nur", Schluchzen „sehr selten, denn er will nicht, dass ich ihm „auf die Bude rücke" wie er es nennt. Dabei nehme ich sogar immer ein Hotelzimmer!" „Waaas?" schnaube ich. „Das geht ja wohl GAR NICHT! Wenn man eine Fernbeziehung führt, dann LEBT man doch für solche Treffen." Wenn man normal ist, heißt das. Der Typ scheint ja wirklich ein hirnverschissener Blödbrömsel zu sein. „Oder ist er am End noch verheiratet?" „Er lebt von seiner Frau getrennt, sie bewohnen aber gemeinsam noch ein Haus, des Kindes wegen." Das wird ja immer schöner! Und kommt mir irgendwie bekannt vor... hm... „Er geht halt vollkommen in seinem Beruf auf, ist auch Journalist. Ich kenne das ja, dass man seinen Job liebt und ganz darin aufgeht aber irgendwann

will man als Frau doch auch mal wissen, wohin man ge-höhöhöhört…" endet sie schluchzend. Na, da bricht aber gerade die toughe Pussyfassade mal ganz fein in sich zu-sammen. Und das Maulaffenveilchen offenbart sittsam bescheiden und rein sein romantisches Mädchengefühlsle-ben. Und das auf einem moosgrünen Hocker! Wie kommt der eigentlich in diese weiß-goldene Welt??

„Und jetzt hat er Schluss gemacht? Per Whatsapp?" „Ich weiß nicht, ob das jetzt der Schluss ist. Besser wäre es jedenfalls. Für mich. Ich glaube, er hat gar keine Gefühle. Ist kalt wie Hundeschnauze. Aber aus irgendeinem irren Grund ziehen mich solche Typen magisch an." Jetzt weint sie nicht mehr. „Ich heiße übrigens Katharina", stellt sie sich vor. „Angenehm, Ilsa!". Wir lachen ein bisschen. Sie natürlich unter Tränen. „Wir Frauen meinen halt immer, dass wir den Schlüssel zum kalten Herzen des unnahba-ren Mannes hätten. Und wir heiraten die lieben, netten aber vielleicht auch etwas langweiligen Männer. Und die Arschlöcher finden wir aufregend und sexy. Und die kön-nen uns auch mürbe machen." Ich bin ja sooo altklug. „Ja, so ist es wohl. Dabei hätte ich vor ein paar Jahren schon unter die Haube gekonnt. Ein sehr netter Mann, ein alter Schulfreund von mir, hat mir auf Teufel komm raus den Hof gemacht. Wollte mir die Welt zu Füßen legen in seiner kleinen Villa an einem bayrischen See, die er da-mals gerade von seinen Großeltern geerbt hatte. Dort hat er auch seine Praxis. Nur Privatpatientinnen. Er ist Gynä-kologe und sein Großvater war es auch schon, " erfahre ich noch. Und die Villa heißt "Die Bärenbude" schießt es mir durch den Kopf. Aber ich sach ma nix. Katharina lehnt sich an die Wand und sinnt dem verlorenen Grottendoc hinterher. „Ich fühlte mich damals noch nicht reif für so etwas Endgültiges. Rüdiger wollte Kinder und eine Frau, die ihm ein gemütlich-repräsentatives Heim schafft. Das war einfach nicht mein Ding! Ich wollte was erleben, be-ruflich und auch sexuell." Oha, jetzt bitte nicht intim wer-den, dann geniere ich mich. Und Rüdiger! Also bitte. Wie sexy klingt denn das? Und mal im Ernst: wer heißt denn heute noch so? „Aber jetzt frage ich mich, ob es nicht doch die bessere Variante gewesen wäre. Kind, Heim, finanzielle Absicherung und einen treu sorgenden Ehemann, der mich auffängt. Diese ganze berufliche Selbstverwirklichung ist doch was von für den Müll!" sagt's und erhebt sich entschlossen wieder, um sich frisch zu machen. Ich reiche ihr die Abschminktücher. „Wie praktisch, seit wann gibt es die denn in so einer Probiergröße?" „Die hat's manchmal bei *dm*, so saisonal zur Urlaubszeit." Genauso wie die Cremetübchen und Lidschattenpröbchen aus denen sie nun auswählt. Eul ist in dieser Hinsicht bestens bestückt. Kann ja immer mal was sein. Jetzt zum Beispiel. „Ich steckte seinerzeit noch oder besser gesagt schon in dieser Halbbeziehung mit Uwe. Wir hatten uns auf irgendeinem Presseball kennen gelernt. Er hatte gerade von der Werbebranche in die Printmedien gewechselt und war wild entschlossen, die Verlagswelt komplett aufzumischen. Sogar einen eigenen Zeitungsverlag hat er gegründet." Sie lacht ein wenig bitter. Vielleicht hatte sie heute Abend auch ein Schweppes zu viel. Ist ja echt wie bei Doppelschwänzi. Und der Vorname kommt auch hin. Uwe. Na ja, ist jetzt auch kein SO exotischer Vorname. Trotzdem, das sind mir ein bisschen *zu* viele zufällige Übereinstimmungen.

Das Liebesleben der Hyänen

Und die Art mit Frauen umzugehen kommt auch hin. Wie der letzte Arsch halt. Katharina tuscht sich die Wimpern. Wie lange hocken wir denn nun eigentlich schon in dieser Örtlichkeit? überlege ich. Axel wird mich sicher schon suchen. Bestimmt fürchtet er sich ohne mich auf dieser großen Gesellschaft denke ich leicht amüsiert und schmunzle selig vor mich hin. „Aber wieso kommt es gerade jetzt zum großen Knall?" frage ich. Irgendwas muss doch der akute Auslöser für diese Tränenflut gewesen sein. „Ich habe ihn eben angerufen und es war wie immer..." Maulaffenveilchen reicht mir meine Utensilien mit Dank zurück, wirft gebrauchte Abschmink- und Taschentücher in den Abfallkorb. „Er sitzt immer bis Ultimo im Verlag und arbeitet. Ich meine, es war fast halb zehn!" „Um die Zeit ´rum habe ich auch grade mit meinem Chef telefoniert", brumme ich. War wie immer busy doing, Gespräch auf der anderen Leitung blabla. Und dann hat er mir noch nicht mal geglaubt, dass ich hier bin und von Kaii eingeladen und, ach egal. Ich muss den Typen ja nicht heiraten. Als Freie ist man da ja eher abhängig unabhängig und kann sich seine Arbeitgeber ja auch schon mal aussuchen." „Aus Düsseldorf kommst du?" fragt sie. „Nö, eher aus der Provinz aber rein arbeitstechnisch..." Dann verstummen wir und überlegen. Und blicken uns die in Augen, blaue Groß-Klicker und grüne Eul - Klunker. Klar, IHR Uwe ist MEIN Doppelzopf - Sams!

Das Sams, die Zweite

Die Melodie von „The odd couple" ertönt. Mein Handy. „Ist das nicht „Ein merkwürdiges Paar?"" erkennt Katharina. „Wenn DIESES Brautpaar nicht ein bisschen crazy ist, weiß ich´s nicht!" sage ich lachend. Aber dann werde ich ernst. Ach du grüne Neune, die Nummer auf dem Display verheißt Hyäniges. Ich hole noch einmal tief Luft und nehme das Gespräch an. „Eul?" sage ich so neutral wie möglich. „MittelwegnochmalFrauEulwirsindebenunterbrochenworden!" Unterbrochen, pah! Altes Lügenmaul! „Das kann man so oder so sehen..." „Habe noch einen Ausgehtipp bekommen. Heißt *Zum fröhlichen Zecher*, und soll so ein aufsteigender In-Laden sein. Der Besitzer heißt Tobias Zecher" (na, das ist ja ein ganz witziger Wortfuxer, der Tobias), „liegt irgendwo am Elbstrand." „Wird das jetzt ein Krimi?" frage ich entsetzt. „Hä, wieso?" bellt das Sams zurück. Ich höre schon den knarzenden Kragen *Miristunbehaglich...* „Na, weil der Herr Zecher doch jetzt tot am Elbstrand liegt." „Frau Eul, werden Sie doch mal erwachsen!" Also, wirklich jetzt! ICH soll erwachsen werden? Wer spielt denn hier den pubertierenden Ich-will-mich-nicht-binden-einsamer-Wolf-Part? Blöder Eimer! Das Maulaffenveilchen steht erstarrt vor dem moosgrünen Höckerchen. Gleich haut es sie wieder von ihren Prada-Heels auf selbiges, befürchte ich. „Und wo genau am Elbstrand soll ich nun suchen?" Ich sehe mich bereits mit einem Geigerzähler oder einer Wärmebildkamera den toten Tobias Zecher am ölverschmierten Elbstrand suchen. Hinter mir tutet gerade ein riesiger Pott über den Fluss und die Szenerie ist nebel- verhangen und gruselig. Mich schaudert! „Weiß ich nicht genau, das müssen Sie recherchieren. Ich muss jetzt noch was tun. Und schicken Sie morgen mal was `rein! Kann ja nich´sein, dass Sie da oben NUR Urlaub und Party machen, har har!" Tschüss und klick- weg. „Aber als Kummerkastentante für deine Liebschaften soll ich für Umme herhalten oder wie" murmle ich aufgebracht. Ich blicke auf und das Maulaffenveilchen steht immer noch so da. Sie schaut mich fragend an. „Kennst du einen Tobias Zecher?"

„Das ist mein Halbbruder!"

Ich wundere mich über gar nichts mehr. Von wegen Großstadt. Hier herrscht ja mehr Inzucht als bei uns aufem Land! Ich erfahre, dass Tobias Katharinas jüngerer Bruder aus der zweiten Ehe ihres Vaters, einem angesehenen Rechtsanwalt, ist. Er trägt den Nachnamen seiner Mutter. Ah ja, gar nicht kompliziert aber emanzipiert. Statt eine Kneipe zu eröffnen sollte der Sohnemann zwar in die juristischen Fußstapfen seines Papas treten aber wie so oft im Leben hatte der Bub eigene Vorstellungen von seiner beruflichen Zukunft. Nach abgebrochenem BWL-Studium ist er eine Zeit lang durch die Welt getingelt, hat hier und da gejobbt, ist grandios mit einer Firma für essbare Unterwäsche gescheitert und macht nun in Gastronomie. Angeblich hat er in Amiland schon einen müden Laden wieder flottgekriegt und zu einem *Place-to-be* gepimpt. Und sich gastronomisch und kaufmännisch weitergebildet. Na ja, man kommt auch auf verschlungenen Pfaden ans Ziel, denke ich mir. Und nun also der *Fröhliche Zecher*. Katharina gibt mir die genaue Adresse. Wann ich es dorthin schaffe, weiß ich noch nicht aber ein bisschen Zeit bleibt mir ja noch. Aber davon will ich auch ein wenig mit Herrn W. verbringen. Zu ihm strebe ich nun auch zurück. Ich bin noch voller Empörung: Zweischwänzi hat sich von Katharina noch schnell gute Tipps geben lassen und sie dann eiskalt abserviert. Alte Arschassel, der. Ist doch wahr…

Katharina muss nun zurück zum Geschäft wie sie es nennt und morgen soll sie noch zum Thema „Hanseatische Gärten Eden– Hamburger Bürger öffnen ihre Gartenpforten" einen kleinen Bericht für den NDR zusammenschrauben. Fernsehen natürlich. Sonst sieht man ja nix von den schönen Blömmkes und dem anderen Grünzeugs. Sie wirkt immer noch arg geknickt, aber gefasst. „Show must go on," sagt sie und verschwindet in der Menge. Natürlich haben wir noch unsere Handynummern ausgetauscht. Ich wollte auch noch wissen, welchen Nagellack sie da so ganz genau trägt. Man muss das Wesentliche im Auge behalten. Auch in Krisensituationen. In der besagten Menge steht ein charmanter Herr mit einem gediegen und sehr sympathisch aussehenden älteren Pärchen zusammen und schaut sich suchend um. Und dann erblickt er mich und strahlt. Mir wird ja so warm ums Herz. Maulaffenveilchen hin, Sams her, ICH bin derzeit nur eins: Auf Wolke Sieben. Oder weiß der Fux, wo man sich als Verliebte so befindet. Ja, ich bin wohl ein wenig verliebt. Geht schnell aber ist ja auch nur ein klitzekleines Bisschen. Und das klitzekleine Bisschen tut riesig gut.

Axel kommt mir entgegen und umarmt mich leicht. „Ilsa, wo bist du nur so lange gewesen?" Ich dachte schon, du wärest meiner überdrüssig!" Alter Tiefstapler denke ich. Oder denke ich ...nicht? Egal, Axel stellt mich seinen Partybekanntschaften vor: „Darf ich bekannt machen: Dies sind Edith und Carl- Johannes Grünhagen und das hier ist die charmante Ilsa Eul, Ihres Zeichens freie Journalistin und aufstrebende Buchautorin" prahlt er mit mir. Süß! Artig begrüßen wir einander und ich frage mich, wie dieses vornehme Pärchen wohl hier in diese Neureichenveranstaltung geraten sein kann. „Wir sind die Nachbarn von Herrn Apfelstein und seiner zukünftigen Gattin." „Aha" sage ich denn mir fällt nichts Besseres ein. Edith lächelt freundlich und ich mag sie sofort gut leiden. Sie ist der Typ Frau, den man sofort als Mama oder doch zumindest Lieblingspatentante haben will. Mit ergrautem Pagenkopf, freundlich wachen, hellblauen Augen, dezentem champagnerfarbenen Kostüm und mit Ansteckblüte und relativ flachen Pumps an den Füßen wirkt sie wie ein Wesen aus einer anderen, besseren, weil leiseren Welt, in diesem Haufen feierfreudiger Geldausgeber und Neffer. Als mich ihr Gatte (bekleidet mit einem eleganten, hellen Anzug) anspricht, schmilzt mein Herz. „Ilsa, das ist aber mal ein wirklich hübscher Name! Hieß nicht auch Ingrid Bergmann in Casablanca so?" Auch er hat freundliche hellblaue Augen. „Ich seh dir in die Augen, Kleines!" „Ganz richtig" lächle ich zurückhaltendoffencharmant. Vielleicht, wenn ich ganz lieb bin, adoptieren mich die beiden und ich bekomme endlich die Eltern, die ich schon immer gesucht und auch verdient habe? „Ilsa liebt übrigens auch Blumen, müssen Sie wissen", parliert Axel samtstimmig mit meinen zukünftigen Eltern. „Wirklich?" lächelt mich Edith an. „Gärtnern Sie auch?" „Nun...nicht ganz. Ich habe bisher nur einen Balkon zum Begrünen und Flora-ieren. Aber das mache ich auch mit Leidenschaft und dem grünsten Daumen seit Hulk." Axel lacht. „Ist das nicht dieser berühmte Gartenarchitekt aus Australien?" fragt mein designierter Papa. Edith lächelt nachsichtig. „Ilsa kennt beispielsweise auch die *Hände der Romantik*" versucht Axel für mich zu punkten. „Ach, was ist denn das? Eine neue Orchideenart?" Carl ist interessiert. „Nein, nein, eine Rose. Sehr duftintensiv und..." „... wunderschön," ergänzt mein Schauspieler-Begleiter und blickt mir verliebt in die Augen. Mir verliebt in die Augen. Verliebt. In MEINE Augen. In mir ein warmes, sanftes Vibrieren. Ob das Wonne ist? Die Wonne kommt daher als rosiges, strahlendes, von der Sonne durchwärmtes, zufrieden sattes Geschöpf. Süß duftend und mit babyzarter Haut. Ach, Wonne, wonntest du doch auf ewig in meinem Haus.

Edith hat Axels Blick bemerkt und lächelt nun verstehend. So ein junges Glück macht auch ihr Freude. Wenn sie wüsste, dass dies niemals ihr Schwiegersohn werden kann, auch wenn sie mich adoptieren würde! „Edith und Carl haben mir gerade von ihrem Garten erzählt. Er muss ja wirklich zauberhaft sein", sagt mein Wonnebringer zu mir und meinen Eltern in spe gewandt. Er sagt wirklich zauberhaft. Welcher Mann von heute KENNT diese Vokabel denn noch? Und benutzt sie überdies auch? Na? Genau, ihr kennt auch keinen. Edith und Carl-Johannes geben sich bescheiden: „Nun, wir verbringen viel Zeit damit ihn zu hegen und zu pflegen. Uns macht das viel Freude und seit unsere Jungs aus dem Hause sind haben wir natürlich auch viel mehr Zeit für solch ein Hobby." Was für Jungs? Sie haben Kinder? Hoffentlich nette! Ein ätzender Bruder reicht mir.

„Besuchen Sie uns doch morgen zum Tee, " lädt Edith mich so herzlich ein wie ihre hanseatische Zurückhaltung es nur zulässt. „Oh ja, Sie können dann auch unseren Garten besichtigen, wenn Sie mögen. Wir nehmen an der "Offenen Gartenpforte" teil" ergänzt Carl-Johannes. Beide strahlen uns an. „Five `o clock-tea? Gerne!" Es wäre dann doch "Four-o`- clock-tea" aber das ist ja wurscht. Ich will mein Elternhaus doch gerne mal kennen lernen. Aber was ist mit Axel? Der ist doch bestimmt wieder busy-doing? „Mit Vergnügen! Danke, wir nehmen ihre Einladung sehr gerne an!" Strahlt der TV-Kommissär. Ich bin etwas überrascht. „Wie schön, da freue ich mich!" Strahle ich. Ob ich denn auch Fotos machen darf? Darf ich! Auch unter Umständen veröffentlichen? Darf ich auch.

Ganz in Weiß

Ich spüre Axels Hand sanft auf meinem Rücken in Taillen-
höhe liegen. Mit der anderen hält er sein Glas. Dann legt
er seinen Arm ganz um meine Taille. Meine Füße berühren
den Boden nicht mehr. Ich fühle mich himmlisch und dann
küssen wir uns sanft. Vor meinen Möchtegern-Eltern und
den anderen Party-People, die hier herumfleuchen. Und
die Musik wird leiser und ich sehe nichts mehr, denn meine Augen haben sich wie von selbst geschlossen auf dass
ich mich ganz in diesem Kuss verlieren kann.
Wieso kann man perfekte Momente nicht vakuumieren?
Eindosen? Einfrieren? Und dann immer mal nach Bedarf
ein bisschen davon nippen, daran schnuppern, sie sich
ansehen? Das hier wäre wieder so einer zum ewig Aufbe-
wahren. Vielleicht in einer dieser kitschigen Spieldosen, in
denen eine kleine Ballerina zu einer kleinen Melodei ihre
kleinen Kreise dreht während die kleine Ilsa in ihren Erinnerungen und schönen Momenten kramt und schwelgt.
Edith und Carl-Johannes lächeln nachsichtig. „Sie sind
wirklich ein schönes Paar," sagt Edith und schaut uns beide an wie eine glückliche (Schwieger-) Mutter. „Kennen
Sie sich schon lange?" „In gewisser Weise schon...", antworte ich und blicke kurz zu Axel. Ich hätte jetzt gerne
noch ein Gläschen. Axel kann ja Gedanken lesen und
macht mal eben vier Champagner klar, die gerade auf
einem Tablett an uns vorbeischweben. Sein leeres Glas
stellt er darauf ab. „Oh nein, das ist zu viel für mich", pro-
testiert Edith. „Ich hatte doch eben erst ein Glas." „Ich
bitte Sie, ein Gläschen Champagner macht eine schöne
Dame noch schöner und verleiht rosige Wangen", flirtet
Axelchen galant. Edith lässt sich mit mädchenhaftem Au-
gensenken zuprosten. „Haben Sie auch vor, zu heiraten?"
fragt Carl-Johannes. Edith gibt ihm einen sachten Klaps
auf den Arm „Nun sei doch nicht immer so neugierig,
Carl!" „Sobald ich weiß, wen: JA!" Das kommt von mir –
und alle lachen. „Aber dann auch richtig mit weißem Kleid,
Kirche und allem Fred und Feuerstein!" sage ich. Überhaupt: Weißes Kleid: Wieso spielt niemand die alte Roy

Black Nummer die doch HIER auf jeden Fall hingehört? „Ich weiß, welches Lied ich mir für das Brautpaar jetzt wünsche: *Ganz in Weiß*!!" rufe ich entzückt und „Meinst du, Kaii hat das drauf?" „Wenn nicht er, dann ich!" ruft Axel enthusiastisch und folgt mir nach einer kurzen Entschuldigung in Richtung Edith und Carl, die uns liebevoll lächelnd nachsehen. Wirklich ein nettes Paar!

Wir stürmen kichernd Richtung Bühne wo Kaii gerade ein Päusken macht und mit seiner Band quatscht. Wir klettern zu ihm hinauf und unterbreiten ihm unseren Wunsch. „Nee, klar, könn´ wir machen, nette Idee" lispelt er und tauscht sich kurz mit seiner Kapelle aus. Dann geht er ans Mikro:

„So, Leute, hier kam gerade ein Musikwunsch. Darf ich das Brautpaar mal hier an die Bühne bitten?" Lambert und Janina lösen sich aus ihrem Gespräch und streben neugierig zur Bühne wo Kaii, Axel und meine Wenigkeit beisammenstehen und den Turteltauben entgegen lächeln. „Die romantische Prinzessin hier hat sich ein Evergreen von Roy Black für euch gewünscht", lispelt der Hut auf zwei Storchenbeinen und „Haut ´rein, Jungs!" zu seiner Band. *Und dann werden die ersten Klänge von Ganz in Weiß intoniert, und das Brautpaar lächelt glücklich und die Gäste spenden spontan Beifall obwohl doch noch kein Mensch irgendwas gesungen hat. Kaii legt auf seine eigene Weise zu singen los und ich unterdrücke einen albernen Lachanfall.* Er quetscht das Ganz in Weiß durch seine Nase, der Hut gerät ins Rutschen aber er selbst bleibt immer lässig in Knie –und Hüftbewegung.

Ganz in Weiß mit einem Blumenstrauß
So siehst du in meinen schönsten Träumen aus
Ganz verliebt schaust du mich strahlend an
Es gibt nichts mehr, was uns beide trennen kann
Kaii gibt das Mikro an Axel weiter der leicht swingend angelegentlich am Bühnenrand stehen geblieben ist:
Ganz in Weiß, so gehst du neben mir
Und die Liebe lacht aus jedem Blick von dir

Kaii kommt näher und schmust Axel an –Lacher im Publikum-

Ja, dann reichst du mir die Hand
Die beiden reichen sich mit verliebtem Blick ihre Hände
Und du siehst so glücklich aus
Beide grinsen übertrieben.
Ganz in Weiß mit einem Blumenstrauß
Und dann singen alle beide, der Mann mit der Samtstimme und Lispel-Kaii, Arm in Arm, tanzend:
Ja, dann reichst du mir die Hand
Und du siehst so glücklich aus
Ganz in Weiß mit einem Blumenstrauß
Alle sind selig, alle lächeln, das weißgekleidete Brautpaar ist gerührt und ich schaue mit weichem Herzen zu diesen beiden Typen hinüber, die sich gerade zum Affen machen und wundere mich. Wundere mich, wie ich so schnell mit so vielen fremden Menschen so vertraut werden und nun diesen wunderbaren Abend verbringen kann. Und auch noch dafür bezahlt werde. Á propos: Ich schieße ein paar Fotos vom Geschehen und lege die Kamera auf einem halb verborgenen Stehtisch neben der Bühne ab.   Das Leben kann so schön und geschmeidig sein. Die Nummer wird nun etwas Komikaa–mäßig rockiger und die beiden Herren steppen Po-wackelnd herum, Kaii lässt das Mikrofon kreisen, Axel tanzt um ihn herum und ich habe Freud´ satt. Axel wirft mir Kusshändchen zu. Süß!
Auf einmal wird die ausgelassen -ausgeglichene Feierstimmung gestört. Ich sehe vom exponierten Standort der Bühne aus, wie irgendjemand grob eine Schneise durch die Gäste schlägt, die erschreckt und verwirrt auseinanderstieben. Irgendjemand läuft wie ein wütender Stier auf die Bühne zu. Irgendjemand will offensichtlich zum GANZ GROSSEN GLÜCK und zu seinem Bräutigam, die beide immer noch eng umschlungen dem Geschehen auf der Bühne folgen, und noch nicht ahnen, was da hinter ihnen im Gange ist. Der Irgendjemand sieht nach Neandertaler aus und hat irgendetwas Schlagkräftiges in der Hand. Ganz klar: Das ist Hamid, der osmanische Hengst!

Ach du gute Güte, ich bekomme Panik. Und das liegt nicht am Orchester. Wieso bemerkt denn keiner was? Wieso tut denn keiner was? Hilfe!! Hamid hat sein Ziel fast erreicht, ich schreie: „Lambert, Janina!!!!!! Achtung!!
Das Paar sieht mich verdutzt an. Ich sehe, wie Cosimo, der sich gerade mit einem schweren Silbertablett hantierend durch die Gäste schlängelt, aufmerksam wird. Jetzt haben die Polterabendgäste auch mitbekommen, dass das hier nicht zum Programm gehört. Kaii und Axel wiederholen zum x-ten Male „ ...und dann reichst du mir die Hand und du siehst so glücklich aus Ganz in Weiß mit einem Blumenstrauß..." Erschrockene Schreie. Alles läuft blitzschnell und doch endlos langsam ab. (Solche Sätze gab es schon oft. Und beschreiben die Situation immer richtig! Es gibt wohl keine anderen dafür). Wie kann das möglich sein? Wie ist der osmanische Neandertaler an Lookat-meIamRrrroy vorbeigekommen?? Ich springe von der Bühne, stolpere und rappele mich mit Aua-Fußgelenk wieder auf, schreie:
„Das ist Hamid der Hengst! Wir müssen den beiden helfen!!" Ich dränge mich durch die Gästeschar, greife meine Handtasche mit beiden Händen. Wenn er ihr bloß nicht auf die Hupen haut! denke ich hektisch. Ich sehe nicht mehr, was neben mir abläuft, sondern höre und spüre nur, dass jemand hinter mir keucht. Da! Hamid schwingt die Keule und stößt einen Urmenschenschrei erster Güte aus. Janina: Erschrockene Erstarrung. Lambert: Begibt sich in Kampfpose. „Hamiiid, neiiiin!" kreische ich noch und schwinge meine Handtasche um sie ihm über den Schädel zu braten. „Nicht auf die Huuupeeen!!!"! Hamid dreht sich kurz um und schenkt mir einen aggressiven Blick, geht in Deckung vor meiner Handtasche, schwingt die Keule in meine Richtung. Handtasche und Keule treffen sich in der Luft. Sagt die Handtasche: „Na, Keule, und sonst wie sonst?" „Lütfen-nir-sikidim" ächzt die Keule, ist schließlich von einem Osmanen, das gute Stück. Ähm, weiter: Meine Tasche wird mir aus den Händen geschlagen, Handtasche öffnet sich und der komplette Inhalt regnet auf den Rasen. Auch die Kosmetika in den prakti-

schen Probier- und Reisegrößen. Mit einem *Blubbplopp* fällt ein Tampon in ein Champagnerglas. Prickelnd verdoppelt sich seine Größe. Wie gesagt, die Zeit dehnt sich und alles läuft doch so schnell ab wie die Dauer- Rushour in Moskau. Lambert stößt einen Schrei aus und stürzt sich auf den Neandertaler.

Ganz in Weiß mit Rot wie Blut

Zeitgleich werde ich von hinten gepackt und zur Seite geworfen. Ich höre noch ein hupendes Signal und bleibe dann benommen liegen. Auszeit. Ich bin dann kurz mal weg. Kleine Ohnmacht oder so. Aber wirklich nur kurz. Dann: Öffne ich langsam die Augen. Und: Sehe ins Antlitz Heinz Rühmanns. Häää?? Ist Heinz Rühmann nicht tot? Wieso sieht der jetzt noch so vergleichsweise jung aus? Ich schließe die Augen. Murmle ein Lied. Die drei von der Tankstelle: „Ein Freund, ein guter Freund..." Dann: Öffne ich die Augen erneut, sehe immer noch den Heinzi vor mir und intoniere einen weiteren seiner Gassenhauer: „Such dir die schönste Sternenschnuppe aus und bring sie deinem Mädel mit nach Haus...Flieger, grüß mir die Sonne" murmele ich selig lächelnd und will wieder in mein süßes Kurzkoma fallen. Aber jemand hebt sacht meinen Kopf und flüstert meinen Namen. Ich öffne die Klicker wieder. Halb über mir, mich schützend, liegt Axel. Derangiert und außer Atem. Ach so. Doch nicht der Heinz. Ja, dann ist ja alles wieder im Lot. LookatmeIamRrrroyyy kommt an uns vorbeigeschossen, mit ihm noch ein paar Türsteher-Typen im schwarzen Anzug. In meinen Ohren klingt immer noch der schrille Ton. Die Musik spielt natürlich nicht mehr. „Was ist mit Janinas Hupen??" frage ich ängstlich. Axel blickt etwas fragend. „Mein Armes, hast du dich am Kopf verletzt?" er fühlt mit seiner großen Hand an meinem Erbsenköpfchen herum. „Hm, ich kann nichts fühlen. Das „Hupen" ist der Alarm..." „Es ist alles okay, alles unter Kontrolle. Bitte, beruhigen Sie sich. Alles unter Kontrolle..." Die Gäste, die nicht auf das Paar und seinen Angreifer starren, scharen sich um uns und bieten Hilfe an. „Haben Sie sich verletzt?" „Ich bin Party-Arzt, kann ich Ihnen helfen?" „Nö danke, mir geht´s prima" antworte ich, denn ich will auf gar keinen Fall unter Axel weg oder so.

Der Alarm endet abrupt. Erschrocken-erleichtertes *Rhabarber-Rhabarber* der Anwesenden. Hamid der Hengst wird von (vier!) Bodyguards ins Haus geführt. Geschleift wäre der bessere Ausdruck. Er scheint ohnmächtig zu sein, der Kopf pendelt wild hin und her, die Zunge hängt halb aus dem Neandermaul heraus. „Da ist der Übeltäter!" sagt Axel und blickt dem Monster nach. „Woher kanntest du denn seinen Namen?" „Och, die Braut hat ein wenig aus dem Nähkästchen geplaudert. Und aus dem BH." Wir lachen. „Wir sollten aufstehen, die Leute gucken schon merkwürdig." „Das tun die Leute doch immer!" „Und es wird ganz schön feucht hier auf dem Gras!" „Nicht nur da, Süßer, nicht nur da!" Erstaunter Blick von meinem Helden. Und dann: Lachen. Ich lächele selig und biete ihm meinen Mund zum Kusse. Wir liegen also knutschend auf dem Rasen und auf einmal steht der Mann mit Hut vor uns und DAS GANZ GROSSE GLÜCK und Cosimo. Und dann blitzt es. Welcher Blödmannsgehilfe macht JETZT Fotos? Na der Maulaffenveilchen-Knipser. Auch von uns beiden macht er eins. Das kann ja wohl nicht...Katharina springt hinzu und murmelt mit ihrem Fotografen. Sie wirft mir einen verschwörerischen Blick zu. Der Fotomän zieht zwar eine Schnute lässt aber von uns ab. Ich muss morgen noch mal mit ihr telefonieren, ob die Bilder wirklich gelöscht werden. Sicherlich ist sicher sicherer... Diverse Hände werden uns zur Hülfe dargereicht. Wir können hier ganz klar nicht mehr liegen bleiben. Und uns küssen. Oder sonst was. Das ist doch kacke! „Wie geht es dir, Ilsa?" Fragen Janina und Lambert besorgt und zupfen an mir herum und umarmen mich. Ich zupfe auch an mir herum und ordne Frisur und Kleidung ein wenig. „Mir geht es gold aber wie geht es euch allen? Und was genau ist passiert? Wie konnte Hamid einfach so hier herein? Cosimo, was hast du gemacht??" Cosimos Antlitz hat Schrammen und eine kleine Platzwunde über dem Auge. Sein vormals blütenweißes Hemd nebst Schürzlein weist Blutflecken auf. Erschrocken umklammere ich seine Arme und betrachte die Wunde genauer. „Cosimo war schneller als der Blitz! Er hat Hamid eins auf die Nase gegeben und ihn damit komplett umgehauen!" berichtet Lambert. Seine weiße Bräutigamuniform ist Geschichte. Gras- und Blutflecken auf der Bux (er hat auch ein paar Schrämmchen im Gesicht), zerfetzter Hemds-Ärmel, Schweißränder unter den Achseln. So sehen Männer *fresh from the fight* aus. Janina blickt stolz zu ihrem designierten Gatten auf. Unter der Bräune ist sie aber wohl doch etwas blass geworden. Janina: „Lambert hatte Hamid den Baseballschläger aus der Hand gekickt und dann ist der auf ihn los. Ich: „Der Baseballschläger??" „Natürlich Hamid auf Lambert. Die beiden kämpfen, dann kommt Cosimo locker vorbei, reißt Hamid am Schlafittchen und haut dem Typen voll eins auf die Zwölf! Steil!" Sagt Kaii. „Du bist ja ein Held!" schreie ich und umarme Cosimo, der sich das gerne gefallen lässt. Sein Auge schwillt langsam zu. Sieht irgendwie sexy aus. Aber das sage ich natürlich niemandem. „Aber Axel hat dich auch ganz heldenhaft zur Seite geworfen, Prinzessin!" sagt Kaii und lässt seinen Hut vermittels seiner Stirnhaut oder wie auch immer fröhlich auf und abtanzen. „Ja, es gibt eben DOCH noch echte Männer und Helden!!" sage ich und umarme beide noch einmal ausgiebigst. Dann bleibe ich in Axels Armen hängen. „Du musst das da kühlen", wende ich mich dann wieder an den mutigen Halb- Italo und löse mich aus Axels Umarmung. Ziehe Cosimo zum Getränkezelt und verlange Eis. Ab in eine Stoffserviette und aufs Auge damit. Währenddessen scharen sich die verbliebenen Gäste um das Brautpaar, Kaii schlufft lässig zurück zur Bühne und macht einfach weiter mit dem Programm. „Danke dir", sagt Cosimo sanft und lächelt schief, während er sein Auge kühlt. „Nicht dafür" wehre ich ab und blicke besorgt auf sein Gesicht und streichele seinen Arm. „Sollen wir uns morgen auf einen Kaffee treffen? So auf den Schreck?" Cosimos verbliebenes, schokobraunes Auge schaut bittend. Wenn er jetzt BEIDE Augen parat hätte…! Manno- Mann, wie viele Herzen hat der wohl schon auf dem Gewissen? „Uff, morgen bin ich ziemlich dicht mit Terminen" sage ich bedauernd. Aber es stimmt ja. Cosimo guckt ein wenig belämmert. „Aber vielleicht übermorgen?" frage ich. Er kommt nicht mehr dazu, zu antworten, denn nun taucht Rudi, sein Cousin auf. „Mensch Cosi, was machst du denn schon wieder? Noch alles dran?" Er beäugt und befingert seinen Cousin und umarmt ihn dann. Was für eine Umarmerei das doch heute ist! Und dann, zu mir gewandt: „Ilsa, Ilsa, wo du bist, da ist wohl immer was los, wie?" Wir lachen. Dann kommt Axel aus dem Hintergrund und begrüßt Rudi. Kurzes Geplänkel über die Vorkommnisse des Abends. Des Abends? Wie spät ist es denn inzwischen? Und wo ist meine Handtasche? „Wo ist meine Tasche eigentlich abgeblieben? Und wie spät ist es überhaupt?" will ich wissen. Die Gastgeber kümmern sich wieder um ihre Gäste, ein Teil der Leute hat sich aber davongemacht. War wohl der Schreck. Es wird aber auch schon wieder getanzt. Rudi bequatscht seinen Cousin, der inzwischen die Kühlkompresse nur noch in der Hand hält. Cosimos Angestellte kommen herbei, klopfen dem Cheffe auf die Schulter und wollen Anweisungen haben, wie es weiter- zugehen hat. Mir fällt siedendheiß noch etwas ein. „Meine KAMERA!!! Ich habe meine Kamera verloren!" „Die ist gerettet worden. Von Carl", antwortet der Mann neben mir ganz lässig. Axel zieht mich aus dem Geschehen und zeigt auf seine Schulter. Darüber ein Riemen hängt. Meine Kamera! Und darüber noch ein Riemen hängt: Dieser zu meiner Tasche gehört. Ojeee...und das Innenleben? Wo liegt das alles...? „Alles aufgesammelt, haben Edith und Carl gemacht..." „Oh nein, für die beiden muss das Ganze doch der blanke Horror gewesen sein, die sind doch sonst bestimmt immer nur zu Opernpremieren eingeladen oder so..." Schlägereien auf Polterabenden gehören sicherlich nicht zu ihrem täglich Brot. Zu meinem ja auch nicht wirklich. „Nun ja, zuerst wirkten sie schon etwas schockiert. Aber Carl hat sich schnell gefangen." Axel steuert auf eines der Champagnerzelte zu. Schiebt sich hinter den Tresen. Nimmt eine Flasche Schampus und zwei Gläser. Legt den freien Arm um meine Schulter und führt mich durch ein Hintertürchen hinaus. „Aber ich habe mich noch von niemandem verabschiedet", protestiere ich. „Bei den Grünhagens sind wir schließlich morgen zu Tee eingeladen und dann kannst du weiter über das Flora-ieren plaudern. Und übers Heiraten... Und beim Brautpaar melden wir uns morgen und bedanken uns artig für die Einladung, ich hatte mich aber bereits, auch in deinem Namen, verabschiedet." Sagt´s und umfasst meine Taille wieder mit dem freien Ärmchen.

Ah ja, schön. „Ilsa ist indisponiert, wir ziehen uns jetzt zurück" oder was hat er den Grünhagens aufgetischt? Naheliegend ist es ja, dass man sich nach solch einem Zwischenfall nicht mehr unbedingt in Feierlaune befindet. Wir gelangen irgendwie auf verschlungenen Wegen ans Wasser. Der Mond scheint und die Wellen schwappen leise ans Ufer um die Romantik zu unterstützen. Wir könnten auch ganz woanders sein, ich würde eh Zeit, Raum, Ort und was mein Kommunionsessen war, vergessen. Mein Begleiter drapiert – einer der letzten Gentlemen! - sein ohnehin zerknautschtes Sakko auf dem Sand und darauf lassen wir uns nieder und verharren Arm in Arm. Axel kommt dann wieder in Bewegung und lässt den Schampuskorken knallen. Mit verheißungsvollem Schäumen und Prickeln rauscht die Brause in die Gläser. „Dass du in der Situation daran gedacht hast..." sage ich. Wir prosten uns zu. „Man muss das Wesentliche im Blick behalten" bekomme ich als Antwort. Wo er Recht hat...ich denke an mattgrünen Nagellack und ans Maulaffenveilchen. Aber nur ganz kurz. Wir nippen an unseren Gläsern und ich frage mich erneut, wie spät es denn wohl ist. „Wie spät ist es denn wohl?" Axel schaut auf seine schöne altmodische und große Männeruhr am Handgelenk. „Gleich Drei." „Auweia, eigentlich sollte ich jetzt fein in der Heia liegen und vorher schon mal was für die Hyäne gebastelt haben." „Welche Hyäne muss man denn bebasteln??" „Die Hyäne ist mein Chef. Er heißt so, weil er, wenn er denn ein bis zweimal pro Jahr mal im Keller steht und lacht, so ein Ääääähäääähääh – Lachen bellt wie Hyänen das zu tun pflegen. Ich ahme es natürlich sofort nach: „Ääääähähähähääääähh-hähähähähähä!!!!!!!!!!" Axel zuckt zusammen. „Ach SO eins meinst du!! Aber die Hyänen machen doch eher so: Iähääääähhhääääiiiäähh!!!!!!!!!!" Wir wetteifern darin, die besten Hyänentöne aller Zeiten von uns zu geben. Über uns der Mond, der sicherlich Schlimmeres gewöhnt ist, dennoch etwas erstaunt scheint. Erstaunt scheint, ein WORTSPIEL, toll! „Iiiääääähhhiääähhääääähähiiääääh!!! Und was sollst du für deinen Chef basteln?" fragt Axel schon etwas heiser und schenkt uns beiden noch einmal nach. Wir hatten ja auch heute noch nicht so viel Prozent. Ich nehme einen guten Schluck und unterdrücke ein Aufstösserchen. „Ich soll ihm einen Zwischenstandsbericht mailen, mit Fotos, Insidertipps und allem Fred und Feuerstein! Außerdem ist der gar nicht mein richtiger Chef, ich bin doch Freie!" Axel bleibt ganz relax: „Das kannst du doch morgen, also eher gesagt, heute Früh, auch noch machen" und sein Blick lässt mich am Rückgrat erschauern. „Und wann kriege ich dann meinen Schönheitsschlaf? Ich muss auch noch einiges recherchieren, dann sind wir bei Edith und Carl zum Tee und dem *Fröhlichen Zecher* muss ich auch noch meine Aufwartung machen. Und wieso hast DU überhaupt soviel Zeit?" „Habe ein paar Tage Probenpause, der Regisseur liegt mit Grippe darnieder." Ob das wohl stimmt?

Axel blickt mir nun tief in die Augen. „Und wer ist der fröhlicher Zecher?" Mir wird wieder schwummrig. Süßfeuchtes Schnütchen nähert sich meinem Mund. „Das ist der Halbbruder vom Maulaffenveil..." Seine Schnute findet meine Lippen... wir küssen uns und küssen uns und sinken ganz kitschig in den Sand und küssen weiter und wilder und dann wieder zarter und nehmen uns gegenseitig den Atem. Die im Sande stehenden Champagnergläser stoßen wir dabei um und mich durchfeuchtet es am Rücken. Ist ja auch egal, wo und wie man feucht wird, haha. Seine Hände streichen nun ziemlich konkret und mit neugieriger Zärtlichkeit über meinen Körper. Und ich will mehr. Und mehr. Und noch ein bisschen und bitte nicht aufhören und, ja, das ist mal schön. Axel fühlt sich auch ziemlich angenehm an und irgendwie geraten meine kühlen Hände unter sein wieder mal derangiertes Hemd. Seine Haut ist warm und reagiert sofort auf meine Hände. Nicht nur die Haut, glaube ich. Natürlich hätte ich jetzt gerne auch NOCH mehr Körperkontakt aber das wäre dann doch zu schnell. Oder? Mein romantischer Held wird zwar etwas kecker mit SEINEN Händen, die nun in ihrer ganzen Größe meinen schlanken Körper streicheln, hier und da etwas konkreter werden... aber es bleibt dabei. Bisschen Petting wäre ja auch mal was gewesen. Oder sind wir aus dem Alter ´raus? Als wir an den Punkt gelangt sind, wo irgendwie MEHR hätte passieren könnensollenwollen lässt der küssende und sonst so zurückhaltend verschroben wirkende Kommissär von mir ab und murmelt irgendwas von „besser jetzt mal aufhören und vernünftig sein". Wann, bitte schön, wäre Liebe, oder, na gut, Verliebtsein oder Verknalltsein wohl VERNÜNFTIG gewesen? Das ist doch wohl ein Widerspruch in sich! Ich weiß nicht, ob ich gerührt oder beleidigt sein soll. Aber irgendwie hat er wohl Recht. Ist ja auch der Ältere von uns beiden.

Ich schaue mich mit müden und wahrscheinlich geröteten Augen etwas verwirrt um. Wo zum Teufel sind wir denn hier überhaupt gelandet? Und wie, zum Teufel, kommen wir von hieraus zurück in die Zivilisation? Die Zivilisation, die mir eine heiße Dusche und ein opulentes Frühstück mit viel Kaffee bietet. Oder will ich lieber baden? Und dann Frühstück? Und dann erstmal schlafen? Aber was ist mit dem Sams, das bestimmt schon mit den Füßen scharrend auf meinen Rapport wartet? Ach, drauf geschissen, schließlich hat er mir keine genaue Uhrzeit genannt. Das mache ich fein morgen Nachmittag, ach nee, heute Nachmittag wenn ich von Edith und Carl teegeschwängert in meine Junior Suite zurückkehre. Und dann Siesta und später ab zum *Fröhlichen Zecher*. Ob Axel auch dort mit hin kommt? Vielleicht ist das ja eine ganz miese, dunkle Spelunke, die anständige Frauen überhaupt nur mit ritterlichem Begleiter frequentieren? Der eben Genannte hat sich erhoben, streicht sich sein zerwühltes und verbliebenes Haupthaar glatt, richtet seine Klamotten und blickt sich ein wenig ernüchtert um. Dann hilft er mir auf, schüttelt sein zerknautschtes und versandetes und champagnergetränktes Sakko aus. Ich tue es ihm gleich, alles ein bisschen sortieren und ernüchtert sein. Jetzt friere ich ein wenig, es wird langsam hell und die Luft ist noch kühl und feucht vom Tau. Ich schaue Axel an und er erwidert meinen Blick mit einem wunderbaren Lächeln, zieht mich an sich, rubbelt mir den Rücken und die Arme um mich zu wärmen und ich…ich bin schrecklich verliebt in ihn. Und mir schmerzt mein kleines Herzchen ein wenig. Der Mann ist verheiratet. Er ist ein relativ prominenter Schauspieler. Er wird meinetwegen wohl kaum alles aufgeben. Aber jetzt ist er hier und außerdem hat ER mich angesprochen und ER hat auch mit der Knutscherei angefangen... Er gibt mir einen sanften Kuss auf den Scheitel. Ich bin verliebt oder meinetwegen verknallt, egal ob das nun passt oder nicht.

Komikaas Frühstück

Langsam streben wir Richtung Zivilisation. Axel kennt offenbar den Weg, denn bald gelangen wir an eine Straße. Vielleicht haben Männer aber auch nur so ein integriertes Navisystem im Körper. Oder riechen den Benzingeruch. Wir laufen Arm in Arm die Straße entlang. Erstes Vogelgezwitscher. Sommerduft. Wir passieren schöne Häuser, zumindest ahnt man das, denn sie sind umgeben von schönen hohen Mauern oder doch wenigstens von bewachsenen Zäunen und gesicherten Gartentoren. Ich laufe barfuß. Ab und an bleiben wir stehen und knutschen. Wie zwei Teenies. Aber das ist in jedem Alter gleich, glaube ich. Gerade als ich Axel bitten will, uns per Mobiltelefon ein Taxi heranzurufen, passiert uns eine schwarze Limousine. Hält an. Fenster öffnet sich. Heraus schaut ein Mann mit Hut. Zieht der den denn nie ab? „Hallöchen ihr zwei Turteltäubchen! Ich frag euch nicht, wo ihr jetzt herkommt, har har. Soll ich euch in meiner Kutsche zum *Mare* mitnehmen?" „Kaii! Wieso bist du jetzt noch hier unterwegs?" rufe ich und steige dankbar in den Fond des Wagens. Mit Chauffeur, klar. Axel lässt sich neben mich plumpsen. Nun sitze ich zwischen zwei Herren mit Hut. Na gut. Kaii hat noch ein bisschen länger mit dem Bräutigam getagt, sein *Gig* (so nennt er es) ging wohl noch so ein Stündchen weiter und dann hat er sich gepflegt mit Lambert einen hinter die Hutkrempe gekippt. Die Braut hatte sich bereits in ihre Gemächer zurückgezogen. „War ´n´ bisschen angefressen, die Gute. Na ja, war ja auch ´n´ Schock, dass der Extyp da auf einmal so reinbrettert." Lispelt Kaii. Er macht indes keinen geschockten Eindruck. Na ja, hat bestimmt schon Schlimmeres erlebt. Aber habe ich nicht mal gelesen, dass er aus gesundheitlichen Gründen keinen Alk mehr trinkt?? „Darfst du denn überhaupt noch Alkohol trinken?? frage ich ganz indiskret. Axel schaut etwas peinlich berührt. „Ich meine, hattest du nicht mal gesundheitliche Probleme und so?" versuche ich meine neugierigen Worte noch als Sorge zu verbrämen. Bin ja auch besorgt. Und man wird ja wohl mal fragen dürfen! Kaii ist gar nicht pikiert. „ Ich hatte so ´ne Herzgeschichte. Hätte mich beinahe umgebracht. Seitdem nur zu besonderen Gelegenheiten und nix Hartes mehr!" Sein schwarzer Hut rutscht wieder auf und ab. Auf und ab. Auf und ...Gähn! Verstohlen halte ich mir meine leptosomen Händchen vor den Mund. Auf Axels Uhr erblicke ich, dass es bereits viertel vor Sechs ist. Ich bin müde, meine Beine schmerzen, mein Herz läuft über und außerdem hätte ich gerne ein gefülltes Pony oder ähnliches. Ständig habe ich Hunger, es ist ein Elend mit mir! Kaii: „Wollt ihr noch auf ´n´ FrühstückChen mit zu mir rauf? Ihr seht aus als könntet ihr ´n´ KäffChen gebrauchen." Ich liebe diesen Mann! Und er hat auch was für die Chens übrig...höhö, haben wir gelacht! „Das wäre jetzt genau das Richtige!" sagt mein Begleiter und schon sind wir an der *final destination* angekommen. Müde krabbeln wir aus dem Auto und reißen alberne Gags über Hupen und osmanische Hengste. Also, eher ich. Und die Herren lachen. Nee wat biste wieder lustisch Ilsa. Lass das doch mal! Okay, kommt sofort: Schluss mit lustig.

Axel umfasst mich wieder, nachdem er mir beim Aussteigen geholfen hat. Dass es noch Männer gibt, die so drauf sind. Herrlich! Wir entern das Entree und ab geht´s mit dem Lift nach oben. Kaii schlufft vor uns her, und ich gebe vor, dass das alles ja gar nix Besonderes für mich ist. Herr Komikaa öffnet die Tür zu seinem Reich und lässt uns den Vortritt. Wow! Ich sage nur: Wow! Nette Hütte und das mit Full Service Anbindung ans Hotel. Super-Wow -Wow ! Ich kann ganz gut verstehen, dass man gerne in einer Butze mit 24 Stundenbedienung haust. Gut, in einem konventionellen Eigenheim hätte man noch einen Garten und ein bisschen mehr Gestaltungsfreiraum. Kaii macht sich in der offenen Küche zu schaffen. „Ich hau uns ma ´n´paar Eichen in die Pfanne, ihr seid doch keine Schwerstveganer oder so was?" „Nein nein", beeile ich mich zu sagen. „Für mich das ganze Programm!" ruft Axel, der gerade an der Komikaa`schen Bücherwand verweilt. Viele Kunstbücher und scheinbar auch richtig was zum Lesen. An den Wänden Selbstgemaltes. Irgendwie ist es gemütlich hier, unaufdringlich und schön.

Ich trete auf den Balkon, lege die Unterarme auf der Brüstung ab und schaue auf die Alster. Morgenstimmung. Es scheint wieder ein warmer Tag zu werden. Müde und glücklich lasse ich meinen Kopf auf meine Arme sinken. Wie ein Kind, das über den Schularbeiten einzuschlafen droht. Weit weg sind Zweischwänzi, Maulaffenveilchen und meine unsichere Jobsituation. Alles schnöder Alltagsscheiß. Drinnen höre ich die Herren mit Hut lachen und reden. Pfannenbrutzelgeräusche mischen sich in appetitliche Düfte. Ich trete näher an die Tür und nehme meine Kamera zur Hand. Klick! Axel füllt den Kaffee in eine Thermoskanne. Klick! Kaii trägt ein Küchenhandtuch als Schürze und hantiert mit den Pfannen. Den Hut trägt er dabei immer noch. „Stellt euch mal fein zusammen hin, ich hätte gerne ein Erinnerungsfoto von euch beiden Hütchenspielern!" Axel und Kaii tun wie ihnen geheißen. Dann ein Foto von uns dreien mittels Selbstauslöser. Natürlich nur für den privaten Gebrauch. Ich werde es mir noch oft anschauen. „So, jetzt noch eins von euch beiden Süßen!" lispelt Kaii. Axel umfasst meine Taille, kitzelt mich ein wenig dabei und lachend und leicht verwackelt sind wir auf dem Lichtbild zu sehen.

Dann schießt Axel noch ein Bild von Ilsa und Kaii und darüber verschnurpsen die Eier in der Pfanne. Schnell neue gemacht und an die Küchentheke gesetzt. Wir schmausen. „Wenn dat jetzt meine Omma sehen könnte! Ihr Kind mir zwei Promis beim privaten Frühstück. In einer Großstadt. Quasi während der Ausübung ihres Berufes. Nee, wat hätten mer da ze vertälle!" Ich lache. „Du hast noch ´ne Oma? Beneidenswert!" näselt Kaii. „Ja, sie lebt in einem ganz süßen Knusperhäuschen in Korschenbroich, hat alle zwei Wochen Kaffeeklatsch mit seit Jahren denselben Elsen aus der Nachbarschaft und kocht für mich immer meine Leibspeisen." Ich beiße herzhaft in mein Brot. Ob das auch aus dem Delikatessenshop stammt wo Kaii die Geilipaste herhat? Schmecken tut es jedenfalls gut. Axel schaufelt aber auch ganz schön was in sich ´rein. „Omas sind Gold wert. Meine hat mich sehr stark geprägt, ich war ihr Liebling. Sie war auch die Einzige, die von Anfang an keinen Zweifel daran hatte, dass ich ein guter Schauspieler werde. Oder", er nimmt einen Schluck Kaffee, „dass ich überhaupt einer werde und damit Geld verdienen kann." Nachdenkliches Abtupfen des Rühmann-Schnütchens mit der Serviette. „Da war sie erstaunlich liberal und offen eingestellt."

Kaii erzählt von seiner Mutter, die eine der wichtigsten Personen für ihn war. Wir schweigen ein bisschen und starren gesättigt auf unsere leergeputzten Teller. „Wo kann ich denn hier mal Nase pudern?" frage ich im Aufstehen. Kaii weist mir den Weg. Dann stehe ich im Badezimmer eines ziemlich bekannten Deutsch-Rock-Sängers, der fast doppelt so alt ist wie ich. Das Bad als solches ist mit weißen Fliesen und nüchternen Armaturen eher unbemerkenswert. Aber Kerzen gibt´s auch, kleine Glasfläschchen mit grünem und vanillegelbem Inhalt am Badewannenrand stehend. Es riecht sacht nach, ja, nach was? Vanille? Amber? Feige? Auf jeden Fall irgendwie lecker. Ein Badezimmerschränkchen gibt es auch. Durch die Milchglasscheiben schimmern die Umrisse weiterer Utensilien hindurch. Ich lasse mich auf die Brille plumpsen und gebe den Kaffee wieder von mir. Neugierig beäuge ich das Schränkchen. Das KANN ich nicht machen. Ich bin NIE indiskret. Immer noch auf das Schränkchen starrend, taste ich nach dem Toilettenpapierhalter. Kein Rascheln, keine Rolle. Mist! Ob in dem Schränkchen vielleicht...? Mit noch heruntergelassenem Höschen stalpe ich zu den verbotenen Milchglastüren und öffne sie leise. Hm...Eau de Toilette von Chanel, Rasierzeug, Medikamente, Ersatzhandtücher, Kondome, Deo, Duschgel, Seife...und im unteren Fach...Ersatzrollen Toilettenpapier. Moment! Medikamente? Jetzt muss ich doch mal stöbern. Da! Die verräterischen rautenförmigen Pillen hat er also auch! Na ja, wenn man bei einer jungen Freundin bestehen will (Höhö! Wieder ein Wortspiel, be-stehen, HaHa, Ilsa, worüber man mit ganz viel Restalkohol im Blut so lachen kann, gell?) Kichernd stopfe ich die Pillen wieder zurück und in einem unachtsamen Moment setze ich den Badezimmerschrank-dominoday in Gang, ein Fläschchen wird von den Viagras gestreift und fällt klirrend zu Boden, mehrere Schachteln Aspirin und anderen Gedönses fallen gegeneinander und eine nach der anderen kippt um, rutscht aus dem Schrank und zu Boden. Ich stehe da, peinlich berührt mit ohne Bux am Hintern und mir wird ganz arg heiß.

„Alles in Ordnung, Prinzessin?" ertöt Kaiis Stimme an der Tür. Scheiße Scheiße Scheiße! Hastig ziehe ich meinen Schlüpfer hoch, obwohl mich doch gar niemand sehen kann. „Ja, ja, alles bestens! Habe nur nach Toilettenpapier gesucht!" flöte ich kurzatmig. „Da ist ´ne neue Rolle neben dem Klo...ansonsten im Schrank, unterstes Fach!" DAS weiß ich ja nun auch! Mist, da war ja echt noch eine Ersatzrolle auf dem Pimmock neben dem Promi-Abort. Ich blicke auf das von mir veranstaltete Chaos und schäme mich. Dann bringe ich erst einmal MICH in Ordnung und versuche dann, in der Rockstarnasszelle alles wieder à jour zu machen. Irgendwie kriege ich die von Kaii geräumte Ordnung seiner Pillenschachteln und - fläschchen undsoweiter nicht mehr originalgetreu hin. Es ist wie wenn ein Hobby KfZ-Mechaniker sein Moffa auseinanderschraubt und beim Wiederzusammenschrauben bemerkt, dass zwei Muffen, drei Muttern und diverse Flansche oder Rötörö-Nepomuks oder was auch immer an so ´ nem Fahrdings dran ist, dass also ebendiese Kleinteile übrigbleiben. Das Moffa startet zwar wie gewohnt aber es bleibt immer ein Restzweifel, ob es mit dem ganzen Obengenannten nicht auch SICHERER wäre... Na ja, bei mir bleibt ein zerschelltes Arzneifläschchen (nur Abführtropfen, nix Lebenswichtiges also), ein Röhrchen Globuli und die Viagras übrig. Jemand wummert an der Tür und ich schrecke ertappt zusammen. „Eulchen" tiriliert Axel dumpf durch das Holz „ich will dich ja nicht drängen aber der Kaffee fordert seinen Tribut!" „Ja, ja, ich komme sofort", rufe ich hektisch und weiß nicht wohin mit den Medikamenten. Kurz entschlossen stopfe ich alle in meine Handtasche. Das zerbrochene Fläschchen habe ich notdürftig (Haha, Wortsp...okay, ich sage nix mehr) in ein

Stück Toilettenpapier gefegt und ebenfalls in meiner Tasche verstaut. Hastig schließe ich den Schrank, wasche flüchtig meine Hände und ordne schnellstens meine Frisur. Ähm, Frisur? Was ist das da auf meinem Schädel? Gabelspaghetti? Und wohin hat sich meine Mascara verabschiedet? Die Nacht geht, Johnnie Mascara auch. Axel klopft sachte an die Tür und fleht: *„Iiilsaaa, es tuuut mir leiid aber hier passiert gleich ein Uuuunglüück...!!"* Auweia, der Arme. Schnell schließe ich die Tür auf und lasse ihn ein. „Gibt´s denn hier in dem Luxusschuppen nur ein Allerheiligstes?" „Das andere wird gerade vom Hausherrn frequentiert" stößt Axel hervor. Er schaut mich an. Ich schau ihn an. Will er etwa JETZT? HIER? QUICK AND DIRTY? „Ähm, würdest du mich kurz entschuldigen...?" Ach so, ja natürlich, haha, oh ähm, okay, ich bin schon ´raus. Scheinbar will er ja nicht REIN. Also, im Moment nur ins Bad. Mannometer, meine Gedanken hole ich gerade mal wieder aus der allerletzten Bückschublade meines Hirns. Grauenhaft. Ich habe die Tendenz, etwas kalauerhafte Ballermanngedanken zu denken. Das ist irgendwie zwanghaft. Fast ein bisschen tourettig. Aber das hört ja zum Glück keiner. Es sei denn, ich denke wieder einmal laut. Aber dieses Mal habe ich zum Glück nur meine eigene Ästhetik im Gedanken beleidigt. So strolche ich zurück in den offenen Wohnesskochraum wo Kaii inzwischen auf dem Sofa liegt und ...pennt!

Mir schießt sofort die Melodie von *Bobo Siebenschläfer* in die Ohren. Eine CD mit Kindergutenachtgeschichten, heiß geliebt von meinem Patenkind Sanne, als sie noch süß und zwei war. Jetzt ist sie immer noch süß aber fünf. Die Siebenschläfer geben, statt Worte zu formen, nur unartikulierte Laute wie: „Möhmöhm gggunnggg" usw von sich. Am Ende heißt es dann immer: *„Und Bobo ist schon eingeschlafen!"* *Tülüdü, tülülü. Tülüdü, tülü!* geht die Abspannmelodie. Kaii, den Hut über die Augen gezogen wie ein Cowboy am Rande der Prärie, macht auch gerade unartikulierte Bobogeräusche und ich beschließe, hier die Segel zu streichen.

Axel kehrt vom Ort zurück und schließt sich mir an. Draußen ist es gleißend hell geworden und ich kneife die Augen zusammen, als mich durch eines der Fenster in Kaiis Bude ein Sonnenstrahl in Laserqualität attackiert. Der Krimi-Komissär geleitet mich ganz gentlemanlike zu meinem Boudoir. Im Aufzug stehen wir schweigend nebeneinander. Ich bin jetzt nur noch eins: grottenmüde. Ich will schlafen, verdauen und die vergangene Nacht mal Revue passieren lassen. Vor meiner Zimmertür fingere ich nach meinem Kärtchen. Irgendwo in dieser Damenhandtasche, die die letzten 24 Stunden schon so einiges erleben durfte, muss doch dieses vermaledeite Plastestück herumfliegen. Einem Schweißausbruch nahe krömsele und krame ich in den Fächern und Falten herum. Sollte die Karte beim Hamid-Vorfall etwa in die Blumenrabatten gefallen sein? Auweia, dann ist die bestimmt hinüber. Axel beobachtet mich amüsiert. „Keine Angst, ich hatte genug Kaffee" sagt er anzüglich, meine Kramerei als Verzögerungstaktik verstehend um ihn loszuwerden. „Sehr witzig!" Ich stülpe das Unterste zuoberst. Die ersten losen Artikel plumpsen aus der Tasche. Halb verklebte Hustenbonbons, ein zerknülltes Tempo in Kieselsteinhaptik, ein loses Lipgloss. Axel hebt alles brav auf. Da! Ich kriege das Kärtchen zu fassen und ziehe es triumphierend hervor. Leider auch ein Päckchen Potenzpillen in Rautenform sowie ein Stück Toilettenpapier mit Arzneifläschchenscherben. In hohem Bogen witscht das peinliche Gedöns durch die Luft. Axel fängt beides mit der Hand auf. Scheiße, ist der geschickt. Ehe er sich ausgiebigst über die Viagras wundern kann ruft er schon „Autsch!" Mist! Er hat sich an den Scherben geschnitten, das Tuch war leider nicht so haltbar wie ich dachte.

„Oh nein! Es tut mir so leid, " sage ich bedröppelt, die offene Tasche herabbaumeln lassend, das Kärtchen in der anderen Hand haltend. „Ich weiß ja, dass eine Damenhandtasche ganze Universen beherbergen kann aber ich bin doch immer wieder über den Inhalt erstaunt" gibt Axel mit zusammengebissenen Zähnen zurück. Schnell wickelt er ein sauberes Stofftaschentuch um seine kleinen Schnitte in der Handfläche. „Muss ich dich da jetzt so Filmkli-schee-mäßig mit Jod verarzten?" frage ich reumütig. „Nein, nein, geht schon. Lass´ uns jetzt erst einmal alle Geschehnisse der letzten Stunden verarbeiten." „Ja, das ist die beste Idee, ich muss dringend in die Heia. Und du-schen. Und überhaupt..." Ich öffne mittels Kärtle die Tür, gebe ihm noch schnell einen Kuss auf die Wange und will entfleuchen. „Moment! Ich habe hier noch etwas von dir" und reicht mir die Pillekes. „Danke!" sage ich peinlich be-rührt aber ohne mit der Wimper zu zucken. „Schlaf schön", sage ich noch und schließe schnell die Tür. Auf-stöhnend vor Scham lehne ich mich von innen dagegen. Peinlicher geht´s ja wohl nicht! Was mag er sich gedacht haben? Dass ich ihn verführen will? Und meine, er brächte es nicht mehr? Beides finde ich so hochnotpeinlich, dass ich einen heißen Kopf bekomme. „Ilsa!" tönt es da dumpf durch das Türholz. Erschrocken zucke ich zusammen. „Darf ich dich heute anrufen und vielleicht auch zum Es-sen einladen?" Oh nein, da geniere ich mich. Dann fällt mir ein: Wir sind doch bei den Grünhagens zum Tee avi-siert! „Wir sehen uns doch eh bei Carl und Edith!" gebe ich kurzatmig zurück. „Stimmt ja! Ich erwarte dich dann um Vier in der Lobby! Schlaf schön, Eulchen. Und nicht die falschen Pillen schlucken, har har!" Haben wir ge-lacht!Pfeifend entfernt er sich. Ich atme erleichtert aus. Meine Nachbarn sicherlich auch. So viel Lärm um diese Uhrzeit! Obwohl, anständige Leute stehen jetzt wahr-scheinlich grade schon wieder auf! Im Bad pörkele ich die Contactlinsen aus meinen armen geröteten Augen und plumpse, alle Beautyratgeber außer Acht lassend, in voller Schminkmontur auf mein Bettchen. Die Klamotten habe ich im Bad auf den Boden geworfen und mir nur ein Schlummershirt übergestreift. Kaum, dass mein Erbsen-köpfchen das Kissen berührt, bin ich auch schon einge-schlafen. *Tülüdü, tülülü.Tülüdü, tülü!*

Kaffee oder Tee?

Tülüdü, tülülü.Tülüdü, tülü! Bobo schläft. Ilsa schläft. Ach wie süß und wonnig! Im Schlaf lächle ich selig vor mich hin. Ein Sonnenstrahl kitzelt mein Gesicht. *Tülüdü, tülülü. Tülüdü, tülü!* Ja doch, ist ja gut! Ich drehe mich um und kuschle mich noch tiefer ins Gedaunte. Ja, man ahnt es: Mit Bobo hat das nix zu tun sondern natürlich weckt mich das Klingeln meines Mobiltelefons. Und natürlich ist es die Hyäne, die mir den Weckruf ins Ohr schreit. „Frau Eul! Wollte nur mal hören, was sie so treiben. Man hört und LIEST ja so gar nichts von Ihnen!" Frau Eul: „Hrglmpf..." „Ich verstehe Sie so schlecht. Sind sie gerade unterwegs? Ist ja auch egal. Gehen Sie auf jeden Fall heute Abend in den *Fröhlichen Zecher*, scheinbar läuft da was Extraordinäres. Hat mir eine Bekannte gesagt!" Mein schlafwelkes Hirn springt an. EINE BEKANNTE! Na-türlich! DIE Bekannte wolltest du doch wohl sagen! „Wie war´s gestern noch so, mit Kaii und Co.? Har har!"
Er glaubt mir wohl nicht, dass ich hier sofort Zugang zu den Promikreisen gefunden habe. Nur weil´s Maulaffenveilchen das seit langen Jahren hauptberuflich macht und vielleicht auch jahrelang gebraucht hat, um sich Zutritt zu verschaffen muss es mir ja nicht genauso gehen. „Ich schicke Ihnen gleich mal ein paar Fotos von gestern Abend ´rüber" sage ich überraschend deutlich und glasklar. „Überhaupt habe ich mir überlegt, die Story als Kurz- oder Fotoroman zu verpacken!" Ich richte mich nun, lebhaft geworden auf.   Meine Restwimperntusche mit der linken Hand zerbröselnd und dann lebhaft mit derselben (also Hand) gestikulierend fahre ich fort: „Solche Stadtreportagen sind doch immer nach Schema F aufgebaut. Da könnten wir doch mal was Pfiffigeres machen! Oder...?" sage ich etwas vorsichtiger. Am anderen Ende der Leitung: Stille. Höre ich leises Restbartstoppeln-an - Kragen-Schubbern? „Mhm...muss ich mir mal überlegen. Ist aber erstmal gar keine so schlechte Idee." Pause. „Sie machen einfach weiter wie gehabt und was wir am Ende daraus stricken können wir immer noch entscheiden, wenn uns

das gesamte Recherchematerial zur Verfügung steht." Das ist doch mal was. Entzückt verabschiede ich mich und verspreche, asap die Fotos etc. ´rüberzuschicken. Am Ende wird es der Fotoroman aus dem ich Axel allerdings heraushalte. Die Resonanz wird gut sein.

Aber zurück ins Jetzt: Beschwingt verlasse ich die Bettstatt und nehme im Badezimmer die nötigsten Reparaturen an meinem Äußeren vor. Eine Pflege-Maske im Gesicht und das Handtuch noch ums nasse Haar geschlungen, fahre ich den Laptop hoch und bestelle dann beim Zimmerservice ein zweites Frühstück. Ist ja immerhin bereits- ich schaue kurz auf die Uhr… WAS???!!...gleich Zwölf. Einen Moment lang weiß ich nicht, was als Erstes tun. Maskeabwaschenhaareföhnenfotosüberspielen oder Fotosüberspielenmaskewegundanziehen oder...da klopft es an die Tür und das Essen wird kredenzt. Wegen der fortgeschrittenen Stunde gibt es eine Portion Nüdelchen mit Salat. Und Cola! Meine Maske und das tageszeitungemäße Outfit diskret ignorierend, nimmt der Etagenpage oder wie das heißt, dankend das Trinkgeld entgegen und hat vorher noch liebevoll alles hergerichtet. Mit Appetit stürze ich mich aufs Essen, checke dabei meine mails und lasse die Maske in die Tatstatur bröseln. So, jetzt noch Fotos überspielen. Anziehen. Gesicht herrichten. Kurzbericht tippen (geht hopplahopp, da bin ich gut drin) und Fotos dazu packen, fechtisch und ab dafür! Nun noch eine Frisur gebastelt und ´raus ins Leben!

In der Lobby stolpere ich fast über Cosimo, der sich mit seinem blauen Auge verwegen hier herumdrückt. „Cosimo! Wie geht es dir?" stürme ich auf ihn zu. Er lächelt schief. „Na ja, passt schon!" „Und was machst du hier?" „Ich hatte gehofft, dich zu treffen und doch noch zu einem Kaffee überreden zu können." „Ach was!" sage ich atemlos schon zur vermaledeiten Drehtür hineilend. Übrigens trage ich, passend zur Umgebung, maritimen Look mit weißen Sneakers, blauer Matrosenhose und Ringelshirt. Als Dame von Welt gibt es dazu auch mal ´nen Hut (!) und ein Schälchen, in dass ich mir bei Brise die schmalen Schultern hüllen kann. „Es tut mir wirklich Leid, aber ich bin ja nicht nur zum Vergnügen hier." „Das sah gestern aber anders aus, cara mia" meint der Halbitaliener etwas anzüglich. „Nun werd´ mal nicht frech, Sportsfreund! Das war knallharte Recherche! Im wahrsten Sinne des Wortes…" Wir lachen. „Wo willst du denn nun hin?" fragt er und folgt mir wie ein Hund durch den Ausgang. „Na ja", ich muss die Augen zusammenkneifen denn die Sonne lacht schon wieder vom Himmel. Schnell die Sonnenbrille aufsetzen. So, schon besser. „Ich wollte dann schon gerne mal schauen, was ich meinem Chef noch so als Geheimtipps, *places to be*, Eins A Shoppingadressen, Einheimischentreffs undsoweiter präsentieren kann. Außerdem …" Etwas ziellos laufe ich erst rechts, dann links … „interessiert mich das ja auch selbst." „Okay, pass auf, ich kenne da ein paar feine Adressen. Vor allem solche, wo es auch echt gute Feinkost zu kaufen gibt. Und den Markt am Blablabla, im Sowieso- Viertel hat es klasse Boutiquen und Secondhandshops. Und ein paar neue Galerien. Da ist es auch noch nicht so schick, aber das wird es bestimmt noch. Jetzt ist also der beste Zeitpunkt da mal herumzustöbern."

Cosimo leiert noch mehr Adressen und Tipps herunter. Ich bin erstaunt und beeindruckt und notiere mir alles gewissenhaft. „Woher WEISST du das denn alles?" „Immerhin lebe ich hier ja auch schon ein bisschen länger!" „Ja, aber da stöbert man doch nicht in Damenboutiquen herum!" „Das sind ja auch nicht NUR Adressen für Mädchen, sondern auch für Jungs." „Okay, aber trotzdem, das ist doch etwas sonderbar. Hattest du einen Guide, als du hierhergezogen bist?" „Nö, aber meine Freundin…" kommt es zögerlich. Ich bleibe abrupt stehen und Cosimo prallt gegen mich. „FREUNDIN??" Und wieso belagerst du mich dann?" „Ich will doch nur einen Kaffee mit dir trinken und ein bisschen quatschen. Dich näher kennen lernen." Natürlich! Und das als Halbitaliener. Er lotst mich weiter. „Ich zeig dir ein paar nette Ecken, schreib´ dir den Rest auf und so wie ich dich kenne" (in der kurzen Zeit will er mich bereits KENNEN?) „findest du auch selber noch genug heraus und lernst im Handumdrehen ein paar interessante Leute kennen!" Na ja… das KÖNNTE natürlich sein. „Du hast allenfalls einen KLEINEN Eindruck meiner vielschichtigen Persönlichkeit kennen gelernt", gebe ich zurück und dann müssen wir wieder beide grinsen. Er ist schon ein Netter und ich fühle mich sehr entspannt in seiner Nähe. Nicht so flatterig angeliebestollt wie bei Axel. Außerdem finde ich Cosimo auch wirklich sehr attraktiv, wenn er mit seinen Branduardi-Locken auch nicht so unbedingt mein Typ ist. Aber diese Augen! Wir streben den ersten Geheimtipps zu. „Und wo ist deine Freundin jetzt?" „Hat ´nen Job in Paris", gibt er leichthin zurück. Ja, dann. Ist ja alles okay. „Und was genau ist das für ein Job?" „Sie modelt so´ n bisschen neben dem Studium." Ich schreie entzückt auf. Nicht wegen seiner Modelfreundin, sondern weil ich gerade DIE absolut süßeste Boutique erspäht habe, mit Strickjäckchen, ausgefallen Shirts, Homeaccessoires, Schals, Schühchen etc. usw. Begeistert stöbere ich mich flugstens durch das Warenangebot. Lasse mir ein Visitenkärtchen geben und verspreche, bestimmt noch einmal mit mehr Zeit (und irgendwann auch mit mehr GELD- nur gedacht!!) wieder zukommen. „So so, sie modelt also" sage ich zu Cosimo gewandt der mich die ganze Zeit belustigt beobachtet hat und verstaue das Visitenkärtchen in meinem Kalender. Ja, ich besitze noch einen altmodischen Moleskine-Kalender in Papierform. So Elektronikkram allein ist mir irgendwie suspekt. Das bin ich ganz de Omma! „Lass´ mich raten. Sie ist 1,83 groß, langhaarig und blond, und studiert…Philosophie? Kunstgeschichte? Psychologie?" „Kunstpädagogik und Psychologie. Sie will später mal mit psychisch kranken Kindern arbeiten". Natürlich, was auch sonst. Bis dahin wird sie das nicht mehr nötig haben, zumindest nicht vom Geld her, denn: „Der Job wirft schon ganz gut was ab. Sie hatte bereits mehrere relevante Covershootings." Klar, wieso auch nicht. Wie alt sie denn ist, will ich wissen. „23!" grient der *Italian Stallion*. „Bisschen jung für dich, oder?" sage ich spitz. „Na ja, dein Kavalier ist ja auch nicht mehr der Jüngste!" „Kavalier! Wo hast du *das* Wort denn noch ausgekramt? Außerdem ist das nicht mein Kavalier, sondern wir haben uns gerade erst im Rahmen meiner Recherchen kennen gelernt." Im Rahmen meiner Recherchen. Das klingt genauso doof wie Kavalier. Und wer benutzt eigentlich noch das Wort *doof*? Ach so, ich gerade. Wir stromern und bummeln noch geraume Zeit herum, um die Cosimo-Super-Geheimtipps sofort auf ihren Gehalt hin zu überprüfen. So ganz nebenher shoppe ich noch ein Shirt für mein Patenkind, ein paar Ohrringe für meine Freundin Schnucki und mich, ein Buch... na ja, was soll ich sagen: vom Shoppingangebot her hat die Stadt jetzt bereits gewonnen!

Unterdessen steuert Cosimo eine Außengastronomie an. Gerade als wir uns setzen wollen, klingelt und brumselt es aus seiner Hose. Auch interessant. Das Handy am Ohr bedeutet er mir, mit der erhobenen Hand kurz zu warten und stehen zu bleiben. „Pronto!" (sagt er echt!) „Aaah, du bist es, alter Schwede! (Männer sagen immer: Alter! Alter Schwede! Alter Sack! Eine bezaubernde Begrüßung.) „Ich habe deinen Anruf schon länger erwartet. Nein, nein, naatüürlich nicht ...aber ich muss eben auch schau´n, wo ich bleibe. Du bist Geschäftsmann, ich bin Geschäftsmann, alora!" Cosimo horcht in sein *telefonino*. Brabbel Brabbel... und runzelt die Stirn. „Jetzt sofort?" er reibt sich die Stirn, hebt die Augenbrauen. „Phhh...eigentlich habe ich hier grade eine andere Verabredung am Laufen...ja, ja, wir wollten gerade einen Kaffee trinken." Erneutes Horchen. Ich kann nicht verstehen, was der Tuppes am anderen Ende der Mobilfunkleitung sagt aber es ist wohl etwas leicht Anzügliches oder so, denn Cosimo lacht so wie Männer eben lachen wenn sie einen Halb-möchtegern-charmanten-und-halb-möchtegern-gerade-so-noch-frech-frivolen Spruch losgelassen oder gehört haben. „Jaaa, sehr hübsch und charmant ist sie, langbeinig, aber nicht DEIN Typ!" Erneutes *Har har* und: „Ja, ich bringe sie mit. Bis gleich!" Klick und Verbindung unterbrochen und Ilsa mal eben zum nächsten Taxistand gezogen. „Was geht denn jetzt ab?" frage ich verwirrt. Männo, ich wollte doch so gerne Cappu und Apfelschorle trinken und in der Sonne sitzen und... „Wir fahren mal

eben in ein Etablissement", sagt Cosimo und nennt dem Taxidriver die Adresse. „Wie jetzt, Etablissement? Ich dachte, du wolltest KAFFEE mit mir trinken?"
Ich öffne das Fenster ein wenig, ich brauche Frischluft. Und die Sonne schickt ihre Strahlen grad so nett vom Himmel, da darf man doch eigentlich gar nicht in so einem vermieften Taxi sitzen. „Und wieso gehen wir zu zweit in den Puff?? Ich denke, da gehen *Herren* ALLEINE hin? Ich habe übrigens auch einen super Slogan für so ne Rappel-kiste: *Hier könnt 'ja jeder kommen!* Oder: *Wieso Hand-betrieb wenn wir deine Automatik sein können?*" Ich könnte mich köstlich amüsieren über meine tollen Werbe-sprüche. Der Taxifahrer guckt etwas indigniert. Cosimo grinst und befühlt vorsichtig sein blaues Auge. Und ich weiß auch tolle Namen: *„Schlangengrube.* Hihihi, oder: *Bärenbude,* haha!" Ich bekomme einen pubertären Ki-cheranfall. Cosimo schüttelt nur nachsichtig sein Brandu-ardi-Haupt und unser Motordroschkenkutscher scheint erleichtert, uns los zu werden. Wir sind nämlich da!

Kaffee oder Tee? II

Na ja, fast sind wir da. Ein bisschen noch über die Reeperbahn und dann stehen wir vor dem Etablissement *St.
Pauly Pussycat`s*. „Das ist ja so was von falsch geschrie-
ben!" beginne ich mich zu echauffieren als bereits durch
den Türspion gelugt wird und sich promptens die Pforte
zum Sündenpfuhl öffnet. Irgendein Hiwi- Haback begrüßt
uns knapp mit „Moin" und lässt uns eintreten. Mit der
rechten Hand weist er uns den Weg. Er ist zirka 2 Meter
groß, trägt einen glänzenden Ludenanzug (zumindest,
was ich mir darunter vorstelle) und Ohrring sowie eine
fette Golduhr am Handgelenk. Ja, ein Klischee, aber irgendwo müssen solche Klischees ja nun auch in der Wirklichkeit existieren und ein Beispiel abgeben. Ich bin übrigens überrascht, wie gut sich mein Veilchenaugenbeglei-
ter hier in dieser Dämmerbude auszukennen scheint denn
er geht forschen Schrittes und sehr zielgerichtet den Gang
entlang.

Auch in der guten Stube werden ein paar Klischees erfüllt:
Ein großer Raum mit leicht gedämpften Licht, wobei das
zu Öffnungszeiten bestimmt noch gedimmter ist (*Öffnungszeiten*, auch kein schlechter Puff-Name. Klingt fast
schon esoterisch befreiend. „Ja, lass es ´raus!" Schön
auch der Freddy Quinn Gedächtnis-Puff: „Junge, komm´
bald wieder! Aber den gibt´s bestimmt schon. By the
way: Lebt Freddy Quinn eigentlich noch? Hm…oder ist er
zusammen mit dem Minipli-Trend ausgestorben? Aber
wieso lebt Franz Beckenbauer dann noch? Ach ja, der
pimpt sich ja immer durch seinen persönlichen Frauen-
tausch auf. Eine wie die andere-nur jünger-DAS ist Qualität. Aber nicht von Palhuber und Söhne!). In mir steigen
erneute Lacher empor und ich beiße mir auf die Lippen.
Aber zurück zum Geschehen: Jedenfalls gibt es diverse
Tischchen mit gepolstertem Gestühl und ebensolchen
Sofas. Es sieht ein wenig gebremst-überladen und doch
nicht überladen aus. So als wäre dies eine Möbelausstel-
lung für Leute aus der Mittelschicht, die gerade ihre höhe-
re Gehaltsebene erklommen haben und das rein domizilig

auch zeigen wollen. Eben so *Michael Wendler*- Schick. In Rot.

Eine dunkelgraue Bar mit spiegelndem Tresen, dahinter auch viel Verspiegeltes, davor lederne Barhocker, teilweise mit Lehne. Hoffentlich aus Walfischpenisleder wie bei Onassis selig, das wollte ich immer mal gesehen und gefühlt haben. Ich will gerade die Sitzflächen näher betrachten und ggf. auch befühlen und wende mich Richtung Theke, als:

„Don Cosimo, alter Schwede!" Ich schrecke zusammen und vor mir steht eine körpergewordene Palminstange, der irgendeine gute Seele eine Ebby Thust - Gedenksonnenbrille aufgesetzt hat, auf das sie menschlicher wirke. Dünne Lippen, talgig weiße Haut, gedeckt schimmernder Anzug. Der Typ hat mich voll erschreckt und schmierig jovial lachend haut er Cosimo auf die Schulter und begutachtet sein blaues Auge: „Noooo, wollde die Dame nich´ so wie du? Wenn du dafür bezoohlst, passiert so was nich`, har har. Oder du bezoohlst dafür, *dass* es passiert!" Haben wir gelacht, du Frittenverschönerer! Als hätte er es gehört wendet sich Mr. Greasy mir zu und grabscht mit seinen Talgpranken nach meinen zarten, nein, leptosomen! Händen. „Nu mal Tach, schöne Frau!" ölt er und deutet zwei Handküsse an. Na ja, was man so andeuten nennt. Ich lächle zurückhaltend: „Ahoi!"
Moin moin heißt das hier, min Deern! Aber macht ja nichts! Ich bin Utz!" „Am Arsch die Wutz, ich heiß´ Utz!" entfährt es mir und mein fettiges Gegenüber starrt mich durch die Ebby-Vintagegläser an. Dann: „Harharhar, no, die Deern hat Humor!" Cosimo lächelt etwas gequält. Ich stimme in das Utz`sche Gelächter mit ein. Scheinbar war mein alberner Spruch der Eisbrecher, denn nun geleitet mich der Cheffe zu einem Sitzgrüppchen und rückt mir sogar einen Stuhl zurecht. Eine Prinzessin erkennt man eben überall, auch im Puff! Utz bedeutet auch Cosimo, sich zu setzen.

Er hat wirklich die weißeste, talgigste Haut, die ich jemals gesehen habe. Sein Haar kann man ebenfalls nicht unter die Kategorie „trocken" einstufen, fettig zurückgekämmt entbehrt es jeder Farbe, die man von Ittens oder Goethens Farbkreis so kennt. Mit fasziniertem Ekel betrachte ich ihn. Bei seinem Anblick kommt mir das Buch *Die Bildhauerin* in den Sinn. Utzi-Ebby-Palminchen könnte glatt (haha, glatt!... okay…) aus ihrem Stall kommen. Er und Cosimo tauschen weitere Nettigkeiten aus und dann sitzen wir an einem der Tischchen. Ob es jetzt wohl Blubberwasser gibt? „Und, die Dame, Kaffee oder Tee?" *By the way, ich habe heute in Biskin gebadet, genauso wie die Berliner bei Bäcker Otten in Korschenbroich. Aber dann bin ich über die Ladentheke…* „Ähm, Kaffee bitte", sage ich zähnebleckend und kauere auf der Kante des Stühlchens. Mir ist ein wenig unbehaglich zumute hier. Ob ich dem Hyäne das hier auch berichten muss…? Cosimo verlangt auch nach Kaffee und greasy Utz schnipst nach irgendeinem Lakaien, der aus dem Nichts erscheint und die Getränkewünsche annimmt. Utz macht ein wenig Smalltalk mit mir: „Du bis´nu also Don Cosimos neue Freundin?" „Nein, nicht ganz…" setze ich an da wendet er sich bereits Cosimo zu. Unterdessen wird der Kaffee gebracht. Ich nippe an meiner Tasse, knabbere einen Keks in Busenform (was es so alles gibt) und plötzlich flammt hinter mir Licht auf und laute Musik ertönt. *Pokerface* von Lady Gaga. Vor lauter Schreck habe ich den Kaffee etwas verschüttet und blinzele ins Licht. Auf einer Bühne, die ich eben gar nicht wahrgenommen habe im Halbdunkel, bewegt sich ein Super- Hupen-Girl lasziv an einer Stange und probt offenbar für ihren nächsten Auftritt. Die Klamotten sind zwar mit Leggings und Top leger, verhüllen aber so gut wie nix. Die Dame hat echt eine Granaten- Figur! „Wow" sage ich doof und stiere zu der Tanzmarie. In meinen Händen noch Kaffee und Busenkeks. Utz ist angepisst und verzieht sein wächsernes Gesicht: "Mensch, Mensch, Mensch, das is´doch Scheiße!" brüllt er und steht dabei hastig auf. „Ich will mich hier unterhalden und da komms` du und schwenkst hier deine Titten! Nee, so geht das man nich´! Zisch ab und lass´ uns mal über Geschäftliches reden, Kindchen," wegscheuchende Handbewegung- „Rico, mach mal das Gejaule aus" ins Dunkle rufend- „das hält doch keine Sau aus hier ich will mich in Ruhe und ernsthaft unterhalden und ihr macht Murks blablalassdenwichtigenchefraushängenblubber.

Das Busenwunder mit den längsten Beinen der Welt lässt sich bedröppelt von der Stange rutschen und verschwindet im Off. Utz und Cosimo kommen nun zum Geschäftlichen. Scheinbar hat Cosimo hier ein Gelage mit fester Nahrung versorgt und die Rechnung dazu steht noch offen. „Utz, ich geb´dir einen Geburtstagsbonus, das habe ich dir ja versprochen. Aber den Rest der Kohle bräuchte ich dann auch mal. Ich muss schließlich auch meine Rechnungen bezahlen…" „Nu lass´mal nich´den Maffiaboss ´raushängen alter Schwede! Kriegst deine Kohle schon, liegt alles schon parat hier, liegt alles schon parat." Er rückt die Kohle aber noch nicht ´raus sondern labert Cosimo weiter zu. Mein Interesse an diesem Deal oder an was auch immer tendiert gegen Null, ich hab nix zu tun und Niemanden zum Reden also langweile ich mich. Und wenn mir langweilig ist mache ich entweder Faxen oder ich gehe aufs Klo.

Ich räuspere mich. Nichts geschieht. Dann noch mal vernehmlicher geräuspert. Die Herren schauen mich an. „Wo kann ich denn hier mal die Nase pudern?" frage ich geziert. „Cosimo, du vernachlässigst deine charmande Begleitung", salbadert der palminige Bordellbesitzer und rückt die Brille zurecht. „Vor lauder Langeweile muss sie schon pinkeln! Harhar"! Haben wir gelacht! „An der Theke vorbei, den Gang entlang rechts und die Treppe halb ´rauf und die zweite rechts.", murmelt der Bumstycoon und wendet sich zu weiterer Rabattierungsverhandlungen wieder meinem halbitalienischen Begleiter zu. Letzteren könnte ich auch grade zum Mond schießen. Was zum Teufel soll ich hier? Draußen lacht die Sonne, ich habe einen Job zu erledigen und will außerdem noch zur offenen Gartenpforte und mich vor unserem Abendausgang noch aufrüschen und, ja, natürlich: Ich will jede mögliche Minute mit Axel verbringen! Leicht verärgert stehe ich also auf und mache mich auf die Suche nach den Begebenheiten. Den Gang entlanggehend, höre ich, wie mein Handy Geräusche macht. Eilig krame ich es aus der Tasche und bin froh über das beleuchtete Display. Hier ist es echt ganz schön dunkel.

Eine Whatsapp. Von Axel. „Bleibt es bei heute? Komme gegen halb fünf in die Lobby. Freue mich schon sehr! A." Hach! Und ich erst! Ich bestätige kurz und lasse das Handy wieder in die Tasche gleiten. Mhm...wo musste ich jetzt noch mal lang? Den Gang runter links hoch halbe Treppe oder wie oder was. Ich habe einen entsetzlich schlechten Orientierungssinn und außerdem habe ich nun komplett vergessen, was mir erklärt wurde. Aus dem Barbereich höre ich Lachen. Scheinbar sind sich die Herren nun doch noch handelseinig geworden. Wieder brumselt mein Handy in der Tasche. Ich habe es meistens auf lautlos gestellt. Manno, ich muss jetzt mal Pipi! Während ich weitergehe, versuche ich, mein Handy wieder aus der Tasche zu nesteln und öffne nach der Treppe die erstbeste Tür. Dann stehe ich vor der Dancing Queen mit dem Göttinnenkörper, die sich gerade auf einem Sessel fläzt und mit ihren Kunstnagel-Fingern auf ihrer Handytastatur herumtackert. Hinter dem Sessel befindet sich ein beleuchteter Schminkspiegel mit Tischchen darunter und Stuhl davor. Auf dem Tisch liegen jede Menge Schminkzeugs und zwei Perücken herum. Wieder einmal: Voll das Klischee. „Oh, sorry!" sage ich und will mich wieder verdrücken. „Schon okay", sagt das langbeinige Busenwesen und lächelt mich über ihrem Handydisplay freundlich an.   „Willst du hier anheuern?" fragt sie, legt das Handy auf den Schminktisch und beugt sich dann interessiert vor. „Wohl kaum!" sage ich lachend. „Ich bin weder dafür ausgebildet noch ausgerüstet, an irgendwelchen Stangen Akrobatik zu betreiben! Es sei denn, ihr macht einen Themenabend: "Celluliten am Spieß" Sie lacht. „Mhm...ich dachte halt nur, dass Cosimo vielleicht bei Utz ein gutes Wort für dich einlegen wollte." „Du kennst Cosimo?" Jetzt lacht sie wieder ein bisschen. „Ja, ziemlich gut sogar! Er hat schon öfter hier das Catering übernommen und mir immer ein paar Extra- Leckerchen serviert, wenn ich Feierabend hatte." DAS glaube ich gerne! „Ist schon ein süßer Typ, der Cosi, aber kann -wie alle Italiener- nicht treu sein!" Soso, das ist ja hoch interessant! Aha, oho! Jetzt lehne ich mich interessiert an den Türrahmen. „Aber er ist doch nur Halb-Italiener!" sage ich scherzhaft. Insgeheim bin ich aber schon ein wenig schockiert. Was wohl seine Modelfreundin zu diesen Infos sagen würde? Und: Wieso gräbt er an mir 'rum wenn er solche *Super-Vixens* haben kann? Oder gräbt er mich gar nicht an sondern ist nur nett??? Mein Pole-Dance-Gegenüber lächelt süffisant: „Das reicht schon Süße, das reicht schon! Wie heißt du denn überhaupt?" „Ich heiße Ilsa und bin eigentlich zu Recherchezwecken hier in Hamburg", stelle ich mich förmlich vor. "Journalistin?" „Joa, das kann man so sagen" antworte ich bescheiden. „Ich bin Annika und studiere eigentlich in Köln auf Lehramt." „Nicht wirklich!?" gebe ich baff zurück. Annika lacht wieder und lässt ihre perlweißen Zähne blitzen. Ob sie wohl denselben Zahnarzt hat wie Janina? „Doch, ganz im Ernst. Ich muss mir mein Studium komplett selbst finanzieren. Mein Papa ist tot und meine Mama hat es nicht so dicke. Und so eine Studibude und alles andere Drum und Dran sind ganz schön teuer!" „Ja, das kenne ich, willkommen im Verein!" Mein Handy, dass ich immer noch in der Hand halte, macht diese Pürüpppüpüpüpp-Geräusche die es immer macht, um mich auf entgangene Anrufe bzw. WHATSAPP-Eingänge aufmerksam zu machen. Außerdem muss ich jetzt wirklich DRINGEND woanders hin! „Aber du wirst doch nicht Grundschullehrerin?" „Nee, Sek2." DIE Schüler können sich mal mächtig über diese Feuchtetraumvorlage freuen.„Und wieso arbeitest du ausgerechnet hier?" „Hatte sich so angeboten. Mein Exfreund kam aus Hamburg, ich bin immer gependelt und habe in den Semesterferien hier gearbeitet. Ich habe schon als Kind gerne getanzt und bin ewig lange im Ballett gewesen, später habe ich auch als Tanzlehrerin für Jazzdance, Hip Hop und so gejobbt. Aber hier verdiene ich definitiv die meiste Kohle. Wann immer ich ein paar Tage oder Woche Zeit am Stück habe, mache ich hier den Job, in Köln dann immer so'n bisschen Tanzkurse. Hier in Hamburg kann ich dann immer bei 'ner Freundin unterkommen." Ihr Handy macht auf einmal zwitschernde Geräusche. Das erinnert mich an MEINEN Quasselknochen und an mein Bedürfnis.

Ich lasse mir noch Annikas Karte geben, denn ihre Story wäre was für den nächsten Berufsreport für die *OVATION*. Ihr Handy bimmelt nun mit der Melodei von *Mer losse d´r Dom in Kölle* (ja, Heimweh lässt einen schon kitschig sentimental werden) und ich verabschiede mich hastig. Nun stehe ich wieder auf dem Flur und weiß noch immer nicht wohin. Am Ende des Ganges liegen noch 2 Türen, rechts und links. Mutig stapfe ich auf die linke zu, werfe dabei einen Blick auf mein Handydisplay (Multitasking) und bin schockiert, während ich bereits die Tür beherzt öffne. In meiner Hand: Ein Rufeingang mit der Nummer, die nie mehr auf meinem Display erscheinen sollte. Vor meinen zu einem erschrockenen Glotzen aufgerissenen Augen folgende Szenerie: Ein rundes Bett, Spiegel dahinter, puffige Einrichtung, Frau auf Bett liegend, mit Dessous bekleidet, die die wichtigsten Körperteile freilassen, Mann mit heruntergelassener Hose in Frau mit den Pornodessous. Der Mann ist der Zweimeterhiwihaback mit Golduhr und sieht aktuell nicht sehr erfreut aus. Der Schweiß läuft ihm über sein etwas vulgäres Gesicht und sein Blick erweckt in mir die Angst, dass er auch töten kann. „Ooohh, sorry, ist das hier nicht der Square-Dance – Übungsraum??" Gaaaanz vorsichtig schließe die Tür. Scheiße scheiße scheiße. Wie komme ich jetzt wieder zurück? Ich will ´raus hier, der bumsfidele Türöffner will mir bestimmt ein Leid antun. Ich pinkle gleicht in die Bux und das nicht nur, weil ich so dringend muss. Hastig entere ich den Barbereich wo Cosimo und Utz angelegentlich wartend herumstehen. „Mann, Mann, Mann, muss denn hier alles selbst machen!" schimpft der Frittenking. „Ich geh dir die Piepen schnell holen, weiß der Geier, wo Miroslav wieder steckt!" Nun ja, ich wüsste da was. Vor sich hin schimpfend und laut „Miroslav!! Ich bezoohl dich nich´ fürs Nägellackieren, du Arschloch!" Und dann, aus einer Tür im Gang (ja, da gibt es hier einige, ganz schön

verschachtelt, dat Püffken): „Mann du, der Kerl hat keine Ordnung! MIROSLAV!"
Ich gehe greasy Utz nach und flöte, wieder im Türrahmen stehend: „Ich glaube, dein Mitarbeiter musste mal woanders hin. Da liegt doch ein Umschlag, ist da vielleicht Geld drin?" Ich will nur eins, nein zwei: Raus hier und PINKELN! „Toatsächlich!" sagt Palminchen anerkennend. „Jooa, ihr Weiber wisst immer, wo Geld zu holen ist. „Ihr und meine Angestellten treibt noch so ´n armen Schlucker wie mich in den Ruin!" Grinsend gibt er Cosimo den Umschlag. „Hier, alter Mafiaboss, zähl´ nach." „Nee, nee, Cosimo vertraut dir schon, gell, Cosi?" Ich höre Schritte näherkommen und will Miroslav nicht zwingend in seine brutale Visage blicken. „Ohne dich hätte ich die Penunzen nicht gefunden, min Deern," sagt Utz vertraulich und tätschelt mir die Wange. „Mit dir kann man gut arbeiten!" „Wir können ja im nächsten Leben ´ne Pommesbude aufmachen!" sage ich wie hypnotisiert von seinem fettigen Körper-Ambiente. Cosimos Astralkörper versteift sich und sein Grinsen wird angestrengt.
Frittenfett-Utz blickt mir starr ins Gesicht. Okay, jetzt habe ich mich in die Nesseln gesetzt! „Har har, alter Schwede, halt dir die Deern mal schön warm. Du bist echt richtig!" erneutes Wangentätscheln. Miroslav betritt den Barbereich. „Hunger haben die Leute immer, da hast du Recht. Aber bumsen wollense auch immer, har har!" „So, ich muss jetzt ganz dringend weg! Gott zum Gruße!" ich haste zum Ausgang. Scheiße, abgeschlossen. Miroslav kommt mit schweren Schritten heran und öffnet uns die Tür zurück ins echte Leben. Bedeutungsvoll schaut er mir in die Augen. Vielleicht ist er ja gar nicht sauer auf mich sondern, im Gegenteil, dankbar, dass ich ihn nicht verraten habe? Denn fürs Poppen während der Arbeitszeit wird er ja wahrscheinlich auch nicht bezahlt. Auf seiner Stirn glänzt noch der Schweiß. Ich kann es genau im Sonnenlicht sehen. Ich rufe noch schnell „Yee-haw!" bevor sich die Tür zum Pussycat´s schließt. Cosimo versteht gar nichts mehr.

Teerosen

Puh, und jetzt schnell irgendwo pinkeln und wenn´s ein Loch im Boden wäre! Ich stürme in die nächstbeste Lokalität zum Pullern. Cosimo kommt kaum hinterher, bestellt sich Alibi- mäßig einen Espresso um meine Toilettenbenutzung zu rechtfertigen und bringt mich dann brav mit der Taxe zum Hotel zurück. Ich presche in mein Zimmer um mich kurz frisch zu machen. Die ganze Utz-Palmingeschichte hat mich ordentlich ins Schwitzen gebracht. Und diese blöde Handynummer auf meinem Display. Wenigstens hat er keine Nachricht hinterlassen. Obwohl- ich hüpfe rasch unter die Dusche, mache eine Turboreinigung- und dann flott in ein 50er Jahre Dress geschlüpft. Dazu Sandalen und ein passender Strohhut. Ich werfe einen anerkennenden Blick in den Spiegel. Sieht aus wie Urlaub auf Capri anno 1955. Dann lasse ich mich, meine klaustrophoben Gedanken unterdrückend, vom Lift in die Lobby herabgleiten. Dort präsentiert sich mir ein fast schon vertrautes Bild: Ein attraktiver Herr mittleren Alters und in ansprechender Bekleidung sitzt weltmännisch auf einem der Sofas und nimmt einen Espresso, derweil er die gesenkte Zeitung in der einen Hand hält und nebenher noch Zeit findet mit einem anderen Herrn (mit Hut) einen kurzen Plausch zu halten. Beide erheben sich, als ich das Sofa ansteuere. „Ilsa, wie schön dich zu sehen", säuselt Axel und ich kann nur sagen: „Dito", während ich gerne seine Begrüßungswangenküsse entgegennehme. Kaii grinst. „Hi, Prinzessin. Du siehst ja mal wieder zum Anknuspern aus." Ebenfalls Schmatz auf die Wangen. Die beiden schauen mich erwartungsvoll an: „Und, wohin sollen wir dich heute Abend ausführen?" fragt Axel unternehmungslustig. Und Kaii lispelt: „Wir haben da schon ein feines Programm ausgetüftelt..." „Das ist ja SO süß von euch aber ich muss aus Recherchegründen zu einer ganz bestimmten Lokalität. *Zum fröhlichen Zecher* heißt der Laden. Kennt ihr den?" Axel schaut fragend aber Kaii ist sofort im Thema. „Ja, klar. Der neue Laden am Elbstrand. Da tritt heute mein Kumpel Jan auf, is´so ´n´

Einweihungsfreundschaftsgig." Aha. Es ist WIRKLICH ein Dorf hier! „Dann lass´ uns doch später gemeinsam dorthin gehen. Aber vorher nehmen wir noch einen Aperitif und gehen nett essen". Sagt Axel. Scheint mir eine prima Idee zu sein. Wir verabreden uns für 22 Uhr in der Lobby. „Dann kann ich vorher noch meinen Schönheitsschlaf halten" lispelt es unter dem Hut hervor und dann entschwebt der junge Sänger im Rentenalter und hinterlässt nur den Duft seines Aftershaves.

Axel geleitet mich hinaus und lässt seinen Wagen vorfahren. Ich sitze dann halb entspannt und halb elektrisiert neben ihm und freue mich auf Edith, Carl – und darüber, dass ich neben diesem Mann sitzen darf. Und er soo charmant ist. Und soo gut riecht. Und was er für schöne Hände hat. Ich spüre sie noch auf meinem Körper. Stelle mir vor, wie sie... „Hast du noch die Hausnummer, Ilsa?" unterbricht Axel meine erotischen Gedanken. „Ilsa!?" Ich schrecke auf und erröte ein wenig. „46!" Axel biegt in eine Kiesauffahrt (natürlich) ein und hält vor einer gediegenen Villa. Erbaut so Ende des 19., Anfang des 20. Jahrhunderts, würde ich sagen. Kein Vergleich zu dem neureichen Prachtkasten der Apfelsteins, der nur ein paar Hausnummern weiter die Straße ´rauf steht. Hier atmet alles altes Geld, vornehme Zurückhaltung und Stil. Einen Moment lang ist bis auf dezentes Vogelgezwitscher und dem Rauschen der Blätter in dem alten Baumbestand alles still. (Alter Baumbestand ist unbezahlbar bei Immobilienangeboten! Für alten Baumbestand bleiben auch schon einmal Ehen erhalten, die gar keine mehr sind. „Eure Beziehung ist doch total zerrüttet!" „Ja, aber das Haus..." „Du wirst doch Unterhalt bekommen und dir selbst was Nettes suchen können!" „Aber der alte Baumbestand – den kriege ich so schnell nicht wieder! Da ertrage ich lieber das Arschloch von Ehemann und kann mit meinem parkähnlichen Garten strunzen!") Ich schüttele den Kopf über soviel Prostitution in der Ehe.

Axel schmunzelt. „Was denkst du gerade?" „Och, nur so dies und das..." gebe ich zurück. Axel beugt sich zu mir. Seine Augen sind grau. Er duftet wieder verführerisch.

Schaut mir in die Augen. Kommt noch näher. Sein Kuss ist sanft und *wow*!!! „Ich glaube, wir müssen jetzt, sonst kommen wir zu spät. Edith und Carl sind sicherlich Pünktlichkeitsfanatiker." Ich will cool klingen aber es kommt doch etwas gepresst und atemlos heraus. „Ach Ilsa, Ilsa" murmelt der Schauspieler mit der wunderbarsten Stimme der Welt neben mir. „Was denn, Axel?" frage ich leicht süffisant lächelnd. „Du hast mir den Kopf verdreht." Wieder schaut er mir tief in die Augen. Mein Herz klopft heftig. Wie im Kitschroman. Aber es ist eben so. Mir läuft ein Schauer über den Rücken und dann durch und über den ganzen Körper. Wohin soll das führen? Mir wird heiß. Und ich BIN heiß, auf ihn. Aber, das hat doch alles keine Zukunft?? Wir steigen aus und ich bin verwirrt. Steigen die Stufen zur Eingangstür hinauf. Axel legt mir leicht die Hand auf den unteren Rücken. Eine ältere Frau, vermutlich die Hausdame oder wie so etwas heißt, öffnet uns die Tür. „Guten Tag, Wegner mein Name, das ist Frau Eul. Wir werden erwartet." Besser hätte ich es auch nicht sagen können! Die Hausdame erwidert den Gruß und führt uns ins Allerheiligste. Das Entree sieht genauso schön aus, wie erwartet: Etwas dämmrig, polierte Holzvertäfelung, alter, topgepflegter Terrazzoboden, große Kübelpflanzen mit glänzenden Blättern. Durch eine große Schiebetür werden wir in ein helleres, riesiges Wohnzimmer geführt. Oder ist es eine Bibliothek mit Sitzgarnitur? Oder ein kombiniertes Ess-Wohn-Lesezimmer? Auf jeden Fall denke ich sofort an *Derrick* und die Villen, in denen er immer seinem Job nachgegangen ist.
Übrigens typisch, dass aus unserer Nähe, sprich Ruhrgebiet, ein Kommissar Haferkamp kommt, der immer nur Frikkas in einer Kneipe bzw. bei seiner Exfrau verzehrt hat. So etwas würde es wie bei weiland Derrick im Laptoplederhosenland niemals geben. Alte Sozialdarwinisten, standesdünkelige...
„Ilsa, Axel! Wie schön, dass Sie kommen konnten" reißt mich Ediths Stimme aus meinen Gedanken. Sie kommt auf uns zu und gibt uns herzlich die Hand. Axel deutet einen Handkuss an. Wirklich formvollendet, ein wunderba-

rer Mann! „Carl-Johannes wird sich leider etwas verspäten, er unterstützt unseren Justus bei einem Fall, wissen Sie. Er kann es einfach nicht lassen!" sie lacht liebevoll. Justus also, der Gerechte. Ein schöner Name für einen Bruder. Edith führt uns durch das Bibliothekswohnzimmer auf eine hübsche und sehr große Terrasse. Eine beige Markise ist ausgefahren um die Hitze abzuhalten, gediegen aussehendes Gestühl gruppiert sich um einen Tisch. Mein Blick fällt in den Garten. Ach was, Garten: Das ist ein Park! Eine große Rasenfläche, umsäumt von prachtvoll blühenden Blumenbeeten erstreckt sich bis zum Wasser. Alter Baumbestand auch hier. Gepflegte Wege, kleine Hecken sind sichtbar und lauschige Eckchen deuten sich an. In einiger Entfernung leuchtet etwas Weißes. Edith lächelt mit bescheidenem Stolz. „Kommen Sie nur, ich zeige Ihnen alles. Mathilda wird den Tee und ein paar weitere Erfrischungen im Pavillon servieren." Genau SO hatte ich es mir auch gewünscht! Wir folgen der Dame des Hauses (die ich nun NOCH viel lieber als Mama oder Lieblingspatentante hätte) über die wenigen Terrassenstufen hinunter. Schöner, alter, solider Stein, gepflegt und doch ein wenig vom Alter angeknabbert. Der parkähnliche Garten raubt mir fast den Atem. Wunderschöne Blumen gibt es hier, Rosenbögen und – bäumchen, „ich liebe Rosen" erklärt Edith, uns zugewandt. Wir passieren unterdessen auch riesige Hortensienbüsche. „Sie (die Hortensien) gedeihen hier gut, wegen des vielen Regens." Außerdem gibt es eben die prachtvollen alten Bäume. Unter einer mächtigen Rotbuche bleiben wir stehen. Von hier aus wird ein kleiner romantischer Sitzplatz vor einer Buchshecke sichtbar. Auch dort wachsen Rosen. Der Weg zum Pavillon führt noch einmal an Staudenbeeten vorbei, in schattigen Winkeln gibt es Funkien und Rhododendren, alles ganz klassisch angelegt. Ich steh auf so was. Mache Foto um Foto und sage „Ah" und „Oh" und „wie wunderschön!". Auch Axel scheint es zu gefallen. Er fotografiert mich mit Edith unter einem Rosenbogen. Dann nur Edith, dann nur mich. Ich strahle, Edith auch. Bevor wir die Erfrischungen zu uns nehmen, zeigt Edith uns noch den Kräutergarten und ein Gewächshaus für Tomaten und Gurken sowie Paprika. Das Treibhäuschen ist ebenfalls antik und natürlich auch wunderhübsch. „Es gehörte schon immer zum Haus" erklärt Edith und gibt uns abwechselnd Kräuter und Gemüse zum Probieren. „Und dort hinten", sie zeigt zurück aufs Haus, „ist der Wintergarten. Dort züchtet Carl-Johannes seine Orchideen." Das Haus sieht auch aus dieser Perspektive granatenmäßig aus. Alt, klassisch und top in Schuss. „Ach Edith, es ist so wunderschön hier, Ihr hübsches Haus, der fabelhafte Garten! Einfach alles! Es ist so nett von Ihnen, dass wir hier sein dürfen!" Edith lächelt wieder mit bescheidenem Stolz, bedankt sich und bedeutet uns, ihr zum Pavillon zu folgen. Die Sonne wärmt meinen Rücken, das Wasser glitzert, nun immer näher kommend, blau und weit und ich atme tief durch vor lauter Wohlgefallen und Wohlgefühl. Im Pavillon gibt es einen liebevoll mit Rosengeschirr gedeckten Tisch. Eine passende Teekanne auf einem Stövchen und eine Etagere mit kleinen Biskuits und Sandwiches warten auf uns. Außerdem gibt es noch einen Krug mit Limonade -natürlich selbst gemacht. Um den Pavillon herum ranken – natürlich - Rosen. Duftend, altmodisch und zartrosa. „Teerosen" sage ich lächelnd.

Ich verspüre auf einmal einen Bärenhunger. Formvollendet versorgt uns die Hausherrin mit Tee und Gebäck. Am liebsten würde ich mich auf die komplette Etagere stürzen aber das geziemt sich natürlich nicht. Axel betreibt, während ich kaue und die Umgebung und die nette Atmosphäre genieße, Konversation. Er erzählt von seinem aktuellen Projekt, ein Theaterstück, irgendeine Adaption vom *Tod eines Handlungsreisenden*. „Aber sind Sie nicht überwiegend im Fernsehen tätig?" fragt Edith interessiert und beugt sich leicht vor. Axel erzählt, dass er durchaus auch große Pausen zwischen einzelnen Fernsehprojekten und Produktionen hat und deshalb immer wieder gerne auch Theaterangebote annimmt. „Es mag abgegriffen klingen, aber: Die Nähe zum Publikum, die direkte Reaktion auf mein Spiel, das ist etwas Unvergleichliches!" antwortet er mit seiner betörenden Stimme und nimmt wohlerzogen

ein SchlückChen Tee um dann ein BissChen von seinem Sandwich zu verzehren. Mit seinem HütChen fächelt er sich ein bisschen Kühlung zu. Ich muss wieder an die Chens denken und unterdrücke ein Lachen. Natürlich verschlucke ich mich dabei und huste undamenhaft in meine Serviette, in der sich Teereste und Sandwichstückchen ein Stelldichein geben. Zum Glück kommt der Herr des Hauses in diesem Moment über den Rasen geschritten um uns überschwänglich zu begrüßen. „Ilsa!" Er gibt mir die Hand. „Haben Sie die gestrigen Geschehnisse gut verkraftet?" Er reicht Axel dann die Hand zum Gruße. Seiner Edith haucht er einen Kuss auf die Stirn, welchen sie huldvoll und zärtlich lächelnd entgegennimmt. Dann lässt sich Carl-Johannes mit einem Seufzer auf einen Stuhl plumpsen und greift kräftig zu. Kauend fragt er, ob wir denn schon alles gesehen hätten und „Sind Ediths Rosen nicht wunderbar? Was sagen Sie zu unserem Gemüse- und Kräutergarten? Edith hast du unsere Gäste einmal kosten lassen" usw. usw. „Tja, das war mal eine ungute Geschichte gestern Abend, nich´wahr?" sagt er und schaut mich bedeutsam an. „Allerdings!" gebe ich mit hochgezogenen Brauen zurück und nehme noch von den Biskuits. „Haben Fie nochmal mit den Affelkernfs gefprochn? Waf wird jetf auf Hamid?"
Mit vollem Mund spricht man zwar nicht aber ich bin ja auch nicht MAN. „Nun, er sitzt jetzt in U-Haft, hatte wohl noch mehr auf dem Kerbholz. Frau Apfelstein war auch heute Morgen noch sichtlich geschockt. Die Vergangenheit läuft einem eben doch oft noch nach…" Wie wahr, wie wahr, denke ich in Erinnerung an die Nummer auf meinem Handydisplay. Ebenfalls ein Ex-Freund. DER Ex-Freund. Fast-Mann-fürs-Leben. Aber eben nur fast. Kam dann doch was dazwischen. Mit größeren Hupen und später, bzw. bald darauf, mit Babybauch. Aber das davor war schön…Mir steigen die Tränen in die Augen. Nach all´ den Jahren! Wie lange ist es denn schon her? Ich überlege angestrengt. Als ich knapp 17 war, sind wir zusammengekommen. Trennung mit 26. Upps! 7 Jahre! Und es knabbert immer noch an mir. Aber säße ich hier, wenn wir zu-

sammengeblieben wären? Hätten wir geheiratet? Hätte ICH sein Kind bekommen? Hätte ich ein Kind GEWOLLT? Er wollte immer Kinder haben. Ich war da etwas zögerlicher. Erst mal ein bisschen Spaß haben, Karriere machen (höhö), was von der Welt sehen. Das voll übliche Programm eben. Nachdenklich spüle ich das letzte Biskuit-Chen (und meine TränChen, Chen, Chen bei Fuß!) mit einem Schlück...Schluck Tee hinunter.

Axel hat mich offenbar aufmerksam beobachtet. Und so ist es seiner Aufmerksamkeit auch nicht entgangen, dass Eulchen Tränchen in den Äugelchen hatte. Stumm reicht er mir ein stoffenes Taschentuch, das ich überrascht und gerührt annehme. Er schaut mich besorgt und lieb an. Ich versuche, mich zu fassen und zu sammeln. Atme tief durch und setze ein Lächeln auf. Außerdem verspüre ich mal wieder ein Bedürfnis nach all dem Tee. „Ilsa, meine Orchideen darf ich Ihnen aber sicherlich noch zeigen?" „Carl, nun bedränge die Leute doch nicht immer so!" „Aber schöne Frauen lieben doch auch schöne Blumen", entgegnet der Gatte. Mit dem Versprechen, mir später noch Carls Orchideen anzuschauen (ich mag leider keine Orchideen, aber, was will man gegen solch eine Charmeoffensive tun?) frage ich diskret nach der Örtlichkeit und entferne mich. Alleine wandle ich über dieses traumhafte Grundstück, mache noch das ein oder andere Foto und durchquere dann wenig später das Bibliothekswohnzimmer. Die Gästetoilette ist so groß wie mein Schlafzimmer in meiner Singlewohnung und wurde offenbar gerade erst frisch gemacht. In der Toilettenschüssel befindet sich noch Schaum vom WC-Reiniger, das Waschbecken hat noch eine leichte feuchte Spur vom Wischen. Ich erledige die Dringlichkeit und trete ans Waschbecken. Ein schönes Exemplar aus glattestem weißen Edelporzellan. Danach lasse ich mich noch einmal auf dem Toilettendeckel nieder und genieße die Gediegenheit und die angenehme Kühle dieses Örtchens. In mir macht sich eine wohlige Müdigkeit breit. Die letzten Tage waren fantastisch, aber auch anstrengend. Nur ein Momentchen die Augen schließen, denke ich und lehne meine Wange an die kühlen Wandfliesen…und…nicke fast ein. Ruckartig hebe ich das Erbsenköpfchen und zwinge mich, wach zu bleiben. Erstmal Händchen waschen.

Die Seife duftet köstlich und das Handtuch hat nichts mit den verwaschenen Rauhaardackeln zu tun, die ich sonst mangels auffluffenden Trockner benutzen muss. Ich tupfe auch mein Gesicht mit etwas kaltem Wasser ab um die Hitze und die Müdigkeit zu vertreiben (und den Rest der Tränchen wegzukühlen und -spülen) und trockne es anschließend auch wieder leicht tupfend ab. Als ich das Handtuch zurückhängen will, sehe ich zu meinem Schrecken die roten Flecken, die ich auf dem weißen Edelfrottier hinterlassen habe. Mistikato! Ein Blick in den Spiegel offenbart eine blutige Fratze: Es hat wieder zugeschlagen: DAS PLÖTZLICHE NASENBLUTEN!!! Immer, wenn es grade nicht passt, tritt es auf. Als Kind hatte ich es ständig, im Erwachsenenalter immer noch sporadisch in strategisch ungünstigen Momenten: Bei der Abschlussprüfung an der Uni, bei einem Vorstellungsgespräch und mitten im Vorspiel -das war vielleicht peinlich- und stimmungstötend. Vorspiel…ich denke über das Wort nach, während ich mit Toilettenpapier das Schlimmste zu verhindern suche. Das nasse Papier auf die Nase geklatscht und den Kopf in den Nacken gelegt überlege ich, dass ich das Wort Vorspiel immer schon kackendoof fand. Klingt gezwungen und gestelzt. Irgendwie unspontan. „Bock auf ´nen Quickie? Hier und Jetzt? Komm`!" „Nee, wir müssen doch erst noch das VORSPIEL…" –ja was eigentlich? Spielen? Machen? Zelebrieren? ABHAKEN? Dieses *Müssen* trägt Bilder von Trockensträußen und Schrankwänden mit sich. Ich weiß nicht, wieso ich das damit assoziiere! Das Bluten hört nicht auf. Seufzend wässere ich das ohnehin versaute Gästehandtuch und benutze es als Kühlelement. Schon besser. Aber vorsichtshalber nehme ich es mal mit. So kann ich das doch sowieso nicht wieder aufhängen. Offenbar hat die Hausmaid auch just vor meinem Aufenthalt im Örtlichen das Wäschekörbchen sowie Ersatztücher entfernt bzw. noch nicht wieder parat gelegt. Das Tuch noch an mein feines Näschen gepresst, verlasse ich das schöne

Gäste WC. Vielleicht kann ich es ja später zurückschmuggeln, wenn es Nachschub oder doch wenigstens ein Wäschekörbchen gibt. Mir wäre es einfach peinlich, so etwas Verflecktes hier liegenzulassen. Vielleicht sollte ich die Maid auch direkt auf die Flecken aufmerksam machen, damit sie sie mit Gallseife oder Ace behandelt. Sonst gehen Blutflecken nie mehr `raus, das weiß ich noch von de Omma. *„Immer sofort kalt auswaschen oder über Nacht einsetzen!"* Überhaupt muss ich mich dringend nochmal bei Oma melden, sie macht sich sicher schon Sorgen, wo *dat Kink*, also ich, wieder in der Weltgeschichte herumgeistert. Aber- später, später. Vielleicht heute Abend oder so...

Blut und Bücher

Zurück in der Bibliothek mustere ich die zahlreichen Bücher. Wunderbar, hier könnte ich mich einwecken lassen. Kunstbände, Bücher über Rosen (natürlich) und Gartengestaltung werden von Kunstbänden, Klassikern und moderner Literatur ergänzt. Herumschlendernd und das Tuch an die Nase pressend, fällt mein Blick auf eine Kirschbaumkommode, poliertes Holz, leichter Bienenwachsduft. Aaaah, Fotos! Die Silberrahmen haben eine magische Anziehungskraft auf mich. Ich bin ein sehr visueller Mensch und liebe Fotos. Außerdem bin ich ja auch neugierig auf die anderen Mitglieder des Grünhagenschen Clans. Ein Schwarzweißbild zeigt Edith in jungen Jahren, ein weiteres Carl und wieder ein weiteres die beiden Verliebten (Verlobten?) an Bord eines Passagierschiffes auf der Elbe oder so. Gott, waren die beiden fesch! Edith sieht ja immer noch gut aus aber das Bild zeigt ihre jugendliche und rührende Schönheit, auf die Carl, damals noch nicht ergraut, sondern mit dunklem Schopfe, stolzen Blickes schaut. Ich halte mit einer Hand das Tuch an die blutige Nase, während die andere nach den Rahmen greift. So ein schönes Paar! Behutsam stelle ich das Foto wieder an seinen Platz zurück. Ich schaue mir die Bilder von den Kindern, drei Söhne im Grundschul- später im Pubertäts- und schließlich im Erwachsenenalter an. Hübsche Jungs. Einer verliert schon ein wenig Haar ist aber trotzdem attraktiv, der Jüngste schaut verschmitzt und der mittlere, Justus, vermute ich aus irgendeinem Grund, ist die absolut gelungene Mischung aus seinen gut aussehenden Eltern. Von ihm gibt es auch noch ein Einzelfoto in Segelkluft in maritimer Umgebung. Das will ich mir genauer anschauen und lasse mich damit auf das Sofa fallen. So einen Bruder hätte ich mir gewünscht. Gepflegt, sportlich, gebildet, attraktiv...ich gähne. Nur ein Minütchen die Augen schließen. Nur GANZ kurz. Den Silberrahmen auf meiner Brust liegend, die Hände darüber gefaltet und das versiffte Tuch noch halb unter der Nase dekoriert schlafe ich, Ilsa Siebenschläfer... ein. *Tülüdü, tülülü.Tülüdü, tülü!* Ich träume von Justus, wie er mit mir, seiner kleinen Schwester, einen kurzen Segeltörn auf der Außenalster unternimmt. Die Sonne lacht, ich auch und alles ist in warmes Licht getaucht. Axel steht am Ufer und winkt und ruft zu uns herüber. Ich winke lächelnd zurück aber Axel gibt keine Ruhe. „Hallo? Guten Tag! Hallo-o!" Oha, ich spüre, dass irgendwas an meiner Situation gerade nicht so ganz stimmig ist. Noch halb im Traum klappe ich mein Schlafmündchen mit leichter Sabberspur wieder zu und öffne erst dann wieder die Augen. Vor mir steht ein attraktiver Mann von ungefähr Mitte dreißig und schaut, erstaunlich gut die Contenance wahrend, auf mich hinunter, wie ich hier im Sofa seiner Eltern drapiert halb sitze, halb liege und einen Silberrahmen umklammert halte. „Hatten wir schon das Vergnügen?" „Sie sind Justus Grünhagen und ich heiße Ilsa Eul" sage ich, meine blöde Sitzposition und überhaupt Situation missachtend recht keck. „Oh, es tut mir leid aber ich erinnere mich nicht. Das ist mir noch nie passiert" Er wirkt etwas zerknirscht. Wie süß! Ich lächele durch meine verschmierte Wimperntusche (sie ist ein wenig verschmiert, sie verschmiert IMMER, wenn ich einnicke. Tränenfluss im Traum oder so, keine Ahnung. Aber wasserfeste Mascara mag ich nicht) nachsichtig und kläre die Sache auf. Währenddessen betreten nacheinander Edith, Carl und mein Schwarm die Bibliothek. „Ilsa, wir haben Sie vermisst! Ist Ihnen nicht wohl?" fragt Edith besorgt. Und Axelchen kommt fürsorglich herbei und mustert mich kritisch. Carl stellt Justus und Axel einander vor.

Alle starren nun auf mich, die ich, freundlich lächelnd, mit blutverschmierter Visage und kostbarem Fotorähmchen auf dem Kanapee fläze. „Eulchen, was ist denn mit dir los?" „Wieso? Mir geht´s prima!" Lässig stehe ich auf und lasse dabei das Bluttuch fallen. „Upps! "sage ich und bücke mich danach. Sofort geht die Bluterei wieder los. Alle blicken erschrocken auf mich und den aus mir triefenden Lebenssaft. Immer noch halte ich den Silberrahmen in der Hand. Etwas benommen schwanke ich neben Axel stehend hin und her. „Ich war ein bisschen müde nach allem und bin wohl eingenickt. Aber …", wende ich mich strahlend meinem Wunsch-Bruder zu, „ich wurde ja höchst angenehm geweckt!" Charmantes Lächeln meinerseits. Das sieht wohl nicht so gelungen aus, denn irgendwie gucken alle so komisch. In dem Moment kommt die Maid in den Raum und fragt, ob Sie den Teetisch im Garten abräumen darf. Peinlich! Ich muss ihr jetzt sagen, dass sie das Handtuch sofort kalt auswaschen muss. Und sie eventuell um ein neues bitten. „Entschuldigung, das habe ich leider versaut" sage ich eilfertig und wedele mit dem blutigen Lappen vor ihrem Gesicht herum." „Aber wenn Sie es sofort auswaschen, bleiben keine Flecken!" (Habe ich wirklich VERSAUT gesagt?). „Ich meine, ich habe es verfleckt. Wenn Sie die Flecken so nicht herausbekommen, hilft auch Fleckenteufel. Der gegen Ei, Blut, Sperma und Kakao..." Stille.

Justus grinst ungläubig- amüsiert, Carl und Edith schauen, nun ja, verwirrt? Erstaunt? Indigniert? Ich kann´s nicht deuten. Bevor ich einen Blick zu Axel wage, kommt mir das Schicksal zur Hilfe. Nach einer erneuten Schwindelwelle kippe ich dumpf in einen Ohnmachtsanfall und auf das Sofa. Das Klirren des zerbrechenden Glases vor Justus` Fotokonterfei nehme ich noch wahr. Dann: STILLE.

Als ich wieder erwache, liege ich, die Beine etwas erhöht, auf kühler Bettwäsche, in einem leicht abgedunkelten Raum. Irgendjemand hat mir meine Schuhe ausgezogen. Ich fühle mich noch leicht benebelt aber sonst ganz wohl. Von irgendwoher höre ich Stimmengemurmel und leises Lachen. Inzwischen sind wohl noch mehr Schaulustige zur *Offenen Gartenpforte* erschienen. Vorsichtig richte ich mich auf. Gut, kein Schwindel mehr. Meine Tasche liegt auf einem kleinen Schreibtisch. Daneben ein Väschen mit einer Rose darin. Ich lächle. Natürlich! Wie herzallerliebst! Langsam bewege ich mich, setze vorsichtig die Füße auf den Boden und bleibe noch kurz sitzen. Kein Schwarzwerden vor den Augen, keine Übelkeit. Ich taste an meine Nase. Kein Bluten. Seeehr gut, ich kann es wagen aufzustehen. In die Schuhe schlüpfend greife ich meine Tasche und höre den „Sie-haben-einen-Anruf erhalten und nicht entgegengenommen"-Laut.

Der Blick aufs Display verheißt nichts Gutes: Wieder die Nummer, die ich nie mehr lesen wollte. Wieso lässt mich der Typ nicht in Ruhe? Hatte es doch damals eilig genug, von mir wegzukommen. Soll er doch seine zickige Ische anrufen oder sich um sein blödes Blag kümmern. Na ja, blöd ist es vielleicht nicht aber Laura-Melissa ist doch schon ein saudoofer Name, oder? Laura-Melissa Rosen. Ja, ROSEN! Diese Blumen begleiten - oder verfolgen - mich wohl.

Leise öffne ich die Tür und spähe hinaus. Offenbar hat man mich in ein Gästezimmer im ersten Stock verfrachtet, ich befinde mich jedenfalls nicht mehr im Erdgeschoss wie ich mit einem Blick in den Gang feststelle. Ein paar Türen gehen noch von diesem ab, auf der linken Seite beginnt die Galerie, die dann am Ende in die Treppe mündet. Ob es hier oben wohl ein Badezimmer gibt? Ich muss doch schwerst ramponiert aussehen? Probeweise öffne ich eine Tür an der Stirnseite des Flurs. Glück gehabt! Ich betrete ein hübsches, altmodisch gefliestes Badezimmer. Weiße Kacheln mit dezentem - Achtung! Rosenmotiv. Die Toilettenbrille nebst Deckel ist altrosa und muschelförmig. Es duftet nach Rosenseife (kein Witz) und nach Sauberkeit.

Erst das Geschäftliche verrichten, dann ab vor den Spiegel und Erste Hilfe-Maßnahmen anwenden. Da machen sich mal wieder meine Probiergrößen-Kosmetika bezahlt. Sogar eine Miniwimperntusche hat es im Täschken. Etwas aufgefrischt schwebe ich alsbald die Treppe hinab. Unten prömselt die Hausmaid herum, die Eingangstür ist offen, ein paar People stehen murmelnd und leise lachend vor dem Entree, Edith strebt gerade dorthin und sieht mich. „Da sind Sie ja wieder, meine Liebe!" leicht nimmt sie mich in den Arm und guckt mir etwas besorgt in die Augen. „Alles in Ordnung, Kindchen? Ich mache mir ein wenig Sorgen um Sie. Vielleicht war der tätliche Angriff gestern Abend doch ein größerer Schock als Sie zugeben wollen, hm?" Auch wenn ich es genieße, dass sich meine Wunschmama Sorgen um mich macht, wehre ich verlegen ab. „Aber nicht doch, alles in Butter, mir fehlt wirklich nichts. Das mit dem Nasenbluten hatte ich schon als Kind. Außerdem will ich jetzt wirklich nicht länger Ihre Zeit beanspruchen. Sie haben doch noch weitere Gastgeberpflichten." Sie will widersprechen aber schließlich kann ich Sie doch überzeugen. Also nimmt sie ihre Besucher in Empfang. Wieder höfliches Rhabarber-Rhabarber und Gelache, gepflegte Erscheinungen. Darunter auch die Dove-Geriatric-Schnecke, die mir nun schon den dritten Tag begegnet. Das letzte Mal auf der Toilette in Rudis Restaurant. Welches ja, o Wunder, „Die Zeit der Rosen" heißt. Jedenfalls sieht die Schnecke eigentlich gar nicht so übel aus für ihr Alter, das ich *by the way*, ja eigentlich gar nicht kenne. Ich schätze sie auf gut erhaltene Ende Fünfzig. Sie erkennt mich auch wieder und ich grüße vorsichtshalber freundlich. Sie nickt und grüßt huldvoll zurück, scheint sich zu wundern, was diese durchgeknallte Provinzperle nun HIER schon wieder treibt. Natürlich nicht mit diesem Wortlaut.

Mir läuft die Zeit davon. Schließlich hat das Ganze hier ja auch ein wenig mit Arbeit zu tun. Also ab in den parkartigen Garten und den Darsteller eingesammelt. Der sitzt gerade ganz weit hinten am Wasser, fast hätte ich ihn nicht gesehen, und bewegt sich nicht. Er blickt auf, als ich ihn erreiche. „Ilsa! Wie geht es dir?" „Schon wieder okay, ich habe oft Nasenbluten. Und mir war einfach schwindlig. Hatte wohl," ich lasse mich neben ihm nieder „zu wenig Schlaf die letzten Tage. Oder besser gesagt Nächte." Schweigen. Aus der Entfernung wehen die Wörter der Gartenbesucher herüber. Wir sollten hier bald verschwinden.

Axel sieht mich von der Seite aufmerksam an, so wie eben. Harmlos blicke ich zurück. „Was bedrückt dich, Eulchen"? fragt er sanft. „Ich weiß, es geht mich nichts an, wir kennen uns kaum...aber...dich beschäftigt doch etwas. Hat es mit deinem Job zu tun? Oder..." er wirkt verlegen „etwa mit...mir?" Ich grinse ein wenig in mich hinein aber sofort werde ich wieder ernst. „Keine Angst, mein Lieber, mein Herz kannst du nicht brechen." Ich stehe auf und klopfe mir das Gras vom Gewand. Dann sehe ich ihm ernst ins Gesicht. „Das hat schon jemand anderer erledigt." Nach diesem etwas pathetischen Schluss- Satz brechen wir auf.

Carl sehen wir aus der Ferne geschäftig seine Orchideen präsentieren, Justus ist wohl wieder nach Hause, in die Kanzlei, zu seinem Boot, seiner Sekretärin oder whatever gefahren. Schade, ich hätte meinen Bruder gerne noch ein wenig näher kennengelernt! „Hier", sagt mein Begleiter und nestelt ein VisitenkärtCHEN aus seiner Brusttasche. „Soll ich dir von Justus geben". „Ach was!" Ich bin erstaunt und erfreut und lese aufmerksam auf dem kleinen Papierrechteck herum. Dr. jur. Justus-Philip Grünhagen Rechtsanwalt etc. pp. Ob ich ihn mal spontan besuchen soll? Oder, vielleicht meldet ER sich ja bei MIR? Aber wieso sollte er? Und: Woher könnte er meine Handynummer haben? Wir erreichen gerade die Eingangshalle und durchqueren sie. Ganz schön dunkel nach dem Sonnenschein da draußen. „Ich habe mir erlaubt, Edith und Carl deine Handynummer zu geben" sagt Axel und hält mir galant die Autotür auf. Die Prinzessin setzt sich in das Spielauto des Herrn. Ooo-kay...dann KÖNNTE er ja eventuell DOCH bei mir... „Sie haben dich scheinbar wirklich ins Herz geschlossen." Axel fährt jetzt über die Kieseinfahrt auf die Straße und weiter Richtung Innenstadt. Ich schaue mir sein Profil an. Dann blickt er kurz zu mir, die Sonnenbrille auf der etwas spitzen Nase, und grinst sein Axel-Grinsen. Und alle Schmetterlinge fliegen HOOOCH! in meinem Bauch. „Ungewöhnlich für Nordlichter" meint er nun, den Blick wieder auf die Straße gerichtet. „Was meinst du?" „So *schnell* jemanden ins Herz zu schließen und das dann auch noch zu *zeigen!*" Tja, so wirke ich eben auf die Menschheit, haha.„Edith kommt ursprünglich aus Bayern. Das hat sie mir eben erzählt. Über irgendsoein Geldadelsringelpiezgedöns haben sie sich wohl kennenglernt. Ach nee, an der Uni. Oder wie war das noch?" Ich weiß es nicht mehr genau, aber ich werde sie bei nächster Gelegenheit nochmals befragen. Solche Herzgeschichten liebe ich schließlich.

Axel bremst ein wenig abrupt vor einer roten Ampel. „Alle schließen dich ins Herz, Ilsa. Das sehe ich doch. Die Apfelsteins. Dieser Cosimo. Rudi…" (Rudi?? Wo war ich denn da, als das passierte??) „Justus. Kaii sowieso." „Und du…?" frage ich leise, aber ein wenig provokant. Axel schaut mich an. Über die getönten Gläser hinweg. Nachdenklich. Hinter uns wird gehupt. Ach so, die Ampel hat ja noch zwei andere Farben. Axel konzentriert sich auf den Verkehr und bleibt mir die Antwort schuldig.

Vor dem *Mare* hält er an. „Darf ich dich hier 'rauslassen?" Der Portier steht schon im Habacht. „Ich muss noch ein paar Telefonate führen." „Natürlich!" rufe ich hastig und kralle meine Handtasche. Ich fummele am Türöffner. Schwinge ein Bein hinaus. „Ilsa!" hält er mich zurück. Ich schwinge das Bein wieder ins Auto. Schaue ihn an. „Erzählst du mir irgendwann wer der Schuft war, der dein Herz gebrochen hat?" Ich muss lächeln. Aber irgendwie tut´s weh. „Warum das?" „Ich würde gerne mal ein Gespräch unter vier Augen mit ihm führen". „Im Morgengrauen? Wer hat die Wahl der Waffen?" Lachend steige ich aus und trudele durch die Drehtür. Drinnen frage ich am Empfang nach Nachrichten. Es gibt tatsächlich welche. Eine ist von Frau Ziekowski. Merkwürdig. Wieso ruft sie mich nicht über Handy an? Ach sooo…! Ich schaue blöd auf mein dunkles Display. Ab und zu muss man den Akku mal aufladen. Sie bittet um Rückruf. Die andere Message ist vom Hut-Män: „Bleibt es bei heute Abend, Prinzessin? Mein Wagen fährt uns gegen zehn zum Zecher. Vorher gibt es ein Leckerchen in meinen heiligen Hallen."

Leise vor mich hin lächelnd gehe ich Richtung Aufzug, winke dem attraktiven Barkeeper noch lässig zu, er grinst diskret kess zurück (wirklich, wenn DAS kein Heartbreaker ist!) und lasse mich zu meiner Junior-Suite emportragen. Ähm. Moment mal. Wieso fahre ich denn freiwillig mit dem Lift? Und wieso ist es hier so stickig drin und warum wird mir so warm? Die beiden Nachrichtenzettel in meiner linken Hand rascheln, so sehr kriege ich das Zittern. Die rechte Hand klammert sich am Griff meiner Umhängetasche fest was dazu führt, dass meine Schulter einen halben Meter (okay, gefühlt) Richtung Boden hängt. Das ist einfach alles zu viel für mich, denke ich. Da, der Aufzug macht sanft Halt und spuckt meinen Prinzessinnenkörper in der richtigen Etage aus. Auf dem Hochflor der Auslegeware stehend atme ich tief durch und schüttele das Unbehagen ab. Wo war ich? Ach ja, das ist alles zu viel für mich. Die beiden Kerle mit Hut, Cosimo mit dem blauen Auge, eine Hansestadt, die gar nicht so kühl ist, Justus mein Wunschbruder (oder?), der Zusammenstoß mit Hamid-dem-Hengst (was der wohl grade so denkt und treibt?) und dann dieser Telefonterror von Axel Nummer zwei. Oder eins. Schließlich kenne ich den schon länger als den Schauspieler. Ich tapse über den Läufer zu meiner Kemenate. Öffne die Tür. Stille. Offenbar sind alle anderen Gäste busy-doing beim Sightseeing oder beim Businesstermin oder im Puff oder weiß der Kuckuck.

Ermattet lasse ich mich in den Sessel fallen. Axel Rosen. Mein Ex-Freund. DER Ex-Freund. Ruft-mich-an-und-hinterlässt-keine-Nachricht. Das macht mich kirre. Was will der von mir? Und, wenn er was will, wieso hinterlässt er keine Message oder schickt einfach 'ne Whatsapp? Und wieso hat der Kerl noch immer dieselbe Handynummer wie damals? Aber auch meine hat sich seit Jahr und Tag nicht geändert. Also haben wir doch noch was gemeinsam, haha. Ich bin auf einmal nur noch eins: Hundehundegrottenmüde. Also, Linsen 'raus und ab nach Bett. Aber vorher nochmal eben de Omma anrufen. In Korschenbroich klingelt fast zwanzigmal das Telefon in ihrem alten Fachwerkhäuschen. Lieber mal ein bisschen länger klingeln lassen, alte Omma is'kein D-Zug (haha) und so ganz wollen die alten Ohren ja auch nicht mehr blabla...jedenfalls geht keiner an den Apparat und ich beschließe, es später noch einmal zu versuchen. Oma hat weder einen AB geschweige denn ein Handy. Also nix mit Nachricht hinterlassen oder Whatsapp schicken.

Sobald ich im Bettchen liege, falle ich ins Tageskoma. Ich träume von Axel und Axel, dem "alten" von früher und dem "prominenten" von jetzt und beide blicken mich treuherzig an und sagen, dass sie mich so leptosom liebhaben. Hä? Und dann taucht die Superarschkrampenzicke auf und ist um Jahre gealtert und zerrt am „alten" Axel und der prominente Axel sagt, er müsse sich nun einen neuen Hut bei Kaii im St. Pauli-Pussycat`s kaufen und danach noch ganz dringend auf Mallorca den Tatort mit Rosen dekorieren. Und Edith taucht auf und sagt: „Hier sind noch die Rosen von Justus für den Krimi!" aber eigentlich sind es Orchideen und die mag ich doch gar nicht, weshalb ich schreie: „Edith, geben Sie diese Kacka-Blumen der Arschkrampenzicke!" und der "alte" Axel sagt: „Du und ich, das bleibt!" weil er das immer gesagt hat aber dann lässt er sich doch von der Arschkrampenzicke davonschleifen und er trägt auf einmal ein Brautkleid und ist schwanger, während sie Sparschweine von der Bank des Vertrauens an die Hochzeitsgäste verteilt. Und Omma sagt: „Isch bezall disch dat Kleed, Kink!"

Telefonate

Irgendwann werde ich wach und bin so benommen, wie das wohl jeder schon mal erlebt hat. Vor allem, wenn man tagsüber Bubu macht, braucht man länger um wieder auf Zack zu sein, finde ich. Durch die Vorhanglücke spitzt ein wenig Restsonnenlicht und vom Gang vor meinem Zimmer höre ich gedämpfte Stimmen und kurz darauf ebenfalls gedämpftes Frauenlachen. Schön, dass ich nicht allein auf der Welt und in diesem schönen Hotel bin. Aber auch schön, dass ich grade mal mit keinem quasseln muss.

Ich strecke mich und gähne mehrfach. Entspannt plinkere ich ins Dämmerlicht. Scheiße! Jetzt bin ich doch wieder auf Adrenalin. Ich sollte doch Frau Ziekowski anrufen. Und bei Omma muss ich auch nochmal versuchen und wie spät ist es eigentlich und wo ist meine Brille? Ich krömsele die Brille aus der Nachttischschublade und drücke hektisch auf meinem Handy herum. Kackapipi: Ich habe es ja noch gar nicht aufgeladen! Also Ladekabel anschließen, Pin eintippen sowie die Nummer vom Verlag und hoffen, dass die Hyäne nicht auf einmal mein Budget gestrichen hat oder jemand anderer nach HH soll: „Frau Eul, was TREIBEN Sie da so lange? Ich will ERGEBNISSE sehen. Unsere Klientel will mit Geschichten versorgt werden, Sie sind zu langsam und Herr Wegner und Herr Komikaa haben offenbar keinen guten Einfluss auf Sie etcetera, etcetera, etcetera..." Hals-   im-zu-engen-Kragen-Geschubbere-und-Resttee-trink. „Guten Tag, Mittelweg-Verlag, Redaktion *Ovation*, mein Name ist Ziekowski- was-kann-ich für-Sie-tun?" trällert Frau Ziekowski in den Hörer. Ich würde ausflippen, wenn ich das täglich mindestens fünfzigmal in die Muschel sprechen müsste. In der Zeit, in der man diesen Spruch hört, kann man sich auch bequem die Bikinzone enthaaren, denke ich. By the way, wie sieht es da im Bermuda-Dreieck eigentlich aktuell bei mir so aus...? „Hallo? Mit wem spreche ich bitte? Sie müssen etwas sagen, das ist ein TELEFON!" Frau Ziekowski schafft es, keck zu werden und trotzdem den höflich-geschäftlichen ich-bin-Profi-

Sekreteuse-Ton beizubehalten. Ach so, ICH muss ja jetzt was sagen. „Hallo, Guten Tag Frau Ziekowski, hier ist Ilsa Eul…" „Frau EUL!" fällt sie mir ins Wort. „Wir haben uns schon SORGEN um Sie gemacht!" (Wir? Die, bzw. der Hyäne macht sich Sorgen um seine Lakaien?) „Herr Mittelweg macht sich Sorgen um mich? Ist er etwa krank?" „Ach, doch nicht Herr Mittelweg, Frau Eul, wo denken Sie hin? Der ist doch gar nicht mehr im Verlag diese Woche!" Ach, das ist ja interessant! „Wieso denn nicht?" frage ich hastig und indiskret. „Irgendwas Privates, glaube ich" ich höre im Hintergrund Stimmen, Frau Ziekowski sagt „Tschüss, Tom" (der Praktikant in der Grafik, soweit ich weiß), und dann nimmt sie offenbar einen Schluck Kaffee zu sich. „Entschuldigung, Frau Eul, aber ich bin heute kaum zum *PIPIMACHEN* gekommen geschweige denn mal zum Mittagessen oder dazu, mal ein Kaffeepäuschen zu machen " sie nimmt wieder einen Schluck Wer-weiß-was. „Aber Sie kennen ja den Chef: Wenn ER es eilig hat, müssen es ALLE eilig haben. Und ich bin noch nicht einmal mit meinem Tagesgeschäft hier durchgekommen. Alle paar Minuten „Frau Ziekowski hier, Frau Ziekowski da, verschieben Sie den Termin und den Termin und wo ist der Praktikant und morgen findet keine Redaktionssitzung statt. Doch, aber via Skype und so weiter und so weiter." „Oookaaayy….?" sage ich langsam. Mich gruselt´s ein bisschen. Wenn der Hyäne schlechte Laune hat empfiehlt es sich, sich zu ducken. „Hach Frau Eul, deswegen habe ich Sie aber gar nicht angerufen…" „Aber ich habe doch SIE angerufen!" „Ist doch egal, jetzt machen Sie mich nicht auch noch wuschig! Wo war ich…Ach ja: Ich wollte Ihnen nur Bescheid sagen, dass Sie gerne auch noch, - Achtung, O-Ton Herr Mittelweg!- „Zwei bis drei Tage dranhängen können", die bisherigen Ergebnisse könnten sich ja durchaus sehen lassen und offenbar hätten Sie ja, ganz wie es Ihre Art sei, gute Kontakte geknüpft, sodass sich aus einer Story eventuell auch mehr Stories herauschlagen lassen." „Aber ich soll doch nur einen Reisebericht…" wende ich ein. „Frau Eul, wir können alles gebrauchen, was sich in einer Zeitschrift drucken lässt, das wissen Sie doch." Frau Ziekowski ist noch ganz schön fit dafür, dass sie solch einen Hammer-Tag hinter sich hat! „Und Herr Mittelweg, - Tschüss Frau Gernreich, Tschüss Herr Spanjer –, Herr Mittelweg sagte, dass Sie sich schon ganz zu Hause fühlen in Hamburg und dass er ja wirklich SEHR gespannt auf Ihre weiteren Ergebnisse ist undsoweiter. So habe ich ihn selten erlebt!" „Ach...?" Hm...wie kommt er denn darauf? Ich habe doch gar nicht so oft und ausführlich mit ihm telefoniert? Frau Ziekowski senkt die Stimme ein wenig: „Ich glaube, da steckt 'ne Frau dahinter!" „Wie kommen Sie denn DARAUF? Ich hab grade zwei bis vier Männer am Start. Ich stehe gar nicht auf Mädels!" sage ich empört. „Frau Eul! Sie sind doch sonst so schnell im Kopf!" ruft sie missbilligend und genervt in den Hörer. „Guter Gott, was für ein Tag! Ich weiß gar nicht wieso ich mir das noch antue hier. Ich könnte auch ganz in Ruhe mit meiner Muschi zu Hause auf der Couch bleiben und ficken!" Krass!!! Mir gehen Augen und Ohren über! Will die Ziekowski auf der Reeperbahn anheuern? „Ach, was red` ich denn da? Ich meinte stricken! Und dabei fernsehen! Hallo Frau Özil!" schreit sie in den Hörer. Offenbar ist die Putzfrau gerade erschienen. Die hat zwar Migrationshintergrund, ist aber nicht taub, wie ich selbst schon mal feststellen konnte." Frau Ziekowski trinkt noch ein Schlückchen. Dann fährt sie fort: „Da sehen Sie mal, wie sehr der Chef mich heute unter Stress gesetzt hat! Ich kann gar nicht mehr geradeaus sprechen!" Aber dafür ziemlich laut. Ich hab schon Tinnitus. Und wenigstens weiß ich nun, dass Frau Ziekowski über eine Muschi verfügt. Und die kann auch noch stricken!

Die Quintessenz des Gesprächs ist einfach, dass ich noch ein wenig schalten und walten kann, wie ich will, warum auch immer, und mich alle außer dem Hyäne total lieb haben und vermissen. Na ja, zumindest so ähnlich.

Zufrieden lege ich auf, sofern man bei einem Handy überhaupt davon sprechen kann und versuche es direkt noch einmal bei de Omma. Wieder über zwanzigmal durchklingeln lassen und nix passiert. Das ist nun in der Tat merkwürdig! Heute ist weder Rommé-Abend noch Kaffeekränzchen angesagt, das weiß ich genau. Als ich auf die rote Taste drücke ertönt fast zeitgleich meine zweite Klingelmelodei: *La Paloma*, von Hans Albers gesungen. Ich steh auf so Zeugs und hierher passt es ja nun wirklich wie „Arsch aufs Auge!?" melde ich mich am Hörer. Scheiße! Laut geda-aaacht! Mistikaaato! Am anderen Ende wird herzlich gelacht. „Ilsa, bis DU das?" „Schnucki!" stoße ich erleichtert aus. Nicht auszudenken, wenn Sonstwer dran gewesen wäre. Obwohl Sonstwer auch eher selten bei mir anbellt. Schnucki heißt natürlich auch nicht Schnucki, sondern Nina. Einer ihrer Ex-, Ex-, Ex-,Ex-...Freunde hat sie seinerzeit so genannt. Schnucki! Noch besser wäre Schatzi gewesen! Er hat sich dann auch nicht wirklich lange gehalten aber ich, ihre Freundin habe das "Schnucki" übernommen. Das hat se jetzt davon, sich so einen Flabes auszusuchen! „Klar bin ich das! Wer sollte denn sonst an mein Handy gehen?" Ich will mich aufs Hotelbett fallen lassen und bleibe mit dem Fuß am Handyladekabel hängen. Noch voll im Schwung gerate ich ins Stolpern und schlage der Länge nach hin zwischen Bett und Wand. Ich blicke dumpf auf das Nachtskonsölchen das circa fünf Zentimeter vor meinen Augen aufragt. Mein Knie brennt. Bestimmt habe ich mir am Teppich die Haut aufgeratscht. Wie beim Sex auf dem Teppich, wenn man oben ist. Nur ohne den Spaß vorher! „Aua, scheiße! Ooooohhh!" Das brennt echt wie Hulle! Kabel aus den nackten Zehen gepörkelt und hechelnd wieder in die Steckdose gesteckt die etwas unpraktisch weit unten am Nachtskonsölchen in der Wand wohnt. „Ilsa, störe ich dich grad bei was?" kommt es schwach aus dem Hörer der auf der Tagesdecke liegt. Ich grapsche danach. „Nein, nein!" sage ich etwas außer Atem. „Alles in Butter. Ich bin nur grad in Hamburg..." Es klopft an der Tür. „Boah, wer ist DAS denn jetzt bitte schön?" „Entschuldigung! Frau Eul? Zimmerservice!" Sehr witzig. „Ich habe aber nichts bestellt!" „Ich habe eine Lieferung für Sie!" ruft es durch die Tür. „Auuuaaa!" jammere ich, weil das Knie noch so schmerzt und: „Warte mal, Schnucki!" befehle ich meiner besten Freundin und werfe den Hörer wieder aufs TagesdeckCHEN. Als ich die Tür öffne, steht da so ein Hotelboy und grinst lieb. In seinen Händen trägt er den schönsten Blumenstrauß ever: Ein Traum aus verschiedenfarbigen, duftenden Rosen, locker gebunden mit ein wenig Grün und einigen langstieligen Gänseblümchen. „Ist der schöööön!" sage ich andächtig. „Und außerdem für sie!" sagt der Boy keck und grinst wieder. Wenn er so ein Äffchenmützken wie früher die Hotelpagen aufhätte, würde ich ihm das nun glatt über sein feixendes Gesicht ziehen. Stattdessen nehme ich das Florale und ein Begleitkärtchen entgegen und krame ein paar Euro als Trinkgeld aus meinem Portefeuille. Der Boy: ab. Die Ilsa: Setzt sich aufs Bett und reißt den Umschlag der Karte auf. „Whallo?Whilsa? WWhhallooo?" Hä? Was ist DAS denn für eine merkwürdige Grußkarte? So eine mit Lied und Ton, schon ausgeleiert? Wieder ein: Whwhhhallo, Wwwwhhhiiillsssaa! Oh! Schnucki! Mein Handy! Und überhaupt. „Ja, hier bin ich wieder! Wie geht´s dir denn? Ich habe grade voll den schönen Blumenstrauß gekriegt! Und rate mal von wem? Von Axel Wegner! Da biste platt was? Jaaa, den habe ich hier kennengelernt und wir sind schon richtig dicke und er ist SO süß, noch süßer als im "Ort des Geschehens" und ich bin total upjerescht. Aber das Beste ist auch noch, dass ich Kaii Komikaa hier im Hotel kennengelernt habe und heute Abend gehe ich mit beiden aus und vorher gibt es so Geilmacher-Essen bei Kaii, das kauft er hier immer in so`nem Deli." *Klopf, klopf,* macht es wieder an der Tür. „Boaaaahhh! Ich krieg hier ein Horn! „Wer ist DENN da??!!!" „Mein Name ist Nentwig, vom Housekeeping. Mein Kollege hat noch etwas vergessen abzugeben, Frau Eul!" „Warte nochmal kurz, bitte" sage ich zu Schnucki und werfe das Handy wieder aufs Bett. Während ich zur Tür humple frage ich mich, ob jetzt noch ein Zweikaräter nachgeliefert wird. Von wem auch immer. Ich würde ihn nehmen. Nur den Zweikaräter natürlich! Nicht den Wem-auch-immer. Also Tür auf. Die Dame die dahinter steht, bzw. davor, hält mir in der Tat etwas Glitzerndes entgegen: Eine Kristallvase. Schade. „Entschuldigen Sie bitte die erneute Störung Frau Eul. Aber ohne Vase halten sich die schönen Blumen doch nicht." Sie reicht mir die Vase, entschuldigt sich nochmal für den Kollegen „Er ist noch neu bei uns" und verschwindet wieder in den unendlichen Weiten des ozeanischen Hauses.

Ilsa: mit Vase ins Bad und Wasser einfüllen. Dann zurück ins Zimmer gehumpelt und schönsten Blumengruß ever ab in die Vase. Gott, ist der SCHÖN! Seufzer. Was steht eigentlich auf der Karte?

„Liebste Ilsa,
natürlich habe auch ich dich ins Herz geschlossen! Und ich bin der Meinung, dass du jeden Tag einen Blumenstrauß verdient hättest. Vor allem Rosen, die liebst du doch offenbar am meisten. Ich freue mich sehr auf heute Abend. Mit dir ist jede Sekunde ein Erlebnis. Liebste Grüße, Dein Axel."

Na gut. Kein heimlicher Verehrer, kein Schmuck. Aber: das hier wiegt jeden Klumpen Gold und Geschmeide auf. Und es ist ein un-heimlicher Verehrer. Ich finde es schwerst romantisch. Noch nie im Leben habe ich in einem Luxushotel logiert und dabei noch schöne Blumengrüße abgegriffen. Und das von Axel Wegner, meinem Schwarm.

Ich lasse mich rückwärts aufs Bett plumpsen und falle auf etwas Hartes: mein Handy. Shitti-shit, ich hab schon wieder Schnucki vergessen. „Hallo? HALLOOO?" schreie ich in den Hörer aber Schnucki hatte es wohl über, darauf zu warten, dass ich endlich mal in Ruhe mit ihr spreche. Ich wähle sie per Kurzwahlprogramm sofort an. „Nina Kelzenberg?" „Sehr witzig", sage ich. „Du erkennst doch wohl meine Nummer!" „Oh, ich hatte gar nicht aufs Display geguckt, bin grade auf dem Weg zum Auto und hab meinen Schlüssel in der Tasche gesucht. Und, was ist ambach bei dir?" Ich höre wie sie in der Tasche kramt, stelle mir vor, wie sie beim Gehen den Hörer zwischen Ohr und Schulter klemmt. Ein klirrend-klingelndes Geräusch, sie hat den Schlüssel offenbar gefunden. „Ach, da ist er ja, war gar nicht in meiner Tasche, sondern noch in der Jacke." Nina steigt ins Auto. Tür-auf-Geräusch-und-zuklapp. „Erzähl mal!" fordert sie mich wieder auf. „Aber du hast es doch sicher eilig?" „Wieso?" „Na ja, wenn man mit dem Auto fahren will hat man doch meistens ein Ziel, oder irre ich mich?" „Soo eilig habe ich´s auch nicht. Yoga fängt erst in anderthalb Stunden an und vorher wollte ich nur schnell was einkaufen. Also, wer ist Axel, was ist mit Kaii und WAS ist da eben eigentlich abgegangen?? Ich dachte schon, ich hätte dich beim Sex oder in der Notaufnahme gestört." Sie kichert. „Nein, erzähl mir erstmal, wie es dir geht! Ich habe dich ja eben schon überfallartig vollgepumpt mit Text und Infos". „Bei mir ist alles wie immer: ich arbeite, ich gehe aus, ich date Männer und lebe mein Leben. Ganz langweilig also." „Ist klar! Vor allem das mit dem Männer daten. Immer noch jemand den du aus dem Netz gefischt hast?" Die letzten Dates wurden alle elektronisch und virtuell angebahnt. Seit sich ihr langjähriger Freund Gregor nach vielem Hin und Her und ich Weißnichtobichdichnochliebe von ihr getrennt hat, hat Schnucki nach einer sehr schweren Trauerphase beschlossen, ihr Leben allein auf die Spur zu bringen und endlich mal wieder wilden Sex und unverfängliche Dates zu haben. Beides war in ihrer Beziehung doch sehr stark, öhm, verödet gewesen. Ich frage mich, ob man nach sehr langen Sexpausen wohl so komische Scheidenbefeuchtersachen braucht. Wird doch schon mal in irgendwelchen Depeschen beworben: „Ist die Scheide trocken, nimm Vaginaglitsch zum abrocken" Tätä! Mit mir geht´s mal wieder durch. „Hast du eigentlich mal so Scheidensekretszeugs benutzt?" frage ich unvermittelt. „Hä? Was willst du von mir??" „Ich meine, vor deinen Dates hattest du doch lange keinen Sex mehr gehabt. Musstest du da was gegen trockene Scheide benutzen oder so?" Ich muss albern kichern. „Nö, lief alles wie geschmiert!" Jetzt kichern wir beide albern. „Ja, und sonst so?" Schnucki lacht. „Wie gesagt, alles wie immer. Meine derzeitige Affaire wird auch eine Affaire bleiben. Der hat", sie zündet sich eine Zigarette an wie ich höre, „der hat halt mal Bock auf was Außereheliches und ansonsten will er nix weiter". Sie stößt den Rauch aus und lässt das Fenster ´runter. Kann ich alles hören, jaja. „Na ja, wenn das für dich okay ist kann man ja mal ganz aufgeräumt ein paar Nümmerkes schieben!" Wieder Lachen, Schnucki verschluckt sich ein wenig am Rauch, ich inspiziere mein Aua-Knie. „Jetzt erzähl doch mal, wieso bist du in Hamburg? Ist Axel der Typ wegen dem du sonntagsabends zu Hause bleiben willst um in die Glotze zu gucken?" „Genau der ist es!" sage ich triumphierend. „Nee!" „Doch!" Und DER Kaii Komikaa??" „Yep"! „Ist ja ein Ding!" Ich gebe ihr kurz einen Überblick über die letzten Tage, auch den Besuch im Bums lasse ich nicht aus und ernte Gelächter. „Das ist mal wieder typisch! Du mit deinem gestörten Orientierungssinn!" Ja, ja, haben wir gelacht. „Und dieser wildgewordene Türke! Hattest du keine Angst?" „Da hatte ich gar keine Zeit dazu!" sage ich großspurig und lässig. „Und dieser Axel, was ist mit dem? Wird das was?" Ich schaue verträumt zu den Blümchen auf dem Schreibtisch. „Wohl kaum" gebe ich so nüchtern wie möglich zurück. Wohl kaum. Ist das bitter. Denke ich. „Verheiratet?" „Yep", sage ich kurz an. „Ach, Schätzelein! Wieso suchst du dir immer so etwas Kompliziertes aus?" „Ich SUCHE, nicht, ich finde. Oder werde gefunden. Immerhin hat er MICH angesprochen und nicht umgekehrt! Du WEISST dass ich KEINEM Mann der Welt mehr nachliefe seit der Sache mit Röschen." Schon wieder Röschen. Mir wird immer noch schummerig bei dem Thema.

Axel Rosen, mein damals geliebter Freund, offenbart mir, dass er mir a) fremdgegangen ist und b) nun von dieser Nacht mit der Arschkrampenzicke (ich hatte damals noch schlimmeres Vokabular für sie in petto) Vater wird! Und die Verantwortung übernehmen will und muss weil ihrer beider Familien Druck machen. Immerhin ist der Alte der Arschkrampenzicke ein hohes Tier in Korschenbroich, ehemals Bankfilialleiter, nun Bankdirektor in Düsseldorf mit Streben nach Höherem, politisch. Viele Ämter, Verpflichtungen, großer Einfluss, viel Geld undsoweiter. Und Axelchen als kleiner Bankangestellter der er damals war hat sich einschüchtern lassen. Wollte sich die Zukunft und Karriere nicht verbauen und hat die Olle geheiratet. Ich meine, was ist mit Verhüten? Wieso konnte die Kuh das damals nicht? Und wieso hat der Volldepp kein Kondom benutzt? Außer Kindern, die dadurch eventuell mal eben

so entstehen, können auch verdammt ernste Krankheiten übertragen werden! Und ich blöde Gans bekniee ihn nach dem ersten (sehr sehr sehr sehr heftigen Schock) bei mir zu bleiben. Mache mich komplett zum Affen, klingele ihn aus der Wohnung, sie im Hintergrund, ich in Tränen aufgelöst. Aber er ist einfach wieder hineingegangen. „Geh jetzt besser, Ilsa, bitte." Tür zu und Ende. Ich sehe es quasi vor meinem inneren Auge: *Messer in Brust der Hauptdarstellerin. Krümmung des Leibes mit schmerzverzerrtem Gesicht. Röchelndes Atmen. Zusammensinken in Theaterblutlache.*
Vorhang.
Licht auf Bühne aus. Licht im Publikum an, Applaus brandet auf. Vorhang. Aber Hauptdarstellerin ist wirklich tot.
„Ilsa, bist du noch dran?" Schnucki. „Ja, klar, sage ich etwas zittrig. Dass mich das alles nach so langer Zeit noch so berührt. „Ist alles okay?" „Jaja, alles in Ordnung!" „Ich rufe eigentlich auch an wegen Röschen." *„Ey, was soll das, hast du den Kopp zu eng oder was?"* höre ich aus Korschenbroich durch den Hörer. „Au weia! Entschuldigung! Ich habe Sie gar nicht gesehen! Das tut mir leid!" „Was ist passiert?" frage ich durch das erneute Geschimpfe. *„Wenn Sie schon rauchen müssen, brauchen Sie anderen ja nicht die glühende Kippe in die Augen zu werfen!"* O-ha. Da hat Schnucki wohl ihre Zigarette nicht ordnungsgemäß entsorgt. „Ja, es tut mir ja auch wirklich leid! Kommt nicht wieder vor" sagt Nina wieder. „Einen Moment bitte, ich muss nur noch eben zu Ende telefonieren. Hörst du mich, Ilsa?" „Ja klar, und den Tünnes auch! Hast du dem ein Auge verglüht oder was?" „Nöö, aber der sieht ganz niedlich aus, ich will mal sehen, ob der verletzt ist oder so und eventuell können wir ja Nummern austauschen." Ich glaub´s ja wohl nicht. „Und was ist jetzt mit Axel Rosen?" „Ach ja", sagt Schnucki hastig. „Der rief mich die Tage an und fragte nach dir. Ich habe ihm gesagt er könnte ja mal bei Facebook schauen, ob er dein Freund werden darf."Ich muss lachen. „Aber ich habe doch gar keinen Facebookaccount!" „Na und? Soll er sich doch blöd suchen. Na ja, jedenfalls habe ich ihn dann ein

paar Tage später getroffen. Mann, sah der vielleicht scheiße aus! Voll fertig und bestimmt 10 Kilo leichter als sonst." „Tut dem ganz gut, war auch ganz schön fett geworden in seiner glücklichen Ehe" sage ich herzlos. „Allerdings", bestätigt Schnucki. „Moment, ich bin sofort bei Ihnen!" (wohl zu dem zyklopigen Radfahrer der sein zweites, verglühtes Auge im Rinnstein sucht, während er darauf wartet, dass Madamm mal aussteigt und die Schuld nun wirklich sühnt). „Egal. Jedenfalls kommt er direkt zu mir geschossen und fragt wieder nach dir. Ob du denn noch die alte Handynummer hättest und wo du denn jetzt wohnst und ob ich deine Festnetznummer hätte, er müsse ja dringend mit dir reden und es gehe ihm echt mies und überhaupt. *Rate mal, wem es vor einigen Jahren NOCH mieser ging!?*" frage ich ihn und lasse ihn doof auf der Straße stehen." „Sehr gut gemacht!" lobe ich. „Aber irgendwie tat er mir trotzdem leid. Er sah aus, als wäre jemand gestorben. Irgendwie, so... erloschen. Mir fällt gar kein anderes Wort dazu ein." „Er hat auch mehrmals versucht mich über Handy zu erreichen. Aber entweder habe ich es nicht klingeln hören, der Akku war leer oder sonstwas." „Hm", macht Schnucki. „Ist ja merkwürdig. Was mag er nur gewollt haben? Rufst du ihn mal zurück?" „Wieso sollte ich? Was sollten wir uns noch zu sagen haben? Wenn es soooo was Dringendes ist, wird er sich noch mal melden oder was weiß ich. Ich will eigentlich nur, dass er mich und mein Leben in Ruhe lässt. Aber jetzt guck mal, dass du den Zyklopen da besänftigt kriegst!" Schnucki lacht, verspricht mir, sich bald wieder zu melden und wünscht mir einen schönen Abend. „Genieß es! Was auch immer das ist oder wird!" „Das tue ich" verspreche ich ihr und wir trennen die Verbindung.

Lecker Essen und die üblichen Verdächtigen

Ich versuche nochmal vergebens, de Omma zu erreichen, dann gehe ich duschen, diverse Körperpartien rasieren, Haare ondulieren und den ganzen Klamauk, den Frauen so veranstalten, wenn was Nettes anliegt.

Die Kleiderfrage ist schnell geklärt: Extravagantes Glitzertop mit vorne hochgeschlossen und hinten Rückenentzücken in dunkelblau, dazu eine sündhaft teure, klassische Bootcut Jeans, richtig GUTE Schuhe mit Tanzabsatz und dicke Glitzer-Hänge-Klunker an den Ohren. Außerdem ein edles Jacketchen. Discokompatibel und trotzdem irgendwie sophisticated. Finde ich jedenfalls.

Inzwischen ist es auch schon ganz schön spät geworden. Mein Zimmertelefon klingelt. „Ja bitte, Ilsa Eul?" „Ich bin´s Prinzessin.Kaii," lispelt´s durch den Hörer. „Wollte nur wissen wie die Aktien so stehen, bist du schon in Samt und Seide?" „Aber sowas von!" „Wunderbärchen, wunderbärchen. Alfred kommt dich dann jetzt mal holen." Aha, Alfred, der Tee-Bringer ist wohl so eine Art Privatleibeigener. Was man sich für Geld so alles leisten kann! Bald darauf klopft es und Alfredissimo geht´s zur Komikaabehausung. Dort angekommen bin ich überrascht: Außer mir gibt´s noch ´ne weibliche Protagonistin. Kaii begrüßt mich mit sanften Wangenküssen und stellt uns beide einander vor: „Das ist die Prinzessin und das ist meine Königin: Berit!" „Hallo, ich bin Ilsa", stelle ich mich noch einmal mit Namen vor und lächle Berit an. Sie strahlt zurück und gibt mir mit festem Druck die Hand. „Hallo, freut mich sehr. Kaii hat schon ´ne Menge von dir erzählt". „Ach, wirklich...?" frage ich und setze mich auf den von Kaii zurecht geschobenen Stuhl. Berit sieht auf eine natürliche Art sehr hübsch aus, kurz vor burschikos und trotzdem weiblich. Kurzes braunes (und dichtes! Neid!) Haar, etwas gegelt und leicht wellig, schöne blaue Augen, veilchenfarbig, nett betont, schöne, zarte Haut. Schlanke Figur, soweit ich das alles in der Kürze beurteilen kann. Sie trägt eine Art Damensmoking mit irgend so ´nem Heavy-Metal-Motiv-T-Shirt drunter. Witzige Kombi, gefällt mir.

Wir finden schnell zueinander und bald sind wir so sehr ins Gespräch vertieft, dass wir erstaunt aufsehen als Axel vor uns steht und Kaii meint, wir sollten nun aber langsam mal Happa-Happa machen. Kaii stellt Berit und Axel einander vor und dann begrüßt mich der Blumenspender mit einer leichten Taillenumfassung und erotischem Wangenkuss. In diesem Moment macht Berit ein Foto von uns. Dann noch eins. Auf dem Kussbild sehen wir ganz verträumt aus, auf dem zweiten strahlen wir um die Wette. Berit verspricht mir, die Fotos per E-Mail zu kabeln. Und Axel WEISS, dass ich ausschließlich zu Privatzwecken haben möchte. Wir nehmen alle wieder Platz am festlich gedeckten Tisch mit weißem Tischtuch und Blumenschmuck, ob Kaii den wohl auch selbst gedeckt und dekoriert hat? und prosten uns mit wunderbarem Prickelwasser zu. Kaii serviert eigenhändig kleine Schweinereien aus dem Deli, später gibt es *Surf and Turf* sowie gebrannte Vanille-Creme. Es ist alles überaus köstlich und ich speise nicht, ich hau rein wie ein LKW-Fahrrer an der letzten Raststätte vor dem Nirgendwo. Berit erzählt von ihrem Job als Fotografin und freischaffende Künstlerin/Kunstpädagogin. Sie hat scheinbar ganz schön was drauf und jede Menge Jobs und Termine. Kaii und sie haben sich klischeehafterweise auf einer seiner Vernissagen kennengelernt. Später hat er ihr dann mal (Foto-) Modell gestanden und dabei kam man sich wohl näher. Nicht schlecht, Herr Specht, denke ich. Schließlich ist der Herr ca. 30 Jahre älter als die Dame. Aber was soll´s am End. Vielleicht sollte ich mir auch mal was Jüngeres anschaffen. Ich blicke zu Axel, der gerade Anekdoten vom Film, Fernsehen und Theater erzählt. So ganz der Jüngste ist er nun auch nicht mehr. Ich werde bald 34 und damit bin ich auch mal eben um die 10 bis 12 Jahre jünger als er. Aber das mit uns gibt ja eh nix. Und das ist so schade! Wie alt ist denn wohl seine Angetraute? Hm... ich überlege, ob ich das mal irgendwo gelesen habe. „So um die 40 bis 45, glaube ich." Alle schauen zu mir. Habe ich mal wieder laut gedacht! „40 bis 45? Im Leben nicht" sagt Axel und nippt am Espresso. „Die Iris ist doch fast sechzig." Hä, welche Iris?? „Dafür sieht sie aber echt noch spitzenmäßig aus", sagt Berit. Sie sieht mich an. „Oder findste nicht?" Who the fuck is Iris? „Kann schon sein, " erwidere ich schwammig und frage, wie spät es denn überhaupt ist. In diesem Moment steht Alfred wieder vor uns und Kaii bittet um Aufbruch. Wie ist der Typ denn hier hereingekommen? Egal, jedenfalls pilgern wir zum Hotelhintereingang und steigen dann ganz groß-kotzig-lässig in die Limo, welche uns zum Zecher bringt. „Und wer spült jetzt?" frage ich und die anderen lachen. Okay, aber zu Hause muss ich das schon immer selbst machen. Aber mein Salär ist ja auch ein Flohfurz im Gegensatz zu denen der anderen, insbesondere des alternden Singstars.

Während der Fahrt hecheln wir nochmal den Abend bei den Apfelsteins durch, Berit lacht sich schlapp. Schade, dass sie an jenem Abend einen Termin hatte. Sie lebt in Berlin und Hamburg. Aha, Fernbeziehung. Ich notiere mir unterdessen geistig, mich nochmals bei den Apfelsteins zu melden, ebenso bei den Grünhagens.

Bald sind wir dann auch an der Super-Geheimtipp-Top-Location angekommen. Vor der Tür hat sich eine lange Anstehschlange gebildet. Wir aber fahren zum Hintereingang, Alfred verdünnisiert sich und uns wird sofort Einlass gewährt. Vom Cheffe persönlich. Tobias Der-fröhliche-Zecher-seines-Zeichens-Maulaffenveilchens-Halbbruder-und-Kneipen/Discobesitzer ist blond, schlank und sieht jung und verwöhnt aus. So nach dem Motto: „Wenn´s hier nicht klappt, nehme ich auch keinen Schaden, Papa hat ja ´s´Geld" oder so." Er begrüßt uns alle herzlich, insbesondere natürlich Kaii und Berit, Axel scheint er gar nicht zu kennen (solche Leute gucken nicht *Den Ort des Geschehens*) und dass er mich nicht kennt…wer kann´s ihm verdenken? Ich bin nicht prominent, nicht reich und noch nicht mal seine Zielgruppe. „Toll dass du kommen konntest, ist echt fabulös von dir, Jan ist schon in der Garderobe…blablabla. Wir trippeln hinter Kaii und Tobias her bis die beiden vor einer Tür Halt machen, Tobias Kaii in den dahinterliegenden Raum bugsiert wo offenbar schon seine Kapelle und der glatzköpfige Hutträger, mit dem er gleich ein paar Duetts singen wird, auf ihn warten. Jan Delay, ach so, *der*. Schnucki findet ihn ganz süß und ich überlege, ob ich ihn nach einem Autogramm für sie fragen soll. Ist mir aber zu peinlich. Ich weiß auch nie, ob der nicht früher aufs Maul gekriegt hätte mit seinem an die Peinlichkeit schrappenden Gehabe und Getanze und seinem Style. Einerseits ist es irgendwie dufte andererseits auch an der Grenze zur Verkleidung. Gut tanzen kann er irgendwie auch nicht, finde ich. Aber was weiß ich schon? Ich finde ja noch nicht mal, dass Jennifer Lopez gut tanzen kann. Und 'nen dicken Bräter kann ja jede Tussi haben. „Meinst du 'nen dicken Hintern?" fragt mich Berit, die gerade ihren älteren Hutliebhaber mit Bussi in die Garderobe verabschiedet hat, während wir einen Gang entlang weiter Richtung dumpfe Musikbässediscogeräuschkulisse gehen. „Ähm…, ja… " gebe ich zögerlich zurück. Ich muss mich besser unter Kontrolle haben und nicht ständig das sagen, was ich gerade denke. „Ich finde auch, dass wir Frauen uns viel zu sehr mit unserer Figur unter Druck setzen", spricht sie weiter, als ob es ganz normal wäre, aus dem Nichts heraus geäußerte Statements aufzugreifen und zu kommentieren. „Das sagen doch viele Frauen! Aber am Ende tun sie es dann doch selber, stehen kritisch vor dem Spiegel, trauen sich mit ihren Wabbelschenkeln nicht mehr an den Strand und glauben, sie müssten so makrobiotisch vor sich hin sexend aussehen wie Madonna. Das ist doch alles nicht authentisch!" „Ist es ja auch nicht", gibt Berit schelmisch lächeln zurück. Die Musik ist nun ganz nahe, nach der nächsten Biegung haben wir wohl den richtigen Discobereich erreicht. „Die ist doch geliftet bis zu ihrem Size Zero-Arsch!" Lachend stehen wir nun im Allerheiligsten. Axel hat sich neben uns gruppiert und wir schauen uns erst einmal um. „Was darf ich den Damen denn zu trinken bringen?" fragt er nun wieder ganz gentlemanlike. „Ich hätte gerne einen Gin-Fizz!" „Und für mich bitte einen Weißwein" sagt Berit. Unser Herr vom Film trabt nonchalant zur Bar und gibt unsere Bestellungen auf. Ich mustere die People um mich herum, der Laden füllt sich nun

143

zusehends. Das Interieur soll an eine alte Hafenkneipe erinnern, es gibt viel Holz, eine Theke, die aussieht wie der Rumpf eines antiken Schiffes, in den Bullaugen stehen Alkoholika und Buddelschiffe. Die Bedienungen tragen Matrosenkluft, Männlein wie Weiblein. Die Jungs so richtige weite-Hosen-Outfits mit Ringelshirts und Halstüchern, die Mädels knappe weiße Röckchen mit Ringelshirts oder -Tops und ebenfalls roten Halstüchern. Sehen alle appetitlich aus. Ergänzt wird das Hafenkneipen-/Schiffsambiente durch entsprechende Deko und Bilder, durchbrochen von Dingen aus der Neuzeit wie Flachbildschirme an den Wänden die Sequenzen aus Seefahrerfilmen oder so zeigen, das Meer, Hans Albers usw. im Wechsel. Über der Mitte des Thekenbereichs hängt ein gemaltes Bild vom *Fröhlichen Zecher* in Neo-Rauch Optik. Am einen Ende der Tanzfläche gibt es eine kleine Bühne, auf einer Seite der Tanzfläche gibt es ein paar Sitzgelegenheiten; etwas zurückliegend kann man in einer Art Loungebereich chillen, wie es das Ausgehgesetz ja heutzutage vorschreibt.

Axel kehrt mit unseren Getränken zurück, er selbst hat sich einen Whisky bestellt. So stehen wir herum, trinken und beobachten. Ich latsche durch den ganzen Laden, mache Fotos (always on duty) und mache mir Notizen. Dabei stoße ich auf Katharina, die ihren kleinen Bruder untergehakt hat. Wir begrüßen uns herzlich, Katharina stellt uns noch einmal vor und Tobias wirkt leicht fahrig und nervös. „Bist du sehr aufgeregt?" frage ich ihn. „Geht so" antwortet er und fährt sich nervös mit der Hand durchs Haar. Sein cooles Gehabe von eben war also doch auch nur Attitüde. „Hat mich alles ganz schön viel Asche gekostet." „Hat Papa alles ganz schön viel Asche gekostet, meinst du wohl!" fällt ihm das Maulaffenveilchen ein wenig garstig ins Wort. Sie trägt heute einen Herrenanzug, rattenscharfe High Heels und irgendwie wenig drunter. Nur einen BH? Mhm...Ob dem Hyäne das wohl gefiele? „Mit Sicherheit!" denke ich über die Hyäne. Und sage ich. Tobias lacht nervös. „War doch nur ein Darlehen. Man muss seine Kinder doch unterstützen, oder? Außerdem hat der Alte genug Patte. Also, ich muss mich jetzt wieder ums Geschäft kümmern", sagt´s und springt von dannen, um neue Gäste zu begrüßen. Ich bin nur leidlich überrascht, als ich die Palminstange, meinen Freund Utz, darunter erkenne. In seinem Tross befinden sich außer ein paar Hupengirls noch seine dumpfen Puffaufpasser. Ob Annika wohl auch da ist? Vielleicht tanzt sie ja sogar hier? Auf der Bühne gibt es auch zwei Pole-Stangen, fällt mir auf. Kurz darauf entern ein paar weitere alte Bekannte den Ort: Die Apfelsteins! *Look-at-me-I´m-Rrrroy* haben sie aber nicht im Schlepptau. Wir begrüßen uns überschwänglich wie alte Freunde, sie fallen nacheinander mir und Axel in die Arme, ebenso dem Maulaffenveilchen, die offenbar aber wirklich eine "alte" Bekannte Lamberts ist. So wie Janina gestylt ist, könnte auch SIE ein kleines Pole-TänzChen (Die Chens! Schon wieder verfolgen sie mich!) einlegen: Wie die Bedienungen trägt auch sie ein seeehr knappes weißes Jeans-Minröckchen „Aus der *Sexy-Apple* Linie in Lamberts neuer Jeans Kollektion" teilt mir Janina aufgeregt mit. Wieviele Kollektionen und Linien hat denn der eigentlich? Da Cosimo gerade im Loungebereich das Buffet parat macht wie ich aus den Augenwinkeln wahrnehme, hätten wir also mal wieder alle üblichen Verdächtigen beisammen. In diesem HH Mikrokosmos treffen auch immer nur dieselben People aufeinander. Und da sage noch mal einer, Düsseldorf sei ein Dorf!

Last nite the Delay...

Der Abend nimmt seinen Lauf. Axel ist fast die ganze Zeit an meiner Seite und scheint irgendwie ein wenig wuschig zu sein. Wir stehen gemeinsam an Cosimos Buffet, auch Rudi ist inzwischen eingetroffen und wir alle, Berit, Axel, natürlich die Apfelsteins, sowie leider auch Utz, scharf wie 'ne Uzzi, haha, befinden uns im Loungebereich. Als Axel kurz mal woanders hingeht, schleimt sich Palminstängchen an mich heran und wird bald auch etwas touchy. Von wegen: Was für attraktive Frauen Cosimo wohl so kennt und welchen Glanz ich in sein bescheidenes Etablissement gebracht hätte und das Programm wäre durchaus auch für weibliches Publikum gedacht labersülz- angrab. Ich weiß gar nicht wie mir geschieht und will bei solch einer Halbweltgröße auch nicht unvorsichtig sein und sofort pampig werden. Auf der Bühne geht's inzwischen aber auch los, Jan Delay näselt ins Mikro, an den beiden Stangen hampeln die Hupengirls herum, eine davon ist tatsächlich Annika und das Publikum geht ab wie Pommes. Annika winkt mir ganz kurz zu, ich winke und lache zurück. Axel ist inzwischen zurück: „Du kennst aber wirklich auch schon JEDEN hier, oder? Sagtest du nicht, du seist das erste Mal in Hamburg??" „Och, ich komme eben immer wieder mal schnell mit den Leuten ins Gespräch..." rufe ich zurück, es ist doch arg laut geworden mit der Live-Musik. Der Laden brummt jetzt. Utz der Fettige tanzt mich an und fragt dabei nach meiner Nummer. Scheiße! Die will ich ihm nicht geben, basses! Bevor ich mir irgendeinen blöden Spruch ausdenken kann, springt der hampelnde Sänger von der Bühne und mischt sich unters Publikum. Dabei schiebt er sich auch zwischen dem Puff-Patron und mich und tanzt eine Zeit lang zwischen uns herum. Puh!
Aber Axel steht jetzt auch wie ein Wachhund bei Fuß und scheint Utz und alle anderen anzuknurren. Später haben Kaii und Jan ihren gemeinsamen Auftritt, geben ein paar Liedchen zum Besten und danach ist bei allen nur noch eins angesagt, nein, zwei: Noch ein bisschen futtern (ja, ich habe schon wieder Hunger!) und dann tanzen, tanzen,

tanzen. Ich mache jede Menge Fotos, ebenso Maulaffenveilchen bzw. ihr fotografierender Begleiter. Berit und ich haben größtes Vergnügen auf dem Dancefloor. Dann schwofe ich mit Axel und der Rest der Welt kann mich gernhaben. Irgendwann ist es so gegen vier Uhr. Ich bekomme noch mit, wie greasy Utz an der Theke in Streit mit jemandem gerät. Es wird laut und etwas ungemütlich, die Türsteher eilen herbei und schleifen den Puffpapst aus der Disco. Cosimo und Rudi haben das stark geplünderte Buffet schon wieder weggeräumt und sogar zwischendurch ein Tänzchen gewagt. Cosimo wild seine Locken schüttelnd und mich um die Taille gefasst und über die Tanzfläche gedreht, direkt wieder in Axels Arme. Die Apfelsteins sind bereits entfleucht, nicht ohne sich vorher nochmal bei mir der „Retterin" und Cosimo, dem „Retter" Janinas zu bedanken. Und uns alle zur Hochzeit einzuladen. „Ohne euch gäbe es die Hochzeit ja vielleicht gar nicht!" sagen die beiden einstimmig und ich bin da ganz ihrer Meinung. Außerdem LIEBE ich Hochzeiten! Eine witzige liegt schon ein paar Jahre zurück, meine damalige Freundin Melina, die eigentlich Melanie heißt, hat ihren Liebsten, seines Zeichens aufstrebender, bereits höherer Angestellter bei einem Autokonzern, geheiratet. Schnucki und ich hatten eine Höllenspaß auf der Feier, zu vorgerückter Stunde enterten wir die Bühne im Festsaal, fummelten an der Karaoke- Maschine herum und tröteten durch die Mikrofone: „Finger im Po, Mexiko!" Unter Alkoholeinfluss fanden wir das voll witzig, das Publikum auch. Später sangen dann alle noch mit uns *White wedding* und wir brachten die Leute dazu, sich ein paar ihrer Klamotten zu entledigen (wir nannten das Strip-Karaoke) sowie auf den Tischen zu tanzen. Wirklich, ein großer Spaß! Da aber auch irgendwelche Vortsandsfuzzi-Chefs des Bräutigams anwesend waren, fand Melanie-Melina das ausgelassene Treiben nicht so witzig und bat uns mit sauertöpfischem, aufgesetztem Lächeln darum, aufzuhören. Danach war die Stimmung im Eimer und unsere ohnehin langsam bröckelnde Freundschaft, die wohl keine gewesen war, auch. Wir sahen uns danach nur noch wenige Male: beim Hochzeitsnachtreffen mit Video – und Bildergucken, bei dem uns JEDER bestätigte WIEVIEL SPASS er doch gehabt habe mit uns (!) - und einmal beim Abschiedstreffen. Melina und ihr Gatte mussten seiner Karriere wegen den Ort wechseln. Sie hatte gerade mit Müh und Not ihr Studium beendet, noch kein berufliches Ziel vor Augen und wurde dann ganz schnell Mutter. Aber das bekam ich schon nur über drei Ecken mit. Inzwischen läuft softere Musik, Axel schiebt mich über die Tanzfläche und ich kuschle mich an ihn, selig und beschwipst und leicht erotisiert. Ich würde ja schon gerne ein bisschen mehr mit ihm wagen. Gaaanz zufällig landen wir in dem halbdunklen Gang Richtung Toiletten und Axel beschmust und beknutscht mich nach allen Regeln der Kunst. Wow! Kann der küssen! Und dieses mit den Daumen über meine Lippen streichen und langsam aber bestimmt über meinen Rücken bis Taille und Po streicheln. Holla die Waldfee, das geht mir in die Knie und woanders hin. Wir küssen uns gerade leidenschaftlich ineinander versunken mit Zunge und Umdrehen, als das Maulaffenveilchen heulend herbeieilt. „Iiiilsa! Uwe will mich nie mehr wiedersehen!" Boah ey, hat diese Frau ein Gespür für schlechtes Timing. Hier will MICH gerade jemand sehen und sogar FÜHLEN! „Was??" versteht Axel gar nichts mehr. „Beziehungsstress!" sage ich vielsagend zu ihm. „Was haben wir denn damit zu tun?" „Eigentlich nichts, aber der Hyäne!" antworte ich ihm und verspreche, gleich wieder da zu sein. Ich ziehe Katharina zu den Toiletten wo sie knatschend auf einem Stuhl vor dem Frisierspiegel zusammenbricht. Déja vu! „Was ist denn passiert?" frage ich sie wieder, das hatten wir doch auch schon einmal, oder? „U-U-U-Uwe hat eben per Telefon mit mir Schlu-u-u-ss gegegemaacht" schluchzt dieses große Vollweib wie ein kleines Kind. „Ja aber, das war doch abzusehen, oder?" frage ich vorsichtig. „Ich wei-ei-eiß, ni-i-icht. Zuletzt am Telefon war er so auf-auf-aufgeschlossen und zugänglich." Der Hyäne? Hatte der Hanftee gehabt oder was? „Er war richtig entgegenkommend", Maulaffenveilchen beruhigt sich langsam wieder, „und wollte sogar, dass ich nach Düsseldorf in den Verlag komme und mir alles ansehe undsoweiter. „Du warst noch nie im Verlag?" wundere ich mich. „Nein, er fand, das könne eventuell kompromittierend für einen von uns beiden sein und wir sollten Berufliches und Privates lieber trennen. „Das macht der doch sonst auch nie" sage ich ärgerlich. Was für eine Super-Pfeife! „Na ja, jedenfalls wollten wir uns am kommenden Wochenende in Düsseldorf treffen und schön essen gehen." Katharina schnaubt in ein Tempo. „Ja und, dann ist doch alles in Butter?" „Nein, eben nicht! Nach unserem letzten Telefonat schien alles bestens zu sein. Aber eben hat er geWhatsappt und meinte, das hätte alles keinen Sinn mit uns. Unsere Fernbeziehung, und er wäre doch noch verheiratet, er würde Frau und Kind nicht im Stich lassen undsoweiter. Und derzeit hat er wohl irgendeinen Deal laufen wegen dem er diese Woche viel unterwegs sein muss." (Aha, also doch nicht wegen einer Frauengeschichte. Hätte mich auch gewundert, wenn er so etwas die Priorität in seinem Leben eingeräumt hätte, der alte Wüstenköter!) „Dieses feige Arschloch! Per Whatsapp!" Das ist echt ein dicker Hund, so was von billig und geschmack - sowie taktlos. Aber Takt hat er eh nicht in seinem Portfolio. „Na ja, aber irgendwie passt´s doch, also das mit der WHATSAPP" meine ich zu ihr. „Wieso?" „Weil er doch zur schreibenden Zunft gehört!" Katharina muss nun doch ein wenig lachen. „Ach Ilsa! Du bist wirklich in Ordnung, eine richtig tolle Frau!" „Ohh, danke sehr! Und wieso bin ich dann noch Single?? „Das habe ich auch zu Uwe gesagt, wir haben uns mehrfach über dich unterhalten." Das ist ja ein Ding! Daher wusste er so viel über mein Treiben hier in Hamburg! „Ich habe ihm auch gesagt, dass du Begabungen mitbringst, die man einfach nicht lernen KANN, auch optisch was hermachst und Hirn besitzt. Da sollte er sich mal gut überlegen, was er beruflich so mit dir anstellt, sonst könntest du locker woanders anheuern. Du bist die Richtige für Society-Themen!" Das wird ja immer schöner. Und dieses Lob macht mich sehr stolz und glücklich, aber auch verlegen. Aber hat nicht Frau Ziekowski etwas Ähnliches zu mir gesagt? Und Axel hat auch in diese Kerbe geschlagen, Kaii ebenfalls. Die können mir ja nun unmöglich ALLE etwas vorlügen, wieso auch? „Und was ist mit deinem Grottendoc?" will ich nun das Gespräch auf die Ziellinie bringen. Immerhin wartet da draußen mein Erotikon auf mich. „Mit wem?" „Na mit dem Gynäkologen von damals, wie hieß er noch gleich? Ratibor?" „Ach, du meinst Rüdiger?" „Genau, der mit der *Villa Höhle* am See!" Katharina lächelt ein wenig. „Tja, eigentlich könnte ich ihn ja mal anrufen" überlegt sie. Dann geht draußen auf einmal die Musik aus. Wir vernehmen Rumpeln, laute Stimmen und andere unangenehme Geräusche. Axel kommt hereingestürmt und zieht mich und Katharina hastig aus dem WC- Bereich. „Kommt schnell Ilsa, Frau Maulbach, die Polizei ist hier. Dieser fettige Lude ist mit seinen Schergen zurückgekommen. Der Türsteher wollte dem Trupp wohl keinen Einlass gewähren und jetzt geht es hier zur Sache! Ich will nicht", er schleift mich fast durch die Gänge zum Hinterausgang „dass dir was passiert!"

Wir springen durch die Hintertür in die Nacht, hören Polizeisirenen und den ganzen Kram der dazu gehört. „Ich will hier auch nicht gesehen werden. Die „böse" Presse lauert doch überall." Er nimmt mich an die Hand und wir eilen fort vom Ort des Geschehens. Höhö. Katharina (die wohl von der „lieben" Presse ist) wollte nicht mit uns kommen, sie will sich das skandalöse Treiben lieber hautnah anschauen. Muss ja jede selber wissen. Außerdem lenkt es sie vielleicht von ihrem Kummer ab. Und am außerdemsten will ich sowieso mit Axel alleine sein!

Wir entfernen uns vom *Zecher*. Inzwischen ist es fast halb Fünf. Die ersten Vögelchen sind schon längst wach und es verspricht wieder ein sonniger Tag zu werden. Wir wollen noch nicht in unsere Hotels zurück. Deshalb schlägt mein Begleiter vor, noch eine Runde spazieren zu gehen und sich in Ruhe den Sonnenaufgang anzusehen. Ich bin sofort dafür. Von mir aus kann er auch mit mir auf einem Wagen der städtischen Müllabfuhr fahren, Schutzgeld eintreiben oder was auch immer. Hauptsache, ich kann Zeit mit ihm verbringen. Er will aber nichts dergleichen, stattdessen fragt er: „Kennst du eigentlich schon Blankenese?"

„Nö" schmiege ich mich an ihn, er hat seinen Arm um meine Taille gefasst.

Wir nehmen eine Autodroschke und fahren ein Stückchen. Im Taxi singe ich leise *Last Nite the Delay saved my life* und erzähle Axel von Utzis plumpen Annäherungsversuch. „Was für ein stumpfer Grobian" sagt er kopfschüttelnd und streichelt meinen Arm und meine Hand, fasst mich dabei fester um die Schulter. Aus dem Taxifunk oder was in diesen Fahrzeugen sprechen kann, quäkt es andauernd:" Die Blumenstraße, der Eschenweg, die Pestalozzistraße, die Kurze Straße usw. usw." und quäkende Antworten von Wagen 13 bis 208 oder so antworten.

Blankenese ohne Blankziehen

In Blankenese angekommen, bin ich sofort verliebt: was für ein schöner Ort das doch ist! Alles sieht nice and neat aus und es gibt hübsche Geschäfte welche zu dieser frühen Stunde natürlich noch geschlossen sind. Zum Wasser hin muss man viele viele Stufen hinabsteigen. Durch eine Ansammlung vieler vieler wunderschöner Häuser. Ich bin wirklich baff, dass es so etwas Schönes gibt; ein wenig erinnert´s mich an Dresdens Stadtteil Loschwitz, sieht ein wenig ähnlich aus wegen der Hanglage. Und doch ist es ganz anders. Es gibt sogar Reetdachhäuser, nein wie putzig! Und wunderschöne alte, ja, was sind das? Villen? Bürgerhäuser? Keine Ahnung, auf jeden Fall ist die Prinzessin mehr als angetan und macht Foto um Foto. Unten am Wasser gibt es sogar einen Leuchtturm! Nee, wie isses nur romantisch! „Und, wie gefällt´s dir?" fragt Axel und zieht mich wieder einmal noch enger an sich. „Es ist absolut bezaubernd, fabelhaft, und einfach nur wunderschön!" jubele ich fast und werfe meine Arme in die Höhe und kreise dann einmal um mich selbst. Ich neige manchmal ein wenig zu solchen emotionalen Ausbrüchen. Wenn´s doch aber schön IST! Axel beobachtet mich liebevoll amüsiert.
Noch schöner ist , dass Axel und ich jetzt am Wasser sitzen, an einer Art mikronesischem Strand unter einem Bäumchen und halb vom Schilf verborgen. Auf der Elbe fährt fast lautlos ein riesiger Pott an uns vorüber. Fast zeitgleich gleitet ein kleines Segelboot in die entgegengesetzte Richtung. Mehr Romantik geht fast nicht. Sie, die Romantik, sitzt ein wenig abseits von uns und schaut milde auf das, was wir da so tun. Nämlich ausgiebigst knutschen. Der Saum von Axels Hemd und meinem Top hängt natürlich längst aus dem jeweiligen Hosenbund heraus, denn wir sind alsbald ins Liegen geraten und dazu übergegangen, das Küssen mit mehr Hautkontakt zu unterstreichen. Seine Hände gleiten über meinen Bauch. Sie sind warm, obwohl es doch hier im Sand mal wieder ein wenig kühl ist zu dieser Tageszeit. Dann höher. Oha, mir

ist gar nicht mehr kalt. Ich streichle seinen glatten Rücken, seine Hüfte, sein nettes Hinterteil. Er dito. Ich würde jetzt schon ganz gerne ALLES ausziehen und ALLES von und an ihm haben. Er wohl wieder dito, habe ich das Gefühl. Jetzt sitzen wir beide wieder aufrecht, ich auf seinem Schoß auf den er mich gezogen hat, die Beine um seinen Rücken geschlungen. Meine Hände fassen heftig in sein Haar, ich spüre seine Hände wieder an meinem Hintern, unter meinem BH. Meine Finger in seinem Mund, meine Zunge an seinem Hals, zwischen meinen Beinen Hitze und das deutliche Gefühl seiner heftigen Erregung. Aufgeschreckt werden wir von einem sandigen, schwarzen Riesenköter, offenbar eine gelungene Mischung aus Hovawart, Neufundländer und Sabbermonster, der hechelnd auf uns zugestürmt kommt und sich dann schüttelt. Es regnet Sand und Wassertropfen. Offenbar hat das Vieh zu dieser frühen Stunde bereits gebadet. Erschrocken schreie ich auf und fahre zusammen. Auch Axel schaut etwas perplex. Des Hundes Herrchen hören wir pfeifen und rufen: „Alex! ALEX!!! Hierher!" Dann ein Pfeifen. Den Köter kümmert´s wenig, lieber lässt er sich von mir hinter dem Ohr kraulen. „Schlecht hören kann er ja gut" meine ich und Axel lacht. „Hey! Hier kommt Alex! Nicht!" singe ich laut und will mich kaputtlachen. Ich bin vor lauter Erotisierung ein wenig aus den Fugen. Die Sonne steht nun schon höher am Himmel wie ich erstaunt feststelle. „Komm", sagt der Mann mit der schönsten Stimme die ich kenne, und klopft den Sand aus seinen derangierten Klamotten, schnappt sich Jacke und Hütchen und zieht mich hoch.

Alex` Herrchen, ein Dreitagebart-Typ in Joggingklamotten, steht noch immer etwas oberhalb des Ufers und ruft sich einen Wolf. Er würdigt uns kaum eines Blickes. Zum Glück, denke ich. Gehen wir doch Hand in Hand und einer von uns ist prominent und man kann ja nie wissen. Na gut, wenn ich mit Lady Gaga oder Mick Jagger (Gott bewahre!) Händchen haltend an der Elbe entlang spazierte würde das eventuell zu einem Massenauflauf führen. Aber so…

Wir passieren ein Café, das zu dieser Zeit leider noch geschlossen ist. Ein junger, glatzköpfiger Kellner, der sich eine braune lange Schürze umgebunden hat, wischt mit einem nassen Lappen über die Terrassenmöblierung. Aus der offenen Türe die ins Lokal führt, weht verführerischer Kaffeeduft zu uns herüber. „Und, Eulchen? Schon wieder hungrig?" „Ja, sowieso und auf etwas Essbares auch!" Axel lacht süffisant und küsst mich. Die Sonnenstrahlen wärmen nun schon und in der Ferne kann ich den Leuchtturm sehen. Was für ein wunderschöner Morgen! Und am liebsten würde ich alle seine Küsse (also die von Axel, nicht die vom Morgen, klar!) mal wieder einzeln verpacken für magere Zeiten und dann erneut schmecken. Mein Begleiter spricht unterdessen den tischwischenden Kellner an. „Guten Morgen! Können wir bei Ihnen schon einen Kaffee bekommen?" Der Meister Proper der Gastronomie mustert uns kurz. Stutzt. „Ist eigentlich noch geschlossen..." sagt er dann zögernd. Irgendwie scheint ihm Herr Wegner bekannt vorzukommen. Außerdem ist er ja vielleicht auch per se kein Unmensch und weiß, was man nach einer durchgemachten Nacht braucht: KAFFEE! Und ich vermute stark, dass wir auch nach einer durchgemachten Nacht AUSSEHEN. Das soll sich kurze Zeit später durch einen Blick in den Toilettenspiegel bestätigen. „Ja, eigentlich!" sagt der Mann mit Hut charmant. „Aber vielleicht könnten wir ja doch schon ein Schlückchen Kaffee auf dieser wirklich wunderschönen Terrasse trinken und uns dabei vorstellen, es gäbe noch ein Croissant dazu." „Wir können danach ja auch den Platz wieder säubern" werfe ich hastig ein. Herr WischTisch, der währenddessen weiter geputzt hat, schmunzelt ein bisschen und macht eine einladende Bewegung mit dem Arm. „Na schön, von mir aus haben Sie die freie Auswahl, setzen sie sich irgendwo hin!" Wir lassen uns an einen noch leicht feuchten Tisch plumpsen und die Prinzessin begehrt einen Milchkaffee sowie einen Orangensaft, der Herr hätte gerne einen doppelten Espresso und ein Mineral. So sitzen wir Händchen haltend in der Morgensonne und lieben das Leben. Herr Tischwisch kehrt mit unseren Getränken zurück. Angelegentlich kredenzt er unsere Tassen und Gläser. „Sind noch warm" meint er. „Das will ich doch hoffen..." will ich gerade sagen, (wer will schon kalte Kaffeegetränke außer Eiskaffee haben?), als ich sehe, was er noch im Repertoire hat: „Croissants!" rufe ich entzückt. „Sie sind ja ein Superschatz!" „Sagen Sie das mal meiner Freundin" brummt er und kehrt zurück ins Innere des Lokals, wo gerade ein Telefon klingelt. Der Schauspieler und die freie Autorin/Journalistin sitzen traulich beieinander und verspeisen krümelnd das Blätterteigbuttergebäck. „Was man mit dir immer so alles erlebt" bemerkt Axel und wischt sich die Schnute ab. „Wieso? Ich mach doch gar nix! Ich genieße den Morgen, den Kaffee, das Croissant und deine Anwesenheit!" „Du weißt schon, was ich meine. Der Ausraster dieses Zuhälters und vorher von diesem wildgewordenen Türken, die Liebeskrise von Frau Maulbach und die Tatsache, dass du Striptänzerinnen kennst..." „Hallo? Annika STRIPPT nicht! Sie tanzt nur an der Stange, und zwar ganz schön gut, wie ich finde. Damit finanziert sie ihr Studium, sie ist eine ganz unbescholtene Person! Na ja, wenigstens soweit ich das weiß. Sei doch froh, dass ich keine männliche Strippliese kenne." Ich stippe das letzte Stück des französischen Hörnchens in meinen Milchkaffee und stopfe es mir in den Mund. „Bie gibbf ja hie auch" plappere ich dann munter weiter. Der Bediener mit der Telly Savalas-Gedächtnisfrisur verteilt nun Zuckerstreuer sowie Getränke- und Speisekarten auf den Tischen. Offenbar wird die Lokalität in Kürze auch für Normalsterbliche geöffnet. Axel ordert die Rechnung. „Was meine Anwesenheit anbelangt..." beginnt er. Da wird die Rechnung auch schon gebracht. „Vielen Dank! Stimmt so" „Ja, das war wirklich sehr nett von Ihnen, danke!" sage auch ich und der bedienende Deoroller wünscht uns noch einen schönen Tag. Wir erheben uns und machen uns wieder auf den Weg hinauf in den Ort. Der Tag hat sich nun schlagartig etwas eingetrübt, denn Axels Intro seine Anwesenheit betreffend, lässt mich nichts Gutes ahnen. Da kommt es auch schon. „Also, was meine Anwesenheit betrifft..." „Sind unsere gemeinsamen Stunden zeitnah gezählt!"

vollende ich ins Blaue hinein den Satz. Durch ein schönes Gartentörchen zu meiner Rechten kommt gerade ein älterer Herr und grüßt freundlich. Wir grüßen zurück. Ach, ist das heimelig hier! Aber das kötterige Gefühl in meinem Magen bleibt. „Ja, so könnte man sagen..." sagt Axel und bleibt stehen. So langsam gerät er ins Transpirieren. „Ganz schön steil hier" kommentiere ich. „Ich muss morgen wieder zurück ans Theater". Ich könnte grad heulen, obwohl das ja nun wirklich nicht DIE Überraschung ist. Ich gehe einfach weiter. „Ist der Regisseur wieder genesen?" „Ja, das ist er." Pause. „Und außerdem kommt meine Familie mich besuchen. PENG. PAFF. PUFF. AUS. „Aha", sage ich. Was soll ich sonst sagen? Wir sind jetzt oben angekommen und inzwischen ist der Ort zum Leben erwacht. Es gibt einen kleinen Wochenmarkt und die netten Geschäfte und die putzigen Cafès haben ebenfalls ihre Pforten geöffnet.

Vor dem kleinen Bahnhof gibt es einen Taxistand. Wir nehmen eines und lassen uns in die Stadt zurückfahren. Schweigend vergeht die Fahrt. Ich sehe die Menschen durch die Straßen pilgern, Leute in Anzügen oder Businesskostümen, die den nächsten Deal abhaken müssen, Touristen, Mütter mit Kinderwagen. Bötchen auf der Außenalster. Schließlich das *Mare*. Axel reicht dem Taxi-Driver das Fahrgeld und steigt aus. Erstaunt blicke ich ihn an. „Musst du nicht in DEIN Hotel?" „Wenn ich darf, würde ich dich gerne noch hinein begleiten". Na gut, wenn er will. Will er jetzt den Abschied zeremonieren? An der Rezeption erfahre ich, dass es ein paar Nachrichten für mich gibt, mir werden diverse Zettel mit Rufnummern ausgehändigt. Mein Handy-Akku ist schon wieder leer. Ich brauche wirklich mal was Neues! Was das anbelangt lebe ich noch in der Jurazeit. Ich habe das mit der Endmoräne nicht mitgekriegt (ach nee, das war in der Eiszeit, oder?) und habe ja unter anderem auch keinen Facebook-Account. Lege ich allerdings auch keinen Wert drauf, auch wenn ich sozusagen in der Kommunikationsbranche tätig bin. Allein schon der Name *FACEBOOK* kotzt mich zutiefst an. Keine Ahnung wieso. Also werfe ich einen Blick auf das Zettelgedöns. Unter anderem gibt´s eine Message von Cosimo und – Justus Grünhagen! „Ach nee!" „Was Ernstes?" fragt Axel. „Nö, nur von meinem Bruder in spe." Er schaut mich etwas verwirrt an, fragt aber nicht weiter nach. Wahrscheinlich übt er innerlich schon mal den Text für seine nächsten Szenen und für das Wiedersehen mit seiner holy family. Da bin ich jetzt aber garstig! Im Aufzug versuche ich, mich angestrengt NICHT auf das Aufzugfahren zu konzentrieren. Axelchen blickt mir besorgt ins Gesicht. „Ich bin nicht so Fahrstuhl-affin" presse ich heraus. Dann sind wir schon da. Ich finde meine Zimmerkarte auf Anhieb und irgendwie gibt es-zumindest von meiner Seite aus- im Moment nix mehr zu sagen. „Ja, dann...?" sage ich abwartend fragend. „Ja...dann...schlafe am besten erst einmal ein bisschen. Das werde ich jetzt auch tun". Sagt`s, zieht mich leicht an sich und entfleucht. Ich gehe schnurstracks in mein Zuhause auf Zeit und finde ihn und die Situation SO-FORT ganz superkackedoof und enttäuschend. Das kann´s doch jetzt wohl nicht gewesen sein? Ich meine: Nicht so, oder? Das war doch noch nicht einmal ein Schlusspunkt!? Auch wenn ja eigentlich "Gar nichts" war – immerhin fühlen wir beide uns zueinander hingezogen. Nicht nur körperlich, sondern auch geistig. Dachte ich zumindest. Aber Männer haben immer schon anders gedacht als Frauen. Sonst hätten wir jetzt keine Wirtschaftskrise. Und ich wäre vielleicht schon längst beruflich erfolgreich oder so.

Ich lasse mich aufs Bett plumpsen. Dort sitze ich dann und starre gefühlte zwei Stunden auf die Außenalster, wo schon wieder die ersten Leute Zeit haben, herumzusegeln und zu rudern. Habe ich das mit Axel alles denn nur geträumt? Dann schaue ich auf den wunderschönen Rosenstrauß. Der ist definitiv Realität. Hundemüde, aber außerstande einzuschlafen, beschließe ich, mich ein paar Stündchen im Spa zu verlustieren. Axel hin, Arbeit her. Aber vorher nochmal de Omma anrufen.

Telefonat op Platt

Eine halbe Stunde später habe ich eine Verwöhnmassage gebucht sowie endlich Oma erreicht.

„Oma!" schreie ich, als sie endlich mal wieder an den Apparat geht. „Wo hast du denn gesteckt? Ich habe mir schon Sorgen um dich gemacht!!" „Ach, Kink, isch war im Krankehuus…" kommt es kurzatmig aus Korschenbroich zurück. „Waaas?" schreie ich wieder, diesmal alarmiert. Hallo? Das ist doch meine ganze Familie mit der ich hier gerade spreche. Die darf bitteschön nicht schwächeln! „Ja, mach dich kinn Sorjen, iss´widder alles in Ochtnung. Isch war jefalle, jetz´is die Hüft kapott. Isch mutt en nöe hann. Nächste Woch mutt ich widder inn de Klinnik. Bisse dann widder hee, Kink? Vielleicht kannse misch dann wat helpe? Oder bisse im Stress?" Oma kann auch hochdeutsch, aber scheinbar steht sie doch noch ein wenig unter Schock und hat mal kurzfristig das Vokabular nicht parat. Und: „Alles in Ordnung." Von wegen! Eine kaputte Hüfte ist ja wohl weit davon entfernt, in Ordnung zu sein. „Ich bin nächste Woche auf jeden Fall wieder zurück, Omchen! Ich komme dann sofort zu dir und ich bringe dich auch in die Klinik! Wie kommst du denn jetzt zurecht? Hast du Schmerzen? Darfst du dich überhaupt bewegen? Kauft jemand für dich ein? Brauchst du noch was fürs Krankenhaus? Ein Nachthemd? Einen Bademantel?" Ich will alles auf einmal wissen. „Dat hann isch alles noch. Und die Frau Wehmeyer küppt für misch inn. Isch kann ja uch net koake im Moment, hüet hätt se misch en Supp jemäkk, da kann isch morje uch noch von äte. Unn ansonste kütt´ dä Axel ens vorbee…" „Waaas? Was will DER denn bei dir?" Schon wieder mein Verflossener. Kriecht ganz subversiv bei meiner Oma herum, quatscht meine beste Freundin auf der Straße blöd von der Seite an…demnächst geht er mit der Hyäne noch auf ein Bier oder spielt mit Frau Ziekowskys Pussy, äh, Muschi! „Dä hat misch e bisske jeholfe in de letzte Zick…" gibt Oma zögernd zu. „Wie jetzt? Wobei denn?" „Ach, du weeß doch, dat alte Huus he…da iss´doch immer ens jet kapott!

Da war ich demm wirklisch dankbar, dat dä ens nachem Rechten jekiekt (gekuckt) hätt. Demm iss et äwwer och net e so joot!" Na UND?? Who cares? Mir ging es EWIG nicht gut nach unserer Trennung! Ich bin nachher aus Verzweiflung mit ein paar Mädels nach IBIZA geflogen um Party zu machen, mir das Leben schön zu trinken und reihenweise Typen abzuschleppen. Hat auch ganz gut funktioniert. Aber die Endlösung ist das alles nicht. Wut, Trauer, Hass und schließlich Resignation kommen sowie immer wieder hoch. Und One-Night-Stands sind auch nicht so mein Ding. Am Schluss fand ich mich und die Typen und alles irgendwie fies. Aber davon muss ich Oma ja nix erzählen. Und schon gar nicht jetzt. „Der soll sich mal nicht so anstellen!" sage ich zu ihr. Wir wechseln noch ein paar Worte und dann verabschieden wir uns bis zum kommenden Wochenende. Am Montag muss sie dann ins Krankenhaus.

Ich nehme mir vor, ihr vorher noch ein neues Nachthemd und einen schönen Bademantel zu kaufen. Ihre alten Hündchen sind nun wirklich nicht mehr krankenhausfein!

Alarm im Bademantel

Nun laufe ich wieder über die Flurauslegeware und nehme die Treppe statt des Aufzugs zum Spa. Ist im Bademantel vielleicht auch besser, ich möchte so abgeschminkt und bebrillt nicht unbedingt den anderen Gästen begegnen. Wiewohl man da im Prinzip auch getrost drauf scheißen kann! Und im Spa ist es natürlich auch unvermeidbar, Menschen zu begegnen. Aber außer mir sind nicht allzu viele andere Entspannungssuchende da. Eine Frau mittleren Alters (die schon wieder aussieht wie die *Dove-Geriatric* Tussi), ein jüngeres Pärchen und ein weiteres Paar, das so unscheinbar aussieht, dass ich es kaum wahrnehme. Bis zu meiner Massage bleibt noch etwas Zeit. In Ruhe schwimme ich ein paar Bähnchen im Pool, liege danach noch auf einer der Liegen herum und finde es ganz schön schön hier. Spa-Tester wäre auch kein schlechter Job. „Frau Eul? Guten Morgen! Ich bin Frau Hackhuck" Eine reizende junge Dame holt mich zu sich in ihr Reich: Die Massagekabine! Aber hoffentlich ist ihr Name nicht Programm. Sie heißt mich auf der Massageliege niederzuliegen und hüllt meinen Körper bis zur Hüfte in ein flauschiges Badetuch. Überhaupt ist hier alles flauschig und dufte und knorke und fluffig. „Ich werde Sie jetzt ein bisschen verwöhnen" (hatte ich ja auch gebucht, also: Bitte loslegen! Wenn ich schon keinen Sex haben kann...) „Dann wollen Sie auf andere Weise entspannen!?" sagt sie freundlich. Oh NEIN! Ich habe es wieder getan! Kann man lautes Denken nicht einfach abschaffen? Wie hochnotpeinlich! Aber die junge Frau Hackhuck ist wohl Kummer gewohnt und beginnt nun ganz diskret, meinen Astralkörper sanft zu massieren. Die Liege ist beheizt, von irgendwoher ätherisiert
leise Sphärenentspannungsmucke in meine Hundeohren und es duftet angenehm nach dem Körperöl, das sie auf mir verteilt. Auch wenn ihre Handgriffe teilweise etwas hackhuckiger werden: *Tülüdü, Tülülü, Tülüdü, Tülü* ist Ilsa schon bald – eingeschlafen!

Als ich wieder aufwache liege ich fein eingemummelt in meinem Kabinchen. Neben mir steht ein orangefarbener Fruchtcocktail oder sowas. Fein! Nix wie weg damit! Noch etwas benommen richte ich mich auf und ziehe das Getränk auf ex weg. Ich suche mich selbst und meine Siebensachen zusammen und verlasse diesen heimeligen Hort des Massierens. Frau Hackhuck wartet schon auf mich am Empfang des Spas. „Frau Eul, haben Sie schön geruht?" „Und wie, vielen Dank! Es war ganz wunderbar. Und die Wirkung hält, glaube ich, auch länger an als jede Nummer." Ich drücke ihr noch Tip in die hübsch manikürten Hände. „Wow, was IST das für eine Farbe?" frage ich, auf ihren beigen Nagellack starrend. „Die ist ja granatenmäßig!" „Danke sehr. Das ist *Robert Redford´s waiting* von Lassie. Ganz neuer Farbton, schon für den Herbst. Soll ich Ihnen vielleicht Ihre Nägel damit lackieren?" Na aber sowas von! „Aber nur, wenn ich dabei nicht Afrikaans sprechen muss", erwidere ich. Sie lacht höflich, aber den Bogen zu *Jenseits von Afrika* kriegt sie wohl nicht hin. Macht ja nix. So sitze ich denn nun wieder in einem Kabinchen, der Vorhang bleibt geöffnet, und lasse mir meine leptosomen Greifer verschönern. Als Frau Hackhuck sich gerade mit Hand Nummero zwei beschäftigt, biegt jemand um die Ecke, der mir sehr bekannt vorkommt. „Ilsa! Da bist du ja." „Ja und?", sage ich zu Axel. „Muss ich mich vorher irgendwo abmelden? Was machst du eigentlich hier?" Frau Hackhuck grüßt freundlich und wundert sich über gar nichts. Wieder sehr diskret lackiert sie weiter. „ Ich wollte mit dir reden." „Hier? Wieso? Woher weißt du, dass ich hier bin?" „Ich habe mir an der Rezeption sagen lassen, wo du bist." Ich dachte hier geht es ganz diskret zu? Wieso tratschen die Rezeptionisten einfach jedem weiter, wo ich mich gerade in diesen heiligen Hallen befinde? Ist ja auch egal. Ich bin nun doch ein wenig neugierig, was das Axelchen hier will. Da steht er nun vor mir, mit hochgekrempelten Hosenbeinen, barfuß (Spabereich ist nix für Strassenschuhe) und kuckt ein bisschen bedröppelt drein. „Ich wollte nicht einfach so sang –und klanglos verschwinden" beginnt er. Ich be-

trachte meinen supersexytrendy Robert Redford Nagellack. „Bist du aber." Frau Hackhuck hat nun alle Nägel-
chen lackiert und ich bedanke mich artig. „Setzen Sie das
mit auf die Rechnung, danke." „Ist ein Geschenk des Hauses" kommt die Antwort. War mein Trinkgeld etwa so
hoch? „Vielen Dank!" sage ich und lasse mich hoheitsvoll
vom Kosmetiksessel gleiten. Irgendwie muss ich mein
Derangement bestehend aus Ungeschminktheit, Unfrisur
und Bademantelbekleidung ja übertünchen.
Ich gehe an Axel vorbei und lasse ihn einfach im Nagelpa-
radies stehen. „Ich glaube, sie ist mir gram" höre ich seine charmante Stimme noch. „Das liegt vielleicht am Sex-
Defizit" kriegt er hackhuckig sofort die Antwort. Wow! Ich
muss lachen. SO diskret ist die Dame dann wohl doch
nicht. Axel ist viel zu perplex um das unverschämt zu finden. „Ilsa, jetzt warte doch mal!" Barfuß läuft er hinter
mir her. Die Dove Geriatric Tussi (sie ist es TATSÄCHLICH
wieder) ruht auf einer der Liegen und liest offenbar in einem Skript. Ob sie auch beim Film ist? Erkennend nicken
wir einander zu und wundern uns wohl nur im Stillen über
unser permanentes Zusammentreffen an diversesten Orten. Ich stolziere schnellen Schrittes am Pool entlang
während ich Geriatrica grüße. Dabei übersehe ich die eine,
männliche Hälfte des unscheinbaren Paares (wie auch
nicht!) und pralle gegen einen prallen Bauch. Hoppla, sofort rebounde ich basketball-like und kippe leicht nach
hinten, so heftig war der Zusammenstoß. Ich höre noch
ein erschrockenes „Georg!?" dann spüre ich einen weiteren, sehr viel flacheren Bauch in meinem Rücken und kurz
darauf ein „Platsch!". Axel hat´s gerissen und in den Pool
geworfen. Was läuft der mir auch nach? Wie ich ihn da so
zutiefst erstaunt aus dem Becken tauchen sehe, muss ich
mich natürlich erst mal ausschütten vor Lachen. Georgs
unscheinbares Weibchen kommt im figurformenden Ein-
teiler (der rein gar nix bringt) aus dem Wasser gehüpft
und kuckt mich böse an. Was will die von mir? Axel steigt
über das Leiterchen nach draußen und tropft aus allen
Poren und Fasern. Ist ja auch klar. Ich gackere wie ein
Huhn und biege mich vor Lachen. Das jüngere Pärchen

lacht auch, sogar die Dove-Dame schmunzelt. „Na gut, dann gehen wir eben im Partnerlook!" sagt der Schauspieler schlagfertig. Kurz darauf trägt auch er ein weißes Flauschteil (hat Frau Hackhuck ihm gereicht und gaaanz unbedarft dabei gekuckt) und wir stehen mal wieder im Aufzug (meine Nerven!!), auf dass er in meinem Zimmer sich dusche, abtrockne und auf das Housekeeping warte, das seine Klamotten irgendwie trocken kriegen will und soll. Also wieder auf mein Zimmer, ab ins Bad und geduscht, danach ich ab unter die Dusche. Während er im Bademantel auf meinem Bett sitzt und auf seine Klamotten wartet, creme ich mich gemütlich ein, föhne mein Haar und freue mich auf ein paar Stündchen Schlaf. Na ja, soo easy drauf bin ich natürlich NICHT. Wieso ist er hier? Wie findet er mich ungeschminkt und ungestylt? Was ist mit seiner Familie? Mit seiner Frau?? Boah ey, ich bin upjerescht!! Ich verlasse das Bad und er steht vor mir. Stille. Wir sind allein. In meinem Zimmer. Im Bademantel. Keine sexy Bekleidung, kann man aber schnell abwerfen. Wir schauen uns an. Lange. Mir wird flau. Eigentlich will ich ja noch ein bisschen wütend auf ihn sein. Aber wieso eigentlich? Er hat mir doch nie einen Rosengarten versprochen (haha) und wenn ich mich auf den Flirt oder was auch immer eingelassen habe-was soll ich ihm da Vorwürfe machen? Er kommt noch näher und hebt mein Kinn ein wenig an. *Ich seh dir in die Augen...*Und dann küsst er mich. Und ich ihn. Und mein Bademantel wird über die Schultern gestreift und seiner am Gürtel geöffnet und ich rieche und spüre seine Haut. Küsse seine zart behaarte Brust. Wir beide sind jetzt nackt und schmiegen uns aneinander. Aus beiden Mündern kommen tiefe Seufzer als würden sie sagen: „Endlich ist die Pein vorüber. Endlich endlich finden wir uns, haben wir uns. Was für eine Wohltat." Ansonsten ist alles wie immer in solch einer Situation, ihr kennt das ja, Mädels. Nicht? Ach KOMMT! Gegenseitiges Streicheln, küssen (HEISSE Küsse, wow wow wow, die gefallen mir) und zwar den Körper ´rauf und ´runter. Er setzt sich aufs Bett und zieht mich auf sich. Gleiche Position wie eben am Strand. Aber diesmal OHNE

Köter und OHNE Klamotten und OHNE mögliche Zuschauer. Selbst wenn wir jetzt noch duldsam und enthaltsam sein WOLLTEN: Es ist zu spät. Begehren, Verlangen, Loslassen, Weltvergessen. Wir sind uns so nah wie man sich als Mann und Frau sein kann. Er hebt mich hoch und legt mich sanft auf den Rücken. Wird dann zärtlich unsanfter. Es ist einfach wunderschön mit ihm. Und mehr erzähle ich nicht! Na gut. Natürlich findet er mich auch ganz wunderbar und meine zarte Haut macht ihn verrückt und er findet mich sehr sexy. Wer hört so etwas nicht gerne. Und wo er Recht hat, hat er nun mal Recht, der Gute.

Später liegen wir ermattet auf dem Bett und halten einander fest. In diesem Moment des Nachglühens, des sich was-Liebes-Sagens oder einfach nur Streichelns und Liebkosens schrillt ein greller Ton an meine armen Hundeohren. „Oha, war ich SO gut?" sagt der nackte Mann neben mir, der übrigens auch ohne Bekleidung eine SEHR nette Figur macht. Ist gar nicht so leicht unförmig, wie das im Fernsehen manchmal wirkt. Kein Athlet aber sehr schön anzuschauen. Lecker! Ich lache. Aber der Ton hört nicht auf. „Mann, was IST denn das?" schreie ich wütend. „Der Alarm!" schreit Axel alarmiert zurück. Wir müssen das Zimmer verlassen" er springt bereits vom Bett, „das ist vielleicht wirklich ein Feuer." „Ja, und das haben WIR entfacht!" rufe ich theatralisch. Trotz des Lärms und der Hektik, die nun auch vor meinem Zimmer den Geräuschen nach zu urteilen aufkommt, stehen wir noch einen kurzen Moment engumschlungen da. Dann stolpern wir auf den Flur, versuchen vorher noch aus dem Notfallwegeplan schlau zu werden, alleine hätte ich das ja niemals gekonnt, da bin ich ganz Frau- und sammeln uns gemeinsam mit anderen Hotelgästen in der Lobby. Allgemeines Rätselraten und Rhabarber Rhabarber, umher eilende Hotelangestellte. Ich erkenne den Herzensbrecher wieder, der gerade der weiblichen Hälfte des jungen Pärchens mit seinem Charme Avancen macht. Das unscheinbare Pärchen ist auch da und Georgs Frau, ich nenne sie innerlich Trine, macht wieder ein erschrocken- besorgtes Gesicht. Bestimmt hat sie noch nie was Aufregenderes erlebt als den Stay im *Mare* und das Intermezzo am Pool eben. Und nun dieser FEUERALARM! Sie sieht mich und funkelt böse zu mir herüber. Am Ende will ich noch was von ihrem Georg! Oder Axel hat den Alarm aus Jeck und Dollerei ausgelöst. Im Gegensatz zu uns trägt sie aber immerhin eine Art Jogginganzug aus Nickystoff, ihr Georg eine Brax-Jeans und ein Alt-Herren-Polohemd. Überhaupt sind hier alle People normal bekleidet. Nur der Schauspieler und ich lungern in den flauschigen Frotteemäntelchen herum. Axel verhält sich wie immer ganz nonchalant, betreibt gepflegten Smalltalk und ordert beim Herzensbrecher mal eben ein Gläschen Crèmant für uns „beiden Hübschen". Gerade wird dieser mit charmantem Lächeln serviert, als es Entwarnung gibt. Also wieder ´rauf ins Zimmer. Ich hatte eh die ganze Zeit Angst, dass wir noch sexmäßig nachglühen und die Umwelt das mitkriegt. Hoffentlich RIECHEN wir nicht streng oder so. Verstohlen schnuppere ich in meinen Bademantelausschnitt. „Und, vermisst du etwas?" fragt der Mann ohne Hut mit seiner Sammetstimme süffisant. „Nö, ist noch gar nicht so abgegriffen wie ich dachte!" Lachend gehen wir wieder ins Zimmer. Wieder Stille. Nur wir Zwei. War was? Oh ja. Könnte das nochmal sein? Es hat den Anschein, denn der Mann in meinem Zimmer blickt mich zärtlich lüstern an und murmelt etwas von Wiederholung. Wir haben bereits unsere Frotteebekleidung von uns geworfen als erneut der Alarm losgeht. „Ohh nööö, lass doch einfach bimmeln" nöle ich. Aber Axel besteht darauf, dass wir das Zimmer verlassen. Also wieder in die Lobby. Unsere Gläser stehen sogar noch da. „Na gut!" maule ich und lasse mich in die Polster fallen. „Dann saufe ich mir das eben alles schön!" Trine und Georg sitzen auch schon wieder da. Warum machen die keine Barkassenrundfahrt oder irgendsoeinen anderen Tourischeiss? Jetzt kneift Trine die Augen zusammen und mustert Axel, der, wieder ganz nonchalant dasitzend und mit einem älteren Herrn plaudernd, den Arm um mich gelegt hat und dabei locker seinen Crèmant schlürft. So cool muss man mal sein! „Ich kenne Sie doch!" schreit Trinchen auf einmal ganz aufgeregt und piekst ihren korpulenten Zeigefinger in die Luft Richtung Axel. „Aber das WÜSSTE ich doch!" gibt der Herr an meiner Seite schlagfertig zurück. „Doch, doch, Sie sind doch dieser Schauspieler. Aus *Der Ort des Geschehens!*" „Das kenne ich gar nicht! Ich sehe nämlich nie fern. Das Schönste ist doch ganz nah" sagt der Schauspieler mit plüschigem Blick auf mich. „Aber Sie sehen wirklich so aus! Woll, Georg, er sieht doch aus wie der, der…" „Mein Mann wird des Öfteren mit irgendjemandem verwechselt. Wahrscheinlich weil er so ein ziemliches Allerweltsgesicht hat", werfe ich unschuldig lachend in den Raum. „Aber es kommt ja auf die inneren Werte an, nicht wahr mein Hasischnuffi?" ich beuge mich zu Axel hinüber, lege ihm die Hand auf seinen Oberschenkel und puste ihm zärtlich ins Ohr. „Meine Frau meint, wenn wir in einem so schicken Hotel übernachten, müssten auch direkt Promis da sein. Neulich hat Sie beim Metzger gestanden und dachte, die Frau neben ihr ist die Angela Merkel! Bloß weil sie Kochschinken Berliner Art bestellt hat und so ´ne halblange Muttifrisur hatte. Als ob die Angie bei uns zum Metzger geht! In Wuppertal!" Georg lacht über seine tumbe Trine. „Aber Angela Merkel kommt doch aus der Uckermark. Wieso sollte sie da Berliner Schinken ordern?" werfe ich ein. Axel amüsiert sich köstlich. „Das kann doch sein" gibt Trine leicht beleidigt zurück. Sie kann mich nicht leiden, das spüre ich sofort. Ich bin zu schlagfertig und zu schlank. Am Ende will ich DOCH noch was vom Georg! „Immerhin kocht sie doch in ihrer Freizeit Braten für sich und ihren Mann." „Dann konnte sie es ja nun wirklich nicht sein!" sage ich. „Wieso?" will Trine wissen. „Na weil man den Schinken bestimmt nicht auch noch braten sollte!" „Können Sie überhaupt kochen?" fragt sie mich mit leicht garstig zusammengekniffenen Augen. Georg kuckt mich gespannt an. Axel auch. Ich denke an meine mikronesisch kleine Küche in meiner Zweizimmerwohnung in Düsseldorf-Bilk. Der Herd hat fast antiquarischen Wert und der Kühlschrank zieht mit Sicherheit so viel Strom wie der Gesamtenergiebedarf der Familie Chen nebst deren Restaurant. „Aber selbstverständlich kann ich kochen!" Axel wirkt erleichtert, Trine kuckt skeptisch,

Georg nickt anerkennend. Kann das dünne Huhn seinem Gatten doch wenigstens was Ordentliches vorsetzen! „Was kochen Sie denn so?" „Och, so dies und das." Trine hebt ungläubig eine Augenbraue, Axel grinst in seinen Crémant. „Mein Mann LIEBT es, wenn ich koche. Er ist ja so viel auf Reisen, wissen Sie und das Restaurantessen ist ja nun auch nicht immer das Beste." „Ach, sind Sie auch auf Montage?" will Georg angelegentlich von dem Herrn im Bademantel wissen. „Nicht ganz. Ich bin Vertreter." „Tatsächlich? Wofür denn?" Axel schweigt. Hat wohl einen Hänger. „Für Hüte. Und Bademäntel. Ganz exklusive Sachen!" sage ich schnell. „Und was ist ihr Lieblingsgericht?" gibt Trine es nicht auf mit dem Thema Kochen und Essen. Axel überlegt angestrengt. „Antipastiteller! Da muss ich mich wenigstens nicht für eine Sache entscheiden." Trine glotzt verständnislos aus der figurformenden Wäsche. „Aber nein Schatz! Das ist doch dein zweitliebstes Lieblingsgericht! Am liebsten mag er Rheinischen Sauerbraten!" wende ich mich Trine und Georg zu. „Nach Omas Spezialrezept!" „Ouh! Das müssen Sie mir unbedingt geben!" Trine ist auf der Suche nach neuen Leckerchen für die Hüfte. Scheiße! Was weiß ich, wie Oma den Sauerbraten fabriziert? Der liegt doch Ewigkeiten in so ´ner Essigbrühe ´rum und dann wird er irgendwie gebraten und schmeckt teuflisch lecker mit Rotkohl und Knödeln. Für mich hat Oma immer auch noch Nudeln dazu gekocht und oder Kartoffeln. Und Apfelmus! Das muss unbedingt dazu! „Das Wichtigste beim Sauerbraten ist das Apfelmus..." beginne ich denn auch langsam, um Zeit zu gewinnen.

In dem Moment kommt der attraktive Bediener und räumt unsere Gläser ab, zeitgleich bekommen wir von einer Dame an der Rezeption die Info, dass wir auf unsere Zimmer zurückgehen können. Der Alarm wurde aus Versehen, wegen eines Defektes or whatever ausgelöst. „Die Getränke gehen selbstverständlich aufs Haus!" Trine macht ein langes Gesicht - hätte sie das mal eher gewusst!

Promis mit Promille

Mein frischgebackener Liebhaber (oder was ist das jetzt?) und ich machen uns wieder auf den Weg ins Zimmer. Ich hätte noch Spaß an einem weiteren Nümmerchen. Wir küssen uns lange. Es klopft. Alter! Ist Murphy auch in diesem Hotel oder was??! „Frau Eul? Hier Frau Nentwig vom Housekeeping. Die Kleidung wäre dann jetzt trocken!" Wieso haben wir das „Bitte nicht stören"- Schild nicht draußen aufgehängt? Wo wir doch offenbar im Hotel *Disturbia* wohnen? Ach ja, Axel muss ja später mal irgendwas anziehen. Seine Unterbux hat er im Bad auf die Heizung gelegt die sogar jetzt im Sommer funktioniert, den Rest muss Frau Nentwig in irgendeinem Trockner oder so heißbelüftet haben denn sie sind wirklich trocken. Und gar nicht knittrig. Axel nimmt seine Garderobe entgegen und gibt artig ein Trinkgeld und sagt danke. Jetzt ist irgendwie die Luft ´raus. Ich bin hundemüde. Ich will das Geschehene auch erst einmal Revue passieren lassen. Axel geht ins Bad. Als er wieder herauskommt ist er bekleidet und gekämmt. Wir stehen uns gegenüber. Schauen einander an. Und dann muss ich auf einmal lachen. Ich kriege mich nicht mehr ein! Axel bricht auch in ein leicht hysterisches Lachen aus. Ihm fehlt wohl auch etwas Schlaf. Der Poolplatscher im Spa! Der Feueralarm! Trine und Georg! Und überhaupt. Ich muss nun WIRKLICH mal Bubu machen. Axel sieht das auch so. Er umarmt mich. Fest. So fest, dass ich kurzzeitig überlege, ob ich pfeifen soll, damit er aufhört. „Ilsa." Er blickt mir tief in die Augen. „Ilsa. Du hast mich komplett aus der Bahn geworfen." „Das tut mir leid" sage ich leise. „Das muss dir nicht leidtun! Aber ich kenne mich selbst nicht wieder! Wir kennen uns erst so kurze Zeit. Aber es fühlt sich an, als wären wir uns bereits in einem früheren Leben begegnet." Mir läuft heiß und kalt den Rücken herunter, auch wenn es sich *etwas* kitschig anhören mag, was er da sagt. Es klingt aufrichtig. Ich schaue tief in seine grauen Augen. „Ich habe solchen SPASS mit dir gehabt in diesen letzten Tagen! Aber es ist auch unglaublich schön, mit dir zu schweigen oder auch ein ernsthaftes Gespräch zu führen." Er küsst meine Stirn und schaut mich dann wieder ernst an. „Du bist so authentisch. So natürlich, ohne dabei immer mit der Tür ins Haus zu fallen. Du stehst mitten im Leben und kannst trotzdem wunderbar träumen. Und dein Humor ist unbezahlbar! „Ach, Kleines" murmelt er an meinem Ohr, als er mich wieder fest an sich zieht. Kleines! So hat mich schon ewig keiner mehr genannt. Der andere Axel, der fast kleiner war (ist) als ich, hat es spaßeshalber zärtlich oft zu mir gesagt. Bei DIESEM Axel kommt´s hin, denn er überragt mich um fast einen halben Kopf. „Sehen wir uns später noch?" fragt er mich. Ich trete einen Schritt zurück und blicke ihm wieder in die Augen. „Musst du dich denn nicht auf deine Rolle vorbereiten? Und morgen kommt doch..." Deine Familie wollte ich sagen aber ich bringe es nicht über die Lippen. Axel seufzt und umschlingt mich erneut. „Ich habe um zwei Tage Pause gebeten. Aus privaten Gründen. Meiner Familie habe ich abgesagt. Aus beruflichen Gründen." Oha! Das will aber was heißen! Und wenn die ganze Sache auffliegt? Ich möchte trotz allem nicht, dass er so viel Ärger riskiert und sich solche Umstände macht. „Axel, das musst du nicht tun! Ich will nicht..." Aber er legt mir nur sanft seinen Zeigefinger auf den Mund und sagt „Schhh". Ja ich weiß, wie im Kitschroman! „Darf ich dich später bei was auch immer begleiten? Bestimmt musst du doch nach deinem Schläfchen eine Kleinigkeit essen?" „Mit Sicherheit, das kennst du ja inzwischen. Aber sollen wir nicht lieber irgendwo hingehen, wo nicht so viele Menschen sind? Ich will dich nicht kompromittieren! Bei mir ist´s ja grad egal, wer mich wann wo und mit wem sieht. Bin weder prominent noch liiert." „Und Letzteres ist zwar derzeit höchst erfreulich für mich aber gleichzeitig auch absolut unverständlich. Frauen wie du sind normalerweise verheiratet und haben zauberhafte Kinder und tolle Ehemänner. Wolltest du denn nie heiraten?" „Do-och. Aber nachdem Axel mich verlassen hatte, gab es bisher nie wieder jemanden, der dafür auch nur halbwegs in Frage gekommen wäre. Ich hatte auch nicht wieder an so etwas wie eine Heirat gedacht. Und gefragt hat mich sowieso nie einer!" sage ich gespielt-schmollend. „Axel? Er hieß allen Ernstes Axel?" „Tja, noch nicht einmal unterschiedliche Namen gibt´s für meine Typen! Das Schicksal spart wirklich an allen Ecken und Enden bei mir! Aber außer eurem Namen habt ihr wenig gemeinsam. Ihr seht euch auch nicht ähnlich oder so." Ich schaue ihn an. „Eigentlich bist du eh nicht mein Typ! Was machst du überhaupt hier?" Wir lachen.

Und dann verabreden wir, dass ich mich melden soll, wenn ich geruht habe und ihn zu sehen wünsche. „Wenn du dich nicht meldest, werde ich mich sowieso in der Lobby herumdrücken und beim zehnten Cognac immer noch hoffen, dass du dich zufällig blicken lässt." „Du Groupie!" Wir küssen uns noch einmal leidenschaftlich. Und dann schlafe ich. Aber nicht allzu lange. Das Telefon neben meinem Bett weckt mich. Axel ist dran. Sitzt liebeskrank (oder wie auch immer) in der Lobby und scheint ein wenig angeschickert zu sein. „Ilsa, du musst jetzt sofort bei mir sein! Kaii und Berit sitzen hier neben mir und es kucken uns ganz viele Leute an und ich fühle mich trotzdem einsam ohne dich!" Ich glaube, der Jung braucht wat zu Schnabulieren, als Grundlage. „Lass` uns was essen gehen" schlage ich deshalb vor. Selten war ich so schnell angezogen und make-up-iert wie eben jetzt. Knackige Jeans und dito weiße Bluse mit diversen Knöpfchen offen und feschem BH drunter, Creolen an die Lauscher und Haare kurz mit irgendsonem Schmierzeugs und allen zehn Fingern ein wenig nach hinten geformt. Parfum versprüht und ab nach unten. Dort finde ich meine neuen Freunde einträchtig auf einem der kuscheligen Sofas sitzen. Berit im Maxikleid und zotteligem Fransenschal, Kaii wie immer, Axel in einem dunklen, schmalen Anzug und hellblauem Hemd darunter, den Kragen weit offen. Alle drei schon hübsch beschwipst und guter Dinge. Diverse andere Gäste drücken sich in der Lobby und an der Bar herum, besetzen die anderen Sofas und glotzen teilweise schon recht intensiv zu *den Drei von der Trinkstelle* herüber. Ich denke an Axels Ruf (meiner ist eh wurscht) und will die drei in ruhigere Gefilde dirigieren. Kaii schlägt das Restaurant im Hotel Mövenpick im Wasserturm vor. „Au fein! Das Hotel habe ich mir die Tage auch mal kurz angekuckt als ich im Schanzenviertel war. Echt tolle Location! Aber nicht besonders incognito, oder?" „Doch doch, alles cool," lispelt Kaii, Berit im Arm haltend „die sind echt diskret da. Wir fahr´n mit dem Taxi dahin, Alfred hat frei und so ist´s auch unauffälliger. Und dann machen wir fein Happa Happa." Axel hat den Arm um mich geschlungen und will mich ständig küssen. Er MUSS angeschickert sein. Trine und Georg entern die Bar und starren doof herüber.

Nix wie weg hier! Dass wir so ganz zufällig mit dem Dauerpromi des Hotels hier sitzen glaubt die misstrauische Kuh uns doch never ever. Kaii ordert über den Kellner ein Taxi; ich schleife Axel, der in seinem Outfit auf mich nochmal extra heiß wirkt, durch den Barbereich, grüße das unscheinbare Pärchen knapp und will eiligst vorüber streben. „Seh`n Sie?" ruft Axel ein wenig lallend zu den beiden herüber. „GANZ exklusiv!" und deute mit dem Zeigefinger auf Kaiis Hut. Und, mit einem Bühnenflüstern: „Wischtijer Kunde. Muss man sich extra-speziell drum kümmern. Wir gehen jetz´ essen. Meine Liebste kann ja hier im Hotel keinen Sauerbraten zubereiten, stimmt´s Zuckerschnütchen?" „Ja, zu schade" murmle ich und ziehe ihn weiter, Ich spüre die Blicke von Trine und Georg im Rücken. Endlich stehen wir draußen, das Taxi ist auch sofort parat und ab geht´s zum Wasserturm.

People from the past

Das Hotel im Wasserturm ist wirklich ein Knaller! Dieser alte Industrietouch im neuen Gewand und fein aus Backstein gebaut, das gefällt mir außerordentlich. Obwohl sich das alles irgendwie grob ausmachen könnte, finde ich es schick und gleichzeitig auch anheimelnd.

Man hat auch die ganze Zeit Wasserplätschern im Ohr und es gibt solche Lichtinstallationen, die einem eine bewegte Wasseroberfläche vorgaukeln. Es gibt ja auch genug Hotels, die super gestylt sind und einen trotzdem irgendwie draußen stehen lassen. Man fühlt sich nicht willkommen oder was auch immer. Hier ist das auf jeden Fall anders. In der *Cave Bar* nehmen wir einen Aperitif. Zumindest nehme ICH einen Aperitif, die anderen haben ja schon einen gewissen Alkoholpegel und dann gehen wir ins Restaurant. Bevor uns eine Kellnerin an unseren Tisch geleitet, habe ich schon wieder ein Bedürfnis. Ich verschwinde kurz und als ich aus der Kabinentür des Damen WCs komme, sehe ich vor dem Spiegel eine Frau meines Alters stehen, gepflegt in Designerjeans und Möchtegern Tod´s Schühchen sowie weißem Blüschen das züchtig fast bis obenhin zugeknöpft ist. Über den Schultern ein camelfarbenes Twinset-Jäckchen das aber nicht trendy, sondern omig wirkt. Etwas biedere, dunkelhaarige Halbfrisur mit ausgeföhnten Locken, die langbeinige Figur etwas aus der Form geraten aber nicht dick. Ich trete näher an das Waschbecken heran und erkenne im Spiegel, in den wir beide nun schauen, ein Gesicht aus alten Zeiten: Melanie, Fingerim-PoMexikoMelina! Sie wäscht sich die Hände, trocknet sie sorgfältig ab und will gerade ihren Lippenstift nachziehen, als sie meinen Blick bemerkt. In der Bewegung innehaltend schaut sie mir vermittels des Spiegels in die Augen und erstarrt. Das sieht ein bisschen doof aus, so mit halbgeöffnetem Mund. „Hallo!" sage ich freundlich distanziert und wasche mir nun ebenfalls meine leptosomen Freunde. Sie starrt immer noch. „Ja, ich bin´s. Ilsa." Gemütlich trockne ich mir die Hände an den flauschigen Frotteehandtüchern ab und ließe am liebsten eins mitgehen. Aber Melanie glotzt mich gerade so an, nachher verpfeift sie mich noch beim Personal. „Ilsa! Das gibt´s ja nicht! WAS machst DU denn hier?" Ooch, ich mache nur einen Ausflug mit meiner HartzIV Gruppe, gleich muss ich wieder in meine Plattenbausiedlung zurück aber vorher kucke ich dem Geldadel noch beim Speisen zu. „Essen. Was sonst? Soll ja ein sehr gutes Restaurant sein." „Und dafür reist du extra nach Hamburg? Haha!" Toller Witz! „Ja, auf dem Weg zur Pommesbude meines Vertrauens bin ich in den falschen Bus gestiegen und hier gelandet. Du kannst dir mein Erstaunen wohl vorstellen, dass es auf einmal hieß: *Sternschanze, alles aussteigen!*" Melanie kichert ein wenig aufgesetzt und schüttelt leicht ihre etwas matronige Frisur. Wo ist die Melanie von damals geblieben? Mit wilden, blondgebleichten Zottellöckchen und dem „Flirte mit mir, ich bin frei"-Aufkleber auf der Stirn? Gut, dass das Leben nicht ewig aus launigen Studentenparties und Carpe Diem bestehen kann, ist selbst mir klar. Aber muss man, nur weil man ein paar Jahre älter geworden ist, gleich so tun als wäre man niemals jung gewesen? Und als wäre Fun ein Fremdwort? „Du warst immer schon so witzig Ilsa! Ich habe immer gedacht, Du würdest das auch mal beruflich machen. Menschen zum Lachen bringen. Aber dafür muss man dann wohl schon echt etabliert sein, gell?" Gell! In Hamburg! Ein verbales Dirndl in der Hansestadt, gute Güte! Wir verlassen simultan das Gekachelte. „Was treibt dich denn hierher?" frage ich, statt auf ihr Geschwafel zu antworten. „Geschäfte!" sagt sie aufgesetzt leidend. „Bist du kaufsüchtig?" Unverständlichen Blickes schaut sie mich an. „Wie bitte? Wieso? Ach, du hast wieder einen Spaß gemacht! Hihi!" Boah ey, Herr, wirf Humor und Hirn vom Himmel, ich kotz gleich. „Nein, nein, ich meinte wir sind aus beruflichen Gründen hier." „Wir?" „Ja, Pierre hatte hier einige Business-Termine und heute Abend steht halt noch ein Essen mit Geschäftsfreunden aus aller Welt an." Klar, die Leute kommen nicht aus Oer-Erkenschwick oder Nettetal-Süd, sondern sie sind international! Da bin ich jetzt aber mal mächtig beeindruckt. „Und du warst in der Zwischenzeit schön shoppen?" „Nein nein, ich habe nur Mitbringsel für die Kinder gekauft. Das ist doch alles so teuer hier." Alte Tiefstaplerin! Ihr Tünnes verdient bestimmt nicht schlecht, hat sich schließlich gut hochgearbeitet und kann seine Frau, drei Puten und ein Haus am Kacken halten (das Haus jetzt eher weniger aber ist ja auch egal). Und nach ihrer Brut frage ich sie auch nicht! Sie brennt geradezu darauf, mir ein Foto ihrer drei Sprösslinge unter die Nase zu halten: „Kuck mal, meine Altersvorsorge, sowas haste nicht, ätschibätschi!" Aber diesen Gefallen tue ich ihr nicht. „Und du bist auf Städtetour? Ganz allein?" In diesem Moment betreten wir wieder das Restaurant, Axel scharrt bereits mit den Füßen. Sofort kommt er auf mich zugeschossen. „Eulchen, da bist du ja endlich, unser Tisch ist frei!" sagt´s und schlingt leicht den Arm um meine Taille. „Ich hatte auf der Toilette noch eine alte Bekannte getroffen. Das ist Melanie Meyerhofen" stelle ich vor. „Angenehm, Wegner." „Herr Wegner? Herr Komikaa und Frau Gerstung erwarten Sie am Tisch neben der Terrasse. Ich führe Sie gerne dorthin" kommt die freundliche Bedienung aus dem Off heraus. „Tja, ich muss dann auch mal wieder. Und zum Glück bin ich nicht alleine in dieser schönen Stadt, wie du siehst! Einsam shoppen macht ja auch keinen Spaß! Aber so viel Zeit habe ich auch nicht dazu, schließlich bin ich ja rein beruflich hier. Recherchen undsoweiter. Sei froh, dass *du* den Stress nicht hast! Mach´s gut und einen schönen Abend noch!" „Ja…ja…ebenfalls…" sagt sie verwirrt und starrt uns nach. Sie sieht noch den Sänger mit Hut höflich aufstehen, als ich mit Axel und der Bedienung an den Tisch trete. Ich winke ihr noch einmal breit lächelnd zu und vertiefe mich in die Speisekarte. Ihre Blicke spüre ich während des Essens immer wieder auf mir. Auch ihr Gatte schaut manchmal verstohlen zu uns herüber. Auch ihm winke ich fröhlich zu, gehe kurz zu ihnen an den Tisch, um ihn und die restliche Gesellschaft dort zu begrüßen. Artig erhebt er sich. „Ilsa! Dass wir dich nochmal sehen! Wie geht es dir denn?" Auch er ist älter geworden, klar! Aber nicht fülliger, sondern eher schmaler, Ehrgeiz und Stress haben sich in sein Gesicht gegraben.

„Ja, ich wollte deiner Frau nur noch ein paar günstige Shoppingadressen geben. Weißt du, Melanie, diese Vintagestores hier im Schanzenviertel bieten WIRKLICH sehr erschwingliche Bekleidung an, richtig nette Teile. Do you know vintage clothes?" wende ich mich den internationalen Geschäftsfreunden zu. „Melanie likes bargains and I just told her husband that she can buy nice clothes really very CHEAP right here in the Schanzenviertel! It´s SO cheap, you wouldn´t believe it! That´s what husbands like, don´t they?" frage ich verschwörerisch grinsend die Männer am Tisch. Ihre Frauen lächeln säuerlich. Melanie hat offenbar auch in eine Zitrone gebissen. „And if you don´t like the vintage-stuff, you can just wait for the summer sale. It´s SO incredibly cheap! Have a nice evening, enjoy the excellent food! Bye now!"
Bald nach dem Essen verlassen wir diesen schönen Ort und streunen noch ein wenig durch das Viertel. Nehmen hier ein Bier und da noch was zu trinken und albern, lachen, knutschen, kurz: wir amüsieren uns! Inzwischen geht es auf fünf Uhr zu. Berit blickt plötzlich erschrocken auf ihre Armbanduhr. „Mist! Ich habe um Neun einen Termin!" Auf einmal scheint sie stocknüchtern zu sein. „Ihr Lieben, es tut mir leid aber ich muss jetzt los, nach Hause! Wenigstens kurz hinlegen und dann duschen und meine Unterlagen zusammenpacken. Oh nee, mir ist echt die Zeit weggelaufen!"

Doppel Axel

Kaii begleitet seine Königin noch mit dem Taxi nach Hause. Der angetrunkene Schauspieler und ich spazieren noch ein wenig durch die Gegend, nehmen ein Taxi zum Hafen. Stehen wieder bewundernd vor der protzigen Elbphilharmonie, knutschen, liegen auf einer überdimensionierten Holz-Lounge-Liege oder was auch immer und knutschen. Sehen uns in die Augen und schweigen. Seine grauen Augen machen mich zutiefst sentimental. Sein Blick geht mir durch und durch und durch. Bis er leise seufzt, ein wenig verzweifelt dreinschaut und dann einfach die Augen schließt und mich küsst. Also, küssen kann er nun WIRKLICH gut! Und wieder diese Daumen- über- die- Lippenstreich-Nummer und Nacken und Arme liebkosen; sanft und dann fester und alles so wie es sein soll. Ich hasse seine Frau und alle Frauen, die er davor gehabt hat! Na gut, hassen ist ein zu hartes Wort. Nennen wir es Eifersucht und ein bisschen NEID NEID NEID! Nein, ich hasse seine Frau eigentlich wirklich nicht. Sie ist einfach ein Glückspilz und hat ihn mit Sicherheit auch "verdient". Ich kann sie ja nur zu gut verstehen. Außerdem kenne ich ja nur seine Schokoladenseiten und muss keine Kinder mit ihm erziehen oder auf ihn warten, wenn er irgendwo seine Krimis dreht oder auf der Bühne steht undsoweiter. Es ist längst hell geworden. Unsere gemeinsame Zeit endet langsam, das wissen wir beide nur zu gut. Das war von Anfang an klar. Obwohl, was war überhaupt klar? Gar nichts! Wer hätte wissen oder ahnen können, dass dieser Mann, den ich nur aus dem Fernsehen und von irgendwelchen Hörbüchern her kenne und beschwärme (auf bisher eher harmlose Art möchte ich mal kurz betonen), mir in Hamburg begegnet und sofort einen Draht zu mir hat. Auf mich aufmerksam wird, Interesse an meiner Person hat? Und dass es nicht bei einem netten Geplänkel bei Antipasti und Crèmant bleibt? Und dass ich ziemlich überrascht und fast schon überrumpelt bin von den Geschehnissen und von ihm? Denn das bin ich in der Tat. Axel ist kein abgehobener, arroganter Fernseh-Fuzzi sondern ein ganz authentischer und unprätentiöser Mensch. Als Mann finde ich ihn auch in natura attraktiv, eigentlich sogar attraktiver als in seinen Rollen. Als Mensch insgesamt finde ich ihn sehr interessant, spannend, lustig, intelligent und liebevoll. Ich genieße seine Nähe, seine Höflichkeit und seine Nonchalance, die nicht überheblich, sondern einfach gelassen ´rüberkommt. Er besitzt Humor und ist offen für neue Menschen und Situationen. Ich habe das Gefühl, dass er mir noch einiges an Wissen "beibringen" könnte und gleichzeitig will auch er von mir "lernen". Also, er meint zumindest nicht, die Weisheit mit Löffeln gefressen zu haben. „Wenn wir im nächsten Leben heiraten, will ich aber eine weiße Hochzeit!" sage ich, an seine Schulter gelehnt. „Und ich gehe natürlich in Frack und Zylinder!" „Und dann heiraten wir nochmal barfuß an einem Südseestrand mit Blumen im Haar, so wie die Superpromis, die nicht wissen, wohin mit ihrer Asche und die bald darauf schon wieder die Scheidung einreichen und sich um das Sorgerecht für die vorher noch schnell adoptierten Kinder streiten." Axel lacht. „Ist das so?" „Na ja, zumindest habe ich das aus der BUNTEN gelernt. Obwohl die auch nur noch über B- und C- Promis berichtet und offenbar einen Special-Deal mit Bobele Becker hat der jeden Peinlichkeitspreis sofort gewinnen würde!" Axel schmunzelt. Leicht schwankend steht er auf und zieht mich mit sich. „Komm´. Es ist Zeit zu gehen." Wir lassen uns bald auf den Rücksitz eines Taxis plumpsen (an uns liegt es definitiv nicht, wenn Hamburgs Taxifahrer über schlechte Geschäfte murren!) und lassen das *Mare* ansteuern. Als ich freiwillig durch die Drehtür sause, wird mir nebulös bewusst, dass ich wirklich sehr angeschickert sein muss um mich ohne Angst in dieses Todeskarussell zu begeben. Wir drehen uns mehrmals im Eingang und finden das gar lustig. Kichernd fallen wir in die Lobby ein und Axel will mich ganz selbstverständlich begleiten, engumschlungen peilen wir den Aufzug an, küssen uns im Gehen - als: „Frau Eul? Hier erwartet Sie jemand!" „Hä?" bringe ich nur unwillig hervor. Ich will hier niemanden auf mich warten haben. Ich will mit Axel ganz nonchalant in meiner Junior Suite verschwinden und dann mal kucken, wat noch so kütt! Die Zeit rennt, die Zeit drängt, ich will jede Sekunde auskosten. „Frau Eul...? " Es ist der Herzensbrecher, der mir beim Zwischenfall mit dem Maulaffenveilchen den Schubert kredenzt hat. „Alter Verwalter! Du biss` ja echt ´ne Granate!" sage ich anerkennend zu ihm. Er lächelt nachsichtig-geschmeichelt. „Aber du biss´ irgendwie trotzdem nich´ mein Typ!" sage ich mit in die Luft piekendem Zeigefinger und drehe mich auf dem Fußballen herum, um wieder den Weg nach oben anzupeilen. „Aua!" ich bin ausgerutscht bei meiner Pirouette und falle nun, mit schmerzendem Fußgelenk, um. Sofort werden mir von Axel und Rokko Granato hilfreiche Händchen dargeboten. Mit schmerzverzogenem Antlitz lasse ich mich hochziehen und jammere ordentlich. Mit dem linken Fuß kann ich gar nicht mehr richtig auftreten. Ich stehe also auf einem Bein und lasse das linke Füßchen wie ein Gaul mit Hufrehe leicht in der Luft hängen. „Danke. Aber ich will jetzt in mein Boudoir. Zum Leiden. Adieu, Granato..." „Ähm...Frau Eul...da wartet seit längerer Zeit ein Herr auf Sie in der Bar..." „Iss´ja ´n Ding!"sage ich desinteressiert. Mein Fußgelenk pocht und ich werde nun wirklich müde und ich will jetzt einfach nur hoch ins Zimmer und ab nach Bett. Mit oder ohne Mann. Oder Männer. „Ein Herr Rosen. Seit circa 21.00 Uhr wartet er auf Sie. Erst in der Lobby, später in der Bar. Er war auch nicht dazu zu bewegen, morgen wiederzukommen. Ich hole ihn, wenn es Ihnen recht ist?" „Krass!" sage ich und kann dann nur noch bräsig aus der Wäsche starren. Axel steht neben mir, hat mich am Ellbogen gefasst um mich abzustützen. Jetzt verstärkt er die Abstützung, weil er trotz seines Alkoholpegels wohl tickert, dass ich kurzfristig auf eine kritische Ausnahmesituation hinlebe. Axel Rosen. Hier. Heute. Jetzt. Live. Und in Farbe. Okay, dass mit der Farbe nehme ich sofort zurück! Das, was da an Kaisergranates Rockzipfel daherkommt ist merklich dünn geworden und sein Teint hat die Farbe von – Nichts! Mein Exfreund Axel, einst stets braungebrannt und sportlich-sehnig-stramm, ist nur noch ein Schatten seiner selbst. Offenbar hat er in der Bar auch keine Milchshakes getrunken, denn auch er wankt ein wenig. „Ilsa? Soll ich gehen? Soll ich ihn entfernen lassen? Willst du mit auf mein Schloss kommen?" fragt Axel der Schauspieler. Na gut, das Letzte habe ich grad erfunden. „Nein." Antworte ich nur, den Blick auf den doppelten Axel fixiert. „Hallo Ilsa" lallt dieser ein wenig und bleibt dann, überwältigt, eingeschüchtert, er-nüchtert, scheu?? Keine Ahnung- vor uns stehen. Er schaut mir fragend in die Augen. Mustert dann den Mann an meiner Seite, der mich nun erneut beschützend-besitzergreifend um die Taille fasst und sich aufrichtet, Schultern gerade, Brustkorb ´raus. Der attraktive Bedienstete hat sich diskret zurückgezogen, beobachtet das merkwürdige Geschehen aber aus der Entfernung um ggf. eingreifen zu können. „Wer is´n der alte Sack?" fragt der Axel aus der Vergangenheit (people from the past! Ein people pro Nacht reicht wohl nicht) freundlich. „VORSICHT!" bellt der alte Sack und macht einen Schritt auf ihn zu. „Pass´ mal auf Kleiner! Erst ´ner Klassefrau das Herz brechen und dann ungezogen werden, da kann ich aber UNGEMÜTLICH werden!" „Ach, verpfeif dich doch. Ich muss mit Ilsa allein sprechen!" Axel Rosen gibt meinem derzeitigen Herzensmann einen Schubs. Dieser fängt sich jedoch sehr gut, packt seinerseits den Axel aus der Vergangenheit am Hemd und schleudert ihn zu Boden. Leider fällt er selbst dabei auch hin. Nennt man das dann Doppel Axel? Ich stoße, wie in altmodischen Western, einen Schrei aus. Und dann beginnen diese beiden Männer, die sich doch gerade erst "kennengelernt" haben, eine wilde Rauferei. „Hört auf!" Ich zerre an Axel Wegner und falle fast selbst wieder hin. Sehe den Kaisergranat aus dem Hintergrund auf uns zuschießen und im selben Moment taucht ein Mann in Karo und mit Hut auf und zieht mich aus dem Geschehen. „Kaii!" „Was´n hier los, Prinzessin? Wir sind nich´ mehr auf der Reeperbahn, har har! Das hier is´ ´n anständiges Haus!" Er hilft dem netten Angestellten, dem ich innerlich schon mehrere tausend Euro Trinkgeld verspreche, die beiden promilligen Catcher zu trennen und vom Boden der Kampfsachen zu holen. Wieder aufrecht stehend oder, besser: taumelnd, rücken die zwei Axels ihre Klamotten zurecht. Axel der Schauspieler steht sofort wieder bei Fuß und umfasst und küsst mich. „Alles okay, Eulchen?" „Ja, ja, mir fehlt nix. Ich bin nur zutiefst peinlich berührt." Die ersten Gäste streben nun durch die Lobby, checken aus, entern den Frühstücksraum usw... Blicken neugierig auf drei Herren, zwei davon mit Hut, alle drei mit Restalkohol und eine hufrehengeschlagene Frau, die hier ganz prominent den Punk abgehen lassen. Der Granate will Röschen nun des Hauses verweisen. „Nee, nee, lass´mal, Alter. Ich nehm` die Jungs mit zu mir und wir klären das alles in Ruhe. Lass´ mal" beschwichtigt ihn Kaii und steckt ihm ein Scheinchen größeren Ausmaßes zu. Der Granate-Herzensbrecher holt uns brav den Aufzug und dann stehen wir drei gemeinsam in dem Klaustrophobie-Kasten. „Sag´ mal hast du sie eigentlich noch alle!?" keife ich da Röschen an. „Du tickst doch nicht ganz sauber! Kreuzt hier mitten in meiner Arbeit auf und machst den wilden Mann! Was soll denn das, bitteschön? Das war jetzt echt hochnotpeinlich! Vielen Dank auch! Du Bauerntrampel!" Au, das hat gesessen. Axel Rosen sieht zutiefst geknickt und niedergeschlagen aus. „Was soll`n das für Arbeit sein? Knutschen mit alten Männern mit Hut?" „Vorsicht!" ruft Axel der Schauspieler dann wieder. It´s getting hot in herre...und verdammt eng und ich WILL HIER RAUS!! Aber da sind wir schon an Kaiis Butze angekommen und er bugsiert uns alle drei hinein. „So, ich mach´ uns jetzt allen mal `n´Käffchen und dann beruhigen wir uns und reden mal ganz geschmeidig über die Sache." „Ich will aber nicht mit dem da " ich zeige auf Röschen „reden! Und wie ich arbeite und wo und mit wem geht dich einen feuchten Kehrricht an! Und wehe du schleimst dich hinter meinem Rücken nochmal an Oma Käthe ´ran oder belästigst Schnucki auf der Straße oder machst Telefonterror!" Ich stehe vor ihm, der matt auf Kaiis Sofa gesunken ist und beuge mich zu ihm herunter um ihm auch ja wütend in die Augen funkeln zu können. Erstaunlicherweise ist es Axel aus der Gegenwart, der mich nun beschwichtigt. „Ilsa, nun beruhige dich doch erst einmal. Wir haben uns wohl alle hier auf dem falschen Fuß erwischt. Es wird doch seinen Grund haben, warum... Axel... also warum er hier so scheinbar aus dem Nichts aufgekreuzt ist." Nun bin ich es, die ermattet auf einen Fauteuil niedersinkt. Bei mir ist jetzt sowas von die Luft 'raus.

Kaii kommt mit einem Tablett, auf dem Kaffeetassen, Milch, Zucker und Plätzkes stehen. Ich glaub's ja wohl nicht. Hat der einen Haushälterinnenkurs absolviert für wenn es mit der Sangeskarriere nicht klappt? Egal. Ich will eh keinen Kaffee. Die Männer nehmen sich koffeinhaltiges Heißgetränk und rühren angelegentlich in ihren Tassen und knabbern Kekse. Das ist doch absurd! Denke ich... nicht! „Nun, etwas seltsam ist diese Runde hier schon..." gibt Axel Wegner zu. Okay, ich denke laut, es ändert sich nicht, ich muss damit leben. Der Rosen-Axel schaut etwas verkniffen zum Schauspieler herüber. Kaii steigt gleich ein in die fröhliche Smalltalkrunde: „Und, hattest du 'ne entspannte Anreise? Bist du mit dem Zug da?" „Nein, mit dem Auto." „Kommst du auch aus...wie heißt das Kaff noch mal...Porschenbruch?" „Korschenbroich!" sagt Axel Rosen und trinkt einen Schluck Kaffee. „Echt guter Kaffee!" „Krieg ich hier in so `nem Deli, fair gehandelt, kostet ein paar Euronen mehr aber mir schmeckt er gut und den Leuten die ihn anbauen, geht es gut." „Ich kauf auch nur noch fair gehandelten Kaffee. Beim Tabak gibt es da ja auch mittlerweile gute Sachen..." wirft der Axel aus der Gegenwart ein. „Sonst habt ihr aber keine Probleme, oder wie?" springe ich nun wieder aufgebracht auf. „Erst 'rumpöbeln und jetzt hier Kaffeekränzchen halten, das ist doch krank. Ich gehe jetzt ins Bett!" „Ilsa, jetzt warte doch mal..." „Ilsa, ich muss doch mit dir sprechen...!" Mir doch egal, ich hau ab. Knall! Tür zu und Tschüsskes. Kaii kommt mir noch nach: „Hey Prinzessin, jetzt chill mal, ist doch alles kein Beinbruch!" Wir stehen uns auf dem teppichbelegten Gang gegenüber. „Der eine Typ liebt dich immer noch und der andere darf dich nicht lieben weil er schon vergeben ist. Ist doch 'ne ganz klare Sache." Sein Hut bewegt sich wieder wie in Hogwards auf und ab. Ach so?? „Dein Axel kann bei mir pennen und

dann redet ihr ein paar Takte und danach schickst du ihn wieder nach Hause." „Ich hab aber keine positive Einstellung zu einem Gespräch mit ihm, wenn ich das mal VORSICHTIG bemerken darf! Darüber hinaus ist das schon lange nicht mehr MEIN Axel! Mein Axel, dein Axel, das sind doch keine Deosprays!" „Aber ich finde, du könntest ihm die Chance zu einem Gespräch geben." „Irgendwann treffe ich den eh wieder in Korschenbroich wenn er meiner Omma nachsteigt...Ich bin doch ohnehin bald wieder zu Hause. Mein Aufenthalt hier war gar nicht so lange geplant!" „Dann kommst du eben wieder zurück, ich lade dich ein! Bei den Apfelsteins bist du sowieso eingeladen und ich gebe hier bald ein Hauskonzert. Und es wäre echt cool, wenn du dann im Publikum säßest. Berit kann leider nicht kommen und ich will wenigstens eine schöne Lady in meiner Nähe wissen" lacht er charmant. „Ich weiß nicht...ohne Berit finde ich das auch doof." „Darüber sprechen wir noch." Kaii schiebt mich Richtung Aufzug und drückt aufs Knöpfchen. „Ich regle das hier mit deinen doppelten Axelchen, du quatschst später mal mit deinem Ex und dann gehst du schön mit dem anderen Axel essen oder knutschen und alles ist in Butter." Ping! Der Aufzug ist da. Mit leisem *Jjrrrt* wischt die Tür auf. „Kaii, es ist gar nichts in Butter. Axel muss wieder zurück zu seinen Proben und ich weiß noch nicht einmal, ob er heute Zeit hat, sich in Ruhe von mir zu verabschieden. Und auf ein Gespräch mit Röschen habe ich echt keinen Bock!" *Jjrrt* geht die Aufzugtür wieder zu. Kaii drückt wieder aufs Knöpfchen. Geleitet mich in die Klaustrophobie-Kabauz und küsst sanft meine Stirn. „Alles wird gut, Prinzessin! Mach dir keine Sorgen, Onkel Kaii ist ja auch noch da..." die Tür schließt sich, ich habe noch seinen Geruch in der Nase und dann setzt sich die Kabine in Bewegung.
In meinem Gemach angekommen, gehe ich sofort ins Bad, erledige das Nötigste und schlüpfe dann ins Neglige. Vorhänge zu, *Do not disturb*-Schild an die Tür und dann Handy aus. Oh, eine Nachricht. Von Justus! Ob wir ihm und seinen Eltern die Freude machen würden, zum Abendessen zu kommen? Wie süß, meine Familie will

mich, äh uns, also näher kennenlernen. Ich weiß nicht, was ich antworten soll. Mein Kopf brummt, meine Ohren sind leicht taub, jedenfalls höre ich alles nur noch dumpf. Liegt vielleicht auch noch am Alkohol. Ich frage mich, während ich mich auf die Matratze sinken lasse, das Handy noch in der Hand, was wohl gerade in Kaiis Wohnung mit dem Doppel Axel abgeht. Ob die beiden sich wieder in die Haare gekriegt haben? Und, viel wichtiger: Ob ich Axel heute noch zu Gesicht bekomme? Zu Körper bekommen wäre mir ja noch lieber, um ehrlich zu sein. Aber dafür wird es wohl keine Gelegenheit mehr geben. Und dann noch die letzte Frage: What the fuck will Röschen eigentlich von mir, dass er sogar jetzt hier aufkreuzt???

Ich simse Justus, dass ich gerne komme und mich sehr freue, vielen Dank blabla, aber solo, weil Axel verhindert ist. Dann schalte ich das Telefönchen endgültig aus und beschließe, alle Gedanken und Fragen, die ich nun ohnehin nicht klären und oder beantworten kann, auf morgen zu verschieben. Gell, Scarlett O´Hara, so klappt´s doch am besten im Leben?

Hang over darling

Das Erwachen ist keine Freude. Ich habe einen Schädel wie ein Rathaus. *I got a hangover, ou-o-oh, I´ve been drinking too much for sure...* Im Zimmer ist es stickig, weil ich vergessen habe das Fenster zu öffnen. Ich habe Durst, Durst, Durst und mächtig Bock auf was Fettiges zum Essen. Und wie spät am Tag ist es eigentlich schon? Vorsichtig richte ich mich auf, steige noch vorsichtiger aus dem Bett. Der Fuß schmerzt immer noch ein wenig. Lupfe vorsichtig den Vorhang. Es herrscht bedecktes Wetter in Hamburg. Schau an! Erstmal Pipi und dann jede Menge Wasser über das Gesicht und die Zunge laufen lassen. Die Kosten außer Acht lassend genehmige ich mir eine Cola aus der Minibar auf ex. Dann erst schaue ich auf die Uhr. Gleich halb Vier! Guter Gott! Wenn das der Hyäne wüsste. Überhaupt, überlege ich während ich mich noch einmal ausführlich abschminke und dann unter die Dusche gehe, wo steckt der alte Savannenhund? Er hat sich gar nicht mehr gerührt. Gut - ich shampooniere mir das Haar und lasse mich endlos lang vom Wasser berieseln - ich werde nicht unter den Top Ten auf seiner persönlichen Liste stehen. Obwohl... aus der Dusche klettern und trocken rubbeln, Handtuchturban ums Haupt schlingen... da ich Geld koste, wird er mich schon in gewisser Weise im Auge behalten wollen. Was soll´s. Morgen ist der ganze Spuk hier vorüber. Ich werde auschecken, wieder ins Rheinland fliegen und zeitnah de Omma besuchen. Die nächsten Tage werde ich schlafend und schreibend verbringen, vielleicht mal mit Schnucki alles Erlebte (beiderseits) Revue passieren lassen und mal kucken, wie es weitergeht. Oookayyy, ich werde auch das ein oder andere Mal an Axel denken. Wahrscheinlich immer genau dann, wenn ich gerade nicht bei Oma bin, arbeite, schlafe oder Schnucki treffe. So zum Beispiel beim Duschen, Walken, Nägel machen und beim Einschlafen und beim Einkaufen an der Murphy-Kasse stehend (Murphy= Storno, Zeitlupenrentner vor mir oder Rookie-Kassiererin), und beim Tagträumen... Auf jeden Fall - ich creme mich ein, putze ausgiebigst die Zähne, ziehe einen knieumspielenden weißen Leinenrock an, ein geringeltes weiß-blaues Shirt mit U-Boot-Ausschnitt und roter Ansteckrose, und schminke mich - muss ich das alles, was hier in Hamburg auf mich eingestürzt ist - noch flugs die Haare geföhnt, ein paar Wicklerchen hineingedreht und schon mal Espadrilles mit Keilabsatz angezogen - erst einmal verarbeiten. So, ich fiemele mir die Wickler aus dem Haar und belle Kaii an. „Hi, Prinzessin, wünsche wohl geruht zu haben! Dein Vergangenheits- Axel erwartet dich um Fünf in der Lobby. Wenn du nicht mit ihm reden willst, hat er gesagt, verlässt er gegen achtzehn Uhr das Gebäude und fährt von dannen. Aber du sprichst ja natürlich mit ihm!" „Natürlich!" Ich wühle mit der freien Hand im Haar herum. „Ist denn noch irgendwas Erwähnenswertes passiert?" „Nö, nö, wir haben hier noch so´n bisschen was getrunken und dann hat der alte Axel auf meinem Söfchen ´ne Runde gepennt und der neue Axel ist in sein Hotel gefahren. Seine Frau kommt wohl heute nach Hamburg." Das versetzt mir einen Schlag in die Magengrube. „Ach so...?" würge ich schwach hervor. Also kommt sie jetzt doch! Dann werde ich ihn definitiv nicht mehr vor meiner Abreise sehen. Ob er sich denn per Handy oder auf anderem Wege bei mir melden wird? Ich höre gar nicht mehr, was Kaii sonst noch so lispelt. „Ich glaube nicht!" gebe ich mir selbst die Antwort. „Du glaubst nicht? Aber du warst doch sicher aus irgendeinem triftigen Grund so lange mit ihm zusammen?" „Wir waren doch gar nicht richtig liiert! Ich habe ihn doch erst hier, in Hamburg, vor ein paar Tagen kennengelernt!" „Aber er kommt doch auch aus Korschenbrock, ihr kennt euch doch schon ewig." Ach so. Er redet von DEM Axel. Das macht einen ja voll wuschig mit diesem selben Namen. Ich setze zu einer Jammerrede an: „Kaii, ich weiß gar nicht mehr wo oben und unten ist. Ich bin mit meiner Arbeit irgendwie ein wenig aus der Bahn geraten und muss einiges am Wochenende nachholen. Ich habe mich in einen prominenten, verheirateten Typen verkuckt und dann steht auf einmal mein Ex vor mir und macht Randale. Und meine Oma muss operiert werden und ist auch die Jüngste nicht mehr. Und bestimmt habe ich wieder mein Konto überzogen weil ich mir neue Klamotten gekauft habe und ´ne eigene Familie wird es für ich auch nie geben aber so richtig Karriere mache ich auch nicht... Ich glaub mein Leben ist ne Pissflitsche!" Kaii lacht, und ich auch, aber unter Tränen. „Dir fehlt einfach ´n´bisschen Schlaf." „Vielleicht hast du Recht", sage ich schnüffelnd. Er gibt mir noch den Termin für sein Hauskonzert durch und will unbedingt, dass ich dabei bin. Ich könne auch wieder das gleiche Zimmer haben, oder sogar ein besseres! „Danke, danke", wehre ich lachend ab. „Dieses Zimmer hier ist wunderbar und darum geht es ja auch gar nicht. Ich kann auch bescheidener unterkommen." „Ne ne, du, ´ne Prinzessin sollte schon standesgemäß untergebracht werden." Ich notiere mir den Termin, erfahre, dass bald auch die Einladung zur Hochzeit der Apfelsteins in meinem Briefkasten landen sollte und bedanke mich bei ihm – für alles. „Da nich´für! War mir alles ´n´ Vergnügen. Macht Spaß, Zeit mit dir zu verbringen. Oder als Randfigur in deinem spannenden Leben mitzuwirken. Har har!" Ich lege auf und unterziehe meiner Optik im Spiegel noch mal einer kritischen Untersuchung. Merkwürdigerweise sehe ich gar nicht übernächtigt aus. Die Frisur sitzt –was auch nicht so häufig vorkommt- und ich rede mir ein, ganz ruhig zu sein. Und deshalb wage ich mich auch in den Aufzug...öh nö, doch nicht! Sobald sich die Tür hinter mir schließt und ich alleine in diesem Kasten ohne Ausweg stehe, werde ich nervös. Also schnell wieder herausgesprungen (überraschter Blick einer Dame das Housekeepings- oh, es ist die Blumen- bzw. Vasenfrau! Sie grüßt freundlich) und hopp hopp zur Treppe gesprintet und nichts wie ab in die Lobby. Ich will dieses merkwürdige Date hinter mich bringen.

Etwas atemlos springe ich die letzten beiden Stufen hinunter und bereue es sofort. Mein Knöchel schmerzt jetzt wieder. Mistikato! Das hat man davon, wenn man in meinem Alter noch Pirouetten drehen will. Ich stolpere ein wenig und gerate ins Taumeln. Aus dem Nichts taucht ein Mann auf und stützt mich. Es ist Cosimo! „Oh danke. Was machst du denn schon wieder hier?" frage ich ein wenig unhöflich. Bevor er antworten kann gesellt sich ein weiterer Herr zu uns. DER SIEHT übernächtigt aus! Holla die Waldfee! „Wer ist DER denn jetzt schon wieder?", fragt der Herr, der natürlich Röschen ist. Ich seufze tief und leicht genervt stelle ich die beiden einander vor: „Cosimo, dass ist mein Axel aus der Vergangenheit, Axel, das ist Cosimo, der kleine Bruder von Angelo Branduardi!" „Dein Axel aus der Vergangenheit? Hattest du ihn irgendwo eingelagert? Haha!" „Ich lache später mal drüber!" kommt es müde aus Röschens Mund. Er sieht echt fertig aus. „Cosimo, ich habe jetzt wirklich gar keine Zeit, tut mir Leid! Gibt es was Dringendes?" „Och nööö, ich wollte nur nochmal auf 'nen Kaffee mit dir, bevor du abreist. Wir sehen uns dann doch erst wieder bei der Hochzeit." Es scheint hier allen vollkommen klar zu sein, dass ich dieser Einladung folgen und auf jeden Fall dabei sein werde. Ich weiß aber gar nicht, ob ich ohne Begleiter, DEN Begleiter, dorthin will. Andererseits bin ich natürlich auf das Kleid gespannt und darauf, was es wieder für Zwischenfälle geben wird. „Sie heiraten?" fragt Röschen angelegentlich „Nein, ich bin für das Essen zuständig." „Also sind Sie Koch?" „Nöö, kochen tut Rudi für die Hochzeit." „Wer ist nun wieder Rudi?" „Der Cousin." „Ach! Und den kennst du auch?" „Ja klar!" „Hast du in letzter Zeit auch mal weibliche Kontakte gehabt?" Bevor ICH nun antworten kann, höre ich meinen Namen. Gerufen von einer WEIBLICHEN Stimme. „Ilsa!! Mensch, bin ich froh, dich hier noch anzutreffen!" Es ist Katharina. Gekleidet mit beigem Kostümchen, schwarzer Bluse, die etwas runde Figur in den Pencilskirt hineingepröppt und auf schwarzen Plateau-High-Heels die mir schon beim bloßen Anblick an den Füßen schmerzen. Aber schick sieht's aus. So richtig Vollweibmäßig mal wieder. Dafür ist sie definitiv der Typ Frau. „Darf ich vorstellen: Ein weiblicher Kontakt! Das Maulaffenv… äh Katharina Maulbach!" Wir bützen und umarmen uns, als kennten wir uns schon ewig. „Und das ist…" „Axel Rosen, aus KORSCHENBROICH!" (nicht aus der Vergangenheit! schwingt da mit). Katharina grüßt höflich, natürlich auch Cosimo und platzt dann heraus: „Rate mal, wen ich gestern gesehen habe!" „Den Hyäne!" „Wen?" „Na, Uwe Mittelweg" quetsche ich durch die Zähne. Ich will seinen Namen hier nicht so herumschreien. „Nein!" „Ewan Mc Gregor?" „Ilsa!" „Okay..." ich tippe mir mit dem Zeigefinger an die Nasenspitze. „Dann kann es nur Radomir gewesen sein!" „Genau, es war Rüdiger!" Katharina ist voll upjerescht und scheint nicht zu bemerken, dass ich hier gerade noch ganz andere Personen und Themen am Start habe. Außerdem müssen die beiden Kerle doch jetzt nichts intimes Frauenthematisches wissen, oder? „Wer ist denn Rüdiger??" wollen nun auch Axel und Cosimo wissen. Boah ey, mit wem soll ich denn jetzt bitteschön kommunizieren? Ich bin definitiv nicht multitaskingfähig. Und mein Knöchel schmerzt auch noch. „Okay, passt auf!" sage zu den Jungs gewandt. „Setzt euch doch ´raus und nehmt einen Espresso oder Kaffee. Ich komme gleich nach und dann habe ich Zeit für dich, Axel. Cosimo, lass´ uns doch morgen noch schnell treffen, so gegen elf zum zweiten Frühstück? Kommst du mich hier in der Lobby abholen?" Cosimo ist einverstanden und es stört ihn gar nicht, dass er nun mit dem Vergangenheits-Axel, den er doch gar nicht kennt, mal eben ein koffeinhaltiges Heißgetränk nehmen soll.

Wahrscheinlich klärt er ihn nun über die Verwandschaftsgrade und den Bezug zu Korschenbroich usw. auf. Viel Spaß! Denke ich, als die beiden Richtung Außengehege des *Mares* verschwinden. „Danke!" kommt es zweistimmig zurück. Okay...ich muss wirklich einfach akzeptieren, dass ich laut denke ohne es zu bemerken. „Also gut, Katharina. Erzähl mir kurz, was ambach ist. Ich habe um acht eine Einladung zum Essen und vorher muss ich hier noch was klären." „Bei dir ist ja offenbar auch jede Menge los" sagt sie mit neugierigem Blick und zieht zu einer der Couchen in der Lobby. Aber sie fragt nicht weiter. „Es tut mir ja auch Leid dass ich hier so hereinplatze aber ich kann sonst niemandem davon erzählen!" ruft sie in Bühnenlautstärke. „Schon gut, schon gut" gebe ich leise zurück. „Also, ich war doch so niedergeschlagen wegen Uwe!" Ja, ja,

ich nicke etwas ungeduldig. „Ich bin dann zu ihm in den Verlag gefahren und wollte ihn zur Rede stellen!" „Was?? Du gute Güte, war er nicht angepisst?" „Nein!" „Nein?" frage ich ungläubig. „Er war nicht angepisst sondern gar nicht anwesend." „Ach ja, stimmt ja! Hat Frau Ziekowski mir erzählt." „Genau, mit der hatte ich auch das Vergnügen. Eine reizende Person! Und so eine süße Muschi hat sie!" „Ach...?" sage ich schwach. „Habe ich auf einem Foto gesehen, sieht fast aus wie meine!" Ich will die Details gar nicht wissen. „Okay, was ist dann passiert?" „Sie durfte mir natürlich nicht sagen wo er sich aufhält. Aber sie hat ihn in meinem Beisein unter einem Vorwand angerufen und mir dann das Gespräch übergeben. Er ist wohl grade in der Schweiz, weil der Verlag eventuell verkauft werden soll." „Ach!" „Ja, ja, aber Uwe bleibt Teilhaber beziehungsweise soll er weiterhin die Geschäfte führen oder so." „War er nicht ungehalten wegen deines Anrufs?" Hätte ICH ihn einfach bei seinen tot-wichtigen Gesprächen mit Herrn Zöpfli, Nägeli oder Puscheli beim Ricola gestört wäre er sicher wieder ganz aus dem Hemdkrägelchen gewesen. Katharina lehnt sich zurück. „Merkwürdigerweise nicht. Er war eigentlich sogar ganz nett und wollte sich nach seiner Rückkehr in Ruhe mit mir unterhalten. Hier in Hamburg. Aber ich war ja nun grade mal in Düsseldorf!" Sie beugt sich wieder nach vorne. An der Rezeption checken gerade diverse Japaner ein, ein unscheinbares Ehepaar aus (ich versuche, mich unsichtbar zu machen) und die dienstbaren Hausgeister des *Mare* schweben durch die Lobby. Durch die Drehtür sehe ich nun doch Sonnenstrahlen blitzen. Es ist herrscht also mal wieder typisch hanseatisches Wetter!
Katharina ist nicht zu bremsen, sie glüht förmlich. Bald erfahre ich auch, wieso: „Ich war noch total geladen von dem Gespräch, hatte erst für heute Morgen einen Rückflug gebucht und dachte, wo ich schon mal da wäre, könnte ich ja auch ein wenig Düsseldorf unsicher machen. Und wie ich da so im Medienhafen vor mich hin bummele, wer läuft mir da in die Arme?" „Rotidor!" „Genau, Rüdiger!" „Ich denke, das ist ein Bazi geworden" „Er zu einem

medizinischen Vortrag eingeladen gewesen an der Uni Düsseldorf. Und nun wollte er mit ein paar Kollegen ein bisschen Sightseeing und Kneipenhopping betreiben." „Ach!" mehr fällt mir offenbar heute nicht ein. „Ja, ist das nicht ein Zufall? Obwohl," Katharina richtet sich lebhaft wieder auf. Die Knöpfe ihrer schwarzen, teuer aussehenden Bluse spannen ein wenig über ihren Cupcakes. „Ich glaube ja nicht an Zufälle, das ist alles Schicksal!" ruft sie begeistert. „Und was geschah dann?" will ich jetzt etwas ungeduldig wissen. Ich hab nämlich kein Licht am Fahrrad...! „Er hat sofort alles stehen und liegen lassen und wollte Sightseeing und Kneipenhopping mit mir betreiben." „Und dann habt ihr später noch was anderes getrieben...?" (ich bin mal wieder in Kalauer-Laune). Katharina kichert, ihre runden Wangen glimmen rötlich und sie wirft mit Schwung die beneidenswert dicke blonde Haarpracht über die Schultern. Der Hyäne ist wirklich ein Riesenochse, sich dieses lecker Mädsche entgehen zu lassen! „Na ja, wir waren nach einem Besuch des *Eigelsteins* schon ganz schön betütert. Dann sind wir noch ganz romantisch durch den Hafen geschlendert und haben lange am Rhein gesessen. Und dann kam eben eins zum anderen... wir wollten in seinem Hotel noch einen Absacker trinken. Wir also ins Marriott und ab in die Bar. Da sind wir dann bis gegen halb Eins geblieben und haben ordentlich Schampus getrunken." Wow, ihr Doc scheint ja auf großzügigem Fuße zu leben! Katharina fächelt sich mit der Hand Luft zu. „Er hat mir gestanden, dass er schon seit Jahren immer noch hofft, mich wiederzusehen und dass wir uns näherkommen. In München hat er zwar wohl auch viele Kontakte und es gäbe ja durchaus auch charmante und aparte Frauen, aber: Ich bin DIE EINE!" trompetet sie und die anderen Hotelgäste wissen das jetzt auch. „Also habt ihr euch nackt gesehen?", frage ich lakonisch. Katharina kichert mädchenhaft und errötet hold noch ein wenig mehr. „Jaaa, wir sind dann später ´rauf auf sein Zimmer und haben es einfach geschehen lassen." Kommt mir ein wenig bekannt vor... „Und was soll ich sagen? Es war wunderschön. Nun ja, ich kann mich nicht mehr an alle Details erinnern aber unterm Strich war`s gut. Und heute Morgen beim Frühstück hat er mir einen Heiratsantrag gemacht!" „Donnerwetter! Der geht aber schnell aufs Ganze!" Katharina lacht wieder glücklich. „Ja, ich muss sagen, ich war auch ein wenig überrumpelt. Aber er will nicht nochmal so viel Zeit verlieren, meinte er. Er will Nägel mit Köpfen machen und endlich die Frau für den Rest seines Lebens an seiner Seite haben, die er immer schon hat haben wollen. Ansonsten will er als Junggeselle sterben." Das ist ja nun wirklich mal derbe romantisch! Ich seufze neidvoll. „Und? Hast du „Ja"gesagt?" Katharina glättet ihren Rock und fiemelt am Ausschnitt der spannenden Bluse herum. „Ich habe mir bis nächste Woche Bedenkzeit auserbeten. Ich muss ja schließlich auch mal in Ruhe die Konsequenzen betrachten, die so eine Heirat mit sich ziehen würde. Immerhin müsste ich nach Bayern übersiedeln, vielleicht meinen Job aufgeben, meinen Freundeskreis verlassen…ich hänge auch an Hamburg! Bayern ist schon ein krasser Gegensatz. Aber gefallen tut es mir dort schon." Tja, mir auch! Aber durch meine Sanduhr läuft schon bald wieder rheinischer Quarz. Ist ja auch okay. Aber irgendwie hinterlasse ich hier auch ein paar Baustellen, fürchte ich. Oder doch nicht? Jedenfalls angefangene Geschichten, die ich noch zu Ende erleben will oder Menschen, die ich noch näher kennenlernen möchte. Außer vielleicht greasy Utz! Was der wohl gerade so treibt? Ich schaue unauffällig auf meine Armbanduhr und stehe entschlossen auf. „Katharina, ich freue mich, dass du mich an deinem Leben teilhaben lässt und ich möchte UNBEDINGT wissen wie es weitergeht! Und dass wir uns wiedersehen! Aber jetzt muss ich sagen: *„Die Zeit, sie ist um!"*

Das Maulaffenveilchen verabschiedet sich überstürzt, wir verabreden uns für nächste Woche telefonisch und für zwischendurch per E-Mail/WHATSAPP und herzen und umarmen uns. Sie: Durch die Drehtür ab. Ilsa: An der Bar vorbei ins Außengehege. Hier plätschert dezent das Brünnlein und mein Vergangenheits-Axel und der Etrusker sitzen ins Gespräch vertieft unter einem Sonnenschirm.

Vor sich hat ein jeder eine leere Kaffeetasse stehen. „Ciao, bella Ilsa. Solle ische dir auche eine Caffe bestelle?" fragt Cosimo. „Nein danke, du Aushilfspapagallo. Ich muss jetzt ganz schnell etwas Fettiges zu mir nehmen und dazu noch eine ungesunde Cola auf ex trinken. Kommst du mit ´raus?" sage ich zu Axel gewandt und bin schon wieder halb im Gehen. „Cosi-Schatz, wir sehen uns Morgen, ciao Bello"! rufe ich albern zum Lockenumkränzten mit dem leicht bläulichen Schimmer ums Auge. Verheilt aber gut, wie mir scheint. Seine Antwort kriege ich gar nicht mehr mit. Ich gehe davon aus, dass sie positiv ist. Ilsa: Stürmt durch die Lobby nach draußen. Röschen: Muss ihr wohl oder übel folgen. Mich zieht es wieder Richtung Wasser. Eigentlich schade, dass ich gar keine Gelegenheit hatte, mal gemütlich über die Alster zu schippern, vielleicht mit Axel in einem kleinen Segelbötchen oder so. Die Zeit hat das nicht hergegeben. Ich seufze tief und er fehlt mir schon jetzt. Ob sein Weib schon eingetroffen ist und ihm von den Schulerlebnissen der Sprösslinge berichtet? Axel sprintet neben mir her. „Ist dir nicht gut?" „Wieso?" „Weil du so gestöhnt hast." „Ich habe geseufzt. Und es geht mir, den Umständen entsprechend, gut. Mein Fußgelenk schmerzt noch immer schon wieder aber es geht irgendwie. Nachdem wir die laute Hauptverkehrsstraße überwunden haben, gehen wir nun unter Bäumen am Wasser entlang, weichen Fahrradfahrern und Joggern aus. Ich sehe eine mobile Fettbude und steuere schnurstracks darauf zu. „Willst du auch ´ne Pommes?" „Nein danke, ich habe keinen Hunger" kommt es leidend zurück. „Aber ein Wasser könntest du mir mitbringen. Ich bestelle eine Pommes mit Mayo und die Getränke. Dann setzen wir uns etwas entfernt auf eine Bank. Ich zische sofort die Hälfte der Colaflasche leer und mache mich dann daran, die Fritten zu vertilgen. A hangover needs fat to fade away. Der Axel aus der Vergangenheit sitzt stumm neben mir und nippt ab und zu an seinem Mineral. Dafür, dass er erhöhten Redebedarf hatte, schweigt er ganz schön ´rum. Mir fällt auf, dass wir zum ersten Mal seit ewigen Zeiten nicht nur beisammensitzen, sondern auch alleine sind. Wenn

man von den anderen Menschen hier an der Außenalster
mal absieht. „Und, was ist denn nun so dringend, eilig,
wichtig und überhaupt?" „Ich habe meinen Job gekündigt." Ja...und?? „M-hm" mache ich nur. „Ab nächsten Monat mache ich meinen Schreinermeister und übernehme
Opas Betrieb." Oha! Abschied von der Bankerkarriere und
back to the roots? „Das hättest du ja nun wirklich auch
schon eher haben können! Er wollte doch eh, dass du die
Werkstatt übernimmst." Ich kenne den Schreinereibetrieb
von Opa Rosen noch gut. Gerne bin ich früher mit Axel
dorthin gegangen und habe den Leuten beim Arbeiten
zugeschaut, die fertigen Werkstücke bewundert, mich vor
den Särgen gegruselt und den Duft nach Holz und Säge-
spänen und ehrlichem Handwerk genossen. Axel hat seinem Opa oft geholfen; schon als kleiner Junge hat er immer in dem Betrieb herumgehangen und wollte Schreiner
werden. Warum er nach dem Abi dann eine Banklehre
gemacht hat, ist mir nie ganz klargeworden. „Dann habe
ich eine solide kaufmännische Ausbildung!" hat er immer
getönt. Ich glaube, er wollte einfach ein wenig höher hinaus, weil er dachte, sonst nicht genügend gesellschaftliche
Anerkennung zu bekommen oder so einen Quatsch. Was
man eben so denkt, wenn man jung und noch nicht gefes-
tigt in seinem Charakter ist. Ich kenne mich da aus... „Und
wie willst du ohne entsprechende Ausbildung den Meister
machen?" ist mir nicht ganz klar. „Das geht schon. Wenn
es sonst keine Nachfolger gibt, der Betrieb aber unter
Umständen nicht weitergeführt bzw. in der Familie bleiben
kann, dann kann man unter bestimmten Voraussetzungen
auch ohne Lehre den Meister machen. Und die Voraussetzungen", er nippt wieder am Wasser und beugt sich vor,
Blick auf die Alster, „habe ich ja. Praxis habe ich quasi
mein ganzes Leben erworben. Da macht mir so schnell
keiner was vor." Ich muss ihm Recht geben und deshalb
finde ich diesen Ausspruch auch nicht arrogant. Das Bett,
in dem ich lange geschlafen habe, hatte er geschreinert.
Nach unserer Trennung habe ich es theatralisch in Oma
Käthes Garten verbrannt. Da musste dann die Feuerwehr
ausrücken und so hatte die ganze Nachbarschaft was da-

von. Mir war das wurscht, ich lag da schon im Wodkakoma in Oma Käthes Ehebett auf Oppas Seite. Später habe ich mir dann eine Liegestatt beim IKEA gekauft. „Und um mir das mitzuteilen machst du so einen Terz?" ich widme mich wieder meinen fettigen Kartoffelstäbchen. „Du hast doch noch deine Familie…was sagt die denn dazu?" Axel scharrt mit seinen besneakerten Füßen Spuren in den sandigen Weg. „Oma Käthe und du, ihr steht mir am nächsten." „Phh" lache ich kurz auf. „Das wüsste ich aber! Du hast Frau und Kind und Schwiegereltern. Wo stehen die dir denn? Bis hier etwa?" ich halte grinsend meine Hand in Stirnhöhe und führe sie leicht nach rechts. „Diese Leute stehen nirgendwo bei mir." Er blickt mir ins Gesicht und ich sehe in seine bernsteinbraunen Augen (die Farbe ist wirklich Bernstein, auch wenn es kitschig klingt. Kann ich doch nichts dafür). So lange ich ihn kenne, habe ich ihn noch nie so ernst und, ja, kalt, gesehen oder erlebt. Doch. Vielleicht schon. Damals, als alles vorbei war und er mir quasi die Tür vor der Nase zugeschlagen hat. Ich bin ein wenig perplex. „Wie jetzt, *diese Leute*? Ich meine, ich kann mir schon vorstellen dass Familie Hastenrath nicht vor Herzlichkeit überschäumt aber immerhin hast du deren Brut geheiratet und bist Vater ihres Enkelkindes. Ich meine, das Mädel kann ja nun echt nix dafür, oder?" „Ich bin nicht Melissas Vater."

Zurück in die Zukunft der Vergangenheit oder so

Tonloser kann man nicht sprechen. „MELISSA, ICH BIN NICHT DEIN VATER! H-CH-H-CH" denke ich albern. Aber dann sickert die Info langsam in mein Bewusstsein… „Ouh!" mache ich und lasse die Pommesschale sinken. „Wieso? Was? Hä…aber….?!" …und mir wird übel. Wenn er nicht der Vater ist, wer ist es dann? Und wieso hat die Arschf… ähm, Arschkrampenzicke namens Beatrice Hastenrath ihm dann weisgemacht, er wäre es? Und wieso weiß er jetzt erst, dass Melissa nicht sein Kind ist? Und was habe ich damit zu tun? „Ilsa…" „Scheiße!" ich werfe die Pommesschale angeekelt in einen Abfalleimer. „Das heißt diese blöde Fotze hat mein Leben ruiniert mit einer LÜGE? Diese verschissene, abgewichste Drecksau!" (Sorry, ich bin außer mir!). Wütend stapfe ich drauflos, ich kann hier nicht mehr sitzen bleiben. Am liebsten würde ich kotzen, schreien und um mich schlagen. Ich habe die Liebe meines Lebens verloren, weil Fräulein Verwöhnte Kuh einen offiziellen Kindsvater brauchte? „Das kann…das DARF ja wohl nicht wahr sein!" schreie ich Axel an, der mir gefolgt ist. „Und du Doof hast dich an der Nase herumführen lassen! Wieso hast du nicht auf einen Vaterschaftstest bestanden? Und wieso hast du überhaupt mit dieser Cabrio-Tussi gepoppt? Das habe ich nie verstanden, nie! Ausgerechnet diese Bitch, die wir immer beide unmöglich fanden!" Ich bin echt in Rage. „Und wieso sagst du mir das jetzt und hier? Warum hast du mich und mein Leben nicht in Ruhe gelassen?" Wir stehen uns gegenüber. Ein Radfahrer zischt haarscharf an mir vorbei. „Fahr mich doch direkt platt, du Fischkopp-Haback!" schreie ich ihm nach.
Axel zieht mich vom Weg und auf eine Bank. „Ich MUSSTE es dir einfach sagen! Ich wollte als erstes mit dir darüber sprechen, bevor du es irgendwann mal vielleicht aus anderer Quelle erfahren hättest. Außer dir weiß es noch niemand." „Ach nee, und was ist mit Beatrice? Die wird es ja wohl von Anfang an gewusst haben!" „Ich denke schon. Aber Melissa weiß es noch nicht. Und auch nicht meine

Schwie... Beatrices Eltern. Meiner Mutter habe ich nur gesagt, dass wir uns trennen, aus einem sehr schwerwiegenden Grund. Ich kann ihr das einfach nicht sagen, dass ihr Enkelkind nicht ihr Enkelkind ist. Sie hat immer so an Melissa gehangen." „Logisch, das tun Großeltern auch, wenn sie halbwegs sauber ticken." sage ich trocken. Arme Helga! Ich habe Axels Mama immer gerne gehabt, sie hat ihn und seine Schwester nach dem Tod seines Vaters alleine großgezogen, ihren Mädchennamen wieder angenommen, weil der Olle sie mit jeder Menge Schulden sitzengelassen und dann einfach das Zeitliche gesegnet hat. Sie hat dann im Betrieb ihres Vaters die Buchführung und anderen Bürokram übernommen und damit die Familie ernährt. Und jetzt das! Guter Gott, was für eine verfahrene Situation! Ich bin erschöpft. Diese Info hat mich nun wirklich umgehauen. Axel kramt ein Päckchen Zigaretten aus seiner Jeans und zündet sich eine an. „Gib mir auch eine, bitte." Schweigend rauchen wir, die wir doch eigentlich gar keine Raucher sind. „Wieso rauchst du?" fragen wir dann auch beide gleichzeitig und müssen doch ein wenig lachen. „Na ja, unter DEN Umständen..." sagt Axel und schnippt den Aschekegel in den Sand. „Dito", antworte ich und ziehe kräftig, um gleich darauf husten zu müssen. Und auf einmal schäme ich mich ein bisschen für meinen Ausbruch. Egal wie es ist, ER ist der Hauptgeschädigte, wenn man das so nennen kann. SEIN Leben ist zerstört worden. Sein vermeintliches Kind ist ihm nun genommen worden. Wie soll er das der Kleinen beibringen? Und wieso habe ich mich nach all den Jahren noch dermaßen darüber echauffiert? Das gäbe mir zu denken, wenn ich nur genug Zeit dazu hätte. Habe ich jetzt aber nicht. „Verschieben wir es doch... auf morgen!" Jetzt sollte ich wohl erst mal mit ihm reden statt zu denken. „Das ist ja wirklich der absolute Horror! Es tut mir so leid." Ich schaue ihm in die Augen. „Wirklich, Axel, es tut mir unendlich leid!" Ich zertrete meine Kippe bis nicht mehr glüht und entsorge sie ordnungsgemäß. Axel wirft seine ins Wasser, wo sie leise zischend erlischt. Er ist zu sehr vom Schicksal gebeutelt um sich umweltgerecht zu verhalten. „Ich zetere hier herum, denke nur an mich und du... du hast alles verloren! Und das Kind! Ich meine, wenn wir Erwachsenen Bockmist machen, okay, aber das Kind ist ja nun wirklich unschuldig. Das kriegt doch einen Knacks fürs Leben, oder? Ich weiß, was es heißt, ein zerrüttetes Elternhaus zu haben. Das prägt einen für immer!" „Ich weiß, Ilsa. Und ich hätte nie gedacht, dass mir so was passiert, dass ich Melissa so sehr wehtun muss. Aber ich kann und will bei Beatrices Theaterstück kein Protagonist mehr sein, keine Spielfigur." „Woher kennst du auf einmal solche schwierigen Wörter wie *Protagonist*?" kann ich mir nicht verkneifen zu fragen. „Du bist wirklich noch ganz die Alte!" sagt er leise lächelnd. Aber dann erscheint wieder sein müdes, gestresstes Gesicht. „Nein, ich bin nicht mehr die Alte. Und du bist auch nicht mehr der Alte. Die Zeit vergeht und verändert uns. Und das ist auch ganz gut so." „Aber eine komplette Veränderung ist auch nicht gesund. Ich hatte mich so weit von meinem "echten" Leben entfernt, dass ich mich kaum selbst wiedererkannt habe. Wenn das mit Melissa nicht ans Licht gekommen wäre, hätte ich mich trotzdem von Beatrice getrennt. Ich wollte wieder ich sein." Er blickt wieder übers Wasser, das fröhlich vor sich hin glitzert. Ein Hund kommt auf unsere Bank zu und beschnüffelt Axels Jeansbeine und meine nackten Füße in den offenen Schuhen. „Iiih, hast du ´ne feuchte Nase!" Ich schaue mir den Hund genauer an. Der sieht aus wie „Alex!" „Bei Fuß!" kommt es da fast zeitgleich. „Du kennst ja hier schon jeden HUND! Hattest du hier so was wie den Murmeltiertag und bist in Wirklichkeit schon ein Jahr hier?" fragt Axel. Ich streichle Alex, der gar nicht daran denkt, seinem Herrchen zu gehorchen sondern sich lieber von fremden Frauen pürseln lässt. Vielleicht hat er mich ja auch wiedererkannt. „Nicht wirklich. Obwohl ich auch manchmal denke schon länger hier zu sein. Ich habe so viel erlebt " Ich muss selbst ungläubig mit dem Kopf schütteln. „Und ich habe in kürzester Zeit so viele nette Menschen kennengelernt. Das wäre mir früher nie passiert. Also, als ich noch jünger war." „Da warst du ja auch mit mir zusammen" kommt es trocken zurück. Alexens

Herrchen steht nun vor uns und wirkt etwas wütend. „Mensch, du blöder Köter, jetzt HÖR endlich mal!" „Vielleicht KANN er ja nichts hören! Haben Sie denn mal seine Ohren checken lassen? Neulich hat er Ihnen doch auch nicht gehorcht. Aber ansonsten ist er ja ein ganz Lieber. Echt süß!" „Wieso neulich? Kennen wir uns von irgendwo her?" Er mustert mich. Seinen Dreitagebart hat er immer noch. „Ach ja. Blankenese! Die Frau und der Mann mit Hut aus dem Gebüsch!" Na, danke für die unverblümte Art. Axel sieht verkniffen aus und schaut zu Boden. „Gebüsch! Das war Schilf und ein Baum am Wasser, eine typische Ufervegetation in diesen Gefilden sozusagen!" „Wie auch immer, Sie haben mich ganz schön erschreckt! Eigentlich sind um die Zeit dort noch keine Leute unterwegs." „Wir waren ja auch *noch nicht* um die Zeit unterwegs, sondern *immer noch*!" „Aha. Na dann, viel Spaß *noch* weiterhin." Er pfeift und wendet sich zum Gehen. Alex trottet hinter ihm her – um dann Richtung Ufer auszubüxen. Ich muss grinsen, werde aber sofort wieder ernst, als Axel abrupt aufsteht. „Ich glaub` ich hau besser ab. Es war eine blöde Idee von mir, dir so hinterher zu jagen. Ich will auch nicht weiter stören, du hast hier ja jede Menge zu regeln und Leute zu treffen und so weiter. Ich fahre Oma Käthe dann am Montag ins Krankenhaus. Mach´s gut!" Mit schnellem Schritt geht er den Weg zurück, den wir hierher genommen haben. „Hey, jetzt warte doch mal! Ich weiß doch noch immer gar nicht genau was los ist! Und außerdem fahre ICH Oma ins Krankenhaus! Ich wollte ihr eh noch neue Nachthemden und einen neuen Bademantel kaufen." Ich eile ihm nach. Spaziergänger weichen uns aus, Jogger laufen an mir vorbei, Fahrradklingeln klingeln, Hunde bellen. Es ist viel los hier bei diesem Wetter. Vor mir läuft mein Ex-Freund, schmal geworden, an den Schultern nicht, die sind immer noch so breit wie früher, wie habe ich das geliebt, aber insgesamt etwas dünn und ungewohnt. Aber wie sollte er nach all der Zeit nicht ungewohnt sein. Und trotzdem schrecklich vertraut. Ich krieg das jetzt gar nicht geregelt, dieser Zeitsprung in die Vergangenheit, die mal meine Zukunft sein sollte. „Axel!"

Jetzt warte gefälligst mal!" Er bleibt stehen und dreht sich mit wütendem Gesicht zu mir um. „Worauf soll ich noch warten? Dass du vielleicht mal fünf Minuten Zeit hast, dich mit mir abzugeben? Ich versuche seit Tagen, dich irgendwie zu erreichen." Seine Stimme wird lauter, er gestikuliert heftig mit den Armen, schlägt beinahe einem Jogger ins Gesicht. „Ich fahre extra nach Hamburg um mit dir zu sprechen, weil du es ja nicht nötig hast, dich bei mir zu melden. Obwohl du wusstest, dass ich mit dir sprechen wollte!" Die letzten Worte presst er heraus, weil er zwischendurch versäumt hat, Luft zu holen. Das tue ich nun für ihn. Und dann lege ich los, die Hände in die Hüften gestemmt wie ein Marktweib und keife ihn an:„ENTSCHULDIGUNG! Wieso hätte ICH mich bitteschön bei dir melden sollen? Hättest du das an meiner Stelle getan? Nach allem, was passiert ist? Weißt du eigentlich wie sehr ICH damals gelitten habe? Ich habe gedacht ich müsste abkratzen, verdammt nochmal! Es hat ewig gedauert, bis ich mich wieder halbwegs gefangen habe. Und dann musste ich mir bei Fotograf Klingenhäger noch eure verschissenen HOCHZEITSFOTOS im Schaufenster ankucken! Und deine Ische stolz mit Kinderwagen die Steinstraße entlang schaukeln sehen! Ich habe monatelang meine Oma nicht mehr besucht, weil ich Angst hatte, euch zu begegnen!" Wir funkeln uns beide wütend an. Dann macht Axel kehrt und – stapft von dannen. Es ist tatsächlich ein Stapfen vermittels dessen er sich fortbewegt! Das hat er sich wohl von einer Märchenfigur abgekuckt! Lächerlich! „Ja, hau doch ab! Das kannst du ja offenbar am besten!" meine Stimme überschlägt sich, als ihm dies hinterherschreie. Und ja, es IST peinlich und hat RTL2 Niveau! Er macht eine abfällige Handbewegung und ruft so etwas wie: „Hat ja alles keinen Sinn, hätte ich mir denken können..." „Du bist sowas von unverschämt! Denkst du *überhaupt* mal??
Zum Beispiel wie sich dein Verhalten auf anderer Leute Leben auswirkt!? Erwarte bloß nicht, dass ich dir nachlaufe!" Ich breche in Tränen aus. Ob aus Wut oder zusätzlich aus einem anderen Grund, ich weiß es nicht. Ich bin je-

denfalls wütend. So sehr, dass mir die Situation hier am belebten Ufer der Außenalster gar nicht erst peinlich ist. Das wird es mir später sein, wenn ich alles noch einmal reflektiere. Mit tränenden Augen hat man bekanntlich ein eingeschränktes Sehvermögen und so laufe ich Alexens Herrchen in die Arme. Eher gesagt remple ich ihn unsanft an, als er unerwarteterweise geradezu aus der Uferböschung springt. „Aua!" herrsche ich ihn an. Mensch, ich hab doch schon genug am Hals!" „Sie haben mich doch angerempelt!" Aber nur, weil SIE so plötzlich aus dem GEBÜSCH gehüpft sind." „Dann sind wir ja jetzt quitt, was das Springen aus Gebüschen anbelangt." Ich krame nach einem Taschentuch. Keins dabei. „Haben Sie vielleicht ein Taschentuch für mich?" „Nein, tut mir leid! Das letzte habe ich dafür benutzt Alex`Haufen aufzuklauben." Danke für die Info! Boah ey, was für Knalltüten an Männern sind das nur? Keine Eier in der Bux und keine Schneuztücher in der Tasche! „Das hat doch alles keine Klasse mehr! " denke ich mal wieder laut. „Sorry, ich kann ja nicht wissen, dass Sie so himmelhochjauchzend- zu Tode betrübt sind. Alex, Pfui!" Sein Köter frisst gerade aus irgendetwas, das aussieht wie meine weggeworfene Pommesschale. Aber die hatte ich doch im Abfalleimer entsorgt? Ist auch schon egal! denke ich mir... „Nein, das ist nicht egal. Er soll nicht jeden Dreck fressen den er findet!" „Dann sollten Sie ihm vielleicht langsam mal so etwas wie Erziehung angedeihen lassen." „Das versuche ich ja die ganze Zeit." „Versuchen allein bringt nix. Wieso geht ihr zwei nicht mal zur Hundeschule?" Alex hat sich zu uns gesellt und sitzt nun freundlich hechelnd vor uns im Gras der Böschung. Sein Herrchen nimmt ihn an die Leine. „Das tun wir ja ab nächste Woche!" Ein Radfahrer bimmelt die anderen Passanten aus dem Weg. Erschrocken mache ich einen Hüpfer. Alex sitzt immer noch da und hechelt vor sich hin. Hm... „Aber haben Sie nicht auch ganz andere Probleme?" „Natürlich habe ich die, aber erstens geht Sie das einen feuchten Kehrricht an und zweitens darf ich Ihnen doch wohl mal Tipps zur Hundeerziehung geben? Meine Oma hatte mal einen Wolfsspitz, der als Wachhund angeschafft wurde.

Als mal jemand versucht hat, in den Hof zu klettern, hat er sich nicht gerührt. Oma hat den Kerl dann mit der Schüppe niedergestreckt. Und der Wolfsspitz war, wie sich dann herausstellte, stocktaub! Von da an wurde er nur noch Beethoven genannt." „Ehrlich?!" sagt er dumpf. „Ja, so war das. Aber jetzt muss ich los, ich bin noch zum Essen verabredet." „Ihre Verabredung ist aber gerade ziemlich schnell vorgelaufen. Vielleicht hat er vergessen, den Tisch zu reservieren." Wir gehen ein Stück weiter, Alex setzt sich ebenfalls in Trab. Von Axel ist weit und breit nichts mehr zu sehen. Ich ziehe undamenhaft die Nase hoch. „Das ist nicht meine Verabredung. Das ist meine Vergangenheit. Aber ich lebe lieber in der Gegenwart." „Und die trägt Hut?" Ich lache kurz und trocken auf. „Das ist auch schon wieder Geschichte." Dann steigen mir wieder die Tränen in die Augen. „Kann ich Ihnen irgendwie helfen?" fragt Alex` Herrchen durch seinen Dreitagebart nun doch etwas mitfühlend. „Ach, geh´ fott" sage ich schluchzend und mache eine abwehrende Handbewegung. „Sie können ja noch nicht einmal Ihren Hund erziehen!"

Dinner Surprise

Ich verabschiede mich von Mr Dreitagebart und Alex, der mir freundlich die leptosomen Hände ableckt. Sein Herrchen hat auch noch eine Essensverabredung und muss sich nun ebenfalls sputen. Ich lege einen Turbogang ein und springe nochmal schnell in mein Zimmer, um mich ein wenig zu restaurieren. Der "Schlagabtausch" mit Axel hat doch ein wenig an der Fassade gekratzt, vom Innenleben mal ganz abgesehen. Aber darum kümmere ich mich erst später, jetzt ist jetzt, die Zeit rennt, Hamburg wird für mich bald Geschichte sein, zumindest was *diesen* Aufenthalt anbelangt. Das Reflektieren, Verarbeiten, Durchleiden oder was auch immer mich Revue passierend noch so erwartet, kann ich ganz in Ruhe zu Hause "erledigen". „Verschieben wir es doch auf Morgen!" Tada dada-tadaaa dadaaa... (Melodie von *Vom Winde verweht*). Ich habe die Melodei noch im Ohr als ich, frisch herausgeputzt, abermals die Treppen in die Lobby hinabsteige. Dieses Mal vorsichtiger als eben, um meinen Fuß zu schonen. Vorsichtig spinse ich von der vorletzten Stufe in die Lobby. Der Kaisergranat durchquert diese gerade, an der Rezeption herrscht geschäftiges Treiben weil wieder ein fröhliches Ein- und Ausschecken stattfindet. Aber: Kein mir bekannter Herr bzw. keine mir bekannte Dame lungert herum, um sich, meiner angesichtig werdend, auf mich zu "stürzen". Ich beeile mich, durch die Drehtür zu kommen und dabei fällt mir ein, dass ich überhaupt kein Fortbewegungsmittel zur Verfügung habe. So mache ich entgegen meiner Abneigung Drehtüren betreffend, mitten im Zirkulieren halt und überlege, wie ich nun von hier wegkomme. Bisher stand immer ein Axel mit schönem Autochen, die Limo von Kaii oder irgendein Taxi parat. Ich spüre ein leichtes Ruckeln im Rücken und blicke auf und um mich. Oha, da will jemand durch die Drehtür hinein. Ich setze mich in Bewegung und lande erst einmal wieder in der Lobby. Hier stehe ich wieder unmotiviert herum und überlege weiter, den stieren Blick auf den Boden gerichtet. Zu Fuß gehen kann ich nicht, das wäre zu weit weg.

Auch wenn ich nicht mehr genau weiß, wie weit weg, kann ich mich noch gut an die etwas längere Fahrt zu den Grünhagens erinnern. Und mit meinem angeknicksten Fuß ist so eine Wanderung eh hinfällig. Er schmerzt immer noch von dem unglückseligen Gang nach Axelnossa von eben. Mein Handy brumselt. Geistesabwesend zupfe ich es aus der Handtasche. „Ilsa Eul?" „Guten Abend, Ilsa." Sagt eine angenehme Stimme. Nicht DIE angenehme Stimme aber immerhin. „Hier ist Justus Grünhagen." „Oh, hallo, Guten Abend, Justus, wie geht es Ihnen?" übernehme ich diese hanseatische Anredeweise, Vorname und *Sie*. „Mir geht es hervorragend, vielen Dank! Ich hatte einen erfolgreichen Tag, die Sonne lacht noch immer vom Himmel und gleich erwartet mich ein köstliches Essen im Kreise wunderbarer Menschen – was will ich mehr?" Er lacht charmant und ich weiß nicht so recht, ob er wirklich in Sternenstaub gebadet hat oder ob er dieses leicht überschwänglich Naive doch etwas ironisch meint. „Und bei Ihnen? Alles im Lot?" Ich höre ein Rauschen, wie Verkehrslärm und Motorengeräusch. Offenbar ist er gerade mit seinem Auto unterwegs Richtung Elternhaus. Da hätte er mich doch... „Ilsa? Sind Sie noch am Apparat?" „Ja, ja, sicher! Und mir geht es ganz gut, danke!" „Wo sind Sie gerade? Wenn Sie noch nicht unterwegs sind, könnte ich Sie doch auch abholen, wenn Sie erlauben." „Und wie ich erlaube. Ich stehe bereits frisch onduliert in der Lobby und habe nur auf den passenden Prinzen auf einem schimmeligen Ross gewartet!" Justus lacht. „Sie sind wirklich sehr erfrischend! Kein Wunder, dass meine Eltern Sie so schnell ins Herz geschlossen haben." Schon wieder „ins Herz geschlossen". Merkwürdig, dass mich derzeit so viele in ihr Herz schließen. Was machen Sie dann in ihren Herzen mit mir? In eine Schublade stecken und nach Bedarf wieder herausholen und sich von mir „erfrischen" lassen? Und wo stecke *ich* all diese People hin? Zum Beispiel Axel. Also, der "neue" Axel. Der ist auch in meinem Herzen. Und wohin jetzt damit? Der nimmt ganz schön viel Raum ein und stößt an die Herzwände oder wie das heißen mag. Das tut weh. Und der "alte" Axel? Ist der auch noch da drin? Soll ich ihn in die Schublade für "erledigt" stecken? In eine, die für immer klemmt und sich nicht mehr öffnen lässt? Oder hat er sie heute selbst geöffnet, mit etwas Gewalt zwar, aber offen ist sie ja ganz offensichtlich. Und ganz geschlossen war sie vorher wohl ganz offenbar auch noch nicht. Also noch ALLES OFFEN? „Ilsa?" „Ja, ich bin noch auf Empfang!" „Schön, dann bin ich in circa fünf Minuten bei Ihnen am *Mare*." „Ich bin die mit dem Fettnapf in der Hand, falls Sie mich nicht wiedererkennen." „Ich würde Sie immer und überall wiedererkennen!" lacht er wieder charmant und ich setze mich, nachdem wir das Gespräch beendet haben, wieder in Trab und drehe mich hinaus in die hamburgische Luft unter der untypischen Sonne. Während ich auf Justus warte, erhalte ich eine Whatsapp. Von Schnucki, wie ich feststelle. „Der Zyklop (schreibt man das so?) hat mir seine einäugige Hosenschlange gezeigt. Ist aber auf keinem Auge blind ☺ Ich glaube, es hat gefunzt bei uns!" Ich grinse in mich hinein und schreibe: „Gratulation! Die Details kenne ich ja nun, erzähle mir bald den Rest! CU soon in unserem Theater." Ja, auch wenn es ja soo unmodern ist, Smileys zu senden und cu zu schreiben – wir sind halt so untrendige Provinzhippen. Basta!

In diesem Moment kommt Justus auch schon in einem alten, englischen Cabrio angebraust (war ja eigentlich auch klar) und hält spritzig am Bordstein. „Guten Abend, schöne Frau!" sagt er galant, während er aus dem Äutoken springt um mir dann gentlemanlike den Schlag aufzuhalten. Natürlich links. Kaum habe ich Platz genommen, geht die Fahrt auch schon los. Justus fährt einen ganz schön schnellen Stiefel, das muss man schon sagen. Ich bekomme wieder eine Whatsapp: „Und ich will ALLES von deinen Eskapaden wissen. ALLES!" Ich grinse wieder und tippe ein „ALLES halb so wild" zurück und tease gleich noch neuen Erzählstoff an: „People from the past I have met in HH at last" „Waaas? Wen??" kommt es sofort zurück. „Wird nicht verraten, ciao Bella!" schreibe ich nach Korschenbroich und stecke mein Handy dann in meine Tasche. „Entschuldigung!" sage ich zu Justus gewandt gegen den Fahrtwind. „Ich hoffe, keine schlechten Nachrichten?", fragt er. „Im Gegenteil! Meine Freundin steckt nur gerade in einem Zyklopen, bzw., umgekehrt." „Zyklop?" sagt er nachdenklich und wechselt rasant die Fahrspur, um dann an der Ampel doch Rot zu haben. „Ist das nicht so etwas wie ein Taifun? Oder so eine Art Wüstensturm? Verbringt sie ihren Urlaub in der Sahara oder der Wüste Gobi?" will er wissen. „Nicht ganz, es ist wohl mehr so eine Diaspora" denke ich laut an das Männerangebot in unseren heimischen Gefilden. „Und der Sturm *steckt in ihr*? Das ist wohl mehr metaphorisch gesprochen, oder?" „Man könnte es auch ein Bild nennen" gebe ich naiv zurück. Er blickt mich kurz ungläubig an, schaltet dann einen Gang hoch und lacht. „Ilsa, Ilsa, Sie sind mir schon Eine!" ich glaube, er ist wirklich so sternenstaubig. Finde ich ja auch nett, wenn auch gewöhnungsbedürftig. Er fragt diskret nicht nach Axel, dafür aber, wie mir Hamburg gefällt (Sehr gut!), was ich mir schon alles angesehen habe (Vieles, aber noch nicht alles, was man gesehen haben sollte), ob das nicht ein traumhaftes Wetter sei (allerdings), geradezu prädestiniert fürs Segeln (ich kann nur Fahrradfahren) und wann ich denn nun wieder zurück nach Hause muss (BALD! Ich kann quasi schon die Stunden zählen) und dann...sind wir auch schon angekommen und wir halten auf der Kiesauffahrt. Die Hausdame öffnet uns schon die Tür „Guten Abend, Johanna!" „Guten Abend, Herr Justus (sagt sie in Echt!) und „Guten Abend Frau Eul!" „Guten Abend", sage auch ich brav und ein kleiner Stromstoß durchfährt mich, weil mir abrupt bewusst wird, dass ich vergessen habe der Gastgeberin ein Präsent mitzubringen. Au Backe, das gefällt mir jetzt aber gar nicht! Mit Blumen hätte ich hier allerdings vielleicht sowieso nicht punkten können. Die Grünhagens müssen ja nur mal kurz in ihrem Garten ernten um die schönsten Bouquets zusammenzustellen.

Wir gehen auf den Eingang zu, Edith kommt ebenfalls bereits aus dem Altes-Geld-Hintergrund an die Tür und begrüßt uns herzlich. „Wie schön, dass Sie kommen konnten, Ilsa! Wir hatten schon befürchtet, Sie würden unsere schöne Stadt ohne Abschied verlassen." „Aber niemals, Frau Grünhagen!" „Nennen Sie mich doch bitte Edith!" „Und mich bitteschön Carl!" kommt ihr Gatte hinzu und gibt Pfötchen. „Sehr gerne, vielen Dank. Und vielen Dank auch für die nette Einladung! Es freut mich wirklich sehr, dass ich als "Externe" hier an einem echt hanseatischen Tisch sitzen und mit Eingeborenen speisen darf." Justus lacht, seine Eltern schmunzeln. Wir sind unterdessen ein paar Kilometer im Haus herumspaziert und nun in einem Speisezimmer angelangt. Ein ovaler Tisch ist apart einge- deckt mit weißem Tischtuch, Stoffservietten, Kerzen und, natürlich, Blumen. Ediths wunderschöne Rosen locker in einer Terrine arrangiert. „Wir nehmen den Aperitif drau- ßen auf der Terrasse, wenn es Recht ist." Wir alle: Nach draußen auf die Terrasse. „Später werden wir dann lieber drinnen essen, die Nächte können hier doch immer noch ein wenig kühl werden." Johanna, die Hausdame, reicht prickelndes Getränk in Champagnerflöten. „Ich hoffe, Sie mögen Sekt mit Holundersirup?" Edith sieht mich fragend an. „Ich LIEBE Sekt mit Holundersirup!" Erleichtertes La- chen. „Sollen wir nicht noch auf Marlene und Laurenz war- ten?" fragt Carl, bevor wir alle einander zuprosten. Ups, wer ist Marlene? Etwa Justus` Flamme? Aber Marlene... klingt eher nach einer etwas älteren Person. Oder einer ganz jungen, wird ja wieder modern, der Name. Und Lau- renz...könnte ja auch ihr Gemahl sein. „Nein, nein, lasst uns lieber schon mal trinken," wirft Justus ein. „Laurenz ist nie der Pünktlichste. Das hat seine Mandanten schon des Öfteren beunruhigt." Wir nippen also an unserem Sektchen mit Holunderli und mir gefällt es wieder sehr gut bei meiner designierten Adoptivfamilie.

Der Sekt mundet wirklich erstklassig und ich nehme noch ein paar ordentliche Schlückchen. „Marlene Kaufmann ist eine unserer ältesten und engsten Freundinnen", wendet Edith sich mir zu, während die Herren sich kurz übers "Geschäft" unterhalten. „Sie besitzt einen Verlag…" „Sie besaß einen Verlag, meinst du wohl, liebe Mama", mischt Justus sich nebenher ein. „Nun ja, Sie besitzt immer noch große Anteile daran. Heutzutage schlucken die großen

Häuser die kleinen, ehemals etablierten." „Ohne sie könnten die Kleinen aber oftmals auch gar nicht überleben" sage ich und drehe den Stiel meines Glases zwischen den Fingern. Ich denke an meine Manuskripte, die bisher noch keinen Verlag gefunden habe. Na gut, ich habe sie auch erst einem vorgestellt und war dann entmutigt von der 08/15 Absage. Und um den Hyäne zu fragen, war ich zu stolz. Und zu genant. Sicher hat er gute Connections zu irgendwelchen Verlagsfuzzis oder könnte zumindest welche herstellen. Kontakte, nicht Fuzzis. Der Holundersekt fordert seinen Tribut und ich suche das mir bereits bekannte Gäste-WC auf. Unterdessen treffen Marlene und Laurenz ein, wie ich aus der Geräuschkulisse, die durch die Tür dringt, entnehme. Auf dem Weg zurück zur Terrasse läuft mir Johanna mit einem mit Flaschen beladenen Tablett vor die Füße. Unsere gegenseitigen Ausweichschlenker nutzen leider nichts: Wir stoßen aneinander, Johanna kann das schwere Tablett nicht mehr grade halten sondern nur noch knapp in Schieflage, die Flaschen kippen um und natürlich ergießt sich ein Schwall Rotwein auf das Tablett, den Boden und - mich! „Ach du Schande!" entfährt es mir. Johanna rappelt sich aus der Fast-Hocke wieder auf und ist dann starr vor Schreck. Mit stierem Blick fixiert sie den Rotweinfleck auf meinem hellen Rock. Etliche Spritzer haben sich auch auf meinem Oberteil verteilt, wie ich feststelle. „Oh Gott, oh Gott, entschuldigen Sie bitte vielmals, Frau Eul! Das ist mir aber unangenehm! Ich werde den Schaden sofort beheben." Ich nehme die verbliebenen Weißweinflaschen vom Tablett um es vom Gewicht zu befreien. Klar, der Rotwein war schon offen um zu atmen, oder wie? Ich dachte, das sei Quatsch? Egal, ich sehe aus wie eine Hebamme nach einer spontanen Hausgeburt oder wie jemand, der einer Hausschlachtung beigewohnt hat und trabe hinter Johanna her, die, immer noch Entschuldigungen plappernd, mich in die im Kellergeschoss gelegene Küche führt. „Ist die schön!" rufe ich, als wir diese betreten und stehe mit offenem Mund, die Weinflaschen noch in der Hand, da. Johanna stellt mit einem erleichterten „Puh" das Tablett ab, nimmt mir die

Weinflaschen aus den Händen. Eine weitere, jüngere Frau ist damit beschäftigt, Salatteller zu dekorieren. Sie blickt erstaunt auf, als sie sieht, dass die Hausdame nicht alleine ist. „Guten Abend!" grüßt sie freundlich, ich dito. „Wir hatten ein kleines Malheur mit dem Rotwein!" sage ich fröhlich und schaue mich in dieser wunderbar großen, altmodischen Küche um. Es sieht aus wie im Film: Ein riesiger Gutshofküchentisch nimmt fast zwei Drittel des Raumes ein, ebenfalls überdimensioniert sind der Herd und der Kühlschrank. Auch einen Weinkühlschrank gibt es. Außerdem diverseste Schränke, alles alt, außer dem Herd und der modernen Abzugshaube, an deren Reling Küchenhandwerkszeug und Töpfe baumeln. Eine weitere Tür neben einem alten Küchenbüfett führt offenbar in einen noch tiefer gelegenen Wein-oder Vorratskeller. Die andere Frau ist nun näher an mich herangetreten „Oje!" sagt sie und mustert kritisch die Schweinerei auf meinen Klamotten. Johanna kramt in einer Schublade des Büfettschranks und hält mir dann mit triumphierendem Lächeln ein rotes Plastefläschchen vor die Nase. „Rotweinteufel!" sagt sie. „Ich habe Ihren Rat befolgt und mich mit den verschiedenen Fleckenteufeln eingedeckt. Ich fürchte aber, Sie müssen den Rock dazu kurz ausziehen..." „Kein Problem!" sage ich lässig und schlüpfe aus dem unteren Teil meines Outfits. Die andere Frau widmet sich wieder den Salaten, rührt angelegentlich in Töpfen herum und scheint diese Situation ganz normal zu finden. „Wollen Sie nicht lieber oben im Bad...?" fragt mich Johanna, als ich ihr meinen Rock entgegenhalte. „Och nö, danke! Hier ist es doch schön! Außerdem gibt es auf den Schrecken hier doch bestimmt ein kleines Schnäpperken, oder?" Die beiden Frauen schauen mich fragend an. „Na, einen Kurzen? Einen Klaren? Oder von mir aus auch ein Kräuterschnäpschen!?" „Aber sicher!" ruft die Küchenmamsell und durchquert schnellen Schrittes die Küche mit dem wundervollen alten, abgeschabten Fliesenboden, öffnet die zweite Tür und rumort dann kurz dahinter herum. Dann kommt sie mit einer Schnapsflasche und drei kleinen Gläsern zum Tisch, an dem ich inzwischen, nur in Oberteil und Unterbux, Platz genommen habe. Nicht ohne mir vorher ein Scheibchen Brot zu mopsen, das in einem Körbchen neben den Salattellern steht. Johanna hat zwischenzeitlich meinen Rock eingeteufelt. „Muss noch ein bisschen einwirken!" und gesellt sich dann zu uns. Sie breitet ein großes Küchenhandtuch über meinem Schoß aus. Wie ich erfahre, heißt die Küchenmamsell Doreen und arbeitet immer dann für die Grünhagens, wenn ein größeres Essen ansteht oder Empfänge gegeben werden oder die ganze Familie über Weihnachten zu Hause weilt usw. Ich schenke uns allen nochmal ein. Lachend lassen wir den Zusammenstoß noch einmal Revue passieren. „Immer wenn ich in diesem Haus bin, geschieht ein Malheur!" „Aber nicht doch!" „Wieso, was war denn noch?" will Doreen vorwitzig wissen. In diesem Moment kommt Justus hereingeschneit und schaut verblüfft auf seine beiden schnapstrinkenden Angestellten sowie auf seinen Gast, der sich (wieder einmal) derangiert und statt mit Rock mit einem Küchentuch bekleidet zur falschen Zeit am falschen Ort befindet. „Hallo Justus! Es hat einen kleinen Unfall gegeben. Trinken Sie einen Schnaps mit uns?" „Äh, was?... Nein danke! Wir haben Sie schon gesucht, Ilsa!" sagt er besorgt. „Ich habe Sie schon wieder ohnmächtig und mit Nasenbluten im Haus herumliegen sehen." „Nein nein, das ist nur Rotwein!" flöte ich angeschickert. Meine Herren, das Zeug knallt aber ganz schön rein. Und dann vorher noch der Holundersekt. Ich muss jetzt etwas essen. Doreen dekoriert auch eilfertig wieder die Salate und stellt sie auf das inzwischen gesäuberte Tablett. „Der Speiseaufzug ist kaputt" erläutert Johanna. „Ach deshalb" sage ich verschwommen. „Johanna, wo bleibt denn der Wein?" „Auf meinem Rock! Ein bisschen was ist auch auf meinem Top gelandet" sage ich und mache ein Doppelkinn und eine Schnute beim Versuch, mir die Flecken auf meinem textilen Oberteil anzuschauen. „Nun, wir werden doch mehr als eine Flasche Rotwein im Haus haben?" „Selbstverständlich!" ruft Johanna etwas hektisch. Mit dem Junior ist in diesem Moment wohl nicht gut Kirschen essen. „Also, ich trinke ja ohnehin viiiel lieber Weißwein.

Oder Hollunnersekt oder Dschinn. Ähm, Jinn. Na, so klares Zeugs aus Wachhollerbeeren eben." Ich bin erstaunt über mein Lallen. Tatsächlich kann ich wohl nicht wirklich viel Alkohol vertragen. Doreen trägt eben das Tablett mit den Salaten aus der Tür; Johanna ist im Weinkeller verschwunden. „Also, dass ich Sie hier antreffe hätte ich nun wirklich nicht gedacht!" sagt Justus nun doch schmunzelnd, als er die Situation und mich noch einmal näher betrachtet. Ich bestreiche gerade noch ein Stück Brot mit Butter, die ich aus einer fast leeren Plastepackung mit einem Messer herauskratze. Ich stopfe das Brot zwischen die Zähne, die Butterpackung noch in der Linken. Mit vollem Mund sage ich, die Dame ohne Unterleib: „If hab doch gefagt if bin die mit bem Fettnäpfjen in der Hand!" Justus lacht herzlich und ich finde meinen Bruder wirklich sehr sympathisch. Und Humor hat er ja auch! Toll! „Ich möchte Sie trotzdem jetzt mit nach oben nehmen! Normalerweise müssen unsere Gäste nicht halbnackt in der Küche sitzen!" „Aber ersma einen Schnaps auf den Schrecken und Ende mit der Siezerei! Bei uns im Rheinland macht man da nicht so ein Geschiss!" Und schon fülle ich erneut zwei Gläser, eins spüle ich vorher kurz aus und halte Dr. jur. Grünhagen mal kurz meinen beschlüpferten Hintern ins Blickfeld, als ich mich ans Spülbecken stelle. Gläseraneinanderklicken. „Nich lang schnacken..." „Kopf in´n Nacken" ergänzt er und weg damit. Danach schmatze ich ihn kurz und heftig auf den Mund. „Ich bin Ilsa." „Ich heiße Justus!" prustet er und lenkt mich von den Gedanken an ein anderes Brüderschafttrinken ab, das noch gar nicht so lange zurückliegt und mir einen zauberhaften Kuss geschenkt hat. Und mehr... Offenbar kennt Justus die feine rheinische Art nicht und deshalb giggelt er immer noch vor sich hin. „Mensch, Ilsa, du bist *so* spontan! Sind alle Frauen im Rheinland so? Dann muss ich unbedingt mal zu euch ´runterkommen. Aber jetzt kommst du erst einmal mit mir hoch und ziehst dir etwas an." Er schiebt mich zur Türe hinaus und geht dann gentlemanlike vor, um meinen aus dem wieder um die Hüfte gehaltenen Küchenhandtuch hervorblitzenden Hintern nicht wieder vor

Augen haben zu müssen. „Das war aber auch was! Du hättes` ma` Johannas Gesich` sehen sollen als wir zusammengestoßen sind! Das war richtija Slapstick, hahaha!" Ich krieg mich gar nicht mehr ein und schaffe es kaum die Treppe hinauf. Im Entree bugsiert mich Justus wieder Richtung Treppe, er stolpert dabei aus irgendeinem Grund, krallt sich kurz an mir fest und das Handtuch fällt zu Boden. Wir beide bekommen einen Lachanfall. Ich kriege deshalb auch nicht mit, dass sich Stimmen und Menschen, die zu den Stimmen gehören, nähern. Und nicht nur Menschen, sondern auch... „Alex! Hierher!" Aber zu spät: Der Köter hört wieder nicht, sondern schießt auf uns beide zu und begrüßt mich freudig mit Bellen und Schwanzwedeln und Anspringen und...iiiihhhh! Beine ablecken. „Pfui, Alex! Lass das, ausss!" sage ich verschwommen. Keine Ahnung, warum dieser Hund nun HIER auftaucht. Justus kuckt verdutzt. „Ihr kennt euch? Woher?" „Wir hatten schon zahlreiche Begegegenungen. Begegner. Begerungen." „Begegnungen!" sagt Alex` Herrchen richtig und hält den unerzogenen Hund am Halsband fest. Außer Alex und seinem Herrchen stehen da auch noch: Edith, Carl und... „Die Dove-Geriatric-Schnecke"! sage ich. Aber es klingt eher wie: „Die Doffhahättigschecke!" Guter Gott, wieso trinke ich Alkohol? Wieso stehe ich hier nur im Slip in diesem Haus und lasse mich anstarren und von halbfremden Hunden abschlabbern? „Ilsa und ich wollten gerade oben nach etwas Passendem zum Anziehen suchen. Johanna hat ihr versehentlich Rotwein über die Kleidung geschüttet." Justus klaubt das Handtuch vom Boden auf und hält es mir vor den Unterleib. „Das sind übrigens Marlene Kaufmann und ihr Sohn und mein Kollege Laurenz. Und das hier ist Ilsa. Ilsa Eul." „Hello again!" winke ich den beiden zu. Ich will jetzt mal raus aus dieser Situation. Kann man doch verstehen, oder? Laurenz blickt skeptisch auf mich, während seine Mutter die Contenance wahrt und mich mit einem höflichen „Guten Abend Frau Eul, freut mich" begrüßt. „Hello again?" fragt Justus. Es klingt wie: HÄ??? „Ja, wir hatten bereits das Vergnügen." „Und es war immer ein Fest!" sagt Marlene Kaufmann ironisch. Die ist bestimmt keine hanseatische Eingeborene. Die würden so was niemals sagen. Oder doch? Laurenz ist nun auch verblüfft: „Wie, du kennst Frau Eul auch? Woher denn? Seit wann?" „Woher kennst *du* sie denn? Und seit wann?" Edith kommt nun resolut auf mich zu, scheucht die anderen mit: „Nehmt doch noch einen Aperitif!" aus dem Entree und führt mich rasch in die obere Etage in das mir wohlbekannte Gästezimmer. Hier heißt sie mich setzen und warten und kehrt bald darauf mit einer buntgeblümten Volantschlaghose zurück. Ungläubig starre ich auf die Seventiesbux. Ist das Vintage? Retro? Wahnsinn? „Ich habe sie (die Hose) für meine Nichte aus Bayern gekauft. Hier gibt es doch so viele Second-Hand Läden" (ach so, die Vintage Shops die ich Melina-Melanie und ihren internationalen Freunden angepriesen habe) „sie brauchte so etwas für den Fasching aber dann hat sie doch noch ein anderes Kostüm gewählt. Eine Corsage à la Madonna, hat sie gesagt. Aber Madonnen tragen doch gar keine Corsagen?" „Nun ja, DIE Madonna schonn. Unn´off noch wenjer" nuschle ich zurück. „Ach ja...? Mhm...ich bin ja katholisch erzogen worden aber das war mir bisher noch unbekannt. Jedenfalls hat Felizitas, meine Nichte, wohl ungefähr Ihre Größe und bis Ihr Rock getrocknet ist, kommen Sie vielleicht hiermit über den Abend. Selbstverständlich ersetzen wir Ihnen den Rock! Das tut mir wirklich furchtbar leid, dass das passiert ist." „Hach, das macht doch nix!" wehre ich mit der Hand ab und batsche Edith versehentlich auf die Nase. „Oh nein, enschuldigung! Ich bin so ungeschickt, das gibt´s nich. Un immer hier bei euch!" sage ich, Sie quasi duzend. Und dann breche ich in Tränen aus. Ich bin übernächtigt, unglücklich verliebt, betrunken, erfolglos, schockiert (von Axels Offenbarung über sein Nicht-Kind und alles was damit zusammenhängt) und ich will jetzt vor allem mal eins: Auf Arm. Zur Ruhe kommen. Die Welt draußen lassen. Schlafen. In geordneten Verhältnissen leben. Edith schaut mich erschreckt an: „Aber Kindchen, was ist denn nur? Ist doch nicht so schlimm, Sie haben mir gar nicht wehgetan." „Ach, das isses doch gar nich" heule ich undeutlich. „Können Sie mich nicht duzen? Und mich endlich adoptiern?" „Aber gerne!" lacht Edith und tätschelt meine Hand. „Aber nur, wenn du mich auch Edith nennst. Das ist hier in Hamburg immer so´n bisschen s-teif! Ich habe mir immer eine Tochter gewünscht. Aber sicher möchte *deine* Mutter ihr Kind doch lieber behalten?!" „Nöö" seufze ich, glücklich, dass sie mich endlich nicht mehr siezt: „Der bin ich sowas von egal!" „Das glaube ich nicht. Kinder sind ihren Eltern niemals egal. Und auf so eine tolle junge Frau wie du eine bist, muss man doch stolz sein." „Finde ich ja auch, aber es ist niemand stolz auf mich. Vielleich` noch meine Oma. Aber heiraten muss ich trotzdem, sonst is´sie nich´sufrieden." „ Aber das ist doch etwas sehr Schönes! Sie will eben, dass ihre Enkelin glücklich und versorgt ist, auch wenn diese sich sehr gut selbst versorgen kann. Eine Heirat ist ein schönes und unvergessliches Ereignis. Es festigt das Familienleben, etwas Neues beginnt. Natürlich vor allem dann, wenn sich dann auch noch Nachwuchs einstellt, das belebt. Möchtest du denn nicht heiraten?" „Doooch, schon irgendwie, aber mich fragt ja keiner!" „Und was ist mit Herrn Wegner?" „Der is` bereits vergeben." „Oh..." Edith ist irritiert und, wie es scheint, auch ein wenig peinlich berührt. „Wie schade. Aber kein Wunder. So ein netter Mann. Und er soll ja auch recht erfolgreich sein in seinem Beruf. Ich sehe ja so selten fern...wenn Carl mir nicht gesagt hätte, wen ich da vor mir habe...ich hätte es niemals gewusst. Obwohl..." sie legt die Stirn in Falten und den Zeigefinger überlegend an die edle Nase „Er hat schon so eine gewisse Aura des Besonderen. Und attraktiv ist er, wenn auch nicht im herkömmlichen Sinne." Buuuhaaaah...das WEISS ich doch alles. Das IST doch grade das Schreckliche! Wenn er so ein Nullachtfuffzehn-Knilch wäre, würde ich ja auch nicht so ein Geschiss machen! Ich schluchze wieder vor mich hin, Edith reicht mir ihr Taschentuch. Wieso, wieso haben alle Menschen um mich herum IMMER ein Taschentuch dabei und ich heule und schnottere ohne Tempo oder Stoffläppchen in die Umwelt? Aus dem gleichen Grund, aus dem ich auch noch nie eine Festanstellung hatte, keinen Heiratsantrag bekam (oder jemandem einen machen wollte, wäre ja auch noch eine Möglichkeit gewesen) oder aus dem gleichen Grund, aus dem ich in meinem Alter weder über Haus noch Hof verfüge? Muss ja kein alter Baumbestand sein. Aber bitte auch kein Reihenmittelhaus, da geh ich ein wie ´ne Primel. Vielleicht ist das auch ein Grund: ich bin zu anspruchsvoll! Aber ich kann mir meine Ansprüche kaum leisten; noch nicht einmal mein Auto habe ich selbst bezahlt: Oma hat die Anzahlung geleistet und ich stottere die Leasingraten ab. Hangele mich von Job zu Job zu neuem Auftrag, jobbe nebenher als Deutschlehrerin für Ausländer- zu einem lächerlichen Stundensatz! Das muss doch alles irgendwann einmal aufhören!? „Mich will keiner heiraten und beruflich kriege ich auch kein Bein auf die Erde. Den Erfolg heimsen immer nur die anderen ein." Ich schnaube in das Tuch. „Die mit den Ellbogen, dem Glücksschwein als Haustier und mit den richtigen Kontakten. Das bin und habe ich einfach nicht!" Jedenfalls kann ich nun wieder einigermaßen artikuliert sprechen, stelle ich fest. „Aus mir wird nie was!" „Aber nicht doch, nicht doch, Ilsa-Kind", sagt Edith begütigend und nimmt mich in den Arm. Sie sagt wirklich Ilsa-Kind. Wie schön! Ob die Adoptionsurkunde schon bereit liegt? „Du BIST doch schon etwas! Du bist JEMAND! Ich habe dich bisher als eine sehr sehr patente Person kennengelernt, die mitten im Leben steht, gut mit Leuten kann und weder auf den Kopf noch auf den Mund gefallen ist. Du bist doch beruflich hier –also kannst du SO erfolglos doch nun auch nicht sein. Und Erfolg bemisst sich nicht immer nur nach dem Salär." Das sagen immer die, die genug haben! Obwohl ich Edith keinen (Standes-) Dünkel bzw. in diesem Falle Standesdummheit der Armut anderen gegenüber, nach dem Motto: „Dann sollen sie doch Kuchen essen…" unterstelle, denke ich doch, dass sie noch nie am Ende des Monats ihr Flaschenpfand als Verlängerung des Haushaltsgeldes eingelöst hat. Oder lieber zu Fuß ein paar Kilometerchen spazieren ging um den Tank nicht bis zur Reserve auszureizen. Und gebratene Nudeln mit Ketchup wird sie wohl auch selten essen. Klar, hatte ich zwischendurch auch immer mal wieder bessere Zeiten. Aber auf einen grünen Zweig bin ich nie so richtig gekommen. Meine schrifstellerischen Ergüsse haben bisher noch keinen Verlag gefunden. Ich habe dann wohl auch zu schnell aufgegeben. Mein Umfeld hat entweder gut geheiratet oder einen beständigen Job gewählt. Schnucki zum Beispiel arbeitet in einer Firma für Frästechnik oder so, irgendwas ganz Dolles auf dem Gebiet. Sachbearbeitung, Rechnungsstellung, Kundenbetreuung und, wow, Gestaltung der Homepage. Ist gut bezahlt, auch ohne Studium. Mir wäre das zu langweilig, Geld hin oder her. Ich kann´s einfach nicht ändern, da komme ich nicht aus meiner Haut. Es soll ja sogar Leute geben, die Geld verdienen UND gleichzeitig Spaß an und in ihrem Job haben. Die hasse ich übrigens. „Ach, Edith, lass´uns den schönen Abend jetzt nicht mit meinen merkwürdigen Problemen verderben, das gehört wirklich nicht hierher.‟ Ich löse mich sanft aus ihrer lieben Umarmung und schlüpfe in die Seventies-Bux. Sie passt wie maßgeschneidert. Irgendwie gibt mir das zu denken. „Das sieht ja richtig GUT aus!‟ ist Edith entzückt. „Du hast aber auch eine schöne Figur!‟ „Oh, danke!‟ sage ich überrascht. Meine Mutter hat so etwas in dieser Art noch nie von sich gegeben. Ich war immer *zu*: Zu schmalschultrig, zu breithüftig, zu groß, zu kurzsichtig zu überhaupt: nicht so, wie sie es zum Ausgleich ihres eigenen dürftigen Selbsts gerne gehabt hätte. Und außerdem bin ich gerade *zu* gemein und *zu* rabenschwarz.

Diverse Hochzeititäten

„Ich muss unbedingt noch mehr von dieser Secondhand-bekleidung für die Hochzeit kaufen, das wird phantastisch!" „Die Apfelsteins heiraten unter einem Siebziger-Jahre-Motto?" frage ich erstaunt. „Nein, nein, die werden sicherlich einfach in Weiß und nochmals Weiß heiraten" kichert Edith ein wenig frech. „Justus und Inken heiraten im September und wünschen sich, dass ihre Gäste in fröhlichen Siebziger–Jahre-Kostümen erscheinen. Auf der Standesamtlichen! Die kirchliche Hochzeit findet einen Tag später statt, in Weiß,mit Brautkleid und Anzug! Aber für die standesamtliche Feier wäre diese Hose schon ideal. Ich werde gleich morgen noch einmal in diesen Laden gehen und alles aufkaufen, was irgendwie passen könnte. Am Anfang war ich ja dagegen..." Oh, Ärger im Hause Grünhagen? „Gegen die Heirat?" ich bringe meine übrige Garderobe und mein leicht ramponiertes Make Up und Haar wieder in Position. „Aber gar nicht, Inken ist wie eine Tochter für uns, ach, damit hättest du auch schon eine Schwester!- Nein, dieses Motto, überhaupt ein Motto für eine Hochzeit, das hat mich zunächst etwas befremdet. Das Motto einer Hochzeit ist doch die Hochzeit selbst, oder etwa nicht? Nun ja, die Kinder haben mich überzeugt und jetzt bin ich ganz gespannt darauf, wie alle aussehen werden." And who the fuck now is Inken? Ich kenne nur noch Inky, so eine Art Füllerersatz. „Wer ist denn Inken?" frage ich total investigativ. Ein bisschen verdattert bin ich ja schon, dass mein Wunschbruder einfach so, ohne mich zu fragen, heiratet. Noch dazu eine Frau, die mir gänzlich unbekannt ist. „Inken ist Marlenes Tochter. Sie kann heute Abend nicht hier sein, weil sie Dienst im Krankenhaus hat, sie ist Assistenzärztin. Innere Medizin. Später will sie sich als Internistin selbständig machen." Ganz klar, dass Justus´ Zukünftige nicht bei Kodi an der Kasse sitzt. Aber könnte es nicht auch einfach mal was weniger gehoben akademisches sein wie Seidenraupenzüchterin, Grund-schullehrerin oder Sozialversicherungsfachangestellte? „Ja, das ist ja schade, dass ich meine zukünftige Schwägerin jetzt gar nicht kennenlerne!" Ich stehe auf und rücke meine Klamotten und mich selbst zurecht. „Trotzdem habe ich jetzt Hunger. Die Dinge, die deine bezaubernden Haus-und Küchengeister in ihrem Wirkungskreis präpariert haben, sahen wirklich köstlich aus." Wir begeben uns wieder zu den anderen. Inzwischen sind diese nach drinnen umgezogen. Offenbar ist es jetzt schon zu kühl geworden. Carl kommt eilfertig auf mich zu: „Ist alles in Ordnung mit Ihnen, Ilsa? Dass unsere Johanna aber auch immer so stürmisch sein muss" lacht er. „Aber das war doch gar nicht ihre Schuld, das war einfach nur ein kleiner Unfall." Inzwischen servieren Johanna und Doreen den Vorspeisensalat und fragen Getränkewünsche ab. Was für ein Gedöns für ein kleines privates Abendessen! Aber natürlich genieße ich das Betüddeln auch. Das wird für lange Zeit das letzte Mal gewesen sein. Wenn ich recht überlege, ist es eigentlich auch das erste Mal. Alex liegt zu meinen Füßen. Das wird er bis zum Ende des Mahls tun. Wenigstens ein Hund ist mir treu ergeben! Wenn es auch noch nicht einmal meiner ist. Ich bin jetzt auch mit Carl beim "Du", habe mich mit Frau Kaufmann „Nennen Sie mich doch Marlene" über die Qualität des Spa im *Mare* ausgetauscht und auch nochmal die Geschichte von Beethoven erzählt. Laurenz erwägt nun wirklich, mit dem armen Tier den Veterinär aufzusuchen um das Gehör checken zu lassen. Eigentlich sind sowohl Marlene als auch ihr Sohn echt nette Zeitgenossen. Anfangs etwas spröde aber durchaus umgänglich und humorvoll. Gut, man darf ja auch nicht vergessen, unter welchen Umständen sie mich immer gesehen haben: Entweder angeschickert oder in emotionalen Ausnahmezuständen. Ich hoffe heimlich, dass sie mich nicht für eine hysterische Alkoholikerin halten. Als Marlene nach dem Zwischengang auf die Terrasse strebt, um eine Zigarettenpause einzulegen (hätte ich ihr gar nicht zugetraut), schließe ich mich ihr an und schnorre auch direkt von ihrer Rauchware. Carl folgt uns um eine Zigarre zu paffen. „Übrigens ist unsere liebe Ilsa auch schriftstellerisch tätig", tut Carl zwischen zwei Zügen kund." Ich inhaliere peinlich berührt. „Das ist doch kaum der Rede wert" tue ich mein Geschreibsel ab. Marlene will dann aber schon etwas Genaueres wissen. „Welches Genre denn?" Ihre Frage wird von einer Rauchwolke untermalt. „Fachbücher zum Thema „Private Katastrophen leichtgemacht!" antworte ich lakonisch und schnippe den Aschekegel in den riesigen Aschenbecher. Marlene und Carl lachen. „Im Ernst, ich habe drei fertige Kindergeschichten in meinem Laptop schlummern und einige Kurzgeschichten für Erwachsene." Ich drücke meine Zigarette aus. Marlene bietet mir sogleich eine weitere an die ich dankend ablehne. „Für die Kindergeschichten habe ich keinen Illustrator. Ich weiß zwar genau, was ich mir vorstelle, kann es aber selbst nicht umsetzen. Außerdem formt sich in meinem verrückten Kopf gerade eine Art Roman. Stark autobiografisch geprägt natürlich" füge ich grinsend hinzu. „Offenbar bietet Ihr Leben auch gerade genug Steilvorlagen!" Marlene sieht mir in die Augen. Wie viel sie von meinem Inneren bei der schwummrigen Beleuchtung erkennen kann, ist allerdings fraglich. „Ich würde mir ihre Manuskripte gerne einmal ansehen. Das Programm des Kaufmann Verlags orientiert sich stark an Unterhaltungsromanen. Ob auch ein Kurzgeschichtenband attraktiv wäre müsste ich zusammen mit dem Lektorat prüfen. Wenn Sie allerdings einen Roman in der Pipeline haben, sollten sie diesen so rasch als möglich zu Papier bringen. Ich traue Ihnen das durchaus zu. Und ich glaube auch..." „Ihr Lieben, kommt Ihr wieder herein? Johanna hat aufgetragen!" unterbricht uns Edith und hakt mich und Marlene unter. Im Esszimmer steht Julius artig auf und rückt unsere Stühle zurecht. Es gibt Lammkeule mit kleinen Kartöffelchen und Vanillemöhrchen und feinen Böhnchen. Ja, die *Chens*! Ich muss ein wenig in mich hineinschmunzeln, verbiete mir aber alle anderen Assoziationen, die die *Chens* hervorrufen. Sieht alles sehr apart aus und duftet köstlich. Auf den Rotwein, der mir hierzu angeboten wird, verzichte ich allerdings lieber. In der nächsten Zeit will ich mal ganz fein abstinent bleiben. Die nächste Zeit beginnt genau jetzt. „Was ich vorhin noch sagen wollte" nimmt Marlene den Gesprächsfaden wieder auf. „Ich glaube, dass Sie ein gewisses Talent zum Unterhalten besitzen. Nein, ich bin mir sogar sicher!" „Wegen all meiner Katastrophen?" frage ich etwas ängstlich. „ Ja, auch deshalb," schmunzelt sie. „Welche Katastrophen denn?" fragt Laurenz unschuldig. „Ja genau, von welchen Katastrophen redet ihr eigentlich die ganze Zeit?" fragt nun auch Julius und gießt mir Mineralwasser nach. „Das was Ilsa Katastrophen nennt, ist eigentlich nur das ganz normale Leben." „Aber offenbar akkumuliert sich derzeit das ganz normale Leben in Ilsas Dasein", meint Laurenz frech. Alle lachen, auch Edith und Carl, dabei wissen sie doch gar nichts von all meinen Erlebnissen hier. Oder etwa doch? Vielleicht kann Edith sich so einiges zusammenreimen. Allerdings kann sie nichts von meinem Axel Nummer Zwei wissen. Marlene lässt sich von Johanna, die wie ein Geist lautlos wieder aufgetaucht ist, noch einmal auftun. „Ich denke, dass Ilsa lediglich mitten im Leben steht und im Leben läuft nicht immer alles rund. Das habe ich selbst leidvoll durch Martins plötzlichen Tod und den Beinahe-Verlust des Verlags erfahren müssen." Sie schweigt einen Augenblick und Edith nimmt kurz die Hand ihrer Freundin und drückt sie. Marlene tätschelt Ediths Hand und holt tief Luft. „Aber ich kann mich nicht beklagen. Mir geht es gut, finanziell hat mich Martin gut abgesichert und ich habe wunderbare Kinder und bald auch einen wunderbaren Schwiegersohn." sagt sie mit Blick auf Julius. „Tja, wenn die alle so chaotisch wären wie ich, DANN hätten Sie aber mal echte Probleme!" werfe ich trocken in den Raum und habe wieder einmal die Lacher auf meiner Seite. Die ernste Stimmung ist verflogen und ich bin jetzt wirklich knudelsatt. Obwohl: Es gibt noch Nachtisch: Gebrannte Vanillecreme! Die passt nebst einem Espresso dann doch noch in den zarten Prinzessinnenleib. Bestimmt habe ich in der nahrhaften Zeit hier zugenommen. Um mal wieder zur Quintessenz zu kommen: Marlene Kaufmann und ich vereinbaren, dass ich ihr meine Ergüsse zukommen lasse, sie wird sie sich ansehen und sie dann auch dem Lektorat zum weiteren Beschau übergeben. Einen Illustrator hätte sie wohl auch noch in der Hinterhand, außerdem gute Kontakte zu einem kleinen, aber feinen und derzeit wohl aufstrebenden Kinderbuchverlag. Natürlich alles unter dem Siegel eines großen "Vielleicht" und "Erstmal sehn, was Quelle hat!" bevor man sich hier auch nur ansatzweise für etwas entscheidet. Später sitze ich in meiner Seventies Bux in einem Taxi und blicke müde aus dem Fenster. Meinen Rock habe ich, in eine Tüte verpackt, auf dem Schoß. Ich wollte nicht, dass die Grünhagens noch weiteres Aufhebens um die Flecken machen. Entweder kriege ich sie zu Hause ganz raus oder ich habe eben Pech gehabt. Mit ihnen bin ich bei der herzlichen Verabschiedung so verblieben, dass wir uns bei der Apfelstein`schen Hochzeit wiedersehen, ich soll dann auch im Rosenzimmer übernachten. Außerdem hat mich Julius zu seiner und Inkens Hochzeit eingeladen. Mein Handy ploppte genau in diesem Moment. Eine Whatsapp von Katharina! *Ich habe Ja gesagt zu Rüdiger! Bin sehr glücklich!* „Leck misch in de Täsch! Abgefahren! Schon wieder zwei unter der Haube!" Julius blickte mich verdutzt an ob dieser Reaktion. „Es sei denn, du hast schon etwas anders vor...?" In diesem Moment erhielt ich die zweite Whatsapp von der Maulauffenveilchenbraut: *Kommst du zu unserer Hochzeit?* „Aber sowas von!" sage und tippe ich flott und stiere auf mein Handydisplay. „Ach, das ist ja schade..."meint Julius zögerlich. „Wieso, das ist doch komplett super!" „Ähm, dass du keine Zeit hast...?" Ich musste dann erst einmal die Simultanität dieser ganzen Vermählungen aufklären.

Humider Abschied

Und nun sitze ich satt und müde in der Autodroschke und spüre Wehmut in mir aufsteigen. In wenigen Stunden heißt es Abschied nehmen. Von dieser schönen Stadt, die sich mir bei wunderbarem Wetter von ihrer schönsten Seite gezeigt hat. Von den lieben Menschen, die ich in dieser kurzen Zeit hier kennengelernt habe. Wenn einige davon, wie die Apfelsteins, auch ein wenig schräg sind, ich finde sie trotzdem oder gerade deshalb liebenswert. Kaii, der trotz seines Startums und des ganzen Zinnobers so lässig und freundlich zu mir war. Cosimo, der alte Itanuffe, die Grünhagens, die mir richtig ans Herz gewachsen sind, Berit und Katharina, die meine weiblichen Freundeskreis bereits erweitert haben, denn wir werden in Kontakt bleiben, das haben wir bereits verbredet. Zudem werde ich ja auch auf Katharinas Hochzeit sein. Das Taxi hält vor dem *Mare*. Ich zahle und steige aus. Die Nacht ist schon weit fortgeschritten, es regnet ein wenig und ich fröstele. An meinem letzten Tag werden mich wohl keine Sonnenstrahlen verabschieden. Ich steige die Treppen zu meiner Juniorsuite hinauf. Der schönste Blumenstrauß ever begrüßt mich. Ich knipse mit Herzeleid ein paar Blütenköpfe ab und konserviere sie in einem kleinen Papiertütchen. Dann mache ich eine schnelle Abendtoilette, stelle meinen Wecker und schlafe ein. Vor meinem Fenster wird es Tag, Schiffe fahren über die Elbe, Kinder machen sich auf den Schulweg, Hunde heben ihr Bein beim Gassigehen, einer davon ist Alex. Ich träume, dass er mir beim Leuchtturm in Blankenese entgegenläuft, mit flappenden Ohren und offener Schnauze und hängender Zunge. Axel mit Hut geht neben mir her und wirft Stöckchen für Alex aber natürlich bewegt sich dieser gerade in die entgegengesetzte Richtung. Stattdessen läuft Oma dem Stock nach und stürzt, der glatzköpfige Kellner wischt mit einem Tuch über sie und Inken, die ich doch noch gar nicht kenne, ruft vom Leuchtturm herunter: „Nicht bewegen, sie muss hier zu mir in die Innere!" und Cosimo rennt mit einem Tablett voller Speisen an uns vorbei durch den Sand und ruft: „Ich muss noch ein Bufett im Leuchtturm hochstapeln!" und Axel aus der Vergangenheit kommt auf einmal vom Ufer und sagt: „Isch hann Supp für de Omma jekoak" und dann springt mich Alex an und jault vor Freude. Aber es ist der Wecker, der das Geräusch produziert und beim Versuch ihn abzustellen, werfe ich ihn zu Boden. Auf dem Bett liegend, hangele ich nach dem piepsenden Ding und falle dabei auf den Teppich. Aua! Mit diesem Rumms bin ich wach und habe schon wieder, die Auslegeware unter mir spürend und das Nachtskonsölchen zwei Zentimeter vor meinen Augen sehend, ein Dèja Vu. Ich ziehe mich quasi selbst am Schopfe hoch und tapere ins Bad. Duschen, Haare waschen, schminken undsoweiter. Ich bin todmüde und fühle mich verkatert und halb betäubt. Meine Sachen habe ich schon halbwegs gepackt; nur noch den Rest dazu stopfen und fertig. Ich sehe noch kurz aus dem Fenster. Die Stadt weint, weil ich abreise. Ja, ja, genau so ist es. Der Regen hat die meisten Boote von der Alster ferngehalten, die Autos fahren mit Scheibenwischer, die Fußgänger gehen in Begleitung von Schirmen zu Fuß. Ich habe mich wärmer angezogen als an den letzten Tagen, mit Jeans, Sneakers, Langarmshirt Strickjäckchen. Meinen Trench nehme ich über den Arm, lege dem Zimmermädchen noch Tip auf den Nachttisch, das Gepäck bugsiert der Page in die Lobby (Trinkgeld), wo es bis nach dem Frühstück auf mich warten wird. Ich stehe dann an der Rezeption um auszuchecken und erfahre, dass Kaii alle „Nebenkosten" sowie meine Verlängerungstage gezahlt hat. Außerdem läge eine Reservierung für den Soundsovielten für mich vor, wenn Herr Komikaa sein Hauskonzert gibt. Ich muss nur kurz vorher bestätigen. Nee, alles klar! So muss das Leben sein. Nix zahlen und kümmern muss man sich auch nicht. Ich bedanke mich und reiche auch der netten Rezeptionistin ein Trinkgeld. Dann wende ich mich etwas unschlüssig um und überlege, ob es unhöflich ist, bereits einen Kaffee zu ordern. Cosimo ist noch nicht zu sehen. Eigentlich hätte ich gerne noch ein Frühstückchen am plätschernden Brünnlein im Außengehege zu mir genommen aber nun hat mir das Wetter einen Strich durch die Rechnung gemacht. In diesem Moment dreht sich die Drehtür und Cosimo, mit vom Regen glänzenden Gelöck betritt die Szenerie. Fast zeitgleich höre ich hinter mir ein lispelndes „Guten Morgen, Prinzessin. Wünsche wohl geruht zu haben" und schon habe ich Kaiis Spezialparfum in der Nase. Ich begrüße beide Herren mit Küsschen auf die Wange und leichter Umarmung und Kaii schlägt vor, im Hotel Im Wasserturm das Frühstück zu nehmen. „Das is´ ultrageil da, Prinzessin, bestes Bircher Müesli der Welt kannst du da essen." Als wir drei kurze Zeit später einen Platz im bereits bekannten Restaurant im Mövenpick gefunden haben und ich begeistert das Frühstücksangebot wahrnehme, muss ich Kaii Recht geben: Das Müesli ist überaus köstlich, ich nehme noch zweimal nach, außerdem labe ich mich an gebratenem Speck, ein wenig Rührei, Franzbrötchen, Obstsalat und einem stinknormalen Leberwurstschnittchen sowie etwas Matjessalat. Dann bin ich wirklich pappsatt und trinke nur noch ein Tässchen des wirklich guten Kaffees. Den von Kaii vorgeschlagenen Sekt habe ich ausgeschlagen, mein Alkohol-Abstinenzprogramm hat schließlich bereits begonnen. Stattdessen gibt es ja auch leckeren Orangensaft. Cosimo guckt mich mit seinen braunen Hundeaugen an. „Was machen wir denn zukünftig hier, ohne dich?" „Ich glaube kaum, dass ihr euch langweilen werdet. Außerdem kommt doch bestimmt auch bald deine Freundin mal wieder zurück, oder?" lege ich etwas süffisant nach. „Sie würde dich auch gerne mal kennenlernen, ich habe ich schon so viel von dir erzählt." „Ach jaa...?" grinse ich. Aber mein Aushilfs-Bertuccio sieht ganz aufrichtig aus. Ich glaube, ich werde ihn vermissen. „Berit lässt dich auch noch lieb grüßen" sagt der Mann mit Hut, bei dem ich mich jetzt erst einmal für alles bedanke. „Da nich´ für ..." winkt er lässig ab aber ich knutsche und drücke ihn trotzdem. „Was wird denn jetzt mit dir und den Männern?" fragt Kaii und Cosimo sieht mich gespannt an. „Dasselbe wie immer: Nix!" Ich nehme noch einen Schluck Kaffee und lehne mich zurück. Schade, dass man nicht auf der schönen Terrasse sitzen kann, mit Blick in die Baumkronen, das wäre bestimmt famos bei eitlem Wetter. Aber jetzt gerade wirft der Wind fette Regentropfen an die Scheiben, die Äste und Blätter werden heftig hin und her bewegt, in den entstandenen Pfützen am Boden der Terrasse zittert das Wasser im Luftzug. Brrr! Gestern ist Lichtjahre entfernt, die Sonne ist Lichtjahre entfernt. „Sowieso!" denke ich -und, natürlich, sage ich. „Aber nicht doch…" setzt Cosimo an und wird von Kaii unterbrochen: „ Nu´ mal halblang, Prinzessin. Solche Phasen hat doch jeder mal. Du bist eben keine Nullachtfünfzehn Frau, da läuft nich` das Standardprogramm ab. Sei doch froh dass du nich` so´n langweiliges, absehbares Liebesleben hast." „Genau!" bekräftigt der Etrusker und beugt sich vor, um mir in die Augen zu sehen. „Wenn du das nämlich hättest, dann…" „Dann was? Hätte ich zwei Kinder und ´ne Weight Watchers App?"

„Dann säßest du nicht hier mit uns beiden Hübschen!" bringt er triumphierend seinen Satz zu Ende und lässt sich ins Polster fallen. Die Bedienung fragt weitere Wünsche ab aber ich will nun doch langsam diesen kulinarisch-wertvollen Ort verlassen. Mein Flieger wird nicht so lange warten, bis Frau Eul geruht den Hintern hoch zu kriegen. Ich finde, Cosimo hat Recht. Mit Mann, Kind und Hund und Haus wäre ich wahrscheinlich so ausgelastet, dass ich keine Zeit für Extratouren wie diese hier hätte. Aber vielleicht wäre ich daran auch gar nicht mehr interessiert, wenn ich doch stattdessen die Fenster meines Reihenhauses putzen könnte. Und im EDEKA mit dem Kassierer flirten. Oder doch lieber mit dem Postboten…? Hm… „Gibt´s das wirklich?" fragt Cosimo gerade interessiert. Oh nein! Hatte ich etwa wieder Ton– statt Stummfilm? „Ähm…bestimmt. Man sagt doch nicht umsonst das Kind ist vom Postboten, oder…?" „Cosimo kuckt eingeschränkt. „Was haben denn Diäten mit Postboten zu tun?" „Ach so! Die Weight Watchers App meinst du! Ja, die gibt es wohl wirklich. Eine meiner Freundinnen meinte, sie könne nicht abnehmen bevor nicht ein iPhone bekäme. Auf `nem normalen Handy kannste dir ja nix Appiges ´runterladen." Die Rechnung kommt, Kaii zahlt und wir erheben uns.

„Und hat sie schon Gewicht verloren?" „Nö, bisher nicht."
„Also hat sie noch kein iPhone?" fragt der dünne Sänger
dazwischen. „Nö, sie hat erstmal bei den Weight Watchers
angerufen." „Ja, und?" „Es hat wohl keiner abgenommen!
Buhahah!" Die beiden kennen den ollen Gag wohl noch
nicht und gackern. Ich bedauere, diesen schönen Ort verlassen zu müssen und bin im Aufzug still. Nicht nur wegen
meiner Phobie. Aber die ist gar nicht mehr so schlimm,
wie sie mal war. Merkwürdig. „Aber welchen Axel siehst
du denn nun wieder?" bleibt Cosimo hartnäckig. „Den einen werde ich wohl sonntagabends um 20 Uhr 15 im
Fernsehen sehen, so alle paar Wochen mal, den anderen
beim Bäcker in Korschenbroich, wenn ich meine Oma besuche." Der Lift ist unten angekommen und wir verlassen
den Wasserturm. Draußen im Regen wartet Alfred bereits
auf uns. Als er uns sieht, springt er hastig aus der Limo
und hält uns die Türen auf. „Und das wird dir für den Rest
deines Lebens reichen?" Alfred hält Kurs auf das *Mare*. Ich
blicke durch das Fenster auf die feuchte Umwelt. „Wahrscheinlich nicht. Vielleicht taucht ja irgendwann ein neuer
Axel auf. Oder ein Raimund oder Peter oder Klaus-Jürgen
oder…" „Ja, ja, schon gut, ich hab´s verstanden." „Ich
muss das Ganze wirklich erst mal verdauen. Soviel Action
wie hier habe ich sonst auch nicht, das kannst du mir
glauben. Mein Leben ist nicht so spannend wie deins!"
„Wieso ist mein Leben denn spannend?" fragt Cosimo unschuldig. Sein Veilchen ist kaum noch zu sehen, seine Locken kräuseln sich nach dem Regen wild um sein halbita-
lienisches Antlitz. „Na, weil du zum Beispiel MICH kennst!"
kommt es trocken unter Kaiis Hut hervor. „Alfred, halt
doch kurz am Deli an, ja, mein Guter!" Alfred tut wie ihm
geheißen, Kaii schwingt sich aus der Limo „Bin sofortigs-
tens wieder da" und knallt die Tür zu. Die Scheibenwischer wischen, Alfred steht im Halteverbot, der Verkehr
rauscht weiter, ebenso der Regen. Ich bin echt müde. Ein
bisschen freue ich mich sogar auf zu Hause, obwohl mich
in meiner Bude wohl nur halbverdorrte Pflanzen, abgelaufene Milch im Kühlschrank, tote Fliegen auf der Fensterbank und Staub überall sowie Rechnungen im Briefkasten

erwarten werden. Aber auch mein Umfeld, mein kuscheliges Bettchen und damit auch ganz viel Schlaf! Und ein wenig Zeit und Ruhe zum Nachdenken und Nacharbeiten! „Sind sie verheiratet, Alfred?" frage ich, mich leicht nach vorne zum Fahrersitz beugend. „Ja, mit meinem Chef!" Wir lachen. „Nee, nich´mehr. Hat nich`geklappt. Die unregelmäßigen Arbeitszeiten und so, da kann man kein Familienleben führen." „Wie lange arbeiten Sie denn schon für Kaii?" „Seit sieben Jahren. Na ja, eigentlich arbeite ich ja vornehmlich fürs *Mare*. Wir haben da so ein spezielles Abkommen ...in erster Linie bin ich für Herrn Komikaa zuständig, als Butler sozusagen und als Chauffeur. Vorher bin ich zur See gefahren aber das hier macht mir mehr Spaß." „Haben Sie denn noch Zeit für Privates? Haben Sie ein Hobby?" „Joa, schon. Ich hab´n kleines Boot an der Elbe. Und ich sammle Ü-Ei-Figuren. Hab´schon richtig gute Sachen die letzten Jahre zusammengesucht. Da treibe ich mich auch oft auf solchen Tauschbörsen herum." Alfred scheint zufrieden zu sein mit seinem Leben. Auch ohne Trauschein. „Aber früher hattest du doch bestimmt ´ne Braut in jedem Hafen, oder, alter Schwede?" sagt Cosimo launig und boxt Alfred spielerisch auf die Schulter. Alfred lacht kurz aber vielsagend und „will in Anwesenheit der Dame das Thema nicht vertiefen". Männo, wieso denn nicht? Und wieso, wundere ich mich nicht zum ersten und gewiss auch nicht zum letzten Mal, nennen sich die Kerle immer „Alter Schwede! Alter Sack! Alter!"? Kaii kehrt jetzt zurück, in den Händen jeweils zwei prall gefüllte Papiertüten. Wir fahren weiter, Alfred parkt den Wagen vor dem Hotel, der Doorman öffnet die Autotüren. „Alfred, kümmer` dich mal ums Gepäck von der Prinzessin, wir fahren dann sofort weiter zum Flughafen." „Wie jetzt?" „Na, wenn kein Axel zum Abschied da ist, müssen wir das wohl übernehmen. Du kannst doch nicht so alleine zum Airport fahren." Da kehrt Alfred schon mit meinem Gepäck zurück und verstaut alles im Kofferraum. Klappe zu und weiter geht es nach Fuhlsbüttel. Während der Fahrt plaudern wir noch angeregt und amüsieren uns über die jüngste Vergangenheit.

Der wildgewordene Utz auf der Zecher- Eröffnung! (Tobias hatte wohl sowohl gute als auch schlechte Presse, mal sehen, wie es weiter bei ihm läuft, Katharina wird mich wohl darüber in Kenntnis setzen, was ihr Brüderchen so treibt mit Papas Kohle). Der berserkierende Hamid, meine Taschenattacke gegen ihn und Cosimos todesmutiges Eingreifen! Meine beiden Axels in der Hotellobby und später in Kaiis Kemenate! Cosimos und mein Puffbesuch! Ich erzähle ihm jetzt erst von meinem Eindringen beim Eindringen. Er schüttelt ungläubig den Kopf und lacht. „Was du immer so alles erlebst! Na ja, Utz ist erstmal weg vom Fenster. Hat wohl auch gegen seine Bewährungsauflagen verstoßen." „Ein Glück, dass du deine Kohle wenigstens schon hast!" „Tja, das verdanke ich auch dir" glüht er mich mit seinen Espresso-Augen an. „Ohne Typen wie Utz wäre Hamburg nich` Hamburg" meint Kaii. Wo er Recht hat, hat er Recht! Inzwischen sind wir am Airport angekommen. Alfred hält kurz in der Kurzhaltezone und wuchtet mein Gepäck aus dem Kofferraum. Außerdem kümmert er sich auch noch um einen Gepäcktrolley, der Gute. Ich frage mich, ob ich ihm ein Trinkgeld geben darf oder sogar muss. Schließlich ist er ja streng genommen für Kaii im Dienst. Kaii nimmt seine Augengläser ab und schaut mir in die Augen. „Ich bleib lieber im Auto, Prinzessin. Könnte sonst vielleicht ´n bisschen rummelig werden. Ist das okay?" „Aber absolut, mein Lieber!" Wir umarmen uns fest und lang, Kaii gibt mir einen supersanften Kuss auf die Stirn und riecht gut. „Pass auf dich auf, mein Mädchen. Wir sehen uns bei meinem Konzert. Und ich akzeptiere keine Absage von dir!" Ich lache. „Ich sehe, was sich machen lässt. Immerhin muss ich ja auch zwischendurch ein bisschen Geld verdienen. Und mein Privatleben mal etwas ordnen und sortieren." Ich nehme seine Hände und drücke sie. „Ich danke dir für alles. Es war eine richtig geile Zeit, ich kann´s gar nicht anders nennen. Gib Berit einen Kuss von mir und grüße sie, ja? Nicht vergessen, okay?" Auf einmal habe ich Tränen in den Augen. Ich hasse Abschiede. Auch wenn man ja jetzt nicht aus der Welt ist, *diese* Zeit ist einfach vorbei und sie war kurz aber intensiv. „Wird gemacht Prinzessin. Wir denken an dich. Und wir quatschen zwischendurch, ja? Ich hab´ ja deine Nummer. Und wenn was schiefläuft dann lass es mich wissen. Vielleicht kann ich dir ja helfen." „Mach ich, Onkel Kaii!" verspreche ich unter Tränchen. Eine letzte Umarmung und ich pelle mich aus der Limo. „Und grüß deine Oma von mir, har har!" „Geht klar!" „Und vergiss die Leckerchen nicht, habe ich extra für dich gekauft! Du brauchst bestimmt ´n bisschen Seelentrost die nächsten Tage..." Cosimo begleitet mich noch hinein und schiebt galant meinen Gepäckwagen. Alfred habe ich zum Abschied auch umarmt, ob sich das nun geziemt oder nicht, und mich sehr bedankt. „Bis bald denn, Frau Eul, ich komme sie dann am Flughafen abholen, wenn Herr Komikaa sein Hauskonzert gibt." Für alle scheint es wirklich sonnenklar zu sein, dass ich mal eben so `rüber gejettet komme, wenn der Meister Hof hält. Ich hätte ja auch mächtig Lust darauf! Statt Trinkgeld gebe ich Cosimo später für Alfred fünf Ü-Eier mit, die ich an einem Flughafen-Kiosk kaufe. Die Deli-Leckereien quetsche ich noch in meinen Trolley. Am Ende darf ich die nicht mit ins Handgepäck nehmen und dann haben wir den Salat! Cosimo bringt mich noch bis zur Gepäckaufgabe. „Ich geh dann mal auch besser, hab noch Termine und Kaii muss bestimmt auch noch was tun." „Das könnte wohl sein!" lache ich. Cosimo schaut mich plüschig an. Ich weiß nicht wieso, vielleicht liebt er ja einfach die Frauen an sich oder er hat einen Narren an mir gefressen, rein platonisch natürlich. Oder doch nicht? Oder wie oder was? „Wie heißt deine Freundin eigentlich?" sage ich zur Ablenkung. „Carina." „Und wann kommt sie zurück?" „Heute Abend hole ich sie vom Bahnhof ab. Sie fliegt nicht gern." „Aha". Dann gehen heute wohl alle wieder zurück auf Normal. Zurück zum Job, zum Partner, zum Alltag. „Dann mach´ dich jetzt vom Acker, sonst kriegt Alfred noch ein Ticket fürs Falschparken." Auch wir umarmen uns fest, lange und herzlich. Cosimo hat auch gar kein Problem damit, mich einfach auf den Mund zu küssen. Schöne volle Lippen hat er ja, das muss man ihm lassen. „Ich werde dich wirklich vermissen, Ilsa. Du hast richtig Leben in die Bude gebracht und ich habe noch nie so viel mit einer Frau gelacht. Du solltest an jedem Finger fünf Verehrer haben, *davvero*!" Er halt mir seine Hand mit den fünf ausgestreckten Fingern vors Gesicht. Dann nimmt er letzteres zwischen seine Hände und blickt mir ernst in die Augen. „Pass´auf dich auf! Und werde glücklich! Und vor allem: Komme wieder! Wir brauchen dich doch hier!" „Und du brich nicht so viele Herzen!" sage ich vorwurfsvoll. „Mache ich doch gar nicht! Und deins doch sowieso nicht." Wir lachen und umarmen uns ein letztes Mal. „Ich werde mir jetzt noch eine schöne Zeitung kaufen und dann mal ganz in Ruhe lesen. Dazu bin ich die letzten Tage ja überhaupt nicht mehr gekommen." „Ach, wer will lesen, wenn das Leben doch so viel Spannenderes bietet?" gestikulierend steht er vor mir, wirft die Lockenpracht in den Nacken. „Aufregung, Action" er kommt mir sehr nahe und glüht mir wieder in die Augen „schöne Männer!" „Jetzt hau schon ab!" sage ich lachend. Er dreht sich um und geht. Dann wendet er sich mir noch einmal zu: „Und melde dich, wenn du wieder zu Hause bist, claro? Nur damit wir wissen, dass du gut angekommen bist! Und grüß mir die Heimat, haha!" Ich sehe ihm kurz nach wie er schnellen Schrittes, mit wehenden Locken und wehendem Schal, davoneilt. Und dann wird der attraktive Diener des Grafen von Monte Cristo von der Menschenmenge des Flughafens verschluckt. Ich atme kurz durch und gebe dann mein Gepäck auf.

Uns bleibt immer noch Hamburg!

Noch dreißig Minuten bis zum Boarding. Ich bewege mich Richtung „Internationale Presse". Kaufe mir noch eine ZEIT, von der ich bestimmt wieder nur das Magazin und die Seite „Was mein Leben reicher macht" schaffen werde. Aber was soll´s, ich liebe das nun mal. Und ich hab doch sonst nix, wuhäääähh und heeuul! Stehe an der Kasse in der Schlange. Lasse die Hektik des Airportgeschehens an mir abperlen. Das geht mich doch eh alles nichts an. Ich bin komplett im Sack und unglücklich verliebt und meine alte Liebe hat auch noch kurz `ne Gefühlsstraße in meinem Herzen aufgerissen. Jetzt ist da ein Baustellenschild und ein ausgehobenes Loch mit Zaun drum herum aber keiner weiß wann, ob und wie dieses Loch wieder geflickt wird. Und wieso es überhaupt gebuddelt wurde. Ein Leck an der Hauptleitung oder so, aha.
Bevor ich zu metaphorisch werden kann, habe ich auf einmal den Duft von Vetiver in der Nase. Ich klemme mir die ZEIT unter den Arm und verstaue mein Portemonnaie in meiner Tasche, rücke sie zurecht und ordne den Mantel, den ich mir über den Arm gehängt habe. Dann gerät meine ZEIT ins Rutschen, sie fällt zu Boden und als ich mich nach ihr bücke, knupse ich mir fast den Kopf an einem männlichen Schädel, der einen Hut trägt und gleichzeitig das Presseerzeugnis vom Boden klauben will (also, der ganze männliche Mensch, nicht nur der Schädel. Das wäre ja final-gruselig!). Wir greifen beide nach der Zeitung und ich blicke dabei in die wunderbarsten grauen Augen. „Ach…!" kann ich nur sagen. „Du hier…?" „…und NICHT in Hollywood, nein!" „Woher weißt du…?" „Ich habe Kaii antelefoniert. Und ihn eben noch kurz draußen gesehen. Und Cosimo ist mir auch noch in die Arme gelaufen. Von ihm habe ich den Tipp mit dem Zeitschriftenladen." Er kuckt auf die ZEIT. „Ich dachte, du liest nur die BUNTE?" „Das ZEIT MAGAZIN ist doch auch so ´ne Art BUNTE für Akademiker!" „Ist das so?" „Ja, das ist so. Und jetzt muss ich mich mal in die Senkrechte bringen. Ich kriege schon Wadenkrämpfe." „Natürlich, natürlich." Sagt´s, und zieht

mich an den Ellbogen sanft in die Höhe. Wurde auch Zeit, wir standen ob dieser merkwürdigen Hockposition schon leicht im öffentlichen Interesse. „Darf ich dich noch auf einen Espresso einladen?", er macht eine Handbewegung Richtung sauteurer Flughafenkaffeebar. „Aber echt auf Ex, mein Flieger geht recht zeitnah!" „Dann nix wie hin!" An der Bar ist es rummelig und laut, die Espressomaschine macht Espressomaschinengeräusche und irgendsoein Spassnocke hat Latte M bestellt und nun zischt auch noch der Milchaufschäumer als bekäme er es bezahlt. „Na, wenn DAS nicht romantisch ist!" seufze ich und der Mann mit Hut lacht. Und dann schauen wir uns in die Augen und in meine steigen schon wieder die Tränen. „Kleines, Ilsa…" Ich winke ab und ziehe, ACHTUNG! ein TEMPO aus meiner Manteltasche! Tja-a! Ab heute wird alles anders, ich bin präpariert! Oookay… Die Tempos befanden sich schon länger in meinem Mantel aber ich habe sie heute neu entdeckt. „Sag´nichts, Axel, sag einfach nichts", bitte ich ihn etwas undeutlich sprechend durch mein Taschentuch. (Alter, ist das kitschig!) „Aber ich möchte dir noch so viel sagen. Ich bin doch eigens deswegen hierhergekommen" (er sagt wirklich "eigens". Hach ja, der Mann hat wirklich Klasse!). Die zwei Espresso (Espressi?) werden uns auf den Tresen geknallt. „ZWEI ESPRESSO!" schreit der Espressobarmann. „DAS SEHE ICH AUCH!" belle ich zurück. „Herrgott, ist das hier Hören statt Sehen?" Mit Verve schütte ich viel zu viel Zucker in das kleine Tässchen und rühre mir einen Fuchs. Wolf kann ja jeder! „Es tut mir so leid, dass ich mich nicht mehr bei dir gemeldet habe" sagt Axel gerade reumütig. „Das ist wirklich sonst nicht meine Art. Aber die Dinge haben mich einfach überollt, die Situation ist mir entglitten…" er nippt kummervoll an seinem TässCHEN. Ich glaube, dass manch einer ihn hier schon erkannt hat. Ob das ein Problem ist? „Und dass mir die Situation entgleitet, das ist vollkommen neu für mich!" Er richtet seinen Blick wieder auf mich. Ich sehe auf die Uhr hinter ihm. Noch zwanzig Minuten bis zum Boarding. Ich trinke das kleine Wassergläschen, das Cosimos Nationalgetränk stets begleiten sollte, auf ex. Mein Mund ist trocken. Wenigstens mal etwas, das nicht feucht ist an diesem Tag. Obwohl, da fällt mir noch mehr ein...ha, ha! „Wie hast du deinen letzten Abend in Hamburg denn verbracht?" „Angeschickert und angetan mit einer Siebzigerjahrehose und wie immer von einer kleinen Katastrophe in die nächste gleitend und mich wieder gründlich zum Affen machend. Also everything as usual." „Was hast du denn getrieben?" „Ich war bei den Grünhagens zum Essen eingeladen, es waren noch weitere Freunde dort, eine Marlene Kaufmann und ihr Sohn Laurenz mit Hund. Der hat mir meine nackten Beine angesabbert." „Der SOHN??" „Der Köter natürlich! Hört nicht für fünf Cent. Du kennst ihn übrigens vom Elbstrand. Alex." „Nein!" „Doch! Ich habe ihn dann später nochmal an der Alster getroffen, als ich meinen Eklat mit dem anderen Axel hatte" „Wie..., was...?" „Egal! Und seine Mutter, also Laurenz´ Mutter, nicht die von Alex, kennen wir auch. Sie war in Rudis Restaurant, im Spa des *Mare* und sie saß sogar bei unserem Kennenlernen am Nebentisch mit noch so paar geriatrischen Ischen. Ich glaub, bei den Apfelsteins war sie auch. Bist du auch zur Hochzeit eingeladen? Ach, das Maulaffenveilchen, also, Katharina, ich meine, Frau Maulbach, heiratet übrigens auch. Ihre nie erfüllte Jugendliebe Rumburak. Nee, irgendwie heißt der anders. Jedenfalls bin ich dazu auch eingeladen. Und zu Justus`Hochzeit auch. Er heiratet Laurenz´Schwester Inken. Vielleicht kann Alex ja auch bis dahin wieder was hören. Ich tippe nämlich darauf dass er nicht gehorcht weil er wat anne Ohren hat." Axel versucht erst gar nicht, alle Namen und Infos zu speichern und zu sortieren„Und was ist mit dem anderen Axel?" fragt er etwas verdattert. „Ich habe bisher nichts mehr von ihm gehört." „Es gehört viel dazu, seiner Jugendliebe nach Hamburg zu folgen und sich ihr zu erklären." „Er hat sich mir nicht erklärt!" „Aber er liebt dich doch noch. Das sieht doch ein Blinder mit Hund!" Noch zehn Minuten bis zum Boarding. Langsam sollte ich meinen Po mal Richtung Durchleuchtschleuse schieben. „Axel, ich bin auch durcheinander! Ich muss mich zu Hause wirklich erst einmal sortieren und alles reflektieren. Was weiß ich, was den anderen Axel so umtreibt. Er war inzwischen verheirateter Familienvater. Wobei ihm gerade von seiner Ische offenbart wurde, dass sein Kind gar nicht seins ist!" „Oh..." „Ja, oh! Mehr fällt einem zu so einer Geschichte auch nicht ein, ich finde das skandalös, im Ernst. Und ich erzähle es dir auch nur, weil du quasi außen vorstehst und niemandem durch eventuelle Plauderei zuviel verraten könntest. Außer mir weiß es nämlich noch keiner. „Daran siehst du doch, wie sehr er dir noch vertraut, wie wichtig du noch für ihn bist. „Ja, ja" gebe ich etwas ungeduldig zurück. Ich will gar nicht unbedingt über den *Axel from the past* reden. Unsere Zeit ist doch viel zu kostbar dafür. Lieber will ich *diesem* Axel mitteilen, dass er für mich der wunderbarste Kerl dieser Galaxie ist, dass ich seine Sammetstimme anbete und auch den Rest nicht mehr missen möchte. Aber a) wäre das doch ein wenig zu dick aufgetragen und b) will ich Wort solchen Kalibers doch lieber von einem Mann an mich gerichtet hören. Ich mach mich nicht mehr zum Affen. Jedenfalls was das anbelangt nicht. Ansonsten ja immer gut und gerne... Und c) „Die Zeit rennt uns davon!" Ich schaue ihm in die Augen: „Ich werde euch alle so vermissen!" „Uns alle?" „Nun, dich natürlich besonders" sage ich leise. Hoffentlich hört er das in der Milchaufschäumgeräuschkulisse überhaupt. Nein, ich werde mich nach dir verzehren, mir jeden Moment unseres Beisammenseins noch einmal ins Gedächtnis rufen, mir den Duft deiner Haut in die Nase zaubern und überhaupt alles! „Ich muss zum Boarding!"

„Passagierin Eul wird nun dringend gebeten, zum Boardingschalter des Lufthansafluges LH 27 zu kommen. Frau Ilsa Eul, bitte kommen Sie nun dringend zum Boarding des Lufthansafluges LH 27! Urgent call for Passenger Eul, Passenger Eul is requested to proceed immediately..." „Kacke, ich muss mich beeilen!" Offenbar bin ich schon des Öfteren ausgerufen worden. Ich hab nix mitgekriegt bei dem Lärm hier und mit meinem Traummann vor mir. „Ilsa, aber ich muss noch mit dir sprechen..." Ich schüttele den Kopf. „Nein Axel, du musst mir nichts erklären. Du bist glücklich verheiratet. Du hast eine tolle Frau und eine tolle Familie und ich bin die Letzte, die das zerstören will. Ich habe noch NIE etwas mit einem verheirateten Mann gehabt, das musst du mir bitte glauben!" „Aber ich doch auch nicht! Ich meine, ach du weißt schon, was ich meine." „Ich muss jetzt los, es tut mir leid!" Er umarmt mich so abrupt und heftig, dass ich kaum noch Luft bekomme und außerdem ins Taumeln gerate. Einen Moment lang stehen wir so aneinandergepresst und die Zeit steht still und der Lärm hält die Klappe. Ich sauge seinen Duft ein. Wir küssen uns. Ich will ihn mitnehmen und ganz für mich alleine haben. Tagelang mit ihm im Bett liegen, etwas Feines kochen und am Rhein spazieren und an einem der kleine Strände dort Sex mit ihm haben. Oder sowas in der Richtung. Händchenhalten geht ja auch ab und zu. Jetzt nimmt er den leichten Schal, den er um den Hals trägt ab, und reicht ihn mir. „Hier, ein kleines Souvenir bis zu unserem Wiedersehen." „Wir werden uns nicht wiedersehen, Axel." „Aber ich MUSS dich wiedersehen, Kleines! Du fehlst mir jetzt schon. Wie soll das erst in den nächsten Tagen und Wochen werden?" Gott, ist das hier alles eine Kitsch-Keule. Aber ich hab das so nicht bestellt! Ich wende mich zum Gehen, bin quasi auf dem Sprung. „Uns bleibt immer noch Hamburg!" schreie ich gegen den Lärm und meine Traurigkeit an und dann sprinte ich aus der Szene. Axel, der Mann mit Hut und den grauen Augen und der wunderbarsten Stimme der Welt, bleibt an der Espressobar zurück. Und mit ihm ein Stück meines Herzens. Schmacht!

Back to Basic

Schwitzend und außer Atem komme ich an der Durch-leuchtschleuse an. Die Frau vom Sicherheitsdienst winkt mich mit ihrer Piepkelle zu sich in die Piepschleuse und waltet ihres Amtes, meine Tasche wird noch geröntgt und all das und am Boardingpult wartet bereits eine vorwurfs-voll dreinblickende Bodenpersonaltussi auf mich. Im Flie-ger angekommen muss ich natürlich erstmal Pinkeln und natürlich müssen deshalb wieder zwei Personen aufste-hen, weil ich ja auf eigenen Wunsch einen Fensterplatz habe. Oder einen Fettnapfplatz? Der weitere Flug vergeht ohne besondere Vorkommnisse. Ich sehe Hamburg im Regen von oben und dann nur noch dichte Wolken. Meine ZEIT rühre ich nicht an. Den von den Flugbegleiterinnen angebotenen Kaffee lehne ich dankend ab. Ich bin noch ganz aufgepeitscht von dem Espresso und dem vielen Zu-cker. Und dem Kaffee davor, beim Frühstück. Und dem ganzen Essen in meinem Magen. Die nächste Zeit wird wieder Schmalhans Küchenmeister sein. Aus budgetären sowie aus zeitlichen Gründen. Ich werde bald wieder in Dauerrotation und Stress stecken. Außerdem werde ich vor lauter Liebeskummer eh keinen Appetit haben. Über die Dauer des Fluges stiere ich auf die Kopfstütze vor mir. Meine Nebensitzer, irgendwelche grauen Businessmen, nehme ich kaum wahr. In DUS AP (Düsseldorf Airport) angekommen gibt es leider kein Begrüßungskomitee mit Limousine oder ähnlichem. Ich warte auf mein Gepäck und wuchte es höchst selbst vom Gepäckband. Dann ma-che ich mich auf den Weg zur U-Bahn-Station, drehe aber wieder ab und beschließe, mir zum Abschluss noch ein Taxi zu gönnen. Ich setze mich in den Fond des Wagens und habe zero Bock auf Smalltalk, was der Taxi Driver bald schnackelt und ab dann den Schnabel hält. Als wir an meiner Behausung Halt machen, kann ich ihn mit einem netten Trinkgeld noch dazu bringen, mir meinen Kram die zwei Treppen zu meiner Bude hochzuschleppen. Ich habe derweil noch schnell den Briefkasten geleert. Und jetzt stehe ich in meiner kleinen Diele, noch Hamburger Reisestaub an den Klamotten, Axels Souvenir, den grünen Leinenschal, noch um den Hals geschlungen und frage mich, was ich hier eigentlich mache.

Big sleep

Und alles ist so, wie erwartet: tote Fliegen, verdorrtes Basilikum auf der Küchenfensterbank, Rechnungen im Briefkasten, abgelaufene Milch im Kühlschrank, stickige Luft in der Luft. Offenbar war es auch hier in Düsseldorf die letzten Tage recht warm, erst mal lüften. Ich trete auf meinen Minibalkon, der nun regenfeucht ist und blicke auf die Hinterhausszenerie. Hm…ich gehe wieder hinein. Im Bad machen die Wasserleitungen merkwürdige Geräusche als ich die Toilettenspülung betätige, weil sie längere Zeit nix zu tun hatten. Das Wasser aus dem Hahn am Waschbecken sprotzt erstmal ein bisschen, bevor es normal durch das Siebchen läuft. Kann aber auch verkalkt sein. Von der Straße her höre ich das Geräusch der S-Bahn. Ich packe meine Sachen aus, sortiere nach Waschen und Nichtwaschen (das meiste ist Waschen) und verstaue mein nun leeres Gepäck im Einbauschrank in der Diele und begutachte Kaiis feine Sachen. Die Scharfmacherpaste scheint auch dabei zu sein aber wozu sollte ich sie benötigen? Erstmal ab in den Kühlschrank damit. Dann überlege ich: morgen ist Freitag, soll ich dann einkaufen oder jetzt? Ein paar Frischsachen bräuchte ich schon noch. Ich könnte auch morgen gehen und unterwegs eine Kleinigkeit frühstücken. Oder jetzt und morgen den ganzen Tag schlafen und schlumpfen und Samstag dann auch die Sachen für Oma besorgen? Nein, anders: Das Nötigste wie frisches Obst, Brot und Aufschnitt hier im Viertel besorgen und dann Bubu und dann mal sehen, wann ich Zeit und Lust habe, in die Stadt zu gondeln. Reicht ja auch am Samstag. Also wieder 'raus ins Leben, zum türkischen Lebensmittelhändler, zum kleinen Bäcker meines Vertrauens und dann noch rasch zur Metzgerei Erkmann. Alles wieder in die Wohnung schleppen, Tür zu, Schlüssel drauf, Klingel abstellen, Rollos runter, abschminken. Und dann nur noch Schlafen. Als ich wieder aufwache ist es Freitagmorgen, elf Uhr fünfundzwanzig. Ich habe also fast siebzehn Stunden gepennt. Nun bin ich noch so bedrömselt dass ich erst einmal im Bett liegen bleibe und versuche, klar im Kopf zu werden. Dann fällt mir siedendheiß ein, dass ich mich ja bei Cosimo melden sollte, sobald ich angekommen bin. Ich torkele aus dem Bett und sende ihm eine Whatsapp. Offenbar hat er auch bereits versucht mich zu erreichen, erst telefonisch und dann auch per Whatsapp wie ich nun sehe, mein Handy hatte ich ja abgestellt. „Ciao Ilsa, ist alles bene bei dir? Bitte melde dich! Bertuccio." Ich muss grinsen, hat er sein Alter Ego also nicht vergessen. „Ahoi nach HH, mein Bester. Alles roger bei mir, habe sehr viel geschlafen und werde dies auch heute tun. Wie geht es Carina? Ich melde mich bald ausführlicher. Miss you, Ilsa". Senden und ab dafür. Ich trinke in der Küche ein großes Glas O-Saft, dann Pipi machen, Zähne putzen und schließlich Frau Ziekowski anrufen um mich ordnungsgemäß zurückzumelden. „Frau Eul! Sie hier in unserer Leitung! Wie kommen wir zu der Ehre? Im Ernst, ist alles in Ordnung bei Ihnen?" „Ja, alles bestens, musste nur ein wenig Schlaf nachholen. Ist ES auch zugegen?" „Nein, der Chef bleibt noch bis Montag außer Haus, hat viel um die Ohren und musste auch nochmal in die Schweiz." Sie senkt verschwörerisch ihre Stimme: „Ich glaube, er hat da ´nen dicken Fisch an der Angel. Wenn es gut läuft, verdienen wir hier bald vielleicht doch nochmal ein nennenswertes Gehalt, haha!" Na, so wenig wird sie als Chef-Empfangssekreteuse nicht verdienen, trotz seiner merkwürdigen Art hält Mittelweg große Stücke auf sie, das weiß jeder. Ich verabrede mit ihr, dass ich Anfang der Woche, spätestens aber Mittwoch, in den Verlag komme und bis dahin mein Œvre schon halbwegs textlich stehen habe. Dann noch in die Grafik und so… da muss Hyänchen eh nicht dabei sein. Da ich ohnehin keinen festen Erscheinungstermin habe, wird das alles so wild nicht sein. Ich kann der Hyäne auch noch die Exklusiv- Interviews mit Kaii und evtl. Axel anpreisen, wobei ich nicht weiß, ob ich Axel nach allem was gewesen ist noch ganz neutral befragen kann, bzw. ob wir uns überhaupt je wiedersehen können dürfen und werden. Es könnte ja aber auch einfach ein Porträt mit Zitaten und (aktuellen, hihi) Fotos werden. Außerdem habe ich Berits Zusage, an ihrer nächsten Ausstellung, die ein echt dickes Ding werden soll, teilzuhaben und sie in "meiner" Reihe über Berufe, Abteilung *Working Woman* unterzubringen. Gleichzeitig könnte ich aber auch Berit und Kaii als Powerpaar ablichten und abtexten, das habe ich bereits mit ihnen besprochen. Annika wollte mir auch für die Berufereihe Rede und Antwort stehen, dabei allerdings anonym bleiben was ich nur zu verständlich finde. Also insgesamt noch einiges zu tun, wofür es nebenher auch Geld gäbe. Nebenher meinen Kram für Frau Kaufmann parat machen und eine Skizze meiner Romanidee entwerfen, zu Papier bringen und ebenfalls an Marlene senden. Sollte aus der Nummer was werden, dann muss ich mich auch arg auf den Allerwertesten setzen, um auch wirklich einen Roman zu fabrizieren. Die Frage ist nur: Wie soll ich mich in den entstehenden Zwischenzeiträumen über Wasser halten? Für Deutschkurse habe ich dann wohl nicht mehr wirklich Zeit und so richtig Bock habe ich ehrlich gesagt, auch nicht mehr darauf. Da bleibt wohl nur eins: Mit dem Hyäne über einen Festvertrag sprechen. Zumindest erst einmal einen befristeten. Und danach sieht man ja, ob ich erfolgreiche Romanautorin werde, höhö, oder Freie und Jobberin oder was auch immer bleiben muss. Er hatte mir schon einmal eine Festanstellung angeboten, allerdings zu vollkommen lächerlichen Konditionen. Aber seitdem ist einiges an Zeit ins Land gegangen und wer weiß, vielleicht verhelfen uns die Schweizer ja doch mal zu einer Art gehaltsmäßigem Aufschwung. Obwohl die Schweizer an sich ja nicht wirklich zum Prassen neigen. Aber bei all der Asche, die die Deutschen da schwarz geparkt haben und dem Haufen Nazigold auf dem sie ja angeblich sitzen „können die ruhisch ens jet donn" wie de Omma sagen würde was auf Deutsch so viel heißt, dass sie auch mal etwas (Gutes) tun können.

Handyklingeln reißt mich aus meinen Gedanken. Schnucki! „Hey, du Hamburger Deern, bist du wieder in der Heimat?" „Joa, körperlich schon…" „Ahaa…?" „Hach, das ist jetzt alles so eine krasse Umstellung, von Hundert auf Null sozusagen oder von Luxussuite zu Besenkammer."

„Mit Angela Ermakova darin oder ohne?" prustet Schnucki. Ich muss auch lachen. „Am besten ohne, diese Billigtussi will ich noch nicht mal neben meinem Wischmopp stehen haben." „Im Ernst jetzt, so schlimm?" fragt Schnucki nun wirklich ernst. „Was heißt schlimm, das ist natürlich übertrieben. Aber hier ist alles so fad und grau und Axel hat voll den Aufstand gemacht und der andere Axel fehlt mir wie Hölle und ich weiß gar nicht, wo ich anfangen soll mit schreiben, schlafen, sortieren und soweiter." „Also alles wie immer!" stellt meine beste Freundin trocken fest. „Na ja, nicht ganz. Sonst bin ich nicht unglücklich in einen verheirateten Promi verliebt, habe ein Angebot von einem Verlag, einen Exfreund am Bein…" „Du hast ein Angebot? Nee!" „So halbwegs, ist alles noch vage aber immerhin darf ich meine schriftstellerischen Ergüsse mal jemandem vorlegen, das ist doch schon mal ein Fortschritt. Und bei Gefallen soll ich noch einen Roman nachlegen." „Upps!" „Wenn es so ist, dann schaffe ich das schon. Schreiben ist schließlich eine meiner leichtesten Übungen und eine Idee habe ich schon, teilweise sogar schon ganze Sätze und Dialoge im Kopf und wenn ich will, kann ich dafür auch Nachtschichten fahren. Habe ich für meine Artikel und Kurzromänchen ja auch schon gemacht, bin doch eh eher ´ne Eule, haha. Aber lass´ uns doch mal ganz in Ruhe und Aug in Aug sprechen! Ich muss ja auch unbedingt wissen, was bei dir so läuft!" „Wann kannst du denn? Ich bin am Wochenende nicht vakant." „Ahaa….?" sage ich nun. „Der Zyklop?" „Ja, auch. Aber ich bin auch noch bei Dany zum Geburtstag eingeladen." „Also dann lieber nach dem Wochenende? Ich bin Montag eh in Korschenbroich weil ich Oma abhole und in Krankenhaus bringe. Danach wollte ich kucken, ob ich im Häusle mal ein bisschen klar Schiff machen muss. Sollen wir uns dann abends einfach bei ihr treffen und was kochen?" „Ja, so machen wir´s! Ich bin gegen sieben da, okay? Soll ich noch was mitbringen?" „Nö, lass mal, ich kaufe vorher noch ein." „Dann bis Montag um sieben. Ich freu mich…!" trällert sie mir ins Ohr und lächelnd lege ich auf.

Das weitere Wochenende verläuft unspektakulär mit Waschen, Putzen usw. und weiterhin sehr viel Schlaf. Am Samstag wage ich mich in die Stadt, obwohl ich Shopping am Wochenende sonst meide, weil zu voll und kaufe zwei Nachthemden und einen wunderhübschen Bademantel (reduziert!) fürs Omchen. Dann besorge ich bei Café Heinemann noch Düsseldorfer Knööp und Champagnertrüffel für die Grünhagens. Mit einer netten Karte werde ich die Süßigkeiten als kleines Dankeschön per Post an sie senden. Später treffe ich meine Freundin Verena noch auf einen Kaffee im Schiff Ahoi und gebe ihr auch gleich das Geschenk für Sanne, mein Patenkind mit: ein superputziges Ringelshirt mit der Aufschrift „Seute Deern", das die gute Tante dem Kinde aus der großen Stadt mitgebracht hat. Da Verena „ordentlich" verheiratet ist, mache ich nur vage Andeutungen, den „neuen" Axel betreffend, vielleicht heißt sie es als Ehefrau ja nicht gut, wenn ich mit bereits beringten Männern poussiere. Dabei fällt mir zum ersten Mal ein oder auf, dass Axel gar keinen Ring getragen hat. Ob er das so schicker findet? Oder war das Kalkül, nach dem Motto: Gebe dich unverheiratet und angle dir eine naive Provinzpflanze mit nahender Torschlusspanik. Obwohl ich die eigentlich nicht habe, selbst wenn ich irgendwann gerne mal einen Heiratsantrag bekäme. Gehört für mich zum Leben dazu: Baum pflanzen, Kind kriegen, Heiratsantrag bekommen. Wobei letzteres ja passiv ist und die ersten beiden Punkte auch meinerseits noch nicht erfüllt wurden. Das mit dem Zeugen stelle ich mir auch als Frau kompliziert vor. Wie machen das denn die lesbischen Paare? Ich denke lieber nicht näher darüber nach. Entweder ist das körperlich kompliziert oder doch zumindest viel Behördenkram. Wie ich im Falle eines Heiratsantrags reagieren würde, weiß ich allerdings auch nicht. Eigentlich wollte ich ja nie heiraten, weil meine Eltern nun wirklich ein wunderbar abschreckendes Beispiel waren. Als Erziehungsberechtigte haben sie auch versagt und genau deswegen stand mir sehr lange nicht der Sinn nach Ehe und Nachwuchs. Auch irgendwie klischeebehaftet. Aber verstehe einer die Frauen!

Alte Heimat, alte Liebe

Montagmorgen fahre ich dann in aller Herrgottsfrühe und gegen den Trend über die Autobahn und habe deswegen keinen Stau. An Omma ihr klein Häuschen angekommen schraube ich mich aus meinem Kleinwagen und entnehme dem Kofferraum meine Übernachtungssachen (in dieser Situation kann man nicht von One-Night-Stand-Bag sprechen oder von After-Fuck-Kit oder wie sowas auch genannt wird oder werden soll), sowie die Nachtwäsche für de Omma.

Ziemlich beladen wanke ich zur Haustür. „Guten Morgen Ilsa!" Oh nein, die schwatzhafte Schwarz! „Guten Morgen Frau Schwarz", sage ich ablehnend. Ich kann den ollen Drachen nicht ab! Die alte Runzelpunzel spinst ständig durch ihre korrekt gefältelten Gardinen an den toten, wächsernen Orchideen auf ihrer Marmorfensterbank vorbei und verbreitet gerne das Gesehene. Auch wenn da vor ihrem Haus vielleicht was ganz anderes geschehen ist als sie verlautbart. Natürlich verreist sie deswegen auch nicht gerne, man könnte ja was verpassen. Es könnte ja jemand in den Vorgarten pinkeln. Es könnte ja ein Meteorit ins Gartenhaus schlagen und und und. Ihr Mann hat nicht allzuviel zu sagen. In einer solchen Beziehung hat immer nur eine Person die Eier in der Hose und das ist geschlechtsunabhängig. Sie hat feste Prinzipien und Vorstellungen. So ist von ihr die Aussage übermittelt: „Man fährt nicht Taxi! Mit dem Taxi fahren nur Arbeitslose und Nutten!" Warum Oma sie immer zu ihrem Kaffeekränzchen eingeladen hat, ist mir überaus schleierhaft. Vor allem, weil sie immer dabei sitzt wie Gräfin Maritza und von ihren Kindern schwärmt. Ihr brömseliger Sohn ist Ingenieur oder irgendwas anderes Langweiliges, ihre Tochter, die aussieht wie ein blondes Backenhörnchen, ist Lehrerin geworden. Nach ihrer Heirat hat sie den Beamtenstatus dann gekündigt (wie doof kann man sein!) und ist zur Mutter und Hausfrau im SUV mutiert, ihr aalglatter Gatte hat Papas Firma übernommen und gemeinsam verpulvern die beiden nebst Kindern nun die Kohle. Vielleicht verpulvert ihr Gatte auch mal gerne in anderer Gesellschaft die Kohle. Aber das kann auch nur eine böse Vermutung meinerseits sein. Ich habe also keinen Trieb, mit ihr Smalltalk zu halten und nestele hektisch am Türschloss herum. „Ja, ja, schlimm, dass die Oma so schlimm dran ist, ne?" Da müssen wir jetzt aber ein *Schlimm* abziehen, Frau Schwarz, das war doppelt! „Ist ja auch nix für ´ne ältere Frau, so allein in dem Haus! Und keiner kümmert sich!" fügt sie noch vorwurfsvoll hinzu. „Ja-a", gebe ich ihr Recht und schließe endlich die Tür auf, „aber Arbeit erledigt sich auch nicht von allein! Da muss man ab und zu mal erscheinen und was tun! Außerdem", schleime ich hinterhältig „hat sie doch so reizende Nachbarn." „Ja, die Arbeit! Unsere Stefanie ist ja jetzt nur noch Hausfrau und Mutter. Kommt uns ja jede Woche besuchen, da geht ja der Mann arbeiten und sie kümmert sich um die Kinder!" Und du misseliges, pisseliges, nichtblondes Geschöpf hast KEINEN Mann, KEINE Kinder und trotzdem KEINE Kohle! meint sie eigentlich. „Dann ist das wohl auch der Grund, warum sie nie Taxi fährt!" vermute ich. Ich blicke kurz zu ihrem Haus, vor dem die Stiefmütterchen im Stillgestanden stehen: „Oha, ich glaube, ihre Fenster müssten bald mal geputzt werden, da sieht man gar nix mehr durch!" Mit ungläubig erschrockenem Gesichtsausdruck, die Augen geweitet, sieht sie ruckartig zu ihrer Behausung. „Ja, ja, diese ganzen Sahara-Staub-Regengüsse in der letzten Zeit… muss hier ja heftig gewesen sein, in der Provinz. In der Stadt hat man das gar nicht gemerkt. Charmanten Tag noch, Frau Schwarz. Tschühüss ". Boah ey! Kann die einem auf den Sack gehen. Im Häusle riecht es nach Kaffee und Omas *Drei Wetter Taft* Haarspray, das sie selber aber immer nur flüssisch Haarnetz nennt. „Omchen! Ich bin daa!" „Morgen mein Kind! Da iss noch Kaffee in de Thermoskann. Willse auch noch wat esse?" dringt es durch die Badezimmertür. „Nö, danke, ist noch zu früh für Nahrung!" Aber einen Kaffee trinke ich gerne. Besser als jede Starbucksplörre für teuer Geld: Das ist Omas hangefilterter Bohnenkaffe. Die Bohnen mahlt sie auch selbst! Was für ein Verwöhnaroma! Ich nehme einen Schluck und schleppe dann meinen Kram in mein altes Zimmer unterm Dach. Auf dem Weg nach unten pralle ich fast mit Omchen zusammen. Wir umarmen und bützen uns. Oma riecht wie immer nach Omchen und ist schön weich. So, wie *Old-School-Omas* eben beschaffen sein müssen! „Jetz´ bin ich aber froh, dat de da biss´! Isch hatt ja schon so´n bissken Unruh. Wie war et denn in Hambursch? Haste jut jearbeitet? Hattet ihr och so en Hitz wie he? Nee, wat woar dat wärm!" „Ja, in Hamburg war es auch so heiß. Aber hier unterm Dach geht man ja jetzt noch fliegen!" Wir gehen die Treppe hinunter. Unten befinden sich Küche, Wohnraum, WC und im Anbau eine „Kabauz" eine Art Vorrats- und Römselpömselraum für alles und nix sowie ein weiteres Zimmer, das irgendwie gar keine besondere Funktion besitzt, es ist einfach da. Oben gibt es den Schlafraum, ein Kinderzimmer in dem auch noch Gerümpel steht, ein Bad. Darüber ein Dachzimmer (meins) und ebenfalls ein kleines altes Badezimmer mit Toilette und Dusche. Lange Zeit habe ich mit Oma in einem Bett geschlafen, in ihrer Wanne gebadet. Wir hatten immer viel zu erzählen und zu lachen. Freitags haben wir uns dann immer bei XY ungelöst gegruselt. Als ich älter wurde, bin ich natürlich viel ausgegangen, Halli Galli machen und Oma meinte, ich könne doch unters Dach ziehen, da wär ich ein bisschen mehr „für mich". Sie hatte schon begriffen, dass ich nicht als Jungfrau in die Ehe gehe würde. Das mit der Jungfrau stimmt auch. Das mit der Ehe ist nicht eingetroffen. Also wurde das Dachzimmer von einem alten Bekannten meiner Großeltern ausgebaut und zwar Röschens Opa! Bei diesen Gelegenheiten half Axel seinem Opa dann auch öfter mal und so kam es, dass wir uns wohl oder übel auch öfter sahen. Eigentlich hatten wir immer schon ein gewisses Interesse aneinander gehabt aber nie hatte einer von uns die Traute, das mal zu zeigen. Außerdem war ich nicht so sehr an den Ort gebunden wie Axel.Mich hatte es schon früher ins Städtchen, "Auf die Piste" gezogen. Festzelt auf dem Schützenfest und heimische Kneipen waren zwar manchmal witzig aber immer nur dieselben Nasen sehen, nee, das war nix für mich. Und so einen Typen aus dem Schützenzug hätte ich auch nicht haben wollen. Waren zwar auch ganz passable dabei aber mich törnte der erhöhte Alkoholgenuss, der mit dem Schützentum offenbar automatisch einhergeht, eher ab. Alkohol hatte meine Familie mit zerstört, da hatte ich kein gesteigertes Interesse dran. Und dass ich das Zeug nicht so richtig gut vetrage, hatte ich ja gerade wieder in HH festgestellt.

Während Omchen ihren letzten Kram zusammenrafft, trinke ich gedankenverloren meinen Kaffee im Stehen. Wo, wie und was oder wer wäre ich wohl, wenn Axel und ich zusammengeblieben wären? Ist es am Ende besser gewesen, dass ich mir doch noch die Hörner abstoßen konnte in den letzen Jahren? Wäre ich hier versauert? Hätten wir tatsächlich geheiratet und uns sogar fortgepflanzt? Hätte ich mich gelangweilt? Wären wir schon wieder geschieden? Wären wir einander überdrüssig geworden und untreu? Will ich das alles wissen? Oma ist parat und ich verfrachte sie und ihre Siebensachen in meinem *coche*. Dann fällt mir ein, dass ich ja noch die Nachthemden und den Bademantel für sie habe – sogar schon gewaschen und im Gemeinschaftstrockner, der ausnahmsweise mal funktionierte UND frei war, (den Bademantel) schön fluffig hab werden lassen. Also nochmal flugs ins Häusle gesprintet und unters Dach gehetzt. Ich greife gerade nach der betreffenden Tasche, als unten Omas Telefon klingelt. Hurtig wieder die knarzende und knarrende Treppe hinuntergesprungen. „Bei Buntenbroich?" (Oma heißt natürlich anders als ich.) „..." „Hallo? Sie müssen schon reden, das ist ein Telefon!" Räuspern „Hier," Räuspern„hier ist Axel". „Ja, und?" schreie ich ungeduldig in das arme Hörerlein. „Ich wollte nur wissen, ob du Oma ins Krankenhaus fährst." „Ja, klar, hab` ich doch gesagt!" Stille. Ich seufze innerlich. Mein Gott, ich habe es eilig! „Pass´auf, ich muss jetzt…" „Bist du danach wieder in Düsseldorf?" „Nein, ich fahre wieder hierher. Mal klar Schiff machen und so." „Hast du heute Abend vielleicht Zeit?" fragt er so leise dass ich es fast nicht verstehen kann. „Nein, ich habe noch ein Date." „Ach so…" „Mit

Schnucki!" beeile ich mich zu sagen, denn irgendwie tut er mir auf einmal leid. „Und heute Nachmittag?" „Werde ich hier mal nach dem Rechten seh-en" Mensch, das hatte ich doch schon gesagt! Andererseits – soo viel gibt es hier wohl doch nicht zu tun wie ich schon in der Kürze der Zeit sehen konnte. Offenbar hat Oma sich Hilfe fürs Putzen und so geholt. Eine Annahme, die sich später bestätigen wird. „Sollen wir vielleicht mal ´ne Runde ums Schloss drehen?" *´Ne Runde ums Schloss drehen* – das habe ich ja bei Jahr und Tag nicht mehr gehört! Wenn wir früher gemeinsam spazieren gingen, taten wir das oft am Rheydter Schloss, welches nur zwei oder drei Kilometer entfernt ist. Ewig her! Wir hatten auch eine ganz bestimmte Knutschbank. Ich weiß gar nicht, ob sie noch existiert. Außerdem war ich ja schon lange, lange nicht mehr dort. Ich atme leise und lange aus. Und überlege: Was soll das? Andererseits: Was soll es nicht? Warum können wir nicht eine Runde spazieren gehen? Das Wetter ist zwar nicht ganz so knorke wie zuletzt aber unter Bäumen hergehen gefällt mir, ausser bei Windstärke fünf bis zehn, immer gut. „Ilsa? Bist du noch dran?" „Ja, ja, klar. Dann lass uns dort treffen, ab wann kannst du denn?" „Noch bin ich flexibel, der Ernst des Lebens fängt erst nächste Woche an." „Dann können wir uns doch auch schon früher treffen. Gibt es da noch dieses Omma-Kaffee-Restaurant?" „Ne, das ist längst Geschichte! Inzwischen weht da ein ganz anderer Wind – im Purino kannst du die weltbeste Pizza essen und noch so Nudelgerichte und so was. Dann könnten wir ja auch direkt da was essen!" Seine Stimme wird wieder leiser. „Also, wenn es sich ergibt oder so..." „Ich bin spätestens um elf wieder hier. Dann gehe ich was einkaufen..." „Wo denn, bei Edeka?" „Ja, wo sonst, ist doch auf der Tür. Eventuell muss ich auch noch zum Gemüsemännchen. Die Obsttheken in den Supermärkten kann man doch meistens vergessen. Und einen türkischen Lebensmittelhändler habt ihr hier ja nicht." „Hallo? Wir sind hier in KORSCHENBROICH!" er lacht ein wenig, es ist kaum zu hören." „Also gut!" gebe ich mich geschlagen. Dann schicke ich dir ne Whatsapp , wenn ich mit allem fertig bin. Dann lege ich auf, hetze zum Auto, wo Oma mich schon ungeduldig erwartet und gebe Gas. Unterwegs erzähle ich Oma, wer mich aufgehalten hat. „Ja, dä Jung. Dem isset echt net e so jot. Dä übernimmt die Schreinerei von seinem Oppa. Aber dä mut irsch ens so enne Art Ausbildung maake." „Weiß ich schon!" Ich muss mich auf den Verkehr konzentrieren. „Ach, dat weeße als? Aha!" Oma hüllt sich in Schweigen und denkt sich ihren Teil. „Ja, ja, und heute gehen wir gemeinsam am Schloss spazieren." „Das tut euch beiden bestimmt mal gut" wechselt sie wieder ins Hochdeutsche. Ich weiß nicht, wie sie das meint. Mit Hintergedanken oder ohne? „Die Nelly hatte mir übrigens ihre Putzhilfe geschickt, du musst nix großartig saubermachen. Aber immer mal Blumen gießen und nach der Post kucken. Die Zeitung hab ich aber nicht abbestellt. Kannst du ja lesen." „Okay" „Ich hab´dir auch was Geld in den Küchenschrank gelegt, du weißt ja, in die alte Knopfkiste. Wie immer." „Ach, Oma...", will ich protestieren aber davon will sie nichts hören. Für sie bin ich immer noch ein Teenie, dem man ab und zu etwas zustecken muss oder will. Gut, ein Teenie bin ich nicht mehr aber die finanzielle Lage ist schon oft mau bei mir. „Und wenn mir was passiert, ich hab für alles gesorgt!" „Oma! Du kriegst nur ein neues Hüfgelenk, keine OP am offenen Herzen mit gleichzeitiger Hirntransplantation!"„Egal. Das Geld für die Beerdigung habe ich schon da liegen, in meinem Schrank unter der Bettwäsche." Ich halte kurz vor knapp an einem Zebrastreifen und lasse drei Grundschüler über die Straße gehen. „Oma! Du sollst doch nicht so viel Bargeld im Haus liegen haben, das habe ich dir schon tausendmal gesagt!" Oma geht das haarscharf an ihrer Kehrseite vorbei. „Und der Rest ist auch geklärt, Kind! Du kriegst alles, wenn ich mal nicht mehr bin. Deine Mutter und dein Onkel haben schon mehrmals Geld von Opa und später auch von mir bekommen. Das habe ich mir unterschreiben lassen. Die zwei kriegen nix mehr, der Pflichtteil und wat et sonst noch so gibt ist damit abgegolten hat der Notar gesacht." Ach, das ist ja interessant! Sowas erfahre ich natürlich immer als Letzte! Wir nähern uns dem Bethesda-Krankenhaus. „Oma, ich will nichts erben, ich will dass du gesund wirst. Wenn die dir deine neue Hüfte eingeschraubt haben, gehst du fein in Reha und dann hüpfst du wieder wie ein junges Reh durch die Gegend. So, Endstation. Jetzt muss ich nur noch einen Parkplatz finden." „Ach wat, du kannst mich doch einfach hier ´rauslassen." „Is klar, Omchen. Ich lass dich hier an der Einfahrt ´raus, mit Hüftdysplasie und Koffern und Taschen." Endlich finde ich einen Parplatz, trage Omas Siebensachen zum Klinikeingang, frage mich für sie durch, begleite sie auf ihr Zimmer.

Melde Telefon und TV für sie an und versuche, ihr die Gerätschaften so gut es geht zu erklären. Das zweite Bett ist ebenfalls mit einer älteren Dame besetzt. Die sagt aber nicht „Guten Tag", sondern so etwas wie *knööörkch!!* „Wenn sie aufwacht, grüße sie von mir", sage ich. Oma lacht ein bisschen. Aber ich spüre, dass sie wirklich sehr aufgeregt ist. So eine große OP ist ja auch kein Pappenstiel. Wobei der eigentliche Termin ja erst morgen ist. Heute finden nur vorbereitende Untersuchungen und so statt. Ich räume noch ihre Sachen in den Schrank und lege ihr eins von den neuen Nachties parat. „Kink, dat hättste doch nit tun sollen! Und auch noch ene nöe Bademankel!" Ich hänge das gute Stück ins Bad. „Ja, ein neuer Bademantel! Deiner besteht ja nur noch aus niederflorigem Gespinst!" Und dann lacht sie wieder. Zum Glück. Ich umarme sie zum Abschied. In diesem Moment entert eine Krankenschwester den Raum. „Guten Tag Frau Buntenbroich! Ich bin Schwester Renate. Sie dürfen dann auch gleich mal mit mir mitkommen!" „Bestimmt müssen die ich jetzt untenrum rasieren!" „Ilsa!" schimpft meine Oma und Schwester Renate lacht. „Und wenn sie schonmal dabei sind: Einen Damenbart hat sie auch! Und in der Ästhetischen Chirurgie können Sie sie direkt für ein kleines Rundumpaket anmelden: Facelift, Busenlifting, Postraffung..." „Ilsa!" „Was denn? Du willst dich doch noch bei „Elite Partner" anmelden. Da muss auch ein Foto dazu.Vielleicht angelst du dir ja doch noch den knackigen

Siebzigjährigen mit der Schildkrötenzucht! " Ja, ich weiß, ich benehme mich mal wieder wie ein albernes Put. Aber vielleicht lenkt sie das ja von ihrem eigentlichen Hiersein ab. Wir verabschieden uns unter Schwester Renates Kicheranfall und dann verlasse ich den Palast der Weißkittel. Als ich zum Auto gehe, meldet sich mein Kommunikationsgerät zu Wort. „Ilsa Eul?" „Guten Morgen Frau Eul! Hier spricht Frau Ziekowski." Ich beame mein Auto auf und lasse mich auf den Sitz fallen. „Hallo Frau Ziekowski! Hat man mir den Auftrag entzogen?" „Ha, ha Frau Eul so früh und schon so witzig. Nein, nein, Sie müssen hier etwas abliefern für das Geld, dass Sie gekostet haben und DANN können Sie gehen, haha." Sie wird ernst. „Spaß beiseite. Der Chef hat mich gebeten Ihnen zu sagen, dass Sie sich ein wenig Zeit lassen können. Er ist diese Woche komplett ausgebucht, möchte aber dringend nächste Woche einen Termin mit Ihnen vereinbaren. Und ich übrigens auch. Wir müssen ja noch die Reisekosten abrechnen etcetera. Guter Gott, jetzt benutze ich schon Mitelweg-Vokabular!" Ich höre Sie in ihren Computer tippen und mit ihrem Kalender rascheln. So modern der Verlag auch ist-Frau Ziekowski besitzt immer noch einen Tischkalender für wenn die EDV streikt. Hat sich schon mehrfach bewährt. „Ich wollte ja eh die Woche ´reinkommen, Frau Ziekowski. Dann können wir abrechnen und ich könnte mal in die Grafik...das muss ich aber separat mit den Leutchen da abklären...im Moment ist mir das auch ganz Recht, dass ich nicht sofort zur Hyä...äh zu Herrn Mittelweg ins Aquarium muss. Ich habe nämlich gerade meine Oma ins Krankenhaus gebracht." „Oh, hoffentlich nichts Schlimmes?" Frau Ziekowski hat ihr Tippen und Rascheln unterbrochen und ist ganz teilnahmsvoll. „Ach, nein, nicht wirklich. Na ja, vielleicht doch, sie muss sich einer Hüft-OP unterziehen und in ihrem Alter ist so eine Narkose wohl immer ein bisschen risikobehafteter als bei jüngeren Menschen. Aber wird schon schiefgehen. Wann gewährt mir Herr Mittelweg denn eine Audienz?" „Sie könnten gleich Montag hier antanzen, so gegen... neun Uhr direkt?" „Ja, das haut hin. Und ich komme dann spätestens übermorgen zum Abrechnen undsoweiter ´rein. Die Verlänge-rungstage waren allerdings ein Geschenk von Herrn Ko-mikaa, die muss der Cheffe nicht bezahlen." Kurze Stille. „Hach, Frau Eul, mit Ihnen gibt es doch wirklich immer was zu lachen, hahaha. Bis Mittwoch dann und bleiben Sie wie Sie sind, hihi." Tschüss und aufleg. Tja, denke ich, als ich den Motor starte und vom Parkplatz fahre, ich bin escht voll lustisch!

A walk in the park

Ich kaufe also ein paar Sachen ein, treffe noch ein paar people from the past und verquatsche mich, gebe bei der Post das Päckchen für die Grünhagens auf und mache noch einen Schlenker über den Gemüsemann. „Hallo, Ilsa! Mensch, ich kenn dich noch, da warste so!" Er zeigt einen kleinen Abstand zwischen Boden und ungefähr seiner Hüfte, sofern ich das über und durch den Stand richtig sehen kann. Das Gemüsemännchen hat nämlich kein Ladengeschäft sondern nur so eine Art vergrößerten Marktstand. Ich kaufe einiges für teuer Geld, Qualität hat eben ihren Preis, wir tauschen noch Dönnekes aus und dann mache ich mich auf den Heimweg. Mein Telefon geräuscht wieder, als ich gerade die Tür am Häusle aufschließen will. „Ilsa Eul!" „Ja, hallo, Morgen Prinzessin" kommt es da aus HH 'rübergelispelt. „Hi, Onkel Kaii! Hast du schon Sehnsucht nach mir?" „Ja klar, so´n bisschen schon. Und ich sitz hier grade mit meinem Kumpel Cosimo", „Ciao Bella!", tönt es aus dem HH - Off, „und wir dachten, wir hören mal kurz, was bei dir so läuft. Also, was läuft´n so bei dir?" „Och, so dies und das aber nix Spannendes. Habe grade meine Oma in die Klinik gefahren...Morgen Frau Schwarz!" nicke ich dem alten Drachen zu, der gerade auf mich zu kommt. „Guten Morgen Ilsa. Hast du da schon die Oma am Apparat?" Wieso redet die eigentlich mit mir wie mit einer Neunjährigen? „Nee, ne, die wird doch noch untersucht, ich spreche gerade mit Herrn Komikaa." „Ist das der behandelnde Professor? Komikaa...mhm...kenn isch nicht, isch war ja schonmal da wegen meiner Gallenopera..." „Nein, nicht Professor Komikaa sondern Kaii Komikaa, der Sänger. Ich muss jetzt was Berufliches klären, also schönen Tag noch, Frau Schwarz." Und bums, knalle ich ihr die Türe vor der Nase zu!
Ich halte noch ein kurzes Quätschken mit den Herren im fernen Hamburg. Das tut gut, von ihnen zu hören. Der andere Herr mit Hut hat sich natürlich nicht mehr bei mir gemeldet. Aber das hatte ich auch nicht wirklich erwartet. Nur gehofft. So ein bissChen. Ich schicke also Axel Rosen

eine Whatsapp und fahre zum Schloss. Eigentlich blödsinnig, getrennt zu fahren. Aber erstens weiß ich nicht, wo er sich gerade aufhält, ob er eventuell eh schon unterwegs ist, und zweitens bietet mein eigenes Gefährt immer noch eine gute Fluchtmöglichkeit, wenn sich die Lage aus irgendeinem Grunde noch einmal zuspitzen sollte. Und dann will ich nicht zu Fuß wütend nach Hause STAPFEN! Als ich auf den Parkplatz fahre, steht der Axel aus meiner Vergangenheit schon da und wartet. Er sieht mich in meinem Auto und hebt kurz grüßend die Hand und grinst ein bisschen. Schlagartig ist das Wie-Damals-Gefühl da, es grüßt kurz und glotzt mich dann abwartend an. Ich glotze zurück. Axel kuckt fragend-abwartend. Ein Trüppchen Nordicwalker eiert an mir vorbei. Gut gelaunte Silver Surfer. Haben die ein Glück: Die haben sowohl die Rente schon durch als auch die gröbsten Beziehungsprobleme. Hinter mir wird gehupt. Ich zucke zusammen. Schaue in den Rückspiegel. Der Fahrer macht wegscheuchende Bewegungen mit seiner Hand. Stimmt ja, man muss auch irgendwann in eine Parklücke HINEINfahren!
Wir nehmen den alten Weg. Auf dem Schlossgraben schwimmen dieselben Enten wie früher. Das Schloss sieht aus wie früher. Die Wegführung ist allerdings eine andere als früher. „Hä, was ist denn hier los?" fragt mein Begleiter mit dümmlichem Gesichtsausdruck. „Wie, ich denke du kennst dich hier aus? Du musst doch wissen, dass hier…" ich nähere mich einem Schild das neben einem vermodernden Baumstumpf in den Boden gerammt ist, „eine Renaturierung stattfindet!?" „Ich war ewig nicht mehr hier, woher sollte ich das wissen?" „Ich denke du kennst das neue Lokal und so…warst du nie mit…also deiner Familie hier spazieren? Oder joggen" Axel schüttelt den Kopf. „Nein. Nur mal essen. Mit Jan. Und laufen mehr so außenrum. Ohne dich wollte ich hier nicht sein." Oha. Das ist ja richtig romantisch! Und Jan! Gibt es den auch noch! Mit Jan ist Axel seit Urzeiten befreundet. Eigentlich ein ziemlicher Chaot, immer albern, Dauersingle, Dauerflirter. „Wie geht es dem alten Rabattmarkenfälscher denn?" „Ganz gut soweit, ist ein bisschen ruhiger geworden. Hat

offenbar gerade die Liebe seines Lebens gefunden und will in absehbarer Zeit heiraten." „Echt? Wer will den so was Durchgeknalltes ehelichen?" Dass aber auch ALLE neuerdings heiraten wollen! Das ist ja ein richtiges Virus. Fehlt nur noch, dass Schnucki jetzt auf den Hochzeitstrip gerät mit ihrem neuen Lover! „Och, jedes Töpfchen findet doch sein

Deckelchen, oder?" Ich hebe nur zweifelnd die Augenbrauen. Schweigend folgen wir dann den neuen Wegen. Nach einigen unbekannten Abzweigungen ist alles wieder etwas gewohnter. Ich atme tief durch. Schön ist es hier jedenfalls immer noch! Axel will wissen, ob mit Oma alles soweit okay ist, wann genau die OP stattfindet und so weiter. Ich finde es richtig rührend, dass er sich um MEINE Oma so sorgt. Aber immerhin war er ja mal Teil der Familie, für eine recht lange Zeit. Ich betrachte ihn aus den Augenwinkeln. Auch wenn er schmal im Gesicht geworden ist, wirkt er immer noch sportlich. Offenbar hat er sich seit unserem Treffen in Hamburg auch ein wenig erholt, er sieht nicht mehr ganz so fertig aus. Sein Gang ist immer noch so federnd wie früher (mir fällt kein anderes Wort dafür ein) und nicht mehr schleppend. Die Fältchen und ersten grauen Haare sind zu sehen, aber nun auch nicht so markant, dass er zehn Jahre älter wirkt. Dennoch, ich kenne ihn gut genug um zu wissen und zu sehen, dass er noch ziemlich angefressen ist. Und das wundert mich auch keine Sekunde. „Es tut mir leid, wie es in Hamburg gelaufen ist." „Nein, nein", wehrt er ab. „Mir tut es leid. Ich hatte nicht das Recht, einfach wieder in dein Leben zu platzen und zu erwarten, dass ich total gelegen komme. Es war einfach so eine Idee... aus dem Bauch heraus. Ich wusste überhaupt nicht, was ich tun sollte, mit wem ich reden könnte."

„Manchmal muss man eben auch aus dem Bauch heraus agieren. Eigentlich öfter als manchmal. Ich finde das gar nicht so schlimm. Aber kühle Denker kommen irgendwie oft weiter im Leben, habe ich das Gefühl" lache ich. „Ich bin dir nicht mehr böse. Es war natürlich ein schlechter Moment! Ich war ja schließlich total überrumpelt und ich war wirklich vornehmlich aus beruflichen Gründen dort." Ein Jogger läuft bereits zum zweiten Mal an uns vorbei, drei Radfahrer passieren uns. Die Sonne kommt ein klein wenig zum Vorschein. Axel zieht seinen Pulli aus und wickelt ihn sich um die Hüften. Schöne schlanke Hüften in einer etwas zu weit sitzenden Jeans. Insgesamt hat ihn die ganze leidige Geschichte wohl fast 7 Kilo gekostet wie er später erzählt. „Du warst aber auch ein wenig spack geworden!" sage ich daraufhin ganz offen und freundlich. Na ja, jedenfalls sieht der der Hintern jetzt doch wieder recht knackig... egal. Ich schweife mal wieder ab, das ist ja jetzt total unwesentlich. „Na, vielen Dank auch! Aber du hast ja Recht. Ich glaube, das war Kummerspeck. Außerdem habe ich auch zu viel getrunken." „Du verträgst doch gar nix!" „Na nix ist übertrieben... aber ich habe die ganze Situation nur damit überstehen können. Nach der Hochzeit kam ja fast schon Melissa, so ein Säugling nimmt viel Zeit und Kraft in Anspruch. Da hatte ich kaum Zeit zu denken oder zu... fühlen." „Aber du hast doch sicher etwas für das Kind empfunden? Immerhin dachtest du doch es wäre deins, oder?" „Ja, natürlich...aber im Prinzip hat sich nichts wirklich richtig angefühlt, ich war fremd in meinem eigenen Leben." Er geht schweigend ein Stück weiter. „Ich weiß nicht, wie ich das Gefühl, die Situation sonst erklären soll. Klingt alles so übertrieben kitschig und dramatisch." „Ja... und... wie muss man sich dann dein... euer Leben so vorstellen? Ich meine, ihr *wart* ja nun eine Familie. Ihr habt die Hochzeit geplant. Eine Wohnung gesucht, Möbel gekauft, Geburtstage gefeiert, Urlaube miteinander verbracht..." Axel schüttelt den Kopf, schaut zu Boden, bleibt stehen, wird von einem Hund beschnüffelt, (Hunde und Katzen haben ihn immer schon geliebt, Kinder übrigens auch, echt Pech für Melissa, dass dieser tolle Typ nicht ihr Vater ist. Er hat sich immer ein Leben mit Kindern gewünscht), „Ich war total fremdbestimmt, wie ferngesteuert. Das haben alles Beatrices Eltern geregelt. Die Hochzeit geplant und natürlich auch bezahlt, sollte ja nur vom Feinsten sein. Es war auch ganz schnell klar, wo wir wohnen. Das Haus gehörte ihren Eltern, die Mieter wurden mal schnell rauskatapultiert, das Kinderzimmer haben Beatrice und ihre Mutter eingerichtet, zur Hochzeit gab es jede Menge Geld für die Möbel. Was noch fehlte, hat Vater Hastenrath bezahlt. Wir sollten „unser Geld zusammenhalten". Hat wohl immer Angst gehabt, dass ich sein Fräulein Tochter nicht standesgemäß unterhalten kann. Konnte ich ja auch nicht." „Um das zu können muss man sicher auch mindestens im mittleren bis gehobenen Management arbeiten" brumme ich dazwischen. „So ungefähr." „Aber wieso hast du das alles mit dir machen lassen? Ich meine, Kind hin oder her, solche Sachen passieren, wir leben nicht mehr in den prüden 50ern oder 60ern des letzten Jahrhunderts. Da MUSS man doch nicht gleich heiraten! Und nun sieht man ja, dass es eh eine Farce war. Und ein Kind ersetzt doch keine partnerschaftliche Liebe." Ich komme mir vor wie eine Zeitschriftenratgeberin. „Ich war einfach komplett überrumpelt. Beatrice wollte das Kind auf jeden Fall haben, ihre Eltern wollten sie dazu auf jeden Fall verheiratet sehen. Für die ist sowas noch ne Schande, passt ja nicht ins heile Familienleben, ein uneheliches Enkelkind! Und ich habe gedacht: Okay, dann ist das jetzt so, Rosen. Fehler gemacht, Quittung gekriegt aber Umtausch nicht möglich. Du wirst Vater. Und außerdem hat Ilsa eh ganz andere Pläne..." Das wird ja jetzt interessant! Wieso bin ICH denn jetzt daran Schuld dass ER die falsche Lebenslaufbahn eingeschlagen hat? „Wie, Ilsa hat eh ganz andere Pläne???", bleibe ich mitten auf dem Weg stehen. „Na, du wolltest doch in die große weite Welt.

„Raus aus dem Kaff, 'raus aus dem Mief, weg von Schützenfest und immer denselben Leuten..." zitiert er mich. „Ja, und? Ist das verboten? Werde ich jetzt wegen Desertation aufgeknüpft? Man muss sich doch mal weiter- entwickeln... Du wolltest doch auch nicht in die freiwillige Feuerwehr oder lebensläglich saufen im Festzelt!" Ich gehe weiter. „Das stimmt. Aber ich hatte das Gefühl, dass ich bei deinem Tempo nicht mithalten könnte." Ach? „Du wolltest ständig was Anderes, was Neues. Und dann hast du es auch angepackt und bist losmarschiert. Aber so flott war ich nun mal nicht unterwegs. Ich wusste noch nicht ob ich nach der Ausbildung studieren sollte. Oder ob ich doch lieber in die Schreinerei gehen sollte. Wenn ich dann noch einen Ortswechsel gehabt hätte... also, das wäre mir echt zu viel gewesen." „Hm... so habe ich das alles noch gar nicht gesehen" gebe ich zu. „Warum hast du mir das nie gesagt?" „Die Dinge haben sich dann einfach überschlagen. Du warst erst in England " (Als Au- pair, zehn Kilo mehr war ich wieder zurück, Heimweh und Frust! Anm. der Verf.) „und dann erst das eine, dann das andere Studium begonnen. Hier ein Praktikum und da ein Job! Ich habe mich überflüssig gefühlt und, ja, irgendwie einsam. Ich dachte, du wolltest dir noch die Hörner abstoßen und würdest dich eh über kurz oder lang von mir trennen. Außerdem hatte ich Angst, dass du mich für einen total langweiligen Bauerntrottel halten könntest." Ich lache. „So ein Quatsch! Nur weil du lieber was Solides auf die Beine stellen wolltest? Das mochte ich doch grade so an dir. Unsolide Typen und Lebensentwürfe gibt es schließlich genug... und meine unsolide Familiengeschichte hat mich eh für alle Zeiten geprägt." „Tja, heute sagst du mir das. Aber damals hatte ich echte Minderwertigkeitskomplexe." „Wieso denn nur?? Dein Abi war Xmal besser als meins, du wusstest danach genau, dass du erstmal die Banklehre machen wolltest. Du warst immer familienbewusst. Du hast im Sport viel erreicht" (Axel hat mal ziemlich viel und ziemlich gut Handball gespielt). „Du hast alles, was du angefasst hast, zu Ende gebracht und zwar vernünftig. Da war ICH immer neidisch drauf. Außerdem warst du immer attraktiv...ich bin mir manchmal wie eine ungelenke Giraffe neben dir vorgekommen!" Wir erreichen wieder den Schlossweiher, die Enten enten herum, die Gänse tröten warnend, haben sie doch gerade erst Nachwuchs bekommen. Ich halte gebührenden Abstand. Axel knotet den Pulli um seine Hüften enger. „Also, DAS ist totaler Quatsch! Wie kamst du denn auf so was? Du hast doch immer schon gut ausgesehen. Und außerdem hattest du immer schon ein flottes Köpfchen und Mundwerk. Ich habe nie wieder so viel gequatscht und gelacht mit einer

Frau. Jedenfalls war ich ganz schön stolz, als ich dich dann endlich rumgekriegt hatte..." „DU mich? Du hast dich doch gar nix getraut! Ich dachte schon, das gibt nie was!" „Aber es ist ja dann was geworden. Die Jungs haben ganz schön blöd gekuckt, als ich mit dir angekommen bin. DIE hätten sich nie getraut, dich anzuflirten." „DAS habe ich bemerkt... und da waren sie nicht die einzigen. Offenbar hat meine Größe alle männlichen Wesen abgeschreckt. Ich bin einfach nicht so der Typ, bei dem die Kerle Schlange stehen..." „Weil du Klasse hast." Ich bin doch bass darüber erstaunt, was ich heute alles so von ihm zu hören bekomme. Nicht, dass er mir früher nicht ständig Komplimente gemacht hätte, da konnte ich wirklich nicht moppern. Aber dass ich Klasse besitze hätte er seinerzeit wohl nicht bemerkt. Oder zumindest nicht so ausformulieren können. Na ja, wir werden halt alle älter und reifer. Obwohl ich bei mir manchmal Zweifel daran habe. „Möchtest du etwas essen?" Ich bin ein wenig überrascht von diesem abrupten Themenwechsel und habe wohl einen entsprechenden Gesichtsausdruck. Axel deutet mit dem rechten Arm auf die kleine Schlossbrücke, die in den Vorhof führt in dem sich das Lokal befindet. „Vielleicht eine Pizza??" Er wirft einen Blick auf seine Armbanduhr. „Immerhin ist es gleich schon Zwei..."
Dann nix wie hin zum Pizza Palace! Bald sitzen wir recht lauschig im Vorhof auf einer modernen Biergartengarnitur und haben diverse Dinge zu essen und trinken bestellt. „Also bist du der Cabrio-Bea nur deshalb ins Netz gegangen, weil du Verlassensängste hattest?" Ich kann es nicht glauben. „Ich weiß es nicht so genau, ich war irgendwie frustriert. Du warst so selten da und hast nicht eingesehen, dass das für unsere Beziehung nicht so der Bringer war." Er nimmt einen Schluck Wasser. „An dem besagten Abend war ich ziemlich wütend, das weiß ich noch, weil wir zwei vorher eine Diskussion wegen unserem Urlaub gehabt hatten." „Wegens *unseres* Urlaubs", oinke ich „du wolltest im Herbst nach Mallorca und ich im Sommer nach Südfrankreich." „Du weißt es also auch noch?" „Ja, an Banalitäten kann ich mich immer gut erinnern, ich weiß nicht

wieso. Ich kann mir ja auch von jedem B-Promi oder Ex-freund meiner Freundinnen das Sternzeichen merken." Die Bedienung bringt Brot mit Knoblauchdip. Lecker! „Na ja, so banal war das Ganze ja nun auch nicht." Axel tunkt sein Brot in die Knofi-Stippe. „Immerhin haben wir uns deswegen getrennt." „Aber doch nicht wegen dieses blö-den Urlaubsthemas! Außerdem war das ja auch alles mehr ein terminliches Problem. Ich musste im Sommer halt ar-beiten. Und auf Mallo waren wir doch jedes Jahr gewe-sen." „Stimmt gar nicht, einmal waren wir auch in Öster-reich!" „Mit deinen Handball-Leuten und ungefähr einem Hektoliter Regen pro Minute." Am Nebentisch nehmen nun ein paar be-anzugte Tuppese Platz. Einer äugt zu uns herüber. „Kennst du den? „ „Wen?" „Na, den Anzug-Honk da am Nebentisch." Axel dreht abrupt und sehr auffällig den Kopf zur Nachbarsitzgruppe. Natürlich wird das sofort dort wahrgenommen. Der Äugende steht auf und kommt zu uns ´rüber. „Hallo Herr Rosen, Guten Tag" (in meine Richtung), „wie geht es Ihnen denn? Ich war ja ganz baff, als ich von Ihrem Ausscheiden hörte." Wieso, hast du auf dem Lokus gelauscht, du Peter-Kaiser-Schuh-Opfer? „Tja, das Leben ist Veränderung, Herr Fehling." „Was haben Sie denn jetzt vor? Man hört ja die wildesten Sachen." Was für DEN wohl wild ist? Ein Date mit seiner Onlinesexge-spielin? „Och, so wild ist das alles nicht." „Vornehmlich haben wir jetzt erst einmal vor, zu essen" kann ich mich nicht zurückhalten. Der Typ ist langweilig und er stört! Das Banker-Schuh-Testimonial lacht. „Ja, das war auch unser Plan. Hier soll es ja ganz besonders gute und große Pizzas geben. Aber stimmt es wirklich, dass Sie jetzt eine Karriere als Schreiner anstreben?" Boah ey, ist der neu-gierig! „Da muss ich keine Karriere machen. Da bin ich einfach nur Chef." Ich lache gackernd. Herr Fehling grinst etwas zitronig. „Aber Sie saßen doch gut im Sattel, Herr Rosen. Waren doch schon auf dem Sprung weiter nach oben. Und dann durch Ihren Herrn Schwiegervater... sol-che Beziehungen sind doch Gold wert!" Herr Kaiserschuh geht mir gehörig auf den Sack und ich finde ihn sehr pe-netrant. „Diese *Beziehungen* habe ich noch nie ausgenutzt. Mit ein bisschen Fleiß und Hirn geht´s manchmal auch." „Und außerdem haben Sie jetzt Grün!" sage ich und ziehe meine linke Augenbraue gaaanz weit nach oben. Herr Eurojongleur kuckt mich irritiert an. „Einen attraktiven Tag noch für Sie!" „Ja, schönen Tag noch, Herr Fehling. Und weiterhin viel Erfolg!" „D-danke" stammelt der Honk verdattert. „Und grüßen Sie Ihre Frau..." dann noch mit einem Seitenblick auf mich. Was für eine beknackte Anzugwurst! „Woher kennst du DEN denn?" sage ich ohne meine Stimme großartig zu dämpfen. „Ist so ein Golfspusi von meinem Noch-Schwiegervater. Ich habe ihn auch mehrfach auf Seminaren getroffen. Will Karriere machen aber die ganz große Nummer hat er noch nicht hingelegt. Außerdem hat er ständig an Bea rumgegraben, irgendwie würden die auch zueinander passen." Hm...jetzt wo er´s sagt... Der Kellner steht auf einmal vor unserem Tisch und lädt mit Schwung riesige Teller mit riesigen Teigfladen vor uns ab. Jede Pizza ist so groß wie ein LKW-Reifen. Ich fühle mich überfordert. Aber Axel meint, dass man sich den Rest auch einpacken lassen kann. Wir essen eine Zeit lang schweigend. Ich stelle erst jetzt fest, wie hungrig ich war. Die merkwürdigen Bankangestellten am Nebentisch haben auch ihr Fresschen bekommen. Der Typ von eben traut sich nicht mehr, zu uns herüber zu äugen. Wir waren wohl etwas unhöflich. Aber Plumpheit sollte man nicht noch mit Höflichkeit unterstützen, finde ich. „Das heißt also, " nehme ich den Gesprächsfaden von zuvor wieder auf, „wir haben uns wirklich seinerzeit getrennt, weil wir verschieden Ansichten von der Gestaltung unseres Urlaubs hatten?" Ich nehme einen Schluck Wasser und mache ein dezentes Aufstößerchen hinter meiner Serviette. Axel hat gerade den Mund voll und ist wehrlos. „Und du wolltest gar nicht mit der Cabrio-Tussi ins Bett, sondern nur mit der TUI nach Mallorca?" Axel schluckt und muss nun auch etwas trinken. Ist ja auch etwas sperrig, das Thema. „Du weißt schon, dass das NICHT der Grund war." Er stellt sein Glas ab und stiert ein wenig in die Luft. „Es war Schützenfest..." Es war Sommer...es war eine rauschende Ballnacht... es war ein stürmischer Tag, der Himmel mit dramatisch aufgetürmten Wolken verhangen...öhm...natürlich nichts von alldem! „Ich weiß noch, dass es affenheiß gewesen ist." Ich auch, ich musste nämlich in einem stickigen Redaktionsbüro schwitzen! „Du hattest keine Zeit und auch wohl keine Lust, mit ins Zelt zu kommen" (Zelt= Schützenfestzelt, Anm. der Autorin). „Du wolltest noch nicht einmal nachkommen, hattest du gesagt, weil dich das alles angeödet hat." Aha, so habe ich mich damals ausgedrückt? Interessant! „Ich hatte dir auch angeboten, dich später in der Redaktion abzuholen damit wir noch den Rest des Abends zusammen verbringen konnten." „Aber auch das wollte ich nicht", werfe ich schnell ein, denn ich kann mich auch noch daran erinnern. Ich hatte seinerzeit keinen blassen Schimmer wie lange der ganze Kram dauern würde, ich sollte noch zwei Artikel schreiben, die passenden Fotos dazu aussuchen, mich mit der Grafik abstimmen usw. Das war nicht die erste „Nachtschicht", ich hatte zu meinen diversen Praktika auch immer noch Nebenjobs auszufüllen und nun ein Volontariat in Aussicht. Ich war also entsprechend müde aber gleichzeitig auch von dem Ehrgeiz besessen, die Stelle zu bekommen. Immerhin sollte das ja mal mein Broterwerb werden, sorry, reiche Eltern hatte ICH nicht! Das alles sage ich Axel auch, obwohl er das ja wissen müsste. „Ja, ja, ich weiß. Das hatte ich mir ja auch alles immer wieder gesagt. Nimm Rücksicht auf Ilsa, sie hat es auch nicht leicht, das ist jetzt ihre Chance undsoweiter. Aber ich habe mich trotzdem zurückgesetzt gefühlt!" Männer! „Und dann der Mist mit dem Urlaub, ich wollte so gerne mal ein bisschen mehr Zeit mit dir allein verbringen.Von mir aus auch in Südfrankreich!" Der Bediener kommt wieder an unseren Tisch und fragt ob alles bei uns in Ordnung sei. „Nicht alles, aber essensmäßig schon. Wobei..." ,ich schiebe den Teller mit dem Rest-LKW-Reifen ein wenig von mir „Sie könnten das netterweise einpacken und mir einen Espresso bringen." „Au ja, mir bitte auch" sagt Axel. Sein Teller ist leer. Unglaublich, wieviel der verdrücken kann. Aber er darf ja auch ruhig ein bisschen zunehmen. „Aber du hast das damals ganz schnell abgehakt, nach dem Motto, der alte Langweiler will immer nur dasselbe, das ist mir zu fad und außerdem ist der Typ eh ´ne abgerauchte Sylvesterrakete…" Ich muss lachen… „was will ich mit dem in seinem Kuhkaff denn noch?" „Aber das habe ich doch niemals so gesagt! Und auch niemals nie gedacht!" weise ich empört alles von mir. „Aber es kam so ´rüber. Du warst nur noch weg, nur noch im Stress, nur noch genervt. Und auf Korschenbroich und alles hast du nur herabgesehen oder müde gelächelt." „Ich sehe das nicht so krass wie du das darstellst" (natürlich nicht, da wäre ich ja jetzt schön beknackt, wenn ich alles zugäbe und förmlich eingestünde, dass ICH ihn sozusagen in die Arme bzw. zwischen die Beine (sorry) der TUI- Tussi, ähm, Cabrio- Tussi getrieben habe). Getrieben hat er, und zwar ES mit IHR! Also! „Aber hier wäre ich doch niemals einen Schritt weitergekommen! Das wusstest du genauso gut wie ich. Hier gibt es keine Uni, keine Verlage und wenig Menschen mit Hirn und Hintergrund. Na ja, ist vielleicht jetzt auch böse, der Ort hat sich verändert, aber die Ureinwohner sind doch die selben alten Bratzen wie vorher. Et woar immer e so, et blievoch e so! Nur nix verändern, nur mal keine Neuerungen zulassen. Aber an Schützenfest saufen bis man in die stillgestandenen Stiefmütterchen göbelt. Ein tolles Leben!" „Aber da habe ich doch nie mitgemacht. Jedenfalls nicht so exzessiv. Und du hast doch vorher auch immer mitgefeiert. Außerdem wirst du in jedem Dorf der Welt solche Heinis antreffen. Die sterben nicht aus, die züchten ihren Nachwuchs ja selbst!" Jetzt lachen wir beide. „Trotzdem. Was hat Beatrice Hastenrath damit zu schaffen? Ich habe mich auch niemanden an den Hals geworfen, obwohl ich schon ein paarmal die Gelegenheit dazu gehabt hätte." So, das muss ich ihm noch mitgeben. „Die Befürchtung hatte ich aber. Du bist ständig mit neuen Menschen in Kontakt gekommen, hattest ein ganz anderes Umfeld. Ich dachte halt", er holt tief Luft und schaut mir dann in die Augen, „ich dachte halt es wäre vorbei. Ich wäre unattraktiv für dich geworden. Du hättest erkannt, dass ich nichts weiter bin als ein Bauernrüpel mit engem Horizont und ein paar Zentimetern zu wenig." „Also, da hatte ich GAR keine Klagen!" sage ich. Ach so, er meint gar nicht DIE Zentimeter, sondern tatsächlich seine Körpergröße. Ich erröte hold ein wenig und Röschen grinst leicht anzüglich. Der Kellner taucht wieder auf und will abrechnen wegen Schichtwechsels. Die Restpizza hat er mir fein verpackt. Axel zahlt und wir stehen, ein paar Kilo schwerer als eben noch, auf. Langsam spazieren wir Richtung Turnierwiese im inneren Teil der relativ kleinen Schlossanlage. Die Pfauen tummeln sich kurz hinter dem Durchgang und hoffen auf Brot oder Körner, die viele Spaziergänger hier verfüttern. Das war damals schon so. „Hier ist es wirklich schön! Das Lokal ist echt nett!" Ein kleiner Wind ist aufgekommen und ich krame Axels Schal aus meiner Umhängetasche. „Hier, halt mal" sage ich zu DIESEM Axel und drücke ihm meine Pizzareste in die Hand. Ich schlinge mir das stoffene Schlängchen um den Hals und atme kurz den wunderbaren Duft ein. Ach, Axel! Wo bist du? Was machst du? Denkst du vielleicht gerade an mich? Ich vetreibe die Gedanken und wir streben Richtung Schlosspark. Wenn man das Gelände überhaupt so nennen kann. Eigentlich ist das nur ein wenig Grün mit schönen Bäumen, Wiesen, durchzogen von Wasser das zum Schlossgraben und -weiher gehört. Auch Kasematten hat es hier, man kann einige von ihnen besichtigen, durch die halbdunklen Gänge schlurfen und sich ein wenig über die alten Zeiten des Schlosses und seiner Wehrhaftigkeit usw. informieren – und gruseln! Es gibt eine Kerkerzelle in der man angekettete Füße und Hände sehen kann während der Rest des Gefangenenkörpers EINGEMAUERT ist! Sieht ein wenig kitschig aus. Wir bleiben trotzdem lieber am Tageslicht. „Also, zentimetermäßig hatte ich nie etwas auszusetzen, in keiner Richtung!" sage ich bedeutsam und gestikuliere abwehrend beschwichtigend mit meinen Händen. „Und dass es nach einer längeren Beziehung mal zu Krisen kommt, ist doch auch nichts Besonderes. Immerhin waren wir ja noch recht jung und mussten auch an unsere berufliche Zukunft denken. Und ich wusste, dass meine definitiv nicht hier sein könnte. Oder besser gesagt,

da!" Ich zeige mit meinem Pizzastück, das ich wieder in den Händen halte, unbestimmt Richtung Korschenbroich. Die Alufolie um den Teigfladen knistert im Wind. Neugierig folgen uns ein paar Pfauen, der eitle Pfauenmacker schlägt sogar ein Rad! Ich sag ja, Männer! „Das ist ja per se auch in Ordnung."
Axel bekuckt misstrauisch den Pfauenmann, der uns penetrant folgt. „Aber deswegen muss man doch nicht alles Andere oder alles Alte sozusagen niedermachen oder verleugnen." „Ich habe dich weder niedergemacht noch verleugnet. Und in meine Zukunftspläne warst du auch immer involviert." Der Pfauenmacker kommt jetzt noch näher. Zupft an meiner Alufolienpizza. Ich erschrecke. „Ey, schleich dich!" Axel lacht. „Er wird dich schon nicht auffressen." Ich bin mir da nicht so sicher. Wir gehen weiter und geben vor, den Pfau gar nicht zu sehen. Ob der irgendwie aggressiv werden kann und dann hektisch hochflattert und mir die Augen ausspicken will? Brrr! Mich schaudert. „Du hast einfach nicht so agiert, als wenn ich in deinem Leben noch eine große Rolle spielen würde." Er sagt das ganz nüchtern. Gut, ist ja auch schon ein paar Jährchen her und in der Zwischenzeit ist einiges passiert. „Oder DIE Rolle!" fügt Axel noch hinzu. „Okay, wenn das so rübergekommen ist, dann... dann tut es mir leid." Ich sehe ihn vorsichtig von der Seite aus an. „Ist ein bisschen spät für eine Entschuldigung, oder?" *It´s too late to apologize, it´s too laaaate...* „Aber du hättest doch auch was sagen können. Und dich nicht bei der erstbesten Gelegenheit einer komischen Ische an den Hals werfen." „Sie hat sich MIR an den Hals geworfen. Und die erstbeste Gelegenheit war das auch nicht gerade." „Trotzdem hätten wir ja zuerst ein wenig über alles reden können. Wir haben doch immer über alles geredet! Warum ging das dann nicht?" „Die Situation hat sich nicht ergeben. Mensch, Ilsa, es war Schützenfest. Alle Kumpels hatten ihre Mädels dabei. Ich hab mich scheiße gefühlt und habe in Null Komma Nix zig Bier und Schnäpse weggezischt. Alle haben nach dir gefragt. „Wo ist denn Ilsa, wo ist denn dein Mädchen? Ist Ilsa das hier nicht mehr fein genug

blabla. Ich war besoffen und frustriert und dann hab ich auf einmal in das Dekollete von Bea gestiert." *Ich war besoffen und frustriert und dann hab ich auf einmal in das Dekolleté von Bea gestiert. Ich war frustriert und hab in die Schlucht gestiert, dubidu!* Hey, das reimt sich und was sich reimt ist gut. Ach nee, doch nicht. Das ist ja nur in der Sesamstrasse so. Und wie billig ist das bitte schön: Einem besoffenen Kerl mit dem Dekolleté schöne Augen machen. Also so sinngemäß. Gut, sowas Subtiles wie meine Wunderkerzenmethode (haha, ist voll toll) braucht man in solch einer Situation dann auch nicht mehr aus dem Flirtköfferchen zu zaubern. „Und dann bist du ganz zufällig in die Schlucht der Sünde gefallen oder wie?" Der Pfau ist immer noch hinter uns her, wir gehen nun einen Takt schneller. Die anderen Pfauen haben auch Lunte gerochen und rotten sich gerade im Hintergrund zusammen. Ich kann es aus dem Augenwinkel heraus sehen. Au Backe! „So genau weiß ich das alles nicht mehr. Sie hat mich halt ständig auf die Tanzfläche gezogen, geflirtet, was das Zeug hält und irgendwann standen wir draußen vor dem Zelt und ich hatte ihre Zunge im Hals." „Oh, das ist ja fast eine Vergewaltigung!" Ironie war mir noch nie fremd. „Unter Alkohol ist man eben empfänglicher – und- wehrloser. Das wirst DU ja wohl auch kennen, oder?" Er kuckt mir tief in die Augen. *Lalala, triller, pfeif*, ich bin gar nicht hier, was meinst du denn eigentlich, ach kuck mal wie possierlich die Pfauen in Angriffsposition gehen dumdidum...Ich weiß nicht, ob er etwas über meinen Ibiza-Aufenthalt weiß. Oder wieviel davon. „Soweit ich weiß, hast du es ja bald darauf auch ganz schön krachen lassen auf IBIZA! Von wegen Südfrankreich!" Shit, wer hat denn da getratscht? Und wieso überhaupt? Das kann ihn doch damals schon gar nicht mehr interessiert haben? „Also, ENTSCHULDIGUNG, das war Wochen nach unserer Trennung, als schon klar war, dass du nicht zu mir zurückkommen, sondern eine andere Frau HEIRATEN würdest! Weißt du, wie weh das getan hat? Ich dachte, mir hätte jemand das Herz ´rausgerissen!" Gott, wie theatralisch! Aber so IST Liebeskummer eben! „Da war ICH frustriert!

Ach was, das ist gar kein Ausdruck dafür. Ich wollte mich betäuben. Mit Alkohol und Flirts und Sonne und Strand und allem Tralala. Aber wie seid ihr dann seinerzeit im Bett gelandet? Oder seid ihr gleich hinter dem Toilettenwagen in den Nahkampf getreten?" lenke ich geschickt das Thema wieder auf ihn. Außerdem will auch endlich mal wissen, wie das alles und warum das alles passiert ist und überhaupt. Er kuckt entrüstet. „So heftig war das nun auch nicht. Ich war halt strunzenvoll und sie hat mich mit zu sich nach Hause geschleppt. Dass ich überhaupt noch in der Lage war…na ja, du weißt schon. Ich bin dann irgendwann eingepennt. Morgens nach dem Aufwachen haben wir gleich nochmal… also, na ja, war wohl noch Restalkohol mit im Spiel. Dann bin ich nach Hause, unter die Dusche und habe erstmal ziemlich lange geschlafen." Wir sitzen jetzt auf einer Bank. Zwei Frauen mit einem Kinderwagen passieren uns, offenbar die Mutter des Babys und die stolze Oma. Auch sie schauen sich ein wenig besorgt nach dem Pfauentrupp um. Ich lege mein Pizzastück neben mich und damit zwischen uns auf die Bank. Axel schweigt. Ich auch. Ich stecke meine Nase tiefer in den Schauspielerschal den ich mir nun halb übers Gesicht gezogen habe. Er riecht wirklich ganz wunderbar. Wie lange mag ihm der Duft noch anhaften? Sollte ich den Schal vakuumieren? Och nö, lieber tragen. „Und nach dem Aufwachen hast du dich hoffentlich voll scheiße gefühlt und hattest das endschlechte Gewissen!" brummle ich undeutlich durch den Stoff. „Irgendwie ist das alles erst ganz langsam in mein Bewusstsein gesickert. Ich hatte einen mordsmäßigen Hangover und wusste überhaupt nicht mehr, was Sache war. Und ja, ich hatte ein schlechtes Gewissen. Ich wollte dich unbedingt sehen an dem Tag, vielleicht sogar beichten was passiert war. Auf jeden Fall mit dir reden, wieder zurück auf Normal gehen. Aber du hattest einfach keine Zeit." Guter Gott, ich habe also doch Schuld! Na toll. „Wir haben uns dann am Telefon nochmal ein bisschen in die Haare gekriegt und ich habe dann aufgelegt." „Das weiß ich auch noch! Und ich hatte schon wieder einen neuen Termin im Nacken, kaum geschlafen und nix mehr zu essen im Haus." An so etwas kann ich mich natürlich erinnern. Meine Hochsensibilität... Die Pfauen sind nun ganz nah an unsere Bank geschritten. Der Obermacker zupft an meiner Pizza. „Ey, jetzt verpfeif dich doch mal! Ich will hier weg, der will uns was Böses." „Ach was, der ist doch einfach nur verfressen", bleibt Axel ganz entspannt. Ich stehe trotzdem auf, ziemlich abrupt. Der Pfau scheint nun doch langsam aggressiv zu werden. Wütend und hartnäckig pickt er immer wieder in das Pizzastück. Ich halte es in die Höhe, er ist um mich herum, seine Verwandten im Schlepptau. Axel hat sich nun auch von der Bank aufgerafft und kommt mir zu Hilfe. „Hau ab, du Knilch!" Ich lache. „Husch, schhh" Axel macht abwehrende Bewegungen auf den Pfau zu. Wir sind jetzt von der ganzen Gruppe des riesigen Hühnervogeltrupps umzingelt. „Axel!" ich halte immer noch das Objekt der Begierde in die Luft. „Ich will hier WEG! Ich hab ANGST!" Gleichzeitig muss ich die ganze Zeit hysterisch kichern. Axel will wieder die Satansbrut verscheuchen. „Husch, schhh" abwehrende Bewegungen. Den Pfau kratzt dieses tuntige Getue und „Husch, Schhh" kein bisschen. Axel stampft mit dem Fuß in Richtung Pfauenchef auf. Dabei löst sich der Pulli, den er noch um die Hüften geschlungen hatte und fällt lautlos hinter ihm zu Boden. Bevor ich ihn warnen kann, macht er einen Schritt zurück und strauchelt übers Feingestrickte. Er fällt hin, der Pfau geht in Angriffsposition. Ich werfe als letztes Mittel die Pizza Richtung Pfauenmeute. Die Alufolie hat sich eh fast gelöst. Das Federvieh stürzt sich auf das nicht artgerechte Futter und ich klaube Axel vom Boden auf. *Da biste äwwer fies aufet Füttche jefalle...tralala...* „Jetzt aber nix wie weg hier" schnaubt mein Exfreund und zieht mich hinter sich Richtung Ausgang. Die Pfauen sind abgelenkt und wir verlassen schleunigst deren Habitat.

Die GANZE Geschichte

SO schleunigst können wir aber gar nicht die Pfauenarena verlassen, denn ich kann vor lauter Lachen fast gar nicht mehr aufrecht gehen. Das Törchen, das den Schlosspark von der Außenwelt trennt und wieder zu unserem Ausgangspunkt führt, dem Vor-Innenhof in dem sich auch das Purino befindet, klappt hinter uns zu, wir stehen da, holen Luft und gackern dann beide wie blöd. „Keine Ang....hahaha..."pruste ich, ich kriege die Wörter gar nicht formuliert. „Einmal Pizza Pfau, bitte!", schreit Axel. Nee, wat simmer lustisch! „Kei... Keine Angst, der will dich nicht fressen! Husch, husch, heitateita!", zitiere ich den Mann an meiner Seite und mein Lachflash zwingt mich in die Knie. Axel will mir aufhelfen aber ich falle nach hinten über und er stolpert, schon wieder unvorbereitet, und landet ebenfalls auf dem Kopfsteinpflaster. Der penetrante Bankfuzzi von eben ist gerade im Gehen und schaut aus der Entfernung ungläubig auf diese Szenerie, die wir ihm bieten. Tja, sowas Aufregendes hat DER nicht alle Tage, da bin ich mir sicher. Interessant aber auch, wie lange dessen Mittagspause dauert!
Ziemlich derangiert (mal was ganz Neues) gehen wir zurück zum Parkplatz. Die ganze Geschichte kenne ich immer noch nicht. Bei meinem asiatischen Supermobil bleiben wir stehen. Inzwischen hat sich der Himmel verdunkelt, dicke Wolken haben sich vor die liebe Sonne geschoben und lassen direkt mal Wasser. „Iiihhh, was soll das denn jetzt?" steige ich schnell in mein Auto. Axel setzt sich ungefragt auf den Beifahrersitz. Na gut, ich kann ihn ja schlecht einfach so im Regen stehen lassen. Obwohl...egal! Wir sitzen also da, der Regen prasselt nun ziemlich heftig auf das heiße Blechdach und vertreibt die Katze. Wieso läuft hier ´ne Katze `rum? „Und wie ist es dann weitergegangen mit euch? Ich meine, wer hat dann wie Kontakt aufgenommen? Wann wusstest du, dass sie schwanger ist?" Es tut mir weh, diese Frage zu stellen. Genau deshalb muss ich sie so schnell und konkret wie möglich stellen. Der Axel aus meiner Vergangenheit blickt

offenbar gerade in *seine* Vergangenheit und sagt nichts. Er atmet. Tief und laut. Es fällt ihm sichtlich schwer, über das alles zu sprechen. Sein Gesicht leicht abgewandt Richtung Seitenfenster erzählt er dann letztendlich doch weiter: „Das war einer der ätzendsten Tage meines Lebens. Ich hab mich gefühlt wie ausgekotzt. Nach unserem Telefonat bin ich laufen gegangen...“ „Aber Flucht war auch da keine Lösung...“ kann ich meinen Schnabel nicht halten. Mir ist mulmig. Das merkwürdige Gefühl in meinem Magen kann nicht allein von der Monsterpizza herrühren. Ich fühle mich in die damalige Zeit versetzt, da ging es mir wochenlang so flau und mau. War aber gut für die Figur. Wenn man auf Size Zero steht. „Nee, das war sie definitiv nicht! Beim Laufen ist mir der ganze Abend - und natürlich die Nacht- immer wieder im Kopf herumgegangen und ich wollte einfach nur, dass das alles nur ein bescheuerter Alptraum war und alles wieder so wär wie vorher“. Willkommen im Verein! Ich weiß nicht, wie oft ICH mir das gewünscht habe! Aber um mich geht es ja im Moment nicht. „Aber dann habe ich auch an unsere Streitereien gedacht und daran, dass wir uns irgendwie auseinandergelebt hatten. Und darauf war ich wütend. Ich war auf mich wütend, auf Bea und auf dich auch. Am liebsten hätte ich meine Sachen gepackt und wäre nach Kanada oder so ausgewandert, so von jetzt auf gleich. Oder einfach in die Berge. Wandern, auf der Hütte übernachten, Schnauze halten. Keine Frauen, keine Probleme, nichts.“ Also doch Flucht! Aber er ist dann doch dageblieben weil...? „Abends rief mich Beatrice dann an und meinte so halb im Spaß, dass das aber nicht die feine Art sei, sich nach so einer Nacht nicht mehr zu melden und wie es mir gehe und überhaupt...Ich sagte ihr, dass es mir beschissen gehe, ich einen Kater hätte und außerdem einen dicken Streit mit meiner Freundin. Da meinte sie, wir könnten doch zusammen essen gehen und dabei mal über alles quatschen.“ „Ausgerechnet mit der!“ empöre ich mich. „Axel hebt die Schulter und die Hände, verzieht das Gesicht nach dem Motto *Tja, was sollte ich machen?* „Ich war so auf 180 wegen dir... „Deinetwegen!“ „Deinetwegen, dass

268

ich zugesagt habe. Wir waren dann im *La Pampa* Steak essen, ich habe ihr dummerweise mein Herz ausgeschüttet und von da an hat sich mich öfters angerufen und wollte sich mit mir auf einen Kaffee und was weiß ich treffen." „Und ihr habt euch auch noch mal nackt gesehen?" Axel schüttelt den Kopf und kuckt mir kurz in die Augen. „Nö, bei klarem Kopf hatte ich kein Bedürfnis danach. Ich war nicht in sie verliebt oder so. Und eigentlich bin ich ja auch nicht der Typ für One-Night-Stands, Affairen und den ganzen Schrott." Da muss ich ihm Recht geben. Er hat zwar vor mir schon so einige Techtelmechthilden am Start gehabt aber immer hübsch nacheinander und nicht so ex und hopp. Er muss in jener Nacht wirklich VIEL Alkohol intus gehabt haben! „Ich finde, wir sollten die Bier- und Schnapsbranche verklagen. Du hattest einen alkoholbedingten Blackout und dadurch ist dein ganzes Leben aus den Fugen geraten. Irgendwer muss ja schließlich für diese verlorenen Jahre aufkommen." Ich starre durch die verregnete Windschutzscheibe, sehe im Rückspiegel Menschen über den Parkplatz laufen, Auto um Auto startet und macht sich davon. Schönwetterspaziergänger! „Vielleicht fällt dabei ja auch was für mich ab. Ich kann jeden Cent gebrauchen. Und schließlich bin ich ja auch geschädigt!" „Das kann man wohl vergessen", sagt Axel mit müdem Lächeln. „Ich werde versuchen, die Ehe annulieren zu lassen." „Ach, geht das denn einfach so?" „Einfach so nicht. Aber ich bin ja arglistig getäuscht worden. Nur aufgrund der Schwangerschaft habe ich sie schließlich geheiratet. Und da das Kind nun noch nicht einmal MEINS ist… also, das sind schon schwerwiegende Gründe, die juristisch geltend gemacht werden können, ich war schon beim Anwalt. Außerdem wird sich der olle Hastenrath sicher kein Skandälchen leisten wollen. Dieses Mal kann er mich aber mal ganz gepflegt am Arsch lecken!" „Woher weißt du denn überhaupt, dass Melissa nicht deine Tochter ist? Hat die Trulla dir das dann doch mal gebeichtet?" Axel kramt eine Zigarette hervor, zündet sie an und öffnet sein Fenster. Er bietet auch mir eine an- „Nein danke" – und nimmt ein paar Züge. Den Rauch bläst er aus dem

Fenster. „Ich habe es eher zufällig erfahren. Beim Kinderarzt. So eine Regeluntersuchung. Bea hatte den Termin vereinbart, hatte aber an dem Tag mit einer heftigen Magen-Darmgrippe zu kämpfen." Er schnippt die Asche aus dem Fenster, der Regen hat etwas nachgelassen. „Also bin ich mit dem Kind zur U-Untersuchung, ich hatte zufällig ein paar Tage frei, Resturlaub." Er nimmt einen letzten Zug und wirft die Kippe aus dem Fenster. Unter anderen Umständen hätte ich das nicht geduldet. Aber jetzt will ich *Die ganze Geschichte* hören und halte meinen Mund. „Ich also zum Kinderarzt. Bea meinte noch, wir könnten den Termin auch verschieben, wäre ja noch nicht so dringend, blabla. Aber da ich nun mal Urlaub hatte, wollte ich das gerne erledigen, ich hatte ja eh nie so viel Zeit für Melissa." Er schweigt. Ich fröstele. Axel lässt das Fenster wieder hochfahren. „Die Untersuchung war okay, alles im grünen Bereich. Der Arzt hat das dann auch so in den Untersuchungspass eingetragen.Darin wird alles Mögliche vermerkt, Untersuchungen, Auffälligkeiten, eventuelle Krankheiten, Allergien und... die Blutgruppe. Dann meinte er: „Oh, Sie oder Ihre Frau sind eine Null?!" ich wusste gar nicht, was der von mir will. „Hier, Melissas Blutgruppe: Null!" zeigte er mir in dem Vorsorgeheftchen „Nein, ich hab AB", habe ich gesagt. Das wusste ich vom Blutspenden. „Dann hat sie es wohl von meiner Frau." Da sagte er nix. „Oder vom Opa oder so." Er: „Hierbei nicht. Blutgruppe Null ist immer rezessiv, das heißt, dass mindestens ein Elternteil diese Blutgruppe hat und eben vererbt. Das ist aber nur möglich, wenn der Partner NICHT die Blutgruppe AB hat". Ich habe überhaupt nicht gepeilt, was er mir da sagte. Ich glaube, er hat sich auch auf die Zunge gebissen, dass er mir quasi so nebenher mitgeteilt hat, dass mein Kind faktisch gar nicht mein Kind sein KANN. „Wahrscheinlich irren Sie sich, was Ihre Blutgruppe anbelangt! Schauen Sie doch zu Hause noch mal nach...im Blutspendeausweis oder was auch immer Sie da vorliegen haben." Der Doc ist ganz hektisch geworden. „Und du?" will ich wissen. „Und hat Melissa das mitbekommen?" „Nein, zum Glück nicht, sie wollte nach der Untersuchung schleunigst zurück in den Praxisgarten, weil da immer Kaninchen herumhoppeln und so. Ich bin dann Hals über Kopf da ´raus, habe Melissa von den Kaninchen weggeschleift und WUSSTE, dass gerade meine sowieso brüchige Welt Opfer eines Tsunamis oder so geworden war." „Krass!" sage ich teeniemäßig. Aber das ist es ja nun wirklich! Ich nehme seine linke Hand in meine beiden Hände, drücke sie und halte sie fest. Er schaut mich etwas überrascht an, erwidert den Druck. „Es tut mir wirklich so schrecklich leid, Axel, das musst du mir bitte glauben. Egal wie alles war oder ist – das muss furchtbar sein für dich. Für alle Beteiligten. Aber das habe ich dir ja auch schon in Hamburg gesagt." Ich atme tief durch, weil mir empathischen Gans mal wieder die Tränen hochkommen. Seine Hand halte ich immer noch fest. Es regnet wieder stärker. Der Parkplatz ist mittlerweile fast leer, ein einsamer Herr mit Hut und Hund kämpft sich durchs Nass. Ich habe derweil ziemlich mit meinen Gefühlen zu kämpfen. Die Trauer von damals, der schreckliche Trennungsschmerz, die Jahre ohne Axel, wir zwei zusammen, wir zwei, die wir heiraten wollten, mit Kindern, Haus und Hund spießig und langweilig werden (aber bitte erst NACHDEM ich ein wenig Karriere gemacht hätte. Hat super geklappt. Also, beides). Und ich stelle mir zum ersten Mal vor, wie einsam er gewesen sein mag. Nicht immer, aber bestimmt hat er sich manchmal allein gefühlt, trotz Frau und Kind. Und jetzt, in dieser Situation, quasi vor den Scherben seines Lebens. Wie muss das sein, wenn man mit einem Knall erfährt, dass das Kind, das man doch geliebt und großgezogen hat, nicht das eigene Fleisch und Blut ist. Und keiner da, mit dem man darüber sprechen kann? Kein Wunder, dass er so dringend versucht hat, mich zu erreichen. Und dann sogar bis Hamburg gereist ist. Und ich blöde Trulla lasse ihn voll auflaufen. Aber wer kann denn so etwas auch ahnen? Und: Daran habe ich ausnahmsweise wirklich keine Schuld. Aber besser fühle ich mich deswegen auch nicht. „Ach Axel, wieso ist alles so verquer gelaufen? Wieso haben wir solchen Bockmist gebaut?" Ich weine jetzt tatsächlich, seine

Hand lasse ich auch nicht los, sondern halte sie an mein Gesicht und nässe sie fein mit Tränen und Rotznasenschmodder. „Ilsa... Kleines... da kannst du doch gar nichts dafür! Es tut mir leid, dass ich dich so damit belast. Dich so damit überrumpelt habe. Das ist ja eigentlich auch nur mein eigenes Problem." Er ist näher gerückt, streicht mir mit seiner freien Hand über die Wangen, kramt dann aus seiner Hosentasche ein (Stoff!-) Taschentuch, trocknet meine Tränchen und gibt es mir dann zum Schneuzen. Er nimmt mich, sofern die Fahrer/Beifahrersitzposition das zulässt, in den Arm. Zum Dank schnottere ich ihm direkt sein T-Shirt nass. Ist mir auch egal. Er riecht gut. Nach frischer Luft und Axel Rosen. Männlich, frisch und leicht nach irgendeinem Herrenduft. Aber nur ganz vage. Axel streicht mir übers Haar und über den Rücken, hält mich fest und ich schmiege mich ganz weibchenhaft an ihn. Umarme ihn ebenfalls, streiche über seinen Arm. Ganz schüchtern. Habe ich schließlich ewig nicht bei ihm gemacht. Und dieses Vertraut-Fremde fühlt sich auch eigentümlich an. Wir verharren dann eine gefühlte Ewigkeit in dieser Position und halten beide mal die Klappe. Ich bin auf einmal hundemüde, groggy, fix und fertig...kurz: Ich muss jetzt mal nach Bett! Diese ganzen Vorkommnisse in meinem Leben fordern jetzt ihren Tribut. Bobo Siebenschläfer lugt durchs Seitenfenster und lockt mich in die Heia. Ich richte mich auf und wische mir mit Blick in den Spiegel durchs Gesicht. Meine Wimperntusche ist Geschichte, dafür hat Axel sie jetzt auf dem Shirt und ich rote Flecken auf den Wangen und meine beliebte rote Nase, die immer dann glüht, wenn es kalt, heiß oder tränig wird. Mein Spiegelbild hat mich offenbar ernüchtert, denn die rührselige, oder wie man sie nennen wollte, Stimmung ist komplett verflogen. „Ich muss jetzt mal fahren", sage ich so neutral wie möglich. „Ich hab immer noch ein Schlafdefizit und in ein paar Stunden kommt Schnucki, ähm, Nina zu mir. Beziehungsweise zu Oma. Und die muss ich auch gleich noch anrufen. Wann sie morgen operiert wird und so." „Okay", sagt Axel nun in einem ebenfalls geschäftsmäßigen Ton, „dann will ich dich auch nicht länger aufhalten. Muss auch noch `ne Menge erledigen. Schickst du mir mal Oma Käthes Nummer? Ich würde sie auch ganz gerne mal die Tage anrufen.“ Er steigt aus, beugt sich nochmal ein wenig um durch die geöffnete Beifahrertür zu sprechen. „Bestell` Nina viele Grüße. Bis dann mal.“ Sagt´s und schlägt die Tür zu. Nach einem kurzen Moment des Ich-weiß-nicht-was-das-jetzt-ist Überlegens, starte ich den asiatischen Rennteufel und fahre davon, Axel hebt kurz die Hand, als ich an ihm vorbei fahre, verzieht keine Miene, sondern geht schnurstracks zu seinem Auto.

Schnuckitäten

Okay, denke ich, als ich an der Ausfahrt darauf warte, links abbiegen zu können, jetzt sind wir wieder Lichtjahre von einander entfernt oder wie? Ist mir jetzt auch egal. Ich fahre mit schweren Lidern Richtung Omma ihr klein Häuschen. Dort angekommen, rufe ich noch in der Klinik an. Oma ist ganz fidel und wird am nächsten Morgen um neun operiert. Gegen Mittag soll ich dann mal versuchen, sie zu erreichen. Aber jetzt gibt es nur noch eins: Schlafen, bis Schnucki kommt! Ich schlafe sofort ein, als mein Erbsenköpfchen aufs Kissen sinkt. Und ich träume. Von Kaii, wie er Pizza im Purino isst und damit die Pfauen füttert. Und Axel Wegner steht vor Omas Häuschen und sagt: „Kleines, ich kann auch ein Rad schlagen, kuck mal!", aber noch ehe ich kucken kann, kommt Alex der Hund und verbellt Axel. Und der andere Axel liegt in einem Krankenhausbett und hat Probleme mit der Hüfte. Aber: „Die können mich hier nicht operieren, weil die nur Blutgruppe- Nuller operieren. Wie krieg ich jetzt die AB-Blutgruppe weg?" Ich klingle nach der Schwester oder dem Arzt, ich will auch wissen wie wir jetzt weiter fortfahren sollen. Ich klingle wie eine Bekloppte, ich höre die Klingel auch, aber scheinbar nur ich, denn es erscheint weder Arzt noch Schwester. Langsam wache ich auf und es klingelt immer noch. An der Tür. Scheiße! Wie spät es wohl ist? Das kann ja nur Schnucki sein. Das Klingeln hört auf. Dafür macht jetzt mein Handy Geräusche: *La Paloma*, dudelt es. Ich rappele mich auf und hechte zu meiner Tasche. Zu spät, ich sehe nur noch kurz die Anzeige "Schnucki" im Display. Kurz danach eine Whatsapp: „WO BIST DU???" Ich rufe zurück: „Ich bin hier!", schreie ich in den Hörer, als Schnucki abnimmt. „Was bedeutet „Hier"?" „Na hier in Omas Häusken! Ich habe noch geschlafen, sorry, ich mach dir sofort auf!" Und schon springe ich die Treppe hinunter zur Haustür, wo Schnucki steht und raucht. Gerade verstaut sie ihr Handy wieder in ihrer Tasche. „Schönen guten Abend, du Promiliebchen!" „Ha, ha!" Wir umarmen uns. Ich gehe vor in Richtung Küche, wo sich

Schnucki auf die Suche nach einem Aschenbecher macht. „Ich gehe auf die Terrasse, zu Ende rauchen". „Okay, ich ondulier mich kurz und mach uns dann was zu essen." Bald darauf sitzt Nina auf Omas Eckbank, während ich damit beschäftigt bin, aus den Einkäufen und Kaiis Delikatessen ein kleines Dinner für uns zu zaubern. Neugierig stöbert meine beste Freundin in Kaiis Gläschen, Döschen und Tütchen herum, die ich auf dem Tisch abgestellt habe. „Uiuiui, *Amors Liebescreme,* soll man das essen oder sich damit an den entscheidenden Stellen einschmieren? Oder das hier: *Mondscheinmanna, Eingelegte Glücksgurken, kandierte Veilchen, Chilirosenblätter, Feigen in Traum-Gelee, Happy Bread Spread* – das heilt ja alles Schwerstdepressive!" „Kaii schwört auf die Sachen. Aber mehr, weil alles absolut öko, bio, tralala ist". Ich habe den Salat und Spaghetti mit Kräutern, Knoblauch und frischen Tomaten präpariert und stelle alles auf den Tisch. Dazu ein Gläschen Wein, ebenfalls aus der Deli-Tüte.

Wir essen und reden, nach dem Hauptgang probieren wir ein paar von den kleinen Leckereien. Andere Leute machen das umgekehrt, aber gut. Zum Schluss sind wir extrem gesättigt und Nina zieht es wieder 'raus auf die Terrasse zum Rauchen. Ich schnorre mir auch eine. „Ich muss das ja noch genießen", sagt sie und inhaliert tief. „Wieso? Willst du etwa aufhören"? Das habe ich noch nie von ihr gehört. „Joa, eventuell." „Wie kommt`s?" „Och. Ich hab halt Atemnot beim Sport...und bei anderen Gelegenheiten..." „Bei... anderen Gelegenheiten??" frage ich doof. Nina drückt ihre Kippe aus. „Jaa, mein Gott, beim Sex komme ich ganz schön außer Puste!" „Waas? Was veranstaltest du denn da?" „Na, so ganz normale Sachen halt... aber ich hab festgestellt, dass ich danach ganz schön lange hecheln muss... und dazwischen werde ich auch kurzatmig". „Gut, wenn du irgendeinen Zweizentnerbrocken auf dir liegen hast..." „Iiihhh, never!" „Aber wieso auf einmal? Rauchst du denn mehr als sonst?" „Vielleicht. Ich halte das gar nicht so nach. Aber ich stelle fest, dass ich immer öfter an der Tanke halte oder zum Büdchen gehe, um mir Kippen zu besorgen. Ist halt auch nicht nur von Vorteil, wenn man im Büro rauchen darf." „Sowas gibt es eigentlich gar nicht mehr!" „Bei uns schon, leider. Außerdem hält Florian nichts vom Rauchen. Der findet das eklig." Wir gehen wieder rein denn es ist doch ganz schön kühl geworden mittlerweile. Ich denke kurz und mit Aua im Herzchen an die schönen, hellen, sonnigen, warmen Tage in Hamburg. Wie wir bei Edith und Carl zum Tee eingeladen waren, draußen, im parkartigen Garten. Dass wir uns am Elbstrand herumtreiben konnten. Beim Dinner in *Die Zeit der Rosen* im romantischen Innenhof saßen. „Haaach…" entfährt es mir. „Alles okay mit dir?" fragt Nina besorgt. „Ja, ja. Hatte nur grade einen kleinen Hamburgflahsback." „Aha…" Ich habe sie inzwischen mit den nötigsten Details upgedatet. „Hat sich der Schauspieler denn mal gemeldet? Oder sonstwer von der Mischpoke?" „Nö, Axel nicht. Aber Kaii und Cosimo." Wir sitzen jetzt in Omas zumöbliertem Wohnzimmer auf der gemütlichen, etwas durchgesessenen Kuschelcouch. „ Und der Zyklop heißt also Florian?" will ich wissen. So weit waren wir vor lauter Geschnatter von mir und essen noch gar nicht gekommen. Schnucki lacht. „Ja, das ist der Zyklop. Er ist halt ziemlich sportlich und hat mit rauchen und trinken wenig bis gar nichts am Hut." „Dann seid ihr ja wie füreinander bestimmt!" „Haben wir gelacht!" Stimmt doch! Nicht, dass Nina alkoholgefährdet wäre. Aber sie kann schon ganz schön was weghauen. Beim Essen ist es ähnlich. Immer wieder hat sie mit ihren Pfündchen zu kämpfen. Aber nun scheint ja Sport und Enthaltsakeit angesagt zu sein. Zumindest was das Ess-, Rauch,- und Trinkverhalten anbelangt. Zölibatär ist da wohl nix drin, denke ich. Dachte ich, dass ich denke. „Nö, wie ein Mönch oder Priester lebt er nicht." Nina zieht ihren Pulli glatt und streicht sich übers Haar. „Woher weißt du das? Hat er schon Frau und Kind?" „Nein, er ist wirklich lediger Single ohne Nachkommen…" „Aber ist der körperlichen Liebe nicht abgeneigt, wie du jetzt aus eigener Erfahrung weißt!" Nina grinst etwas beschämt-glücklich. „Also, wenn du wegen eines Mannes jetzt auf deine geliebten Zigaretten verzichten willst, scheint es ja was Ernstes werden zu können." „Wie gesagt, eigentlich bietet das jetzt den triftigsten Grund, aufzuhören mit der Qualmerei. Und wie lief es nun mit Axel Rosen?" lehnt sich sich zurück. „Tjaaa... eigentlich zuerst ganz gut und auch... entspannt. Es ist halt irgendwie schräg, sich nach all den Jahren jetzt unter diesen Umständen wiederzusehen und sich endlich mal auszusprechen. Ich kannte ja bis heute nicht die *Ganze Geschichte*." „Und jetzt bist du klüger?" „Wann werde ich das *jemals* sein? Zumindest weiß ich jetzt mal mal ein paar Details, zum Beispiel, wie Axel erfahren hat, dass Melissa nicht sein Kind ist..." „Waaaas? Wie????" Ich erzähle ihr die traurige Geschichte. „Krass!" „Genau das habe ich auch gesagt. Ich weiß allerdings immer noch nicht, wie und wann er erfahren hat, dass diese Kackkuh was im Ofen hatte." Nina kichert, rügt mich aber auch gleich: „Das sagt man doch nicht! Das Kind kann ja auch schließlich nichts dafür." „Ja, ja, ich weiß und du hast Recht. Aber ich kann und will mir die Spitzen gegen dieses miese Huhn nicht verkneifen!" „Was ist sie denn nun? Kuh oder Huhn?" „Also, so wie sie sich aufgeführt und mit dem Glück anderer Menschen gespielt hat, ist sie eigentlich ein ziemlich mieses... SCHWEIN! Oder muss man da jetzt Sau sagen?" „Egal, mies ist mies ist fies ist fies!" „Genau!" Mein Handy verkündet mir, dass ich, besser gesagt es, eine WWhatsapp empfangen hat. „Schickst du mir bitte Omas Nummer? Danke, Axel." Fass dich doch noch kürzer! Ich schicke sie ihm. „Das war Axel", sage ich, die Antwort wegschickend. „Welcher denn jetzt?" „ Na, der, den du auch kennst" gebe ich etwas durch die Zähne sprechend zurück. „Wenn`s der andere wäre, hätte ich sofort schwerst endorphiniert!" Jetzt zumselt Schnuckis Handy. Eine Nachricht vom Zyklopen. „Und, was wollte der jetzt?" „Ob er mich morgen zum Essen einladen darf." „Makrobiotische Schlachtplatte?" „Ha, ha!" Nina simst zurück. „Nee, irgendsoein Thai - Laden in Neuss und danach vielleicht noch 'ne Runde Billard spielen." „Man spielt noch Billard? Wo gibt es denn Örtlichkeiten dafür?" „Ja, tut man noch. Es gibt diverse Örtlichkeiten dafür. Können wir ja auch mal gemeinsam machen, wenn du nicht grade zur Oskarverleihung zu all deinen Promis musst!" „Wenn dann zum Deutschen Film – oder Musikpreis. Aber da war ich doch noch nie. Und ich denke, da werde ich auch nie sein."

Nina will nun noch mehr über meine heutige Verabredung mit Axel wissen. Ich erzähle so kurz und knapp wie möglich von unserem Spaziergang mit anschließendem Essen und dem Pfauenangriff danach. Das findet sie natürlich lustig! „Du hast gut lachen! Weißt du, wie groß so ein Vieh ist? Wie heimtückisch das kucken kann? Wie sehr sich das „Oh,-kuck-mal- wie- schön-,ein-Pfau relativiert, wenn diese Riesenhühner als Bande auftreten?" Als ich dann von der Szene im Auto spreche und dem abrupten Schluss, wird meine Freundin ernst. „Hm... war wohl alles ein bisschen viel für ihn. Für euch beide. So schnell kann man ja nicht wieder zurück auf Null oder Normal gehen. Immerhin liegen jetzt ein paar Jährchen und einiges an Entwicklungen hinter euch. Zwischen euch. Ihr seid doch in ganz andere Richtungen gegangen." „Das kann man wohl laut sagen!" Nina gähnt und schaut auf die Uhr. „Au weia. So spät schon!?" Ich denke daran, dass ich morgen früh in den Verlag muss. Und überhaupt so viel zu tun habe in der nächsten Zeit. Ich muss morgen Abend erstmal alles in Ruhe strukturieren und planen. Das, was ich mir vorgenommen habe, kann ich wohl gar nicht alles schaffen. „Und was empfindest du jetzt noch so für ihn?" „Hm...? Für wen?" „Für deinen Exfreund Axel!" Ich weiß nicht, was ich dazu sagen soll. Was empfinde ich denn? „Phhh...offenbar nicht nichts, sonst hätte mich sein Auftauchen und das Gespräch heute ja nicht so emotional berührt. Wie gesagt, so alt-vertraut und doch fremd. Man kann diese Zeitspanne dazwischen ja auch nicht einfach so wegwischen. Ich empfinde irgendwas. Aber was? Vielleicht sind das noch so "Restgefühle" die sich über die Jahre nicht abbauen konnten. Und jetzt ist der Knoten geplatzt, alles fließt ab und dann ist der Kuchen gegessen und wir finden einander nur noch doof. Oder einfach nur neutral. Ich habe wirklich keinen Schimmer!" Auch ich gähne nun ausgiebigst. „Ist auch schwer zu sagen, war halt ein sehr blöder Zeitpunkt, jetzt, wo ich mich gerade in jemanden verkuckt hatte. Oder wie man das nennen will. Aber ich denke auch nicht, dass wir beide anstreben, nochmal ein Paar zu werden!" Ich verschränke die Arme vor der Brust und mache wohl ein grimmig-nachdenkliches Gesicht. Krude Mischung! Aber die Situation erfordert das eben. Nina wiegt zweifelnd den Kopf hin und her. „Wer weiß, was noch alles passiert in diesem Leben". „Tja, am Ende heiratest <u>du</u> noch in einem Traum in Weiß! Bist du denn in diesen Florian verliebt? Oder wieso trefft ihr euch zu solchen Knutsch, Sex – und Essdates? Immerhin hätte er deinetwegen fast sein Augenlicht verloren…" „Soo schlimm war`s ja nun auch nicht! Er hat auch ein wenig Show gemacht, hat er später auch zugegeben. Wir waren uns eigentlich ziemlich schnell symphatisch. Ich habe ihn nach einer kleinen Plauderei zu einem Eis eingeladen und da war alles in Butter. Er wollte meine Nummer haben und, ja, dann hat er die Nummer auch mal angerufen". So einfach geht das in Schnuckis Welt! Ich bin ein bisschen neidisch. Aber es liegt wohl an mir selbst, dass mein Liebesleben nicht so ganz ausgewogen ist. Vielleicht bin ich ja zu kompliziert? Zu kapriziös? Im Leben nicht… „Also, bist du nun in ihn verliebt oder nicht?" Nina sagt erstmal nix. Sie ist eigentlich auch nicht der Typ, der sofort himmelhochjauchzend ist. „Ich bin in ihn verliebt. Und dass das so schnell geht wundert mich selbst am allermeisten. Sonst lasse ich den Dingen mehr Zeit. Allerdings ist Florian auch nicht so ein ex und hopp Typ. Zumindest habe ich von dem, was er so erzählt, nicht den Eindruck. Wenn er eine Sache beginnt, dann hat er sich das gut überlegt und führt sie auch zu Ende. Außerdem reizt es ihn wohl, herauszufinden, ob er mich an sich binden kann." Meine Freundin lächelt in sich hinein. „Hast du ihm von deinen Online-Dates erzählt?" „Ja, habe ich. Nicht bis ins letzte Detail …" „Auch von *Prickelinchen*"? Nina lacht. „Auch von Prickelinchen! Direkt beim ersten richtigen Date, beim Essen."

Prickelinchen

heißt eigentlich Volkmar (das allein ist ja schon tragisch) und versucht, über das weltweite Netz eine Herzensdame zu finden. Ist gar nicht unansehnlich, der Gute. Vielleicht kann man ihn aber etwas, nun ja, eigen nennen. Seine große Leidenschaft gilt dem Skateboarding, seine Boards leben mit ihm in der Wohnung. Außerdem zwei (sehr teure) Mountainbikes und ein (seehr teures) Surfboard. Viel Platz für eine Frau an seiner Seite bleibt da also nicht. Im „suche-sexualverkehr.com"-Chat oder wie das heißt, ist Nina also auf ihn aufmerksam geworden, weil er sich da, als *Lordoftheboards,* wohl ganz nett präsentiert hat. Nach einigem Onlinegeplänkel kam es dann zum Treffen. Bei ihm zu Hause. Die Bude sah sehr aufgeräumt und gepflegt aus, der Typ sportlich und nicht unattraktiv (wie auf dem Foto). Alle Sportgeräte blieben wohlerzogen im Hintergrund. *Lordoftheboards* hatte Sushi gemacht. Es gab stilles Wasser zu trinken. Er führte Nina ein paar Kunststücke auf einem seiner Bretter, die für ihn die Welt bedeuten, vor und vergaß, es wieder ordnungsgemäß wegzuräumen. Alles ganz nett so weit. Bis er, als die beiden sich etwas näher kamen, folgendes erzählte: „Wenn ich irgendwas richtig fett finde oder was krass Schönes erlebe, kriege ich immer so ein Prickeln." „Ein Prickeln? Im Bauch?" „Nee, mehr so in der Speiseröhre. Habe auch ein bisschen mit Reflux zu tun." „Ist das nicht so eine Kunstausrichtung?" *Lordoftheboards* lachte. „Nicht dass ich wüsste, hat eher was mit Magensäften zu tun..." Der Abend lief dann trotzdem noch weiter und offenbar fand Volkmar Gefallen an meiner besten Freundin und machte Annäherungsversuche. Es blieb nicht beim Küssen. Beim sportlichen Sex (soll heißen, beim etwas fantasielosen Auf und Ab) kam es dann zum Höhepunkt - des Übels: Volkmar kam, es prickelte offenbar in ihm und er machte einen Riesenrülpser. Und noch einen. Und... noch einen. Schnucki stieß ihn unsanft von sich, er rollte seitlich weg und presste die Hand vor den Mund, die andere in die Magengegend. „Oh nee, sorry, *burps*, das ist jetzt echt heftig", *feucht klin-*

gender Burp, „mit dem…" er sprintete Richtung Bad, „Re-flu…*whärgh*".

Schnucki meinte später zu mir, es hätte sich angehört als sei er nochmal gekommen.Dieses Mal aber *oral*. Sie indes wollte keine kostbare Lebenszeit mehr bei diesem Refluktor vertrödeln, sondern sich lieber in Ruhe daheim wundern und ekeln. Also hurtig die Bettstatt verlassen, Klamotten angepellt, Tasche gegriffen und nix wie raus. Leider ist sie bei dem überhasteten Verlassen der Bude dann noch über das Vorführskateboard gefallen und dabei mit dem Kopf an eines der sauteuren Mountainbikes gestoßen. Mit Riesenschrammen und Beulen an Kopf und Bein ist sie dann davon gehumpelt. „Tja, als Schneewittchen ´rein, als Quasimodo wieder ´raus! Das macht Sex aus uns Menschen", war mein Kommentar, NACHDEM ich mich vor Lachen ausgeschüttet hatte. Wir gackern noch ein bisschen über diese Geschichte und verabschieden uns dann. Obwohl ich eigentlich noch viel zu verarbeiten hätte, schlafe ich Tülüdü, Tülülü…, sofort ein.

Die Blumen

Am nächsten Morgen bin ich entgegen meiner sonstigen Eulenmentalität sofort nach dem Weckruf meines Handys auf Zack. Schnell geduscht, Kaffee getrunken und einen Müsliriegel in den Leib gestopft. Für ein großes Frühstück fehlen mir Zeit und Appetit.Dann mache ich mich auf den Weg in den Verlag. Es hat in der Nacht geregnet, die Luft riecht nach nasser Straße und feuchtem Grünzeug, der Himmel ist immer noch bedeckt. Ich fädele mich Richtung Medienhafen ein. Die grauen Wolken hängen mir ins Hirn und setzen meine Augen unter Druck. Kein Vergleich zum Wetter in Hamburg! Die gesamten Tage dort kommen mir vor wie in güldenes Licht getaucht. Ich suche jetzt einen Parkplatz. Ein etwas schwieriges Unterfangen hier in dieser Gegend. Eine Viertelstunde später eile ich leicht genervt zum Mittelweg-Verlag. Weil ich noch unter Dampf stehe, nehme ich lieber die Treppe als den Lift. Ein bisschen außer Puste öffne ich dann schwungvoll die Glastür und betrete die heiligen Hallen. Am Empfang sitzt Frau Ziekowski und telefoniert, sie winkt mir freudig zu, formt ein lautloses „Hallo" mit ihren Lippen und lässt sich dabei nicht eine Sekunde aus dem Takt des Telefonats bringen. Auf einem niedrigen USM Regal hinter hier steht eine große Blumenvase mit einem riesigen, wunder-, wunderschönen Blumenstrauß darin. Bestehend aus mindestens einem Dutzend zart-pinkfarbener Rosen, großen Gänseblümchen, dickem Schleierkraut und ein wenig Grünzeug, alles nur locker zusammengebunden, als hätte man es von Strauch und Wiese mal eben nett zusammengepflückt. Dieser Blumengruß muss ein Vermögen gekostet haben! „Ja, Frau Petermann, so machen wir´s. Nein, Frau Petermann, es geht WIRKLICH nicht schneller, wie schon gesagt, Herr Mittelweg ist aktuell sehr beschäftigt, da sind die Prioritäten natürlich anders gewichtet." Aus dem Hörer quäkt es. „Frau Petermann, ich muss jetzt noch was tun, wir melden uns, frohes Schaffen noch, auf Wiederhöööören!" Und damit schneidet sie das Gequäke einfach ab. Doll, sowas! Ich hätte auch gerne jemanden, der mir lästige Anrufer, Besucher, Geldeintreiber, Nachbarinnen meiner Oma undsoweiter vom Leib hält. „Frau Eul! Haben wir Sie endlich wieder!" Durch das Geschrei ist auch Frau Heimann aufgeschreckt, die gerade in Küche damit beschäftigt war, Kaffee, Tee und Besprechungskekse vorzubereiten. „Hallo Frau Eul, wie war es denn in Hamburg? Erzählen Sie mal! Sie hatten ja traumhaftes Wetter und das im Norden!" „Ja, es war wirklich extrem dufte, das Wetter, die Stadt, die Menschen, alles! Ich habe seitenweise Infos, megabyte viele Fotos und jede Menge neue Eindrücke." Frau Ziekowski hört gespannt zu. „Ich dachte immer, die Nordlichter seien so reserviert?" fragt sie lauernd.

„Also, ich habe das überhaupt nicht so empfunden! Egal wo ich war, jeder ist offen auf mich zugekommen, man hat mich nach Hause eingeladen, das Personal überall war nett und auch die ganz normalen Eingeborenen..." „Und die Promis... ?" Frau Ziekowski hebt gespannt die Augenbrauen hinter ihrer Weitsichtbrille und öffnet ein wenig den Mund. „Und die Promis sind auch nur ganz normale Leute, die zu Fuß aufs Klo gehen!" „Haben Sie wirklich Kaii Komikaa kennengelernt?" fragt Frau Heimann und lehnt sich entspannt gegen den Empfangstresen. „Jaa, das war doch keine Kunst, schließlich lebt er ja im *Mare*. Dass er mich allerdings nett von der Seite anquatscht, hätte ich nun auch nicht gedacht. Gibt es noch Kaffee oder ist der nur für die großen Häuptlinge? Wer kommt denn überhaupt?" frage ich auf dem Weg in die Küche. „So eine Schweizer Abordnung des neuen Geschäftspartners" folgt mir Frau Heimann und Frau Ziekowski lässt ebenfalls mal kurz das Cockpit im Stich. „Ach, dann ist die Sache jetzt also schon in trockenen Tüchern?" „Na ja, noch ist nichts unterschrieben. Die Schweizer prüfen halt alles ganz genau, wollten akribisch noch ´ne Bilanz und noch eine Kalkulierung sehen." Frau Ziekowski wirkt ein wenig gestresstgenervt. „Das war wirklich anstrengend die letzten Tage. Der Chef war zwar nicht hier aber hat uns telefonisch mehr auf Trab gehalten als wenn er in seinem Aquarium gesessen hätte." Ich lache. „Und zum

Dank hat er Ihnen beiden dann diese wunderschönen Blumen geschenkt?" Ich nehme mir den letzen Rest Kaffee aus der Glaskanne und stelle die Maschine aus. Schnell noch einen Keks geklaut, jetzt bekomme ich so langsam wieder Hunger. Ach, Axel, komm doch und füttere mich regelmäßig! Mit kleinen Häppchen und Küssen und... Die beiden sehen sich vielsagend an. „Nein, die sind nicht für uns." „Hat der Hyä... ähm, hat der Chef Geburtstag?" Ich überlege kurz. Ne, sein Geburtstag ist schon vorbei, er hatte letzten Monat oder so. „Nei-in!" lächelt Frau Ziekowski. Sie und Heimännchen kucken mir leise grinsend ins Gesicht. Ich runzele die Stirn. Was hat es damit auf sich? Das Telefon klingelt. Frau Heimann setzt sich in Trab. „Diese wunderschönen Blumen – sind für Sie!" „Hä? Von we..."? Ich knalle meine Kaffeetasse auf die Spüle, Harald, der Grafiker kommt gerade zur Tür hereinspaziert um seinen Becher wieder zu befüllen. „Tach, Ilsa, alles im Lack?" fragt er gemütlich. „Ja, alles bestens", gebe ich hastig zurück und sprinte zum Empfang. Da steht die Empfangsdame mit der süßen Muschi bereits und hält mir mit süffisantem Grinsen einen weißen Briefumschlag entgegen. Frau Heimann spricht in den Hörer, sagt lautlos „Chef!" und hackt dann irgendwas in ihrem Computer herum. „Ja, Ankunft ist definitiv elf Uhr achtunddreißig. Swiss Air soundso, Flugsteig hastenichtgesehen." Offenbar will *el jefe* die wichtigen Gäste höchstselbst vom Airport abholen.

Heimännchen legt auf. „Puh, wenn der Chef nervös ist, sollen wir wohl auch in Hektik verfallen, mein Gott noch mal!" Ich öffne mit leicht zitternden und immer noch leptosomen Händen den Umschlag. Kann es... sollte es... ist es? Von Kaii? Von Cosimo? Von den Apfelsteins als Dank? Von den Grünhagens, also eher Edith, als Trost? Von den Rosen her könnte es hinkommen. Oder etwa vom Vergangenheits-Axel? Als kleine Wiedergutmachung. Für – alles? Ich höre Harald in der Küche mit der Thermoskanne hantieren. Sein Kollege Philip entert ebenfalls gerade die Küche. Die beiden lachen über irgendetwas. Ich zuppele nervös das Papier aus dem Umschlag und entfalte dann aufgeregt den Briefbogen. Eine Männerschrift. Ich schaue als erstes auf die Unterschrift: *Dein Axel (mit Hut)* steht da. Kein Zweifel, der richtige Mann hat mir die richtigen Blumen geschickt. Ich erröte vor Freude und strahle von einem Ohr zum anderen. Frau Ziekowski beobachtet mich lächelnd und geht dann zurück an ihren Platz hinter dem Empfang. Das Telefon klingelt wieder. Ich traue mich kaum, den Text zu lesen. Ist das ein Abschiedsbrief und - strauß?

Der Brief

Liebste Ilsa,
unser abrupter Abschied hat mich unzufrieden und auch etwas traurig und verwirrt zurückgelassen. Unsere Zeit war einfach viel zu kurz.
Beim Timing hatten wir offenbar auch kein glückliches Händchen. Falsche Zeit, falscher Ort? Ich denke, man sollte das alles gar nicht so detailliert hinterfragen. Ich habe dich gesehen und es war um mich geschehen - nun ja, zumindest so ähnlich.Ich bin kein Mann, der in fremden Revieren wildert. Ich bin niemand, der jemals seine Ehe und Familie aufs Spiel gesetzt hätte. Aber aus irgendeinem Grund hast du mich so bezaubert, dass alles ein wenig aus den Fugen geraten ist. Wie machst du das bloß? Ich muss gestehen, dass ich immer noch ratlos bin ob der Situation und darüber, wie es mit uns weitergeht. Ich weiß, dass du denkst, es kann nicht weitergehen. Und du hast vollkommen Recht damit!
Aber ich kann dich auch nicht nicht wiedersehen.Ich kann es nicht. Ich will es nicht? Noch nie war ich so hin und her gerissen.
Ich möchte dich nicht einfach so auf nimmer Wiedersehen ziehen lassen!
Die Blumen sind ein kleiner Dank für die wunderbare kurze Zeit mit Dir.
Du liebst Rosen doch so! Jetzt bist du so weit fort und wir können uns nicht mehr ganz zufällig in irgendwelchen Straßencafés oder Hotellobbys in die Arme laufen.

Wie schade!

Ich bin dieser Tage beruflich sehr eingespannt und habe kaum die Gelegenheit, in Ruhe zu telefonieren. Es wäre sicher auch keine gute Idee.Vielleicht sollten wir alles noch ein wenig sich setzen lassen.Ich weiß, dass du ebenfalls einiges auf deiner To-Do-Liste stehen hast.

Deswegen habe ich die Blumen auch in den Verlag bringen lassen.

Wahrscheinlich bist du selten bis nie zu Hause.

Denkst du trotzdem manchmal an mich?

Ich jedenfalls denke an dich, Kleines!

Ich denke an dich, wenn ich Bademäntel sehe und Hüte und Rosen und – Aufzüge. Und kleine Asiaten und die Antipasti in der Vitrine eines italienischen Lokals. Geht es dir denn auch gut? Isst du genug? Du bräuchtest schon gelegentlich jemanden, der ein bisschen auf dich Acht gibt. Ich beneide jeden, der jetzt in deiner Nähe sein darf.

Sei umarmt und sanft geküsst!

Bis...?

Dein Axel (mit Hut)

Ich komme mir vor wie in einem Rosamunde Pilcher Roman! Im Ernst: Ist das jetzt Wunschdenken oder hat Axel das alles tatsächlich so formuliert? Sicherheitshalber prüfe ich das Geschriebene noch einmal. Nein, es steht alles schwarz auf weiß genau so da. Vielleicht ist der Mann ja auch als Schreiberling ein guter Schauspieler? Ich trete hinter den Empfangstresen und schnuppere verzückt an den Rosen. Sie duften so, wie Rosen duften sollen, süß nach Honig, aber auch leicht zitronig, pudrig- es ist eine Wonne!

Ich sauge den Duft tief ein und bemerke erst gar nicht, dass die beiden Empfangsladies mich aufmerksam beobachten. „Und? Das scheint kein Abschiedsbrief zu sein...?" Frau Ziekowski lächelt freundlich. Frauen sind doch immer für romantischen Kram zu begeistern! Na ja, fast immer. „Nein, ist es nicht!" strahle ich. Dann seufze ich tief und stiere beglückt auf den floralen Ausbund der Zuneigung. „Der ist wirklich wunderschön!" meint Hei-

männchen andächtig und dann seufzen wir alle drei verzückt. „Alles okay bei euch?" fragt jemand hinter uns. Es
ist Harald. *Sowas* von okay!" „Wunderbar ist nix dagegen!" „Ach, es ist einfach alles zauberhaft!" „Alles klar…"
zieht der Grafiker seine linke Augenbraue hoch und geht
vorsichtig auf Abstand. Er wird von uns dreien süß ange-
lächelt. „Is kein Kaffee mehr da!" sagt er zu Frau Heimann. „Ich kümmere mich gleich darum" lächelt Hei-
mannchen. Wir drei stehen immer noch da wie mit Feen-
staub beglitzert. Harald schlurft wieder den Gang entlang
Richtung Grafikbüro. „Bis später dann" sagt er noch über
die Schulter zu mir. Ihn kann nach etlichen Jahren in
Agenturen, dann diesem Verlag und schließlich mit einem
Chef wie Herr Mittelweg nichts mehr aus der Ruhe bringen.
Das Telefon klingelt wieder. Mittelweg! Meldet sein und
das Kommen der VIP Businesspeople an. Damit auch ja
alles Gewehr bei Fuß steht, wenn er gleich seinen Macht-
bereich betritt. Und natürlich damit die Herren sich ein
positives Bild des Ganzen machen können. Frau Heimann
gerät in Hektik. „Ich muss den Konfi noch zu Ende vorbereiten. Der Beamer ist auch noch nicht an. Und mir fehlen
noch ein paar Getränke…" Das Telefon klingelt erneut.
Frau Ziekowski meldet sich. „Kein Stress," nuschele ich
ganz relaxt und denke kurz an Onkel Kaii. „Das kriegen
wir jetzt ganz schnell hin!" In Windeseile bereiten wir den
Konferenzraum weiter vor. Heimännchen hat zuvor bereits
Kaffeegeschirr und Gläser verteilt, ich verteile Besprechungskekse, kleine Getränkeflaschen, heize den Beamer
an undsoweiter. Heimännchen schleppt diverse Tee- und
Kaffeekannen in den Raum, verteilt Unterlagen und
schließt das Fenster. In diesem Moment hören wir die
hochheiligen Heren bereits durch die Eingangstür lärmen.
Da der Trupp genau im Durchgang zur Grafik steht, kann
ich mich nicht unbemerkt davon schleichen, das wäre ja
auch unhöflich. Also stehe ich mit eingefrorenem Grinsen
in der Gegend herum und grüße freundlich. „Ah, Frau Eul,
schön dass Sie wieder zurück sind!" schleimt der Hyäne
und stellt mich den Herren vor. „Das ist Frau Eul, unsere

feste Freie." Ganz schön besitzergreifend: *Unsere* feste Freie. Ich bin schließlich nicht die Einzige und außerdem gehöre ich ja keinem! Aber gut, ich mach es wie die Pinguine aus *Madagascar*: Immer freundlich winken bzw. lächeln. Mit viel Getöse und dieser höflich-aufgesetzten-Möchtegern-Jovialität schiebt sich die Meute schließlich in den Konfi und ich strebe erleichtert gen Empfang um meine Tasche und die Unterlagen zu holen. Die nächsten Stunden verbringe ich in der Grafik und an einem der freien Schreibtische, der für Teilzeitvolk und eben freie Mitarbeiter noch so extra im Verlag ´rumsteht. Dazwischen telefoniere ich mit Oma, die mir, noch ein wenig bedrömselt von der OP, mitteilt, dass alles gut gelaufen ist. Ich werde sie später besuchen. Bis dahin habe ich noch einiges an Arbeit zu erledigen.

Die Arbeit

Und so geht es die nächsten Tage weiter. Ich arbeite tagsüber viel und abends besuche ich Oma im Krankenhaus. Es geht ihr den Umständen entsprechend gut, wahrscheinlich kann sie die Reha auch in der Tagesklinik antreten. So eine Klinik gibt es sogar in Korschenbroich! Das wird sich aber erst in den nächsten Tagen entscheiden. Dann müsste man so eine heimatverwurzelte Seniorin auch nicht in ein neues Umfeld zwingen. Dat is nich der Omma ihr Ding! Meine Lust auf Veränderungen und Reisen habe ich also nicht von ihr geerbt, soviel ist klar! „Dein Oppa war auch immer so ein unruhiger Geist. Wenn et nach demm jejange wär, wären wir nur op Rötsch gewesen! Ich bin lieber te Heem, da kenn´ich mich uss!" Na ja, *there is no place like home*, das stimmt schon. Aber dann muss das Home auch stimmig sein, mit entsprechenden Sozialkontakten undsoweiter. Aber als Zwillingsmädchen brauche ich häufiger mal Tapetenwechsel. Jedenfalls bin ich froh, dass es meiner Oma soweit gut geht. Ich hatte mir doch ziemliche Sorgen um sie gemacht.

Das Wetter ist nicht der Rede wert und natürlich lerne ich auch nicht mal eben so irgendeinen netten Kerl kennen, der die Hauptrolle in einem Fersehkrimi spielt oder so. Der Axel aus der Vergangenheit meldet sich nicht mehr persönlich bei mir; Oma teilt mir mit, dass er sie im Krankenhaus besucht hat und gelegentlich anruft. Offenbar ist er a) stinkig auf mich und b) hat er selbst genug zu tun mit seiner Zukunft als selbstständiger Schreiner. Nachdem die Tage so ein wenig dahingetröpfelt sind und ich die Abende nach den Krankenhausbesuchen auch noch weitestgehend mit Schreiben verbracht habe, stelle ich fest, dass ich mich ein wenig einsam fühle und ich mir mein Leben so nun auch wieder nicht vorstelle. Schnucki ist mit ihrem neuen Lover beschäftigt und macht dann ein paar Tage Urlaub mit ihrem Kegelclub. Ja, so etwas gibt es noch: Kegelclubs! Von Kaii kommt die Bestätigung, dass er ein Zimmer für mich reserviert hat und sich schon mächtig auf meinen Besuch bei seinem Hauskonzert freut.

Die Apfelsteins haben mir eine aufwändig gestaltete Hochzeitseinladung geschickt und Cosimo sendet mir hin und wieder eine putzige Nachricht via Handy. Ich pendle zwischen Korschenbroich und Düsseldorf hin und her, schaue in Omas Häuschen nach dem Rechten und übernachte in meinem Luxusappartement. Irgendwie fühle ich mich auf einmal ein wenig heimatlos. Lange Zeit habe ich ganz fröhlich so vor mich hingelebt. Nun scheint es, als müsse eine neue Zeit anbrechen. Dafür komme ich ganz gut mit meinem Romänchen weiter. Marlene Kaufmann hat sich außerdem schon positiv zu meinen schriftlichen Ergüssen geäußert. Offenbar hat sie sie an ein paar Testpersonen ausprobiert, also Menschen unter eins sechzig und unter zwölf Jahren. Wobei Menschen ab fünfundzwanzig über pupsende Kaninchen und Rock´n Roll tanzende Rollmöpse wohl auch recht amüsant fanden. Von meinen Kurzgeschichten werden tatsächlich welche als verwert- und lesbar betrachtet und sollen in einem Kurzgeschichtenband, der auch Stoff zweier anderer Jungautoren beinhaltet, veröffentlicht werden. Na also, geht doch! Ich kann es kaum fassen. Wieso hat das vorher nie gefunzt? Egal. Wenn´s läuft, nicht dran fummeln! Vom Axel mit Hut kein Pieps. Ich habe Sehnsucht. Natürlich schleicht er sich nachts in meine Träume. Merkwürdigerweise habe ich aber auch einen erotischen Traum (was für ein bescheuerter Ausdruck!) vom „alten" Axel. Vielleicht sollte ich einfach mal einen Martin oder Lukas oder Tim oder so kennenlernen. Ich bin zwischen zwei Axeln gefangen! Wer will das schon?

Die Wende aus dieser Einöde bringt ausgerechnet der Hyäne. An einem Morgen, an dem ich mich, leicht durchfeuchtet vom Regen, in den Verlag schleppe, kommt Mittelweg aus seinem Aquarium geschirrt: „Frau Eul, wir müssen mal ein paar Dinge besprechen. Passt es Ihnen heute?" „Ja, gerne…" sage ich zögernd und leicht erstaunt. Ich wollte ja eh schon längst mit ihm gesprochen haben, dafür wollte ich aber den passenden Zeitpunkt abwarten. Offenbar ist der jetzt gekommen? „Wann wäre es denn genehm?" frage ich und stelle meine Tasche auf den Boden. Ich will aus meinem feuchten Mantel schlüpfen und brauche GANZ dringend einen Kaffee. „Ja, also vor halb zwölf auf keinen Fall. Und ich muss spätestens um halb zwei weg." „ Okay…" Boah ey, ER hat doch MICH angequatscht und nicht ich habe IHN um Audienz gebeten. Mit zerfurchter Miene schubbelt er in seinem Hemdkragen herum. „Herr Mittelweg, ich habe Herrn Ringisberg für Sie am Telefon!" ruft Frau Ziekowski. „Kommen Sie einfach zwischendurch mal vorbei" ruft Mittelweg im Davonhasten. „Sie sehen ja dann, ob ich frei bin!"

Das Angebot

Also laufe ich des Öfteren am Aquarium vorbei, nur um zu sehen bzw. zu hören, dass Mittelweg in den Hörer bellt, zwischendurch sein seltenes Lachen hervorstößt und, als ich einmal schüchtern die Tür öffne während er über irgendwelche Unterlagen gebeugt ist: „Legen Sie sich in mein Eingangskörbchen!" Da schließe ich die Tür einfach wieder. Dat gibt wohl heute doch nix. Also bringe ich meinen Hamburgreport ins Reine, bespreche mit Harald die Fotos und deren Anordnung im Text etc. usw. Danach brüte ich über dem nächsten Artikel. Ich will wieder einen Berufreport schreiben und Annika soll das Thema sein. Ich habe mich inzwischen telefonisch bei ihr gemeldet. Sie hat grünes Licht gegeben. „Aber eigentlich bin ich doch jetzt gar kein Pole Dance Girl mehr!" meint sie lachend. „Den guten alten Utz hat es ja nochmal von der Bildfläche geputzt." „Ist der Club denn jetzt ganz geschlossen? Er könnte doch einen von seinen Gorillas als Vertretung einsetzen." „Nee" lacht Annika. „Der Club ist bis auf Weiteres geschlossen. Und einen Vertreter für Utz gibt es nicht. Der hat immer nur sich selbst vertraut." „Na, dann ist er wohl von sich selbst beschissen worden!" Wir lachen beide und dann vereinbaren wir einen Termin zum Gespräch. Das Foto einer Pole Dancerin kann ich mir auch aus irgendeiner Bildagentur fischen. Annika will ja eh anonym bleiben. Marlene Kaufmann will ebenfalls mit mir über ihr berufliches Dasein sprechen. Vorab habe ich eine Art Telefoninterview mit ihr geführt. Also läuft alles irgendwie vor sich hin. Richtige Herausforderungen sind das nicht. Und viel Asche ist auch nicht damit zu machen. Vielelicht sollte ich langsam mal in einer anderen Liga spielen. Aber habe ich dazu überhaupt das Rüstzeug? Kann ja schon froh sein, dass ich nicht in irgendeiner Provinzlokalredaktion geblieben bin. Den ganz großen Wurf habe ich aber nicht wirklich gelandet. Das hätte ich von vorneherein anders anfangen sollen. Andere Praktika und Volontariate. Vielleicht mal was Anspruchsvolles bei der ZEIT oder so. Das Problem ist nur: Die müssen einen da auch wollen! Und für welches Ressort hätte ich micht da qualifizieren sollen, besser gesagt ersteinmal IN welchem? Ich habe mich einfach so durchgehangelt um möglichst schnell möglichst viel Praxis zu gewinnen und finanziell einigermaßen klarkommen zu können. Da hätte ich am Ende auch Friseurin werden können. Falsch, Ilsa! Da verdient man GAR nix und kommt auch nicht so ganz weit auf der Karriereleiter. Und: Ich kann nur Klippen schneiden. Dat wär nix geworden. Wie ich so gedankenverloren vor mich hinstarre, steht Mittelweg auf einmal vor mir. „Frau Eul, sollen wir mal?" Wer kann dazu schon nein sagen? Also trabe ich hinter dem Chef her. Dann sitzen wir im Aquarium; das Telefongebimmel, Haralds Lachen und Fluchen, das Geplapper der anderen RedakeurInnen dringt nur sehr gedämpft ins Allerheiligste, der Pizzabote kommt hereingeschneit (wieso hat mich niemand gefragt ob ich auch will??) undsoweiter. Der Hyäne sitzt hinter seinem Schreibtisch und lehnt sich, die Hände hinter dem Kopf gefaltet, entspannt zurück. „Frau Eul, ich habe mal ein bisschen nachgedacht." Hört hört! „Sie arbeiten ja jetzt schon länger für die *Ovation*, haben sich auch vorher schon eine solide journalistische Basis geschaffen..." „Eine solide Ochsentour war das!" quatsche ich dazwischen. Der Hyäne lacht meckernd. „Ja, so kann man das auch sehen!" Er lässt sich abrupt nach vorne schnellen und sieht mir direkt in die Augen. „Aber genau so sieht doch eine journalistische Grundausbildung aus! Da steht man nicht mit nem Aperol Spritz auf irgendwelchen Promiparties 'rum sondern ackert sich am Kaninchenzüchterverein ab." „Und an der katholischen Hausfrauenfront!" „Har, har, meck meck, und an der Volksfront von Judäa!" „Und an der judäischen Volksfront!" Jetzt gackern wir beide. Ich weiß nicht, wer darüber überraschter ist, er, ich oder Frau Ziekowski, die gerade mit hochgezogenen Brauen am Aquarium vorüberschwimmt, äh, geht. „Wie auch immer", wird Mittelweg wieder ernst. „Sie können was, Sie sind zuverlässig...wenn auch hin und wieder ein wenig, nun ja", schubber, schubber, „unkonventionell in Ihren Arbeitsstrukturen." Damit kann er mich doch gar nicht meinen!

„Aber, wie sagte schon Adenauer: „Wichtig ist, was hinten rauskommt!" „War das nicht Kohl…?" werfe ich vorsichtig ein. Aber mir vorzustellen, was bei DEM hinten ´raus kommt, pfui Spinne! Durchgekautes Schwachtemagen-brötchen oder so, basses Kinger nee! „Wie auch immer ", sagt Mittelweg wieder und macht eine abwinkende Hand-bewegung, „Sie haben sich hier mehr als bewährt und ich würde Sie gerne ein bisschen mehr an unser Haus bin-den." Pause. Er sieht mich erwartungsvoll an. „Das heißt…?" Der Mann mit dem Zöpfchen holt Luft. „Sie ha-ben schon mitbekommen, dass sich hier einiges im Um-bruch befindet. Ich bin bereits seit lägerer Zeit auf der Suche nach solventen und seriösen Geschäftspartnern. Das Risiko alleine zu tragen ist schon ein wenig heftig, gerade in diesen Krisenzeiten. Wobei der Verlag bisher noch gesund da steht. Aber damit das auch zukünftig so bleibt, braucht es solide finanzielle Säulen. Die Schweizer scheinen mir ganz solide Kandidaten zu sein. Außerdem verfügen sie über gute Kontakte ins weitere europäische Ausland." Sein Telefon klingelt, Frau Ziekowski hat wieder irgendwen für ihn an der Strippe. „Jetzt nicht!" bellt er und knallt den Hörer wieder auf. „Lange Rede kurzer Sinn: „Wenn alles so läuft wie angedacht, und es sieht stark danach aus, können und wollen wir Sie gerne als fest angestellte Redakteurin im Mittelweg Verlag haben. Wobei der dann Mittelweg- Rütli Verlag heißen wird." Das ist ja hochinteressant! Und erleichtert mir den Angang, Mittelweg auf eine Festanstellung anzuquatschen, so wie ich es vorhatte. „Allerdings…"- Ich wusste, dass die Sache einen Haken hat! „Allerdings kann ich Ihnen derzeit nur ein gewisses Stundenkontingent anbieten. Also, sozusa-gen eine Teilzeitstelle. Bei beiderseitigem Einverständnis allerdings auch in eine Vollzeitstelle umwandelbar. Das hängt nicht zuletzt vom Umsatz und Gewinn ab, den der Verlag in den nächsten zwölf Monaten nach Beginn der Partnerschaft mit den Schweizern haben wird. Und," schubber schubber „natürlich auch an Ihnen." „Ich kann mir nicht vorstellen…" setze ich an. „Ach, Schnick-Schnack, Sie können sich sehr gut vorstellen, dass man

Sie uns abwirbt. Oder dass Sie auch weiterhin als Freie erfolgreich sein können." Das wollte ich zwar gar nicht sagen. Aber wenn er das meint, bitte schön! Eigentlich wollte ich sagen, dass ich mir nicht vorstellen kann, innerhalb der nächsten Zeit so dermaßen großen Bockmist zu fabrizieren, dass man mich achtkantig rauswirft, wenn auch nur als feste Freie oder von mir aus denn als Teilzeitangestellte.

„Frau Maulbach haben Sie ja in Hamburg kennengelernt." Ach, daher weht der Wind! Will er mir jetzt Infos über Katharina abpressen und davon die weitere Zusammenarbeit abhängig machen? No way! Aber: „Sie hat in den höchsten Tönen von Ihnen geschwärmt. Und sie kennt sich wirklich GUT aus, in dem Metier." In dem Metier? „Das heißt, ich soll auf Promijagd gehen?" „Ach was, Promijagd!" knurrt er unwirsch. „Sie sind doch kein Paparazzo oder eine Hardcore-Klatschkolumnistin. Da würden sie sich selbst unter Preis verkaufen." Tue ich eh immer, das ist mein Karma! „Ich sehe Sie mehr im qualitativ hochwertigeren Segment der Promiberichterstattung. Interviews mit überraschenden Fragen an überraschenden Orten. Besuchen Sie die Promis nicht zu Hause vor der Schrankwand, sondern wirklich am Drehort. Wenn die sich karitativ einsetzen, dann fliegen sie von mir aus mit Peter Maffay in ein rumänisches Kinderheim…" Och nööööö, das will ich nicht! „Na ja, mehr so metaphorisch gesprochen. Ein Konzept, das den Rahmen bildet, können wir noch entwickeln. Vielleicht könnte das Konzept ja auch sein…" „Gar kein festes Konzept zu haben?" ergänze ich. „Genau!" Upjeresch öffet Mittelweg seine Frisur und arrangiert sein zweites Schwänzchen neu, um es dann mit einem frottierten Rosettenfisch (schwarzes Haargummi) zu fixieren. „Und Ihre übrigen Arbeiten, wie den Berufereport undsoweiter, das können Sie beibehalten. Außerdem haben Sie ja immer noch die Möglichkeit, für andere Zeitschriften tätig zu werden." Er hält einen Augenblick inne. Dann wirft er einen Blick auf seine Armbanduhr. „Das Gehalt ist an den Tarifvertrag angelehnt." „Angelehnt? Was bedeutet das im Klartext?" „Das bedeutet, dass wir noch ein bisschen was drauflegen und eventuell auch ein dreizehntes Monatsgehalt drin ist." Mittelweg stiert wieder auf seine Uhr. In diesem Moment steht Frau Heimann auch schon nach leisem Klopfen im Rahmen: „Es tut mir wirklich Leid dass ich störe, aber Sie müssen gleich zum Flughafen, Herr Mittelweg!" „Ja, ja, danke." Frau Heimann zieht sich wieder zurück. Der Hyäne wird nun hektisch, steht auf, nestelt an seinem Trolley herum, der schon parat steht, fährt sein Laptop ´runter. „Lassen Sie sich das durch den Kopf gehen, Frau Eul. Der Vertrag würde zum nächsten Ersten wirksam, da haben wir ja noch ein bisschen Zeit." Im Stehen stürzt er einen Rest Tee hinunter und schlabbert in der Eile ein wenig. Ich beiße mir auf die Lippen. Jetzt bloß nicht durch pubertäres Lachen auffallen und alles zunichtemachen, Eul! „Okay, mache ich!" Ich stehe ebenfalls auf. „Ich möchte auf jeden Fall, dass Sie als Erstes ein ganz spezielles Interview führen, besser gesagt, ein Porträt schreiben über einen eher scheuen Prominenten. Die Schweizer sind auch daran interessiert, weil er bald in einer Eurovisionsproduktion mitspielt." „Um was geht es denn da? Einen Thriller oder so?" Wir stehen uns nun im Gang gegenüber, der Chef nestelt sich in seinen schwarzen Kurzmantel. „Eine Folge vom *Ort des Geschehens*." Nein! „Aber doch nicht etwa mit Axel Wegner?" frage ich entgeistert. „Ich weiß, der ist ´ne harte Nuss! Aber Sie kriegen das hin, ich zähle auf Sie!" Mittelweg stürmt am Empfang vorbei: „Ich bin raus, Frau Ziekowski, Frau Heimann, halten Sie die Stellung!" Bums, aus, Eul kuckt doof aus der Wäsche und versucht, alle gemischten Gefühle auseinanderzusortieren. Ohne großen Erfolg.

Das Konzert

Es ist das Wochenende an dem Kaiis Hauskonzert stattfindet. Ich steige also am frühen Freitagnachmittag in den Flieger und werde am Airport Hamburg von Alfred empfangen. Wir begrüßen uns, als kennten wir uns schon seit der Grundschule. Ich übergebe ihm feierlich einen alten Schuhkarton, gefüllt mit Ü-Eier-Figürchen aus meiner Jugend. So etwas hebt de Omma natürlich auf! Ich habe null Interesse an dem antiken Plastemist, aber vielleicht macht es Alfred als Sammler ja glücklich. Er wirft einen kurzen Blick in den ollen Pappkarton. „Uii, das erfreut meine müden Augen! Danke, min Deern! Das kuck ich mir mal in Ruhe an!" Strahlend verstaut er mein kleines Gepäck im Kofferraum und los geht´s. Raus aus dem Trubel am Airport und rein in den Innenstadtverkehr. „Und, wie ist es Ihnen in der Zwischenzeit ergangen?" beuge ich mich aus dem Fond des Fahrzeugs nach vorne. Heute ist es – zum Glück- keine Stretch-Limousine in der ich chauffiert werde, sondern ein dunkler Audi der gehobeneren Klasse. Kosten ja auch genug, die Dinger. Ist wohl ein hoteleigenes Fahrzeug. Wie auch immer: Für mich ist a) fast jedes Auto gehobener als meins und b) hätte mich Alfred auch mit einem Eselskarren abholen können. Das wäre mir grad wurscht gewesen. So ist es schick, aber auch nur Schall und Rauch. Das ist nicht mein wahres Leben. Aber es macht Spaß! „Nu, viel zu tun, wie immer. Aber ich will nich´klagen. Die Arbeit macht mir immer noch viel Spaß und heutzutage muss man schon glücklich sein, dass man einen Job hat, nichwahr? Und es gibt wirklich langweiligere Arbeitsstellen als meine!" Da hat er wohl Recht! Wir plaudern noch ein bisschen, dann lasse ich mich ins Polster fallen und sehe einfach nur aus dem Fenster. Daran zieht die Hansestadt vorbei und ich freue mich, dass ich wieder hier bin. Es ist zwar nicht so ein sexy Wetterchen wie zuletzt noch aber wenigstens regnet es nicht, vielmehr wechseln sich Sonne und Wolken schon beinahe dramatisch vor einem graublauen Himmel ab und lassen die Skyline fast kulissenhaft wirken. Ist auch schön.

Im Mare beziehe ich ein *richtig gutes* Zimmerlein und bin froh, dass ich für Kaii als - zugegebenermaßen kleinen - Dank auch ein Mitbringsel habe: Rheinische Spezereien und meinen Lieblingsgedichtband *Mein Lied geht weiter* von Mascha Kalèko. Ist zwar vielleicht eher ein Frauenbuch aber ich liebe es, verschenke es gerne an ausgesucht nette Mitmenschen und der Titel passt so gut zum altenjungen Barden mit Hut. Von Alfred weiß ich, dass Kaii derzeit noch busy ist; überhaupt wird er frühestens nach dem Konzert Zeit für meine Wenigkeit und seine Freunde haben. Trotzdem hat er mir noch ein paar Blümchen und eine kurze Nachricht sowie ein paar ausgesuchte Süßigkeiten aufs Zimmer bringen lassen. Das ist wirklich süß von ihm. Es macht bestimmt Spaß, ein Teil des Komikaa Universums zu sein. Er integriert die verschiedensten Menschen in seinem Dasein ohne sie zu sehr zu vereinahmen. Zumindest ist das mein Eindruck. Dass er machmal ein wenig peinlich 'rüberkommt, wie ich anfangs dachte, ist einfach seine spezielle Art und Weise im Leben zu stehen.

Ich bin nun doch ein wenig müde von der Reise, von der Arbeit, den Geschehnissen, von der Sehnsucht, dem Liebeskummer, dem Jobangebot und den Sorgen ums Omchen. Also packe ich mein Köfferchen aus, verteile meine Kosmetika im Bad, genieße den Blick aus dem Fenster und atme tief durch. Schön ist es, hier zu sein. Einen besonderen Abend vor sich zu haben. Ein wunderschönes Geschenk. Ich freue mich so! Und ich vermisse Axel. Den mit Hut. Und den anderen? Mhm...Ich lasse mich aufs Bett fallen. Und dann schlafe ich ein. Ich träume von Kaiis Konzert. Aber es ist gar nicht der Altrocker, der da auf der Bühne seinen Hut spazieren trägt, sondern Axel Wegner. Er hat Alex an der Leine und liest aus dem Gedichtband von Mascha Kalèko. Natürlich nichts, was wirklich darin steht sondern irgendeinen Bullshit wie: „Der Hund muss ins Erziehungsheim sonst kann er nicht mehr bei mir sein. Ach Ilsalein, ach Ilsalein ich hebe jetzt mal kurz das

Bein..." Das tut er dann tatsächlich und ich lächle zwar krampfig, bin aber peinlich berührt und will hier weg. Unauffällig mache ich mich davon, laufe durch einen schwach beleuchteten Gang und treffe auf das Gemüsemännchen: „Mensch, Ilsa, wat tust du dann hier? Isch kenn dich noch, da warste so!" Und dann taucht Axel Rosen auf und sagt: „Ich auch! Und du hast jetzt mal Sendepause, du Karotte!" Dann zieht er mich an sich und will mich küssen aber als ich genauer hinschaue, ist es der Hyäne und er sagt: „Ich mache Ihnen ein unmoralisches Angebot, har har" und dann kommt er mir noch näher und hat wohl vor mich zu küssen und ich wehre ihn ab und – wache mit wild klopfendem Herzen auf. Puh. Gerade noch rechtzeitig! Rechtzeitig? Wie spät ist es denn?
Ich taste nach meinem Handy und werfe einen Blick auf die Uhr. Gleich sieben. Dann habe ich fast drei Stunden geschlafen. Das Konzert soll um neun beginnen. Ich habe also noch genug Zeit, einen Happen zu essen und mich ein bisschen herauszuputzen. Der Einfachheit halber bestelle ich etwas beim Zimmerservice. Morgen will ich noch ein wenig durch die Stadt bummeln, oder nochmal nach Blankenese rausfahren oder so. Mal sehen, was sich ergibt. Am späten Abend geht mein Flieger zurück nach Düsseldorf. Dann kann ich am Sonntag einfach mal ausschlafen, Wäsche waschen und später vielleicht noch Oma besuchen. À propos, schnell mal bei ihr anrufen: „Tach Kink, bisse schon in Hambursch? Dä Axel sitzt auch grad bei mir", wechselt sie zwischen Platt und Hochdeutsch. Das ist ja ganz dufte, dass der Axel grade bei ihr sitzt. Und ich soll jetzt mal wieder ein schlechtes Gewissen haben oder wie? Ich antworte einsilbig und lege bald auf. Das ist natürlich albern und kindisch. Aber so sind wir doch alle mal, oder? Aber nicht jeder gibt es zu.
Der Zimmerservice bringt mir einen „Echten Hamburger Hamburger" mit Kartoffelstäbchen. Ich schaffe ihn nur halb. Dann frisch machen und ab in die Klamotten. An alte Gewohnheiten anknüpfend, gehe ich über die Treppe nach unten. Alfred kommt aus dem Nichts auf mich zugeschossen und will mich nach draußen lotsen. „Ähm...ich will

doch zum Konzert...". „Da bring ich Sie ja nu auch hin!"
„Aber das ist doch ein *Hauskonzert*! Was soll ich dann da
draußen?" Erst dann erfahre ich, dass es Onkel Kaii im
Mare zu klein war und er die Lobby hat nachbauen lassen,
auf *Kampnagel*. „Auf was bitte schön?" „In der alten Fab-
rik Kampnagel. Früher wurden da mal Kräne hergestellt,
später dann Gabelstapler", er lotst mich zum Auto, „heute
finden da nur solche kulturellen Veranstaltungen statt."
„Ach was!" Schau an! Da hat der alte Hutträger mit
Hüftschwung doch mal eben so die Lobby nachbauen lassen. Das muss doch ein Hammeraufwand gewesen sein!
Und da hatte er noch Zeit für mich kleines Provinzhuhn
und meine Merkwürdigkeiten im Leben. Da sach ich doch
mal: Hut ab! So relaxt muss man mal sein! Als wir *Auf
Kampnagel* ankommen, stehen die Leute natürlich
Schlange am Eingang. Etwas neben der Schlange steht
ein dunkelgelockter Typ und telefoniert. Als er des Wagens angesichtig wird, beendet er abrupt das Gespräch
und kommt freudestrahlend auf uns zu: Bertuccio! Na gut,
es ist nur Cosimo. Aber natürlich freue ich mich, dass er
mich hier erwartet. „Ilsa! Come va?" Er knutscht mich im
Italian Style, begrüßt Alfred mit einem Schulterklopfen: „
Na, alter Schwede!" Ich sage: „Na, alter Rabattmarken-
fälscher!" und grinse ihn an. „Wartest du hier draußen auf
deinen Dealer oder wieso stehst du dir die Beine in den
Bauch?" „Ha, ha! Ich habe natürlich auf dich gewartet..."
„Ich bin dann mal wieder..." verabschiedet sich Alfred.
„Wie? Bleiben Sie denn nicht hier?" frage ich erstaunt.
„Ich bin rechtzeitig wieder hier!" sagt´s und braust davon.
Na gut, vielleicht ist er kein Musikfan. Oder mag nur
Shanty-Chöre oder so. Cosimo und ich können ganz lefty
backstage rein und suchen uns feine Plätze aus. Dann organisiert der Etrusker noch was zu trinken.
„Wieso ist denn deine Freundin nicht hier?" will ich wissen
und nippe, mich neugierig umschauend, an meinem Prosecco oder was das ist. „Weil sie lieber woanders hinwoll-
te." Cosimo hat eine Astraknolle in der Hand und nimmt
einen tiefen Schluck. „Und wo ist woanders?" „So genau
weiß ich das gar nicht." Er lässt seinen braunen Hunde-

blick schweifen, streift das Publikum, das sich auf die besten Plätze stürzt, die Bühne, die noch im Halbdunkel liegt. Ich hebe meine Augenbraue, sage aber ersteinmal nichts. Als ich wieder an meinem Glas nippe meint er: „Im Moment läuft es nicht so rund. Wir sind ständig getrennt, entweder habe ich abends noch zu tun oder sie gondelt wieder wegen irgendeines Modeljobs durch die Weltgeschichte. „Und was ist mit ihrem Studium?" will ich wissen. „Das will sie ja auch noch irgendwann zu Ende bringen. Derzeit hat sie ein Urlaubssemester eingelegt. „Tja, wenn man in die Karriere investiert hat das fast immer zur Folge, dass das Privatleben zu kurz kommt. Oder meinst du, Politiker kommen abends um sechs nach Hause, machen Hausaufgaben mit ihren Kindern und binden sich danach die Küchenschürze um oder wischen mal eben feucht durch um danach ein kleines Essen für Freunde und Familie zu zaubern?" „Carina ist doch keine Politikerin." „Das weiß ich. Aber sie will beruflichen Erfolg haben. Und den kriegst du nicht durchs Zuhausesitzen, Kochen und Fernsehen oder so. Jeder erfolgreiche Mensch hat doch jemanden, der ihm den Rücken freihält. Oder er ist Single ohne Hund und Vorgarten, der gepflegt werden muss. Wenn in einer Beziehung beide Partner sehr eingespannt sind, dann ist die gemeinsame Zeit eben sehr knapp. Vor allem, wenn man dann vielleicht noch zu Hause viel zu regeln hat." „Das haben wir ja nicht. Ich habe eine Putzfrau, die kauft auch teilweise für mich ein und bügelt meine Klamotten." Hat der ein Glück! Ich muss nach einem langen Tag der Arbeit alles alleine machen. Entsprechend sieht meine Bude aus, stapelt sich die Bügelwäsche. Wenn ich mal groß bin, kriege ich auch eine Putzfrau. Oder einen reichen Mann. Dann sitze ich nur zu Haus und mache mir die Nägel. Aber wer putzt DANN? „Jedenfalls ist es nicht so gut, wenn man sich in einer Beziehung so wenig sieht, alles genau austakten muss undsoweiter. Und Fernbeziehungen können zwar funktionieren, aber auf Dauer...ich weiß nicht. Wenn man sich nur auf der Pelle hängt ist das auch Driet. Aber durch häufige Trennungen geht auch viel verloren oder kann sich gar

nicht erst aufbauen." „Wirst du jetzt so eine Ratgebertante?" Cosimo hat sein Astra intus und nimmt mir mein leeres Glas ab. Inzwischen haben sich fast alle Plätze gefüllt, es herrscht die positiv gespannte Atmosphäre, die sich vor kulturellen Events eben so aufbaut. Gefällt mir. „Das hat doch nichts mit Ratgebertantentum zu tun! Ich spreche – zumindest teilweise - aus Erfahrung. Und außerdem muss ich jetzt mal woanders hin." Ich schiebe mich durchs Publikum, einige Kaiifans befinden sich noch an der Getränkebar, lungern an Stehtischen herum. Ich blicke kurz in Gesichter, über Köpfe, gegen Rücken. Kein weiterer Mann mit Hut. *Hast du das wirklich geglaubt, Ilsa? Dass er hier ist heute Abend?* Ich schüttele den Kopf und suche die Facilitäten auf. Beim Händewaschen sehe ich mir im Spiegel in die Augen. Das Strahlen von neulich, als ich hier in Hamburg war, ist weitestgehend verschwunden. Ich trockne meine Hände. Lehne die Stirn gegen den Spiegel. Schön kühl. Schließe die Augen. Sehe Axel und mich wieder an jenem Morgen in Blankenese. Spüre seine Nähe, habe seinen Duft in der Nase. Das innere Bild switcht zum Apfelsteinschen "Polterabend":
Axel und Kaii auf der Bühne. Wir beide, Axel und ich, im Gespräch mit den Grünhagens, beim Tanzen. Das Essen in *Die Zeit der Rosen*. Ich seufze tief. In diesem Moment öffnet sich die Tür und – Janina steht vor mir! „Ilsa! Hier bist du ja!" Sie umarmt mich stürmisch, ihr süßliches Parfum steigt mir in die Nase und vetreibt die Erinnerung an Axels *Vetiver*.
„Wir haben Cosimo schon getroffen. Beim Konzert sitzen wir neben euch.
Wie GEHT es dir?" Sie strahlt mich an, mustert mich dann kritisch. „Alles okay bei dir…?" Sie fasst mit ihrer Gelnägel bewehrten Hand an meinen Arm. „Ja, ja, alles in Butter. Hatte nur ein bisschen viel um die Ohren in der letzten Zeit." „Ja, das kann ich gut verstehen. Ich hatte auch noch SO viel zu tun mit den Hochzeitsvorbereitungen und dann die Sache mit Hamid, wir sollen da als Zeugen aussagen. Du übrigens auch. Ich wusste gar nicht ‚was der schon so alles angestellt hat und dann noch der "Überfall"

auf unserem Polterabend. Wartest du kurz?" Bevor ich antworten kann, verschwindet das weißgekleidete, blonde Busenpüppchen schon hinter einer der Türen. Eine Frau mittleren Alters, in Jeans und Karohemd, betritt die Toilette, schließt sich hinter der nächsten Tür ein. Janina plaudert munter durch ihr Pullergeräusch weiter: „Hamid hatte wohl schon mehrere Anzeigen wegen Körperverletzung. Außerdem ist er auch Drogendealer oder so. Furchtbar! Und ich bin mit so einem zusammen gewesen!" Janina betätigt die Spülung. „Stell dir vor, ich hätte den geheiratet und nicht meinen Superschatz!" Jetzt kommt sie aus der Tür, wäscht sich die Hände, wirft dabei einen kritschen Blick in den Spiegel und nickt dann anerkennend. Die andere Toilettenbenutzerin schiebt sich nun ebenfalls an Waschbecken und Spiegel. Ich rücke etwas zur Seite. DAS GANZ GROSSE GLÜCK zieht die ohnehin perfekt geschminkten Lippen nach. „Lambert ist wirklich ein ganz anderes Kaliber als der Türke, das kann ich dir sagen. Auch im Bett!" Oh NEIN! Ich WILL! KEINE! Details wissen. Die Karohemdfrau weitet ihren Blick, hebt die Augenbrauen. Ich kann es im Spiegel sehen. Janina krömselt in ihrer sauteuren Tussihandtasche herum. „Mit Hamid war es nie schön. Das war mehr so rauf, rein und raus." „Also wie bei Pit Stop" sage ich. „Nee, das ist doch *rein, rauf, runter, raus!*" sagt die Frau im Karohemd und glättet angelegentlich ihr dunkelgelocktes Haar. „Ist das wirklich so?" frage ich. „Ich kenne Hamid nicht" sagt die Frau. „Und ich war noch nie bei Pit Stop!" sagt Janina. Ich schiebe sie aus der Toilette heraus. Ich will weitere Peinlichkeiten vermeiden und außerdem auch nichts von Kaiis Konzert verpassen. Der eigentliche Höhepunkt, nämlich das Konzert ist: WUNDERBAR! Als ich später einmal die Aufzeichnung sehe, kann ich gar nicht glauben, dabei gewesen zu sein. Kaii ist SOWAS von relaxt und SOWAS von absolut in seinem Element! Und seine Gäste sind es ebenfalls. Entweder können die alle ziemlich gut schauspielern oder die Atmosphäre ist wirklich authentisch. Da kommt man mal auf ein Liedchen in Hamburg vorbei (wenn man nicht eh schon grade dort wohnt) und trällert fröhlich mit diesem erfolgreichen Senior der deutschen Musikgeschichte. Wobei die Einstufung als Senior auch nicht so ganz adäquat ist; ist er zwar schon fortgeschritten an Jahren, steht er doch so sehr mitten im Leben, dass er nur ein Mensch der Gegenwart und damit auch dauerjung sein kann. Ich war eigentlich nie so ein großer Fan von ihm. Aber spätestens jetzt bin ich es geworden. Nach dem Konzert plaudern Cosimo und ich noch ein wenig mit den Apfelsteins. Die beiden wollen beizeiten heim. Bis zu ihrer Vermählung möchten sie keinen Alkohol trinken und streng Diät leben sowie immer genügend Schlaf bekommen. Wie Janina mir zuflüstert, will Lambert seine Potenz und Vitalität verbessern, weil sie schwanger und er ein fitter Vater werden will. Schön, dass ich das jetzt auch weiß und meine überproportional ausgebildeten oder vorhandenen Gehirnzellen für nutzloses Wissen damit zustopfen kann. Na ja, bei der Beantwortung den pinkfarbenen Fragen beim *Trivial Pursuit* hat mich das so manches Mal gerettet. Wir verabschieden uns also bis zur Hochzeit von den beiden Weißlingen. „Und was machen wir beiden Hübschen jetzt noch?" fragt der Halbitaliener unternehmungslustig. „Ich für meinen Teil..." gehe jetzt ins Heiabett, will ich sagen aber da kommt Alfred auf uns zu und bedeutet uns, ihm zu folgen. Und dann fährt er uns ins *Mare* und dort treffen wir dann auf Kaii und sein Gefolge, in erster Linie all jene, die mit ihm aufgetreten sind, den Architekten und die Bühnenbildner, die die Hotellobby so naturgetreu nachgebaut haben, den Regisseur des Ganzen. Hier gibt es dann nochmal Fingerfood und Flüssiges und ich beschließe, dass ich noch genug Schlaf in der Urne kriegen werde und hebe auch mein persönliches Alkoholverbot auf, um mir mit dem ebenfalls Liebeskummer gebeutelten Cosimo den Abend und das Leben schön zu trinken. Wobei der Abend ja auch schön IST! Ich genieße die Zeit hier und das Vibrieren in der Luft, das bei so vielen anwesenden Künstlern, kreativen Menschen, entstanden ist. Aber der Eine, der fehlt mir so sehr. Und ein bisschen, das muss ich zu meinem eigenen Erstaunen feststellen, fehlt mir auch der Andere. Irgendwann beschließe ich, dass Cosimo genug getrunken hat und dringend ins Bett muss. Ich schleppe ihn mit auf mein Zimmer wo ich ihm mit Müh und Not und viel Gelächter die Schuhe und die Bux ausziehe, ihn Pipi machen lasse (natürlich im Bad und OHNE meine Hilfe) um ihn anschließend auf meine Schlafstatt zu stupsen. Und schon ist er eingeschlafen.

Am nächsten Morgen erwache ich neben einem leise schnarchenden Halbitaliener und habe einen mittelschweren Kater. Spontan beschließe ich, den Alkoholkonsum bis auf Weiteres wieder auszusetzen. Leise stöhnend richte ich mich auf, schleppe mich ins Bad und dusche ausgiebig. Zähne putzen, schminken, dann im Bademantel ins Zimmer, wo der Aushilfs-Bertuccio immer noch im Schlummer liegt. In Unterwäsche stehe ich überlegend vor meinem kleinen Gepäck. „Bleib doch einfach so!" kommt es da aus dem Bett. Erschrocken fahre ich zusammen. „Spinnst du? Wie kannst du mich so erschrecken? Und außerdem: Wieso gaffst du mich einfach so an? Das geziemt sich nicht! Dreh dich sofort um!" „Ist ja schon gut!" Cosimo dreht sein Gesicht in Richtung Fenster. Ich ziehe eine beige Chino und eine lässige weiße Hemdbluse an. (Sie ist wirklich lässig. *Weiße Bluse* klingt doch sonst immer so nach Kommunionskaffee!). Noch barfüßig lasse ich mich dann mit einem Satz neben meinem Mitschläfer aufs Bett plumpsen. „Hhhh!" macht er nun erschrocken. „Na, alter Rabattmarkenfälscher, wieder fit?" „Ich glaub schon…" brummt er zögernd und fasst sich an den Kopf. Dann streicht er sich die Locken aus dem Gesicht. „Aber wieso bin ich überhaupt hier und nicht bei mir zu Hause? Muss ich da was wissen…?" „Mach dir keine Hoffungen, dazu waren wir beide, in erster Linie du, viel zu betrunken!" „Schade. Aber wenn, hätte ich mich auch gerne daran erinnert." Er gähnt ausgiebig und streckt sich. Ich muss sagen, so unattraktiv finde ich das, finde ich IHN, nicht! Leicht gebräunter, lecker aussehender Oberkörper mit dem genau richtigen Anteil an Muskeln und Behaarung. Ist mir beim Ausziehen gar nicht so aufgefallen. Besser gesagt, ich habe auch nicht richtig darauf geachtet in meinem dollen Kopp. Er mustert mich frech.

„Na, sollen wir noch was nachholen?" „Bild dir mal nicht zu viel ein. Außerdem bist du a) noch liiert und b) bin ich nicht dein Typ." „Wer sagt das?" „Ich. Ich bin zu alt und zu dunkelhaarig für dich." „Das stimmt doch gar nicht! Außerdem tust du grade so, als wär ich so ein Sugardaddy. Ich steh gar nicht prinzipiell auf jung und blond!" „Ist klar!" sage ich ironisch und ziehe ihm dann die Decke weg. Der Rest sieht wohl auch ganz nett aus. Ganz schön blöd von seiner Carina, ihn eventuell abzuschießen. Aber wer weiß, wer ihr bei ihrem Modelgedöns sonst noch so vor die Flinte läuft. „Jetzt mal raus aus den Federn, du südländischer Taugenichts! Du kannst hier unter die Dusche hüpfen, im Bad gibt es noch ne Zahnbürste, ich habe meine eigene dabei. Rasieren ist ja eh nicht so das Thema für dich." „Schon gut", brummelt er und hüpft aus dem Bett. Ganz schön sportlich. „Deine Unterbux kannst du ja wenden!" rufe ich ihm noch nach, bevor er hinter der Badezimmertür verschwindet. „Mach ich eh immer! Aber nur am Badetag!"

Dann klingelt mein Handy. Kaii. „Kommst du auch zum Frühstück, Prinzessin? Wir sind alle hier draußen im Atrium." „Natürlich komme ich! Aber ich bringe noch jemanden mit!" „Aha, wen denn?" „Cosimo!" Einen Moment lang höre ich nur perplexes Schweigen, Stimmengemurmel und leises Lachen im Hintergrund, das Plätschern des Brünnleins. „Okay, dann bring den alten Paten mit. Ich freu mich!" Na, da habe ich jetzt aber mal jemanden überrascht. Ich kichere in mich hinein. Cosimo kommt mit feuchtem Haar aus dem Bad, ein Handtuch um die Hüften geschlungen. Wieder so eine klassische Filmszene. „Kaii erwartet uns zum Frühstück im Atrium. Beeil dich mal ein bisschen, ich hab langsam Hunger!" Bald geht es treppab Richtung Außengehege. Cosimos Locken sind immer noch ein wenig feucht, er riecht nach Zahnpasta und Hotelshampoo, wirkt noch leicht verkatert aber hat schon wieder seinen Charme und sein Lächeln angeknipst. Ich stelle fest, dass ich ihn in der kurzen Zeit unseres Kennenlernens sehr gern gewonnen habe. Er bemerkt meinen Blick: „Alles klar mit dir, Ilsa?" „Kommst du mich irgendwann mal besuchen? Ich glaube, ich werde dich ein bisschen vermissen!" Da zieht er mich leicht an sich. „Wann immer du willst, cara mia. Vielleicht können wir uns sowieso öfters sehen in Zukunft." Fragend sehe ich ihm in die espressofarbenen Augen. „Eventuell verlagere ich meinen Lebensmittelpunkt wieder ins Rheinland." Den Arm um meine Taille geschlungen, strebt er ins Atrium. Nun ist das Stimmengemurmel und Gelächter sowie natürlich das Plätschern des Brünnleins im O-Ton zu hören. Bevor ich noch fragen kann, was er im Rheinland zu suchen hat, entdeckt uns Onkel Kaii und begrüßt uns herzlich. Die nächsten zwei Stunden bestehen aus Leute kennenlernen, quasseln, lachen, essen. Auf Alkohol verzichte ich jedoch standhaft. Ich hätte auch gar keine Lust darauf um ehrlich zu sein. Irgendwann zeigt mir Kaii eine Nachricht auf seinem iphone:

Hey, alter Hutträger! Leider kann ich wirklich nicht zu deinem Konzert kommen und ich weiß jetzt schon, dass ich ein ultimatives Highlight verpasse. Ich wünsche dir jedenfalls Hals und Beinbruch!

Und grüße und küsse die Person, die unser aller Herzen im Sturm erobert hat! Unserem gemeinsamen Projekt steht nichts im Wege; ab September könnten wir mit den Proben beginnen und dann ein paar Auftrittstermine festlegen. Lass uns darüber mal in Ruhe sprechen. Ich freue mich schon darauf! Sei gegrüßt und bleib der Alte!

Dein Axel

„Was habt´n ihr für´n gemeinsames Projekt am Start?" Ich bin ein wenig eingeschnappt. Mit mir kann er aus zeitlichen oder anderen Gründen nicht kommunizieren aber an Kaii mal eben eine Nachricht formulieren, das geht! Und wer ist bitteschön die „Person, die uns alle im Sturm erobert hat?" Offenbar habe ich wieder laut gedacht. „Mensch Prinzessin, damit bist doch du gemeint!" „Und warum meldet er sich dann nie bei MIR?" Ja, ja, Dienst ist Dienst und Schnaps ist Schnaps! Und ich bin noch nicht mal Schnaps sondern nur so ne labbrige Weinschorle oder wie? „Er hat eben viel um die Ohren. Mach´s gut, Alter!" verabschiedet er sich von irgendjemanden. Überhaupt scheint die Veranstaltung nun langsam auszuklingen. „Axel ist ein erfolgreicher Schauspieler. Außerdem Ehemann und Familienvater." Danke für sie Info! Stich mir doch direkt ins Herz! Aber eine Neuigkeit ist das ja nun auch nicht für mich... nur hören will ich es nicht. Ich will nicht damit konfrontiert werden. Albern und realitätsfremd, ich weiß. Oder eher realitätsverweigernd. „Da hat man nun mal nicht massig Zeit übrig. Und die Situation ist ja nun auch ein bisschen, na ja, delikat." Ja, ja, weiß ich ja auch. „Und was ist das nun für ein Projekt?" insistiere ich. „Wir planen einen Kurt Tucholsky Abend. Axel liest aus seinen Texten, ich singe zwischendurch und begleite ihn insgesamt musikalisch. Mehr als vier bis fünf Auftritte werden wir zeitlich nicht hinkriegen. Aber kann man ja auch später wieder dran anknüpfen, wenn die Basis einmal steht. „Aha. Das klingt aber schön! Und außerdem: Herzlichen Glückwunsch zu deinem absolut genialen und gelungenen Konzert gestern Abend! Es war SO schön! Ein ganz wunderbarer Abend und will auch jeden Fall die CD, DVD und was es sonst noch so gibt, haben." „Freut mich, dass es dir gefallen hat, danke! Ich fand´s auch ganz cool, du!" sagt er bescheiden. Als ob er nicht wüsste, dass der Abend Granate war! „Axel hat noch oft nach dir gefragt" wechselt er wieder ins vorherige Thema. „Wir haben ein paar Mal telefoniert und gemailt, in erster Linie wegen des -Projekts. Irgendwann ist er immer auf dich zu sprechen gekommen, hat sich nach dir erkundigt, ob ich was von dir gehört hätte, ob du zum Konzert kommst undsoweiter." Hach! Axel! I miss you so fucking much! Die Sonne lässt sich nun doch wieder sehr entschieden blicken und ich beschließe, vor meiner Abreise noch nach Blankenese zu fahren. Das Frühstück ist nun ohnehin beendet. „Aber dein anderer Axel..." „Was ist mit dem?" „Also, ich finde den gar nicht so übel. Hat ´ne Menge riskiert um dich hier aufzustöbern und sich zum Affen zu machen. Hut ab!" Aber natürlich lässt er seinen Hut auf. Dann verabschiedet er die letzten Gäste, scherzt mit Cosimo „Na, du alter Ladykiller!" und kuckt vielsagend auf mich. „Ich glaube, ich muss da mal was aufklären!" sage ich entschieden. „Ilsa wollte nicht allein ins Bettchen und da musste ich sie begleiten!" „Du warst strunzenvoll und KONNTEST NICHT NACH HAUSE!" Kaii grinst: „Ich muss die Details ja gar nicht wissen. Hab auch immer ein gro-ßes Herz gehabt... gibt ja auch so viele schöne Frauen. Und Männer!" sagt er dann, den Blick auf mich gerichtet. Ach, soll er doch denken was er will!

Blankenese zum Zweiten und back to basic

Jetzt sitze ich in der S-Bahn nach Blankenese. Kaii braucht ein bisschen Rückzug. Cosimo wollte mich begleiten, hatte aber auch noch ein wenig Schlaf nötig sowie später noch zu arbeiten. War mir im Prinzip auch ganz recht so. Ich muss mal ein bisschen alleine sein. Und so schaukele ich in die Sonne blinzelnd über die verschiedenen Stationen Richtung Blankenese. Dort angekommen empfängt mich Wärme und ein grüner Duft nach frisch gemähtem Rasen und Lindenblüten. Mich zieht es natürlich zum Wasser; bei einer Bäckerei kaufe ich mir noch eine gekühlte Apfelschorle. Ein paar Läden haben noch geöffnet. Ich lasse das Kleinstadttreiben hinter mir, steige die Stufen zur Elbe hinab. Dort, wo ich mich mit Axel am Ufer herumgetrieben habe, lasse ich mich nieder, lege mich in den warmen Sand und döse ein wenig. In meinem Kopf schwirrt der gestrige Abend (und Restalkohol), Cosimo in meinem Bett, Kaiis Stimme und Axels Nachricht an Kaii, herum. Ich höre die Wellen leise ans Ufer plätschern, Stimmen von den Freizeitlern aus den vorbeifahrenden Segelbooten und den Spaziergängern am oberen Uferweg. Ich richte mich auf, nippe an meiner Schorle. Ich vermisse den Axel mit Hut. Ich bin verliebt in ihn. Ziemlich sogar. Aber es ist vollkommen sinnlos. Er kann nicht aus seinem Leben und seiner Ehe aussteigen. Und ich will und wollte auch nie der Grund dafür sein. Warum ich mich trotzdem auf diese Affaire oder wie man dieses relativ kurze Intermezzo nennen will, eingelassen habe? Weil meine Gefühle mal wieder heftiger waren als mein Wille. Und meine Abenteuerlust und natürlich auch meine Neugierde und Eitelkeit. Vor lauter Ussel fange ich an zu heulen. Immer begebe ich mich in so aussichtslose Situationen, scheint mir. Wann werde ich endlich erwachsen?
Bevor noch tiefer ins Tal der Tränen tauchen kann, kommt etwas durch die Uferböschung geschossen. Etwas Haariges, Sabberndes und Freundliches: Alex! „Ich glaub´s ja wohl nicht! Hallo, du alter Racker! Erkennst du mich noch?" Schwanzwedelnd und mit kurzem Gebell begrüßt

er mich. Dann, ein Wunder: „Alex, bei Fuß!" Und Alex: Spitzt die Ohren. Ist hin - und hergerissen zwischen seines Herrchens Stimme, die er nun offenbar doch vernimmt, und meiner Anwesenheit, die er gebührend beschnüffeln und bewedeln will. „Alex, HIERHER!" Ich grinse in mich hinein und halte mich ganz steif. Dann, das zweite Wunder, Alex bellt und geht, widerstebend, auf die Stimme zu. Und dann sehe ich Laurenz auch schon durch die Uferböschung kommen. „Das gibt es jetzt nicht!" Er bleibt mitten im Gebüsch stehen und starrt mich an. Alex hechelnd neben ihm. „Bist du jetzt unter die Naturvölker gegangen und wohnst am Elbufer?" So so, wir duzen uns jetzt also. Grinsend stehe ich auf und begrüße ihn. „Nee, ist nur alte Gewohnheit, haha. Seit wann HÖRT dein Hund denn?" duze ich zurück. „Seit wir den Rat einer klugen jungen Frau befolgt haben und den Tierarzt aufsuchten um die Ohren untersuchen zu lassen." Ich bücke mich neben meinen felligen Kumpel und kraule ihn hinterm Ohr und am Hals. Zum Dank schlabbert er mir die Hände und Unterarme ab. „Und was sagt der Onkel Doktor?" frage ich Alex. Die Antwort kommt, welche Überraschung, von seinem Herrchen: „Der Onkel Doktor sagt, dass der arme Kerl wohl eine Entzündung am Ohr gehabt hat, die das Trommelfell angegriffen hat. Außerdem war da haufenweise Ohrenschmalz im Gehörgang. Das alles im Zusammenhang mit der Entzündung, die eine innere Schwellung am Ohr hervorgerufen hat, hat zu seinem Nicht-Hören geführt." „Och, du armer Schnuffel!" kraule ich meinen pelzigen Freund weiter. Er ist wirklich zu knuffig. Wenn ich mal groß bin, will ich auch einen Hund haben, nehme ich mir vor. „Und wie geht es DIR?" fragt Laurenz nun ganz direkt. Wir schlendern langsam Richtung Treppen, irgendwann muss ich ja heute noch gen Düsseldorf starten und mich langsam mal wieder hier wegbewegen. Laurenz hat sicherlich auch noch anderes zu tun, als mit seinem Köter Gassi zu gehen und mit mir zu tratschen. „Och jo, ziemlich prächtig." „Das klingt aber eher mittelprächtig?" „Na ja, ich bin ja eh so himmelhoch jauchzend/- zu Tode betrübt. Weil ich auf das Himmelhoch nicht verzichten will, muss ich dann anschließend auch durchs Zu-Tode-betrübt.

Ganz einfach." Wenn es doch nur einfach wäre!! „Wahrscheinlich hast du einfach zu viele Emotionen am Start." Ach! Erzähle mir doch einer mal was Neues! Laurenz und ich steigen die Treppen hinauf, vorbei an diesen wunderschönen Häusern. Ich seufze tief. Hier wohnen zu können, das wäre auch keine Höchststrafe. Laurenz interpretiert den Seufzer anders. „Nun nimm es doch nicht so schwer! Du bist eben so gebaut und musst damit leben, so what? Es bringt dich doch nicht um. Und der Richtige wird schon noch kommen, da mache ich mir bei dir gar keine Sorgen." Wir sind endlich oben angekommen. „Was ist denn mit diesem Menschen, mit dem ich dich an der Alster gesehen habe? Hieß der nicht auch…?" „Ja, der hieß, oder vielmehr, heißt, auch Axel. Wir waren mal lange Zeit ein Paar und dann lange Zeit nicht und nun ist er einfach mit ein paar netten Überraschungen wieder ganz plötzlich in mein Leben gehüpft und ich muss das toll finden. Oder zumindest soll ich offen sein für was auch immer." Kopfschüttelnd stehe ich da.

Laurenz mustert mich eingehend. Wieso hat der eigentlich so einen süddeutschen Namen, frage ich mich. Dann fällt es mir ein: Edith kommt ja ursprünglich aus Bayern! Laurenz ist noch beim Axel-Thema: „Ich hatte den Eindruck, dass ihr zueinander passt wie Faust aufs Auge! Man hat regelrecht gespürt, dass da eine Spannung ist." Na, die war tatsächlich da! Er nimmt Alex an die Leine. „Und dass ihr euch ewig kennt." „Werd doch Paartherapeut. Oder Horoskoper. Wie heißen die nochmal? Ach ja, Astrologe." „Das hat doch mit den Sternen nichts zu tun!" Na, wenn er meint.

Einige Stunden später sitze ich im Flieger Richtung Düsseldorf und versuche, mich auf mein eigentliches Leben zu konzentrieren. Oma kommt bald aus dem Krankenhaus, ich muss mit dem Hyäne noch die Details zu meiner Anstellung klären und außerdem mal sowas Profanes wie Großeinkauf und Hausputz erledigen. In zwei Wochen heiraten die Apfelsteins; die Anreise bezahle ich selbst und ein Obdach haben mir ja die Grünhagens angeboten. Bei der Gelegenheit werde ich auch noch einen Termin mit Marlene Kaufmann haben, wegen meines Geschreibsels, aber auch wegen meines Berufereports. Mit Laurenz hatte ich ja heute schon das Vergnügen. Wir haben auch endlich mal unsere Kontaktdaten ausgetauscht und wollen uns gegeseitig zumindest mal per Mail und Whatsapp auf dem Laufenden halten.

Veränderungen

Cosimo wird vielleicht in ein Restaurant in Düsseldorf Kaiserswerth einsteigen. Mit der Option, es ganz zu übernehmen. Vom Catering hat er die Nase voll; immerhin hat er schon bei Sterneköchen gearbeitet und scheint selbst auch ganz gut in seinem Metier zu sein. Etwas Spruchreifes wird es aber erst im Juli/August geben, bis dahin sehen wir uns auf jeden Fall bei der Hochzeit und vielleicht auch vorher bei mir in Düsseldorf. Offenbar steht es um seine Beziehung wirklich schlecht, denn Carina ist bei seinen Umsiedlungsplänen nicht berücksichtigt. „Vielleicht ist unser Altersunterscheid ja doch zu groß" hat er gemutmaßt und ich, ich hab dazu einfach mal nix gesagt.

Zu Hause packe ich meinen Kram aus, werfe eine Maschine mit Wäsche an und setze mich auf meinen kleinen Balkon.Bevor ich in leise Melancholie verfallen kann, klingelt mein Telefon und Schnucki will sich mit mir verabreden. Außerdem bekomme ich eine WHATSAPP von Verena: „Ich bin eine überforderte Ehefrau und Mutter, hol mich hier ´raus!" Wir verabreden uns für Dienstagabend, morgen werde ich, nach dem Krankenhausbesuch bei Oma, Schnucki und erstmals auch ihren neuen Lover treffen.

Die nächsten Tage bin ich ziemlich busy, ich hole Oma aus dem Krankenhaus ab und bringe sie nach Hause. Von nun an wird sie täglich in die Korschenbroicher Reha-Klinik gehen oder vielmehr fahren und dort weitestgehend den Tag verbringen, inklusive Mittagessen und Knusperzeit. Opa Rosen oder, grrrr! Axel wollen sich abwechselnd morgens als Chauffeur betätigen, Frau Schwarz (nochmal GRRR!) und Omas Freundin Nettchen haben sich angeboten, sie bei der Wäsche und den Einkäufen zu unterstützen. Und ich bin ja auch ab und zu noch da. Am liebsten würde ich so lange bei Oma einziehen um ganz sicher zu gehen, dass alles hinhaut. Aber ich habe so schrecklich viel um die Ohren und die Pendelei würde vielleicht auf Dauer zu nervig und zeitintensiv. Ich verspreche, mindestens einmal die Woche auch über Nacht zu bleiben. Dann bin ich aber doch zu nervös und bleibe in der ersten Woche direkt ein paar Tage bei ihr. Dadurch komme ich aber seltener zum Schreiben. Irgendwann bin ich so gereizt, dass Oma mich postwendend nach Düsseldorf schickt und mir sozusagen verbietet, mich um sie zu kümmern. Axel ist mir glücklicherweise in der Zeit nicht begegnet. Ich weiß nicht, wo er steckt und frage auch Oma nicht nach ihm. Und auch nicht seinen Opa, der es sich nicht nehmen lässt, Käthe morgens zur Reha zu bringen und nachmittags wieder abzuholen. Obwohl ich das ja auch machen könnte. Zumindest das Bringen.

Das Treffen mit Schnuckis neuem Lover war – überraschend! Ich habe meine Freundin selten so, ja, so *verliebt* gesehen. Offenbar übt er eine sehr starke Wirkung auf sie aus: Nina will sich WIRKLICH das Rauchen abgewöhnen. Und gemeinsam mit Florian, so heißt der Zyklop ja als Mensch, WANDERURLAUB machen. In Kärnten! Ich bin echt baff! Mit mir will Schnucki noch nicht einmal SPAZIE-REN gehen, geschweige denn wandern. Und das auch noch in Kärnten! Florian ist ein sportlich-nüchterner Typ mit trockenem Humor. Sympathisch und bestimmt gut für Nina (die er natürlich nicht Schnucki nennt). Außerdem scheint er nicht auf den Kopp gefallen zu sein, er hat eine eigene kleine Softwarefirma oder so eine Computerberatungskiste. Ich kapiere solche Sachen nie so ganz. Ein bisschen eifersüchtig bin ich schon auf ihn. Schnucki hatte, natürlich, fast nur Augen und Ohren für ihn und dieses Mal scheint es auch wirklich was Festes zu werden. Natürlich gönne ich das meiner besten Freundin von Herzen! Aber es lebt sich leichter als "alleinstehende Frau" (O-Ton Oma Käthe), wenn die beste Freundin auch Single ist. Na ja. Vielleicht nagt es auch nur deshalb an mir, weil ich unglücklich verliebt bin, nicht weiß, ob ich jemals heiraten werde (und will), Kinder haben werde (oder will) und überhaupt. Ich fühle mich derzeit wie Treibholz. Mal hier ans Ufer geworfen mal da wieder vom Wasser weitergetragen. Muss so eine Art postpubertärer Phase sein. Und dumpf wird mir klar, dass ich es in der Hand habe, diese Phase nun endlich einmal für alle Zeiten hinter mir zu lassen. Überrascht hat mich auch mein Date mit Verena,

Treffpunkt Schnuggel in Oberkassel: Nach stürmischer Begrüßung und Aufwärmsmalltalk offenbart sie mir, dass sie sich als Hausfrau und Mutter nicht ausgefüllt fühlt und nun eine Ausbildung zur Yogalehrerin beginnt. „Omm, dat iss´ ja ´n´Ding!" sage ich erstaunt. Immerhin war sie immer diejenige meiner Freundinnen gewesen, deren Hauptziele im Leben ein Mann, ein Kind und ein Haus waren. Nicht, weil sie zu bequem zum Arbeiten gewesen wäre oder so aber das schien ihr –bisher- doch immer die Erfüllung gewesen zu sein. Und nun das! „Also, Hausfrau und Mutter sein ist schon das, was ich mir immer gewünscht habe", Verena rührt Zucker in ihren Milchkaffee und nimmt einen Schluck. „Oh, der ist heiß!" lacht sie dann. „Das kommt davon, wenn man auch noch abends dieses Milchschlabberzeugs zu sich nimmt!" Ich habe mir ein alkoholfreies Weißbier bestellt. Gut, auch nicht so spannend. „Ja, ich weiß. Aber ich bin abends dann doch oft müde und brauche was zum Aufmuntern." Verena fährt sich mit ihren knochig-eleganten Fingern durch ihr blond gesträhntes Haar. Sie ist sehr hübsch, grünlichbläuliche Augen, heller Teint, schlanke Figur, nicht zu groß, nicht zu klein, formvollendete Manieren, immer ein offenes Ohr für die Probleme ihrer Mitmenschen. Und eine granatengute Köchin und Bäckerin. Ich habe ihr schon oft gesagt, dass ich sie, wenn ich ein Mann wäre, sofort heiraten würde! Gut, Daniel hat das dann auch getan. Verenas Mann kommt aus einem Arzthaushalt, sein Vater war auch Arzt, Allgemeinmediziner. Daniel hat ebenfalls Medizin studiert und Papa hat ihm peu à peu seine Praxis überlassen.Gute Lage in Düsseldorf, überwiegend Privatpatienten. Den Doktortitel hat er im letzten Jahr noch drangehängt. Verena ist stets gut gekleidet, ebenso Sanne, mein Patenkind. Die drei fahren in den Robinson-Club in den Urlaub. Ich glaube, das Konto der Familie Haag ist immer ausreichend gedeckt. „Und was sagt dein Gatte dazu?" Ich werfe einen Blick in die Speisekarte. So ein Salätchen mit Pute würde ich nehmen. Verena will, wie so oft, nichts essen. „Na ja, zuerst war er nicht grade begeistert. Ich könnte doch mit in der Praxis arbeiten, hat er vorgeschlagen. Aber das wäre nicht so mein Ding. Ich gehe zwar gerne mit den Patienten um aber mir fehlt da noch irgendetwas. Außerdem hat er eigentlich genug Helferinnen in der Praxis. Ich habe ihm vorgeschlagen, dass ich gerne Urlaubs- und Krankenvertretung an der Anmeldung machen kann, das traue ich mir noch zu. Abrechnung können sowieso nur Fachkräfte." Ich bestelle meinen Salat. „Du immer noch nix?" Verena schüttelt den Kopf. „Ich habe schon mit Sanne zu Abend gegessen. Obwohl..." sie blättert schnell durch die Karte. „Irgendeine Kleinigkeit vielleicht doch, sonst kriege ich Futterneid." „Vielleicht eins unserer Toasts?" schlägt die Bedienung vor, die, trotz des hohen Gäste –und Bestellaufkommens, geduldig neben unserem Tisch wartet. „Aber doch nicht Toast Hawaii oder sowas Fieses mit Fleisch und heller Soße?" Ariane, unsere Bedienung, lacht. „Wir hätten auch Tomate- Mozzarella oder Ratatouille mit Ziegenkäse überbacken..." „Mhm...ich nehme mal das Ratatouilletoast." „Gerne" entfernt sich Anne von unserem Tisch. „Heißt es nicht *der* Toast?" frage ich mich und Verena. „Keine Ahnung, du bist doch so gut in Deutsch?" „Es müsste der Toast heißen, da bin ich mir ziemlich sicher. Außerdem ist das ja strenggenommen ein Fremdwort!" Von wegen Deutsch. „Aber wahrscheinlich darf man mal wieder beides sagen. Diese Rechtschreibreform hat mich voll wuschig gemacht! Egal", winke ich ab. Wie geht´s denn jetzt so Yoga-mäßig mit dir weiter? Musst du dich etwa in Indien in sonem Ashram-Teil ausbilden lassen?" „Nööö, ich möchte zwar mal dahin aber im Moment geht das wegen Sanne nicht. Ich wäre ja wochenlang weg, das verkraftet sie noch nicht. Und ich auch nicht! Es gibt Schulen und gute Ausbilder dafür. Anschließend kann man sich immer noch weiter fortbilden." „Und dann möchtest du ein eigenes Yogastudio haben oder wie das heißt?" „Mal sehen, eins nach dem anderen." Verena trinkt einen letzten Schluck Milchkaffee. „Ich hätte gerne noch eine Rhabarberschorle" ruft sie Ariane zu. „Ich lieber nicht!" rufe ich. Ariane lacht. „Ich mag das Zeug auch nicht! Was kann ich dir denn noch bringen?" „Noch so ein Alkoholfreies bitte!" Ariane strebt zum Tresen. „Ja, aber was sagt Daniel denn nun zu deinen Plänen?" insistiere ich. Ich kann mir nämlich nicht vorstellen, dass er das SO dufte findet. Immerhin hatten die beiden die klassische Rollenverteilung, vereinbart. Also, quasi vereinbart. So ohne Worte. Unsere Getränke kommen, außerdem Besteck und ein Brotkörbchen als Vorreiter zu meinem Salat. Ich greife direkt gierig nach einem Schnittchen und bestreiche es mit dem mitgelieferten Kräuterquarkzeugs, das es hier immer dazu gibt. Verena verzieht ein bisschen das Gesicht. „Ist nicht so einfach, das bei ihm durchzusetzen. Finanziell hätten wir das ja angeblich nicht nötig" (ach was...) „und was denn mit Sanne ist und blablabla. Er hat ja auch Recht, aber mir fehlt eben noch etwas in meinem Leben. Mutter sein erfüllt mich doch nicht ganz, obwohl ich das vorher immer gedacht habe. Und ein zweites Kind ist nicht in Sicht..." „Wieso? Du bist doch noch jung genug?" „Es war schon schwierig genug, Sanne zu produzieren." Verena lacht etwas verlegen. „Oh? Das wusste ich ja gar nicht." Das Essen kommt. Daniel ist offenbar nicht so häufig gekommen, wie ich über Salat-Pute und Ratatoullietoast erfahre. „Am Anfang waren wir ja noch wie die Karnickel", kichert Verena. „Aber bald nach der Hochzeit hat das alles nachgelassen. Daniel hat die Praxis übernommen, renovieren lassen und generell etwas verändert. Ich habe mich um Baby-Sanne und das Haus gekümmert, dann wurde ja sein Vater krank und ist gestorben..." Verena holt tief Luft. „Und dann ist vor lauter Lauter euer Liebesleben auf der Strecke geblieben," werfe ich dazwischen. „Sozusagen," antwortet Verena zwischen zwei Happen Toast. „Mhm...*and they lived happily ever after* ist demnach doch nur ein Märchen?" Ariane bringt die Getränke. „Wir sind ja nicht unglücklich. Nur, ...viel beschäftigt? Ein Kind verändert eben doch mehr als man gemeinhin so denkt. Wenn man dazu noch selbstständig ist und sich etwas aufbaut, ein Haus kauft...da bleibt nicht so viel Zeit und Kraft für die Beziehung." Hm... denke ich dann später am Abend, als Verena schon längst wieder in ihr schmuckes Eigenheim zu Mann und Kind zurückgekehrt ist. „Hm" deshalb,

weil ich in kurzen Abständen mit zwei Personen über ihre Beziehung gesprochen habe, Cosimo und Verena, und bei beiden sieht es nicht so cremig aus. Beziehungsweise (haha, ist das ein Wortspiel?), ist in Cosimos Beziehung ja wohl tote Hose und wenn Verena und Daniel nicht mal fein achtsam mit ihrer Ehe umgehen, dann wird es auch gefährlich. Und dann das Gegenteil: Schnucki! Frisch verliebt und ohne Heiratsabsichten. Und dann ich: Unglücklich verliebt und keine Ahnung, wie die weiteren Absichten so sind. Oder ob ich überhaupt welche habe. Seufzend wälze ich mich in meiner einsamen Bettstatt von einer Seite auf die andere. Ich beschließe, mich aktuell einfach mal nur auf meine Arbeit und mögliche Karriere zu konzentrieren. Allerdings gibt es dabei ein Problem: Wie kriege ich es hin, dass ich ganz unverfänglich einen Termin mit Axel Wegner zum Interview bekomme? Ich muss, strenggenommen, über sein Management gehen. Ich meine mich erinnern zu können, dass ihn seine Frau managt. Au, nee, also das will ich nun wirklich nicht. Vielleicht sollte ich eine von den Sekretariatsdamen im Verlag bitten, wegen eines Termins vorzusprechen. Aber die werden zu leicht abgewimmelt. Ob ich mal über Kaii...? Wieso soll ausgerechnet ICH dieses scheiß Porträt machen? Das riecht doch verdächtig nach vorgeschobenem Grund für ein Wiedersehen. Das ist doch Groupie-Style!
Erst einmal recherchieren, ob seine Gattin wirklich auch die Managerin ist und dann mal weitersehen. Aus! Irgendwann schlafe ich ein. Am nächsten Morgen bin ich hundemüde aber wache trotzdem noch vor dem Weckerklingeln auf. Werfe eine Maschine Wäsche an, dusche und inhaliere den ersten Kaffee des Tages auf meinem Mini-Balkon. Ich höre die S-Bahn von der nahegelegenen Station, Autos bilden den Berufsverkehr, ein LKW hupt. Dann schnell Haare ondulieren und Gesicht anpinseln und ab dafür. Da ich innerstädtisch höchst selten mit dem Auto fahre, erledigt sich die Parkplatzsuche. Im Verlag angekommen, fahre ich meinen PC hoch und hole mir noch ein Käffchen. Der Chef ist mal wieder unterwegs und die Grafik ist auch nur halb besetzt. Sieht ganz nach einem ruhi-

gen Tag aus. Zeit genug, zu recherchieren, wie ich auf offiziellem Wege an ein Interview mit Axel herankomme. Ein paar Stunden später bin ich sehr frustriert. So wie es aussieht sind Axel und sein Weib wie aneinander festgebacken. Obwohl sie eigentlich als Illustratorin gearbeitet hat, hat sie irgendwann sein Management übernommen. Das ist allerdings Stand vom letzten Jahr. Ich seufze tief. Ich habe keinen Bock, mich mit seiner Frau über ein Interview auseinanderzusetzen. Also entweder lasse ich alles sausen und wimmle die Hyäne mit Lügen ab. Er lässt sich nie abwimmeln. Oder ich telefoniere doch mit seiner Frau. No Chance, das mache ich nicht. Oder ich bitte Kaii...ach, das ist auch albern! Was stelle ich mich so an! Ich werde ihm eine WHATSAPP schicken und die Sache erläutern. Und dann sehe ich ja, wie er reagiert. Lange überlege ich, wie ich mein Anliegen in einen Whatsapp-Text gepackt bekomme, entwerfe und verwerfe. Schließlich habe ich folgendes: „Lieber Axel, in der Hoffnung, dass es dir gut geht, sende ich dir auf Geheiß meines Chefs eine Anfrage zu einem Interview/Porträt wegen des Euro-Krimis. Details kann ich bei Interesse erläutern. Nur soviel: Es ist rein beruflich und wäre für meinen Job nicht ganz unwichtig. Bitte melde dich kurz, egal ob positiv oder negativ. Am liebsten natürlich Ersteres... Viele Grüße, Ilsa." Auch saublöd. Ich lösche den Text wieder, lege mein Handy auf den Schreibtisch und gehe erst mal eine Flasche Wasser holen. Als ich zurückkomme, habe ich eine Nachricht erhalten. Von Axel!

„Liebste Ilsa, wie geht es dir? Ich habe gerade etwas Luft und möchte mich nun endlich einmal bei dir melden. Hättest du nicht Lust auf ein Treffen, in deiner Funktion als Journalistin? Demnächst wird der Eurovisionskrimi ausgestrahlt und ein wenig Werbung wäre sicherlich kein Fehler. Ich könnte nach Düsseldorf kommen und wir verbinden das Angenehme mit dem Nützlichen. Dann muss ich mich auch nicht mehr nach dir verzehren..."

Das Porträt

Ich plinkere verblüfft mit den Augen und schaue mir den Text genauer an. Oookay...ich habe mir was zurecht geträumt! In Wirklichkeit steht da: *„Cara Ilsa, noi siamo a parte! Carina und mich gibt es nicht mehr als Paar. Ich bin zwar etwas traurig aber sicher ist es besser so. Ab September steige ich in das Restaurant in Kaiserswerth ein. Ich hoffe, du stehst mir in der ersten Zeit in der Fremde ein bisschen bei, cara? Sehen wir uns auf der Hochzeit? Es wird genug zu essen geben...☺ Baci, Cosimo"* Aha, dachte ich´s mir doch. Das KONNTE ja nicht gutgehen mit den beiden. Und hier in Düsseldorf wird er sicherlich nicht lange allein bleiben. Schließlich wimmelt es von jungen, hübschen, blonden Frauen. Und Cosimo ist ein auffallender und attraktiver Typ, hat einen guten Job – bevor er die Flinte wird anlegen können ist er sicherlich im "Jagdspiel" der Beziehungen selbst erlegt worden, ohne es zu bemerken. Da braucht er sich erst gar nicht groß bei PARSHIP oder so anzumelden. Ich bin mir außerdem sicher, dass er nicht von seinem jung- und- blond- Beuteschema abweichen wird. Ich kenn´doch meine Pappenheimer! Jedenfalls freue ich mich riesig, dass wir bald sozusagen "Nachbarn" sind. Immerhin ist Kaiserstwerth quasi um die Ecke und damit leichter zu erreichen als Hamburg. Ich verwerfe meinen blöden Whatsapp-Text. Das ist doch alles lächerlich und albern. Schließlich verfüge ich über Fotos von Axel und habe auch genug Infos über ihn. Die offiziellen Sachen kann man easy im Internet oder sonstigen Archiven zusammensuchen. Ich werde einfach etwas zusammendrexeln und mir im Nachhinein eine Autorisierung beschaffen. Bloß...wie komme ich an nähere Infos über den länderübergreifenden *Ort des Geschehens*? Ich werde doch mal sein Management antelefonieren. Sicherlich gibt es eine Pressemitteilung und aus irgendeinem Grund hat es die *Ovation* oder überhaupt der ganze Mittelweg Verlag noch nicht in den Verteiler geschafft. Merkwürdig. Kann natürlich sein, dass sein Management eher auf Tages –oder Fachpresse wie TV-

Magazine oder so konzentriert ist. Aber das kann man ja ändern. Über seine Autogrammadresse bekomme ich eine Telefonnummer. Als ich diese wähle meldet sich am anderen Ende zum Glück keine Frau Wegner, sondern eine andere Dame deren Namen ich in der Aufregung aber nicht mitbekomme und die außerdem noch den Namen einer Agentur nennt. Sicherheitshalber frage ich noch einmal nach: „Guten Tag, mein Name ist Ilsa Eul vom *Ovation*-Magazin. Mit wem spreche ich bitte?" „Sie sprechen mit Claudia Jung von der Agentur *Künstlerblut*. Mit wem möchten Sie denn sprechen?" „Wenn Sie Axel Wegner vertreten, dann mit Ihnen!" Sie lacht. „Das tun wir! Wie kann ich Ihnen helfen?" Ich erzähle ihr, dass ich gerne mehr Infos über den Eurovisionskrimi hätte und sowieso gerne in den Presseverteiler aufgenommen würde. „Ich schicke Ihnen gleich heute noch eine Pressemappe zum *Ort des Geschehens* und auch ein Kurzporträt über Herrn Wegner, wenn Sie das wünschen." Und wie ich mir das wünsche! „Herr Wegner wird erst seit kurzer Zeit von unserer Agentur betreut. Wir haben offenbar noch keinen vollständigen Presseverteiler aufgebaut." Das scheint sie sehr zu wurmen. Ist ja auch nicht so professionell. „Wir gehen normalerweise auch als erstes an die Fach– und Tagespresse." Also wie ich es mir gedacht habe. „Darf ich Ihnen auch noch ein Agenturporträt senden? Darin finden Sie auch einen Überblick über weitere Schauspielerinnen und Schauspieler von *Künstlerblut*. Ich verstehe nun gar nicht, wieso wir Sie noch nicht im Verteiler haben..." Es stellt sich heraus, dass der Mittelwegverlag zwar mit im Verteiler ist, allerdings wirklich erst seit kurzem (gut, so alt ist der Verlag auch noch nicht, bzw. hat nach zwei geschassten Partnern und einem Umzug auch einiges an Veränderungen stattgefunden) und dass bisher nur das TV Magazin des Hauses angeschrieben wurde. „Die *Ovation* ist allerdigs ein interessantes Medium für uns." „Das hoffe ich doch!" sage ich lachend. „Immerhin greifen wir mit unserem Magazin solche alteingessenen Frauenzeitschriften wie *BRIGITTE* und *Freundin* an. Unsere Druckauflage beträgt 350.000, verkaufte Magazine insgesamt 300.000,

Reichweite gesamt...blablabla.... Für so ein noch relativ junges Magazin also gar nicht mal so schlecht..." untertreibe ich. Und denke im Stillen, dass das alles ja wohl eher Aufgabe der Mediaabteilung wäre. Was machen die denn den ganzen Tag? Ich deute außerdem an, dass ich an einem Porträt über Axel Wegner arbeite. Ich soll es ihr zur Autorisierung schicken, wenn ich es geschrieben habe. Na also, ist doch alles in Butter! Ich stelle mich wirklich manchmal an wie ein Kindergartenkind! Mit einem Blick auf die Uhr stelle ich fest, dass Eul schon ziemlich lange ohne Fresschen auskommen musste. Außerdem drücken Kaffee und eine Flasche Wasser auf meine Innereien. Ich will gerade mein kleines Büro verlassen, als ich fast in Frau Ziekowski laufe. Sie ist nicht allein: Herr Rigisberg aus der Schweiz begleitet sie. Herr Rigisberg ist einer von den Chefs beim Favre-Verlag, einem der größten Zeitschriftenverlagshäuser der Schweiz und demnach auch einer von denen, die alles genau wissen und unter die Lupe nehmen wollen. Immerhin will Favre ja in den Mittelwegverlag einsteigen und damit logischerweise investieren. Da muss man nicht nur gucken, wie viel Umsatz und Gewinn gemacht wird, sondern auch wo die Kohle bleibt. Das alles gibt mir Frau Ziekowski mit einem vielsagenden Blick zu verstehen. „Das hier ist also Frau Eul, Frau Eul, darf ich Ihnen Herrn Rigisberg vom Favre Verlag vorstellen?" säuselt sie. Artig geben er und ich uns die Hand und bekunden unsere Freude über das Kennenlernen. „Ja, Frau Eule..." „Eul!" „Frau Eul, entschuldigung, ich bin nur auf einen kurzen Abstecher hier um mir das Haus und Inventar einmal näher anzuschauen." Das Ganze natürlich in leicht angeschwyzerdytschtem Dialekt. „Einen kuchzen Abstech-er..." „Die Zahlen kennen wir bereits, jetzt werfe ich mal einen Blick auf die Chardwär, haha!" Ja, ja, die Hardware, is klar. „Ein schönes Bü-ro haben Sie hier" (Betonung auf Bü), „das sieht alles recht neu aus, oderchr?" „Ja, das tut es", rede ich ihm beflissen nach dem Schweizer Schnabel. „Herr Mittelweg hat das Büro erst vor kurzem vollständig einrichten lassen und sogar einen ergonomisch wertvollen Schreibtischstuhl spendiert.

Auf dem anderen bekam man immer Rückenschmerzen." Ich lächle etwas gequält. Meine Blase platzt gleich! Kann der sich jetzt mal beeilen? Rigisberg inspiziert den Schreibtisch, die Büroschränke und den Drucker, wirft einen Blick aus dem Fenster. „Tolle Aussicht, odchr?" „Ja, wirkt sehr inspirierend." Auch Frau Ziekowski wirkt nun ungeduldig, ich sehe es ihr an. Ihr Schreibtisch quillt über, Frau Heimann ist in Pause und das Telefon klingelt und in der Grafik sind heute die Rechner ausgefallen. Also doch kein so ruhiger Tag. Der Mensch kommt denkbar ungelegen. Rigisberg schaut sich immer noch alles genau an in meinem Minibüro. „Wo ist denn der Alte?" fragt er in meine Richtung. Jetzt bin ich wirklich erschüttert! Der stinksteife Geschäftspartner vom Hyäne spricht so über seinen Kompagnon? Ja, nennen sich denn tatsächlich ALLE Männer *alter Schwede*, *alter Sack*, *Alter*? Auch im Businesslife? Hätte ich den beiden gar nicht zugetraut. Wie läuft das wohl bei anderen ab? In der Rüstungsindustrie: „Hey, alter Sack, schick mal 10 Panzer nach Nahost, du Pimmelsfrisör!" „Geht klar, Alter. Und sonst, hängt er richtig?" Rigisberg sieht mich immer noch fragend an. „Ähm...der ist doch in die Schweiz geflogen...?" bringe ich zögerlich als Antwort heraus. Frau Ziekowski wendet sich abrupt ab und schlägt die Hand vor den Mund. Ihre Schultern zucken. Mir dämmert es: „Scheiße, Sie meinen den alten STUHL? Ich meine, oha, ich habe Sie missverstanden!" Rigisberg macht ein leicht versteinertes Gesicht. Wenn es leichte Versteinerungen überhaupt gibt. Ich höre mit halbem Ohr wie sich die Eingangstür lautstark öffnet und jemand ruft: „Hier ist die Firma Jütten, sie benötigen Computersupport!?" Ich höre Harald aus der Grafik stürmen und Herrn Computersupport lautstark begrüßen. Rigisberg ist kurz abgelenkt. „Herr Rigisberg, es hat mich sehr gefreut, aber ich muss mich nun ganz dringend entschuldigen!" Und WIE dringend, du Schweizer Schleichtier! Meine Güte, wieso ist der so lahm? Oder meine ich das nur, weil es bei mir so pressiert? „Ja, sichcherr Frau U-chu, ichch will auchch gar nichct längerr stören!" „Eul!" schreie ich noch im Herauslaufen. „Hat mich sehr gefreut! Auf Wiedersehen!" Dann geht es im High Speed Modus auf die Damentoilette. Auf der Brille sitzend lasse ich das Geschehen nochmal Revue passieren. Shitti shit, der muss doch denken, ich ticke nicht mehr ganz sauber! Ach, und wenn schon, denke ich und betätige die Spülung, das kann man ja immer noch mit Mentalitätsunterschieden erklären.

Ich hole meine Tasche aus meinem Chardwär Büro und bewege mich Richtung *Curry am Hafen*. Ich brauche definitiv was Fettiges! Natürlich muss ich mich den ganzen Tag von Frau Ziekowski fragen lassen: „Wo ist der Alte? – Der ist doch in die Schweiz geflogen!" Und alle anderen, die heute anwesend sind, wissen es auch schon. Ha, ha, haben wir gelacht. Aber am Ende muss ich doch auch heimlich kichern. Nichtsdestotrotz habe ich das Wegner Porträt fertig und sende es zum Abnicken an *Künstlerblut*. Tatsächlich erhalte ich am übernächsten Tag die Autorisierung und zwar, wie Frau Jung mir telefonisch mitteilt „Von Herrn Wegner in Person, der überaus angetan ist von diesem persönlichen, jedoch nicht zu intimen Porträt und den ansprechenden Fotos." „Woher haben Sie denn das Bildmaterial? Das wirkt ja, im positiven Sinne, wie aus dem privaten Fundus!?" „Och, ich habe so meine Quellen...", murmle ich nur ins Ungefähre und sie bohrt nicht weiter nach. Immerhin hat ihr Schützling alles abgenickt, ist froh über die Werbung für den Eurovisionskrimi und keiner hat keinem wehgetan. Bin gespannt, was Mittelweg dazu sagen wird. Und dann wird es auch schon Zeit, wieder in den Zug gen Hamburg zu steigen. Fliegen war mir jetzt mal zu teuer und erster Klasse mit der Bahn zu reisen ist auch nicht so schrecklich. Und auch gar nicht so teuer. Sonst führe ich ja Holzklasse. In Hamburg angekommen, erwartet mich Edith am Gleis. „Edith! Schön dich zu sehen! Und es ist wirklich nett, dass du mich abholst."

Eine Hochzeit und ein Überfall

„Herzlich willkommen in Hamburg, Ilsa-Kind" begrüßt mich meine Ersatzmutter. „Eigentlich wollte dich Carl hier empfangen aber er musste doch noch einmal in die Kanzlei. Er kann es eben doch noch nicht ganz sein lassen. Wie gesagt..." Sie führt mich durch den Bahnhof bis zum Vorplatz wo sie Kurzzeit parkt. Während der Fahrt tauschen wir uns aus. Ich erzähle von Oma und ihren Genesungsfortschritten, von meiner Arbeit, sie plaudert über ihre Rosen, die Familie „Inken hat ihr Hochzeitkleid bereits. Es ist wirklich zauberhaft! Ich habe es gemeinsam mit ihr und Marlene ausgesucht", Neid!- und die andere bevorstehende Hochzeit: „Ich weiß eigentlich gar nicht, warum die Apfelsteins uns zu ihrer Hochzeit eingeladen haben. Ich habe mich schon auf dem Polterabend etwas fehl am Platz gefühlt." Sie verlässt das Stadtgewimmel und steuert die ruhigeren Gefilde an. „Wirklich, eine Hochzeit mit Security- so etwas kenne ich gar nicht." „Also, ich eigentlich auch nicht!" lache ich. „Na ja, aber da wir Nachbarn sind, muss man zusehen, dass man eine gute Atmosphäre beibehält. Weißt du, bis vor zwei Jahren haben dort langjährige Freunde von uns gewohnt. Dann ist unser Freund gestorben und seine Frau wurde sehr bald pflegebedürftig und konnte das große Haus nicht mehr halten. Nun ja, dann musste sie es verkaufen und Herr Apfelstein hatte das nötige Kleingeld für den Kauf und die totale Umkrempelung. So viel Weiß war da früher nicht." Aber früher war mehr Lametta, schießt es mir durch den Kopf. „Tja, Familie und Nachbarn kann man sich nicht aussuchen", sage ich lakonisch und Edith schmunzelt. „Da hast du vollkommen Recht, Ilsa! Übrigens kommen Marlene, Justus und Inken heute Abend zum Essen. Inken möchte dich unbedingt kennenlernen, Marlene und Justus haben ihr schon so viel von dir erzählt." Wie peinlich! „Und wo stecken Laurenz und Alex?"
Laurenz segelt an der Nordsee und hat Alex mitgenommen. Schade! Ich hatte mich schon so auf den knuffigen Köter gefreut. Und auf Alex auch. Har har! Im Hause

Grünhagen wartet eine Knusperzeit mit Tee auf uns, gedeckt ist auf der Terrasse. Vorher werde ich aber noch von Johanna begrüßt, die auch darauf besteht, mein Gepäck ins Rosenzimmer hinauf zu bringen. Zum Dank deponiere ich heimlich eine Flasche Killepitsch in der Küche, fein verpackt und mit rheinischen Grüßen. Ein Schnäpperken muss man für Notfälle schon parat haben! Dann stürze ich in den ersten Stock und verschwinde gaaanz schnell im Gekachelten. Schon seit gestern habe ich arge Magen-Darm-Probleme, die ich einfach mal auf einen kleinen Infekt oder die Reaktion auf Stress interpretiere. Im Laufe des Tages suche ich noch öfters das Bad auf, um Dinge von Bug und Heck von mir zu geben, den Tag drauf klingen die Beschwerden langsam ab, also doch nix Ernstes! Und mein Appetit ist ungebrochen! Edith und ich sitzen bereits gemütlich bei Tee und Scones mit clotted cream und Erdbeermarmelade als Carl zu uns stößt. Er weiß zu berichten, dass Hamid erst einmal keine Keule mehr schwingen kann; aufgrund seines beachtlichen Vorstrafenregisters und des tätlichen Angriffs beim Apfelsteinschen Polterabend hat er nun tatsächlich zwei Jahre bekommen, ohne Bewährung. „Na, dann kann ja beim Liebestraum in Weiß gar nichts mehr schiefgehen!" lästere ich wohlwollend. Nach einem Nickerchen im Rosenzimmer ist es auch schon bald Zeit für das Abendessen. Heute gibt es Fisch, vorab ein feines Tomatensüppchen mit frischen Kräutern und dem Klacks Sahne, der so eine Suppe erst rund macht, wie ich finde. Als Dessert kommt ein fluffiger Grießpudding mit köstlichem Kompott auf den Tisch. Inken ist übrigens blond, schlank, schön, gebildet, klug und dabei auch noch nett. Ebenfalls ein wenig sternenstaubig aber ich denke, sie weiß genau, was sie will. Justus und sie geben ein Bilderbuchpaar ab. Und ich? Gebe ich einen Bilderbuchsingle ab? Oder heißt es dann eine Single? Ich könnte ja eine neue Gruppe gründen: Die *45ers.com* oder *45upm-ers.com* oder.*de*. Wäre doch gar nicht so schlecht. Und nicht so stief wie *Singlebörse* oder *allein- ist- fein* oder so ein Sülz. Egal, jetzt nicht darüber nachdenken.

Bald ist es schon ein Uhr geworden und wir verabschieden uns bis zum nächsten Morgen bzw. bis zum nächsten Wiedersehen. Justus, Inken und Marlene sind natürlich nicht auch noch zur Hochzeit geladen. Am nächsten Morgen dann wecken mich ungewohnte Geräusche in einer ungewohnten Umgebung. Ich muss mich erst einmal orientieren. Ach ja, ich bin bei Grünhagens daheim und geich werde ich zur Hochzeit der Apfelsteins gehen und wie spät ist es überhaupt? Ein Blick auf die Uhr lässt mich ins Bad sprinten. Beim Frühstück sitzen wir im Festagsstaat, Edith in einem eleganten Kostüm mit Hut neben sich, Carl in einem gutsitzenden schwarzen Anzug, die Krawatte noch lässig umliegen. Edith schickt sich an, die Krawatte zu binden. „Er kann`s nicht alleine! Seit wir verheiratet sind, muss ich ihm die Krawatten binden!" Sagt´s und tut es auch. Carl lächelt sie an und gibt ihr einen zarten Kuss. Ich bin gerührt. Wie kann man nach so langer Zeit noch so verliebt sein? So herzlich und liebevoll miteinander umgehen? Edith und Carl bemerken meinen Blick und lächeln lieb. „Ilsa, wenn ich nur fünf Jahre jünger wäre, würde ich heute nur mit dir flirten!" „Und wenn du nicht bereits seit 40 Jahren mit mir verheiratet wärst, mein LIEBER!" Jedenfalls bekunden beide, dass ich *ganz bezaubernd* aussehe. Ich trage ein Kostüm in kräftigem Rosa, die Jacke mit dreiviertel Arm, der Rock leicht glockig "aufspringend" bis zum Knie. Dazu eine knatschgrüne Bluse mit rosa Rosenknospen (ich sag´s ja, Rosen begleiten meinen Weg. Aber offenbar nur die mit den Dornen?), dazu gibt es einen Hut in grün mit rosa Rose und knatschgrüne, offene Schuhe mit gemäßigtem Absatz. Die Fußnägel glänzen pink. Abends müssen wir ja alle Weiß tragen. Meine Wechselklamotten werde ich zum Abendessen bzw. zum "Abendempfang mit anschließender Party" anziehen, denn dazu bin ich eingeladen. Gefeiert wird in einem Hotel, das die Apfelsteins für diesen Abend angemietet haben, zumindest zum Teil oder so. Egal, ich werde mein keusches Einzelzimmer beziehen und versuchen, mich zu amüsieren. Und jemanden sehr sehr vermissen. Zu gerne würde ich mich heute, fein herausgeputzt, mit

Axelchen sowohl schmücken als auch verlustieren. Aber wat nich is, dat is nich. Sehr schade. Ich unterdrücke Melancholie und noch mehr und steige zu meinen Ersatzeltern ins Auto.

Als wir an der Kirche ankommen, ist es schon recht spät geworden. Der Hamburger Verkehr ist nicht ohne, die Parkplatzsituation bei einer groß angelegten Promihochzeit auch nicht. Glücklicherweise haben die Apfelsteins aber auch hier vorgesorgt und es gibt Parkplatzeinweiser auf einem eigens für die Trauung angemieteten, eigentlich öffentlichen Parkplatz. Lambert muss es ja echt *jut könne*, wie man bei uns sagt, wenn er soviel Geld für all diesen Tinnef hat. Wir nähern uns dem Eingangsportal und ich sehe Cosimo, festlich und irgendwie leicht nachlässig-italienisch-schick in blauem Anzug und hellblauem Hemd mit braunen Schuhen gekleidet, dort herumlungern. Er quasselt wie so oft in sein *telefonino*. Dann sieht er die Grünhagens mit mir im Schlepptau herannahen und klickt das Gespräch weg und eilt auf uns zu und begrüßt mich überschwänglich und die Grünhagens sehr höflich und charmant und erkürt mich subito und ohne dass ich mich auch nur wehren könnte, zu seiner ihn begleitenden Dame des Tages. Schließlich ist er nun ein frischgebackener, alleinstehender Herr. Nicht, dass ich etwas dagegen hätte. Immerhin bin ich ebenfalls noch Fräulein und (vielleicht) schön und muss oft genug ungeleit nach Hause gehen. Nun aber geleiten wir vier uns gegenseitig in die Kirche, die Glocken bimmeln bereits seit geraumer Zeit sehr entschieden und laut, um die Hochzeitsgäste in die Kirche zu jagen. Hinter uns hastet eine sehr blonde, sehr schlanke Frau in die Kirche. Zuerst denke ich, es sei Janina oder doch zumindest eine nahe Verwande von ihr. Auf den zweiten Blick sieht sie etwas älter aus. Könnten ja Schwestern sein. Wir streben auf die hinteren Bänke zu, die vorderen sind offenbar schon überwiegend besetzt und wir sind keine nahen Verwandten oder langjährigen Freunde, da halte selbst ich mich mal lieber fein ein bisschen im Hintergrund. Der Janina-Verschnitt überholt uns jetzt und geht zügig auf die vorderen Kirchenbänke zu. Es sieht aber so aus, als sei dort reserviert, jemand macht sie auf entsprechend ausgelegte Zettel aufmerksam. Ich nehme links Platz neben Edith, die linker Hand Carl sitzen hat, zu meiner rechten hat sich Cosimo niedergelassen, der nun sein Smartphone lautlos stellt und sich mit der anderen Hand durch seine Lockenpracht fährt. Lambert betritt, ebenfalls in Weiß, mit Frack, soeben die Kirche und steuert auf den Altar zu, kurz nach ihm folgt Kaii. Natürlich nicht in Weiß. „Ist sein Trauzeuge" murmelt Cosimo mir zu. Ach was! Auch zum dritten Mal?, frage ich mich. „Nein, davor war es ein anderer Freund und bei der ersten Ehe sein Vater. Der ist aber inzwischen tot." Na gut, habe ich wieder laut gedacht und direkt ein bisschen Info bekommen. Lambert stößt mitten im Gang auf den Janina-Verschnitt und begrüßt sie herzlich mit Küßchen und Tralala. Hm... trotzdem geleitet er sie dann zu den Plätzen hinter den Familienkirchenbänken. Also kann die Beziehung zueinander ja so doll auch nicht sein. „Ist seine Exfrau." „Wie? Und die kommt zur Hochzeit?" „Ja, angeblich hat man sich im Guten getrennt. Zumindest hat Lambert ihr die Trennung mit einem gewissen finanziellen Polster versüßt, wird gemunkelt." „Na ja, er kann es sich ja leisten" brummele ich. Da sehe ich auf einmal Katharina auf der anderen Seite der Kirchenbänke sitzen, sie entdeckt mich ebenfalls und winkt mir stürmisch zu. Neben ihr sitzt ein schlanker, fast dünn aussehender Mann mit ziemlich korrekter Frisur und aufrechter Haltung. Katharina flüstert ihm etwas ins Ohr und er wendet sich nun ebenfalls um und nickt sehr freundlich mit leichtem Lächeln. Ob das wohl Ruprecht ist? „Das ist Rüdiger!" formt Katharina fast lautlos mit den Lippen und deutet aufgeregt auf die korrekte Frisur. „Encantada" denke ich. Wir werden uns ja später sicher noch kennenlernen. Wir wenden uns alle wieder dem Altar zu, wo nun so langsam mal die Braut auftauchen könnte. Lamberts Ex hat nun ebenfalls zwei Bänke vor uns ganz außen Platz genommen. Die Bank vor uns ist noch zur Hälfte frei und so habe ich sie, also die Ex, genau im Blick. Es sieht so aus, als sei die Gute nicht mehr durch den TÜV gekommen. Lambert hat ein älteres gegen ein neues Modell ausgetauscht. So wie viele Männer, die sich das leisten können, es handhaben. Jetzt setzt endlich das Orgelspiel ein und das allgemeine Gemurmel, Füßescharren, trötend Nase putzen und im Hochzeitshandout blättern hört auf. Janina erscheint am Arm von Rumpelstilzchen und trägt ein ziemlich freizügiges Kleid mit ordentlich Ausschnitt, vorne bis zum Knie (also das Kleid als solches, nicht der Ausschnitt), hinten in einer kleinen Schleppe auf dem Boden endend. Rumpelstilzchen ist ungefähr kniehoch und steckt in einem schimmernden, grauen Anzug mit einem viel zu großen Sakko. Ist auch schwierig, in Größe 158 so ein erwachsenes Kleidungsstück zu finden, denke ich mir und überlege, ob noch mehr drollige Märchenfiguren auftauchen werden. Vielleicht haben sich ja auch noch die 7 Zwerge in Janinas Dekolletee versteckt und springen gleich beim Ja-Wort „Hei-Ho" schreiend heraus? Oder taucht noch irgendwo eine böse Stiefmutter auf? Das wohl nicht, aber während Janina von einem Ohr zum anderen strahlend und nervös und etwas fahrig wirkend auf den Altar zuschreitet, sehe ich, dass Lamberts Ex in ihrer Tasche kramt und ihr eine kleine Sprühflasche oder etwas in der Art entnimmt. Au weia, plant sie etwa einen privaten Giftgasangriff? Ich werde nervös. Lambert steht erwartungsvoll beim Pastor, neben sich Kaii, der selbst hier in der Kirche seinen Hut aufbehält. Alle drei lächeln wohlwollend und blicken Janina und Rumpelstilzchen entgegen. Lamberts Ex hebt nun die Hand, die das Sprühdingsda hält. Die Kirchentür öffnet sich hinter mir und Berit schlüpft noch schnell in das heilige Haus, wie ich aus dem Augenwinkel sehen kann und eilt auf die Bank vor uns zu. Die Ex-Frau sieht sie mit großen Augen an, hebt ihre Hand weiter zum Giftgasangriff, ich kann nicht mehr an mich halten und stupse Cosimo, der etwas gelangweilt ins Liederbuch geschaut hat, halb aus der Bank, schreie: „Achtung, Angriff!" quetsche mich an ihm vorbei, stolpere dann doch über seine Füße und falle aus der Reihe. Aua! Da liege ich mit verrutschtem Hut und schmerzenden Knien und bin peinlich berührt. Aber nur kurz. Die Exfrau führt nun das Sprühdings zu

ihrem Mund und inhaliert. Oh nein! Das ist ein Asthmaspray! Ich Super- Depp!

So schnell und unauffällig wie möglich (das ist natürlich
GAR NICHT möglich, ALLE gaffen mich erstaunt an, auch
der Pastor, Janina und die kleine Märchenfigur), versuche
ich, mich auzurappeln. Cosimo ist erschrocken von der
Bank hochgeschnellt und beugt sich nun halb zu mir hinunter um mich hochzuziehen. Ich möchte, dass sich einmal in meinem Leben der Boden auftut und mich ver-
schlingt. Und alle Anwesenden können sich an nichts erinnern. Bitte. Nur EIN EINZIGES MAL! Ich halte die Luft an.
Aber das Leben geht einfach weiter. Und der Boden macht
total zu. Ich lasse mir helfen und setze mich mit hochro-
tem Kopf auf meinen Platz. Ich will NIEMANDEN ansehen!
Janina und ihr Führer sind nun, nach kurzem Innehalten
wegen meiner Aktionskunst, auf der Höhe der Exe angekommen, die nun hektisch ihr Asthmaspray in ihre Handtasche wirft. Edith fragt mich leise, ob alles in Ordnung sei
und streicht mir besorgt über den Rücken, ich streiche
wiederum mit meinen Händen über meine schmerzenden
Knie und stöhne unterdrückt. Carl blickt an Edith vorbei,
ob alles okay mit mir ist und ich lächle den beiden
schmerzverzerrt aber tapfer zu. Und sehe bald darauf folgendes: Die Exe hat wieder etwas in der Hand. Offenbar
auch wieder ein Sprühdingsda. Und diesmal ist sie blitzschnell, stellt ihre Tasche ab und federt von der Bank, das
Sprühdings hält sie weit von sich entfernt und macht einen Satz auf die Braut zu. Das alles geht so schnell, dass
keiner irgendwas rafft. Außer mir. „Janina, VORSICHT!!"
Erschrocken macht Janina nun einen Satz zur Seite, ich
höre ein Sprühgeräusch, Berit, die sich gerade erst in eine
der vorderen Bänke gesetzt hat, sprintet zur Exe und
schlägt ihr das Fläschchen aus der Hand, Lambert schnellt
vom Altar und reißt beim Versuch, Janina zu schützen, sie
fast zu Boden. Das Rumpelstilzchen versucht die Situation
zu retten in dem es einen wilden Tanz aufführt und
schreit: „Ach wie gut, dass niemand weiß, dass die Exfrau
auf die Abfindung scheiß`!" Okay. Das Letzte habe ich mir
jetzt ausgedacht. Ich bin ebenfalls beim Schreien aufge-

sprungen, schmerzende Knie hin oder her und stehe nun zitternden Beines da. Alle haben sich mehr oder weniger von den Bänken erhoben. Die Exfrau steht da wie ange- tackert und hat ihre Augen wild aufgerissen. „Du SCHLAMPE!" schreit sie schließlich und ich weiß spätes- tens jetzt, dass dies definitiv keine Nullachtfünfzehn Hochzeit ist. Mit SCHLAMPE gemeint ist, es überrascht uns nicht, Janina. „Jahrelang habe ich ihm den Rücken freige- halten und jetzt erntest DU die Lorbeeren.NEIIN! Nur über meine Leiche!!" Mit einem spitzen Schrei will sie sich auf das Brautpaar stürzen aber Berit stellt sich dazwischen und packt sie festen Griffs an den Oberarmen. Sie schreit und zappelt hysterisch. Da kommt Kaii angeschlufft und gibt ihr eine knallende Backpfeife. Lamberts Ex fällt in sich zusammen. Auf einmal steht auch Rumburak, Katharinas Lover, am Ort des Geschehens und steht Berit bei. Wahr- scheinlich in seiner Funktion als Mediziner oder so. Als Grottendoc hat man bestimmt des Öfteren mit hysteri- schen Weibern zu tun. Die Ex-Frau Lambert, äh, Apfel- stein, wird dann als heulendes Häufchen Elend von Berit und dem Doc herausgeführt. Kaii schnappt sich die Hand- tasche und geht lässig hinterher. In der Kirche: Schwei- gen. Die Braut: ist kalkweiß. Der Bräutigam: ebenfalls. Der Pastor: Wusste doch, dass dieses Paar etwas eigen- willig ist. Wir alle: stehen leicht unter Schock. Der Pastor murmelt mit den Brautleuten, Rumpelstiel steht ange- spannt daneben und alle reden, nicken und straffen sich. Dann geht der Mann der Kirche zum Altar und richtet das Wort an die Hochzeitsgesellschaft: „Liebe Verwandte und Freunde, liebe Hochzeitsgäste. Das Brautpaar hat den Wunsch, die Trauung nun trotz oder gerade wegen dieses Vorfalls fortzusetzen. Ich bitte Sie alle, wieder Platz zu nehmen." Allgemeines Füßescharren und Hinsetzen. „Lie- be Anwesende, wir wollen diese Frau, die einen Moment lang glaubte, von Gott verlassen zu sein, nicht verurtei- len. Sicherlich hat sie großen Schmerz in ihrem Inneren verspürt und war nicht mehr Herrin ihrer Sinne. Aber Got- tes Garten ist groß und es wachsen viele Blumen in ihm.

Diese benötigt nun vielleicht besondere Pflege." Genau das denke ich auch!

Kaii kommt zurück und nimmt lässig seinen Platz am Altar wieder ein. Er murmelt nun kurz mit dem Pastor. „Es ist ein Krankenwagen hergerufen worden und es wird sich um die Dame gekümmert." Erfahren wir alle vom Gottesmann. In diesem Moment nimmt Cosimo mich kurz in den Arm, um den Schock aus mir herauszuholen, und die Orgel beginnt wieder zu spielen. Rumpelstilzchen, der wohl Janinas Vater ist, übergibt nun offiziell die Braut an den Bräutigam und die Zeremonie beginnt. Von draußen hört man noch gedämpftes Martinshorning.

Eine Hochzeit und ein Sündenfall

Nach der Trauung bin ich einfach nur froh, endlich aus dieser Kirche abhauen und an die frische Luft gehen zu können. Ist schon seltsam, dass bei beiden Anlässen, bei denen ich auch zugegen war, irgendwelche Übergriffe gestartet wurden. Ich hoffe, ich bin nicht der Unglücksbringer! Aber das ist natürlich Quatsch, hätte ja auch jeder andere Gast sein können. Aber dass ich zweimal sozusagen Blitzableiter war - schon seltsam. Und auch ziemlich seltsame Umstände, unter denen dieses Paar so lebt. Ich möchte nicht tauschen!

Inzwischen haben auch die Grünhagens, vertieft in ein Gespräch mit Cosimo, die Kirche verlassen; das Brautpaar folgt bald und dann gibt es den üblichen Klamauk mit Reis werfen und Luftballons steigen lassen und eben das ganze Tralala. Wenn ich ganz ehrlich bin, hätte ich DAS dann schon ganz gerne auch mal in meinem Leben. Dieses Mal mache ich keine Fotos. Ich bin ganz privat hier und vielleicht habe ich ja so das Glück, auch einmal Fotos mit mir darauf zu Gesicht zu bekommen, wenn mal jemand anderer fotografiert. Am End ist es mir aber auch wurscht. Während ich das Geschehen beobachte, steht auf einmal Kaii neben mir. Den Hut hat er tief im Gesicht und lässt ihn wieder ein wenig tanzen. Ist schon ein komischer Vogel! „Hallo Ilsa. Jetzt können wir uns doch erst einmal richtig begrüßen. Oder muss ich mich dir jetzt auch zu Füßen werfen?" „Ha, ha! Immerhin hat sich mein Einsatz ja gelohnt. Was ist denn aus der durchgeknallten Ex geworden, hat man ihr ein Jäckchen mit Rückenverschluss umgetan und sie in einem vergitterten Auto mitgenommen?" „Nee, nee, so schlimm war es nicht. Wir hatten auch Glück, da war `n Notfallwagen in der Nähe, deshalb ging alles so schnell. Ich glaube, sie hat sich wirklich in einer emotionalen Ausnahmesituation befunden. Draußen ist sie schnell ganz ruhig geworden und scheint sich auch ziemlich geschämt zu haben." Er blickt unter seiner Hutkrempe gegen das Sonnenlicht auf die jubelnde Hochzeitsgesellschaft vor dem Portal. „Wenn man seine verflossene Liebe mit einer anderen vor dem Altar sieht... das kann schon heftig sein, denke ich." „Es IST heftig!" sage ich und spüre immer noch einen kleinen Schmerz in der Brust, als ich an die Hochzeit meines "alten" Axels denke, die ich mir ja zumindest auf Fotos im Schaufenster ansehen musste. Und leider hatte es auch sehr sensible Zeitgenossen gegeben, die gemeint hatten, mir unbedingt Details erzählen zu müssen. „Das Kleid war so perfekt geschnitten, man konnte kaum sehen, dass Beatrice schwanger war." „Der alte Hastenrath hat sich nicht lumpen lassen..." „Tolle Blumendeko in der Kirche..." „Die Hochzeitsreise ging ja nach..." „Axel sah auch gut aus, schien aber abgenommen zu haben." AAARRRGHHH! Ich bin damals geflohen. Aber ob ich ansonsten vor oder in der Kirche irgendeine Szene gemacht hätte? Ich glaube nicht. Dazu fehlte mir die Kraft. Ich bin lieber unter Ausschuss der Öffentlichkeit zusammengebrochen oder habe halt verzeifelt versucht mich abzulenken. Kaii sieht mir an, dass er schmerzhafte Erinnerungen in mir geweckt hat. „Hey, sorry, Prinzessin, wollte dir nicht zu nahe treten." Er schaut zerknirscht, umfasst mich mit einem Arm und zieht mich leicht an sich. Ich seufze tief.Die Vergangenheit ist vergangen und die Zukunft ist sowieso immer ungewiss. Jetzt ist jetzt. Die Grünhagens und Cosimo stehen nun auch bei uns. Cosimo blickt Kaii und mich halb belustigt, halb gespielt-traurig an: „Und schon habe ich meine charmante Begleitung wieder verloren. Was soll ich denn nun mutterseelenallein auf der Party, eh?" „Niemand hat mich verloren, weil ich gar niemandem gehöre, du bist weit davon entfernt, mutterseelenallein zu sein und wir werden alle gemeinsam noch eine wunderbare Zeit haben! Zumindest heute! Und da kommt ja auch Berit!" rufe ich erfreut und wir beide begrüßen uns stürmisch. „Ganz richtig, Ilsa, ganz richtig" stimmt Carl mir nun zu. „Und jetzt fahren wir zum Hotel *Elbhof* und schauen, dass wir etwas in den Leib bekommen. Ich habe Hunger!" „Und ich brauche einen Schnaps!" fügt Edith überraschend hinzu. Ich blicke sie erstaunt an. „Nun ja, nach diesem Vorfall... mir zittern immer noch die Knie!" „Fragt MICH mal!", sage ich, und die anderen lachen zustimmend. Offenbar haben die drei, Edith, Carl und Cosimo bereits besprochen, dass wir alle gemeinsam zur Partylocation fahren, denn unaufgefordert nimmt mich Cosimo an seine Seite und schlägt dieselbe Richtung ein wie wir. „Hä, wieso kommst du mit? Hast du kein eigenes Auto dabei?" „Ich habe heute frei und möchte auch mal in Ruhe ein Gläschen trinken können", sagt Cosimo. „Übernachtest du denn nicht dort?" frage ich ihn. „Nö, ich muss morgen Mittag arbeiten und will dann lieber zu Hause schlafen. Aber es gibt schließlich Taxis." Wir steigen nun in Carls Wagen ein, ein geräumiger Audi, da kann ich gemütlich mit Cosimo auf der Rückbank fläzen. Auf der Fahrt zum *Elbhof* lassen wir wieder einmal die Geschehnisse Revue passieren und es gibt nun, da die Situation heil überstanden ist, noch mal viel Gelächter. „Ich hatte solche Panik, als dieser Janina-Verschnitt das Sprühfläschchen gezückt hat. Das hätte doch wer weiß was sein können!" „War es dann ja auch! Zumindest das zweite Sprühfläschchen. Reizgas ist nicht ohne" sagt Cosimo. „Und Kaii meinte, sie hätte noch ein paar nette Dinge in ihrer Handtasche gehabt, Knallkörper und solche Sachen. Auf den ersten Blick vielleicht harmlos, aber krieg mal so etwas aus nächster Nähe ab. Das kann ganz böse Verletzungen hervorrufen. Mamma mia!" Wir schweigen einen Moment betroffen. „Aber als Ilsa auf einmal wie ein Kugelblitz aus der Bank gehüpft ist! Ich wusste gar nicht, wie mir geschieht!" lacht Cosimo nun. „Na, und ich erst! Ich hätte ja mit einigem gerechnet aber nicht damit, dass sie sich auf den Boden wirft!" lacht Carl und Edith schmunzelt. „Ihr habt gut lachen! Ihr habt euch ja nicht vor der gesamten Hochzeitsgesellschaft zum Voll-Affen gemacht! Schaut euch mal meine Knie an! Die werden spätestens morgen aussehen, als wäre ich misshandelt worden!" Der Herr neben mir betrachtet nun interessiert meine Knie. Edith dreht sich mitleidig auf dem Beifahrersitz um, sogar Carl versucht durch den Rückspiegel einen Blick zu erhaschen. Na, so genau müssen die jetzt auch alle nicht kucken! „Wie auch immer, wieso hat Rumpelstilzchen eigentlich nix gemacht?" „Wer ist denn nun schon wieder Rumpelstilzchen?" fragt Edith. „Der Pappa der Braut" gibt Cosimo zurück. Dabei spricht er Pappa mit italienischem Flair aus. „Ach!" „Er wird einfach nur perplex gewesen sein", meint Carl. „Wenn man einen Übergriff oder Angriff oder Anschlag oder wie auch immer man das nennen will, plant, dann weiß man ja, dass man sich das Überraschungsmoment zu Nutze machen sollte." Klar, ich denke auch immer zuerst an das Überraschungsmoment, wenn ich mich an der Supermarktkasse vordrängeln will. „Es ist jedoch fraglich, ob man diese Person juristisch zur Rechenschaft ziehen kann", meint Carl und setzt den Blinker, um bald darauf rechts abzubiegen. „Sollte sie sich tatsächlich in einer psychischen Ausnahmesituation befunden haben, so gilt dies natürlich als strafmildernd. Eventuell befindet sie sich ja auch bereist in therapeutischer Behandlung. Außerdem ist faktisch ja niemand zu Schaden gekommen. „Also, ICH schon!" rufe ich grimmig und die anderen lachen wieder. Dann sind wir auch schon da und ich checke nun im Hotel *Elbhof* ein. Die anderen stromern bereits Richtung Terrasse, wo wohl der Empfang stattfindet. Edith und Carl wollen zu Hause übernachten, was ich sehr gut vetstehen kann, ich rechne auch nicht damit, dass sie lange bleiben werden. Ich hoffe nur, dass hier auch bald Häppchen gereicht werden denn ich habe wirklich einen Bärenhunger. Ich prüfe im Bad noch einmal, ob ich immer noch „bezaubernd" aussehe und mache mich auf den Weg zum Hochzeitstreiben. Auf der Terrasse empfangen mich Sonnenschein, die Grünhagens, das Bertuccio-Double, jetzt ohne Sakko und mit hochgekrempelten Hemdsärmeln (was sexy aussieht. Also, der bleibt definitiv nicht lange allein!), der Sänger mit Hut mit Berit im Arm, sowie die Boulevard–Journalistin mit Rutger. Katharina trägt ein helles Etuikleid, seeehr highe High Heels und ihr wunderbares Haar offen, aber gezähmt. Rutger ist wirklich im Gegensatz zu ihr eher schmal gebaut, trägt einen grauen Anzug mit teuer aussehendem weißen Hemd und eine elegant-dezente Krawatte in creme-grau gestreift. Sein schon leicht schütter werdendes Haar tendiert zwischen erstem Grau und hellbraun, seine ebenfalls gräulichen Augen sehen intelligent und etwas distanziert, aber nicht unfreundlich aus. Katharina fällt mir quietschend um den Hals und haut mich fast um. „Ich freue mich auch, dich zu sehen", sage ich lächelnd. „Und das hier ist RÜDIGER!" Ratidor, der ja eigentlich Rüdiger heißt, gibt mir brav die Hand mit erstaunlich festem Händedruck, und stellt sich noch einmal selbst vor: „Dr. Rüdiger Horstmann, angenehm." „Hallo Rüdiger, ich freue mich sehr, dich kennen zu lernen..." wollte ich sagen. Aber gut, wenn er unbedingt siezen will: „Ich bin Ilsa Eul, freut mich sehr!" „Ach, Rüdibärchen, nun sei doch nicht wieder so gestelzt! Das hier ist Ilsa, ich habe dir doch schon so viel von ihr erzählt. Du kannst sie doch duzen!" „Nun, da wir uns vorher noch nicht persönlich kannten... aber schön, wenn Frau Eul das recht ist: Ich heiße Rüdiger!" „Und ich bin Ilsa" lache ich. Ein wenig *stiefjedrisse* ist Maulaffenveilchens Lover ja schon aber ich finde ihn vielleicht gerade deshalb ganz sympathisch. Und so, wie ich Katharina durch unsere erst kurze Bekanntschaft und ein paar E-Mails kenne, tut er ihr gut. Seine ruhige Art scheint mir ein guter Gegenpol zu ihrem Temperament zu sein. Und dann steht auf einmal auch das Brautpaar vor uns. Das gibt natürlich auch erst einmal ein großes Hallo und Gratulieren und dann werden noch die Geschehnisse in der Kirche durchgehechelt. „Also du!" schreit Janina mich an. „Du bist wirklich die Hochzeitsretterin!" Ich schnappe mir von einem Tablett ein Gläschen Prickelwasser. Aber nur eins, trichtere ich mir ein, erst muss die Prinzessin feste Nahrung zu sich nehmen. „Ohne dich würden wir hier doch nicht stehen!" quiekt die Braut und die silikonisierten Boobies erzittern unter ihrem aufgeregten Atem. Stünden wir hier nicht, denke ich. Ach, was soll´s. „Ja, wirklich, Schnuffel, da hast du vollkommen recht" bestätigt Lambert und blickt strahlend und verliebt auf seine dritte Ehefrau, die er, obwohl er auch nicht der Größte ist, noch um fast einen Kopf überragt. Und dann blickt er mir ernst in die Augen, so ernst, dass ich Mühe habe, nicht in albernes Gelächter auszubrechen. „Ohne dich wäre unser Polterabend in einer Katastrophe geendet…" „Hätte in einer Katastrophe geendet…" denke ich. Cosimo kneift mich in den Arm. Mist verdammter! Wieder laut gedacht. Aber Lambert hat eh nix mitgekriegt. Ich sehe Edith fein lächeln. „Ey Lambi" knarzt Kaii da und legt seine Arme um mich, „ich hab dir doch gesagt, die Prinzessin ist was ganz besonderes! Sei froh, dass ich sie in dein Leben gebracht habe. In EUER Leben!" „Ich weiß auch nicht, was in Thea gefahren ist" meint Lambert und nimmt einen Schluck Hochzeitsschampus. „Wir haben uns damals eigentlich gütlich getrennt und hatten anfangs auch ganz guten Kontakt. Aber dann hat sie sich immer mehr zurückgezogen." „Na ja, vielleicht hat sie ja doch mehr unter der Trennung gelitten, als sie zugeben wollte", gebe ich zu bedenken. Mein Magen knurrt, ich will jetzt endlich was essen und nicht mehr detailliert über Lamberts Exe sprechen. „Aber es war damals alles geklärt. Wir hatten uns auseinandergelebt. Sie wollte Kinder aber es hat einfach nicht geklappt. An mir hat es aber nicht gelegen!" betont er noch und nimmt wieder ein Schlückchen Verheiratungsbrause. „Möchtet ihr beide denn auch Kinder haben?" fragt Katharina neugierig. Rupert, ähm, Rüdiger, gibt ihr einen kleinen Stoß. „Ja, Lambert will unbedingt Vater werden". Janina himmelt ihren blondgefärbten Gatten verliebt an. „Ich weiß aber nicht, ob ich mit meinen Tittis überhaupt stillen kann. Außerem habe ich so ein schmales Becken…" Ich will DAS NICHT HÖREN! Ich sehe, wie Edith ungläubig die Augenbrauen hochzieht und Carl verlegen-amüsiert lächelt. Das Maulaffenveilchen mischt sich lebhaft ein: „Also, da kannst du ja genau jetzt den Fachmann fragen! Rüdibärchen, kann man mit einem Silikonbusen stillen? Und muss frau wirklich das sprichwörtliche gebärfreudige Becken haben?" „Nun", Ratidor räuspert sich. „Nun, hm, das sind Dinge, die man vielleicht besser einmal in Ruhe bespricht…" „Ach, nun hab dich doch nicht so!" Alle blicken nun erwatungsvoll auf Ruprecht.

„Es ist durchaus möglich, mit Silikonbrüsten zu stillen, da die Milchdrüsen davon gemeinhin keinen Schaden nehmen. Alles Weitere kann aber sicherlich mit dem behandelnden Gynäkologen besprochen werden." Es ist Katharinas Liebhabär sichtlich unangenehm, hier so öffentlich über sein Metier -sozusagen- zu sprechen. Ich finde das Thema auch ein wenig daneben aber zum Glück kommt nun ein Bediensteter auf die Apfelsteins zu und teilt ihnen mit, dass das Essen parat ist. Das höre ich natürlich nur zu gerne, spüre ich doch bereits die Auswirkungen des Alkohols. Es wird eine Hochzeitssuppe und Fingerfood serviert, außerdem kleine Süßspeisen. Abends soll es dann wohl ein prunkvolles Buffett geben, wie ich *en passant* mitbekomme. Vermutlich auch eine imposante Hochzeitstorte. Ganz in Weiß, vermute ich mal stark. Nach dem Essen ist die Prinzessin müde und zieht sich ein Stündchen in ihre Kemenate zurück. Danach lustwandle ich ein wenig an der Elbe herum und finde es wieder gar schön hier. Aber ein wenig melancholisch bin ich schon. Hamburg hat für mich in erster Linie etwas mit Axel zu tun. Ich vermisse seine Samtstimme, seinen Duft, einfach seine Gegenwart. Und sich noch einmal nackt sehen (und spüren) fänd ich auch nicht ganz falsch. Ich seufze tief und setze mich für einen Moment in den Ufersand. Wie soll nur alles werden? Bleibe ich auf ewig Single weil einfach nix Gescheites herumläuft? Bin ich selbst auch nix Gescheites? Und wieso plage ich mich mit solchen Frauenromanproblemen herum? Sind die doch nicht so oberflächlich und aus der Luft gegriffen, wie ich immer dachte? Und wer soll mir jetzt auf all diesen Schmus eine Antwort geben?? Noch einmal abgrundtiefes Seufzen. Einen Moment lang könnte ich in Tränen ausbrechen. Aber ich will es nicht. Es wird Zeit, sich für die Hochzeitsparty umzukleiden. Ein guter Grund, nicht weiter Trübsal zu blasen. Im Hotel herrscht bereits emsiges Treiben, eine Musikkapelle ist eingetroffen und baut ihren Kram auf, augenscheinlich wird es auch einen DJ geben. Na gut, tanzen kann ich ja auch alleine, so lange keine Standardtanzmusik gespielt wird. Vielleicht gibt es ja auch noch weitere herrenlose bzw. frauenlose Menschen, die sich zur Musik bewegen wollen. Im Zimmer angelangt mache ich mich ein wenig frisch, und ziehe mich dann um. Da das Motto ja, welche Überraschung! *Ganz in Weiß* lautet, sollen die Gäste auch in Weiß erscheinen und so habe ich mir einen weißen Smoking zugelegt (über Da Wanda Vintage geschossen, sieht aus wie neu, ist er vielleicht auch) und für drunter ein silbriges Paillettenoberteil, vorne hochgeschlossen mit „Turtleneck", die Schultern und Arme mit amerikanischem Ausschnitt freilassend, im Rücken dann sehr dekolletiert. Dazu silberne „Tanzschuhe", vorne offen, idealer Absatz. Während ich ein dramatisches Augenmakeup auflege, formen die Wellenreiter von Oma, die ich mir ins Haar geclipst und kurz angeföhnt habe, hoffentlich die richtige Brandung in meine Frisur. So, noch schnell mit Haarspray eingepüfft und Clipse raus, fechtisch! Im Spiegel sehe ich eine schlanke Frau mit dunkel umschminkten Augen und weich fallender Wellenfrisur, von hinten lockt der Rücken, wie ich bei halber Drehung feststelle aber zunächst ziehe ich tugendhaft das Sakko drüber. Eine silbene Clutch gibt´s auch noch („Kuck ma, kann man so halten") und dann nix wie runter zur Futterschüssel. Die Feier findet ebenfalls draußen statt und wir haben extremes Glück mit dem Wetter. Die langen Tische befinden sich unter bzw. in Pavillons, schick aus Leinentuch, sodass man bei Regen zumindest noch kurz Schutz hätte. Alles sieht so ein bisschen Hollywoodfilm-mäßig aus und die in weiß gewandeten Gäste tun ihr Übriges dazu. Cosimo trägt allerdings einen eher beigen Anzug, ein weißes Hemd mit cremfarbener Krawatte und cremfarbene Edel-Pizza-Treter. „Was hast du denn da an?" frage ich mit Blick auf die Treter. „Wieso? Was ist denn mit den Schuhen? Ich hatte keine anderen…Aber du siehst wirklich scharf aus, cara mia!" Genau das wollte ich hören. Ich sitze mit Kaii, Berit, den Grünhagens und Cosimo am Tisch des Hochzeitspaars. Rumpelstilzchen ist natürlich auch dabei. Er fragt nach einem Tripp-Trapp-Kinderstuhl und einem Hipp-Gläschen nebst Lätzchen; stattdessen bekommt er eine übergroße Stoffserviette und ein Bier. Janinas Vater ist wohl das einzige engere Familienmitglied, ihre Mutter ist entweder tot oder verbannt, Lamberts Vater verstorben, seine Mutter ebenfalls. Ich weiß trotzdem nicht, warum wir am Brauttisch sitzen, haben die keine alten Freunde, wenn es denn schon an Familie fehlt? Der Grund ist bestimmt, dass ich zu den Hochzeitsrettern/Polterabendrettern gehöre, Kaii ist Trauzeuge, Berit seine Perle, die Grünhagens sind mittlerweile gut mit mir bekannt und ich bin froh, dass wir gemeinam hier sitzen, außerdem sind sie die nächsten Nachbarn der Apfelsteins. Ein Platz ist noch frei. „Da wünsch´ich mir den Axel herbei!" „Na, grazie, Principessa!" empört sich Cosimo gespielt. „Genüge ich der Dame nicht als Tischherr?" „Oh, ich dachte ich hätte gedacht..."

Das Buffett ist prima, ich lache mit meinem Tischherrn Cosimo noch oft und lange über alles, was bisher geschah, über die anderen Hochzeitsgäste (wir fiesen Lästermäuler) und wir machen schon Pläne für seine Zeit im Rheinland. Irgendwann beginnt die Kapelle zu spielen, das Barbie-Traumpaar in Weiß dreht sich im Hochzeitswalzer und bald darauf ist die Tanzfläche gefüllt. Carl (in einem hellgrauen Anzug, weiß besitzt er nicht) und Edith (cremefarbenes Ensemble mit langem Rock, sehr elegant!) tanzen verliebt wie einst im Mai und es ist eine Freude, ihnen dabei zuzusehen. Danach fordert mich Carl, ganz Gentleman alter Schule, auch zum Tanz auf und Edith tanzt mit Cosimo. Ich glaube, der kann aber besser kochen und quatschen. Jedenfalls höre ich Edith oft lachen, weil er wohl Witze über seinen schlechten Tanzstil macht. Auch Katharina und Romuald tanzen jetzt. Sie wirken wirklich sehr verliebt, das Maulaffenveilchen sehr gelöst, er ein wenig gebremst aber das liegt wohl an seinem eher zurückhaltenden Wesen. Dann wechselt die Musikfarbe von Kapellenmucke zu aktuellem Mainstream und wir schwofen so vor uns hin. Ich tanze locker mit Cosimo und lache über seinen Tanzstil. Viel Rhythmusgefühl scheint er wirklich nicht zu haben aber Hauptsache ich hab Spass inne Backen. Als ich mich um mich selbst drehe und dabei selbstvergessen die Augen etwas schließe, gerate ich mal wieder ins Stolpern und werde sofort aufgefangen. Im Fallen oder Stolpern habe ich den Oberkörper vornüber gebeugt und bin nun in Brusthöhe meines Fängers. Obwohl meine Nase gerade plattgedrückt wird, rieche ich Vetiver. Ich kralle mich an die Ärmel des Retters und weiß schon, wer er ist, ich muss die Augen nicht öffnen. Im Gegenteil, ich richte mich langsam zu voller Größe auf lasse die Augen geschlossen. „Ist auf Ihrer Tanzkarte noch etwas frei, schöne Frau?" fragt er mich. Und ich lehne mich, mitten im Tanztreiben, an Axel und nicke einfach nur. Die Musik hat auf ein langsames Stück gewechselt, *„Let her go"* von Passenger. Ich liebe dieses Lied, obwohl es so traurig ist. So etwas kennt man ja. Axel und ich schieben über die Tanzfläche.

Wir könnten auch in Ulan Bator an der Lidl-Kasse stehen, Enten in Schottland jagen oder die größte Paellapfanne der Welt in Villariba spülen, fuckin´egal, Hauptsache er ist dabei und berührt mich. Und das tut er, innen wie außen. Ich könnte gleichzeitig lachen und weinen und spüre eine unglaubliche Erleichterung, gleichzeitig aber auch die Nervosität des Verliebtseins. Ich spüre seinen Herzschlag. Das Lied klingt aus „...*and you let her go."* Ich hauche diese Zeile mit. Denn ich weiß, dass es sich bewahrheiten wird. Meine Augen werden feucht. Ich atme tief ein. Pilcher-Kitsch ist Realität. „Guten Abend, Kleines. Du siehst messerscharf und unglaublich schön aus." Holt mich Axel aus meiner Gedanken-und Gefühlswelt. „Bist du mir nicht gram?" Er schiebt mich ein Stück von sich und blickt mir aufmerksam mit seinen wunderbaren grauen Augen in meine grünen. „Würde ich dir dann in die Arme fallen?" Er lächelt und zieht mich an sich. Und dann küsst er mich. Mitten im Geschehen, unter Gästen, Fotografen, Securityleuten, Kellnern und dem DJ, der gerade das nächste Stück anmoderiert. Ich dachte, coole DJs quasseln nicht?

Egal, wir verlassen sowieso die Tanzfläche weil Axel nun zunächst einmal das   Brautpaar begrüßen möche. Und Cosimo, der sich freudestrahlend auf Axel stürzt und sofort zutextet: „Ciao, alter Schwede, du glaubst nicht, was in der Kirche passiert ist, Ilsa hat..." Und die Grünhagens: „Herr Wegner, wie schön Sie zu sehen. Haben Sie schon gehört, was Ilsa in der Kirche...?" Und das Brautpaar:

„Axel! Unser zweiter Held! Weißt du schon, dass Ilsa wieder unsere Hochzeit gerettet hat...?" Und Kaii: „Hey, alter Kumpel, alles senkrecht? Die Prinzessin hat mal wieder Feuerwehr gespielt. Zieh dir das mal rein, Alter..." Irgendwann sitze ich mit Axel an einem Tisch, wo er ein Glas Champagner trinkt (ich auch) und etwas isst. (Ja, okay, ich auch). Gut, die anderen sitzen mit uns hier, sofern sie nicht grade am Buffett oder auf der Tanzfläche abhängen. Meinetwegen könnte dieser Abend noch ewig dauern, so viele Menschen, die ich mag, sind hier. Und vor allem Axel. Axel, der einen cremfarbenen Anzug trägt, hellblaues Hemd, creme-hellblaugestreifte Krawatte, hellbraune Schuhe und hellblaue Seidensocken. Klingt furchtbar, sieht aber gut aus. Dazu natürlich ein passender Hut. Den behält er sogar während des Essens auf. Das Sakko hängt derweil über der Stuhllehne.Katharina und Rumburak sitzen bei uns und wir reden und lachen viel. Axel versteht sich gut mit Kathis Lover. Wenn der wüsste, dass Axel eigentlich "incognito" hier ist. Aber vielleicht kennt er ja die Ilsa- und Axelgeschichte bereits von seiner Liebsten. Die Grünhagens verabschieden sich, Cosimo flirtet mit einer jungen Blondine (ich habe es doch gesagt) und Berit und Kaii klönen noch mit uns und wir lachen noch einmal über das Axel-Happening im *Mare*. Na ja, im Nachhinein finde ich das ja auch lustig. Obwohl mir Röschen auch fast ein wenig leid tut. Er sich zum Affen gemacht. Aber das hat er in Kauf genommen. Hm. Was er wohl gerade so treibt? Oma hat mir erzählt, dass er und Melissa jetzt so eine psychologische Betreuung bzw. Begleitung bekommen, weil er nicht ihr wirklicher Papa ist. Das arme Kind! Aber wer IST dann der Vater? Denke ich... nicht. „Welcher Vater von wem?" fragt Axel. Das will ich ihm jetzt nicht näher erläutern und mache eine überspielende Bemerkung. Um Mitternacht gibt es natürlich ein kitschiges Feuerwerk. Arm in Arm mit Axel schaue ich es mir halb an, die andere Hälft der Zeit vergeht mit Knutschen, fällt jetzt eh keinem auf, weil ja alle in die Luft kucken. Irgendwann zieht mich Axel immer weiter von der Festgesellschaft fort. Wir verlassen das Hotel und gehen am Wasser entlang. Meine Schuhe habe ich ausgezogen, er auch. Ich fotografiere ihn mit meinem Handy, wie er, die Schuhe in der Hand, Hut auf dem Kopf und Jackett über die Schulter geworfen übers Wasser blickt, dann zu mir, erst ernst, dann lächelnd. Es ist Vollmond und überhaupt recht hell dafür, dass es eigentlich dunkel sein sollte. Wir setzen uns in den Sand, wo ich vor einigen Stunden noch alleine gesessen habe und ihn vermisste. Wir küssen uns und es geht mir, wie immer, durch und durch. „Ilsa, es tut mir leid, dass ich mich nicht mehr bei dir gemeldet habe." Ich sage nichts dazu. „Ich habe jeden Tag ständig an dich gedacht." Er macht eine Pause. Ich sage immer noch nichts. „Ich hatte solche Sehnsucht nach dir." Das geht mir wieder durch und durch. Und außerdem ist es mir genauso ergangen. „Wieso bist du heute hier?" frage ich ihn. „Ich habe es nicht mehr ausgehalten ohne dich! Ich hatte gehofft, dass du zur Hochzeit gehst und ich dich hier sehen könnte. Ich habe so wenig Zeit. Mehr als einmal habe ich daran gedacht, mich in den Flieger zu setzen und nach Düsseldorf zu kommen. Aber es GING einfach nicht. Ich hatte so viele Termine. Zu Hause ging es drunter und drüber, die Kinder waren krank, dann Agnes." Agnes ist seine Frau. „Ich musste die ausgefallenen Proben nachholen, gleichzeitig musste noch der Euro- *Ort des Geschehens* abgedreht werden." „Ich dachte, der sei längst fertig??" „War er auch, aber wir mussten noch ein paar Szenen nachdrehen die dann noch reingeschnitten wurden. Der Regisseur ist eben eine Diva. Aber er ist gut! Das war ein schönes Projekt." Er schweigt wieder. Ich höre leise die kleinen Wellen ans Ufer schlagen. „Ich hatte einen heftigen Streit mit Agnes." „Hä? Wegen des Krimis??" Ich verstehe gar nix mehr! „Nein, natürlich nicht deswegen. Sondern unseretwegen." „Sie weiß von mir?" Na toll! Wird sie mir nun irgendwo auflauern? Ist sie rachsüchtig? Och nee, ich wollte so was doch nie: Das Liebchen eines verheirateten Mannes sein und ständig Angst vor seiner Frau haben müssen! Wie bin ich bloß in diese Situation geraten? „Nein, sie weiß sie nicht konkret von dir. Aber natürlich hat sie mitbekommen, dass ich mich verändert habe.

Und dass das irgendetwas mit Hamburg zu tun gehabt haben muss. Und mit einer anderen Frau. Sie hat eine Kollegin in Verdacht. Ich hatte aber noch nie was mit Kolleginnen." „Mit Kollegen denn?" „Hm, was??" Er ist verwirrt. Und ich werde es nie lernen, ernst zu bleiben. Kann man die Restpubertät wohl mittels eines Exorzisten austreiben? Findet man so jemanden über Google? Die gelben Seiten haben ja ausgedient.

Ich reiße mich zusammen und werde wieder ernst. In Wirklichkeit habe ich ja auch tausend Fragen und ich will tausend Liebesschwüre hören und dass wir auf immer zusammenbleiben von Stund an und... Moooment! Will ich das wirklich? Axel wirkt leicht verkrampft. Ich kann es ihm nicht verdenken. „Wir hatten etliche Diskussionen, sie will mit mir zur Eheberatung. Was soll ich da? Unsere Ehe war immer gut und ich habe, wie gesagt, nie nach anderen Frauen geschaut weil ich zu Hause alles hatte, was ich wollte und brauchte. Ich bin kein Typ, der ständig durch fremde Betten hüpft..." „Ähm, ich auch nicht!" „Das weiß ich doch, Ilsa. Und das habe ich nie auch nur eine Sekunde geglaubt." Aber warum hat er mich dann seinerzeit angesprochen? Aus einer Laune heraus? „Warum hast du mich denn seinerzeit angesprochen? Aus einer Laune heraus?" Er atmet tief ein und wieder aus, denkt nach. „Das habe ich mich auch schon des Öfteren gefragt. Ich kann es dir aber beim besten Willen nicht konkret sagen. Eigentlich war ich mit dem Kopf ja auch ganz woanders. Aber du bist so frisch fromm fröhlich frei an den Nebentisch gewirbelt, dass ich eben aufmerksam auf dich wurde. Was soll ich sagen, du bist eben in gewisser Weise ein auffälliger Typ Frau. Anders. Größer, unkonventioneller. Das hat mir gefallen. Und deine langen Beine natürlich auch..." „Das ist ja alles höchst schmeichelhaft. Aber hättest du es dann nicht einfach beim Kucken und Gefallen belassen können? Dir werden doch schon öfter Frauen gefallen haben und die hast du dann auch nicht mal eben auf einen Axelpastiteller eingeladen." „Aber so richtig etwas dagegen hattest du doch auch nicht, oder?" Er lächelt, das kann ich hören. „Es ist auch für "gestandene"

347

Männer die dann zufällig auch noch semiprominenter Schauspieler sind, nicht einfach, zu flirten. Oder mehr als zu flirten. Ilsa, es ist passiert, ich kann es nicht erklären und ich will es auch nicht. Girl meets boy, boy meets girl. Das ist eine uralte, immer wiederkehrende Geschichte. Wir alle kennen sie und sie wird auf ewig so weitergehen." Er hat Recht, aber: „Unsere Geschichte wird nicht auf ewig so weitergehen!" Er atmet wieder tief durch. „Aber wir könnten es doch versuchen. Oder?" Das *oder* kam jetzt ein bisschen schüchtern heraus, auch wenn er es ganz tough ´rüberbringen wollte. Ähm, was? Ich meine, habe ich das jetzt richtig vernommen?? „Was genau willst du mir jetzt sagen?" „Dass wir es doch miteinander versuchen könnten." „Aber wir kennen uns doch kaum." „Das ist doch meistens so bei Menschen, wenn sie sich verlieben." „Okay, aber die sind dann meistens auch nicht mit anderen verheiratet und leben 356 U-Bahnstationen voneinander entfernt!" „Du bist doch gar nicht verheiratet!" „Sehr witzig!" „Oder…war das alles alles nur ein Abenteuer für dich?" „Spinnst du? Meinst du ich habe Routine im Schauspieler-Abschleppen? Ich habe jeden verdammten Tag von morgens bis abends an dich gedacht. Selbst wenn ich mich ablenken wollte durch die Arbeit oder wenn ich mit Freunden zusammen war. Du warst immer dabei. In meinem   Hinterkopf und im Herzen. Ich dachte, wir würden uns nie mehr wiedersehen und *ich* wäre nur ein flottes Abenteuer gewesen!" Ich habe schon wieder Heulreiz. Wenn es aber auch gar so emotional wird im Leben! Axel schlingt die Arme um mich. Ganz fest. Ich kann kaum atmen. Auch egal. *Oh heart, I just died in your arms tonight.* Er küsst mich. Ich küsse zurück. Der Kuss wird leidenschaftlicher. Ich spüre seine Hände auf meinem nackten Rücken. Im Prinzip wäre ich auch gerne ganz nackt. Er sollte das dann aber auch sein. „Ilsa. Ich begehre dich" (Begehren ist ein kitschiges Wort. Aber wenn er es sagt geht es mir trotzdem durch alle relevanten Körperteile). „Ich will mit dir schlafen. Liebe machen. Nackt sein." Ich muss ein wenig lachen, er auch. Aber dann wird er wieder todernst. Und sein Blick, etwas undeutlich im milchigen Mondlicht, sieht mir bis in die Seele. „Dann sollten wir vielleicht ins Hotel gehen? Im Sand schubbert das bestimmt ganz doll." Er lacht. Und dann gehen wir ins Hotel. Auf dem Weg dorthin sprechen wir kein Wort. Gehen Hand in Hand und Arm in Arm. Bleiben kurz stehen um uns zu küssen. Ich spüre seine Erregung. Und meine sowieso. Ich will jetzt nur noch das Eine. Mit ihm. Jetzt, oft, immer. Nicht denken, nur fühlen. Auch, wenn eigentlich nichts geklärt ist. In unserer Situation ist das wohl auch schwierig. Verschieben wir die Gedanken doch auf morgen, tadadada, tududu, ich sehe Tara vor meinem inneren Auge…

Die Hochzeitsparty läuft wohl noch, es ist noch Stimmengewirr hörbar.

Wir gehen mit einem freundlichen „Gute Nacht" an den Rezeptionisten gewandt die Treppe hoch. Ich weiß gar nicht, ob Axel hier auch ein Zimmer hat, er kommt eh mit auf meins. Ich husche ganz fix ins Bad, denn Sex mit Contactlinsen und Pipidrang ist nur halb so schön. Und ich muss ja währenddessen auch keine Buchstabentafeln lesen. Wir stehen uns im Hotelzimmer gegenüber. Nur der Mond schickt sein Licht durchs Fenster. Stimmen dringen ganz schwach zu uns herauf. Ich höre das Blut in meinen Ohren rauschen. Axel hat seinen Hut und das Jackett irgendwo hingeworfen. Er kommt auf mich zu und streicht mit den Daumen über meine Lippen. Ich fahre sacht mit der Zunge darüber, er schließt die Augen und stöhnt leise, drängt sich enger an mich, seine Hände sind wieder an meinem Rücken, bewegen sich weiter, streicheln meinen Po, schieben das Top aus der Hose und streifen es über meinen Kopf. Ich knöpfe sein Hemd auf und atme tief den Duft seiner nackten Haut ein. Küsse seine Brust, lecke darüber, ebenso über seinen Bauch. Er atmet schneller, hakt meinen BH auf und umfasst meine Brüste mit beiden Händen. Ganz sacht. Küsst sie, leckt an den Brustwarzen. Flüstert meinen Namen. Schafft es irgendwie, meine Hose auszuziehen. Ich öffne seine Hose. Sie fällt zu Boden. Es folgt sein Slip. Er drängt mich auf das Bett und ich spüre die Schwere seines Körpers auf mir. Wir küssen uns. Seine Zunge an meiner. Seine Zunge an meinen Brüsten, meinem Bauch. Ich umklammere seinen Hinterkopf und will einfach nur noch, dass wir miteinander verschmelzen. Er zieht mir sachte den Slip herunter , ich öffne meine Beine und dann sind wir nur noch Lust und Begierde , Ilsa und Axel, alleine auf dem Planeten und die Zeit hüllt ein Vakuum um uns und ich schlinge mich um ihn und er bewegt sich schneller und schneller in mir, hört abrupt auf, küsst mich. „Ilsa, ich will dich so sehr!" Ich kann nicht sprechen. Nur fühlen. Und wollen. Mein Körper gehört ihm, ich bin Wasser, ich bin Feuer. Nimm mich einfach, nimm mich. Wir erreichen fast gleichzeitig den Höhepunkt, bleiben ineinander, unsere schweißfeuchten Körper zusammengeklebt. Beide Münder keuchen. Ich weine. Ich kann es nicht ändern. Er küsst meine Augen, nimmt die Tränen zart mit den Lippen auf. Lange liegen wir so. Schweigend. Dann habe ich Durst und trinke fast auf ex einen Apfelsaft, halte eine zweite Flasche an Axel Po. Er fährt zusammen und ich lache, lege mich auf ihn. Meine Brüste an seinem Rücken küsse ich ihn im Nacken. Mir wird wieder heiß und kalt. Ob er schon wieder kann und will…? Beides. Die noch ungeöffnete Saftflasche entgleitet meiner Hand und fällt dumpf auf den weichen Teppich. Ich bin atemlos, streiche mit den Händen an Axels Körper entlang, sein Unterkörper hebt sich, senkt sich, er stöhnt, dreht sich um und zieht mich wieder auf sich. Fast grob dringt er in mich ein. Meine Oberschenkel pressen sich an ihn, er umfasst meinen Hintern und gibt das Tempo vor. Ich kann mich nicht mehr zurückhalten und komme, rufe seinen Namen und spüre seinen Körper zucken und die warme Körperflüssigkeit in mir. Man muss sich schon sehr mögen, um solche Sachen miteinander zu machen. Oder strunzengeil sein. Am besten ist beides. Sex um der Nähe zu einem geliebten oder zumindest begehrten Menschen willen ist immer noch der beste, finde ich. Nicht nur Sex um des Sexes willen. Geht natürlich auch. Aber befriedigender, intimer, finde ich diese Variante. Ich liege noch auf ihm, versuche, zu Atem zu kommen. Er küsst mein Haar, streichelt meinen Rücken, meinen Po. „Ilsa. Ilsa.

Ilsa.. Was machst du nur mit mir? Ich fühle mich wie zwanzig." „Und wie alt soll ich dann bitteschön sein?" Wir lachen. „Findest du mich nicht langweilig?" frage ich ihn. „LANGWEILIG?" Also, ich habe mich schon deutlich MEHR gelangweilt. Wie kommst du denn darauf?" „Ich weiß nicht...bin ich "gut im Bett? Ich kann mit diesem Attribut oder wie man es nenne will, nicht so viel anfangen. Was soll das konkret heißen? Ich mag keine augefallenen Sexspielchen mit irgendwelchem Beiwerk oder Rudelbumsen oder was weiß ich." „Da kenne ich noch jemanden." „Ja, aber was heißt denn „Gut im Bett sein"? Und außerdem kann man ja auch außerhalb des Bettes Bunga Bunga machen." Axel bekommt einen Lachanfall. „Bunga Bunga, ich fasse es nicht!" Sanft lässt er mich zur Seite gleiten, steht auf und verschwindet im Badezimmer. Ich höre Toilettenspülung und Wasserhahn rauschen. Er kommt zurück. „Das was Berlusconi da macht, ist doch nur ein Herumprotzen. Das hat weder mit Liebe noch mit Begehren zu tun." Er forscht nach der heruntergefallenen Flasche, öffnet sie und zieht sie in einem Schluck weg. Ein echter Kerl! Ich muss grinsen.

Sag zum Abschied leise Ahoi

Er setzt sich auf den Bettrand und streichelt meine Beine. „Dieser ständige Wettbewerb ums Aussehen, um Besitz und Sex, wie oft, wie und mit wem, das ist doch ohnehin brutale Dummheit. Menschenverachtend." Er legt sich wieder neben mich. Ich kuschle mich in seinen Arm, schlinge mein Bein um seine Beine. Langsam döse ich weg. Dann weckt mich etwas. Meine Gedanken. „Warst du nicht zweimal verheiratet?" „Hm, was?" kommt es schläfrig zurück. „Bist du nicht zum zweiten Mal verheiratet?" „Doch. ... Warum?" „Och, nur so." „WARUM?!" „Na ja...weil du doch immer so darauf herumpochst, dass du kein Frauenheld bist." „Bin ich ja auch nicht wirklich." Aha, nicht wirklich! „Aber du bist schon mal nicht jungfräulich in die Ehe gegangen. „Wer macht das schon? Als Agnes und ich heirateten waren wir beide über dreißig und hatten einige Beziehungen hinter uns. Und ich war damals bereits geschieden." „Und wie alt sind eure Kinder?" „Wir haben einen gemeinsamen Sohn, er ist elf, einen Sohn und eine Tochter hat Agnes mit in die Ehe gebracht. Ich habe einen Sohn aus erster Ehe. Und mehr Kinder wollte Agnes nicht." „Du denn?" „Joa, so ein zwei. Vielleicht auch eine Tochter, die kann man so schön verwöhnen. Aber das kann ich meine Stieftochter ja auch. Mit den beiden Jungs spiele ich Fußball oder gehe auf ein Bier, mein ältestester Sohn ist immerhin schon Mitte zwanzig." „Was?!" „Ich bin eben früh Vater geworden. Das war nicht so geplant. Deshalb hat die Ehe wohl auch nicht funktioniert. Das ist ja oft so. Aber Hannah und ich haben uns wirklich im Guten getrennt und Simon hat offenbar nicht allzusehr unter unserer Scheidung gelitten. Er hat ja bald darauf noch mal eben drei Geschwister bekommen. Sie haben alle ein gutes Verhältnis zueinander. Darüber bin ich sehr glücklich. "Ich sage lange Zeit nichts. Axel steht mitten im Familienleben. Auch wenn es teilweise "nur" Patchwork ist. Ich denke, er würde seinen Lebensmittelpunkt aufgeben, ja zerstören, wenn er dieses Gefüge aus Liebe, Vertrauen, gemeinsamen Erinnerungen verließe, es auflöste. Axel ist eingenickt, ich höre es an seinem Atem. Ich starre in die Dunkelheit. Er weiß nicht, was er da vorhat. Er KANN seine Familie nicht verlassen. Ich könnte ihm nie all diese Menschen ersetzen und das war und ist auch nicht meine Absicht. Ich will ihn für mich haben. Länger, als immer nur stundenweise. Ein paar Wochen nonstop. Nur wir zwei. Das ist normal, wenn man verliebt ist. Aber was käme danach? Ich glaube, er liebt seine Frau noch. Und die Kinder sowieso. Würde er MICH nach der ersten Verliebtheit lieben? Mit allen Vor- und Nachteilen, Launen, Macken? Ich versuche, ihn mir bei Oma in Korschenbroich vorzustellen. Und in meiner kleinen Wohnung in Bilk. Er bewegt sich doch in ganz anderen Gefilden. Wäre ihm das auf Dauer nicht zu piefig? Ich schäme mich dessen nicht, aber ich weiß, dass er ein ganz anderes Umfeld hat und immer schon hatte. Wie sollte unsere Zukunft aussehen? Wahrscheinlich würde er nicht noch einmal heiraten wollen. Und Kinder? Hm...er ist über Mitte vierzig. Für Männer zum Vaterwerden kein Problem aber noch mal ganz von vorne anfangen? Ein weiteres Patch-workelement hinzufügen sozusagen? Und könnte ich mit all seinen „Altlasten" leben? Ich möchte schon irgendwann heiraten. Zumindest aber eine echte und feste und auf Dauer ausgelegte Beziehung haben. Ob es klappt, weiß man eh nie. Und eigentlich hätte ich auch ganz gerne ein Kind. Obwohl ich das früher immer weit von mir gewiesen hätte. Ich möchte auch so ein kleines Wesen bedingungslos lieben und meinem Leben damit einen tieferen Sinn geben. Vielleicht ist das nur eine romantisch-kitschige Vorstellung. Vielleicht aber auch nicht. Ich will ein Zuhause haben. Eine Homebase. Ich will wissen, wohin und zu wem ich gehöre. Nach dieser Nacht sollten wir uns nicht mehr wiedersehen. Ich schlucke. Das KANN ich nicht! *Aber DU MUSST, ILSA!* Ich will aber Axel haben. *Er wird dir nie gehören. Es wird niemals rund laufen.* Ich will ihn so sehr. Mein Herz schmerzt. Mir wird schlecht. Ich breche in Tränen aus. Ich weiß, das ist jetzt grober Kitsch! Aber so ist es eben. Kann ich doch nix dafür! Axel wird wach. Ich versuche, mir nichts anmerken zu lassen. „Und? Noch ein Ründchen Bunga Bunga?" Ich muss lachen. Aber der Schmerz bleibt. Ich küsse ihn mit Leidenschaft und Verzweiflung. Wir lieben uns noch einmal. Engumschlungen schlafen wir ein. Spät werden wir wach, es ist schon nach zehn. Ich wanke mit verschmiertem Make up und Nestfrisur ins Bad. Pipi machen, abschminken, duschen, Zähne putzen. Eigentlich möchte ich Axels Geruch gar nicht abwaschen. Aber wenn ich es nicht tue, laufen gleich die Katzen hinter mir her. Das wäre mir dann doch peinlich. Körper und Haare in Handtücher gehüllt, komme ich zurück ins Zimmer. Axel liegt noch im Bett und sieht mir entgegen. „Ooohh, kein Bunga Bunga mehr?" Ich grinse. „Angeber! Als ob du das jetzt noch schaffen würdest!" „Spätestens nach einem Frühstück und einer heißen Dusche." „Hast du denn überhaupt Wechselklamotten dabei?" „Sogar Rasierzeug und Zahnbürste nebst frischem Schlüpfer. Schließlich habe auch ich hoch offiziell in dieses Hotel eingecheckt und bewohne das Zimmer neben Frau Eul!" „Ach nee!" Ich setze mich neben ihn auf den Bettrand. Er umfasst meine Taille. „Und warum neffst du dich dann bei mir durch?" „Was heißt „neffen?" „Auf anderer Leut´s Kosten leben, das Bett besudeln, die Minibar plündern undsoweiter…" „Das war doch nur eine einzige Flasche Saft! Nach dem, was du mir abverlangt hast!" „Ich glaub´s ja wohl nicht!" Mein Handy brummselt. Ich mache mich von Axel los und schaue auf das Display. Axel Rosen! Dieser Mann hat wirklich ein super Gefühl für Timing! „Hi Ilsa, ich wollte mich einfach nur noch mal melden. Wir haben irgendwie nichts mehr von einander gehört und gesehen. Ist eben ´ne komische Situation. Können wir uns nächste Woche vielleicht treffen? Gruß, Axel." Ach du Scheiße! Will ich Axel Rosen sehen? Okay, irgendwann wäre das eh nicht mehr vermeidbar, Korschenbroich ist nicht New York City, da trifft man sich schon mal bei dm in der Grobkosmetikabteilung. Ich werde später darüber nachdenken. Jetzt ist Axel Wegner. Und bald ist Axel Wegner Geschichte, zumindest für mich. Mir wird wieder übel. Axel hat sich aufgerichtet und reckt und streckt sich entspannt. Wieso hat der denn gar kein schlechtes Gewissen? Ich meine, HALLO? Hat ER grade Ehebruch hinter sich oder nicht? Fühlt man sich da nicht wenigstens ein klitzekleines bisschen mies? Oder hat er etwa doch Routine darin? Ich mustere ihn argwöhnisch, während ich mein Handy wieder in meine Handtasche stecke. „Was ist los, Eulchen? Schlechte Nachrichten?" „Nein nein, das war nur Schnucki." „Wer ist jetzt schon wieder Schnucki? Noch ein Verflossener?" „Nein, das ist meine Freundin Nina." „Ach so. ich dachte schon, uns lauert wieder jemand aus deiner Vergangenheit auf." „Vielleicht lauert ja mal jemand aus DEINER Vergangenheit um die Ecke!" Verblüfft hält Axel inne, er war gerade dabei, sich notdürftig anzuziehen. „Wie kommst du darauf?" „Na ja, könnte ja auch mal sein. So eine unbefleckte Vergangenheit hast du schließlich auch nicht. Oder?" „Na ja, ich bin, wie gesagt, nicht als Jungfrau in die Ehe gegangen" lacht er. Ich finde das gar nicht so witzig. Wer weiß, wie viele Frauen er schon hatte. „Scheiße!" Ich lasse mich wieder aufs Bett plumpsen. „Was ist jetzt?" „Wir haben keine Kondome benutzt!" Axel schaut mich hilflos an. „Ich trage so etwas selten bei mir." „Aber du musst doch gewusst, geahnt... gehofft haben, dass wir Sex haben werden, oder?" „Nun ja, gehofft schon...aber das war nicht das primäre Ziel oder der primäre Zweck meines Herkommens." Iss klar! „Was war denn dann das „primäre Ziel"? Wolltest du mit den Apfelsteins mal locker anstoßen? Oder mit Kaii übers Geschäftliche reden?" „Das werde ich vielleicht auch noch tun, also, mit Kaii sprechen aber..." „Ach, und da hast du gedacht, okay, verbinde ich mal das Nützliche mit dem Angenehmen und kuck mal, ob Eul noch willig ist und mir die Zeit versüßt?" Ich weiß gar nicht, wieso ich auf einmal so wütend bin. Ich weiß so wenig über ihn. Hat er am Ende doch in jedem Hafen ein Groupie sitzen und ich war doof genug, auch eins zu werden? Und wieso denkt er dann nicht an das Thema Schutz und Verhütung? Das sollen dann mal wieder schön die Frauen ausbaden oder wie? Axel kommt auf mich zu, setzt sich neben mich und kuckt betroffen drein. „Ilsa, ich bin nur deinetwegen hier. Alles andere ist nicht so wichtig. Ich habe einfach nicht daran gedacht, Kondome zu kaufen. Und wie hätte ich DANN dagestanden? Ich wusste doch gar nicht, ob du wirklich hier bist. Ob du überhaupt noch mit mir sprichst, geschweige denn irgendetwas anderes. Ich habe es einfach gehofft und dann nicht weitergedacht. Ich habe nichts "geplant", wenn du das meinst." Er nimmt mich in den Arm. „Es tut mir leid!" „Kleines, dir muss nichts leidtun. Du hast ja auch einiges an Nervenkrieg hinter dir. Mit deiner kranken Oma, die ja offenbar deine wichtigste Bezugsperson ist und mit deinem Ex, der einfach so aufgekreuzt ist. Und dann mit mir, der sich fix in dein Herz schleicht und sich dann aus dem Staube macht..." Ich kuschle mich an seine Brust und schließe die Augen. „Ich bin doch ein bisschen in deinem Herzen, oder?" fragt er leise, ganz dicht an meinem Ohr. Was gibt es da noch zu fragen. Ich umarme ihn und mir schießen schon wieder die Tränen in die Augen. Gott, ist das kitschig und gefühlig. Aber was soll ich machen? Dieser Mann bringt mich total durcheinander. „Wenn du das nicht wärst, säßen wir nicht nach so einer Nacht hier!" „Warum weinst du, Ilsa?" „Ich bin ein wenig durcheinander." „Ja, das kann ich verstehen. Das bin ich auch. Ich mache dir einen Vorschlag: Wir ziehen uns jetzt in Ruhe an. Und ich werde AUCH noch duschen. Dann gehen wir zum After-Wedding-Brunch oder wie diese Geschichte heißt. Und wenn du magst, hängen wir zwei Hübschen noch eine Nacht an diesen Tag, den wir weiterhin zusammen verbringen werden und haben einfach mal ein bisschen Zeit füreinander. Was sagst du?" Seine grauen Augen blicken mich so treuherzig an, dass ich gar nicht nein sagen KANN. Außerdem hatte ich mir den Montag und Dienstag eh frei genommen, weil ich schon vorgearbeitet habe. Von daher gibt es kein Problem. „Aber ich habe keine frischen Püperchen mehr dabei!" „Keine frischen WAS?" „Na, Unterbuxen! Das Wort Püperchen stammt von meiner Oma. Hat wohl was mit pupsen oder so zu tun..." Axel lacht und kriegt sich gar nicht mehr ein: „ Püp... „ Er kichert wieder. „Püperchen! Das habe ich ja noch nie gehört. Deine Oma ist Gold wert, die würde ich wirklich gerne mal kennenlernen!" „Na, das wär der Knüller!" lache ich. Und natürlich habe ich noch ein paar Extra-Undies dabei, das habe ich immer, wenn ich auf Reisen bin. Man weiß ja nie, was so kommt im Leben. Oder wer.

Axel geht in sein noch unbenutztes Zimmer und macht sich frisch. Währenddessen Whatsappe ich dem anderen Axel: „Hi, ja, natürlich können wir uns noch mal sehen, bin ab Mittwoch wieder zu Hause. Vielleicht mal am Wochenende? Ahoi, Ilsa". Was spricht schon dagegen? Ich finde es zwar etwas seltsam, aus dieser Sitaution heraus mit meinem Exfreund Kontakt zu pflegen, aber ich stecke ja des Öfteren in seltsamen Situationen und kann mich mittlerweile ganz natürlich darin bewegen. Später, nach dem Brunch, bei dem wir alle noch einmal viel gelacht und erzählt und uns schließlich ausgiebig voneinander verbschiedet haben (das Hochzeitspaar fliegt abends noch nach Mauii Hawaii Bora Bora oder Unnu Gunnu, irgend so ein Südseetraum) sind Axel und ich alleine. Wir fahren nach Blankenese und gehen wie ein ganz normales Liebespaar spazieren, sitzen am Wasser und nehmen noch ein Getränk bei Meister Proper, der uns sogar wiedererkennt. Wir laufen bis zum Leuchtturm. Die Sonne scheint, Axel lässt mich keine Sekunde los. Der Tag ist perfekt. Ich bin glücklich. Im Sand liegend dösen wir, knutschen, erzählen uns was aus unseren Leben, schweigen, atmen ein und aus. Später essen wir im Restaurant „Zum Bäcker". Dort sitzen wir auf der Terrasse und lassen uns frische Matjes und andere Leckereien schmecken, nebenher genießen wir den Ausblick auf die Elbe. Es ist wunderschön und ich weiß jetzt schon, dass ich an diesen Ort noch einmal zurückkehren möchte. Diese unmittelbare Nähe zum Wasser wird mir zu Hause fehlen. Zurück im Hotel kehren wir sofort in unsere Juniorsuite ein, welche Axel morgens noch für uns klargemacht hat. Ein größeres Bett bietet enorme Vorteile für Menschen, die einander zugetan sind und dies auch körperlich zum Ausdruck bringen wollen. Für eine abwechslungsreichere Ausweitung der sexuellen Handlungen bietet sich ebenfalls ein in der Suite befindlicher Schreibtisch an. Mit ausgefalleneren Spielereien kann ich leider nicht dienen...

Der nächste Morgen ist vor allem Eins: Viel zu früh! Viel zu schnell! Warum kann nicht endlich jemand diese gottverdammte Zeit anhalten, Mensch! Die können doch sonst immer alles. Wer die? Na, *die* eben! Neben mir erwacht der Schauspieler meines Herzens. „Guten Morgen, Kleines. Gut geschlafen?" „Wie ein Stein!" Kein Wunder, immerhin waren wir bis tief in die Nacht noch aktiv." Axel will einen Kuss haben und bekommt ihn auch. Seine Hände gleiten unter die Bettdecke und an meinem Körper entlang. Ich schiebe sie lachend weg. „Ey, alter Mann, was wollen Sie von mir?" „Also, das ist ja wohl eine bodenlose Frechheit, junge Dame! Ich bin frisch wie der Früüüh" langes Gähnen „...ling!" „Ja, das sehe und höre ich, Sie Lustmolch!" Ich erhebe mich von unserem sündigen Lager und luge durch den Vorhangspalt. Der Himmel zeigt sich grau. Merkwürdig, immer, wenn ich dieser Stadt den Rücken kehren muss gibt es Tränen am Himmel. Oder doch zumindest ein finsteres Wolkenantlitz.

Schlagartig wird mir wieder bewusst, dass auch mir zum Weinen zu Mute ist. Dies hier ist das letzte Stelldichein mit Axel. Das letzte Mal einander sehen. In Ruhe miteinander sprechen. Intimitäten austauschen. Einander nackt sehen und fühlen. Riechen. Küssen. Undsoweiter. Natürlich steigen mir sofort wieder die Tränen in die Augen und der berühmte Kloß sitzt im Hals. Schnell husche ich ins Bad. Unter der Dusche fallen Tränchen nicht so auf. Gehüllt in den Hotelbademantel versuche ich dann, mit kleinen Schminkereien, meine Tränenspuren zu camouflieren und betrete anschließend wieder das Zimmer. Axel steht am Fenster und genießt den Ausblick. „Na, wieder frisch und fröhlich, Eulchen?" gibt mir einen Kuss auf die Wange und geht dann unbekümmert ins Gekachelte, ich höre ihn munter pfeifen. Wenn der wüsste! Aber vielleicht weiß er ja, dass ich beschlossen habe, ihn nicht mehr wiederzusehen, wenn dieses Mal Hamburg vorüber ist. Und wieso zum Teufel hat er kein schlechtes Gewissen oder Vor-

Abschiedsschmerz? Mannsein ist echt einfach. Kein Gedanke zu viel. Keine Emotion zu tief. Praktisch!
Ich ziehe mich an und packe meine restlichen Sachen ein. Axel kommt aus dem Bad, immer noch pfeifend und vor sich hinsummend. Ich sammle auch im Bad meine Siebensachen ein, verstaue dann meine Toilettsachen in meinem Trolley. Axel ist nun auch angezogen, hat seinen Kram bereits verpackt. Dann ist es still im Zimmer. Wir stehen uns gegenüber. Schon wieder steigt Wasser in meine Augen. Mann ey, wieso muss ich ständig knatschen? Ich Mädchen! Axel sieht mir in die Augen. Und auf einmal fällt auch auf sein Gesicht ein kleiner Schatten. „Mir wird auch schon weh ums Herz, Ilsa." Er zieht mich an sich. Eine Gesichtshälfte an seine Brust gepresst, höre und fühle ich seinen Herzschlag. „Ich vermisse dich jetzt schon" sagt er leise, die Lippen fast an meinem Ohr und ich bekomme Gänsehaut. „Gibst du mir Bescheid, wenn du zu Hause angekommen bist?" „Bist du sicher?" „Ja, natürlich, du hast doch meine Handynummer?" „Ja, schon..." Aber ich kann doch nicht einfach so einen verheirateten Mann anrufen der dann vielleicht gerade dabei ist, die Hausaufgaben seines Jüngsten zu kontrollieren oder die Post der letzten Tage zu öffnen, während sein Weib ihm Bericht erstattet, was während seiner Abwesenheit so innerfamiliär gelaufen ist. Oder?? Als hätte er Einblick in mein Hirn sagt Axel: „Mach dir keine Gedanken, du kannst mich anrufen. Oder möchtest du lieber schreiben?" „Ich melde mich schon irgendwie. Zur Not schicke ich dir ´ne Eule!" Wir nehmen ein kurzes Frühstück ein. Hunger habe ich eh keinen. Und das soll bei mir schon was heißen! Dann setzt Axel mich in ein Taxi, drückt dem Fahrer Geld in die Hand und beauftragt ihn, mich unbeschadet zum Hauptbahnhof zu chauffieren. Er selbst hat gleich noch einen Termin mit Kaii wegen des gemeinsamen Projekts, will die Zeit bis dahin aber noch zu einem Spaziergang an der Elbe nutzen. Das kann ich gut verstehen. „Bestell Onkel Kaii schöne Grüße" „Mache ich. Und du passt auf dich auf, versprich mir das!" „Ja, Papa!" Ich sitze im Fond des Wagens. Axel beugt sich noch einmal zu mir, nimmt mein

Gesicht zwischen seine Hände. „Ilsa... Ich... Du..." „Er, sie, es?" schaffe ich es noch, albern zu sein. Axel schüttelt leicht den Kopf. „Du bist wirklich unbezahlbar!" Und dann küssen wir uns noch einmal intensiv. (Der arme Taxichauffeur! Aber bestimmt hat der schon Schlimmeres erlebt.) „So, und jetzt Klappe zu und Affe tot!" rufe ich, denn ich will den Abschied nicht noch unnötig in die Länge ziehen. Außerdem habe ich wieder Knatschalarm. Axel macht zwei Schritte zurück. „Ahoi!" Ich knalle die Autotür zu. Das Taxi fährt an, wendet. Axel hebt die Hand, die andere steckt in seiner Jackentasche. Heute trägt er keinen Hut. Ist zu windig. Gerade wird sein Haar etwas aufgewirbelt. Ich winke kurz zurück. Er macht Kusshändchen, ich auch. „Ahoi" murmele ich, „Ahoi, mein Lieber, ahoi." Und dann suche ich nach einem Taschentuch.

And you let her go

In Düsseldorf ist alles beim Alten. Im Verlag herrscht reges Treiben, der Hyäne ist schlechter gelaunt than ever weil er Stress hat ohne Ende (und vielleicht auch, weil Katharina nicht mehr seiner Anrufe harrt?) und ich habe schreckliche Sehnsucht nach Axel.

Als ich zu Hause angekommen bin, schicke ich ihm eine Whatsapp mit entsprechendem Inhalt. Seine Antwort: „Dann bin ich beruhigt." Und dann schickt er noch Folgendes: „ *Only know your lover when you let her go...*" Meine Antwort: „ *And you let her go!!!* " Ich hoffe, dass er die Message versteht. Er soll sich nicht mehr melden und mir verliebte Nachrichten schicken, sondern sich darum kümmern, seine Beziehung und sein Familienleben wieder auf die Kette zu kriegen. Ich will das einfach nicht kaputt machen. Warum ich trotzdem nicht gezögert habe, eine Affaire oder wie man das nennen will mit ihm anzufangen? Herrgott, ich bin auch nur eine Frau! Und natürlich hab ich Drecksau etwas kaputt gemacht. Zu spät also für Reue. Ich fühle mich entsprechend beschissen. Zur Strafe.

Und dann besuche ich Oma. „Kink, wat biste dünn jeworde!" sagt sie zur Begrüßung. Ich umarme und küsse sie. „Das sagt mir die Richtige! Wieso isst du nichts mehr?" Auf dem Küchentisch steht noch ein kleiner Topf mit Suppe, von einer ihrer Nachbarinnen oder Freundinnen gekocht. Ich öffne den Deckel: noch über halb voll! Ich werfe meine Sachen ab und räume das benutzte Geschirr in die Spüle, lasse heißes Wasser einlaufen (Oma hat keine Spülmaschine) und gebe Spüli hinzu. „Kink, lass dat doch, ich wollt gleich noch wat esse! Dann kann ich de Teller doch noch ens nähme!" „Hä? Seit wann bist du denn SO drauf, Oma? Es muss doch sonst immer alles picobello sein?" Ich spüle alles weg. Oma kommt in die Küche geschlurft und setzt sich ächzend auf einen Stuhl. Ich trockne ab. „Ach, Ilsa, Ilsa, et is nix, wenn man alt wird!" Auf einmal spricht sie wieder fast Hochdeutsch. „Omchen, das wird schon wieder. So eine OP steckt man ja auch nicht so locker weg. Es ist doch klar, dass du dich

noch erholen musst." Ich trockne mir die Hände an einem uralten Frotteehandtuch ab und setze mich dann zu ihr. „Vielleicht brauchst du mal Luftveränderung? Die täte mir auch gut. Sollen wir nicht mal ein paar Tage an die See fahren? Nach Holland?" Ich lege meine Hand auf ihre. Sie etwas runzelig, aber zart und weich. „Ich weiß nicht. Ist das nicht noch zu anstrengend?" „Wieso? Wir nehmen ein nettes kleines Hotel, gehen am Strand spazieren, du sollst dich doch bewegen? und lungern an den Strandbuden herum. Oder gehen im Ort ein wenig bummeln und shoppen. Und natürlich essen wir noch Pommes mit Joppiesaus ohne Ende!" Oma wiegt zweifelnd den Kopf hin und her. Ich aber bin schon Feuer und Flamme von der Idee. Das wären zwei Fliegen mit einer Klappe: Ich hätte Zeit für und mit Oma und: Ich wäre wunderbar abgelenkt von meiner
(Doppel-) Axelgeschichte!" Oma lässt sich schließlich breitschlagen und ich suche sofort am nächsten Tag nach einem Hotelzimmer für uns zwei Hübschen. Zwischendurch arbeite ich weiter an meinem Buch, telefoniere mit Edith und Whatsappe, telefoniere und e-maile heftig mit Cosimo, der nun bald ins Rheinland emigrieren wird. Ich freu mich drauf! Axel Rosen meldet sich übrigens pünktlich am Mittwoch und will sich am Wochenende mit mir treffen. „Es tut mir wirklich leid", sage ich. „Aber ich fahre mit Oma Käthe an die See. Ich habe das Gefühl, dass sie mal ein bisschen Luftveränderung braucht!" (Und ich auch!) „Ach so…" ich höre, wie er tief einatmet und die Luft auspustet. Scheinbar ist er enttäuscht. „Aber danach können wir uns wirklich gerne treffen. Ich möchte ja auch wissen, was im Moment bei dir so los ist. Wie läuft es denn mit Melissa?" setze ich vorsichtig nach. Ich sehe förmlich, wie er sich mit einer Hand über die Stirn reibt und dann die Haare rauft. Das hat er früher schon gemacht. „Machst du wieder das Stirnreiben-Haareraufen?" Ich höre ihn leise lachen. „Woher weißt du das?" „Wir kennen uns schon ein paar Tage…" „Melissa und ich werden von einer Psychologin betreut, die auf solche Themen spezialisiert ist. Das ist alles beinhart, sage ich dir. Und

ich habe eine Scheißwut auf Beatrice. Aber das darf ich Melissa natürlich nicht spüren lassen." Er atmet wieder schwer durch sein Mobiltelefon. DAS glaube ich ihm sofort. An seiner Stelle würde ich der Ollen täglich ein reinhauen. Aber natürlich ist das zu primitiv. Spaß machen würde es dennoch! „Und was ist mit dem leiblichen Vater? Weiß man inzwischen wer das ist?" Und geht mich das eigentlich was an? Mist, vielleicht bin ich jetzt zu weit gegangen! „Der leibliche Vater ist ein zwanzig Jahre älterer Geschäftsfreund von Beas Vater." „NEIN!" „Doch!" Ich fasse es nicht. „Weiß er…?" „Ich habe ihr ein Ultimatum gesetzt, es ihm zu sagen. Wahrscheinlich ahnt er es aber seit Jahren. Wenn sie es ihm nicht bald mitteilt, stecke ich ihm das. Und seiner Gattin und seinen Kindern ebenfalls." „ Au weia! Ist das für das Kind nicht von Nachteil?" „Ach Ilsa, ich weiß es nicht. Ich weiß gar nichts mehr. Am liebsten würde ich die letzten sieben Jahre auslöschen und nochmal alles auf Anfang setzen." Ich kann es ihm nicht verdenken. „Lass uns mal in Ruhe quatschen wenn wir uns sehen", schlage ich ihm vor. „Ja, gerne. Sollen wir dann noch mal im Pfauengehege essen gehen?" „Ha, ha, sehr lustig!" Dann überlege ich kurz. „Wenn du Lust auf was Asiatisches hast: Es gibt ein nettes Lokal in Derendorf, *Ginger Boy* heißt das. Da kann man bei schönem Wetter auch draußen sitzen." „Klingt doch gut! Dienstag dann, so gegen halb acht? Ich komm´dich abholen?" „Yo, so machen wir´s." „Fein, bis dann, ich freu mich." „Ja, bis dann. Ich mich auch…" Wir legen auf.

Ich mich auch. Ich freue mich tatsächlich darauf. Der andere Axel hat meine Message offenbar richtig gedeutet und meldet sich nicht mehr. Gut so! Aber eigenlich finde ich das extrem traurig. Ich vermisse ihn wie verrückt. Frauen sind Wahnsinnige!

Ich muss noch zur Apotheke, Medikamente für Oma holen. Natürlich treffe ich hier auf Frau Schwarz, die sich neue Inkontinenzbinden, Alzheimer-Ex oder sonstwas kauft. „Guten Tag Ilsa! Wie geht es denn der Oma?" Neugierig beäugt sie die Dinge, die ich gerade erwerbe." „Guten Tag Frau Schwarz. Oma geht es prima. Wir reisen morgen nach Holland an die See, damit sie mal Luftveränderung hat." „Ist das denn nicht noch zu früh? Se konnt' doch noch nicht mal selbs koche?" *Also haben wir das für sie gemacht obwohl wir doch alle selbst genug zu tun haben und ihre Enkelin, also du, so ein Schlampe ist, die sie nie besuchen kommt geschweige denn für sie kocht.* „Nein, der Arzt ist damit einverstanden!" „Aha." „Darf es sonst noch was sein?" fragt die nette Apothekerin. Die Schwarz steht immer noch wie angetackert neben mir. „Und dir, geht es dir denn gut, so allein in so einer großen Stadt? Und ohne richtigen Beruf?" „Ähm, Düsseldorf hat gerade mal knapp 600.000 Einwohner, das ist bedeutend weniger als Mexiko City. Und Journalistin und freie Autorin stehen sehr wohl im „Richtige-Berufe-Register." Du altes, verknorpeltes, garstiges Weib! „Mir geht es richtig gut. Immer FEUCHT fröhlich! Haben Sie auch RATTENGIFT?" frage ich die Apothekersdame überlaut. Eine weitere Kundin, circa in meinem Alter, blickt erstaunt zu mir herüber. Sie scheint Frau Schwarz zu kennen. Ich blinzele ihr zu, sie grinst. „Ja, aber da ist man doch gar nicht ABGESICHERT? Nicht, dass de Oma nachher für dich aufkommen muss!?" Ich glaub es ja wohl nicht! Hat die jemand mit nem Kampfterrier gekreuzt oder warum lässt die nicht los? „Die Gefahr ist doch eher gering, Frau Schwarz." „Ja, meine Stefanie, die braucht sowas ja nicht. Obwohl die ja jetzt keine Beamtin mehr ist und auch nicht mehr arbeiten tut. Dat braucht die nit. Aber der Markus, der tut ja gut verdienen..." Ich bezahle meine Ware und strebe aus dem Laden. Aber die Schwarz lässt mich nicht. „VERDIENST du denn genug?" Die Apothekerin, die andere Kundin, deren kleiner Sohn, ein älterer Herr und zwei weitere Angestellte blicken mich erwartungsvoll an. „Verdienen kann man doch nie genug, Frau Schwarz, oder? Ach ja, Sie waren ja nie berufstätig." Die Schwarz holt Luft. „Aber zur Not kann ich ja zusätzlich immer noch Deutsch unterrichten, so wie früher." Ich stecke mein Portemonnaie in meine Tasche. „Das ist gerade hier in der ländlichen Umgebung auch mal ganz sinnvoll. Und wissen Sie, was ich meinen Schülern immer als erste

Regel beibringe?" „Nä." „Ficken, Fotze, Fahrrad schieben, alles wird mit F geschrieben! Ich wünsche Ihnen noch was, Frau Schwarz!" Und zur Apothekerin: „Tschüss!" Sie kann vor Lachen kaum antworten. Und Frau Schwarz versteht die Welt nicht mehr. Tja, gegen Dummheit, gepaart mit Humorlosigkeit, kann man kein Kraut in der Apotheke kaufen.

Bleibt alles anders

Das Wochenende mit Oma ist vor allem: entspannt. Endlich sind wir mal aus dem ganzen Alltagsgeschehen, den Provinzpossen, Jobstress undsoweiter raus. Oma hat natürlich schon längst spitzgekriegt, dass bei mir „irgendwas mit einem Mann los ist". Ich habe ihr nie von dem anderen Axel erzählt aber sie kennt mich eben doch mit am besten. Während der Strandspaziergänge oder beim sauteuren aber sauleckeren Eis und Kuchen im *Ijsvogel* erzähle ich ihr soviel wie ich glaube, ihr zumuten zu können. Das Wetter ist richtig gut und wir bekommen eine schöne braune Hauttönung. Ich liebe Domburg. Leider auch viele andere Touristen aus NRW, es wird immer voller. Ein Wunder, dass wir überhaupt noch ein Zimmer bekommen haben. Wir sitzen gerade gemütlich vor der Pommesbude und essen meine geliebten Pommes mit Joppiesaus, als mir auf einmal ganz schön blümerant zumute wird. Wir hatten gerade intensiv über die Axels gesprochen. Oma war eigentlich gar nicht so geschockt darüber, dass ich mich mit einem verheirateten Mann „poussiere". Oder poussiert habe. Denn es ist ja vorbei. „Aber bist du noch in ihn verliebt, oder?" fragt sie mich ungewohnt ernst und hochdeutsch. „Ja. Aber ich will nicht sein Leben kaputt machen. Und außerdem hätte ich gerne jemanden, der auch noch eine Familie gründen will. Ich denke, das ist bei ihm abgeschlossen, denn er hat ja schon diverse Kinder in diversen Altersstufen." Merkwürdig, ich kann mir Axel so gar nicht als Vater vorstellen. Und irgendwie möchte ich das auch nicht. „Und was ist mit deinem anderen Axel?" „Das ist nicht *mein* Axel!" Ich finde den Namen sowieso total bescheuert. Und dann werden auch noch zwei Männer in meinem Leben wichtig, die so heißen. „Ihr wart immer gut zusammen!" sagt Oma. Und mehr nicht. Aber das alles ist nicht der Grund dafür, dass mir auf ein Mal so übel wird. Schon gestern an der Fischbude wurde mir schlecht. Nach dem *Ijsvogel* ebenfalls. Noch nie habe ich mit dem Essen hier Maläste gehabt. Aber jetzt!

Ich stelle die Pommesschale abrupt neben mir ab, halte mir reflexartig die Hand vor den Mund und sprinte in die Bude, Richtung Toilette. Dort gebe ich alles, was ich bisher heute zu mir genommen habe, wieder von mir. Abends passiert das Gleiche nochmals. Dabei hatte ich so einen Appetit! Wo habe ich mir dieses doofe Virus denn eingefangen? Ich kann mir kein Kranksein erlauben. Tagsüber bin ich im Verlag, abends schreibe ich an meinem Buch. Inzwischen bin ich oft nur für drei Tage in der Redaktion und klopfe mehr Stunden. Dafür habe ich entsprechend die restliche Zeit frei. Schließlich habe ich ja auch nur einen Teilzeitvertrag und Hyäne hat nichts gegen Gleitzeit solange die Arbeit erledigt wird. Aber trotz der Übelkeiten ist es ein schöner Holland-Trip und Oma sieht viel erholter aus. Fröhlich winkend verabschiedet sie mich in Korschenbroich und ich düse wieder nach Hause. Dort bin ich dann wieder mitten im Geschehen. Die Übelkeit kommt und geht aber ich habe keine Lust, zum Arzt zu gehen. Magen-Darm-Infekte sind immer periodisch verbreitet, genauso wie Erkältungswellen. Was soll mir da ein Arztbesuch helfen? Am Dienstag sehe ich vom Fenster aus, wie Axel Rosen auf der anderen Straßenseite sein Automobil parkt. Er trägt eine gut sitzende Jeans (offenbar hat er sich endlich mal eine in einer Nummer kleiner gekauft), ein dunkelblaues Shirt lässig darüber und mal wieder irgendwelche Hummel oder Nike Turnschuhe. Gut sieht das aus. Unprätentiös und ansprechend, finde ich. Sein dichtes Haar ist kurz geschnitten und jetzt nimmt er die Sonnenbrille ab und schaut zu mir hinauf. Ich winke ihm zu und er strahlt einen kurzen Augenblick und seine Zähne blitzen. Er sieht echt gut aus. Ich denke, er hätte keine Probleme, eine attraktive Frau für die "Nach-Beatrice-Zeit" zu finden. Bei dem Gedanken wird mir ein wenig sonderlich zumute. Es klingelt und ich öffne ihm die Tür. „Hi!" „Ahoi! Komm ´rein!" Neugierig blickt er sich um. „Erwarte nicht zu viel", sage ich. „Alles sehr klein und beschaulich. Und alt."

Bald stehen wir auf meinem kleinen Balkon mit Blick auf den Hinterhof und weitere Hinterhofbalkons. „Ich find´s eigentlich ganz cool hier. Die Gegend ist doch auch so ein bisschen aufstrebend schick, oder?" „Ja, schon. Deshalb traue ich mich auch nicht, nach was Anderem zu schauen. Das ist alles unbezahlbar und hier wohne ich doch recht nah am Geschehen und zahle eine kleine Miete, weil ich noch einen alten Mietvetrag habe. Wenn´s hier mit Sanierungen losgeht, dann Gute Nacht, Marie! Düsseldorf boomt, du kennst doch die Preise jetzt hier. Wer soll sich das denn noch erlauben können?" Wir gehen inzwischen die Treppe hinunter. Ich trage ein dunkelblaues Knitterkleid aus dünnem Stoff, das ich mir in Holland gegönnt habe. Es reicht bis knapp zum Knie, kurz vor Schulterhöhe hat es ein paar silberne aufgestickte Sterne, einen halsfernen Ausschnitt, nicht zu stark dekolletiert. Um die Taille habe ich einen rustikalen Ledergürtel geschlungen, an den Füßen trage ich lederne Zehensandalen ohne die frau in dieser Saison nicht sein kann. „Du siehst übrigens gut aus!" sagt Röschen anerkennend und ich gebe das Kompliment zurück. „Tja, Dunkelblau steht eben jeder Sau!" „Na, danke!" „Oh, das meinte ich nicht…!" „Ist schon okay" gebe ich gespielt beleidigt zurück. Er hält mir die Autotür auf (!) und ich nehme auf dem Beifahrersitz Platz. Und auf der kurzen Fahrt lachen wir die ganze Zeit über Blau und Sau. Ja, für pupertären Mumpitz ist man eben nie zu alt! Im Ginger Boy geht das Gegacker weiter. Ich weiß gar nicht wieso, aber wir albern die ganze Zeit herum, lästern über alte Bekannte, Frau Schwarz in der Apotheke („Das hast du gesagt? Ich glaub es nicht!") und im Allgemeinen und über längst vergessen geglaubte Dinge aus der älteren Vergangenheit. Das Essen kommt und ich verspüre auf einmal keinen Appetit mehr. Vor mir steht eine dampfende Schüssel köstlichster Suppe mit Kokos, Gemüse und Gedöns aber ich will nichts essen. „Was ist los? Wieso isst du nichts?" „Ich habe keine Ahnung. In letzter Zeit habe ich ständig Probleme mit dem Essen. Oder eher gesagt, nach dem Essen. Übelkeit und so. Aber dass das jetzt schon vorher passiert…ich glaub ich muss doch mal zum Doc. „Seit wann hast du das denn?" „Hm… mal überlegen… Seit ich aus Hamburg zurückgekommen bin. Und da fing das auch schon an. So lange dauert doch kein Magen-Darm-Virus, oder? Oh, sorry, du isst grade." Axel ist da robust und isst munter weiter. Ich bestelle mir erst einmal eine Cola. „Das würde ich aber doch mal checken lassen, nicht, dass du was verschleppt hast." Nach der Cola geht es mir etwas besser und ich schaffe es tatsächlich, die Hälfte meiner Suppe zu essen. Eigentlich ist es eh zu warm für Suppe. Wir sitzen noch lange da und reden und schweigen. Meine Übelkeit ist fast weg, dafür kriege ich jetzt Unterleibsschmerzen. Au weia, kriege ich jetzt Periode? Aber ich hab noch gar nicht alle Pillen eingenommen? Erst übermorgen endet die Packung. Muss ich zu Hause mal checken. „Und wie geht es nun weiter mit dir?" frage ich ihn. Axel nimmt einen Schluck Wasser. „Ich hoffe gut! Ab September kann ich den Betrieb übernehmen, wenn ich die Prüfungen schaffe, und dann geht mal ordentlich die Post ab. Die Auftragsbücher sind ganz gut gefüllt, ich will ein bisschen frischen Wind in die Bude bringen, muss mich noch um den neuen Firmenwagen kümmern undsoweiterundsofort." Er trinkt wieder von seinem Wasser. „Da kommt noch einiges auf mich zu. Ich freue mich zwar darauf, aber ich habe auch ein bisschen Schiss. Ob ich das alles schaffe? Und die Kohle ist auch ganz schön knapp. Na ja, muss ich halt ordentlich reinhauen." „Kann ich euch noch etwas bringen?" steht die Bedienung auf einmal an unserem Tisch. „Ilsa?" „Nein danke." „Dann hätten wir gerne die Rechnung." „Und deine Wohnsituation?" „Ich bin derzeit ganz zufrieden unterm Dach bei Muttern. Hab da ein bisschen renoviert und für mich allein reicht es erstmal. Bin dann ja auch nah am Betrieb, hat schließlich auch Vorteile." Axel bezahlt. „Auf Dauer muss ich mir natürlich was überlegen, vielleicht gibt es ja `ne nette Wohnung oder ein kleines Haus in Korschenbroich." „Das heißt, dass du auf jeden Fall dauerhaft in Korschenbroich bleibst?" „Ja, klar, ich habe doch dann auch den Betrieb dort. Wäre doch Quatsch, dann woanders hinzuziehen?" „Da hast du Recht aber die Wohnsituation ist echt angespannt. Die verlangen mittlerweile Preise...Mein lieber Scholli!" „Ich ziehe erst um, wenn ich etwas wirklich Adäquates gefunden habe. Und ich bin ja auch kein Fremder im Ort. Unter der Hand kriegt man da immer mal was mit. Wer verkaufen will, wer auszieht, wer sich trennt - da wird schon irgendwas gehen. Zum Glück stehe ich ja nicht so unter Zeitdruck." „Und wer macht den Bürokram in der Firma?" „Zum Teil immer noch meine Mom, da bin ich ganz froh drum. Außerdem gibt es noch eine 450Euro- Kraft. Alleine würde ich das ja nicht auch noch schaffen."

Ich schweige. Wie genau er alles geplant hat, wie entschlossen er ist. Und ehrlich. Dass er auch ein wenig Angst hat. Und dass er genau weiß, wo er hingehört. Ich finde das schön. „Was denn, findest du mich jetzt wieder langweilig und spießig weil ich aus dem Kaff nicht rauskomme? Ich war beruflich schon öfters mal unterwegs und so. Aber ganz im Ernst: So sehr ist mir auch nicht daran gelegen, auf irgendwelchen Flughäfen herumzulungern oder im Stau nach Frankfurt zu stehen oder wer weiß wohin. Mal öfters verreisen, okay, da hätte ich noch das ein oder andere Wunschziel. Aber wohnen und arbeiten sollen jetzt mal in der Heimat bleiben." „Ich finde das gar nicht spießig! Gerade in diesen unsicheren Zeiten und der hardcore Globalität will man doch wissen, wo man hingehört. Ich verstehe das gut, auch wenn du mir das vielleicht nicht glaubst. Dieses atemlose durch die Weltgeschichte hecheln ist doch auf Dauer auch öd. Und anstrengend." Wir brechen auf. Im Auto will er wissen, was denn bei MIR so ansteht. Ich erzähle es ihm. „Uiuiui, da hast du dir aber auch einiges vorgenommen. Aber im Prinzip ist es doch jetzt auch so, wie du es dir gewünscht hast, oder?" „Na ja, so halbwegs. Bisher war ich immer freie Schreiberin, musste mir immer noch was dazu verdienen. Ein festes, wenn auch nur „halbes" Gehalt kommt da schon ganz gut. Aber eigentlich würde ich auf Dauer lieber nur Bücher schreiben. Journalismus ist ein hartes Brot. Der Konkurrenzkampf ist groß, unter den Schreiberlingen wie auch unter den Medien. – Gut, mit Bücherschreiben muss man auch verdammtes Glück haben um davon leben zu können und auch da ist die Konkurrenz heftig.- Die Zeiten sind verdammt hart geworden bei den Printmedien. Werbekunden springen ab, das Internet hat viel verändert. Du hast das alles ja bestimmt schonmal gehört oder gelesen. Und ich mag nicht mein Leben lang von der Hand in den Mund leben. Befristete Verträge, Teilzeitgedöns…. Im Moment geht das alles aber ich bin doch wieder auf etlichen Baustellen unterwegs und so langsam würde ich gerne mit meinem Schiff mal in einen ruhigen Hafen einlaufen und vor Anker gehen." Habe ich das jetzt wirklich gesagt? Offenbar schon. Jetzt ist klar: Ich werde alt. Oder ist das die vielbemühte Torschlusspanik? Hm… eigentlich nicht. Nur die Sehnsucht nach einem Zuhause.

Axel hat sich das alles still angehört. Wir sind inzwischen wieder in meiner Straße angekommen. Es ist schon recht ruhig, man hört fast nur die Geräusche des sich abkühlenden Motors. Wenn Axel erstaunt ist über das was ich sage, dann lässt er sich jedenfalls nichts anmerken. Kein blöder Spruch oder Kommentar. Dann schweigen wir beide. Es ist kein unangenehmes Schweigen. Nach einer ganzen Weile sagt er: „Tja, das Leben ist schon echt strange. Was alles passiert ist! Und dass wir beide noch einmal so zusammen sitzen. Dass du überhaupt wieder mit mir sprichst, Ilsa!"

Er wendet sich zu mir. „Kommunikation war ja noch nie ein Problem bei mir!" „Da hast du allerdings Recht!" Er lacht. „Deshalb habe ich mich ja auch nie getraut, dich anzugraben. Ich dachte immer, ich sei dir verbal nicht gewachsen." „Klar, du bist ja auch SO schüchtern und außerdem ein Häppchen doof!" „Im Ernst, ich habe mich das nicht getraut. Deshalb war ich meinem Opa extrem dankbar dafür, dass er damals den Job bei deiner Oma angenommen hat. Da konnte ich ja dann ganz unverfänglich meine Hilfe anbieten…" „Ich glaube, der hat schon geblickt, was ambach war!" Axel lacht wieder, ich auch. „Egal, der soll sich mal zurückhalten. Immerhin war es für ihn auch ein astreiner Vorwand um mal wieder mit *Käth* zu flirten." „Echt? Habe ich gar nicht bemerkt." „Du hattest ja auch nur Augen für mich." Stille. Dann gackern wir beide los. „Im Ernst jetzt" japse ich „hatten die beiden mal was?" Bin doch mal gespannt, ob de Omma auch ein paar dunkle Geheimnisse hat. „So genau weiß ich das gar nicht. Aber Opa hat schon immer für sie geschwärmt. Leider hat sie ihn wohl nie erhört oder so. Tja, schon wieder eine unerfüllte Liebe!" „Wieso schon wi..." will ich fragen aber dann kapiere ich es. „Na ja, so unerfüllt war das bei uns ja wohl nicht. Immerhin hatten wir uns mal!" „Ja, aber dann nicht mehr!" Wir halten wieder beide die Klappe. „Wir können das alles nicht mehr rückgängig machen, Axel" sage ich leise und starre durch die Windschutzscheibe auf die Straßenkulisse. Wieso regnet das denn jetzt? „Nein. Ich weiß." Ich bin auf einmal sehr müde. Der Abend war schön, es ist auch schön, in Axels Gegenwart zu sein. Aber ich bin jetzt echt kaputt und muss auch erst einmal mich und diverse Emotionen wieder fangen. Aber eins interessiert mich doch: „Du kannst doch nicht behaupten, dass du jetzt nie mehr eine Frau abkriegst, oder? Ich könnte mir schon vorstellen, dass dich die Mädels immer noch anglühen..." „Joa...vielleicht. Es gibt sogar eine in meinem Meisterkurs..." Hört hört! „Die ist ganz nett, sieht gut aus, ist aber eher so ein Kumpeltyp für mich. Und dann habe ich eine über Facebook kennengelernt." Ach was. „Und habt ihr euch auch schon mal live gesehen?" „Nicht direkt, wir haben mal geskypt. Wahrscheinlich treffen wir uns am Wochenende mal." Das muss ich jetzt merkwürdigerweise auch erst einmal verdauen. „Aha.Und dann hast du mich dazwischengeschoben?" „Hä? Wieso? Wir hatten doch Dienstag ausgemacht."

„Ja, eben." Ich weiß selbst nicht, wieso ich jetzt so blöd reagiere. „Das war zu dem Zeitpunkt doch noch gar nicht klar, dass ich sie mal treffe. Das hat sich jetzt überschnitten. Wolltest du denn am Wochenende was mit mir unternehmen??" „Nö, da kann ich gar nicht." „Na also." Na also, na also. Was will er von mir? Platzt wieder in mein Leben, wirbelt alles hoch und...ja was denn, und?" „Ich muss jetzt ins Bett!" „Okay...?" „Danke fürs Essen, schlaf gut!" Und dann steige ich energisch aus, knalle die Tür zu und laufe über die Straße zu meinem Palast. Aber vorher stolpere ich noch über eine Bordsteinkante und falle hin. Scheiße! Und weh tut es auch noch. Ich muss mich erst einmal aufrichten und sitzen bleiben. Mein Knie blutet und meine Tasche liegt ein paar Meter von mir entfernt. Axel kommt angelaufen. „Was machst du denn für Stunts? Hast du dir wehgetan?" „Ja-a!" Axel klaubt meine Tasche auf, nimmt mir den Schlüssel aus der Hand und hilft mir beim Aufstehen. Schließt die Tür auf und stützt mich beim Treppensteigen. Ich komme mir vor wie die beknackteste Ische der Welt! Voll peinlich mal wieder, Eul! Aber dat kannste ja! In Peinlich immer 'ne Eins! In meinem Habitat angekommen, knipse ich die Beleuchtung an und humpele ins Bad. Das Knie ist verschmutzt, das Blut tropft. Axel kommt mir nach und fragt nach einem Waschlappen und Pflaster, reinigt vorsichtig die Umgebung um die Wunde herum und klebt dann ein großes Pflaster darauf. „Lass da morgen mal Luft dran!" Ich nicke nur und humpele vor ihm in die Küche. „Willst du noch 'nen Kaffee?" Er überlegt kurz. „Ja, okay, wieso nicht?" Später sitze ich auf meiner Couch, Axel im Sessel davor. Ich nippe an der Koffeinbrühe. Die beiden Leuchten auf der Fensterbank verteilen einen matten Schein im Zimmer. „Tut mir Leid, dass ich eben so blöd war. Das war wirklich bescheuert!" „Schon gut", winkt er ab. „Was macht dein Knie?" „Schmerzt und brennt lustig vor sich hin. Damit komme ich diese Nacht bestimmt noch ans Liegen." Er stellt seine Tasse ab und kommt zu mir herüber. Inspiziert das Knie, obwohl ja ein Pflaster drauf ist und streichelt tröstend mein Bein. Seine Hände sind warm und immer noch so schön wie damals. Seine gebräunten Unterarme sind so, wie Männerunterarme sein müssen, muskulös aber nicht zu übertrieben muskulös. Dünne Unterarme bei Männern gehen gar nicht! Der Rest des Arms sieht auch nicht so übel aus. Sein Bizeps spannt den Ärmel des Shirts je nach Bewegung ein bsschen. Aber auch nicht zu übertrieben. Er verströmt wieder diesen natürlich-frischen Axelduft mit einem warmen Hauch eines sehr angenehmen Eau de Toilettes. Sein dichtes, kurzes Haar steht wie immer partienweise störrisch vom Kopf ab. Ich habe es immer geliebt, mit allen zehn Fingern hindurchzufahren. Ob es sich noch so anfühlt wie früher?

Vorsichtig nähert sich meine Hand seinem Kopf. In diesem Moment blickt er auf und stößt seine Stirn an meiner Hand. Ich ziehe sie schnell zurück. „Oh, sorry." „Wofür?" fragt er leise. „Ich wollte nur mal… fühlen." „Was fühlen?" „Ob sich deine Haare noch so anfassen wie früher." „Dann mach doch!" Er neigt den Kopf etwas. Zögerlich bewege ich meine Hand in Richtung seines braunen Haars, das erste Spuren von Grau aufweist. Ich lege die Hand vorsichtig und ganz leicht darauf. Dann bewege ich sie ein wenig gegen den Strich der Wuchsrichtung und spüre die leicht pieksenden Spitzen. Jetzt spreize ich die Finger ein wenig und fahre durch die Haarwirbel, spüre seine Kopfhaut. Es ist wie damals. „Und, erkennst du mich jetzt nach der Haaranalyse wieder?" Langsam hebt er den Kopf, ich streiche mit meiner Hand sachte an seiner Wange entlang. Ist das alte Gewohnheit? Wollte ich nur nicht zu abrupt meine Hand wegreißen? Jedenfalls wird gerade unser Restkaffee kalt und uns wird heiß. Zumindest ist mir etwas warm geworden. Axel wendet seinen Kopf ein wenig, sein Mund nähert sich meiner Handinnenfläche. Er küsst sie, schließt die Augen. Mein Puls rast, mein Knie tut weh und alles dreht sich ein bisschen. Was ist das hier? Axel hat die Augen wieder geöffnet und sieht mich direkt an. Bernsteinfarbener Blick. Karamell und Bitterschokolade. Dunkle Wimpern, dichte Brauen. Ich habe diese Augen so oft und so lange vermisst. „Ich hätte dich an deiner Haut sofort wiedererkannt. Immer noch soft and smooth!" Er grinst und wird dann sofort wieder ernst. „Küsst du auch noch so gut wie damals?" „Keine Ahnung, kann ich ja selbst nicht überprüfen." Albern, das Ganze. Aber es macht Spaß. „Möchtest du einen objektiven Test?" Möchte ich das? Allerdings! Ich rücke ein wenig näher und halte ihm provozierend meine Lippen entgegen. „Dann trau dich doch!" Ich will es frech sagen aber meine Stimme versagt etwas. Ich muss mich räuspern. Wir verharren, die Münder ganz nah gegenüber. Ich spüre im ganzen Körper ein Kribbeln. Und dann küsse ich ihn. Und natürlich küsst er zurück. Meine Hände erst auf seinen Händen, dann die Unterarme hinauf und weiter, bis meine Finger knapp unter seinem Ärmel ankommen. Er hat eine Hand immer noch an meinem Bein und streicht langsam den Oberschenkel hinauf. Er küsst ganz anders als der „andere" Axel, schießt es mir durch den Kopf. Irgendwie ungestümer, feuchter, fester... aber auf jeden Fall genauso leidenschaftlich. Ich muss Luft holen. Dann fahre ich mit der Zunge seine Oberlippe entlang, bewege sie langsam zwischen seine Lippen. Er atmet heftiger. Kein Wunder. Mir geht es genauso. Dann legt er beide Hände sacht auf mein Gesicht, über meine Augen, lässt eine Öffnung am Mund, wir bleiben sozusagen im Kuss vereint. Ich muss mich anders hinsetzen, oder, besser gesagt, halb hinlegen, meine Beine schlafen ein. Langsam sinken wir in eine halbliegende Position, Axel fast zur Hälfte auf mir. Ich habe meine Sofakissen im Rücken. Wir küssen weiter. Und dann: Wird mir wieder übel. Von jetzt auf gleich steigt alles in mir hoch, ich stoße ihn von mir, springe unbeholfen auf und rase ins Bad. Über das Waschbecken gebeugt speie ich alle Lebensmittel der vergangenen Stunden wieder aus. Zeit, mich vor das Klo zu knien, hatte ich nicht mehr. Wäre mit meinem Knie auch schwierig geworden. „Ilsa, was ist los? Kann ich dir helfen?" Bloß das nicht! Im Bad riecht es säuerlich, ein Blick in den Spiegel verrät mir, dass ich so aussehe wie ich mich fühle, ich muss das Becken und mich noch säubern. Nee, da bin doch lieber allein. „Alles okay, ich komm sofort!" „Sicher?" „Ja, ja, keine Sorge!" Ich höre, wie er zurück ins Wohnzimmer geht. Nachdem ich mir die Zähne geputzt und das Waschbecken gesäubert habe, glätte ich mein Haar mit den Fingern und verlasse das Bad. Axel sitzt etwas zusammengesunken auf der Couch und springt auf, als er mich sieht. „Was ist denn los, Kleines?" KLEINES! „Ich weiß es wirklich nicht, mir wurde wieder so übel." Ich lasse mich auf die Couch fallen. Er setzt sich neben mich und schaut mich besorgt an. Sachte streichelt er meine Arme, dann zieht er mich an sich und hält mich einfach nur fest. Die Stimmung von eben ist verflogen. Aber so ist es auch schön. Axel küsst meine Stirn. „Ich fahre dann jetzt mal." „Okay."

Ich bringe ihn zur Tür, öffne sie. Schon halb im Hausflur stehend fragt er: „Meinst du, wir sehen uns wieder?" „Ich denke schon." „Auch ...so?" Eine warme Welle durchflutet meinen Körper. Ich weiß nicht, wieso das passiert ist, ob ich auf einmal in zwei Männer verliebt bin oder was überhaupt diese ganzen Axelgeschichten sollen. Aber das gerade eben war schön. Schön. Schön. Alles Weitere dann morgen auf Tara! Axel steht immer noch da, das Flurlicht ist wieder ausgegangen. Mietshäuser! Ich komme ihm ganz nah. Und dann küssen wir uns noch einmal. „Ich fahre jetzt einfach erst mal. Schlaf schön." „Du auch, komm gut nach Hause!" Er steht immer noch da. „Das war mit Abstand der schönste Abend seit sieben Jahren!" Und dann springt er die Treppe hinunter und ich höre die Haustür schlagen und bald darauf ein Auto starten und wegfahren. Und ich weiß zwei Dinge: Erstens: Ich muss zum Arzt. Zweitens: ich hege noch einige Gefühle für Axel Rosen. Noch einige viele! Vielleicht sollte ich auch deshalb mal zum Arzt. Aber mehr zu so einem Kopfspezialisten...

Upside down

Der nächste Morgen ist kein Zuckerschlecken. Mir ist wieder übel, mein Knie schmerzt noch und ich weiß nicht, wo mir Kopf und Herz bzw. Gefühl stehen. Ich lasse mir einen Termin bei meiner Gynäkologin, Frau Knaup, geben. Bis zum Wochenende hangele ich mich so durch. Meine Pillen sind alle geschluckt aber die Periode beibt aus, Übelkeit und Unterleibsschmerzen bleiben. Schwanger kann ich ja nicht sein, wozu wäre die Pille sonst erfunden worden? Ist bestimmt eine Eierstockentzündung und eine verzögerte Regelblutung infolge von Stress oder eben der Entzündung. Oder ich habe Myome, kann ja auch sein. Frau Knaup wird mir nächste Woche mehr sagen können. Und so setze ich mich Mittwoch am späten Nachmittag in mein asiatisches Automobil und fahre gen Korschenbroich. Bei Oma angekommen übernehme ich nach einem Tässchen Kaffee erst einmal den Einkauf. Gerade als ich bei *dm* kritisch vor dem Nagellacksortiment stehe (ich sage nur: *Robert Redford´s waiting...*) spüre ich, wie ich von der Seite beobachtet werde. Ich rücke näher ans Regälchen damit die Kundin passieren kann. Sie aber bleibt stehen. Okay, gehe ich halt noch ein bissle an Seite, vielleicht sucht sie ja auch DIE ultimative Nagellackfarbe. Aber vielleicht muss man da doch eher zu *Douglas*... „Hallo Ilsa." sagt die Kundin, die nicht vorbeigehen will. Die Stimme ist etwas heiser aber irgendwie kommt sie mir bekannt vor. Ich blicke auf und: sehe Beatrice Hastenrath-Rosen vor mir. Na, toll, die hat mir jetzt grade noch gefehlt! Und wieso quatscht mich dieses Kuckucksweibchen an? So hebe ich statt einer Antwort nur die Augenbrauen. „Entschuldige bitte, wenn ich dich einfach so anspreche...aber...hättest du vielleicht kurz Zeit für mich? Ich würde gerne mit dir reden. Also, nur wenn es nicht ganz ungelegen kommt." Moment, da muss ich erst Fräulein Schick anrufen ob noch weitere Termine anliegen und ob sie das Dinner mit Frau Merkel doch noch kurz verschieben kann. „Hier?" sage ich stattdessen. „Nein, natürlich nicht! Vielleicht im Eiscafé, wenn du hier fertig bist?" Ich habe keinen Bock, mit der Trulla zu reden. Und ein bisschen nervös bin ich, zugegebenermaßen auch. Aber: Ich bin schrecklich neugierig, das ist mein Schicksal! Außerdem sieht sie jetzt ganz harmlos aus, etwas abgemagert, mit Ringen unter den Augen. So als ob nur ihr Make up und ihre hochpreisige Garderobe sie zusammenhielten. „Ich komme da hin, so in einer halben Stunde." „Danke Ilsa, das ist sehr nett von dir." Ja, ja, Gott vergelt´s, kriech mir doch in den Po, nein, überweise lieber ein paar Tausender auf mein Konto. Die Kontonummer ist… „Bis später dann" sage ich cool und herablassend und komme mir schrecklich beknackt vor. Was für eine Situation! Ich lasse Nagellack Nagellack sein und strebe zur Kasse. Dann noch flott zum Edeka und hurtig die Einkäufe bei Oma abgeladen. „Stell dir vor, wer mich grade schief von der Seite angequatscht hat." „Frau Schwarz!" tippt Oma. „Nein, ausnahmsweise mal nicht!" „Mhm…dein alter Lehrer, der Herr Wimmersbach, der fragt immer nach dir." Au weia. „Nee, der auch nicht!" „Dann weiß ich et nit!" „Beatrice Hastenrath! Also, Hastenrath-Rosen!" „Nee, wat wollt´die dann von dich?" dialektiert Oma. „Weiß ich ja auch nicht! Wir treffen uns jetzt gleich im Eiscafé." „Ja jetzt bin ich äwwer platt. Die weiß bestimmt, dat de dich mit dem Axel jetroffen hast." „Woher weißt DU das denn?" „Is doch ejal. Jetzt jeh ens, dann wissen wir danach mehr!" Recht hat sie. Also lasse ich sie die Einkäufe verstauen und gehe in den Ort zum Eiscafé an der Kirche. Draußen sind ein paar Tische besetzt, nicht so viele wie bei richtig schönem Wetter, heute ist es bedeckt und etwas kühl. Ich betrete den Innenraum. Und da sitzt Axels Noch-Ehefrau und winkt mir kurz zu, um auf sich aufmerksam zu machen. Ich gehe an der Theke vorbei den schmalen Gang entlang und setze mich zu ihr an ein kleines Tischchen.

Alsbald kommt die Bedienung herbei und ich bestelle einen Espresso macchiato. Beatrice nimmt eine Latte. Typisches Mädchengesöff! „Danke, dass du gekommen bist, Ilsa. Ich wollte schon die ganze letzte Zeit mit dir reden aber ich wusste nicht, wie ich Kontakt zu dir aufnehmen

sollte. Und Axel konnte ich natürlich auch nicht fragen. Außerdem sehe ich ihn ja auch nicht mehr." Unsere Getränke werden an den Tisch gebracht. Ich rühre Zucker in meinen Espresso. „Und was möchtest du nun von mir?" „Ich möchte nichts von dir. Ich wollte...ich möchte...ich möchte mich in erster Linie entschuldigen." Ist ja ein Hammer! Ich nippe an meinem Tässchen. Ach ja, wie mag es den Chens gehen? „Ich habe alles kaputt gemacht. Alles. Ich habe Axel und dich auseinandergebracht. Ich habe ihn und Melissa belogen. Und meine ganze Familie. Ich habe allen wehgetan. Das ist nicht zu entschuldigen, ich weiß. Aber ich kann es nicht mehr rückgängig machen." Sie spielt mit ihrem Latteglas, trinkt aber nicht davon. Ihre Hände sind kräftiger als meine, sie trägt dunkelroten Nagellack. Das kann Axel unmöglich gefallen haben. Ihr Haar ist sorgfältig frisiert, wirkt aber dennoch stumpf, ihre braunen Augen sind ohne Glanz, der Lippenstift passt nicht zum Nagellack. Teure Uhr am Handgelenk (bestimmt ein Geschenk von Papa), ein Labelshirt unter einem beigen Blazer, eine teure aber ein wenig uncoole Jeans. So sitzt sie vor mir und ich mag sie nicht. Aber ich hasse sie auch nicht mehr. Sie hat alles riskiert und alles verloren. Na ja, nicht ganz alles, ich denke mal, finanziell werden Mama und Papa immer noch für sie da sein. Aber tauschen möchte ich auf keinen Fall mit ihr. Dann lieber für Hyäne buckeln und ein biliges Auto fahren. „Ich weiß, wie sehr du gelitten hast. Ich erwarte auch nicht, dass du mir verzeihst. Aber ich wollte das einfach endlich mal mit dir besprechen." „Und warum jetzt?" „Weil ich vorher nicht dazu in der Lage war. Ich dachte, ich könnte alles noch irgendwie retten. Lächerlich, ich weiß!" „Dein Latte wird kalt."
„Ich mag eigentlich sowieso nichts. Möchtest du noch etwas trinken?" „Nein." „Du hast Axel sicherlich schon gesprochen oder gesehen. Ich wusste, dass du die Erste sein würdest, die von der ganzen Sache erfährt." „Wieso? Er hat doch noch Familie und Freunde." „Er wäre immer zuerst zu dir gekommen. Und selbst wenn er nicht erfahren hätte dass..." Sie bricht ab. „...dass er nicht der Vater dei-

ner Tochter ist" ergänze ich. „Auch dann hätte er wieder den Kontakt zu dir gesucht. Wir haben uns seit Jahren nichts mehr zu sagen. Geschweige denn was Anderes. Er hat mich nie geliebt." „Du ihn denn?" Sie atmet tief ein und blickt auf die Platte des kleinen runden Tischleins. „Ich wollte ihn. Ich wollte ihn schon länger aber er hat mich immer ignoriert. Und als wir dann zusammen waren, war ich schon veliebt in ihn aber er hat mich nicht an sich herangelassen. Also, gefühlsmäßig. Melissa war der einzige Grund für unsere Ehe." „Ich weiß." Die Bedienung fragt unsere weiteren Wünsche ab. „Ich hätte, glaube ich, gerne einen Ramazotti auf Eis mit Zitrone. Nein, bringen Sie bitte zwei." Ich vermute, Beatrice kann auch einen vertragen. Hier hilft so eine koffeinhaltige Schlabbermilch nicht weiter! „Aber du hattest doch offenbar eine... Affaire? mit Melissas Erzeuger. Warum hat der dann keine Rolle mehr gespielt?" „Melissas "Erzeuger" ist ein alter Geschäftsfreund meines Vaters. Er war des Öfteren bei uns zu Hause zu Besuch, sogar mit seiner Frau. Trotzdem hat er bei solchen Anlässen, irgendwelche Essen oder Partys die meine Eltern veranstaltet haben, immer so ein bisschen mit mir geflirtet. Ich habe mich geschmeichelt gefühlt. Immerhin ist er fast zwanzig Jahre älter als ich und ein gestandener und erfolgreicher Mann. Ich habe ihm schöne Augen gemacht. Ich war halt auch noch ziemlich jung und leider auch dumm."

Der Ramazotti kommt und wir trinken beide einen Schluck. „Ah... der tut jetzt gut" sagt Beatrice. „Und dann kam es irgendwann zum Äußersten?" frage ich. Obwohl ich dazu bestimmt kein Recht habe. Egal. „Ja, wir trafen uns irgendwann mehr oder weniger zufällig am Rande eines Golfturniers an dem meine ganze Famile teilnahm. Er meinte, er könne bestimmt noch etwas von mir lernen und ob wir nicht mal eine Partie zu zweit spielen sollten. Das haben wir dann kurz danach getan und dann kam eins zum anderen. Ich habe ihn richtig angeschwärmt und war auch verliebt in ihn. Aber für ihn war ich nur eine nette kleine Episode." Sie trinkt wieder einen Schluck. „Hast du denn geglaubt, er würde seine Frau deinetwegen

verlassen?" „Tja, irgendwie schon. Ganz schön naiv, o-
der?" Ich nicke. Bisher ist die ganze Story sehr klischeebehaftet. Aber wie gesagt, irgendwoher müssen solche
Klischees ja kommen. „Aber wenn man verliebt ist, oder
glaubt, es zu sein, dann kann man eben nicht mehr klar
denken" fährt Beatrice fort. „Tja, und irgendwann war ich
dann schwanger und habe es ihm sofort mitgeteilt." Sie
schweigt und hat auf einmal Tränen in den Augen. Ich
reiche ihr ein Tempo. Tja-a, ich bin jetzt immer gut gerüs-
tet! Zumindest Taschentuch-mäßig. „Danke." Beatrice
tupft an ihren Augen herum und schnaubt dann in das
Papiertaschentuch. „Warum hast du nicht verhütet?" frage
ich wieder kess. „Ich konnte die Pille nicht gut vetragen.
Am Anfang haben wir Kondome benutzt, dann mit Tempe-
raturmessen verhütet, mit "Aufpassen"..." „Sowas muss
ja in die Hose gehen" brumme ich. „Ja, leider. Obwohl ich
Melissa natürlich trotz allem nicht missen möchte. Melissa
liebe ich wirklich. Und sie ist der einzige Mensch, der mich
wirklich liebt." Hä? „Und deine Eltern?" „Die lieben nur
meinen erfolgreichen Bruder. Man kann auch sagen, sie
achten ihn. Ich bin nichts und niemand. Zumindest für
meinen Vater. Ich habe ja noch nicht einmal eine richtige
Ausbildung!" „Dann hätte er dich auch nicht wie eine Prinzessin erziehen sollen." „Stimmt, aber er hat wohl immer
gedacht, dass er mich einfach nur gut verheiraten muss.
Voll altmodisch, oder?" „Und was ist nun mit dem Kindsvater?" „Der hat sich ganz schnell davongemacht. Er wollte mit dem Kind nichts zu tun haben, entweder sollte ich
es abtreiben oder, wenn ich es behielte würde er es nie
anerkennen." „Schon mal was von Vaterschaftstests gehört?" „Dazu hätte ich ihn niemals zwingen können. Und
ich habe mich auch nicht getraut. Ich glaube, meine Eltern hätten mich umgebracht! So ein Skandal!" Das
scheinen ja wirklich liebe Menschen zu sein! Gut, meine
Erzeugerschaft war auch ein Reinfall, aber anders. „Und
dann?" „Und dann wusste ich nicht mehr weiter. Ich habe
mich auch nicht getraut, das Kind abtreiben zu lassen.
Außerdem wollte ich das auch nicht. Ich bin katholisch.
Ich weiß, es mag altmodisch klingen aber das konnte ich

nicht mit meinem Glauben vereinbaren." „Ähm... aber Ehebruch darf man doch auch nicht begehen...?" Sie seufzt. „Ja, du hast Recht. Aber das habe ich damals nicht so gesehen." „Und da hast du dir gedacht, du suchst dir einfach einen passenden Ersatzvater!" „Geplant habe ich das nicht! Ich wusste gar nichts mehr. Zu *Unges Pengste* hatte ich mich dann mit Freunden im Zelt verabredet. Trotz der Schwangerschaft habe ich an dem Abend sehr viel getrunken, ich hatte später ein megaschlechtes Gewissen." (Man sagt nicht mehr mega!) „Aber an dem Abend war mir alles egal. Ich habe Axel gesehen, ohne dich und heftig trinkend. Da konnte ich mir einiges zusammenreimen. Na ja, und den Rest kennst du ja inzwischen, denke ich." „Ja." Sie nimmt einen letzten Schluck Ramazotti. „Und wie geht es nun weiter mit dir und Melissa?" „Ich bleibe noch bis Ende des Jahres im Haus wohnen. Dann ziehen wir in eine Wohnung. Ich habe vor, eine Ausbildung zu machen, vielleicht als Immobilienkauffrau oder Hausverwalterin oder so, ich weiß noch nicht genau. Meine Eltern haben ja mehrere Häuser. Mir würde das aber generell Spaß machen. Und ich will nicht länger von meinem Vater anbhängig sein." Das kann ich gut verstehen! „Und? Verlangst du denn jetzt einen Vaterschaftstest?" „Ich habe Albert, so heißt Melissas biologischer Vater, bereits einen Besuch abgestattet." Alle Achtung, hier war jemand mutig! „Da hat er sich sicher gefreut." „Und wie! Ich habe ihn in seiner Firma besucht, unangemeldet. Natürlich hat er behauptet, wenig Zeit zu haben, das war mir aber sowas von egal. Ich habe gesagt, wenn er keinen Skandal will, soll er mir gefälligst ein paar Minuten seiner kostbaren Zeit schenken. Das hat ihn irritiert." „Und dann?" „Und dann habe ich ihm ein Bild von Melissa gezeigt, sie sieht ihm sogar ähnlich! Ich sagte ihm, dass dies auch seine Tochter sei und ich zur Not auch eine Vaterschaftsklage gegen ihn erheben werde wenn er sich nicht langsam mal mit dem Thema beschäftigt. Möchtest du auch noch einen?" „Was? Vaterschaftstest? Ach so, Ramazotti. Ach ja, warum nicht." „Noch zwei bitte!" ruft sie dem Kellner zu. „Und er sagte was...?" „Er wollte mich abwimmeln und seine Anwälte einschalten und ich solle das doch ersteinmal beweisen und an meine Eltern denken, was ich ihnen da antue blabla.Ich habe dann gesagt, dass ich in erster Linie an meine Tochter denke und daran, was seine Frau und seine anderen Kinder wohl so davon halten könnten, dass es Melissa gibt." „Und dann meinte er, du wolltest ihn erpressen!" Die Ramazottis kommen, der Kellner räumt unser Leergut ab. „Wollte ich ja auch", sagt Beatrice ungerührt. „Ich hatte nichts mehr zu verlieren. Axel habe ich nie wirklich gehabt, meinen Eltern war ich eh immer gleichgültig...ich wollte noch nicht einmal Rache, sondern Gerechtigkeit. Und vielleicht auch ein bisschen..." „Genugtuung?" „Ja, so könnte man das nennen. Liebst du Axel auch noch?" fragt sie dann abrupt. Ich habe gerade von meinem Ramazotti genippt und muss ein wenig husten. „Wieso auch? Und noch?" „Na, er hat DICH immer geliebt. Das wollte ich nicht wahrhaben aber irgendwann wusste ich, dass sich das nie ändern würde." Sie blickt nachdenklich aus dem Fenster. Ich frage mich, wie lange wir hier eigentlich schon sitzen. „Ihr zwei habt immer zusammengepasst wie Topf und Deckel. Ich war so eifersüchtig auf dich! Axel hat trotzdem immer ein Foto von euch beiden in seinem Portemonnaie gehabt. Ich habe ihm mal eine Riesenszene deswegen hingelegt aber da ist er knallhart geblieben. Recht hatte er!" „Was denn für ein Foto??" „Ich glaube da seid auf irgendeinem Geburtstag und jemand hat so ein Foto von den ankommenden Partygästen gemacht." „Ach das! Ja, das war eins der wenigen gelungen von uns zweien. Ich bin schrecklich unfotogen." Aber das tut hier nichts zur Sache! Schau an, das hat er die ganze Zeit bei sich getragen. Wie romantisch! Mir wird ganz warm ums Herz. Und wieder ein wenig übel. Aber zurück zum Thema: „Und was hat die Knalltüte Albert nun schlussendlich gesagt oder getan?" „Die Knalltüte Albert hat doch irgendwann um seinen Ruf und seine Ehe und alles gefürchtet und mich gefragt, was ich nun von ihm erwarte, ob ich Geld für Melissa will, Unterhalt sozusagen und da könnte man sich doch sicher einigen. Ich sagte ihm, dass es Melissa an nichts fehlt, außer an einem Vater, der er ja nicht sein will. Und dann sagte ich ihm, dass Melissa den besten Vater gehabt habe statt ihm, dass dieser aber nun aus verständlichen Gründen sein eigenes Leben leben will." Sie hat wieder Tränen in den Augen. „Und für dieses Leben braucht er Geld", habe ich zu Albert gesagt. „Und ich will, dass du ihm quasi als Wiedergutmachung für alles, was er für Melissa finanziell oder als Vater, Vaterersatz, getan hat, einen angemessenen Betrag zukommen lässt. Und zwar ganz diskret, er soll nicht wissen von wem das Geld stammt. Nach einigem Hin und Her hat er eingewilligt. Ich lasse ihn in Ruhe und stelle keine weiteren Forderungen und er überweist die Summe auf ein Konto, auf das Axel Zugriff bekommt." „Und von welcher Summe reden wir da?" „Hundertfünfzigtausend Euro. Davon sollen mindestens fünfundsiebzig für Axel sein, den Rest möchte ich gerne für Melissa anlegen." „Wow!" „Wenn man bedenkt, wieviel ein Kind bis zum Ende seiner Ausbildung kostet, dann ist das auf keinen Fall zu viel. Er bezahlt keine Urlaube für Melissa, keine neuen Schuhe, Musikunterricht und und und. „Also, für fünfundsiebzigtausend Euro kann man aber ganz schön viel Musik machen...und Schuhe kaufen!" „Ich hätte noch eine Bitte an dich, Ilsa." „Und die wäre?" „Sorge dafür, dass Axel das Geld wirklich nimmt und auch nutzt. Er wird ja für seine Firma auch das ein oder andere brauchen." „Wenn der nicht will, dann will er nicht. Und warum sollte gerade ich..." „Auf dich wird er hören. Du hast den größten Einfluss auf ihn." Aha. Nice to know. Wir zahlen dann zeitnah: „Du bist natürlich eingeladen, Ilsa" und brechen dann auf. Zum Abschied gibt mir Beatrice fest die Hand. „Du und Axel, ihr gehört zusammen. Lass ihn nicht noch einmal gehen." Und dann umarmt sie mich kurz und heftig, dreht sich abrupt um und verschwindet von der Bildfläche.

Das Leben ist schon eines der seltsamsten.

Was der nächste Tag erneut unter Beweis stellt. Um 8:45 Uhr habe ich meinen Termin bei Frau Dr. Knaup. Natürlich muss ich armes Kassenpatientenschwein trotzdem „noch im Wartezimmer Platz nehmen", wie es so schön heißt.

Dort liegt zu meiner inneren Freude die *OVATION* aus - mit meinem Axel Wegner Porträt! Ein wenig stolz bin ich schon darauf. Ich blättere sie kurz durch obwohl ich natürlich schon ein Exemplar in den Händen bzw. vor Augen hatte. Aber hier, in einer *fremden* Umgebung ist das ja irgendwie noch mal was anderes. Eine weitere Patientin betritt das Wartezimmer, wir grüßen jeweils freundlich und sie lässt sich schwerfällig, da hochschwanger, auf einen Stuhl plumpsen. Dann greift sie nach der OVATION, liest sich durchs Inhaltsverzeichnis und: blättert sofort zum Axel-Porträt! Wenn ich das Mittelweg erzähle, dann MUSS er mein Salär erhöhen! Bevor ich diesen Gedankengang weiterspinnen kann, werde ich aufgerufen. Ich schildere Frau Knaup meine Maläste. Sie bittet mich auf den grauenhaften Stuhl, fummelt am anderen Ende von mir herum und stellt währenddessen ein paar Fragen: Seit wann, in welchen Abständen auftretend? Ist Ihnen auch übel?" „Allerdings, ich habe irgend so ein Magen-Darm-Virus verschleppt. Vielleicht habe ich ja einen Reizdarm! Aber das ist ja dann nicht ihre Baustelle, oder?" „Das werden wir dann sehen, Frau Eul. Können Sie mir ein bisschen Urin in diesen Becher geben?" „Pipi kann ich auf Kommando!" „Na, dann, nix wie los!" sagt sie lachend. Kurze Zeit später sitzen wir noch plaudernd beisammen, meinen Urin gibt sie mittels einer Pipette auf ein viereckiges Plasteteil. „Und, was fehlt mir jetzt?" „Tja, FEHLEN tut Ihnen in dem Sinne nichts…"
„Und wieso habe ich dann ständig Maläste?"
„Sie sind schwanger, Frau Eul!"

Upside down II

Wie in Trance gehe ich langsam Richtung Omas Häuschen. Schwanger! Trotz Pille! Das KANN gar nicht sein! Und mir geschieht es trotzdem! Und zwar deshalb, weil ich zwischendurch diesen Magen-Darm-Infekt hatte, seinerzeit in Hamburg. Da hat die Pille dann leider ihre Wirkung verloren. Und ich hatte ungeschützen Geschlechtsverkehr (grausiger Ausdruck!) mit Axel Wegner. Und jetzt habe ich mir zwar keine todbringende Krankheit aber einen Fötus eingefangen. Das Pünktchen in meinem Unterleib ist noch winzig, Frau Knaup hat noch einen Ultraschall gemacht. Ich habe mich kaum getraut, dorthin zu schauen. Also, auf den Bildschirm. „Ist das jetzt eine schlechte Nachricht für Sie?" Ich sehe wohl ziemlich geschockt aus. Außerdem habe ich schon wieder Tränen in den Augen. Das alles ist nun wirklich mal ein Häppchen zu viel für mich. „Nun...mein Leben ist grad etwas kompliziert..." „Lassen Sie das erst einmal sacken. Und bis Ende nächster Woche kommen Sie noch einmal zu mir und wir besprechen alles noch einmal in Ruhe. Wenn Sie das Kind nicht behalten wollen, haben Sie auch meine volle Unterstützung." Das KIND nicht behalten wollen! Das KIND! IN MIR! Oh nein, was mache ich denn jetzt? Ich habe keinen Kindsvater. Zumindest wäre er sicher nicht sehr erbaut von der Schwangerschaft. Ich glaube zwar nicht, dass Axel sich so arschig anstellen würde wie der Knalltüten-Albert aber sicherlich wäre das nicht unsere schönste Unterredung. Was ja im Prinzip wurscht ist, aber: Am Ende meint er noch, ich hätte es darauf angelegt. Ich hoffe zwar, dass er mir insofern vertrauen würde aber man kann ja nie wissen. Aber ich möchte auch kein uneheliches Kind haben. Wie soll ich das denn bitte schön schaffen? Zu einem Kind gehört eine Komplett-Familie, wenigstens habe ich diese Vorstellung davon und den Wunsch danach.
Dieses Mal ist Tara in weiter Ferne. Ich kann jetzt nicht einfach so von Oma abhauen. Also versuche ich so neutral wie möglich dreinzuschauen als ich dort die Tür aufschlie-

ße. „Und wat hat die Frau Doktor Knaup gesacht?" kommt es da auch schon sofort aus der Küche. „Alles in Ordnung...ist nur 'ne Eierstockentzündung!" Ich KANN meine Oma jetzt nicht damit konfrontieren, dass sie –eventuell- Uroma eines unehelichen Kindes wird. Zum Glück hat Oma heute ihr Kartenkränzchen das zum allergrößten Glück bei Frau Schwarz stattfindet. Endlich mal was Positives von dieser Person! Nach einer endlos scheinenden halben Stunde in der ich gute Miene zum bösen Spiel machen muss, geht Oma zu ihrer Nachbarin hinüber, welche bestimmt wieder Tücher unter dem Wohnzimmertisch ausgebreitet hat, damit die kartenspielenden Ladies mal ja keine Flecken auf den guten Teppich machen. Jetzt erstmal in Ruhe nachdenken. Ne, besser: Schnucki anrufen! „Du bist WAS? Von WEM? WIESO? Ach du Scheiße!" „Genau!" gebe ich zur Antwort und dann sind wir beide ausnahmsweise mal sprachlos. „Soll ich mal 'rüberkommen?" „Ja, bitte!" Eine Viertelstunde später klingelt Nina an der Tür, wir verziehen uns in mein Zimmer unter dem Dach. Wie zwei Teenies. Ach, wäre es doch so! Als Teenie fand ich das Leben um einiges einfacher. „Jetzt erzähl mal: Bist du ganz sicher?" „Nun, Frau Knaup hat die Schwangerschaft festgestellt. Da sie den Job hauptberuflich macht, habe ich wenig Zweifel daran, dass es stimmt. Außerdem habe ich die Verfärbung in diesem Testkästchen ja auch selbst gesehen."
Wir schweigen wieder beide. Nina knabbert an ihrem Daumen. „Ich würde jetzt zu gerne Eine rauchen" stöhne ich. „Frag mich mal!" „Hast du keine mehr?" „Ich gewöhne es mir doch ab. Und außerdem bist du schwanger!" „Ich weiß doch noch gar nicht, ob ich es behalte!" „Ach, scheiße!" sagen wir beide gleichzeitig. Und dann müssen wir doch ein wenig lachen. Nina nimmt mich in den Arm. „Ach, Ilsa, mit dir wird es wirklich nie langweilig!" „Na, da bin ich ja froh" sage ich lakonisch.
Das Wochenende ist alles andere als schön. Ich arbeite weiter an meinem Roman. Einerseits, um irgendwann einmal damit fertig zu werden, hauptsächlich aber, um mich von meiner aktuellen Situation abzulenken.

Während eines langen Spaziergangs am Rhein sehe ich dann natürlich nur Schwangere oder Menschen, einzeln oder als Paar, die Kinderwagen vor sich herschieben. Lange stehe ich am Ufer und starre aufs Wasser. Ich hätte bestimmt gerne ein Kind. Aber die Umstände sind alles andere als gut dafür. Ich verdiene nicht so riesig viel. Meine Bude in Bilk ist absolut nicht kindgerecht. Aber kindgerecht, was heißt das eigentlich? Außerdem fühle ich mich verdammt einsam. Klar, Schnucki ist immer für mich da und Verena würde mir ebenfalls zur Seite stehen, da bin ich mir ganz sicher. Aber reicht mir das? Mir und dem Kind?

Ich hätte, auch wenn es vielleicht unemanzipiert klingen mag, gerne einen Mann an meiner Seite. Und zwar am besten natürlich den Kindsvater. Aber eigentlich möchte ich ihn gar nicht mit dem ganzen Thema behelligen. Das wird alles endlos kompliziert und schmerzhaft für alle Beteiligten. Und: Ich wollte bestimmt niemals nie ein Kind von Axel Wegner! Unsere Affaire, Kurzbeziehung oder was auch immer das war – hatte doch trotz allen Liebeskummers meinerseits (und seinerseits...?) doch immer eine gewisse Leichtigkeit. Leichtigkeit insofern, als dass wir beide im Hinterkopf immer wussten, dass wir nichts auf Dauer angelegtes miteinander vorhatten, dass jeder von uns jederzeit „aussteigen" konnte. Nun, später hat die ganze Kiste dann doch noch einen etwas anderen Charakter bekommen. Ich war dann doch sehr verliebt in Axel. Und offenbar habe ich mich ja auch ein wenig in sein Herz und nicht nur in seine feuchten Träume geschlichen.

Ich möchte aber einen Mann im Ganzen haben und möglichst ohne Altlasten. Ich will diejenige sein, mit der er eine Familie gründet. Und dann wäre ich gerne dauerhaft mit ihm zusammen. Und mit dem gemeinsamen Kind natürlich. Oder auch erstmal ohne Kind. Was weiß denn ich. Aber das hier, das fühlt sich nicht so richtig richtig an. Natürlich ist es so, dass ich Gefühle habe, Skrupel, das kleine, unschuldige Wesen in mir betreffend. Ich habe verantwortungslos gehandelt und nun möchte ich dieses verantwortungslose Handeln durch ein weiteres verantwortungsloses Handeln wieder "ausbügeln". Das ist eine riesengroße Scheiße. Ich fühle mich wie der letzte Mensch. Aber ich weiß einfach nichts anderes. Ich weiß nicht weiter. Ich bin schlichtweg überfordert.

Kurz schießt mir der Gedanke durch den Kopf, ob Röschen wohl heute seine Facebookfreundin live und in Farbe sieht. Soll er doch! Och nee, lieber nicht. Ach, ich weiß auch nicht. Ich lasse mich auf den Boden plumpsen und fange an zu weinen. Der Rhein hat eh Niedrigwasser. Lösungsorientiert ist das nicht gerade. Aber in emotionalen Ausnahmesituationen kann man nicht mehr lösungsorientiert denken und handeln, oder? Am Sonntag beschließe ich, das Kind nicht zu behalten. Ich hasse mich dafür. Ich hasse die Situation und die Tatsache, dass solche Situationen entstehen. Wieso kann nicht ein Paar schwanger werden, das schon seit Jahren auf ein Baby hofft? Ich finde es nicht gut von der Natur eingerichtet, dass man so oft fruchtbar ist. Reichen da nicht vier festgelegte Termine im Jahr? Dann weiß man hundertpro Bescheid und lässt mal schön die Finger von die Dinger, wenn man keinen Nachwuchs wünscht. Aber ich HABE ja verhütet. Zumindest EIGENTLICH. Am Montag krieche ich mehr in den Verlag als dass ich gehe. Ich habe keinen Schwung, keine Leichtigkeit. Was ja unter diesen Umständen auch klar ist. Zu allem Übel zitiert mich Mittelweg sofort ins Aqurium. „Frau Eul…" „Guten Morgen, Herr Mittelweg." „Ja, ja, Morgen. Was ich sagen wollte: Gleich ist Redaktionskonferenz. Da wird es unter anderem darum gehen, wer nächstes Jahr zur Berlinale fahren wird." So what! Soll doch fahren wer will, da laufen doch eh nur aufgeblasene Schauspielhonks rum. Und ich hab sowieso nie was zum Anziehen. By the way: Aktuell habe ich echt was ganz anderes im Kopf! „Frau Eul, ich will, dass Sie dahin fahren. Frau Rebmann ist nicht mehr in unserem Mitarbeiterpool, und Sie sind sowieso die passendere Person für so einen Job. Checken Sie vorab, wer nominiert ist, kucken Sie, dass Sie ein paar Interviews kriegen undsoweiter. Sie kommen ja schnell in Kontakt…blablalabersülz…" Mir wird flau. Ich muss gleich unbedingt `ne Coke trinken. Die

Konferenz kommt und geht…seeehr langsam. Danach schleppe ich mich in mein Minibüro. Mein Handy macht Geräusche. Eine Whatsapp von Röschen. Trotz allem freue ich mich, dass er sich meldet „Hi Kleines, wie geht es dir? Was macht dein Knie? Und dein Magen? Warst du mal beim Arzt? Hast du vielleicht am Wochende Zeit für mich? Wir könnten einkaufen, kochen, spazieren gehen…oder andere spießige Sachen machen. Meld dich doch mal, Helau, Axel." Das heißt Ahoi, du Eumel! Ach Gott, wenn er wüsste, was mich grade so umtreibt! Ich muss dringend woanders hin. Im Gekachelten lasse ich mich auf dem Klositz nieder und bin verzweifelt. Und mir ist schlecht und ich will raus aus dieser Lebenssituation! Zu gerne würde ich spießige Dinge mit Axel am Wochenende unternehmen. Aber ich habe da grad noch was anderes am Laufen. Ich schleiche zurück in mein Büro. Mir wird wieder übel. Ich sprinte zum Klo und gebe die Coke und noch ein paar festere Dinge von mir. Als ich totenbleich wieder am Empfang vorbeischwanke, an dem der Hyäne gerade Befehle für den weiteren Tagesablauf gibt, wird er meiner angesichtig und schickt mich umgehend nach Hause. „Sie sehen echt krank aus, nicht dass Sie hier alle anstecken! Packen Sie Ihren Kram und hauen Sie ab!" Niemand ist so charmant wie er! Als ich gerade „meinen Kram packe" kommt Mittelweg nochmal in mein Büro gefegt. „Frau Eul!" Ich zucke zusammen. „Ich muss jetzt zu einem Termin. Ich nehme Sie mit und lade Sie zu Hause ab." Befehl ist Befehl. Ich widerspreche nicht. Und ausnahmsweise fällt mir auch mal kein blöder Spruch ein. Kurz darauf eile ich hinter meinem Chef her ins Parkhaus wo er sein – natürlich schwarzes – Auto auf einem Dauerparkplatz stehen hat. Ich sitze noch nicht ganz, als er in einem Affentempo die Ausfahrt hinauf jagt, und dabei beinahe einen Fußgänger über den Haufen fährt. „Pass doch auf, du Tünnes, hier ist eine Ausfahrt!" Ich glaube, mit Logik kommt man bei ihm nicht weiter. „Sie sind so still, Frau Eul. So kennt man Sie ja gar nicht." „Selbst mir fehlen manchmal die Worte, Herr Mitelweg." „Haben Sie denn jemanden, der sich ein bisschen um Sie kümmert, wenn

Sie krank sind?" Guter Gott, wird er am Ende noch fürsorglich? „Nö, ich komm schon alleine klar. Oder ich fahre zu meiner Oma nach Korschenbroich, da habe ich auch noch eine Freundin…" Und einen Exfreund, für den ich langsam aber sicher wieder ganz schön viel Gefühl entwickle und die Ärztin, die den Schwangerschaftsabbruch in die Wege leiten wird und… „Haben Sie eigentlich noch mal etwas von Frau Maulbach gehört?" fragt er gespielt angelegentlich. Ach, daher weht der Wind! Er wollte mal kurz alleine mit mir sein um das abzufragen. „Ja, wir chatten regelmäßig über Facebook (ja, inzwischen bin selbst ich dort Mitglied) oder schreiben uns per Whatsapp. Sie hat mich auch zu ihrer Hochzeit eingeladen." „Wann ist die denn?" „Im Oktober." „Und wer ist der Glückliche?" Hat sie ihm das alles nicht erzählt? Merkwürdig. „Herr Doktor Rumburak Horstmann ist der Glückliche. Ein Schulfreund aus alten Tagen mit Praxis im Bayernland." „Was für´n Doktor ist der denn?" Mensch, der Mittelweg ist jetzt aber echt neugierig. Und wieso ist er nicht ein wenig geschickter beim Ausfragen? Er muss sich doch denken, dass ich mich über solch detaillierte Fragen wundern muss, oder? Aber da ich weiß, was und wie zwischen den beiden gelaufen ist, wundere ich mich natürlich nicht. „Er ist Gynäkologe." „Aha." Pause. „Ich kenne Frau Maulbach schon länger, müssen Sie wissen." Ach neee… „Auch privat so ein bisschen…" Is´ klar, so ein bisschen…nackig oder was will er mir damit sagen? „Aber dass sie jetzt heiraten will überrascht mich doch ein wenig. Sie wollte doch immer Karriere machen und nicht zu Hause sitzen und Kinder stillen und wickeln." Ich sage dazu nichts. Wiewohl ich EINIGES dazu sagen KÖNNTE.

Wir sind bei mir zu Hause angekommen. „Werden Sie bald wieder gesund, wir brauchen Sie noch!" „Ja. Danke. Und auch danke fürs Bringen."

Ich will die Tür schließen, da sagt er noch etwas. „Rumburak, was ist denn das eigentlich für ein merkwürdiger Name?" „Genau das frage ich mich auch immer", antworte ich und schlage die Tür zu.

Upside Down III

In meiner Wohnung angekommen werfe ich alles von mir und mich selbst aufs Bett. Ruckzuck schlafe ich ein. In meinem Traum führt mich der Hyäne zum Traualtar und Rumpelstilzchen ist Trauzeuge. Frau Ziekowski streut Blumen und Cosimo schluchzt und schluchzt als wäre er der Brautvater. Eine schwarz gekleidete Frau betritt die Kirche und lupft den Chiffonschleier vor ihrem Gesicht. Es ist Beatrice Hastenrath, die behauptet, die Brautmutter zu sein. „Sie muss doch heiraten" tut sie kund. „Das Kind ist doch unterwegs!" Cosimo nickt verständig. Axel Rosen sitzt auf einer der Kirchenbänke und sieht kummervoll drein. Also heirate ich ihn schonmal nicht. Aber wen dann? Der Pastor steht bereits am Altar, mit dem Rücken zu uns. Als er sich umdreht, sehe ich voll Schrecken, dass es Axel Wegner ist. Wen um alles in der Welt heirate ich denn dann? Irgendein älterer Typ der mir sofort unsymphatisch ist, kommt in die Kirche gestürmt und schnappt meine Hand und zieht mich Richtung Altar. „Wer sind SIE denn?" frage ich entgeistert und stelle ebenso entgeistert fest, dass mein Bauch auf die dreifache Größe angeschwollen ist. Das Kind wird offenbar bald die Brutstätte verlassen. „Ich bin Albert die Knalltüte." „Und was soll das jetzt?" „Stell dich doch nicht so dumm, Ilsa! Wir heiraten, damit Axel die Kohle kriegt und dein Kind einen Vater und dann sind wir mit Beatrice quitt!" Und er zieht mich weiter zum Altar und mir ist die Sache vor Axel Wegner hochnotpeinlich und ich hoffe, dass Axel Rosen mich hier aus der Situation befreit aber er verlässt gerade die Kirche und führt dabei Oma am Arm haltend hinaus. „Neiiin! Ihr müsst hierbleiben, ich brauche euch doch. Das ist alles falsch und ihr seid meine Familie...!!! " Schweißgebadet wache ich auf und brauche geraume Zeit, um meinen Puls wieder auf Normal zu bringen. Ich muss dringend meine Situation gerade biegen, in Ordnung bringen, Klarheit in mein Leben lassen, was weiß ich, wie ich das nennen soll. Ich bin wirklich verzweifelt und fühle mich mutterseelenallein. Bin ich ja auch. Meine Mutter ist als Mutter nie verfügbar gewesen. Also muss auch jetzt ohne ihren Rat oder sogar Beistand klarkommen. In meinem Alter sollte man das ja auch können. Trotzdem, nett wäre es schon. Mit Oma kann ich darüber nicht sprechen, ich will ihr das einfach nicht zumuten. Ich beschließe, morgen bereits zu Frau Knaup zu fahren. Eine Krankschreibung brauche ich sowieso und ich will das alles so schnell wie möglich hinter mich bringen. Eine unruhige Nacht später fahre ich wieder einmal gen alte Heimat. Ich muss natürlich noch länger im Wartezimmer sitzen als sonst, denn jetzt habe ich noch nicht einmal einen Termin. Und ohne Termin ist man als Kassenpatient ja eine noch ärmere Sau. Irgendwann sitze ich dann wieder bei Frau Knaup. „Und Sie sind sich ganz sicher, Frau Eul?" „Ja, ganz ganz sicher, Frau Knaup. Das ist absolut ungeplant und überraschend in der allerfalschesten Situation und auch Konstellation geschehen. Mir tut das alles in der Seele weh. Aber ich bestehe derzeit nur aus Panik, Druck, Stress, Zukunftsägsten. Ich wäre komplett auf mich alleine gestellt. Den Kindsvater gibt es in diesem Sinne nicht und auch das ist unerträglich für mich. Ich hüpfe nicht von Mann zu Mann oder so." „Frau Eul, Sie sind nicht hier weil ich über Sie richte..." „Ich weiß. Aber wie blöd und fahrlässig ist das bitteschön? Ich bin auf einmal absolut ungeplant schwanger ohne verfügbaren Kindsvater. Und das alles nur, weil ich Durchfall hatte!"

Zur Abwechslung breche ich wieder in Tränen aus. Frau Knaup tätschelt mir mitfühlend die Hand und wird dann wieder ärtzlich-neutral. „Sie müssen einen Beratungstermin bei Pro-Familia wahrnehmen, das geht in der Regel recht schnell. Sie können aber frühestens vier Tage nach diesem Termin den Abbruch vornehmen lassen. „Soll ich dann sofort einen Termin dafür machen an der Anmeldung?" „Ich nehme den Abbruch nicht vor. Das macht der behandelnde Gynäkologe nie. Ich werde Sie zu einer sehr netten Kollegin überweisen, sie sitzt in Kaarst, also gar nicht weit entfernt. Das Beste wäre allerdings, wenn sie jemand nach dem Eingriff abholen könnte. Ich würde Sie dann auch gerne noch ein paar Tage krankschreiben."

„Macht das dann nicht die andere Ärztin?" „Ich möchte das lieber selbst tun, damit niemand auf irgendwelche Gedanken kommt, wenn Sie auf einmal zwei Gynäkologinnen am Start haben. Sie müssen nur kurz hier in der Praxis anrufen, wenn alles vorbei ist, dann schicke ich Ihnen die Krankschreibung." Alles ganz einfach also. Wenn es nicht so unglaublich schwer und schwerwiegend wäre. Frau Knaup spricht mit einer Mitarbeiterin an der Anmeldung damit diese einen Termin bei Pro Familia für mich vereinbart. Wir klären noch ein paar Details: „Wenn Sie es sich anders überlegen, Frau Eul, so können jederzeit von dem Termin zurücktreten. Sie wären nicht die erste und sicher auch nicht die letzte Frau, die sich noch umentschieden hat."

Wie benommen verlasse ich die Praxis wieder. Eigentlich wäre ich jetzt lieber alleine aber ich kann ja nicht in Korschenbroich sein und Oma keinen Besuch abstatten. Ich klingle bei ihr, weil ich nicht einfach so hereinplatzen möchte, immerhin habe ich mich vorher nicht angemeldet. Sie sagt zwar auch immer, dass ich das nicht muss aber ich möchte auch nicht einfach so im Türrahmen stehen. Oma öffnet nicht. Sicherlich ist sie grade mal kurz im Bad. Oder gar nicht daheim? Einkaufen? Beim Friseur? Nee, heute ist nicht ihr Friseurtag. Ich klingle erneut, dann, nach einer Weile, noch zweimal. Nichts rührt sich. Hm, soll ich jetzt einfach so zurückfahren? Ich zücke mein Smartphone und wähle Omas Telefonnummer an. Nach zwanzigmal Klingeln unterbreche ich den Anrufversuch. Einerseits möchte ich jetzt nach Hause und mir einfach nur die Bettdecke über den Kopf ziehen. Ich bin zutiefst verunsichert ob meiner Entscheidung, weiß aber auch definitiv keine Alternative. Mir geht es richtig mies. Übel ist mir auch schon wieder ein bisschen, ein Ziehen im Unterleib macht die Sache auch nicht besser. Nun, da Oma ja nicht zu Hause ist, kann ich sie auch nicht erschrecken oder sonst was. Mein Auto parkt vor der Tür, sie wird es sofort sehen, wenn sie von woher auch immer zurückkommt und sich demnach auch nicht erschrecken, wenn auf einmal ihre flatterhafte Enkelin in ihrem alten Zimmer unterm Dach im Bettchen liegt und ein Schläfchen macht. Und genau das werde ich jetzt tun: Schlafen. Beim Schlafen kann ich die Gedanken und Gefühle ausschalten, zumindest vordergründig, in meinen doch teilweise recht lebhaften Träumen sind sie ja durchaus aktiv. Also schließe ich die Tür auf und gehe ins Haus. Still ist es hier. An der Garderobe hängt ihre Jacke. Ihre Handtasche, die auch schon bessere Zeiten gesehen hat, steht auf der Flurkommode, in der sich weitere Handtaschen, die sie nie benutzt, befinden. Das ist merkwürdig. Ist sie ohne Jacke und ohne Handtasche aus dem Haus gegangen? Vielleicht zu der alten Hippe Schwarz, weil der ein Stiefmütterchen von der Fensterbank geplumpst ist? Am Schlüsselbrett hängt ihr Schlüsselbund ordentlich am Haken. Ist sie etwa mit einem Mal so verwirrt, dass sie den Schlüssel vergisst, wenn sie das Haus verlässt? Ich gehe in die Küche. Auch hier: Stille. Ich rufe nach ihr. Vielleicht ist sie ja im Garten? Ich durchquere das Wohnzimmer. Die alte Standuhr tickt lauter als sonst. Ich rufe nach Oma und laufe gleichzeitig auf die Terrasse und in den Garten. Obwohl das Mumpitz ist, denn ich muss die Terrassentür erst aufschließen (so altmodisch ist sie), um hinauszukommen. Natürlich ist sie dann auch nicht im Garten. Die Sache wird immer merkwürdiger und mittlerweile wird mir ein wenig mulmig. Langsam gehe ich zurück ins Haus, steige die knarrenden Stufen in den ersten Stock hinauf. Alles ist so anders hier. Es FÜHLT sich anders an. Scheiße, was ist hier los?? Ich sehe in das Schlafzimmer mit den altmodischen dunklen Möbeln. Omas Bett ist nicht gemacht. Das ist auf jeden Fall seltsam, denn: Schlendrian gibt es bei ihr nicht. Auch wenn nie Besuch ins Schlafzimmer käme: Ordnung muss sein! Ich gehe wieder in den Flur, öffne die Tür zum Bad, das heißt, ich möchte sie öffnen, aber ich bekomme sie nicht auf, weil ich auf Widerstand stoße. Und ich weiß, dass der Widerstand Oma ist. Meine Panik mühsam beherrschend schreie ich: „Oma, Oma, ich bin´s Ilsa, was ist los, Oma, ich krieg die Tür so nicht auf!" Idiotisch, aber in meiner beginnenden Panik weiß ich es nicht besser. Und dann stemme ich mich mit ganzer Kraft und

ganzem Körpereinsatz gegen die Tür und ein Spalt, breit genug für mich zum Durchschlüpfen, öffnet sich. Oma liegt da in ihrem Nachthemd auf ihrem *Kleine Wolke* Badezimmerteppich in hellblau und sieht merkwürdig aus, die Augen halb geöffnet, auf der Seite, die Pantoffeln noch halb an den Füßen. „Oma..." hauche ich und getraue ich kaum, sie anzufassen und als ich es doch tue, spüre ich, dass ihr Körper kühl ist. Mit einiger Überwindung fühle ich den Puls an ihrem Hals. Er ist nicht existent. Die Stille ist nun ohrenbetäubend und die Panik bricht sich Bahn. Zitternd quetsche ich mich wieder durch den Türspalt, stürze die Treppe hinunter, falle die letzten beiden Stufen ´runter und fange mich grade noch ab, mein rechter Knöchel knickt schmerzhaft um. Mit dem Schmerz im Fuß schleife ich mich zu meiner Tasche, krame hektisch nach meinem Smartphone und rufe den Notarzt. Wo bleibt der so lange? Ich weiß nicht, was ich jetzt tun soll. Und dann rufe ich Axel an. „Hi Ilsa, ich dachte schon, du bist verschütt. Was ist mit dem Woch...?" „AXEL! Oma liegt hier und atmet nicht mehr! Ich habe den Notarzt gerufen. Ich hab solche Angst, was soll ich jetzt tun?" „Bleib wo du bist, ich bin sofort bei dir!" Kurz darauf klingelt es Sturm, ich humple zur Tür. „Wo ist sie?" „Oben im Bad!" er hechtet die Holzstufen hoch, ich höre, wie er sich Einlass ins Bad verschafft. Dann dringt das Geräusch des Martinshorns durch die Haustür.
Ich öffne dem Notarzt und zwei Sanitätern, sie laufen nach einer kurzen Nachfrage die Treppe hoch und werden dann von Axel ins Bad gelassen. Ich folge, sie wollen wissen was passiert ist. Ich erzähle es ihnen. Sie beginnen mit Reflexuntersuchungen. „Haben Sie eine Herzmassage vorgenommen?" „Nein..." *das kann ich nicht*, will ich sagen aber Axel kommt mir zuvor: „Ich habe es versucht aber ich fürchte, es war schon zu spät." Und dann zieht er mich an Seite und führt mich die Treppe hinunter. Gemeinsam sitzen wir auf Omas alter Couch, auf der ich so viele viele schöne Fernsehabende mit ihr verbracht habe, immer gab es Omas Spezialsuperschnittchenteller fürs Kind und Gürkchen und Tee und haste nicht gesehen. Gemeinsam

haben wir uns hier bei *XY ungelöst* gegruselt, über Komödien gelacht oder einfach jede nur dagesessen, gelesen (ich), Kreuzworträtsel gemacht oder gehäkelt (Oma), geklönt und so weiter. Und jetzt ist das vorbei. Natürlich habe ich widersinnigerweise die Hoffnung, dass der Notarzt Oma ins Leben zurückholen kann. Im Fernsehen geht das doch auch immer, diese Elektroteile, die aussehen wie kleine Bügeleisen, an den Körper gehalten, Power, Körper bäumt sich auf und: aus der Flatline wird wieder der ganz normale Herzrythmus. Im richtigen Leben funktioniert das nur bedingt. Der Arzt kommt zu uns ins Wohnzimmer, die Sanitäter steigen schon wieder in den Notarztwagen. Der Arzt sagt etwas zu mir. Ich höre nur irgendeinen Geräuschebrei. Und dann hockt sich der Arzt vor mich hin und spricht noch einmal laut und deutlich, sodass ich es verstehen MUSS: Katharina Buntenbroich, geborene Hamacher ist tot.

Ich sitze wie angetackert auf dem Sofa und mir ist eiskalt. Ich spüre meinen Körper gar nicht mehr. Der Notarzt spricht mich nochmals an aber ich reagiere nicht. Axel springt ein, gibt nötige Informationen, sagt, er werde sich um den Bestatter kümmern und so weiter. Den Bestatter. So ein schwarzgekleideter Typ der Holzkisten für die schmucke Totenaufbewahrung vertickt. Totentupperdosen. In Tupper lagert der Tod. Hat nicht auch mal so eine durchgeknallte Frau jemanden zerstückelt und die Häppchen dann formschön in Tupperdöschen gepackt und liebevoll im Bunten Garten in Mönchengladbach vergraben? Mein Denken springt zu Omas ungemachtem Bett. Was soll denn der Bestatter sagen, wenn das so unordentlich ist? „Ich muss jetzt Omas Bett machen. So kann da keiner rein!" Ich springe, meinen schmerzenden Knöchel ignorierend, auf und will die Treppe hoch. Der Notarzt kuckt mich verständnisvoll an. „Ich glaube, Sie stehen ein bisschen unter Schock. Möchten Sie, dass ich Ihnen was zur Beruhigung gebe?" Schock, wieso Schock? Ich will doch nur das Bett machen! Axel sagt: „Ich bleibe bei ihr. Wir kriegen das hin. Ich rufe jetzt meinen Opa an, der kennt sich mit Bestattungen aus. Er ist Schreiner...früher hat er

auch Särge gezimmert…wie gesagt, wir kriegen das hin!" „Was ist denn jetzt mit Oma, bleibt sie hier?" „Ja, wir lassen sie hier, bis der Bestatter kommt. Und dann sehen wir weiter." Der Arzt stellt den Totenschein aus, spricht nochmal leise mit Axel. Er und die Sanitäter kondolieren mir, packen ihren Kram und dann sind sie weg. Ich gehe langsam in Omas Schlafzimmer. Dort liegt sie jetzt auf dem Bett und sieht ganz friedlich aus. Der feine Flaum auf ihren Wangen sieht aus wie immer, ihre Hände mit den Pigmentflecken liegen gefaltet auf der Bettdecke, die kleine Nachttischlampe verbreitet ein mildes Licht. Draußen ist es nämlich ziemlich dunkel geworden, ein Gewitter zieht auf. Merkwürdig. Ich bin so froh, dass sie zu Hause gestorben ist! Gleichzeitig frage ich mich natürlich, ob ich sie noch hätte retten können, wenn ich eher hier gewesen wäre. Hätte sie vielleicht gar nicht mehr alleine leben dürfen oder sollen? Aber man kann jemanden doch nicht rund um die Uhr überwachen! Und bis auf ihre Hüft-OP war sie doch noch ganz gut dabei. Ein paar Alterszipperleins, okay, mit über achtzig spürt man halt die Last der Jahre. Aber sonst? War doch nix! Ich sitze auf ihrem Bett und lege meine Hände auf die ihren. Fast erwarte ich, dass sie aufschreckt und sagt: „Kink, wat hässe kaal Häng!"
Jetzt sind ihre sonst immer warmen Hände ebenfalls kalt. Und dass sie nie wieder warm werden, erschüttert mich zutiefst. Ich lege mein Gesicht auf ihre Hände und breche in Tränen aus, jammere, heule. Bis Axel dazukommt, mich sanft von Omas totem Körper löst und in den Arm nimmt. Lange lange sitzen wir beide gemeinsam da. Auch Axel weint. Oma Käthe war für ihn ein Stück Familie. Und ein Stück unserer gemeinsamen Zeit. „Wie geht es denn jetzt weiter?" frage ich mit verquollener Stimme. „Der Bestatter kommt gleich und holt sie ab. Und dann musst du entscheiden, wie es weitergeht, Kleines. Soll sie eine Erdbestattung bekommen oder wollte sie eingeäschert werden …?" „Sie wollte eingeäschert werden. Aber wird sie denn nicht aufgebahrt?" „Wenn du das gerne hättest und es in ihrem Sinne war… du könntest sie in der Totenhalle aufbahren lassen." „Nein. Sie soll hier in ihrem Haus

aufgebahrt werden." Ich stehe auf und Axel folgt mir. Langsam und mit schmerzendem Knöchel steige ich die knarrenden Stufen hinunter. Gehe ins kleine Klöchen wie wir es immer genannt haben und wasche mir das Gesicht mit kaltem Wasser. Zurück in der Küche setze ich Wasser auf, koche Pfefferminztee für uns. Es ist echt stockdunkel draußen. Schweigend sitzen wir dann da und trinken den heißen Tee. Ein wenig Wärme kehrt in meinen Körper zurück. Ich bin so froh, dass Axel da ist. „Ich bin so froh, dass du da bist!" sage ich dann auch und lege meine Hand in die seine. „Das ist doch klar, Ilsa, du kannst doch jetzt nicht allein sein! Ich bin froh, dass ich zu Hause war, eigentlich wäre heute Schule gewesen aber es waren diverse Lehrer krank, weil die sich bei einem Ausflug am Wochenende alle einen Magen-Darm-Infekt zugezogen haben…" „Na hoffentlich hatten die danach keinen Sex!" denke ich, dass ich denke. Axel kuckt mich verständnislos an und dann klingelt es zum Glück und es ist der Bestatter, Axel duzt ihn und ich kenne ihn auch halbwegs und er ist furchtbar nett, sehr ruhig, nüchtern und trotzdem zugewandt. Oma nimmt er später mit seinen Gehilfen mit und sie wird nochmal feingemacht, ich habe ihr was Schönes zum Anziehen herausgesucht. Und sie wird noch zu Hause aufgebahrt und Axels Mama Helga und Schnucki, die Axel bereits beide antelefoniert hat, werden sich ums Essen und alles kümmern und sie werden mir beim Schreiben der Karten helfen und und und und und.
Jetzt liege ich in meinem Bett unter dem Dach und bin allein, weil ich das so wollte. Das heißt, nicht ganz: Schnucki und Axel hocken noch unten und reden leise miteinander. Sie wollten mich partout nicht alleine lassen. Die nächsten Tage wird hier ständig Halli Galli sein. In meinem Unterleib zieht es wieder. Guter Gott! Wie konnte das alles nur passieren!

The day after

Als ich am nächsten Morgen wach werde, schlägt die Er-
kenntnis, dass Oma tot ist und ich ungewollt schwanger
bin, wie eine Granate in mein Hirn. Benommen bleibe ich
liegen und blinzele in den verregneten Tag. Ich denke an
den Termin bei Pro Familia und mir wird flau. Ich kann
doch nicht mit wildfremden Menschen über das Leben o-
der Nichtleben meines Kindes sprechen. Ganz nüchtern.
Und dann einen Termin zum ABSAUGEN machen. Denn
nichts Anderes ist es ja. Ich richte mich auf. Mein Herz
pocht und mir bricht kalter Schweiß aus. Ich will nicht
mein Kind töten lassen. Ich wollte doch Mutter werden.
Nicht jetzt, nicht so…und überhaupt. Mir geht der Arsch
mächtig auf Grundeis. Aber spätestestens jetzt, wo meine
Hauptbezugsperson gestorben ist, sollte ich *langsam* mal
selber anfangen erwachsen zu werden. Dann bin ich eben
alleinerziehende Mutter. Mit dem Hyäne kann ich bestimmt einen Deal machen von wegen Homeoffice und so.
Vielleicht kann ich mir ja ab und zu eine Tagesmutter oder
was weiß ich leisten. Ich will das kleine Pünktchen Leben
in mir nicht wegmachen lassen! Wie konnte ich jemals auf
diese Idee kommen? Den Vater müsste ich als unbekannt
angeben. Oder ich muss es Axel doch sagen. Es kann ja
geheim bleiben. Geht so etwas überhaupt? Oh Gott, und
Oma ist tot! Und wie soll nur alles werden? In meinem
Kopf ist Kirmes. Zu laut, zu bunt, zu viele Besoffene. Nix
Gutes. Ermattet lasse ich mich wieder in die Kissen zu-
rücksinken.
Das Ziehen in meinem Unterleib hat sich zu Schmerzen
verstärkt. Ist das immer so, wenn man schwanger ist?
Übelkeit okay. Und später Wehenschmerz und so. Aber
jetzt, so am Anfang? Was ist das? Und irgendwie fühlt es
sich merkwürdig an, in meinem Schlüpfer. So …nass? Vorsichtig stehe ich auf, hebe ebenfalls vorsichtig die Beine,
eins nach dem anderen, aus dem Bett. Wanke ins Bad. Als
ich Wasser lasse, sehe ich, dass meine Pyjamahose voller
Blut ist. Auch das Wasser in der Toilette ist rot. Scheiße!
Was ist das denn jetzt? Okay, ganz ruhig Ilsa. Wasch

dich, zieh dich an, geh zu Frau Knaup. Jetzt. Sofort. Ich tue, wie ich mir geheißen habe. Bestehe in der Praxis darauf, SOFORT zu Frau Dr. Knaup gehen zu können. „Haben Sie denn Schmerzen? Sie haben keinen Termin. Frau Doktor Knaup ist …" „Ich habe Schmerzen, ich blute wie ein abgestochenes Schwein und ich habe Panik und ich WILL jetzt SOFORT ärztliche Hilfe haben! Und außerdem wird dieses ganze Geschehen hier ein Nachspiel haben!" Zum Glück kommt meine Ärztin da schon aus dem Behandlungszimmer geschneit und nimmt mich sofort mit. Ich erzähle ihr, was seit gestern geschehen ist. „Oh mein Gott! Das tut mir sehr leid, Frau Eul! Ihre Großmutter war so eine patente und liebe Frau. Und sie war immer so stolz auf Sie!" Stolz? Auf MICH? Ich breche in Tränen aus. „Und seit heute Morgen haben Sie Blutungen und Schmerzen?" „Ja." „Machen Sie sich bitte frei, ich will mir das mal ansehen."

Es stellt sich heraus, dass ich eine Frühfehlgeburt hatte. „Der Fötus ist abgegangen, so nennt sich das…vielleicht jetzt durch den ganzen Stress, den Schock… aber vielleicht auch durch eine Infektion…ich tippe eher auf den Schock. Es ist aber auch möglich, dass der Fötus sich nicht richtig eingenistet hat. Das passiert häufiger, als man denkt, den meisten Frauen fällt das gar nicht weiter auf, sie wussten dann noch nicht einmal etwas von ihrer Schwangerschaft und denken, sie hätten eine verzögerte aber verstärkte Blutung." „Und was bedeutet das jetzt?" frage ich piepsig und umständehalber begriffsstutzig. „Das bedeutet, dass keine Schwangerschaft mehr besteht, Frau Eul." Ich weiß nicht, was ich denken oder fühlen soll. Wie kann das alles in so kurzer Zeit über mich hereinstürzen? „Und wie geht es jetzt weiter?" Das scheint meine aktuelle Standardfrage zu sein. Aber das sind ja auch alles vollkommen neue und einigermaßen schreckliche Situationen für mich. Klar, für andere Menschen wäre das wohl ähnlich… „Ich werde sie ein wenig piesacken müssen um sicherzugehen, dass alles Gewebe abgegangen ist. Es sieht auf den ersten Blick aber ganz gut aus. Also, den Umständen entsprechend." „Bin ich jetzt unfruchtbar?" „Nein, das hat damit normalerweise nichts zu tun. Sie meinen sicher, ob sie wieder schwanger werden und auch in der Lage sein werden, das Kind austragen zu können?" Zu solch komplexen Satzstellungen und Sachverhaltsgedöns bin ich derzeit nicht in der Lage, awfully sorry! „Äh, ja, sowas in der Art meinte ich." „Normalerweise kommt so etwas nicht vor. Es könnte sein, dass Sie generell "zu Fehlgeburten neigen" um das mal ganz platt zu sagen, es gibt gewisse körperliche Eigenschaften, die das Einnisten des Fötus erschweren bzw. einen frühzeitigen Abort begünstigen, hormonelle Gründe und so weiter.

Aber derzeit kann ich darüber keine Aussage treffen. Es sieht ganz gut aus und wenn Sie keine Schmerzen haben, dann hatten Sie noch Glück im Unglück, alles in allem. Sie müssen allerdings jetzt doppelt vorsichtig sein was das Thema Verhütung anbelangt. Nehmen Sie die Pille bei der nächsten normal einsetzenden Blutung wieder ein. Bis dahin müssen Sie mit Kondomen verhüten..." „Also, danach steht mir nun gar nicht der Sinn!" „Ich möchte Ihnen ja auch nur sagen, dass der Körper jetzt hormonell so eingestellt ist, dass die Chance einer erneuten Schwangerschaft vergrößert ist. Also, Vorsicht ist die Mutter der Porzellankiste!" „Ja, KÖNNTE man denn in solch einer Situation wieder, ähm, Geschlechtsverkehr haben?? Gibt es da keine Schmerzen oder so?" „Nein, eigentlich nicht." Aha. Ich soll mich – soweit die Umstände es zulassen- noch schonen, sie schreibt mich für eine Woche krank- auch im Hinblick auf den Sterbefall- und nach einigen Unnanehmlichkeiten die sie in meinem Unterleib anstellt, kann ich nach Hause gehen. Bei *dm* kaufe ich mir dicke Binden und gehe zurück in Omas Häuschen. Kaum dort angekommen, klingelt es und der Bestatter steht vor der Tür. Und dann kommt Axel. „Was machst du hier?" frage ich ihn erstaunt. Meine Stimme ist grad gar nicht mehr meine Stimme, die ich an mir oder von mir kenne. Irgendwie ist der Klang abhanden gekommen. „Ich wollte nur dabei sein, wenn der Bestatter kommt." „Du musst doch zu deiner Meisterschule? Oder herrscht da immer noch Salmonellenvergiftung?" „Nein. Ich geh später noch." Er schiebt sich an mir vorbei in die Küche, wo der Pfarrer bereits am Tisch sitzt. Axel begrüßt ihn und legt eine Brötchentüte auf die Arbeitsplatte.

Dann setzt auch er sich an den Tisch, wo der Herr Uebach, der Bestatter, bereits Unterlagen hervorgekramt hat. Ich stehe da und schaue auf die Szenerie wie auf ein Theaterstück. „Ich mach dann mal Kaffee." Anderthalb Stunden später sind die wichtigsten Dinge geklärt. Ich will wissen, wie die Urne dann zum Grab kommt. Ein Sarg wird ja oft von engen Freunden getragen, von offiziellen Sargträgern oder er wird auf einer Art "Karren" transportiert. Die Urne darf ebenfalls von Angehörigen getragen werden. Ich will das unbedingt machen. Axel möchte wissen, ob ich da sicher bin. „Ganz sicher. Wer sollte es sonst tun?" „Ich bin dann auch dabei", teilt er Herrn Uebach mit. Oma wird am Sonntag für einen Tag im Haus aufgebahrt. Dann wird sie wieder abgeholt und bleibt irgendwo (ich will die Details gar nicht wissen), bis zur Kremierung. Da es in Deutschland nicht so viele Krematorien gibt, dauert es halt länger als bei einer „normalen" Bestattung. Im Gepäck hat Herr Uebach außerdem Muster für Trauerkarten und Zeitungsanzeigen. Ich möchte auf der dazugehörigen Dankeskarte ein Bild von Oma haben. Ich beschließe, den Beerdigungskaffee doch in einem Lokal zu halten. Die Bewirtung bei der Aufbahrung reicht, die Leute, die dann im Haus sein werden, reichen. Nach der Beerdigung will ich, dass Ruhe ist. Zwei Tage später ist alles geklärt. Der Pfarrer war ebenfalls bei mir und wir haben die Messe besprochen. Ich muss noch irgendwas Schwarzes zum Anziehen haben. Vom Verlag kommt eine richtig liebe Beileidskarte und ein schöner Blumenstrauß. Überhaupt trudeln unglaublich viele Beileidskarten ein. Menschen, die ich niemals vorher sah, sprechen mich auf der Straße auf Oma an, bekunden ihr Beileid. Schnucki und Verena haben mit mir die Trauerkarten geschrieben. Ich habe regelmäßig blutige Binden gewechselt. Werden, Leben, Vergehen. Im Zeitraffer und geballt. Ich habe das noch nicht verarbeitet. Schwanke irgendwo im Unterbewusstsein zwischen Trauer über das verlorene Pünktchen und Erleichterung, weil ihm und mir ein womöglich sehr anstrengendes und kompliziertes Leben erspart blieb. Kann man das überhaupt so sagen? Darf ich das? Ich habe keine Ahnung.

Tschüss, Omma

Am Sonntag steht dann tatsächlich der offene Sarg im Wohnzimmer. Oma sieht fast so aus, als schliefe sie. Aber eben nur fast. Aber es gruselt mich nicht vor ihr. Ich habe sie immer noch lieb, ich will, dass sie noch einmal in diesem Haus, in dem sie doch fast ihr ganzes Leben verbracht hat, Zeit verbringt und Besuch hat. Tatsächlich kommen auch viele Menschen, es gibt Likörchen und Kaffee und auch Bier und Sekt und Wasser und Schnittchen. Es klingt alles sonderbar und es IST auch sonderbar aber das ficht mich nicht mehr an. Es gibt sogar einiges zu lachen und das tut mir gut. Ich funktioniere, räume mit Schnucki, Helga und Axel Gläser ab undsoweiter, bedanke mich bei den Besuchern fürs Kommen.

Meine Mutter, die ich natürlich noch am Todestag benachrichtigt habe, ist ebenfalls da, aber ich gehe ihr weitestgehend aus dem Weg. Ich habe, gemeinsam mit meinen Freundinnen und Axel und Axels Mama und Opa Rosen, alles für das Begräbnis, die Trauerfeier undsoweiter gestemmt. Sie hat sich heulend an Omas Küchentisch gesetzt und dann gejammert, wie schlimm es sei aber Oma hätte sie ja auch quasi verstoßen, blabla. Von meinem hirnlosen Onkel will ich hier erst gar nichts berichten. Es wäre der Mühe nicht wert. Man kann sich seine Familie nicht aussuchen. Die Woche bis zur Kremierung und schließlich bis zur Beerdigung lebe ich eher wie ferngesteuert. Zwischendurch fahre ich nach Düsseldorf, schaue nach der Post und überhaupt mal nach meiner Wohnung, packe ein paar weitere Sachen ein, kaufe mir ein schwarzes Kleid und passende Schuhe für die Beerdigung. Fahre im Verlag vorbei und gebe Bescheid, dass ich noch eine weitere Woche brauche wegen des Todesfalls und körperlicher "Mängel". Frau Ziekowski umarmt mich fest und will mich gar nicht mehr loslassen, Herr Mittelweg ist zum Glück nicht da, ihn hätte ich jetzt nicht ertragen können. Bei der Beerdigungsmesse spreche ich über Oma, was sie mir bedeutet hat, dass sie meine ganze Familie und immer für mich da war, flechte ein paar Anekdötchen über sie und von ihr ein und alle sind ergriffen. Und Axel trägt dann mit mir zusammen die Urne zu diesem schrecklichen Erdloch und dann wende ich mich bald ab und gehe. Beim Kaffee sind Nina und Verena, Axel und Helga an meiner Seite. Axels Opa ist sichtlich mitgenommen, offenbar hat er doch mehr an Käthe gehangen, als uns allen klar war. „Wat machste denn jetzt mit dat Huus, Kink?" fragt er mich. „Mit welchem Haus??" frage ich zurück. „Na, mit Käth´s Huus. Dat jehört dich doch jetz, oder nit?" „Also, davon weiß ich noch nichts..." gebe ich zerstreut zurück. Und dann kommt irgendjemand um noch einmal zu kondolieren und sich dann zu verabschieden und irgendwann ist der ganz Spuk vorbei und ich schnorre mir bei einer der Kellnerinnen eine Zigarette, stelle mich im verregneten Biergarten des „Goldenen Ankers" unter einen Sonnenschirm und ziehe das Tabakstäbchen weg. Die Rechnung für den Beerdigungskaffee werde ich die nächsten Tage begleichen. Zum Glück hatte Oma eine Sterbeversicherung. Damit werde ich alles so ungefähr abdecken können. Andernfalls hätte ich einen Kredit aufnehmen müssen.

Dann steht Nina auf einmal neben mir. „Soll ich gleich noch mitkommen oder möchtest du lieber alleine sein?" „Lieb, dass du fragst aber geh ruhig nach Hause, Schnucki. Du hast mir so viel Zeit geschenkt und mir unendlich geholfen. Jetzt mach auch mal Pause!" „Bist du ganz sicher? Ich hätte noch Zeit." „Ganz sicher, Liebelein. Triff dich mal mit deinem Schatz und macht euch einen netten Abend." „Geht es dir denn, den Umständen entsprechend, gut?" Natürlich weiß meine beste Freundin, dass meine (zuerst) absolut ungewollte und ungeplante Schwangerschaft abrupt geendet hat. Auch wenn wir wenig Muße und Gelegenheit hatten, in Ruhe und ungestört miteinander zu sprechen, das MUSSTE ich ihr mitteilen. Bei Omas Aufbahrung, heimlich, in der Küche. (Was für ein Kontext!). Die Besucher hatten sich um Omas Sarg geschart und wir hatten einen kleinen Moment Zeit – bis Axel hereinkam um Bier kalt zu stellen.

„Ja, bis auf einen drohenden Zusammenbruch wegen Erschöpfung geht es mir ganz gut. Ich habe keine Unterleibsbeschwerden, keine Schmerzen. Und die Blutung ist auch so gut wie abgeklungen." Ich entsorge meine Kippe in einem der aufgestellten Aschenbecher. „Ich muss jetzt auch mal alleine sein. Ich habe noch gar nicht getrauert, nur funktioniert. So ist das wohl, wenn plötzlich jemand stirbt. Und schlafen möchte ich, ganz viel schlafen. Und dann werde ich mich einmal neu sortieren müssen. Irgendwie und irgendwann muss ich ja mal Omas Sachen ausmisten. Und dann mal abwarten, wie das mit ihrem Haus und Hof ist...wer erbt was? Oder geht alles an eine gemeinnützige Institution?" Nina sieht mich fragend an: „Das wirst du doch wohl alles erben? Deine Mutter und dein Onkel sind doch raus aus der Geschichte, oder etwa nicht? Du warst doch das Ein und Alles deiner Oma. Du bist die Alleinerbin. Aus." Aber im Prinzip ist mir das jetzt hier in diesem Moment auch so was von scheißegal. Oma war keine reiche Frau, was soll ich mir groß Gedanken machen? Abends sitze ich dann auf dem alten Kuschelsofa und fühle mich einfach nur sonderbar. Oma steckt noch in jedem Winkel des Zimmers, des Hauses. Sie ist hier noch ganz lebendig. Wenn ich in die Küche gehe, steht sie neben mir an der Spüle und quasselt und tratscht mit mir, so, wie wir es immer beim Spülen getan haben. Der Duft ihres Payot–Mandel-Gesichtswassers schwebt noch in ihrem Badezimmer. Dort hängt auch ihr zerschlissener Bademantel. Den neuen hat sie wieder "für Gut" in ihren Schrank gepackt, welcher wiederum nach frischer Wäsche und ein wenig nach Lavendel riecht. Wenn ich ihre Sachen betaste und berieche, breche ich sofort in Tränen aus. Ich habe so viel Zeit mit ihr verbracht und immer war sie für mich da, von klein auf. Dieses Häuschen besteht aus lauter Erinnerugen an sie, ich höre ihre Stimme, ihre Schritte auf der Treppe, ihr Gewusel in der Küche, ihr leises Schnarchen, wenn sie vor dem Fernseher eingeschlafen war. Alles vorbei. Nie mehr. Nie. Mehr. Nun, auf dem Boden vor dem Sofa sitzend, schaue ich mir alte Fotos an. Oma und Opa auf einer Feier, mit mir im Zoo, mit den

Nachbarn auf einem Ausflug. Ein ganz altes Bild zeigt die beiden in noch ganz jungen Jahren, verliebt sehen sie sich in die Augen. Ich lege meinen Kopf auf die Sitzfläche des Sofas. Und fange an zu weinen. Und kann nicht mehr damit aufhören.

Die Stunde der Wahrheit

Ich bin eingeschlafen. Ich träume, dass Oma vor der Haustür steht, frisch vom Friseur kommend, und Sturm klingelt. Sie hat ihren Hausschlüssel vergessen und begehrt nun dringendst Einlass, damit ihre Frisur nicht vom Wind zerstört wird. Sie klingelt wie verrückt. Ich wache auf und bin ganz beduselt. Mein Kopf schmerzt, meine Augen sind verquollen.

Es klingelt immer noch. In Echt. Meine Beine sind von der halb-liegend-halb-sitzend Position taub und verkrampft zugleich sodass ich Mühe habe, mich aufzurappeln. Stolpernd bewege ich mich zur Haustür. Welcher Voll-Haback klingelt mitten in der Nacht (oder wie spät ist es eigentlich?) wie ein Voll-Haback. Hä? Was denke ich denn da? „Wer ist denn da?!" schreie ich ängstlich und wütend zugleich. „Ich bin´s, Axel!" „Ach sooo. Moment!" Ich schließe die Tür auf. Und da steht Axel vom Winde zerzaust. „Ich wollte nur mal nach dir sehen." „Um die Uhrzeit?" „Ist doch grade mal halb zehn. Darf ich noch reinkommen?" „Natürlich, klar, sorry. Ich komme grade aus dem Mustopf, muss wohl eingeschlafen sein." Axel folgt mir ins Wohnzimmer, wo immer noch die Stehleuchte glimmt und die Fotos auf Couch und Boden verteilt sind. „Ich wollte dich nicht die ganze Zeit alleine lassen. Aber ich will dir jetzt auch nicht auf den Zeiger gehen, wenn du lieber Ruhe haben möchtest." „Nein, nein, setz dich nur. Möchtest du was trinken?" „Hast du vielleicht noch ein Bier?" Bestimmt!" rufe ich ihm aus der Küche zu. Für einen Spätsommerabend ist es echt arg windig. Kritisch schaue ich zum Küchenfenster hinaus. Hoffentlich jagt es die fast reifen Äpfel und Birnen jetzt nicht von den Bäumen im Garten. Obwohl ich auch noch keinen Schimmer habe, wann ich die ernten sollte. Ich nehme mir zur Gesellschaft auch ein Bier, schneide etwas Käse vom Stück ab und drapiere kleine Salzbrezeln dazu. Ich habe so wenig gegessen die letzten Tage, das muss jetzt mal sein. Zurück im Wohnzimmer sitzt mein Exfreund auf dem Boden und muselt in den Fotos herum. „Danke" nimmt er die Bügelflasche Bolten Landbier entgegen und stopft sich sofort Käse und und eine Brezel in den Mund. Gleichzeitig lassen wir unsere Bierflaschen ploppen und stoßen an. Dann setze ich mich auch wieder vor das Sofa. „Bist du das hier?" fragt Axel und hält mir ein Foto vor die Nase das mich als Baby zeigt. „Ja, das kennst du doch noch?" „Nö, ich kenne nur die Fotos ab Einschulung oder so von dir." Er trinkt wieder einen Schluck. Stellt die Flasche neben sich. Schaut mich an und fragt: „Und wie geht es dir insgesamt?" „Wie, insgesamt...?" Seine Augen fixieren mich. „Ich weiß, was noch passiert ist, Ilsa. Und es tut mir leid, dass du soviel auf einmal ertragen musst." „Was ist denn sonst noch passiert?" „Du warst schwanger und du hattest eine Fehlgeburt." Scheiße. Das hätte er nicht unbedingt wissen müssen. „Ja, und? Außerdem war das alles so früh und so schnell. Eigentlich habe ich es fast kaum mitbekommen..." „Und jemand der dir sehr nahestand, ist plötzlich gestorben. Also, ich finde, das könnte erstmal zum Unglücklichsein reichen." „Ich bin nicht unglücklich. Ich bin natürlich auch nicht glücklich derzeit. Aber das sind zwei vollkommen verschiedene Paar Schuhe. Ich trauere um meine Oma. Klar, ich bin erwachsen und Großeltern um die achtzig sterben nun mal. Aber so plötzlich...und sie war doch noch so munter und fidel und fit..." Mir steigen wieder die Tränen in die Augen und ich zerre ein gebrauchtes Tempo aus meiner ollen Jeans, die ich nach der Beerdigung angezogen habe. Lautstark schnaube ich hinein. Axel sagt immer noch nichts. Ich atme tief durch. „Diese kurze, absolut ungeplante Schwangerschaft wurde zu meiner Erleichterung auf quasi natürlichem Wege abgebrochen. Wenn das nicht passiert wäre, hätte ich einen Abbruch vornehmen lassen. Das war alles schon in die Wege geleitet. Obwohl...eigentlich hatte ich es mir dann doch anders überlegt..." „Aber wie konnte es denn... also...passieren...ungeplant... verhütest du nicht...?" Ich erkläre ihm kurz den Sachverhalt. „Möchtest du denn keine Kinder haben? Du wolltest das doch mal?" „Ich will es immer noch. Mit dem richtigen Mann zur richtigen Zeit und mit einem halbwegs geregelten Einkommen. Es muss ja gar nicht alles perfekt sein. Aber so, als Alleinerziehende habe ich mir das erstmal nicht zugetraut. Trotzdem habe ich mich grauenvoll gefühlt. Ich wollte es dann eben doch behalten, wie gesagt. So ein kleines Wesen, das kann doch nichts dafür, dass, dass…" Ich breche ab weil mich ein Weinkrampf übermannt. Wer könnte es mir ob der Situation verdenken? Axel nimmt mich in den Arm. „Ach, Kleines, im Leben läuft eben nicht alles immer rund. Das weißt du doch so gut wie ich. Wollte denn der…Kindsvater nichts damit zu tun haben?"fragt er vorsichtig. „Er wusste nichts davon. Ich glaube, er hätte sich den Tatsachen schon gestellt. Aber das wäre alles ein Chaos gewesen und so schmerzhaft und schwierig für alle. Also ist es am Ende besser so gewesen. Und ich kann auch noch Kinder bekommen." „Das ist doch gut", sagt er und wiegt mich sachte in seinen Armen. Ich bin froh, dass er da ist. Ich weiß eigentlich gar nicht mehr, wo oben und unten ist und da tut es gut, wenn da einfach jemand ist der einen hält. Und auch einfach einfach da ist. Aber dachte ich ja bereits. „Hättest du es unter anderen Umständen denn auf jeden Fall behalten wollen?" „Hätte, hätte, Fahrradkette! Was weiß denn ich? Die ganze Geschichte ist so unerwartet und plötzlich gekommen, hat sich entwickelt und hat uns überrollt. Ich bin normalerweise nicht darauf aus, mir ältere und liierte Männer an Land zu ziehen. Und außerdem habe ich es beendet." Dann sagen wir beide lange nichts mehr und ich bin ganz zufrieden in Axels Armen. Sehr zufrieden sogar. Meine Lebensgeister sind noch nicht wieder ganz erwacht aber immerhin geben sie mir grade Info, dass sie nicht für immer verschwunden sind, sondern nur pausieren. Rückfälle bereits mit eingeplant. Ich kuschele mich noch enger an ihn. Hoffentlich fällt ihm jetzt nicht ein, dass er mich doch nicht mehr mag oder ganz dringend weg muss weil sein Hund sich die Afterkralle abgerissen hat. Welcher Hund eigentlich? Ich bekomme einen kleinen, hysterischen Kicheranfall. Bestimmt auch der Situation geschuldet aber auch einfach meinem Naturell. Axel kennt das noch von früher.

411

Die nackte Wahrheit

„Na, wieder an irgendeine Ausrutschszene aus einem Film gedacht?" Ich kann nur den Kopf schütteln und dann geht mein Kichern wieder in Weinen über. Axel angelt sich von irgendwoher ein neues Taschentuch und trocknet meine Tränen. Als er mir das Tuch dann zum Schneuzen vor die Nase hält wie ein altmodischer Papa muss ich schon wieder lachen. Und dann will ich ihn küssen. Wieso gerade jetzt und hier und überhaupt, keine Ahnung und auch egal und so ist es jetzt eben und mein Herz klopft und in meinem Bauch zieht sich etwas erwartungsvoll zusammen, also der ganze Kladderadatsch den man so kennt aus solchen Vor-Kuss-Situationen. Er schaut mir einfach nur in die Augen. Ich streiche mit der Hand über seine Wange (womit auch sonst?) und er küsst die Innenfläche und dann küsst er mich, ganz zart. Und ich küsse zart zurück. Und dann finden wie von selbst auch unsere Zungen zueinander. Ich bewege meine Zungenspitze halb unter seiner Oberlippe, lecke über seine Lippen, will seine Zunge wieder spüren und er offenbar auch meine. Dann spüre ich seine Lippen und Zunge an meiner Wange, halb den Hals hinunter bis in den Nacken (das liebe ich, nicht diese Ohrknutschgeschichten und er weiß es wohl noch) und dann küsst er meine Augenlider um sich dann wieder meinem Mund zu widmen. Er umfasst mein Gesicht, streicht mit den Fingerspitzen über meine Lippen und mir wird schwach zumute. Aber schön schwach. Es passt vielleicht alles nicht zur aktuellen Situation aber es fühlt sich so gut an! Ich spiele ein wenig mit meinen Lippen an seinen Fingern und stelle fest, dass aus dieser Knutschgeschichte etwas mehr zu werden scheint. „Ilsa", sagt er leise und mit dunkler Stimme, die mich erschauern lässt. (Ja, es ist wie im Kitschroman. Mir doch egal). „Ich möchte mit dir schlafen." Ich spüre, wie er den Atem anhält und ein wenig ängstlich meine Antwort abwartet. „Ich auch mit dir." Wir küssen uns wieder und werden immer atemloser. „Bist du sicher? Ist ja irgendwie unpassend...oder...?" „Ich bin mir SOWAS von sicher!" „Aber darfst du...geht das... schon wieder...ich meine..." „Ja, ich habe keine Schmerzen oder so. Aber wir müssen ein Kondom benutzen." Ist DAS jetzt romantisch! Aber wat willste machen? „Axel rückt ein wenig von mir ab. „Aber so was habe ich nicht dabei. Ich müsste zu irgendeiner Notapotheke oder so. Oder gibt es sowas auch an der Tanke?" „Bestimmt. Und dann bring doch direkt noch die BILD Zeitung und abgepackte Wurst mit!" Wir kucken uns an und brechen in Gelächter aus. Das Lachen tut mir gut. Es ist so unendlich befreiend. „Ich habe noch welche. Auch wenn ich vorläufig nicht mit so etwas in dieser Art gerechnet habe." Statt einer Antwort zieht mich Axel vom Boden hoch. Wir stehen uns gegenüber und er fährt mit den Händen unter mein Shirt, kuckt mir in die Augen, zieht mich näher, fixiert die ganze Zeit meinen Blick. Schiebt mein Shirt höher bis ich die Arme heben muss, streift es mir über den Kopf. Seine Hände wieder an meinem Rücken schiebt er seine Finger unter meinen BH-Verschluss. Dann wandern sie wieder nach vorne, er streicht über meine Brüste, und küsst sie, saugt meinen Geruch ein, umfasst meine Taille, presst mich an sich, streicht mir über den Po. Und ich atme schneller und schwerer. Halte seine Hände fest, nehme dann seine Hand in meine und führe ihn die Treppe rauf in mein Zimmer, krame kurz und kurzatmig die Verhütedinger aus und lege sie auf den Nachttisch. Dann stehen wir da. Ich zittere und ich könnte schwören, er auch. Ich streiche über seine Arme, er bekommt eine Gänsehaut, alle Härchen stellen sich steil auf. Etwas anderes auch, das spüre ich, als er mich wieder an sich drückt. Ich befreie mich aus seinem Griff und schiebe langsam sein Shirt hoch, küsse seinen Bauch, lecke über seine Brustwarzen. Ziehe ihm das Textil aus. Er riecht so gut. Und wie er sich anfühlt – wie früher. Und doch neu. Es ist so lange her. „Ilsa. Ich will dich so sehr. Ich habe dich so vermisst. Du riechst so gut... Deine Haut macht mich verrückt." Wir küssen uns wieder, er hakt, wie auch immer, meinen BH auf, umfasst meine Brüste. Wir zerren uns irgendwie die Beinkleider vom Leib und sind nur Lust und Wollen und Atmen und Küssen und

Berühren. Dann liegen wir auf dem Bett und ich spüre seinen erhitzten Körper halb auf mir. Er streift sein letztes Kleidungsstück ab und sich eins der bereitgelegten Fromm´s über und mir das Höschen aus und dann, endlich, spüre ich ihn in mir, über mir und ich höre ihn schwer atmen und mich ebenfalls und umklammere seinen Körper mit meinen Beinen kralle meine Hände in seine Pobacken und wir bewegen uns rhythmisch, schnell, bis er innehält und mich küsst und wieder langsam von vorne beginnt bis wir uns beide nicht mehr zuückhalten können. Und Axel ruft meinen Namen und ich seinen und mein ganzes Sein besteht nur aus diesem Augenblick, aus diesem körperlichen Akt und dem Höhepunkt. Und es ist, in all dieser Begierde und Lust, als käme ich endlich nach Hause.

Aus Alt mach Neu

Der nächste Morgen steckt voller Vogelgezwitscher und Sonnenschein. Wie überaus passend. Ich wache auf und fühle mich erst einmal erfüllt. Dann fällt mir Omas Tod ein. Ich halte den Atem an und spüre, wie mir die Tränen wieder in die Augen steigen. Und dann höre ich neben mir regelmäßige Atemzüge. Axel! Er ist tatsächlich hier. Es ist wirklich passiert. Ich richte mich halb auf und betrachte sein Gesicht. Ganz entspannt schlummert er selig vor sich hin. Okay, an seiner Stelle wäre ich auch noch müde.

Wir hatten eben ganz schön viel nachzuholen und das haben wir auch getan. Ich bekomme schon wieder Lust auf ihn. Vorsichtig, ganz vorsichtig gleite ich unter seine Decke und schmiege mich an ihn. Mit geschlossenen Augen atme ich seinen Duft ein, umschlinge vorsichtig seinen Körper und läge gerne noch ewig so hier. Vielleicht für den Rest meines Lebens? Nicht älter werden, Sonnenschein durchs Fenster sehen, Löffelchen machen mit dem Glück. Gut, immer nur im Bett festgetackert zu sein, fänd ich dann auch nicht so ultraspannend. Und Sonnenschein auf der Haut spüren, an der Luft sein und auch mal andere Menschen sehen - das hat auch Charme. Aber solche Momente wie diesen einfrieren und immer wieder dorthin zurückkehren können, so oft und so lange ich wollte, das wäre schon famos. Axel regt sich und dreht sich zu mir um. Der Blick aus seinen bernsteinfarbenen Augen trifft meine grünen und schaltet von leicht verschlafen-verhangen zu strahlend und – liebevoll. Kein anderer Mann hat mich jemals so angesehen. Flirtend, freundlich, lüstern, schräg, interessiert, durch mich hindurch, es gibt viele Arten von Blicken, klar. Aber diesen hier, den gibt es nur ein einziges Mal für mich und von einem einzigen Mann, das weiß ich ganz genau. Dieser Blick ist voller Zuneigung und Zuwendung und Verständnis und Verstehen. Und voller Ehrlichkeit und Freude und Vergangenheit, Gegenwart und Zukunft und Beständigkeit. Kein: „Ich muss weg" „Ich ruf dich an" „Meine Freundin wartet auf mich" „Ich stehe auf Penelope Cruz und wer bist du bitte schön..." Na ja, all so ein Quatsch halt, den andere Flach-pfeifen so bringen. Axel ist Axel. Authentisch und unprä-tentiös. Zuverlässig, sexy, zupackend, überlegend, struk-turiert und gleichzeitig manchmal ein wenig kleiner Junge. „Was denkst du?" fragt er jetzt lächelnd. „Das ist eine Frauenfrage und Männer hassen sie!" „Du hast mich das nie gefragt." „Ich wusste sowieso meistens was du denkst. Und wenn ich es nicht wusste und du hast es mir nicht von selbst gesagt, dachte ich eben, es ginge mich auch nichts an. Guten Morgen übrigens." „Du bist schon ein seltenes Frauenexemplar. Dir auch einen guten Mor-gen." Und dann gibt es Küsse und wir rollen wie verrückt durch das Bett, welches nur 1,40 breit ist, und fallen, in die Decken gewickelt, heraus. Es gibt einen lauten Knall und ein nicht enden wollendes Gelächter. Gut, Sex auf dem Boden der Tatsachen ist auch nicht schlecht. Axels Haut ist immer noch leicht gebräunt, er hat einen flachen Bauch und breite Schultern und sein Hintern ist immer noch recht knackig. Aber das hatte ich ja schon bei unse-rem Spaziergang bemerkt. Es bereitet jedenfalls aller-größtes Plaisir, an ihn herumzustreicheln und zu küssen und zu riechen undsoweiter. Der Sex mit ihm ist wieder aufregend neu, ausgewogen (wenn man das in dem Zu-sammenhang sagen kann) und schlichtweg schön. Ich fühle mich begehrt, angenommen und... geliebt? Er spart nicht an Komplimenten und ist neben aller Stürmischkeit zärtlich und einfühlsam. Aber sind wir dadurch jetzt wie-der ein Paar? Ein Liebespaar? Mir steckt der andere Axel noch in den Knochen und aus meinem Herzen habe ich ihn auch nicht verbannt. Warum auch? Und wird nicht immer auch die lange Trennung und vor allem Beatrice zwischen uns stehen? „Kann man einfach da weiterma-chen, wo man seinerzeit aufgehört hat?" Denke ich... nicht. Axel blickt mir ernst in die Augen, wir befinden uns immer noch auf dem Boden, das Zimmer ist nun vollends vom Sonnenschein durchflutet, die Decken als Unterlage benutzend liegen wir da, halten einander, tauschen Zärt-lichkeiten aus. „Ich weiß es nicht, Ilsa." Es folgt eine längere Pause. „Aber einen Versuch wäre es doch wert,

oder? In die Zukunft schauen kann keiner von uns, aber sie ein Stück weit gemeinsam planen, das fänd ich schon ganz schön. Oder bist du nicht bereit dafür? Geht dir das alles zu schnell? Spukt dir der alte Mann mit Hut noch im Kopf herum?" „HALLO? Das ist kein alter Mann mit Hut!" „Aber dass du auf solche Typen stehst, hätte ich echt nicht gedacht." „Was heißt denn „auf solche Typen"? Ich "kenne" ihn aus dem Fernsehen und er hat mir immer schon ein bisschen gefallen, auch wenn er eigentlich nicht mein Typ ist. Aber vielleicht hat gerade das den Reiz ausgemacht. Außerdem ist er ein angenehmer und interessanter Mensch und Mann. Und hässlich finde ich ihn auch nicht.... Egal, das ist ja jetzt alles nicht das Thema!" „Scheiße!" „Ähm…wie jetzt…?" „Wie spät ist es?" Axel springt auf, streckt mir seine Po-Ansicht entgegen und hangelt hektisch nach seinen Klamotten. „Was ist denn auf einmal los?" „Ich muss zur Schule, und danach habe ich noch einen Termin. Kacke! Ich hab voll die Zeit vergessen." „Du weißt schon, dass du unter der Jeans keine Unterbux anhast…?" „Ja, die finde ich jetzt nicht, muss eh zu Hause noch duschen." „Ja, besser is`wenn du nicht alle Hunde und Katzen anlocken willst…" Er lacht und streift sein Shirt über. Schade. Dann zieht er seine Sneakers über und sprintet aus der Tür, halb die Treppe runter…und hechtet wieder hoch, kniet sich zu mir und gibt mir einen echten Abschiedskuss, streicht nochmal kurz über die relevanten Stellen des Oberkörpers und dann packe ich ihn am Shirt um ihm eine echten Ilsa-Superkuss zu verpassen. „Mensch, Kleines, lass, das, sonst komme ich hier nie weg." „Vielleicht will ich das ja?"
Als mein Exfreund, der jetzt gar nicht mehr so exig ist (?), hinfort geeilt ist, lege ich mich noch einmal ins Bett, genieße die Ruhe, lasse die vergangene Nacht noch einmal Revue passieren (dabei wird mir merklich wärmer). Und dann schießt mir in den Kopf, was Oma wohl dazu sagen würde, dass mein Jugendfreund, meine große erste Liebe und ich, ja, was denn? Uns wieder angenähert haben? Ha, ha. Oma hätte es auf jeden Fall gutgeheißen, wenn ihr

Kink und *dä Rosen Axel* wieder ein Paar geworden wären. Sie hat ihn immer gemocht.

Ich stehe auf und mache mich ebenfalls parat. Ich muss mir sowieso überlegen wie alles weitergeht. Sollte ich wirklich das Haus erben, was mache ich dann damit? So sehr Oma sich auch bemüht hat, alles zu pflegen, den Zahn der Zeit konnte auch sie nicht aufhalten. Ich gehe in ihr Schlafzimmer, in dem alles noch so ist wie es immer war. Auf ihrem Bett sitzend heule ich noch ´ne Runde. Ich höre mein Handy im Wohnzimmer klingeln. Also hurtig die Treppe hinuntergesprungen. „Ciao Bella, warum meldest du nicht mehr bei mir? Eh, was ´abe ische dir getane?" macht Cosimo wieder eine auf Klischee-Itanuffe. „Ahoi Cosimo. - Meine Oma ist gestorben..." Ich höre wie er zischend Luft holt. „Oh nein, das tut mir aber leid, Ilsa. Wann denn? Warum hast du dich denn nicht gemeldet?" „Ich hatte den Kopf wirklich ganz woanders und außerdem wollte ich dich nicht belasten mit meiner Trauer, du hast doch auch genug um die Ohren." „Wozu sind Freunde denn da?" „Ja, du hast ja Recht aber ich hatte hier wirklich ganz ganz viel richtig tolle Unterstützung. Auch von meinem Ex-Axel, übrigens..." „Ahaaa...?" „Aber jetzt erzähl mal, wie es bei dir so läuft." „Bei mir läuft alles ganz geschmeidig. Ich komme übernächstes Wochenende nach Düsseldorf und kucke mir ein paar Wohnungen an. Da hatte ich eigentlich gehofft, dass du eventuell mitkommst." „Ja, klar, mache ich gerne!" „Aber du bist doch in Trauer." „Das hat doch damit nichts zu tun. Es ist ja natürlich auch nicht so dramatisch, wenn man mit fast Mitte dreißig seine Oma verliert. Aber wir haben uns eben sehr nahegestanden, sie war fast schon mehr wie meine Mutter als wie eine Oma, verstehst du?" Meine Stimme zittert aber ich kriege sie und mich wieder unter Kontrolle. „Trotzdem würde ich dich natürlich gerne sehen und dir auch bei der Wohnungssuche helfen. Ich freu mich doch, dass du bald in diesen Sphären hier wohnen und arbeiten wirst!" „Gut, wenn du dir sicher bist dann..." „Dann hole ich dich vom Flughafen ab und bringe dich ins Hotel, oder willst du bei mir bleiben? In meiner Omma ihr klein Häuschen. Oder in meiner Bude in Bilk!" „Nein, nein, ich gehe selbstverständlich ins Hotel, oder in die Jugendherberge, die sieht ganz cool aus. Zumindest im Internet." „Ist sie auch, aber du bleibst trotzdem bei mir und sparst dir das Geld. Und wenn du Hilfe beim Umzug oder sonstwie brauchst, dann trommle ich auch ein paar Leute zusammen. Zum Dank müsstest du natürlich was Endgeiles für uns kochen." Cosimo lacht. „Das werde ich so oder so tun! Ach, cara mia, das ist schön, dass du da bist. Aber du hast doch sicher schrecklich viel zu tun?" „Joa...ich muss in erster Linie kucken, wie alles weitergeht. Und irgendwann auch mal wieder arbeiten gehen und und und." „Und was ist jetzt mit den Axeln?" „Den einen sehe und höre ich nicht mehr. Auf eigenen Wunsch. Nun ja, eher aus Vernunftgründen." „Und was ist mit dem anderen...??" „Das kann ich am Telefon nicht erzählen!" lache ich. „Mamma mia, Ilsa! Was für ein Glückspilz!" „Hör auf zu schleimen und gib mir lieber mal deine Ankunftszeit durch." Cosimo tut wie ihm geheißen. „Und wie geht es Onkel Kaii?" „Onkel Kaii geht es wie immer gut, er hat granatenmäßig viel zu tun, wie immer seinen Hofstaat um sich, heult sich jetzt schon die Augen aus, dass ich wegziehe und außerdem soll ich dich grüßen! Und von Berit auch." „Danke und grüß schön zurück."

Als ich aufgelegt habe, freue ich mich, dass wir uns bald wiedersehen werden und frage mich, ob er sich auch mit Axel wieder gut verstehen wird. Immerhin sind die beiden in Hamburg ja auch ganz gut miteinander klargekommen. Aber ich glaube, Cosimo ist eh ziemlich kompatibel, was den Umgang mt Menschen anbelangt. Ich mache mich auf den Weg nach Düsseldorf, mal wieder nach der Post sehen, lüften undsoweiter. Nächste Woche will und muss ich wieder arbeiten gehen. Auch wenn jetzt vieles verändert ist, die grundlegenden Sachen muss man nun mal erledigen. Mein Briefkasten quillt über, das meiste sind natürlich Rechnungen und Werbung, eine Ansichtskarte von den Grünhagens von Sylt (klar), da muss ich mich auch unbedingt melden! und außerdem ein dicker wattierter Umschlag. Von wem mag der sein? Ich gehe langsam die

Treppe rauf. Von den Apfelsteins! In meiner Wohnung reiße ich die Fenster auf und sehe die Post, auf dem Sofa sitzend, durch. Der Apfelstein`sche Umschlag beinhaltet etwas Hartes, Festes. Neugierig schlitze ich ihn mit dem Küchenmesser auf – ziehe das Harte, Feste heraus- und blicke in die gebräunten Antlitze von Janina und Lambert. Es ist ein Fotoalbum, nein, ein Fotobuch, aber irgendso ein High End Teil, von der Hochzeit in Weiß in Weiß. Den Titel ziert natürlich das glückliche Paar. Einen Brief gibt es auch:

„Liebe Ilsa,
du bist unsere Hochzeitsretterin und wir danken dir noch einmal für alles, was du für uns getan hast. Unsere Hochzeitsreise war ein Traum! Jetzt sind wir wieder zurück in Hamburg und Lambert hat sich sofort kopfüber in die Arbeit gestürzt. Außerdem braucht er ein neues Hausmodel: Denk dir nur, ich bin tatsächlich schwanger!!!!
Wir freuen uns wie verrückt und sind ganz aus dem Häuschen. Wie geht es dir denn? Hoffentlich gut, du bist so ein netter Mensch und hast das Beste verdient. Wir würden dich wirklich gerne noch einmal wiedersehen. Wann bist du wieder einmal in Hamburg?
Du kannst uns jederzeit besuchen kommen. Bis dahin, wir umarmen dich
Janina und Lambert

Ach wie süß, Janina wird tatsächlich Mama! Hoffentlich klappt das mit ihrer Silikonmilchbar. Aber ich freue mich wirklich für sie. Die beiden sind zwar echt ein wenig schräg, aber ich mag schräge Vögel. Dann schlage ich das Buch auf und habe einen Flashback. Als wäre ich wieder mittendrin im Geschehen. Ich sehe Rumpelstilzchen, wie er die Braut zum Altar führt – das war noch vor der Exfrauenatacke-, das Paar vor dem Altar, ein Foto der Hochzeitsgäste in der Kirche, offenbar von einer Empore aus aufgenommen, da sehe ich sogar mich und Cosimo mit den Grünhagens sitzen. Später dann Bilder vom Empfang, Cosimo, Kaii, Berit und ich mit Janina und Lambert; die

Grünhagens, mich in ihrer Mitte. Ich liebe dieses Bild, das muss ich unbedingt als einzelnes haben. Dann die typischen Tortenanschneidbilder, der Brauttanz undsoweiter. Dann Tanzbilder, Cosimo mit Edith, Carl und ich.

Schließlich Fotos von Axel und mir. Habe ich auf den Bildern davor nett gelächelt und natürlich wahnsinning bezaubernd ausgesehen (muss echt ein guter Fotograf sein, der mich so vorteilhaft abbilden kann), ist auf den Fotos mit Axel eine Steigerung zu sehen. Ich strahle wie ein Atomkraftwerk und Axel ebenfalls. Auf einem Bild sind wir beim Tanzen aufgenommen worden, als er mich gerade herumwirbelt und wir genau in die Kamera lachen. Es gibt sogar ein Foto von unserem Tanz zu *„Let her go..."*. Schmacht! Auf den Bildern mit ihm sehe ich einfach scheiß-glücklich aus. Ein anderes zeigt uns im Gespräch mit den Apfelsteins und Axel sieht mich dabei richtig veliebt an. Verliebt an. Verliebt. Verliebt?? Ich taste nach meinem Handy und schaue mir das Foto an, das ich an dem Abend von ihm am Wasser gemacht habe. Es zieht und ziept in meinem Bauch, in meinem Herzen, als ich ihn sehe. Und dann muss ich natürlich wieder knatschen. Bei der Suche nach einem Taschentuch verrutscht der wattierte Umschlag, fällt zu Boden und ein weiterer, kleinerer Umschlag gleitet aus ihm heraus. Ich schnaube in mein Tempo und öffne ihn neugierig. Darin sind weitere Fotos: das von den Grünhagens und mir, eins von Lambert und Janina, ein Gruppenfoto mit uns allen, eins mit Katharina und Rumburak und mir und die schönsten, die es von Axel und mir gibt. Zumindest von denen, die ich im Album sah. Ich bin gerührt. Endlos lange starre ich auf die Bilder, immer wieder von Neuem. Ob sie Axel auch solch ein Buch geschickt haben? Das wird seine holde Gattin nicht begeistern, soviel ist klar.

And they lived happily ever after?

Die Woche ist vergangen. Wir, Verena, Schnucki und ich, haben die Dankeskarten an die Kondolenten (gibt es das Wort überhaupt?) geschrieben und geschickt. Ich habe ein wenig im Haus herumgeräumt und auch ein bisschen ausgemistet. Aber es muss natürlich noch viel mehr getan werden. Immerhin habe ich es geschafft, die Obstbäume schon halbwegs abzuernten. Axels Mama hat mir dabei geholfen. Sie will auch einen Großteil des Obstes einmachen. Bei der Gelegenheit mache ich sofort mit. Ist ja kein Fehler, so etwas zu können. Außerdem weiht sie mich in die Geheimnisse der Sauerbratenzubereitung ein. Sie fragt nicht nach Axel und mir. Und ich bin ihr dankbar dafür. Und dankbar, dass sie da ist. Dass sie mir hilft. Sicherlich hat auch sie enorm an der ganzen Beatrice- und Melissa-Geschichte zu knabbern. Eine Oma, die dann doch keine ist. Das muss doch furchtbar sein! Ich kann mich denn auch, ganz Ilsa-typisch, nicht zurückhalten und frage rundheraus, wie es ihr mit der ganzen Sache so geht. Aber vorher habe ich noch einen Kaffee für sie gekocht, damit sie die Tasse zum Dran-festhalten hat. Und das tut sie dann auch. „Wie soll es mir damit gehen, Ilsa? Wie geht es einem in so einer Situation? Nicht gut, das kann ich dir wohl sagen." Sie nimmt einen Schluck Kaffee und sieht dabei in den Garten, wir sitzen draußen an einem wackligen Holztisch, auf dem eine alte Wachstischtdecke liegt. Das Wetter ist wieder besser geworden, die Sonne wärmt, der Wind hat sich verzogen, ein schöner Spätsommertag. „Ich finde es am schlimmsten für Axel. Und für Melissa. Hoffentlich bekommt sie jetzt keinen Knacks fürs Leben. Und Axel ist mein einziger Sohn. Ich will, dass es ihm gut geht. Wahrscheinlich braucht das jetzt alles viel Zeit, bis man mit der Situation umgehen kann." Sie nippt wieder an ihrem Kaffee. „Wenn man es denn jemals kann."

Axel hat sich seit unserer gemeinsamen Nacht ein bisschen rar gemacht. Merkwürdig, dass das bei Männern immer so ist. Oder ist das gar nicht immer so, sondern nur in meinem Leben? Irgendetwas mache ich falsch. Es ist so, dass er unglaublich im Stress ist, immerhin steckt er mitten in seiner verkürzten Meisterprüfung bzw. in den Vorbereitungen dazu. Dann hat er einiges an Zeit verloren, als er mir sozusagen bei Omas Tod und während der Beerdigungsvorbereitungen zur Seite stand. Außerdem geht es in der Schreinerei gerade drunter und drüber, es gibt höllenviel zu tun und einiges geht schief und er kann nicht immer vor Ort sein usw. usw. Also kann ich mich mal ganz hinten anstellen, mir ein Nümmerken ziehen und mich in Wartebereich B aufhalten wo es scheußlichen Kaffee aus einem versifften Automaten mit kackbraunen Plastebechern zu trinken gibt. Pfui Spinne! Okay, Axel hat an dem Tag danach noch eine zauberhafte Whatsapp geschickt: „Hi Kleines, sorry, dass ich so überstürzt weg musste. Ich fand es so schön mit dir. Können wir das wiederholen?" Und dann, einige Stunden später: „Die Wiederholung muss leider warten, mir schwimmen gerade alle Felle davon, in der Firma tobt der Bär!" Ich habe ihm dann zurückgeschrieben, dass er sich jetzt bloß keine Gedanken um uns oder mich machen soll sondern das tun muss, was gerade ansteht. Und wir ja schließlich nicht auf der Flucht seien. Aber schade fand und finde ich das jetzt alles natürlich schon. Andererseits wüsste ich eh nicht so genau, wie es jetzt weitergehen sollte. Ich muss mich, wie so oft, erst einmal sortieren. Zumindest muss ich versuchen, es zu tun.

Alarm im Aquarium

Und jetzt stecke ich wieder im normalen Alltag, zumindest, was das Berufliche anbelangt. Der Hyäne bastelt in den Endzügen an der Schweizer Teilhabe herum und seine Stimmung schwankt zwischen himmelhochjauchzend und zu Tode betrübt. Ich finde, die Schweizer sind zäh wie alter Raclettekäse und zicken divenmäßig herum. Ich hätte mir andere potenzielle Partner ausgesucht. Aber mich fragt ja keiner.

Mittwochs gibt es die Redaktionskonferenz oder, eher gesagt, das Wochenmeeting. Danach soll ich noch mal zum Hyäne ins Aquarium. Boah ey, ist denn immer noch nicht alles gesagt? Oder will er mich wieder über Katharina ausfragen? „Frau Eul, Sie könnten auch ruhig ein bisschen mehr arbeiten!" kommt er Türe schließend und Teetasse auf Untertasse balancierend ohne Umschweife zum Punkt. „Aber ich war doch krank, ich hatte den Gelben doch eingereicht…? Und außerdem ist meine Oma gestorben, das war alles…" Mein Chef lässt sich in seinen Chefsessel plumpsen und kippt sich prompt den Tee über seine schwarzbehemdte Brust. Aua, ist das nicht heiß? Hastig stellt er die Untertasse mit der wackelnden Tasse auf dem Schreibtisch ab und streicht sich mit der Hand mehrfach über die Hemdbrust. „Das weiß ich doch alles", sagt er unwirsch und schubbert wieder mit dem Hals im und am zu engen Kragen. „Ich meine, dass Sie insgesamt mehr arbeiten könnten. Von uns aus. Also, wenn Sie auch willens und in der Lage wären." „Also rein stundenmäßig?" „Genau. Die Verhandlungen mit den Schweizern sind kein Ponyhof aber der Deal steht. Diese Woche werden endgültig die Verträge unterschrieben und fertig ist die Laube! Das bedeutet, wir haben finanziell etwas mehr Luft. Das bedeutet, wir können mehr Leute einstellen oder bestehenden Mitarbeitern ein größeres Stundenkontingent anbieten. Das bedeutet: Wir brauchen auch mehr humanes Kapital denn schließlich haben wir die Absicht, noch etwas zu wachsen." Ich will jetzt aber nicht für den *BBQ Boy* schreiben oder so, dass kann er sich von der Backe schmieren. Offenbar spricht mein Gesicht Bände, denn Mittelweg setzt sofort nach: „Keine Angst, Sie wären bis auf Weiteres nur für die *Ovation* zuständig. Es sei denn, Sie möchten oder müssten sogar auch übergreifend für die anderen Magazine aktiv werden, darüber wäre dann noch zu reden. Dann müssten wir sowieso kucken, wie wir den Vertrag gestalten. Schließlich sind Sie dann keine freie Mitarbeiterin mehr mit endlos Urlaub und Tralala."

"Und dann bist du mein Knecht, Schimmerlos, ich steck´et dir hinten und vorne erein..." Ich sehe Mario A-dorf als Haffenloher in Kir Royal vor mir und mir wird bang zumute. Sein Gesicht switcht wieder zu dem runden Antlitz von Uwe Mittelweg. Ich atme auf. „Und Tralala? So Tralala ist es als Freie auch nicht wirklich!" tue ich kess.

„Aber als Vollzeit-Angestellte hätten Sie in gewisser Weise mehr Beschränkungen denn als "Halbfreie" die Sie jetzt sind: Feste Arbeits- und Urlaubstage, Überstunden, eventuell mehr Außentermine sprich Reisetätigkeit etcetera, etcetera." Gut, Reisetermine finde ich jetzt gar nicht *so* fies. Aber dann blitzt es mir durchs Hirn, dass ich ja vielleicht, eventuell und überhaupt gar keine Single-Frau mehr bin! Und außerdem: Irgendwie wollte ich ja jetzt doch auch mal vor Anker gehen und etwas mehr Beständigkeit in mein Leben bringen. Aber nix is fix und wenn der Hyäne schon von selbst auf die Idee kommt, die Frau Eul mit ins Boot Richtung Zukunft zu nehmen, ja, da halte ich doch erstmal fein den Schnabel und höre zu und nicke undsoweiter. Und gerade als ich das tue, kommt Frau Ziekowski hereingeschneit. „Was ist denn, Frau Ziekowski, ich wollte doch nicht gestört werden, Herrgott, hat man denn hier nicht einmal fünf Minuten Ruhe...?!" „Herr Mittelweg, Frau Eul, es tut mir wirklich sehr leid, dass ich hier so hereinplatze aber...Frau Eul, SIE HABEN BESUCH!" „Hä, was für Besuch?" Frau Ziekowski ist, entgegen ihrer sonstigen Art, voll upjerescht. „Der, der, Schauspieler ist hier! Der mit dem Blumenstrauß! Er wartet schon länger und da wollte ich mal vorsichtig nachfragen..." „Welcher Schauspieler trägt denn immer einen Blumenstrauß mit sich herum? Frau Ziekowski, haben Sie einen im Tee?"

fragt Mittelweg ganz höflich. Und ich? Ich sitze da und mir steigt die Hitze in den Kopf und das Rot in die Wangen und mein Hirn leert sich und meine Beine haben soeben ihre Knochen verloren. Scheiße! Das kann ja nur Axel Wegner sein! „Ach, du Kacke!" entfährt es mir und Frau Ziekowski sagt: „Frau Eul, freuen Sie sich denn gar nicht?" Und Mittelweg sagt: „Sie haben was mit ´nem Schauspieler? Egal, Sie sind hier um zu arbeiten, können Sie sich nicht nach der Arbeit mit ihm auf ein Bier treffen?" Und ich sage: „Es… es tut mir leid, das ist auch für mich überraschend …" Der Chef stöhnt theatralisch. Dann gibt er sich einen Ruck. „Okay, wir reden übermorgen früh weiter, das Angebot steht, lassen Sie mal alles sacken, Details wären noch zu klären. Ich zähl`auf Sie!" Er nimmt einen Schluck des Resttees und dann kommt eine aufgeregte Praktikantin aus der Grafik hereingeflattert und sagt: „Da, da sitzt Axel Wegner in unserem Konfi!" „Schon gut, schon gut, ich hol ihn ja jetzt da raus!" setze ich mich in Bewegung und schlottere den Gang Richtung Konferenzraum entlang. Die Tür steht halb offen, ich sehe eine Tasse auf dem Tisch, einen Hut daneben und einen Mann, mit dem Rücken zu mir am Fenster stehend, der mich immer wieder nach Luft ringen lässt. Also der Mann, nicht der Rücken. Warum kann ich nicht einfach mal cool sein? „Chaoachxl!" Der Mann dreht sich abrupt um. „Ach, Ilsa, du bist es. Bist du erkältet? Du klingst so heiser." Ich räuspere mich und versuche es erneut: „Hallo, Axel!" spreche ich ganz betont. „Nein, ich bin nicht erkältet, nur etwas überrascht." Er kommt auf mich zu. Fasst mich an den Oberarmen und zieht mich an sich.
Ich höre hinter mir ein Geräusch. Axel offenbar ebenfalls, denn er hebt abrupt den Blick. Ich drehe mich um: Vor der halboffenen Tür stehen: Die Praktikantin, Frau Ziekowski, die strahlt wie ein Christbaum, Frau Heimann mit dito Gesichtsausdruck, Harald, Philipp, drei Redakteurinnen, die sonst auf einer ganz anderen Etage sitzen, und: der Hyäne! Und er wird auf einmal ganz charmant-souverän, scheucht die anderen weg: „Habt ihr nix anders zu tun? Wir müssen den Gang als Notfallweg freihalten!"

426

Die kleine Menschentraube löst sich, zögernd, leise murmelnd und kichernd, auf. Mittelweg kommt nun jovial in den Konfi geschneit, streckt Axel seine Wurstfingerchen entgegen und spricht: „Guten Tag, Mittelweg mein Name, ich bin hier der Chef von et Janze!" „Angenehm, Axel Wegner. Entschuldigen Sie, dass ich hier so unangemeldet hereinplatze und Frau Eul einen Besuch abstatte..." „Aber nicht doch, wir freuen uns, dass Sie hier sind!" Hört hört! „Sonst ist das nicht meine Art aber wenn ich mich angemeldet hätte, wäre es ja keine Überraschung mehr gewesen." „Und die ist es in der Tat!" sage ich lakonisch. Mittelweg grinst so herzlich wie Jack Nicholson in *Shining*. „Frauen lieben doch Überraschungen, har har!" Axel harhart mit. Was bleibt ihm anderes übrig? „Tja, Frau Eul, in Anbetracht der Umstände können Sie ihre Mittagspause ja ein bisschen früher machen." Als ob ich sonst eine großartige Mittagspause hätte! „Dann geh ich jetzt mal ausstempeln" äußere ich mit hochgezogenen Brauen und gehe in mein Büro, um meine Tasche zu holen. Frau Ziekowski zischt mir von der Anmeldung aus zu: „Und, freuen Sie sich?" „Wie die Schneekönigin!" „Ach Frau Eul, der sieht ja noch *viel* besser aus als im Fernsehen! Aber ist er nicht verheiratet?" Zum Glück klingelt da das Telefon, der Kurier kratzt an der Tür und Frau Heimann ist momentan nicht am Platz. Ich kann mich also verkrümeln. Mittelweg und Axel kommen gerade smalltalkend den Gang entlang. „Das nächste Mal warnen Sie uns vor, dann können wir Ihnen ein bisschen Düsseldorf zeigen..." „Das ist sehr nett, aber..." „Das kann Frau Eul auch privat übernehmen!" sage ich keck und lotse den Akteur aus der Tür.

Zwei Männer, ach...

Wir nehmen die Treppe, denn ich will nicht allein mit Axel in dieser geschlossenen Kabine sein. Ich weiß gar nicht, was ich sagen soll, fühlen soll, was das ALLES soll.

Axel riecht wie immer gut und sieht auch genauso aus, wie ich ihn in Erinnerung habe. Heute trägt er aber mal nicht nur Hut, sondern auch eine Sonnenbrille zur "Tarnung"(?), ein graugrünes Samtsakko zu einer dunklen Jeans, graugrünweiß-gestreiftes Hemd und einen gräulichen Schal. So einen wollte ich auch schon die ganze Zeit haben! An den Füßen hat er irgendwelche Edelsneaker. Ja, er sieht gut aus aber auch ein wenig blass. Ich bin froh, dass ich heute Morgen noch Zeit gefunden habe, mir die Haare zu waschen und dass ich statt meiner üblichen Jeans einen Rock trage, Streifenshirt, Strickjacke unter dem Arm und Boots an den Füßen. Es ist tatsächlich wieder spätsommerlich warm geworden und geblieben in unseren Gefilden. Draussen setze auch ich mir eine Sonnenbrille auf. Vor dem Eingang bleiben wir ersteinmal stehen. „Und jetzt?" frage ich ihn. „Du kennst dich hier aus. Wo kann man denn nett sitzen und eine Kleinigkeit essen?" „Hm... viertel nach zwölf...lass uns ins Eigelstein gehen, da können wir draußen sitzen und ein Kölsch trinken. Außerdem gibt es da auch so Kleinkram oder Brauhausgedöns zu essen." „Seit wann gibt es denn Kölsch in Düsseldorf? Wir gehen nebeneinander her. „Seit einiger Zeit schon! Und es kommt richtig gut an hier. Finde ich auch erstaunlich. Aber ich mag eh diverse Arten von Bier: Kölsch, Alt...und die bayerischen Biere, Pils...ich habe noch nie verstanden, was dieser ganze Hype soll: *Ich bin Alt-Trinker, ich bin Kölsch-Trinker!*" Das ist doch Mumpitz. Das Einzige, was gar nicht geht, ist dieses blöde Altherrengesöff *Bit!*" So plappere ich vor mich hin um mal ja nichts Wichtiges zu fragen. Zu sagen. Oder gar ein unangenehmes Schweigen entsehen zu lassen. Axel lässt sich von mir bebrabbeln und dann sind wir auch schon am Eigelstein angekommen. Ich bestelle ersteinmal zwei Stößchen (mini kleine Kölschgläser mit was drin) und vertiefe mich dann angelegentlich in die Karte. Axel auch. Allerdings stelle ich fest, dass ich gar keinen Hunger habe. Und das soll was heißen! Die Stößchen werden kredenzt, wir stoßen an und ich leere mein Glas mit einem Zug. „Hoppla, hat dich die Arbeit so durstig gemacht?" „Nö, ich muss mir das da nur schön trinken." „Dein Chef ist doch eigentlich ein ganz netter Kerl..." Also, hier versagt des Schauspielers Menschenkenntnis! „Klar, wenn man ein prominenter Schauspieler ist, der vielleicht nochmal wichtig wird für Exklusivinterviews oder ähnliches, dann kann kann der Chef auch nett sein. Zu mir ist er meistens ruppig, kurz angebunden und gibt mir oft das Gefühl, eine Amöbe zu sein." „Du weißt, dass du das nicht bist. Trotzdem hat man als Chef auch nicht immer Zeit, die Eitelkeit seiner Angestellten zu füttern." Ich bin ein wenig sprachlos. Ist das ein Vorwurf? Fraternisiert er mit der Chefseite? „Ich weiß das aus Erfahrung. Die Regisseure sind oftmals mit ganz anderen Dingen beschäftigt als mit der seelischen Verfassung der Schauspieler. Die aber wollen gepampert werden." „Darf ich euch noch was bringen?" kommt der Kellner herbei. „Ja, bitte noch zwei Bier in Erwachsenengröße und für mich den Sauerbraten." „Ich nehme einen Flammkuchen." Zur Not ließe der sich wenigstens einpacken und mit nach Hause nehmen. Denn unter Garantie kriege ich den nicht auf. „Und, wie geht es dir, Ilsa?" Ich atme tief ein und überlege. Wie geht es mir denn? „Nun, meine Oma ist kürzlich verstorben, mein Chef hat mir einen richtigen Job angeboten, mein designierter Roman befindet sich in den Endzügen, ich erbe wahrscheinlich ein Haus, okay, Häuschen..." Und dann hatte ich granatenguten Sex mit deinem Namensvetter aber das lasse ich hier lieber unerwähnt. Und dann war da noch so etwas das ich lieber nicht thematisiere. Axels Gesichtsausdruck ist bestürzt. „Deine Oma ist gestorben? Wann? Warum hast du mir nicht Bescheid gegeben?" „Ähm, warum hätte ich das tun sollen? Du hast sie doch noch nicht einmal gekannt. Außerdem hatten wir eine Vereinbarung." „Was für eine Vereinbarung?" „Dass wir uns nicht mehr sehen noch hören, kontaktieren oder was auch immer." „Ich weiß von keiner Vereinbarung. Du hast mir eine kryptische Nachricht geschickt und ich dachte, lass Ilsa am besten ersteinmal zur Ruhe kommen. Aber ich WOLLTE mich gar nicht daran halten, verstehst du?" Unser Essen wird serviert während ich mich über sein schon fast wütendes Gehabe erstaune. „Hallo-o? Darf ich auch ein bisschen über mein Leben bestimmen? Und überlegen, was das Beste für alle Beteiligten ist?" „Aber muss das denn das Beste sein? Ich habe mich in dich verliebt Ilsa, und du dich in mich. Und das ist tiefergehend als so eine flüchtige Sex-Affäre." Ach, und woher will er wissen, dass das auf Gegenseitigkeit beruht? Beruht hat? Beruht? Beirut? Bei Ruth? Hä? Ach, Kacke, wieso ist er wieder in mein Leben geplatzt? „Und was ist mit deiner Frau?" „Ich bin von zu Hause ausgezogen." Ich erstarre. „Ins Hotel?" „Nein." Er nimmt einen Schluck Bier, setzt den Hut ab. „In unser Haus am Starnberger See." Klar, man hat sein Refugium in einer Eins A Lage. „Ich denke, du wohnst in Berlin?" „Wir haben dort gewohnt, ja. Aber mehr aus beruflichen Gründen. Jetzt muss ich halt pendeln, wenn in Berlin was ansteht." „Und deine Frau bleibt jetzt da allein zurück??" „Über kurz oder lang wird auch sie wieder Richtung Süden ziehen. Vielleicht. Vielleicht auch nicht. Das haben wir nicht besprochen." „Aber du hattest Zeit genug, ihr mal eben so mitzuteilen, dass du so ein rheinisches *Gspusi* kennengelernt hast und sie dehalb verlässt." Axel schnibbelt an seinem Sauerbraten herum. „Echt lecker! Möchtest du kosten?" „Ich weiß, wie Sauerbraten schmeckt!" entgegne ich barsch. „Ach ja, du hast ja von deinen Kochkünsten erzählt. Ich erinnere mich..." Jetzt muss ich doch ein wenig grinsen. Dieses doofe Ehepaar im *Mare*. Es scheint mir alles eine Ewigkeit her zu sein. „So habe ich das nicht ausgedrückt." Er nimmt wieder einen Schluck Bier, betupft sich das Schnütchen vorher und nachher mit der Serviette. Manieren hat er ja, das muss man ihm lassen. Gefällt mir. Aber auch egal jetzt. Ich nehme alibimäßig was von meinem Flammkuchen. „Fondern?" Er kuckt mich fragend an. „Ach, *sondern* hast du gesagt. Wie war jetzt nochmal die

Frage?" „Was du deiner Frau gesagt hast!" „Alles recht bei euch?" Ich bin verblüfft ob dieser Frage. Ach so, das war der Kellner. „Ich bin mir nicht sicher...," sage ich, den Blick auf mein Gegenüber gerichtet. „Alles zum Besten!" ist Axel begeistert und bestellt sich sofort noch ein Bier. Ich möchte lieber Wasser. „Ich habe ihr gesagt, dass ich jemanden kennengelernt habe, aber das wusste sie ja bereits", beantwortet er nun endlich meine Frage. „Und dass dieser Jemand, bzw. diese *Jemandin*, mich dazu gebracht hat, meine Gefühle zu ihr, Agnes, so sehr ins Wanken zu bringen, dass ich das Zusammenleben nicht weiter fortführen kann und möchte. Denn das wäre nicht fair." Fairplay...ich sehe Axel vor meinem inneren Auge, wie er sich ein Fußballtrikot auszieht wie in diesem Fifa-Werbespot oder was das ist. Eines Tages werde ich wegen meines alberen Gedankengutes zu den unmöglichsten Zeiten noch zurück in den Kindergarten gestuft. „Und Agnes hat gesagt: `Schon gut Schatz, geh mit Gott aber geh...`" „Nein, ganz so war es nicht. Wir haben heftig gestritten, diskutiert, geschwiegen. Geweint..." „Du auch?" „Geweint? Nein." Typisch Mann! „Wie auch immer." Axel lehnt sich zurück und streicht sich über den Bauch. Seinem Appetit scheint diese ganze Agnes-Geschichte ja nicht geschadet zu haben. Mein Flammkuchen ist inzwischen kalt geworden. Ich wusste ja, dass ich ihn später mit nach Hause nehmen würde. „Es ist jetzt so wie es ist, Ilsa. Ich halte nicht viel von halben Sachen. Ich habe lange überlegt, ich habe mir, uns, vorgemacht, dass unsere Beziehung wieder in den ursprünglichen Takt kommen kann, ich habe versucht, dich aus meinem Bewusstsein, meinem Gefühlsleben zu drängen. Es hat alles nicht funktioniert. Ergo: Bin ich ausgezogen. Habe weiter nachgedacht, nachgespürt. - Und dann bin ich zu dir gekommen." Einfach easy!

Der Bediener kommt um abzuräumen. „Darf ich euch noch etwas bringen?" „Ja, einen Espresso. Und einen Ramazotti. Mit Eis und Zitrone" sage ich mit dumpfer Stimme. Irgendwie wächst mir das grade alles über den Kopf. Ich meine, im Ernst Leute, bin ich jetzt die Verantwortliche für all das? Von mir aus ja gerne, okay, nicht gerne, aber: Mit-Verantwortliche. Aber ich habe doch niemals nie darum gebeten, dass Axel seine Frau und sein Kind, seine Patchwork-Pänz, den Tierheimhund und die ersteigerten Goldfische verlässt. Das habe ich nicht! Hilfe! Ich will keine Familienzerstörerin sein! Bin ich aber. Und ich wusste, dass er verheiratet ist. Ich komme in die Hölle. Wenigstens wäre ich da nicht alleine. Wie auch immer: Ich will nicht, dass meinetwegen diese ganzen Menschen unglücklich werden. Oder es bereits sind. Das habe ich nicht gebucht. Ich will raus aus dieser Situation. Ich will mich und alle anderen blitzdingsen damit wir wieder auf Los gehen und alles vergessen können. Langsam bekomme ich Schnapp- und Hechelatmung. Dann kommt der Espresso und der Ramazotti. Ich stürze den Alkohol fast auf Ex herunter während Axel langsam Zucker in seinen Espresso rührt und mich erstaunt beobachtet. Aah, das tut gut. Die Lebensgeister inklusive Atmung kehren zurück, ein paar Gehirnzellen aus der Abteilung *Vernunft* (ja, ich besitze tatsächlich welche, also Vernunft. UND Hirnzellen.), schalten sich live dazu. Ich setze mich kerzengerade hin, reiße schwungvoll das Zuckertüchen auf, lasse den Zucker ebenfalls schwungvoll in das kleine, wehrlose TässChen rieseln und rühre heftig darin herum. „Hör zu, Axel. Das alles ist ein Mißverständnis. Glaube mir. Du willst deine Frau und die Kinder und die Goldfische und Manfred den Hund gar nicht verlassen!" „Aber wir haben gar keine Goldfische. Und unser Hund heißt Herr Obermaier." „Das ist doch jetzt wurscht! Fakt ist: Aus uns wird nichts!" Axel blickt mich mit einem seiner Axelblicke an. Und das macht es mir schwer, das eben Gesagte, obwohl es ja von mir stammt, zu glauben. Ich trinke den Espresso und versuche zu denken. Irgendwie greift mein Konzept nicht. Okay, war ja auch sehr improvisiert. „Ich muss jetzt zurück zur Arbeit." „Sehen wir uns danach? Gibst du mir mal deine Adresse?" Habe ich eben Suaheli mit ihm gesprochen oder warum blickt der Mann nichts? Der Kellner bringt die Rechnung und den eingepackten Flammkuchen. Oh nein, das Alufolienpäckchen erinnert mich an mein

Pfauendate mit Axel Rosen. „Axel, wie stellst du dir denn unsere Zukunft vor? Ich hätte gerne eine Familie. Eine mit eigenen Kindern, Hunden und Chinchillas. Das kann doch alles gar nicht funktionieren." Ganz davon abgesehen, dass ich außer in dich auch noch irgendwie in meinen Exfreund verliebt bin. Ich hab ja schon einiges mit mir erlebt aber nicht, dass ich gleichzeitig zwei Männer, ach, in meinem Herzen hatte. Da hätte ich auch nix verpasst, wenn es so geblieben wäre, stelle ich fest. Ich vollkommen schwachmatige dumme Sau! „So weit habe ich noch nicht gedacht. Da kann man doch mal in Ruhe drüber sprechen. Ich hätte heute Abend wie gesagt Zeit." Wie, und danach nicht mehr? „Und danach?" „Ich muss morgen zurück fliegen weil ich weiter drehen muss. Und danach steht schon wieder ein neues Filmprojekt an..." „Na siehst du, du hättest doch gar keine Zeit für mich! Und wie stellst du dir die Wohnsituation vor?" „Ilsa, das kann ich dir alles so ad hoc auch nicht sagen. Vor allen Dingen kann und will ich doch da nicht über deinen Kopf hinweg entscheiden. So etwas will doch alles wohl überlegt sein. Ich bin sicher, es gibt eine Lösung für alles." Ach nee. Aber für seine Ehe hat er keine bessere als Flucht oder was? Ich schnappe mir mein Stanniolpäckchen (Déjà vu) und stehe auf: „Axel, ich kann und will nicht die Verantwortung für die Zerstörung deiner Ehe und Familie übernehmen. Das überfordert mich. Ich dachte, du hättest mich verstanden." „Aber hast du mir denn nur etwas vorgemacht?" Axel sieht etwas erschüttert aus und erhebt sich ebenfalls. An den Nebentischen tuscheln die Leute, ob er es nun *ist* oder nicht *ist*. „Nein, er IST es NICHT!" belle ich die Nebentisch-Sitzer und –Tuschler an und dann: „Nein, habe ich nicht. Aber...die Dinge ändern sich eben!" stoße ich hervor und mein armes Herz schmerzt, weil ich ihm eigentlich in diesem Moment eine riesige Lüge auftische und ich selber wieder erstaunt bin über mich Bescheuerte und meine kruden Gefühle, aber das muss nun eben so sein und ich mache auf dem Absatz kehrt und laufe ganz kitschig davon.

433

Zum Glück, ohne zu stolpern. Als ich um die Ecke gebogen bin, muss ich erst einmal zu Atem kommen. Dann krame ich im Weitergehen in meiner Umhängetasche. Wie gesagt: Zum Glück habe ich ja jetzt immer Tempos dabei.

Put yourself to the test

Im Verlag ist zum Glück die Wutz los und ich kann mich einfach an meinen Schreibtisch verpieseln und vorgeben, zu arbeiten. Der Chef hat einen Außentermin, die Empfangsdamen haben alle Hände voll zu tun. Axel Rosen Whatsappt mir, dass er mich und meinen Körper vermisst und ob wir uns am Samstagabend sehen können und vielleicht auch mehr...?? Scheiße mit Reis! Wie komme ich aus dieser Nummer wieder ´raus? Auf dem Heimweg versuche ich, darüber nachzudenken. Und nicht nur das, auch eine Lösung zu finden. Also sitze ich verträumt in der StraBa und lege die Fakten vor meinem inneren Auge auf den Tatsachentisch: Fakt ist, beide Kerle sind offenbar in mich verliebt und haben ernstere Ansichten. Das ist super fürs Ego aber extrem kacke um irgendweche seriösen Lebensentwürfe zu planen. Fakt ist außerdem, dass man nicht unbedingt seriöse Lebensentwürfe planen muss, sondern ein bisschen Fun haben könnte und dann mal kuckt, welcher der beiden am Ende der Beste ist oder welcher bleiben will oder eben soll und darf. Fakt ist, das ich so etwas nicht möchte und nicht beabsichtige, den beiden Theater vorzuspielen. Denn das haben sie nicht verdient. Es ist geschmacklos. Gefühllos. Unfair. Und am Ende gibt des drei traurige Herzen. Denn fröhlich könnte ich das eh nicht durchziehen. Wäre auch sehr anstrengend, denke ich. Noch zwei Stationen. Fakt ist, dass Axel Wegner ein sehr interessanter Mann ist, weltgewandt, gebildet, kultiviert, humorvoll, erfolgreich, erotisch (finde ich jedenfalls). Seine Nachteile, so er denn welche hat, und, geben wir es zu, wer hätte keine, kenne ich bislang noch nicht. Allerdings - einen vielleicht: Der Typ hat wenig Zeit. Bedingt: a) durch seinen Beruf, b) durch seine Patchworkfamilie(n). Ich weiß noch nicht mal, ob man sonntagsabends mit ihm und einem Döner oder einer Pizza auf der Couch chillen und Krimis kucken kann. Nicht, dass das jetzt das Wichtigste wäre, aber: So etwas muss einfach auch mal sein. Die Straßenbahn hält, ich steige aus, schlendere dann gedankenversunken Richtung Ilsa-

Behausung. Fakt ist, dass man mit Axel Rosen auf jeden Fall die Couch- und Döner/Pizzakiste durchführen kann. Außerdem kann der Mann richtig gut kochen, bringt mich häufig zum Lachen, er ist mir vertraut und trotzdem wieder neu, ich finde ihn sexy, allein schon von seiner Körperlichkeit her. Ich weiß, dass er weiß wann ich Geburtstag habe, dass PMS wirklich existiert und wie man sich als Mann in dieser Situation verhält, und welche Körbchengröße ich habe. Außerdem wusste ich immer schon, dass er einmal ein prima Vater wird. Er ist nicht so endkultiviert wie der andere Axel aber weit davon entfernt, ein Bauerntrampel zu sein. Auch wenn ich ihn in Hamburg als solchen beschimpft habe. Ich habe ihn so lange geliebt. Dann so lange vermisst und betrauert. Und mich dann wieder in ihn verliebt. Das muss doch was zu bedeuten haben! Ich stehe überrascht vor meiner Haustür. Wie bin ich hierhergekommen? In meiner Wohnung reiße ich erst einmal alle Fenster auf und werfe mich dann auf die Couch. Diese Faktengeschichte bringt auch nichts. Ich kann doch nicht zwei Männer gegeneinander aufrechnen, miteinander vergleichen oder was auch immer, wie eine Kosten-Nutzen-Rechnung. Das bringt´s nicht. Das geht nicht. Gar nicht. Mein Handy bimmelt. Inzwischen habe ich mir *Life shows no mercy* von den Stranglers als Klingelton daraufgepackt. Fand ich irgendwie passend. „Ilsa Eul?" „Hi, Prinzessin, hier ist Onkel Kaii. Alles hübsch bei dir?" „Hallo, Onkel Kaii. Öhm…tja…nööö…" „Erzähl. Hat bestimmt was mit Liebe zu tun." Merkwürdig, woher weiß er das nur? Ich erzähle ihm, so kurz es geht, aber dennoch ausschweifend genug, was bisher geschah. „Und jetzt sitzt du da mit einem Problemchen auf deiner Couch!" „Genau! Woher weißt du das? Hat hier einer Webcams installiert?" „Ißt doch nich´so schwer ßu erraten" kommt es aus dem Hörer gelispelt. „Wär doch bei jedem so." „Bei *jeder* vielleicht! Ich habe das Gefühl, dass die Männer sich nicht so sehr zerreißen und so intensiv grübeln und fühlen wie die Frauen." „Weit gefehlt. Klar, fühlen und grübeln wir auch, aber eben anders. Und sei ehrlich: Im Momentchen weiß doch keiner der beiden was grade Sache ist, oder? Jeder der Jungs meint, `Hey, ich bin in die süße Eul verknallt und sonst interessiert mich grad mal nix`! Dass da jetzt so eine Dualität bzw. Simultanität im Raum steht haben die doch noch gar nicht geblickt." „Okay, aber das macht die Sache auch nicht einfacher für MICH!" „Du musst dich selber testen. Wen vermisst du mehr? Mit wem kannst du dir eine Zukunft vorstellen? Wer bringt dich zum swingen, zum singen…" „Die Zukunft kann ich mir eher mit dem "alten" also, meinem Ex-Axel vorstellen. Er hat klare Ziele und ist sehr präsent. Singen und swingen ist ein bisschen mehr Axel Wegners Ressort…" „Fakt ist", greift Kaii unwissend meine vorhergegangenen Gedanken auf, „Fakt ist: Passen würden beide zu dir. Mit dem Schauspieler hast du natürlich ein anderes Leben als mit dem Ex-Axel. Wobei ich dessen Job auch cool finde. Der Schauspieler und du, ihr seid beide starke Persönlichkeiten." Hört hört. „Er sowieso, weil er seinen Weg schon gemacht hat und quasi in der Blüte seines Seins und seines Schaffens steht. Du bist auf dem besten Weg, den Durchbruch zu machen." Wieder: Hört hört! „Eure Beziehung könnte extrem befruchtend sein, ihr wärt ein richtiges Powerpaar. Und du würdest dich in seiner Welt schnell zurecht finden." Hm, wenn er das sagt. „Die Frage ist nur, wie lange dir das gefällt. Willst du zeitlebens die Frau an seiner Seite sein? Oder eventuell ständig mit ihm um die Alphastellung konkurrieren?" „Aber die Frage stellt sich doch gar nicht." Ich setze mich etwas aufrechter hin. „Wir arbeiten doch auf vollkommen verschiedenen Baustellen. Und selbst wenn mein Geschreibsel mal zum Erfolg führen sollte, niemals würde ich seinen Promistauts oder whatever erreichen. Und das will ich auch gar nicht. Wirklich nicht." Bei dem Gedanken daran muss ich schon lachen! Es IST lächerlich. Aber das mit dem *Alpha* gibt mir schon zu denken, ich bin kein Anhängsel. Axel hat mich auch bisher nie so behandelt. Aber vielleicht würde das unsere Umwelt tun? Aber wen interessiert das schon? Kaii lispelt weiter: „Der andere Bursche steht mitten im Leben. Hat dich immer geliebt. Ist ganz schön auf die Fresse gefallen. Ich fand´s echt mutig, dass er hier so einen Auftritt hingelegt hat." Boah ey, ist ja gut! Die tun immer alle so, als hätte er einen Drachen getötet! „Ich finde, ihr passt verschärft gut zueinander. Wie zwei Puzzlestücke." „Und das konntest du so schnell beurteilen?" „Na ja, immerhin hat der Gute hier bei mir genächtigt. Bisschen was erzählt aus seinem und eurem Leben. So was gibt es nicht oft, Prinzessin, dass zwei sich finden und so gut zusammen sind." „Aber wir waren ja dann getrennt." „Das Leben spielt eben nach seinen eigenen Regeln." Das ist jetzt aber eine sehr geschmeidige Antwort. Ich freue mich, von Onkel Kaii zu hören, aber, um es kurz zu machen: Auch er kann mich nicht aus meinem Dilemma holen. Vielleicht ist dies aber auch der ureigenste Charakter des Dilemmas, dass es nur einen Ausweg gibt, nämlich, dass man beide Auswahlmöglichkeiten oder wie man das nennen mag, hinter sich lässt und es etwas ganz Anderes, Neues wählt. Aber einen dritten Mann möchte ich nun auch nicht in meinem Leben haben. Und der sollte dann auch schon mal gar nicht aussehen wie Orson Welles...

Jedenfalls verstört mich die Situation. Bisher gab es immer einen und sonst keinen. Keine Parallelverliebtheit oder so etwas. Ich finde es widerlich. War Axel R. nur Mittel zum Zweck? Dem Zweck, mich die unglückliche, weil aussichtslose Verliebtheit zu Axel W. vergessen zu lassen? Verliebtheit kann man nicht vergessen. Aber sich unheimlich einen vormachen, das kann man. Zumindest versuchsweise.

Ich schrecke aus meinen Gedanken und von meiner Couch hoch, denn es hat geklingelt. „Mann, ey, kann man denn hier nicht mal in Ruhe über sein weiteres (Liebes-) Leben nachdenken? Welcher Pajas schneit hier unangemeldet einfach so ´rein? Ich kann nicht nachfragen, denn die Gegensprechanlage ist seit Längerem defekt. Der Pajas ist Axel W. Ich sehe ihn die Treppe erklimmen und möchte am liebsten die Wohnungstür wieder ganz diskret schließen. Aber das wäre dann doch zu unhöflich und übertrieben. Also lasse ich ihn seufzend eintreten. „Du freust dich ja riesig, mich zu sehen!" „Schön, dass du mich so unangemeldet besuchst, Axel!" Ich führe ihn ins Wohnzimmer. „Nimm doch Platz. Hattest du eine gute Anreise?" „Nun...ich bin mit dem Taxi hier..." Er sieht sich um. „Schön hast du es hier." „Ja, und so großzügig geschnitten!" „Es kommt ja nun nicht immer auf die Größe an!" Wir kucken uns an und dann brechen wir beide in pubertäres Gelächter aus. Als ich wieder halbwegs sprechen und durchatmen kann frage ich ihn, ob er einen Kaffee möchte. „Ja, gerne. Darf ich mir derweil auch noch den Rest der Wohnung anschauen?" „Tu dir keinen Zwang an! Aber du wirst schneller zurück sein als der Kaffee durchläuft." „Wenigstens hast du keine von diesen furchtbaren Kapsel- oder Padmaschinen." „Nee, bestimmt nicht. Was Kaffee ist, muss Kaffee bleiben!" Darüber müssen wir natürlich schon wieder lachen. Axel kuckt sich ein wenig in meiner zum Glück mal recht sauberen und aufgeräumten Bude um und ich suche das Fotobuch der Apfelsteins hervor und lege es auf den Couchtisch neben die Kaffeetassen. Während ich noch in der Küche krömsele und versuche, an nichts zu denken, sitzt Axel schon auf der Couch und blättert in dem Buch. „Woher weißt du überhaupt meine Adresse?" frage ich, mit der Thermoskanne aus der Küche kommend. Axel hebt unschuldig die Augenbrauen, zieht ein putziges AxelschnütChen und meint, er habe ein wenig seinen Charme spielen lassen. „Also von Frau Ziekowski!" „Ein Gentleman ist stets verschwiegen." „Keine Angst, ich werde sie diesbezüglich nicht belangen. Ich weiß ja, dass sie es gut gemeint hat. Und ansonsten ist sie wirklich extrem diskret. Ich kenne noch nicht einmal ihre genauen Lebensumstände. Ob sie einen Mann hat oder nicht." Ich gieße uns beiden Kaffee in die Tassen. „Bisher weiß ich nur von ihrer Muschi." Axel ist ganz vertieft in die Fotos. „Ähm, was? Wie bitte? Das sind ja wirklich sehr schöne Fotos!" „Hast du keine bekommen? „Ich weiß nicht, ich war ja die letzte Zeit nicht zu Hause. Aber es kann auch sein, dass sie sie mir in die Agentur geschickt haben. Ja, ich glaube, da ist zuletzt was angekommen aber ich wusste noch nicht, wohin sie es schicken sollten. Da muss ich morgen direkt mal anrufen."

Er lehnt sich zurück und trinkt seinen Kaffee. „Das war wirklich eine ziemlich verrückte Zeit in Hamburg." Er lacht bei der Erinnerung daran. „Im Nachhinein kommt es mir vor wie eine Klassenfahrt in die Jugendherberge." „Ja, oder Ferienfreizeit!" Kichernd sitzen wir in meinem kleinen Wohnzimmer auf dem Sofa und lassen die Dinge noch mal Revue passieren. Axel blättert erneut in dem Fotobuch. Dabei fallen die einzelnen Bilder heraus, die ich zwischen die letzte Seite und die Umschlagklappe gesteckt hatte. Lange blickt er auf das Porträt von uns beiden beim Tanzen. „Sind wir nicht ein wunderschönes Paar?" Ich muss ihm Recht geben. Aber ich tue es nicht. „Wir sind schön. Aber kein Paar." Er zuckt ein wenig zusammen. Legt die Bilder und das Buch an Seite. Rückt etwas von mir ab. Au weia, jetzt wird es ernst. „Ilsa, ich kann ja verstehen, dass du dich überrumpelt fühlst, weil ich hier einfach so aufgekreuzt bin. Vielleicht war das nicht die beste Idee. Aber es war die einzige, die ich hatte. Und hätte ich mich vorher angemeldet, wärest du doch erst recht nicht darauf eingegangen. Hättest mich abgewimmelt oder dich verleugnen lassen." „Das hätte ich wohl", piepse ich, denn meine Stimme ist auf einmal wieder Kleinkind geworden. „Mir ist das alles sehr ernst. Und ich bin trotz der etwas überfallartigen Situation die ich herbeigeführt habe, ein bisschen befremdet, dass du mich so auflaufen lässt." Okay, ich bin mal wieder die Schuldige. Dann sitzen wir beide ein wenig bedröppelt da und schweigen. Ich weiß einfach nicht, was ich sagen soll. Aber dann denke ich, dass ich ehrlich zu ihm sein sollte. Offen mit ihm sprechen sollte. Ob es eine gute Idee ist, weiß ich nicht. Allerdings finde ich es auch etwas ungünstig, wenn er nicht weiß WARUM ich mich so spröde und blöd anstelle. Ich atme tief ein und versuche, mich zu sammeln. Womit soll ich anfangen? Wie soll ich es ihm nahebringen?

„Also gut." Erwartungsvoll und leicht überrascht schaut er mich an. „Meine Oma ist gestorben. Das hat mich natürlich vom Schlitten gehauen. Auch wenn das in ihrem Alter jetzt natürlich nicht DIE Riesenüberraschung war. Aber es hat mich eben sehr mitgenommen. Es geschah ja auch sehr plötzlich. Aber das ist natürlich nur das Eine. Das Andere ist mein Exfreund..." „Ich hab´s geahnt!" Axel schüttelt den Kopf und stiert gegen die Wand. „Er war die ganze Zeit bei mir und hat mich unterstützt. Er war quasi dabei, als sie gestorben ist, hat noch Herzzmassage gemacht und so...aber sie war schon tot." Mir kommen wieder die Tränen. „Er hat mit mir die Beerdigung organisiert, die Urne zu Grabe getragen und und und..." „Entschuldige Ilsa, das wusste ich ja nicht", sagt Axel nun etwas kleinlaut. „Woher denn auch? Aber es war nicht nur der Tod meiner Großmutter, der mich aus der Bahn geworfen hat." Wie soll ich ihm das jetzt sagen? Soll ich es überhaupt? Es ist doch vorbei. Trotzdem. „Ich war schwanger, Axel." „Du warst....was soll das heißen? Von mir? Hast du es...etwa abgetrieben? Sag, dass das nicht stimmt!" Er nimmt meine eiskalten Hände in seine großen warmen und sieht mir in die Augen. Ich kann dem Blick nicht lange standhalten. „Um ehrlich zu sein, wollte ich es. Und dann doch nicht. Aber dann hat das Schicksal entschieden. Ich hatte eine Fehlgeburt. In diesem frühen Stadium heißt das, glaube ich, anders. Aber ich habe es verloren." „Ach Ilsa, das ist ja schrecklich! Warum hast du mich nicht angerufen? Wir hätten das doch gemeinsam durchstehen können! Und ich hätte dich niemals zum Abbruch gedrängt!" Er drückt mich heftig an sich.

„Als ob das so einfach gewesen wäre! Ich rufe doch nicht mal eben so bei dir an und sage: „Hi, alles im Lack? Du, ich bin schwanger von dir, kommste mal eben vorbei? Mir doch egal, welche Story du deiner Frau auftischst!" „Das hätte ich schon irgendwie hinbekommen." „Das konnte ich ja nun nicht wissen. Und ich konnte auch nicht wissen, wie bei euch der Stand der Dinge ist. Ich wollte keine Ehe zerstören. Aber das habe ich dir ja schon gesagt. Gut, wir haben uns aufeinander eingelassen. Dann muss man damit rechnen, andere Menschen unglücklich zu machen. Aus der Geschichte komme ich nicht raus." „In dieser Geschichte stecken wir beide drin." Er küsst mich auf den Scheitel und hält mich die ganze Zeit fest. Das wird er nicht mehr tun, wenn er den Rest erfährt. Ich will reinen

Tisch machen. Ich werde ihm wehtun. So leid es mir tut, aber: Ich habe auch genug Aua gehabt, habe ich immer noch. Da muss er jetzt durch. Wir müssen da durch. „Aber wie konntest du denn schwanger werden? Ich dachte, du nimmst…" „Ich nehme auch die Pille. Aber die verliert leider ihre Wirkung, wenn man einen Magen-Darminfekt hat und immer wieder alles von sich gibt." „Ouh…" „Tja, ouh. So was passiert mir auch mit Sicherheit nicht noch einmal." „Ich glaube, ich brauche jetzt mal einen Cognac oder was Ähnliches. Hast du so was im Haus?" Ich stehe auf und stöbere in meiner "Hausbar", die tatsächlich eine alte Kommode ist, welche ein paar Spirituosen enthält, die auf irgendwelchen Wegen hierhergekommen sind. „Mhm…ich kann dir einen spanischen Brandy anbieten." „Gerne." Den wird er jetzt auch brauchen! Ich aber auch. Ich fülle zwei Cognacschwenker mit dem Alkohol und setze mich wieder zu ihm. Beide trinken wir schweigend ein, zwei Schlucke. „Das war noch nicht alles, Axel." Er lässt sich in die Polster fallen und fragt dumpf: „Was kann denn da NOCH kommen?" Aber ich glaube, er ahnt es bereits. „Lass mich raten: Dein Ex-Axel ist noch mit im Spiel, stimmt´s?" „Ja." Er trinkt wieder von seinem Brandy. „Ihr seid euch nähergekommen. Du hast dich wieder in ihn verliebt. Ich mache mich hier grade zum größten Depp?" „Dass mit dem Depp kann ich ganz klar verneinen. Der Rest stimmt weitestgehend." Er setzt das Glas ab. Fährt sich mit beiden Händen übers Gesicht. Steht auf, geht durch das Zimmer. Setzt sich wieder. Füllt sein Glas, erhebt sich wieder und bleibt dann lange, das Glas in der Hand, am Fenster stehen. Blickt auf die Straße, in der nun schon die Laternen leuchten. Ich fühle mich scheiße. Aber auch ein wenig erleichtert. Und irrerweise freue ich mich jetzt, dass er da ist. Wie bekloppt kann man sein? Ich trinke meinen Brandy aus. Gieße mir noch einen ein. Und bekomme nun auch noch Hunger! Echt passend, Eul, genau der richtige Moment, um sich eine Leberwurststulle zu machen! Mhm…ich habe doch noch den Flammkuchen…Ilsa! Hallo, jemand zu Hause? Ja, das ist nicht die richtige Zeit, um ans Essen zu denken. Ich habe diesem

Mann gerade ein paar ziemlich dicke Dinger um die Ohren geknallt, die er erst einmal halbwegs verdauen oder wenigstens doch sortieren muss.

Axel sieht mich an. „Ilsa, liebst du Axel?" Guter Gott! Was soll ich denn jetzt dazu bitteschön sagen? Ich habe ihn vielleicht immer geliebt und mich jetzt wieder neu in ihn verliebt. Das Problem ist nur, dass ich parallel schon in jemand anderen verliebt war, von dem ich mich aber entverlieben wollte und sollte. Ich sage es ihm genau so. Er sagt erst einmal: Nichts. Steht einfach da. Und ich: Wünschte, dass alles anders gekommen wäre. Dass ich diesen Axel zu einem anderen Zeitpunkt kennengelernt hätte. Oder besser noch: Dass der andere Axel nicht zu diesem Zeitpunkt, als ich diesen Axel kennengelernt habe, aufgetaucht wäre. Oder vielleicht auch besser gar nicht mehr aufgetaucht wäre? Hätte ich dann, wenn ich doch glücklich verliebt in Axel W. gewesen wäre, Axel Rosen endlich überwinden können? Wäre dann das Ganze mit ihm gar nicht mehr geschehen, weil ich gar keine entspechenden Gefühle mehr für ihn gehabt hätte? Die Antwort ist: Kacke, woher soll ICH das denn alles wissen? Wahrscheinlicher aber ist wohl, dass diese Situation nur deshalb so entstanden ist. Durch diese Simultanität. Sonst hätte vielleicht jeder der beiden Männer nicht so einen "Druck", mich für sich zu "gewinnen". Oder sehe ich das falsch? Und ich hätte unter anderen Umständen auch einen viel klareren Kopf und klarere Gefühle und müsste nicht mühsam sortieren und vergleichen. Alles absolut falsches Timing. Aber auch das bringt mich natürlich nicht weiter. Langsam habe ich auch keinen Bock mehr, mir MEINEN Kopf zu zerbrechen! Was kann ich denn dafür, dass die beiden fast zeitgleich auf meinem kleinen Planeten gelandet sind? Eben, nix! Gut, an den Resultaten bin ich auch nicht ganz unschuldig. Jetzt hilf mir doch mal jemand! Axel setzt sich wieder zu mir. Nimmt mir das Glas aus der Hand und tut das einzig Richtige: Er nimmt mich in den Arm. Lang und fest. Küsst wieder meinen Scheitel. Meine Stirn. Meine Augen, in die gerade mal wieder Tränen steigen, meine Wangen. Er küsst mir die

Tränen vom Gesicht. Und Männer, die so etwas tun, die haben ein Herz. Und zwar genau für die Person, der sie die Tränen wegküssen. Da ist nicht nur Spaß an der Körperlichkeit, sondern ein Gefühl für das große Ganze der tränenden Person. Wenigstens habe ich das bisher - wenn auch selten genug - so kennengelernt. „Eulchen, jetzt komm erst einmal zu dir." Er hält mich fest und wiegt mich ein bisschen in seinen Armen. Ich fahre damit fort, zu heulen wie ein Schlosshund, sein Hemd durchzuweichen und mich halten zu lassen. Voll weibchenmäßig, ich weiß. Aber so schön! Endlich mal loslassen. Nicht alles stemmen und alleine tragen. „Kleines, es tut mir so schrecklich leid, dass soviel auf einmal auf dich gestürzt ist. Und dann noch zwei Männer, die dich unter Druck setzen." Ich will dazu etwas sagen aber er hält mich davon ab. Meine tränenverquollene Stimme hätte wohl eh nix phonetisch Sinnvolles hervorgebracht. „Schhh. Sag jetzt einfach mal nichts!" `Sagen Sie jetzt nichts...` „Ich möchte, dass du einfach mal zur Ruhe kommst. Du hast derzeit so viele Baustellen zu bearbeiten, das ist ja gar nicht zu schaffen. Ein Haus, oder von mir aus,- Häuschen- erben, das voller Erinnerungen steckt, und auf Vordermann bringen, einen Roman zu Ende schreiben, einen Vollzeitjob übernehmen, sich zwei Männer vom Hals halten. Oder auch nicht. Eine Oma zu betrauern und eine sehr kurze Schwangerschaft mit abruptem Ende zu verkraften. Ilsa, das ist eindeutig zu viel! Das kannst du, bei allem Respekt, nur sehr schwer schaffen. So viele Bälle kann selbst der talentierteste Lebensjongleur nur schlecht in der Luft behalten." „Ja, aber ich kann die Umstände nun mal nicht ändern. Es kommt doch immer alles auf einmal! Das kennst du doch sicher auch!" Natürlich klingen meine Worte nicht so klar und deutlich aber offenbar versteht er sie trotzdem. „Ja, das kenne ich auch. Aber wenn es so kommt, dass alles auf einmal kommt, dann hilft nur eins!" „Und das wäre?" „Eine Prioritätenliste!" „Ach was!" „Ja, das klingt simpel. Aber wenn alles so kompliziert ist, sind simple Lösungswege gefragt." „Und hast du schon Vorschläge was wohin kommt auf der Liste?" „Was ist das

Wichtigste in der derzeitigen Situation?" „Hm, wenn ich das wüsste, hätte ich ja kein Problem. Oder?" „Du setzt alles gleich wichtig nach oben. Aber das ist es nicht und das ist auch das Unschaffbare. Wichtig ist, dass es DIR ein bisschen besser geht. Dass du Zeit hast, zu trauern, die anderen Dinge ein wenig zu verarbeiten. Und du musst dafür sorgen, dass du deinen Lebensunterhalt bestreiten kannst. Als erstes musst du aus dieser Wohnung heraus." „Hä, wieso? Ich arbeite in Düsseldorf..." „Ja, ich weiß. Aber du hast ein Häuschen geerbt, in dem du mietfrei wohnen kannst. Natürlich fallen auch dort Nebenkosten undsoweiter an. Aber die Kosten fallen ohnehin an. Du wirst Grundsteuer und solche Sachen bezahlen müssen. Du musst in Ruhe überlegen, was aus dem Häuschen wird. Willst du es renovieren lassen und verkaufen? Vermieten? Selbst darin wohnen?" „Uff! Ich weiß es noch nicht genau." „Siehst du, das kannst du auch noch gar nicht genau wissen, weil du noch gar nicht die Muße hattest, darüber nachzudenken. Jedenfalls macht es für dich als Einzelperson mit einem derzeit noch halben Einkommen keinen Sinn, zwei Wohnstätten zu unterhalten." Einzelperson mit halbem Einkommen! Na, jetzt fühle ich mich aber aufgewertet! Aber Recht hat er ja, das muss ich zugeben. Und er hat mehr Geschick darin, die losen Enden meiner Gedankenstrippen zu verknüpfen, als ich. Als Außenstehender kann man eben immer gut klugscheißen. Wie gut, dass es Außenstehende gibt! „Ich halte es für keine gute Idee, jetzt auf den Vollzeitjob zu gehen. Obwohl du natürlich das Geld gut gebrauchen könntest, das ist mir vollkommen klar. Klar ist aber auch, dass du deine Zukunft eher als freie, Bücher schreibende Autorin siehst und nicht als halbversklavte Journalistin eines Frauenmagazins." Ich muss ein wenig lachen. „So schlimm ist mein Chef nun auch wieder nicht!" „Weiß ich ja. Und natürlich ist es ein Risiko zu sagen: „Chef, ich kann jetzt keinen Vollzeitjob übernehmen. Geben Sie mir ein halbes Jahr Bedenkzeit!" „Der wird sich lachend auf den Boden werfen und mir sofort die Namen von zehn Schreiberlingen nennen, die mit Kusshand den Job übernehmen." „Das mag ja sein. Aber du darfst auch nicht vergessen, dass er große Stücke auf dich hält. Auch wenn er es nicht zeigt, er schätzt das, was du tust. Du hilfst ihm, sein Blatt weiterzubringen. In dieser Zeit kein leichtes Unterfangen. Und selbst wenn er auf dich verzichten will - du bist mittlerweile doch beruflich auch so gesettelt, dass du auch woanders unterkommen könntest. Auch wenn der Konkurrenzkampf groß ist. Und zur Not gibt es ja auch noch Vitamin B!" „Erstens habe ich das nicht und zweitens finde ich das blöd." „Wieso denn? Es geht doch um deinen Lebensunterhalt! Meinst du denn, andere würden so eine Chance nicht nutzen? Und was heißt, du hast so etwas nicht? Du hast beste Kontakte zu Katharina Maulbach, zu Kaii, zu mir...und auch so wirst du doch den ein oder anderen Kontakt geknüpft haben? Erzähl mir doch nichts! Jedenfalls kannst du auf mich zählen, wenn du dabei Hilfe bräuchtest. Ich finde das gar nicht ehrenrührig. Schließlich kannst du was und musst dich nicht verstecken." Bei ihm klingt das alles so einfach. Okay, der Mann hat bestimmt noch nie finanzielle Nöte gehabt. Nicht, dass er in Geld schwämme (denke ich jedenfalls) aber große Sorgen um die Bezahlung der nächsten Stromrechnung oder ähnliches muss er sich sicher nicht machen.

Was ich jetzt noch nicht weiß, ist: Es kommt alles mal wieder sowieso, wie es kommen will. Derweil mache ich mir aber noch Gedanken bzw. fange an, mir strukturiertere Gedanken zu machen als bisher. Denn selbstverständlich gibt es auch noch andere Fragen als: Welcher Typ isset denn nun? Offenbar immer der, der grade greifbar ist, denn nun macht sich wieder große Vertraut – und auch Verliebtheit breit, für den Mann der hier aktuell neben mir sitzt. Das Ende vom Lied ist, dass er bei mir übernachtet, mit mir in einem Bett. Und da können wir die Finger dann auch nicht mehr voneinander lassen. Ich bin eben auch nur eine Frau.

Prioritäten und Determination

Am nächsten Morgen hat Axel schon Kaffee gekocht und kommt pfeifend aus dem Bad, aus welchem Duschdunst wabert. „Guten Morgen, Ilsalein, ich war so frei, Dusche und ein Handtuch zu benutzen, ein frisches Püperchen fehlt leider aber ich habe ja noch Wechselsachen im Hotel." Er gibt mir einen Kuss auf die Stirn und ich versuche dann, ebenfalls unter der Dusche, meinen Denkapparat anzuwerfen und meine Morgenmuffeligkeit zum Teufel zu jagen. In der Küche sitze ich am Tisch und halte mich an meiner Kaffeetasse fest. Dann schalte ich mein Handy ein und stelle fest, dass der andere Axel mehrfach versucht hat, mich zu erreichen. Das muss ich später klären. Denn die Prioritätenliste gibt ja andere Dinge vor. „Ich habe die Erfahrung gemacht, dass man mal abtauchen muss, wenn man sich Gedanken um die Zukunft oder die aktuelle Lage machen muss oder will. Wenn du möchtest, kannst du bei mir am Starnberger See untertauchen. Ich bin in der nächsten Zeit selten dort, du hättest also die nötige Ruhe und Neutralität." „Ich kann doch jetzt nicht so einfach meine Arbeit und das Häuschen im Stich lassen!" „Du lässt nichts im Stich, sondern kümmerst dich um das Wichtigste: Um dich. Und dann wirst du sehen, wie weitergeht. Denn es geht immer weiter. So oder so." Vielleicht hat er ja wirklich Recht. Ich erbitte mir noch etwas Bedenkzeit. Immerhin muss ich das alles ja auch mit meinem Chef abklären. Na, das wird eine Gaudi! Axel und ich verlassen zeitgleich das Haus. Auf dem Trottoir umarmen wir uns lange und fest. Ich blicke in seine grauen Augen die mich wiederum mit einem liebevollen Blick zurück anschauen. Natürlich könnte ich diesen Mann lieben! Am Ende tu ich´s ja schon... Die Frage ist nur, ob das eine gute Idee ist.

Der Tag hält einige Überraschungen parat: Während Axel Richtung Hotel und später Flughafen enteilt, werde ich beim Entern des Verlags sofort zum Hyäne zitiert. Mist, was soll das bedeuten? Ich lade meinen Kram in meinem Minibüro ab und habe grade noch Zeit, mir aus der noch laufenden Kaffeemaschine mein Morgengebräu zu zapfen als ich schon die ungeduldige Stimme Mittelwegs im Gang vernehme. „Frau Ziekowski, ist schon Tee fertig? Wo bleibt denn jetzt Frau Eul? Und wieso ist Frau Heimann nicht da? Sind die Unterlagen für Pipapo schon parat...?" Na, das kann ja echt heiter werden! Ich wappne mich gegen alles, was da kommen mag (obwohl ich gar nicht wüsste, was da Schlimmes kommen sollte) und halte meine Schultern gerade aber nicht zu weit nach oben („Schultern runter, lächeln, atmen" hat Franz Beckenbauer gesagt und der muss es wissen, haha) und trete todesmutig in den Gang. „Da sind Sie ja, Frau Eul, ich habe wenig Zeit. Gehen Sie schon mal in mein Büro, ich muss mir meinen Tee noch SELBER holen..." Na, das ist ja wirklich eine Höchststrafe! Bescheiden setze ich mich vor seinen Schreibtisch und harre, an meinem Kaffee nippend, der Dinge, die da kommen sollen. Schwungvoll betritt mein Chef nun sein Aquarium und knallt die Tür zu. Dann stellt er seinen selbstgeholten Tee ab und lässt sich auf seinen Chef-Fauteuil fallen. Er stösst eine Art „Puh" aus und lässt die Schultern sinken. Oha, was ist los im Hyänenland? Er strafft sich wieder, nippt an seinem viel zu heißen Tee und kommt zur Sache: „Frau Eul, folgendes Problem tritt auf..." Aha, ein Problem. Ja, gib es ruhig an mich weiter, ich sammle die nämlich grade. Erwartungsvoll sehe ich ihn an. „Das da wäre...?" „Wir haben ja über Ihre erweiterte Tätigkeit hier gesprochen..." „Ja, das haben wir." Er fährt sich mit der Hand übers Gesicht. Und sieht auf einmal grau und alt und gestresst aus. Fast tut er mir leid. Aber nur fast. „Nun ist es so, dass unsere Schweizer Interessenten auf einmal doch Bedenken haben." „Oh? Ich dachte, das sei alles in trockenen Tüchern?" „Das dachte ich auch. Aber offenbar habe ich mich da zu früh auf der sicheren Seite gewähnt. Ist mir auch noch nie passiert. Aber solche Dinge sind eben sehr... nun, speziell." „Verstehe." „Das alles ist jetzt keine Vollkatastrophe. Ich hätte eventuell noch einen anderen potenziellen Teilhaber in petto. Aber bis das alles geklärt ist, ob und wer und wann... das dauert. Also kann ich

Ihnen derzeit nun doch nicht mehr Arbeit und damit mehr Geld anbieten." Er macht ein bedröppeltes Gesicht. Kann ich verstehen. Für ihn ist das eine harte Nuss, dass der Deal wahrscheinlich platzt und dass ich nun in diese Dinge quasi eingeweiht bin. Es ist ihm vielleicht peinlich. Für mich kommt die Chose wie gerufen, entbindet sie mich doch von einer Entscheidung, bzw. der Mitteilung, dass ich doch lieber erstmal weiter Teilzeit arbeiten will. Also kann ich schon einen Punkt auf der Prioritätenliste abhaken. „Geil!" denke ich dass ich denke. „Ähm, wie?" ist der Bezopfte irritiert. „Weil, sagte ich, ich meinte, weil das Leben eben so ist wie es ist." Er kuckt immer noch irritiert. „Ich meine, wir GLAUBEN zwar immer, dass alles planbar ist, aber in Wirklichkeit kommt doch alles oft anders. Das Leben macht, was es will. Und es passiert, was passieren will. Determination, wissen Sie?" „Ich glaube, ich weiß, was sie meinen" antwortet er zögernd und nippt weiterhin irritiert an seinem Tee. „Nun ja, jedenfalls weiß ich noch nicht, wie sich die Dinge nun hier entwickeln. Soll sagen, wie schnell sie sich entwickeln und ob wirklich in die gewünschte Richtung." Er stiert eine Zeit lang in seine Tasse. Vielleicht wartet er ja darauf, dass das Tee-Orakel ihm eine Antwort gibt. Dann geht ein Ruck durch ihn: „Nun ist es ja nicht so, dass wir hier kurz vor der Pleite stehen. Ihr Teilzeitjob ist auf keinen Fall gefährdet und ich stehe auch zu meinem Wort, dass Sie, wenn ein Teilhaber gefunden ist, ein bisschen mehr Karriere machen können. Aber aktuell möchte ich das Risiko nicht eingehen, Sie erst einmal zu einem höheren Gehalt einzustellen auf die Gefahr hin, Ihnen das Gehalt dann nicht dauerhaft zahlen zu können und Sie sich dann wieder zurückstufen müssen. Wenn, dann soll das alles auch Hand und Fuß haben." Er hat ja so Recht. Und ich habe somit eine Art Galgenfrist. Vielleicht klärt sich ja alles in den nächsten Wochen auf und ich kann ganz entspannt in einen Vollzeitjob einsteigen? „Astrein!" denke ich, das hilft mir jetzt, ohne Gesichtsverlust und die mögliche Option auf eine mögliche, ausgebaute Tätigkeit zu verlieren, aus der Story rauszukommen! „Astrein??" „Wie bitte? Nein, nein, ich sagte:

Kann sein! Ich meinte, kann sein, dass das alles schneller geht als man glaubt. Das Schicksal ist eben eine Diva!" „Sie sind ja heute sehr philosophisch - metaphorisch unterwegs." „Och, nicht nur heute." „Also, ist das erst einmal okay für Sie so?" Und wie! „Ja, natürlich, auf ein paar Wochen oder so kommt es nun ja auch nicht mehr an. Und Langeweile habe ich auch so nicht." „Gut!" Er sieht erleichtert aus. Sicher ist er nun auch mit seinen Gedanken schon wieder auf der nächsten Baustelle. Jedenfalls werde ich ziemlich bald aus dem Aquarium entlassen. Puh, Glück im Unglück gehabt. Und dass ich für eine oder zwei Wochen nach Bayern abtauche, kann ich ihm ja die nächsten Tage irgendwie hübsch verpackt und mit der Option auf Home-Office bzw. Nachholstunden oder von mir aus auch unbezahltem Urlaub nahe bringen.

Zurück in meinem Büro macht mein Handy Geräusche. Ich nehme es zur Hand. Mistikato! Axel Rosen hat sich erneut gemeldet. „Ilsa, WO zum Teufel steckst du? Ich mache mir Sorgen! Wenn du dich nicht meldest komme ich im Verlag vorbei!" Oh nein, bloß das nicht! „Ich hatte sehr viel zu tun und zu bedenken. Ich melde mich später mal in Ruhe bei dir, sorry, wollte dir keine Sorgen bereiten!" Whatsappe ich ihm. Und dann beginne ich auch endlich mit der Arbeit. Sechs Stunden und einige Kaffees später verlasse ich das Mittelweg-Reich und stiefele Richtung Bahn. Zuhause angekommen wartet bereits eine Überraschung im Postkasten. Ein Brief vom Vermieter. Was will der denn bitteschön? Mieterhöhung? Der soll mich in Ruhe lassen! Aber natürlich siegt die Neugier und – ein ungutes Gefühl. Und es soll sich bestätigen:

„Sehr geehrte Frau Eul,

aufgrund dringend notwendiger und umfassender Sanierungsmaßnahmen wird ab Soundsovielten dieses Jahres mit den entsprechenden Arbeiten begonnen. Auch werden bestehende Wohnungen zu größeren Mieteinheiten umgestaltet um die Rentabilität der Immobilie XYBLABLA zu gewährleisten bzw, sie dem aktuellen Immobilienmarkt anzupassen Labersülz. Dabei ist eine Weitervermietung

Ihrer Wohnung nicht mehr möglich nach § Hastenichtge-
sehenlaberlaber... daher ...Kündigung...blabla...."
Mit freundlichen Grüßen,
Fred Arschloch (Eigentümer)

Auf gut Deutsch, mir wird meine Wohnstatt gekündigt. Ich
setze mich mit dem Schrieb in der Hand auf die unterste
Stufe im Treppenhaus (wie passend) und habe erstmal
Leere im Kopf. Meine süße kleine Rumpelbude wird mir
gekündigt. Ich, Ilsa Eul, muss weichen, weil ich Opfer des
Immobilien – und Düsseldorfbooms geworden bin. Wie
scheiße ist das denn bitteschön? Etwas Vergleichbares zu
finden wird sehr sehr schwierig. Und hier im Umkreis sowieso. Wenn es mit meinem Wohnhaus anfängt, hört es
damit nicht auf, sondern der Schicki-Geldboom beginnt
erst. Puh. Das muss ich erst einmal sacken lassen. Die
Haustür wird aufgeschlossen. Meine uralte Nachbarin, die
hier im Erdgeschoss lebt und wahrscheinlich schon im
Kaiserreich hier im Treppenhaus geboren wurde oder so,
schlurft mit ihrem Hackenporsche in den Flur, bemerkt
mich nicht und öffnet ihren Briefkasten. Ich erkenne das
Schreiben des Vermieters. Au Backe. Wie kann man denn
so einen alten Baum nun noch verpflanzen wollen? Das ist
ja furchtbar. Wieder öffnet sich die Haustür. Frau Peters
aus der Wohnung unter mir, alleinerziehend, zwei Kinder,
kommt hinzu. Grüßt, öffnet den Postkasten. Ich halte die
Luft an. Sie öffnet den Brief sofort, während sie mit der
alten Frau Ulbrich spricht. Liest, liest nochmals, wird
blass. Ich stehe auf und trete an die beiden heran. Wenn
sie erschrocken über mein Auftauchen sind, lassen sie
sich nichts anmerken. Das Schreiben hat sie viel mehr
aufgeschreckt. Frau Ulbrich ist kreidebleich. „Aber wo soll
ich denn hin? Ich kann mir keine andere Wohnung leisten.
Ich bekomme doch gar nicht so viel Rente!" Und Frau Peters: „ Ich weiß nicht, wie ich das stemmen soll! Mein Ex
hat seit Monaten keinen Unterhalt mehr für die Kinder
gezahlt. Ich arbeite doch schon auf einer Dreiviertelstelle.
Mehr kann ich mit den Kindern nicht!" „Tja, des Einen Determination ist des Anderen Hölle!" Die beiden kucken

mich verständnislos an. „Ich glaube, wir brauchen jetzt mal ein Schnäpperken!" „Ich hab noch eine Flasche Killepitsch!" ruft Frau Ulbrich. Schau an! Kurz darauf sitzen wir bei der alten Dame in ihrem altmodischen Wohnzimmer auf einer gemütlichen alten Couch, durch deren Sitzpolster man schon ein wenig die Sprungfedern spürt, und bekommen aus zittrigen Händen den Schnaps serviert. „Brr", machen wir alle und müssen gleichzeitig lachen. Und werden sofort wieder ernst. Immer wieder lesen wir unsere Schreiben, schütteln den Kopf und lamentieren. Aber wir wissen, dass wir am Ende den Kürzeren ziehen werden. Noch zwei Killepitschs und ich bin voll wie ein Bus, wanke in den dritten Stock und lasse mich aufs Bett fallen. Ich werde morgen versuchen, etwas mehr über unsere Rechte herauszukriegen. Vielleicht gelingt es uns ja, wenigstens für die alte Frau Ulbrich einen günstigen Ersatz zu finden bzw. für sie und die Familie Peters eine Art Abfindung oder was auch immer herauszuschlagen. Muss man mal den Mieterschutzbund kontaktieren. Für mich gilt: Wie groß auch mein Abschiedsschmerz werden wird und wie sehr mich das alles ankotzt mit der Kündigung: Die Determination hat soeben einen der Hauptpunkte auf meiner Prioritätenliste gestrichen.

Ich habe dir nie einen ROSENgarten versprochen

Der Killepitsch hat mich ganz schön umgehauen. Ich bin gerade dabei, einzuduseln...
Life shows no mercy meint mein Smartphone stattdessen. Benommen nehme ich das Gespräch an. „IlsaEulhallo?" „Ilsa? Bist du das?" „Wersons? Ingrid´Bergmann?" „Du klingst so verwaschen." „Würdestduauchnachdreikillepitsch!" „Hä? Hast du getrunken?" Es ist übrigens Axel Rosen. Und ich will Zeit gewinnen. Dann versuche ich, meinen Sprachmodus wieder auf Normal zu schalten. „Ich - habe - drei –Killepitsch – getrunken – weil – mir - meine – Wohnstatt – gekündigt - wurde. Und – nicht – nur – mir – sondern – allen – Mietern - hier!" sage ich so deutlich wie möglich. „Au weia! Wieso das denn?" Ich erzähle es ihm so deutlich wie möglich. „Und jetzt?" „Und jetzt ziehe ich wohl erstmal in Omma ihr klein Häuschen. Oder ich verkaufe es und kann mir dann vielleicht noch eine Hütte hier in Düsseldorf leisten. Denn: was soll ich dauerhaft in Korschenbroich?" „Zu Hause sein." Da bin ich erst einmal still. Und Axel: „Ilsa, was ist los bei dir? Und mit uns? Bereust du, was passiert ist? Du hast dich nicht mehr gemeldet...bist nie ans Telefon gegangen. Habe ich was falsch gemacht?" „Ähm, welche Frage soll ich jetzt als erstes beantworten?" Axel sagt: nix. „Gut, dann versuche ich es nach und nach: Ich bin ziemlich durch den Wind. Ich habe den Überblick verloren und wusste, oder weiß, nicht mehr, wo meine Prioritäten sind oder sein sollten. Ich habe noch nicht alles verarbeitet. Dann bietet mir mein Chef einen Vollzeitjob an. Ich mache mir einen riesen Kopf, ob und wie ich das schaffen will, denn ich muss ja auch noch mein Buch zu Ende schreiben. Zwei Tage später zieht er das Angebot wieder zurück. Dann wird meine Wohnung gekündigt."
Ich lege eine Pause ein und nehme allen Mut zusammen den ich gerade aufbringen kann und dann: „Und dann steht der andere Axel auf einmal im Verlag und wirbelt alles noch ein wenig mehr durcheinander." Axel: Nichts. Ilsa:?? Ilsa: „Bist du noch da...?" „Ja, ich bin noch da,

Ilsa." „Bist du mir böse?" Ich höre Axel atmen und schweigen. „Phhh, nein, ich gaube nicht." Das ist auch gut so, denn ich habe ihm nie nichts versprochen und er mir schließlich auch nie einen ROSENgarten. *I beg your pardon, I never promised you a rose garden...* klingt das alte Lied in meinem Erbsenkopf. Die Frage ist doch auch, ob man überhaupt jemals etwas versprechen sollte, was mit (zukünftigen) Gefühlen zu tun hat. Wer kann 1978 schon gewusst haben, dass er im Jahr 2001 immer noch dieselbe Person lieben wird? Gefühle können sich ändern. Lebenssituationen können sich ändern. Sicher ist nur, dass 2001 was mit einer Odyssee im Weltraum zu tun hat. Und was will man, bei Licht betrachtet, mit einem Rosengarten eigentlich konkret anfangen? Offenbar habe ich mal wieder laut gedacht, sogar das Lied gesungen und Axel ist nun über mein Gedankengut im Bilde. „Es ist ja auch alles jetzt ein bisschen Hals über Kopf gewesen. Wirklich alles, meine ich. Gerade für dich. Aber irgendwie haut es mich schon um, das muss ich zugeben. Auch deine Denkweise. Wobei ich die nun nicht per se scheiße finde oder so. Aber ungewohnt für dich." Pause. „Ob wir jetzt langam erwachsen werden?" Gelächter auf beiden Seiten. Dann schweigen wir ein wenig - was beim Telefonieren immer total sinnvoll ist! Ich schöpfe mal wieder tief Atem und lass den nächsten Schuss los: „Axel hat mir angeboten, in seinem Haus in Bayern zu bleiben. ALLEIN, wohlgemerkt, damit ich auch mal räumliche Distanz kriege. Entweder werde ich da bekloppt und kriege einen Shining-Koller. Oder ich schreibe endlich meine Geschichte zu Ende. Oder was weiß ich..." „Und von welchem Zeitraum reden wir da? Und wo ist er so lange? Sorry, das klingt so inquisitorisch. Tut mir leid." „Ist schon okay. Er ist bei Dreharbeiten, ich glaube in Berlin. Und ich kann bleiben, so lange ich will, mehr oder weniger. Irgendwann muss ich ja auch wieder in den Verlag. Mein Chef weiß eh noch von nichts." „Der soll sich sowieso mal fein zurückhalten! Lockt dich erst mit dem Jobangebot, macht dann `nen Rückzieher und behandelt dich auch sonst immer so, als könntest du dankbar sein, für dieses Hungergehalt da zu arbeiten!"

454

Mhm...irgendwie hat er ja Recht. „Irgendwie hast du ja Recht. Aber vielleicht muss ich auch das alles mal für mich auseinanderklamüsern. Kosten-Nutzen-Rechnung und so. Vielleicht stehe ich mich als Freie auf Dauer ja doch nicht schlechter." „Oder du bewirbst dich einfach mal woanders!" „Na ja, so ganz einfach ist das alles nicht. Weißt du, wie viele Journalisten, Schreiberlinge, was auch immer, es gibt? (Und wie oft ich das schon gesagt und gedacht habe und gesagt bekommen habe??) Und wie viele Zeitungen und Zeitschriften eingehen bzw. ihre Auflage verkleinern müssen? Und nur online schreiben, ich weiß nicht!" „Du wirst da schon eine Lösung finden. Ich kann gerne von außen auf das Ganze kucken und dir unheimlich klugscheißerische Ratschläge geben!" Ich lache. „Ja, stimmt doch. Ich würde dir gern helfen aber das Metier ist mir einfach fremd. Aber, egal wobei du Ratschläge oder Hilfe brauchst, ich stehe zur Verfügung!" „Danke, das ist wirklich lieb von dir. Aber hast du nicht selbst genug um die Ohren?" „Eigentlich schon. Aber nach der ganzen Geschichte, die hinter mir liegt, sehe ich das Meiste, was andere als Probleme titulieren, als Pille Palle an." Ich weiß zwar nicht, ob das der Wahrheit entspricht, aber wenn dies sein derzeitiger Grundgegdanke und Rückhalt ist, umso besser. Das kann ihm nur hilfreich sein und Kraft geben. „Sehen wir uns denn noch, bevor du fährst? Oder passt das nicht ins Konzept?" „Die Wahrheit ist, dass ich gar kein Konzept habe!" Wir lachen beide. „Nur so eine nebulös-verschwurbelte Ahnung, ein ungefähres Ziel in manchen Punkten. Ich finde das Leben zwar schön aber derzeit doch so kompliziert, dass ich am liebsten, bis alles vorbei ist, wieder zehn Jahre alt wäre und einfach nur bei Omma auffe Couch sitzen und Kinderstunde kucken möchte!" „Und dazu dann ein schönes Bütterken mit Schinkenwurst essen!" „Genau." Wir verabschieden uns bald voneinander und die Frage, ob wir uns vorher noch einmal sehen, bleibt offen. Axel hat dann auch nicht mehr weiter nachgehakt. Aber versprochen, in Omas Haus nach dem Rechten zu sehen. Wobei, eigentlich ist es gar nicht mehr Omas Haus. Ein paar Tage später sitze ich nämlich beim Notar und erfahre, dass ich das Häuschen geerbt habe. Außerdem Omas Erspartes und eine kleine Lebensversicherung die sie für mich angespart hat und in die ich nun weiter einzahlen kann. Wahrscheinlich sollte dies das Geld für meine Hochzeit sein? Oder wollte sie die von ihrem Ersparten bezahlen? Anyway. Ich heirate nicht. Oma ist tot. Alles ist anders. Und meine lieben Anverwandten sind stinksauer, dass sie wahrhaftig nix mehr kriegen. Wie gesagt, ihr Pflichtteil wurde ihnen bereits ausgezahlt, auch der Anteil am Häuschen. Weiß der Kuckuck, wie Oma das finanziell gestemmt hat. Aber vielleicht hat sie das damals mit dem Rest von Opas Lebensversicherung gedeckt. Und dann lief auch noch ein kleiner Kredit, an den ich mich dunkel erinnern kann. Sie wollte also, dass ich, ihr *Kink* sorg -und schadlos das Erbe einst antreten könnte- ohne Streit und lange Prozesse mit der lieben Restfamilie. Als ich darüber nachdenke, muss ich knatschen. Liebes, gutes Omchen! Ich bin dir für alles so unendlich dankbar! Du hast vieles, was meine Eltern verbockt haben, wieder ins Lot gebracht und nun vererbst du mir so viel. Denn für mich ist das viel! Knapp vierzigtausend Euro hat sie angespart. Das bedeutet, selbst wenn mein Chef nicht amused über meine Auszeit gewesen wäre und mir gekündigt hätte oder whatever, hätte ich mich ein paar Wochen über Wasser halten können, ohne meine Existenz zu gefährden oder gar das ganze Erbe zu verpulvern. Und das gibt mir eine gewisse Sicherheit und damit eine ungeheuere Erleichterung. Die Miete für meine Wohnung wird ohnehin bald wegfallen. Wie ich die Renovierung des Häuschens gestalten, stemmen und finanzieren will, wenn ich es denn behalten und renovieren will, ist mir noch nicht klar, aber darüber kann ich mir dann nach und nach und in Ruhe einen Kopf machen. In Ruhe! Nach und nach! Neues Vokabular hält Einzug in mein Leben. Na gut, (noch) nicht in allen Bereichen aber beginnt nicht auch der längste Weg mit dem ersten Schritt? Eins hat mir Axel durchs Telefon noch mitgegeben: „Du kannst mich altmodisch und verträumt nennen, oder weichgespült oder so... aber...ich würde dir jederzeit einen Rosengarten versprechen und den auch pflegen. Und ich BIN mir ganz sicher, was meine Gefühle anbelangt." Und dann hat er „Ciao" gesagt und aufgelegt. Dafür muss man auch erstmal die Bällchen in der Bux haben!

An neuen Ufern

Und dann liege ich auf einem sonnendurchwärmten Holz-
steg am Starnberger See und das ist vor allem eins: Unglaublich erholsam! Es ist natürlich wunderschön hier, das
muss ich, wenn auch ungern, diesen arroganten Bazis
zugestehen: Die haben es VERDAMMT schön! Ich liege im
Bikini auf den Holzplanken, es ist ungewöhnlich warm für
einen Herbsttag. Das harte, aufgewärmte Holz gibt mir
ein sicheres Gefühl, die Sonne heizt alle meine Moleküle
auf und ich versuche, ihre Wärme für den langen Winter
zu speichern. Seit zwei Tagen bin ich nun hier und ich war
wirklich auf dem Zahnfleisch angekommen. Die Unterredung mit Hyäne war, nun ja, etwas unterkühlt. Natürlich
zeigte er wenig Verständnis für meinen Wunsch nach unbezahltem (!) Urlaub. Aber ich wappnete mich dagegen.
Das ist schließlich MEIN Leben! Am Arsch, Herr Mittelweg!
Was daraus wird, weiß ich nicht. Aber warum sollte ich
mir darüber jetzt und hier Gedanken machen? Axel Rosen
habe ich den Schlüssel zu MEINEM Häuschen übergeben,
auf dass er alle Tage mal nach dem Rechten sehe. Wir
haben uns kurz, aber heftig umarmt beim Abschied. Danach habe ich im stillen Kämmerlein ein paar Tränchen
vergossen. Weil ich ihn so gern habe. Lieb habe. Weil alles
so furchtbar kompliziert ist und ich eigentlich eher für einfach Dinge gestrickt bin. Glaube ich jedenfalls.
Das Wasser des Sees gluckert traulich leise unter mir. Ein
paar Enten quaken. In der Ferne kann man ein paar Segelbötchen sehen, wenn man denn hinkuckt. Manchmal
tue ich das. Den Schlüssel zu Axels Haus habe ich in der
nächstgelegenen Kneipe abholen sollen. Wobei so etwas
hier ja Wirtshaus oder beim „Bazi-Wirt" oder so heißt. Das
Haus ist heimelig, etwas viel Holz innen und außen aber
eigentlich auch wieder nicht. Es passt hier in die Gegend
und hat eine Art gemütlichen Schick. Axel hat noch ganz
lieb die Vorräte aufgefüllt, mir ein richtig nettes Briefchen
mit allen nötigen Infos auf dem Küchentisch hinterlassen
und sogar noch ein paar Blümchen in einem tönernen
Maßkrug daneben gestellt. Da ich mit dem Zug angereist

bin, müsste ich nun alles mit einem der teils schon ange-jahrten Fahrräder erledigen, die sich im Schuppen befin-den. Aber es gibt auch einen alten Golf, dessen Schlüssel Axel mir ebenfalls dagelassen hat, nebst den Fahrzeugpa-pieren. Na gut, ein Navi hätte ich ja in meinem eierlegen-den Wollmilchsau-Smartphone. Bevor ich hierher gereist bin, habe ich natürlich noch an Omchens Grab nach dem Rechten gesehen. Sie fehlt mir nach wie vor und sicher wird das auf ewig so bleiben. Die Gabe, Verluste dieser Art verarbeiten zu können, ist im menschlichen Genom wohl nicht sonderlich stark ausgeprägt vorhanden. Beim Mieterschutzbund hat man uns übrigens wenig Hoffnung gemacht, dass es eine Art "Abfindung" oder whatever für Frau Ulbrich und Frau Peters geben könnte. Nachdem ich allerdings mehrere Tage beim Vermieter nervte, von we-gen, „unmenschlich" „nicht sozial vertretbar" „Fall für die Presse" „by the way ich bin Journalistin…!" hat sich Mon-sieur Arschloch breitschlagen lassen, für beide Mietpartei-en sowohl die Umzugskosten zu übernehmen als sich auch um neue Wohnstätten zu kümmern. Offenbar besitzt er mehrere Objekte, denn rein zufällig hatte er eine kleine Hoch-Parterrewohnung mit Balkon sowie eine Dreizim-merbude, ebenfalls mit Balkon, für die beiden Damen im Angebot. Zu einem vernünftigen Kurs, wohlgemerkt. Ich behalte das aber im Auge, nicht, dass er die beiden am Ende doch noch über den Tisch zieht. Und ich habe ja voll den Überblick, haha!
Cosimos Umzug an den Rhein steht nun nichts mehr im Wege. Gemeinsam haben wir uns mit dem leicht öligen Makler drei Wohnungen angesehen, waren danach total erschöpft und überreizt und konnten nur noch albern la-chen. Das taten wir dann bei diversen Bierchen im Füch-schen. Ich habe Cosimo über den aktuellen Stand der Dinge in Kenntnis gesetzt. Er wiederum überraschte mich damit, dass er nur vorübergehend in Kaiserswerth tätig sein will und langfristig in Pempelfort oder (Ober-)Bilk ein nicht all zu großes Lokal suchen wird, um dort dann ers-tens sesshaft und zweitens ganz selbstständig sein zu können.

Ich rolle mich auf den Bauch und spinse durch die Lücken der Planken ins leicht schwappende Wasser. Schade, dass ich nun bald nicht mehr in Düsseldorf wohnen werde, da wären Cosi und ich doch endlich nah beieinander gewesen. Aber wer weiß, was das Leben noch so bringt. Ein Zweitwohnsitz, selbst wenn es nur ein Ein-Zimmer-Appartement wäre, hätte allergrößten Charme. Und dann schlafe ich ein. Die nächsten Tage sind geprägt vom Schreiben, Ausschlafen, Spazieren am See, Schreiben..., meistens nachts. Der einzige, richtige Flow in meinem Leben existiert beim Schreiben. Hierbei gibt es kaum Zweifel, keine Probleme. Veränderungen kann ICH bestimmen und einbringen. Ich bin frei. Manchmal gehe ich ins nahegelegene Wirtshaus, das, bar jeden Schicks, umso unwiderstehlicher ist und deshalb sicher trotzdem eine Art „Place to be" hier inmitten dieser Promidichte ist. Als ich am Nachmittag vom Stang´l-Wirt zurückkomme, bimmelt meine Verbindung zur Restwelt. Es ist Axel Wegner. Ob alles okay ist, wie alles läuft blabla. Ob ich schon beim Huber Fritz essen war? Wer Fritz ist? Na, der Wirt vom Seehaus-Huber, da, wo auch der Schlüssel deponiert war. „Ach, der Stang´l Wirt!" Axel lacht. „Genau der!" „Der macht die besten Kässpatzen und den besten Schweinsbraten ever! Ich gehe überhaupt nie woanders hin!" Aber so lange bin ich ja schließlich auch noch gar nicht hier. „Ilsa, könntest du mir bitte einen Gefallen tun? In meinem Arbeitszimmer oben im Schreibtisch liegen ein paar Unterlagen, die ich vergessen habe. Sei so gut und schicke sie mir hier in mein Berliner Hotel, ja?" „Natürlich! Wo genau finde ich sie denn? Ich will da nicht unnötig herumwühlen." In diesem Zimmer war ich bisher nämlich nicht, das heißt, ich habe es mir kurz durch die Tür blickend, angeschaut, genau wie den Schlafraum, und dann entschieden, dass ich mich im Gästezimmer und in Küche und Gästebad aufhalten kann und werde, aber nicht in den anderen, privateren Räumen. Obwohl Axel schrieb und jetzt auch sagt, dass ich mich nicht scheuen soll, das ganze Haus zu benutzen. Wie auch immer. Jetzt muss ich dort hinein und sogar im Schreibtisch krösen. „Und wie

460

geht es dir sonst, Eulchen?" „Hm. Mir geht es... gut! Ja, mir geht es gut. Ich komme zur Ruhe und das ist das, was mir gefehlt hat. Außerdem habe ich auch genug Zeit und Raum zum Schreiben. Ich komme gut voran. Und bei dir so?" „Ich komme auch gut voran!" lacht er. Dann, ernster: „Ich vermisse dich... und ich habe mir auch ein wenig Sorgen gemacht, ob alles okay ist bei dir. Mit dir. Aber jetzt bin ich froh zu hören, dass es eine gute Idee war, kurzfristig und auf unbestimmte Zeit zu emigrieren." „Fürwahr, das war eine sehr gute Idee und ich bin dir sehr dankbar dafür, dass du sie hattest und mir gleichzeitig ein passendes Refugium anbieten konntest." Das Telefon am Ohr steige ich die Treppe zum Arbeitszimmer hinauf. „So, ich bin jetzt im Zimmer. Und jetzt am Schreibtisch. In welcher Schublade soll ich nun nachsehen?" „Die Unterlagen müssten in der linken, mittleren Schublade liegen..." „In einem braunen Umschlag?" „Ja, genau, der sieht ein wenig zerfleddert aus, oder?" „Joa." „Dann sind es die richtigen. Tüte sie einfach in einen heilen Umschlag und sende sie mir ins Hotel." „Sind das Erpresserfotos? Die stecken doch immer in solchen dubiosen Umschlägen..." Axel lacht. „Ja, man kann sie auch bei dubiosen Umschlaghändlern in dubiosen Gegenden unter der Ladentheke kaufen." „Ach was! Das klingt spannend!" Wir plänkeln so dahin. Über das eigentliche Thema, Axel eins und Axel zwei, sprechen wir nicht.

Nachdem ich aufgelegt habe, suche ich einen weiteren, unbenutzten A4 Umschlag und finde keinen. Auch passende Briefmarken gibt es nicht. Na gut, dann mal eben zur Post flitzen. Das Wetter ist ja noch schön und bis Sieben bleibt es noch hell.

Als ich so überlegend herumstehe, fällt mein Blick auf ein paar Fotos, die im Regal stehen. Ein weiteres steht auf dem Schreibtisch, ich hatte es vor lauter konzentriertem Suchen aber gar nicht wirklich wahrgenommen. Nun, da ich mich quasi noch einmal mit Erlaubnis in diesem Raum befinde und die Fotos ja auch offen dastehen, kann und darf ich sie auch betrachten. Es sind Familienfotos. Eins von Axel und offenbar seinen Eltern, in leicht verblassten

461

Siebzigerjahre - Farben. Eins in schwarzweiß, vermutlich von seinen Großeltern. Und dann noch welche von seinen (Stief-) Kindern, alle hübsch, alle strahlend, alle sonnig aussehend. Und dann seine Frau, Agnes. Apart, rötlich-blondes Haar, zierliche Figur, blaue Augen. Ich setze mich an den Schreibtisch und sehe mir sie genauer an. Eine schöne Frau. Sieht klug aus. Ob sie auch witzig ist, weiß ich natürlich nicht. Sie sieht irgendwie ernsthafter aus als ich. Aber was könnte Axel sonst besser an mir als an ihr gefallen? Hübscher bin ich nicht, so viel ist klar. Allerdings sind wir optisch auch nicht unbedingt vergleichbar. Und oft ist es ja grade das andere, das einem gefällt. Das die Abwechslung bringt.

Begegnung der besonderen Art

Auf einem der Fotos sind nur Agnes und Axel zu sehen. Er blickt lachend in die Kamera während sie ihn anschaut. Diesen Blick kenne ich. So sieht echte Liebe aus. Tief, unerschütterlich, erwachsen, wenn man das so nennen kann. Das ist der *Er oder keiner*-Blick. Der *Bis dass der Tod uns scheidet und darüber hinaus* – Blick. Lange lange starre ich auf das Foto. Und das Herz sinkt mir schwer in die Magengrube. Wie kann Axel diese Frau, deren große Liebe er offenbar ist, verlassen? Wieso kann er sich in mich verlieben? Gut, verliebt ist man, je nach Typ und Charakter, vielleicht schnell mal. Aber deswegen direkt alles aufgeben? Das kann doch nur eine Kurzschlusshandlung gewesen sein. Oder habe ich was Besonderes drauf so Sex-mäßig? Nein, nein, der Gedanke ist GANZ abwegig. Ich gaube, ich bin da eher unexotisch unterwegs. Aber wer weiß? Vielleicht ist ja gerade DAS exotisch? Woher soll ich das wissen, ich komm vom Land. Nun kann ich natürlich auch nicht anhand eines Fotos beurteilen, wie es um die Beziehung zwischen Axel und seiner Frau derzeit steht. Und ob ich den Blick denn nun wirklich richtig interpretiere. Aber meine Intuition sagt mir, dass ich Recht habe. Langsam stelle ich die Fotos wieder an ihren Platz. Schaue mich um, ob alles wieder so ist, wie ich es vorgefunden habe.

Nehme den Umschlag, schließe die Schreibtischschublade und verlasse dann eilig den Raum. Springe schnell die Treppe hinunter, die kaum mit dem Knarzen nachkommt. Schnappe mir meine Tasche, Strickjacke. Schwinge mich aufs Fahrrad. Kaufe auf dem kleinen Postamt Umschlag, Briefmarke, adressiere den Umschlag, ab dafür. Vor dem Postamt bleibe ich kurz stehen, atme tief die gute Luft ein. Ich will diesen schönen Ort eigentlich gar nicht verlassen. Aber ich muss. Ich muss raus aus Axels Leben. Er muss seinen Fehler, Agnes verlassen zu haben, korrigieren, versuchen, ihn wieder gutzumachen. Geht das? Ich weiß es nicht. Aber ich will nicht das Hindernis sein. Oh, Herzschmerz lass nach, Gedankenkarussell lass nach, Gefühlswirrwarr leck mich am Arsch. Ihr könnt später auf einen Kaffee kommen, tut ihr sowieso, wie immer uneingeladen. Ich schwinge mich wieder aufs Fahrrad. Frage mich, wieso ich mich jemals mit einem verheirateten Mann eingelassen habe. Weil ich mich in ihn verliebt habe. Und er sich in mich. Weil ich diesen ganzen Schmus schon mal gedacht habe, ohne Ergebnis. Weil ich offenbar und LEIDER! nicht so eine Ehrenkodex-Tussi bin, die niemals an anderer Leuts Partner geht. Es ist passiert, ich habe nicht daran gedacht, nicht reflektiert, dass eine andere Frau meinetwegen Höllenqualen leiden könnte. Dabei kenne ich das doch selbst aus Erfahrung. Und das, wo ich noch nicht einmal genau weiß, wer denn nun mein Herzensmann ist. Oder ob es keiner von beiden ist. Tja, denke ich und strampele mir auf dem alten Drahtesel einen ab, ich bin schon echt naiv und oberflächlich. Oder abgewichst? Nee, das nicht, ich habe das ja nicht geplant. Aber auch nicht versucht zu verhindern. Andererseits, denke ich weiter, scheiß auf Moral und Konventionen, ich bin nicht verheiratet, wir leben nicht mehr im viktorianischen Zeitalter –zum Glück!- also, wieso soll ich jetzt alles Schuld sein? Und, während ich auf das Haus zuradele, wieso ist die Haustür offen? Die war doch fest zu und nicht so angelehnt wie jetzt, als ich losfuhr, oder? Außer Atem springe ich vom Rad, stelle es in den Schuppen und traue mich dann nicht ins Haus. Ob Axel da ist? Aber ich sehe sein Auto nirgendwo. Und dann hätte er doch den Streifen mit dem Umschlagzuschicken nicht gefahren, oder? Ich greife mir ein dickes Holzscheit vom Brennholzstapel. Wenn es ein Einbrecher ist, stellt er sich arg doof an. Das ist doch voll auffällig mit der offenen Tür. Und wieso steigt der ausgerechnet hier ein? Da gibt es doch wirklich protzigere Prachtbuden! Jedenfalls will ich hier die Segel streichen und dazu brauche ich meinen Kram, will meine Sachen packen. Und, oh Graus! Nicht, dass dieser Unhold mein jüngst erworbenes *Tablet* und mein Laptop entführt! Am Arsch! Da ist mein ganzer, fast fertiggeschriebener Roman drin. Mir werden die Knie weich. Soll ich vielleicht besser sofort die Polizei rufen? Aber was, wenn es nur irgendeine Nachbarin ist, die alle paar Tage oder Wochen mal nach dem Rechten schaut und gar nicht wusste, dass jemand hier logiert? Egal, ich denke nur an mein *Baby*, also mein Geschreibsel, und wage mich ins Haus. Stehe in der Diele und lausche. Da! Ein Geräusch! Das kommt auf jeden Fall von oben. Na gut, wenn er oben ist, muss er ja auch wieder herunterkommen. Und dann gibt's eins auf die Omme! Eine Viertelstunde oder aber auch ein halbes Jahrhundert später, stehe ich klatschnass geschwitzt mit meinem Holzscheit immer noch unten ne- ben der Treppe in einer Nische und habe weiche Beine und kack mir jeden Moment in die Hose, als: schnelle aber leichte (??) Schritte zur Treppe zu hören sind. Die Schritte steigen die Stufen hinunter. Was ist denn das für ein fisseliges Leichtgewicht von Einbrecher? Ein Jockey? Egal, im Halbdunkel sehe ich den Eindringling die vorletz- te Treppenstufe betreten und springe wie *Jack in the box* aus meiner Nische heraus: „Ha! Aaarrrgghh!!" Scheiße, der Typ hat mich geschlagen! Der Typ? Ich höre ebenfalls einen Schrei, klingt aber weiblich. In dem Moment habe ich aber schon ausgeholt und schlage der Person heftig in die Seite. Sie knickt ein. Meine Wange brennt vom Schlag, offenbar mit einer Tasche oder so ausgeführt, die Person schnappt nach Luft. Zitternd und mit eiskaltem Schweiß bedeckt stürze ich zum Lichtschalter, direkt neben der Tür, da kann ich auch schnell abhauen, falls er, sie, es, sich wieder berappelt. Es wird hell. Und in Axels Haus am Starnberger See blicken sich ein blaues und ein grünes Augenpaar entsetzt und überrascht an.

Bye, bye Bavaria

Es ist zwei Uhr nachts und Agnes und ich sitzen in der Küche. Auf dem Tisch zwei leere Weinflaschen und eine nur noch halbvolle Flasche Grappa. Dass ich die Frau von dem Foto im Arbeitszimmer so schnell live und in Farbe sehen würde, hätte ich mir nun auch nicht gedacht. Dass diese Frau den Trennungsgrund ihres Mannes im bayrischen Ferienhaus vorfindet, hätte sie sich auch nicht gedacht. Eine tolle Überraschung! Mit kriminellem Kitzel und Körperverletzung! Ein Ü-Ei des Suspense. Voll toll! Agnes hat mir im Reflex tatsächlich ihre Tasche an den Kopf geknallt. Ich habe ihr mit dem Holzscheit wohl eine Rippe gebrochen. Oder, nun ja, zumindest angebrochen oder wenigstens geprellt. Tut jedenfalls mächtig weh, wie sie sagt. Au weia! Aber sie sieht von einer Anzeige wegen Körperverletzung ab. Im Prinzip ist Axel ja auch alles schuld. Wieso hat er sie nicht informiert? „Das ist Axels Haus." Aber wieso ist sie denn dann hier? „Ich bin auf der Durchreise zu Freunden in Italien. Ich wollte hier nur kurz ein paar Kleidungsstücke und Bücher holen und dann bei einer Freundin in München übernachten, bevor ich morgen weiterfahre nach Italien." Und womit? „Das Auto steht ein paar Straßen weiter. Ich hatte keine Lust auf dumme Fragen aus der Nachbarschaft." Aber bestimmt voll Bock auf Randale mit mir! Na ja, nachdem wir uns stumm und mit aufgerissenen Augen angestarrt haben, mussten wir ersteinmal (er-)klären wer wir jeweils sind und was uns zum Aufenthalt in diesem Haus befugt. Zuerst war es arg zickig. „Wer sind Sie denn? Wie kommen Sie hier herein?" Ich musste diese Fragen nicht stellen, war ja im "Vorteil", weil ich sie vom Foto her kannte. „Ich bin Ilsa Eul und die Tür war nur angelehnt. Außerdem..."- ich hielt den Schlüssel mit der Kuhglocke hoch- „hätte ich auch jederzeit hiermit hereingekonnt!" Nänänänänä-nä! Agnes stand immer noch halbgebeugt da und hielt sich die Seite. Und sagte nichts. Die Situation war schon, nun ja, merkwürdig. „Das heißt, Sie sind die Frau, die Axel in Hamburg kennengelernt hat?" Alle Achtung, schnell kombiniert. „Ja, die bin ich wohl. Aber ich schlage normalerweise nicht einfach so wild um mich." „Aber flirten gerne mit verheirateten Männern!?" Aua, das hat gesessen. Ich sage dieses Mal nichts. Dann: „Es tut mir leid, dass ich Ihnen wehgetan habe." Das kann Sie jetzt verstehen wie sie will, dachte ich und rieb mir meine bestimmt knallrote Wange. Sie ging in Richtung Küche. „Ich muss mich mal setzen." Tja, dachte ich, ich glaub, ich auch! In der Küche suchte ich den Grappa hervor. Schweigend tranken wir den ersten auf ex. Schwiegen weiter. Musterten uns ab und zu scheinbar unauffällig. Agnes sieht wirklich gut aus, das muss ich ihr neidvoll zugehstehen. Kein Allerweltstyp. Aber auch nicht so eine Hoppla- hier- komm –ich-Person, wie ich sie wohl oft bin. Ich wünschte, ich wäre auch öfter souveräner! „Sie kommen mir nicht unsouverän vor!" sagte Agnes ruhig und nicht feindselig. Oha, wieder laut gedacht. „Dennoch hätte ich gerne gewusst, was Sie hier tun? Kommt Axel an den Wochenenden hierher? Er dreht doch in Berlin…" Ich erkläre ihr die Sachlage. „Und Sie und er sehen sich jetzt in dieser Zeit nicht?" „Nein. Er hat mir das Haus einzig und allein als Rückzugsort angeboten. Es war… ist nicht geplant, dass er herkommt." Stumm füllte Agnes wieder unsere Gläser. Wir haben dann noch ein bisschen geschwiegen. Und dann geredet. Ich sagte ihr, dass ich dabei war, Bayern wieder zu verlassen. „Warum? Ich bin doch gleich wieder weg. Sie können hier tun und lassen was Sie wollen." „Weil Sie und Axel…weil…mir klargeworden ist, was ich schon länger vermutete, Axel aber immer abgestritten hat: ich bin nur eine Phase. Aber ihr zwei, ihr seid - ihr seid richtig zusammen." Aua, das tat mir weh. Und nicht nur, weil es kitschig klang. Sondern nach Abschied von Axel Wegner. „Nenn mich doch Agnes." Sie nimmt einen Schluck Grappa. Also, Auto fahren ist nicht mehr, so viel ist klar! Sie schweigt lange und stiert auf den Boden. Dann spricht sie wieder. „Axel ist der Mann meines Lebens. Man glaubt ja oft, dass es mehrere Männer des Lebens gibt. Aber für mich war sofort klar, dass es mit ihm tiefer sein würde. Dass wir seelenverwandt sind. Dass er Vater meines Kindes wird. Mit meinem ersten Mann hatte ich ja schon Kinder. Trotzdem wusste ich vom ersten Augenblick an, dass wir noch einmal eine neue Familie gründen würden." „Und es lief immer alles so geschmeidig wie du gedacht hast?" Agnes lächelt müde. „Geschmeidig? Es war gut. Natürlich haben wir auch gestritten, das ist doch ganz normal in einer Beziehung. Aber wir haben immer miteinander kommuniziert. Das ist das Wichtigste. Mit meinem ersten Mann hatte ich am Ende noch nicht einmal mehr Streit. Wir waren verstummt. Wir haben uns noch nicht einmal gehasst. Aber wir hatten uns auch nichts mehr zu sagen." Stumm sieht sie auf die Tischplatte und ich frage mich, ob sie dort die gleichen Dinge sieht wie ich: einen Hamster, ein Kreuz mit einem stilisierten Jesus daran, eine Horrorfratze und eine Blume. Alles in der Holzmaserung eines alten Tisches. Aber wahrscheinlich habe wieder nur ich so merkwürdige Blickweisen und Assoziationen. Ich denke nach. Das Schweigen stelle ich mir auch tödlich vor für eine Beziehung. Sie sieht mich an. „Und jetzt will er nicht mehr reden. Nicht über uns reden. Ich weiß nicht, was auf einmal in ihn gefahren ist. –Du!" „Ich bin nicht „in ihn gefahren". Wir haben uns kennengelernt - übrigens hat er mich angesprochen und nicht umgekehrt- und dann haben wir festgestellt, dass wir einander attraktiv finden und uns auch viel zu erzählen haben. Gut, da ich eh ein SEHR kommunikativer Mensch bin, war das für mich auch keine Überraschung, dass ich mich mit einem interessanten Mann rege austauschen kann." „Nun, beim Verbalen ist es ja nicht geblieben..." „Nein." Ich sehe ihr fest in die Augen. „Dabei ist es nicht geblieben. Aber ich habe auch lieber einen Typen neben mir, der nicht nur rein - raus kann, sondern auch geradeaus reden und auch mal, wenn es drauf ankommt, die Klappe halten und lachen, wenn es angebracht ist und denken und auch mal nicht denken." „Dann haben wir wohl doch ein paar Gemeinsamkeiten." Agnes lehnt sich zurück und schließt die Augen. Ich stehe auf, nehme ein Glas, lasse Wasser laufen, fülle das Glas und trinke es in einem Zug leer. Von Alkohol bekomme ich immer Durst. „Agnes, ich bin zeitnah weg hier. Ich werde

Axel nicht wiedersehen. Ihr werdet wieder zueinander finden. Vielleicht ist das ja nur eine Midlife-Crisis. Du weißt doch, wie Männer sind!" Wie die Männer sind. Kurz schießt mir das Maulaffenveilchen durch den Kopf. Wie mag es ihr gerade gehen? Ich habe schon länger nichts von ihr gehört. Vielleicht ist Ratidor doch nicht der Richtige? Hm… das muss ich mal abfragen, wenn ich wieder zu Hause bin. „Aber er muss doch von sich aus den Antrieb haben, an unserer Beziehung festzuhalten. Da bringt es doch nichts, wenn du das Feld räumst." „Doch, denke ich schon. Wenn wir einander nicht mehr sehen, hören, lesen, wird ihm durch diesen Abtstand sicherlich klar, dass er einen Fehler gemacht hat." Ich sage das ganz überzeugend und wie es grade so in meinem Herzchen aussieht ist mal extremst unwichtig. Ich sehe, dass Agnes mit den Tränen kämpft und mir tut alles so Leid. Leid.Leid. „Es tut mir so leid" sage ich denn auch kaum hörbar. Der Hals wird mir eng und ich muss die paar Worte mühsam durch die Kehle pressen. Vorsichtig trete ich an sie heran und hocke mich neben sie. Sanft streichle ich ihren Arm. Ist schon eine merkwürdige Situation. Aber wie gesagt, mit merkwürdigen Situationen ist mein Leben reich gesegnet. „Hey, das wird schon! Jetzt leg dich erst einmal hin, damit du morgen für die Weiterfahrt fit bist. Und nutze auch den Abstand, mach was draus. Und wenn du zurückkommst, sieht die Welt schon wieder anders aus." Ui, das hat sich gereimt. Ganz toll, Ilsa. Und zwei Frauen, denen derselbe Mann am und im Herzen liegt, umarmen sich in einem holzlastigen Häuschen, obwohl sie sich vielleicht doch e-her hassen sollten. Und die eine kriecht ins Gästebett und die andere will auf der Couch schlafen. Und am nächsten Morgen, der ja streng genommen nur eine Sache von ein paar wenigen Stunden Entfernung ist, ist die eine verschwunden und befindet sich vielleicht schon auf dem Weg nach Italien und für die andere heißt es, Abschied nehmen und gen Rheinland reisen. Eigentlich könnte ich ja noch hierbleiben, Axel ist nicht da, wir sehen uns nicht, mir gefällt es hier. Sehr gut sogar. Ein wunderbares Refugium zum Schreiben, Abstand gewinnen, Spazierengehen, lecker Bier trinken. Aber ich möchte Axels Gastfreund-schaft – vor allem in Anbetracht der gestrigen Geschehnisse-nicht länger in Anspruch nehmen. Es ist alles verschwurbelt und kompliziert genug. Ich habe das Gefühl, mich diskret zurückziehen zu müssen und nichts und niemandem im Wege zu stehen. Ich sende Axel eine Nachricht in Papierform ins Hotel. Das geht nicht so fix, bis dahin bin ich hier fort. Und dann: Bye bye, Bavaria.

Schnucki Surprise

Meine beste Freundin Nina, genannt Schnucki, sitzt vor mir und redet. Aber ich verstehe kein Wort. Irgendwas von Wohnung gefunden, Heirat, Flitterwochen in Indonesien. Oder waren es die Philippinen? Aber herrscht da nicht Tsunamigefahr?

„Im Standesamt?" fragt Nina irritiert-amüsiert. „Welches Standesamt?" frage ich irritiert- unamüsiert zurück „Ich meine das Standesamt hier in Korschenbroich. Flo und ich wollen ja nicht kirchlich heiraten, das wäre unszu heftig. Aber ein schönes Kleid und Trauzeugen, das will ich schon, da habe ich mich durchgesetzt. Und er muss natürlich auch einen neuen Anzug haben. Und die Wohnung ist auch geil. Ich habe den Schlüssel schon. Willst du sie dir mal ankucken?" Ich verstehe nur HEKIUDRTUVZDGNPF-KRAOTL oder so was ähnliches. Schnucki hat ein gutes Fläschchen Prosecco mitgebracht, von dem ich nun einen großen Schluck nehme. Oh, ich glaube, sie wollte mit mir anstoßen. Worauf denn? Nicht auf meine Rückkehr, haha, sondern auf ihre WAAAAS??? „Schnucki, habe ich das eben richtig verstanden, dass du nicht nur mit einem Typen zusammenziehst, sondern ihn auch gleich heiraten möchtest? Warum denn nur??" Nina zieht eine Schnute, spitzt die Lippen. „Nun, manche Menschen heiraten aus Liebe. Wir auch." „Aber ihr kennt euch doch noch gar nicht so lange!" Himmel hilf, meine nüchterne Freundin Nina will heiraten! Und das vor mir!! Das ist ein absolutes Goesn`t! „Das stimmt, Prost, übrigens, aber wir wollen auch nicht mehr unnötig lange warten. Die Hörner haben wir uns beide schon abgestoßen, Kinder sind nicht geplant, wir behalten unsere Hobbys und Freundeskreise, einrichtungstechnisch haut es auch hin, unsere Eltern finden einander auch ganz symphatisch, die Wohnung läuft über uns beide... ist doch alles in Butter." „Aber wieso denn dann gleich heiraten? Reicht es nicht, erstmal zusammenzuziehen?" Ich bin wirklich wie vor den Kopf gestoßen. Eine kleine Stimme in mir flüstert, dass dies jetzt das Moment wäre, mich MIT meiner und FÜR meine

Freundin zu freuen, ihr zu gratulieren. Aber mir kommt die Sache vor wie, ja, Verrat? Auf jeden Fall irgendwie falsch. „Weil wir uns beide absolut sicher sind, dass wir in einander den Partner unseres Lebens gefunden haben. Außerdem möchte ich auch mal sagen können: Mein Mann. Und nicht mehr: mein Freund. Wir sind doch langsam mal erwachsen. Und", Nina trinkt noch ein Schlückchen, „ich möchte auch einfach einmal wissen, zu wem ich gehöre. Nicht mehr suchen, hoffen, verwerfen. Ist auf Dauer anstrengend. Und wenn es doch jetzt passt - worauf soll ich warten?" Meine Freundin schaut mich an und sieht ein wenig enttäuscht aus. Ich erbringe nicht die erhoffte Reaktion, sondern stelle mich grade hochgradig doof, begriffsstutzig und abweisend an. Aber, Entschuldigung! Das kommt nun wirklich extremst überraschend. Und ich bin doch sowieso total wuschig und ich…HALT!!HALT! HALT! Eul, es geht jetzt AUSNAHMSWEISE mal nicht um DICH sondern um NINA! Jetzt reiß dich mal zusammen, verdammt!

Ich halte inne und schlucke und versuche zu atmen und den Schock zu überwinden, dass ich nun als Single zurückbleibe. Ach, was soll´s, Schnucki bleibt Schnucki, ich glaube nicht, dass sie nach der ersten Verliebtheitsphase keine Lust mehr hat, um die Häuser zu ziehen oder doch wenigstens mit mir essen zu gehen oder was auch immer. Aber traurig ist er schon, der Abschied von den guten alten Zeiten. Unwiederbringlich vorbei. Aber das Leben ist nun einmal Veränderung. Manchmal auch zum Glück! „Ach Schnucki, ach, Liebes, ach, Schätzelein. Nina! Du heiratest!!! Ich flipp aus! Jetzt lass dich mal drücken!" Ich umarme sie heftig und ihr Glas kippt dabei um. Zum Glück war der Inhalt schon weitestgehend leergetrunken, nur eine kleine Pfütze bildet sich auf dem Tisch. Kann man auch später wegwischen. „Ich gratuliere dir und freue mich von Herzen für dich!" spreche ich in ihr Ohr und sie zieht lachend den Kopf weg. „Na ja, das hast du die erste Viertelstunde ja gut getarnt!" „Es tut mir leid, ich drehe mich nur um mich selbst. Und: Das war jetzt schon eine SEHR große Überraschung für mich! Und außerdem kenne ich den Typen ja kaum!" Nina grinst. „Du wirst ihn schon über die Jahre besser kennenlernen. Außerdem will ICH ihn ja auch heiraten. Nicht du!" Ich wische die kleine Lache auf dem Tisch weg und werfe den Lappen gezielt ins Spülbecken. Wir sitzen in MEINEM Häuschen an Omas alten Küchentisch, welchen ich auf jeden Fall behalten werde. Und dann möchte ich natürlich alles genau wissen: Wie war der Heiratsantrag? „Beim Billardspielen lag auf einmal so ein kleines Kästchen auf dem grünen Stoff. Beinahe hätte ich das Teil mit dem Queue weggestupst. Und als ich dann etwas erstaunt fragte, was das sei, grinste Flo nur vielsagend und meinte, er hätte keine Ahnung und ich solle doch selber mal nachschauen und so. Ich also das Kästchen genommen und reingeschaut- leer!" „Wie, leer?" „Na ja, er ist dann im Pub vor mir auf die Knie gegangen, hat den Ring aus der Tasche gezogen und mich dann gefragt, ob ich ihn heiraten will." „Und die anderen Fraggles dort haben Tränen der Rührung geweint!?" Ich gieße uns noch Alkohol nach. Den brauche ich jetzt. Dringend. Schnucki lacht. „Da sind nicht nur Fraggles, sondern auch ganz nette, normale Menschen. Jedenfalls habe ich ganz schnell „ja" gesagt, weil mir das da dann doch etwas peinlich war und dann haben wir uns geküsst und der Wirt hat uns einen Drink spendiert und die anderen Gäste haben applaudiert und uns gratuliert." „Das ist ja schon fast filmreif! Und voll kitschig!" Nina kichert. „Ja, ne? Aber egal, ich war trotzdem gerührt." „Und wann ist der Termin? „Am 6. Dezember." „Ihr heiratet an Nikolaus?" „Ja, wieso nicht? Dann vergessen wir wenigstens nie unseren Hochzeitstag." „Das dauert ja gar nicht mehr so lange! Wo feiert ihr denn?" „Im Saal vom *Anker*. Die haben ja ganz nett renoviert mittlerweile und die Preise sind auch noch zivil. Und: Die meisten Gäste kommen ja eh von hier, dann haben sie keinen weiten Anfahrtsweg. Und die Auswärtigen müssen sich ein Zimmer im Hotel Florack nehmen oder so." „Ihr könnt gerne ein paar People hier bei mir einquartieren, sie sollten nur ihr Bettzeug mitbringen." „Au ja, da kommen wir vielleicht noch drauf zurück, danke. Flos bucklige Verwandtschaft kann aber bei seinen Eltern übernachten..."

Es werden noch viele Fragen gestellt und beantwortet und natürlich brauchen wir beide jeweils ein neues Kleid und ich werde Trauzeugin sein und wie sieht die Einladung aus und was gibt es zu essen und ist das alles aufregend! Die Flasche ist bald geleert. Schnucki will irgendwann auch noch wissen, was denn bei mir so ambach ist und wieso ich schon wieder zurück bin etc. aber das vertage ich auf einen späteren Zeitpunkt. Ich will ihr jetzt nicht meine kruden Gefühle und meine vetrackte Situation schildern. Habe ich eh schon zu oft gemacht.

Am nächsten Morgen habe ich eine Nachricht von Katharina-Maulaffenveilchen in meinen Whatsapps:

„Liebe Ilsa, wie geht es dir? Wir haben schon so lange nichts mehr voneinander gehört und das ist doch wirklich schade. Melde dich doch mal! Ich möchte dir nur kurz Bescheid geben, dass Rüdiger und ich erst im kommenden Frühjahr heiraten werden. So ein Umzug in ein neues Bundesland und in ein neues Leben braucht doch mehr Vorlauf, als ich gedacht habe.

Bringst du zur Hochzeit dann den netten Schauspieler mit? ☺

Mehr und ausführlicher mal per Telefon.

Sei herzlich gegrüßt, auch von Rüdiger, deine Katharina."

Alter, was wird das hier? Drei Hochzeiten und ein Todesfall? Heiratet doch alle wann, wen und wo ihr wollt aber gimme a break now! In diesem Moment bimmelt mein Handy. Onkel Kaii! „Morgen Prinzessin" lispelt er mir ins Ohr. „Guten Morgen, Onkel Kaii. Wann heiratest du?" Er lacht. „Nicht mehr in diesem Leben!" „Gut! Dann sprich einfach weiter!" „Wollte nur mal hören, wie es so läuft bei dir?" Aha. Mal hören wie es so läuft bei mir. „Hast du mit Axel gesprochen?" Schweigen. Dann: „Ja, hab ich, der Junge ist ein wenig durch den Wind. Kann man ja verstehen..." Mir geht es gold! Aber seine Worte verursachen Bauchweh bei mir. „Es tut mir so leid, dass ich Axel nicht mehr persönlich geprochen habe. Aber ich hielt es für das Beste." Hört sich an wie in einem Blödmannsfilm. „Ich

474

hielt es für das Beste!" „Na ja, er ist schon ganz schön gebügelt. Wie kommt es denn, dass du so schnell die Leinen losgemacht hast?" „Ich bin in seinem Haus auf seine Frau getroffen." Kaii stößt einen leisen Pfiff aus. „Und, wer hat das blaue Auge: Sie oder du?" Ich erzähle ihm grob, was vorgefallen ist. Und dass ich bereits vorher den Plan hatte, (aus seinem Leben) abzuhauen und damit Axel vielleicht mehr Gelegenheit zu geben, seine Ehe in Ordnung zu bringen. „Ist ja irgendwie `ne geile Story." Ja irgendwie schon. Wenn man nicht selbst drinsteckt. „Wie geht es Axel denn? Ist er böse auf mich? Hast du ihn gesehen?" „Wir haben uns in Berlin getroffen. Habe ja vor, mir da eine Zweitwohnsitz zuzulegen." Klar, wieso nicht! „Ist schon arg geknickt, der Gute. Aber er versteht dich. Ich glaub allerdings nicht, dass du nur "eine Phase" bist." Ach, was weiß er schon? Was wissen Männer schon?

Und Frauen? Genau. Wir plaudern noch ein wenig. Wir finden keine endgültigen Antworten. Kaii lädt mich zur Premiere des Tucholsky-Abends in Berlin ein. Und dann legen wir auf.

To make a long story short...

Die Zeit bis zu Ninas und Florians Heirat vergeht schneller als ich „Fertig!" sagen kann. Und das könnte ich sagen, denn ich habe nicht nur meinen Roman beendet und überarbeitet und an Marlene Kaufmann gesendet, die ihn wiederum dem Lektorat übergeben hat, sondern bin auch VON Düsseldorf NACH Korschenbroich gezogen mit vagem Zweifel, ob dies die richtige Entscheidung, bzw. Richtung, war, aber: Nichts ist in Stein gemeißelt, gell? Wenn mir die ganzen Provinzschranzen auf den Sack gehen, entfleuche ich eben wieder. Schade halt, dass Cosimo nun grade erst VON Hamburg NACH Düsseldorf gezogen ist. Dennoch: ich freue mich wie Bolle, dass er da ist. Im Prinzip ist er nun der einzige Mann in meinem Leben, wenn auch platonisch. Da er auch solo ist, haben wir ein richtig nettes, pubertär-platonisches Verhältnis zueinander mit kleinen Flirteinsprengseln, die aber wirklich vollkommen harmlos sind.

Und "Fertig" bin ich auch mit meinem Doppelwhopper der aus zwei saftigen Axeln mit Hut, bzw. Knackarsch, und Herzschmerzsoße besteht, bzw. bestand. Ich habe Axel Wegner noch einen sehr sehr langen Brief geschrieben (ja, und auch abgeschickt) der mich ca. 8 Liter Tränenflüssigkeit, 10 Zigaretten und anderthalb Flaschen Rotwein gekostet hat. Der Inhalt bestand grob gesagt aus: „Geh zurück zu deinem Weib und lott misch in Ruh!" Wobei klar ist, dass es ein wenig prosaischer formuliert war und ich selbstverständlich NICHT mit einer Seite ausgekommen bin. Jedenfalls habe ich ihm strengstens untersagt, okay, ihn inständig gebeten, mich nicht mehr zu kontaktieren, sondern seine Beziehung zu ordnen. Er wird schon wissen, wie er das anzustellen hat. Ob ich ihn vermisse? Och nööö. JA! VERDAMMT! Mit Axel Rosen habe ich ein langes Gespräch geführt. Mit Tränen auf beiden Seiten. Ich habe versucht, ihm klarzumachen, dass a) diese Situation immer noch neu für mich ist, mich sehr überrascht, überfordert, (2 Männer, die verliebt in einen sind... also, so oft ist mir das nicht untergekommen. Eigentlich noch nie. Doch, halt, damals, in einem meiner ersten Leben, zur Zeit Ludwigs des XV. als ich als Hofdame ich Versailles...okay, das führte jetzt zu weit) und b) ich lieber mit niemandem eine Beziehung führen möchte, so lange dieses Gefühlsknäuel in mir nicht entheddert ist. Ob dies jemals passiert und ob es dann noch jemanden interessiert, ist außerdem die Frage. Es kann jederzeit geschehen, dass ich absolut keine Rolle mehr in beider Axels` Gefühlswelt spiele. Auch das ist mir sonnenklar. Überhaupt bin ich total abgeklärt, nüchtern, strukturiert. Ich hab eine Kehrtwendung von 180° gemacht. Ha. Ha. Axel Rosen war sehr geknickt. Sehr verständig. Sehr traurig. Und sah sehr dünn aus. Nur mal zur Info: Ilsas Zustand ist derzeit ähnlich. Ob ich Axel Rosen vermisse? Och, nööö. JA! VERDAMMT! Ich möchte so gerne zu ihm eilen, ihn küssen und sagen: „Lass uns alles vergessen und alles auf Neu stellen und glücklich für immer sein und Kinder haben"... und und und. Aber das kann ich (noch?) nicht. Wenn dann 100% oder gar nicht. Denn nichts anderes hat er verdient. Und "Fertig!" bin ich auch mit dem Hyäne. Aber im positiven Sinne. Ich arbeite wieder halbtags angestellt und ansonsten als feste Freie mit der Option, das in den nächsten 12 Monaten in ein komplettes festes Arbeitsverhältnis zu verändern. Aber was weiß denn ich, was die nächsten 12 Monate bringen? Außer vielleicht dem Apfelstein´schen Baby, für das mir bereits die Patenschaft angedient wurde.

Jedenfalls habe ich jetzt eine Kolumne (yeah!!!) in der *Ovation*, und: Achtung, im *BBQBoy*. Mittelweg meinte, so eine weibliche Sicht auf die Dinge des Fleisches und überhaupt wäre mal ganz erfrischend. Er muss es ja wissen. Ich gehe selten aus. Auf gar keinen Fall will ich flirten oder gar mehr. Mir hat das alles vorläufig gereicht. Selbst wenn diese Geschichte auch viele komische Aspekte hatte. Den Umzug habe ich übrigens von einer Spedition erledigen lasen. Nur die Kartons habe ich selbst gepackt. Mit Verena. Die gerade in einer Ehekrise steckt. Deren Mann eine Affaire hat. Wenn ich genug Zeit habe, haue ich ihm dafür eine rein. Ach nee, dafür bin ich die falsche Person!

Vielleicht sollten Verena und ich heiraten. Ich finde sie klasse und wenn ich ein Mann wäre, also dann, wie gesagt, sofort! Aber so, im richtigen Leben... bin ich halt doch hetero. Verena ist auch etwas dünn geworden, trägt die Situation aber mit Fassung. Hut ab! Frau Peters und Frau Ulbrich sind wohlbehalten in ihren jeweilen Wohnungen angekommen. Und Fred Arschloch hat mich GANZ DOLL LIEB. Ja, das hat er. Schnucki hatte mir auch ihre Hilfe beim Umzug angeboten aber im Ernst, Hochzeit planen, eigenen Umzug planen und durchführen, das sollte genug sein. Beatrice Hastenrath habe ich auch nochmal getroffen. Schon des Öfteren. Beim EDEKA und ALDI und beim Metzger. Sie macht nun eine Ausbildung als Hausverwalterin, ist mit Melissa in eine Dreizimmerwohnung gezogen und angeblich sehr enttäuscht, dass Axel und ich nicht bald in Weiß heiraten wollen. Axel verzichtet auf eine Annulierung der Ehe. Die Scheidung ist bald durch. Und O-Ton Beatrice: „Irgendwann kommt zusammen, was zusammengehört." Na ja, wenn SIE das sagt!

Nur keine Romantik!

Und nun ist Tag X gekommen: Schnucki geht heiraten, ohne Plüsch und Pomp und Kitsch und Romantik und weiße Tauben, die einem auf den Festtagsstaat scheißen, ohne Pferdekutsche und Holzstamm durchsägen (ist eh grauenhaft!) und überhaupt ohne den ganzen Klabauter, der Hochzeiten sonst so umgibt.

Dafür sieht das Brautpaar extremst happy aus, meine Freundin wie eine Granate in einem tief dekolletierten (sie kann sich das leisten), schwarzen Kleid aus feinem Strick mit Chiffoneinsätzen und Feenärmeln, dazu schicke Wildlederstiefel. Immerhin ist Winter. Oder doch Spätherbst. Nina hat das Haar hochgesteckt, dicke Klunker an den Ohren und ein strahlendes Lächeln auf den Lippen. Der Bräutigam kommt im dunkelblauen Anzug mit dunkler Krawatte und dunklem Hemd. Sieht schlicht und schick aus. Auch er lächelt, aber eher verhalten. Ist etwas nervös, dä Jung. Die Zeremonie, wenn man bei einer standesamtlichen Hochzeit überhaupt davon reden kann, ist ebenfalls schlicht, aber doch ein wenig anrührend. Unter den Anwesenden befindet sich auch Axel Rosen. Dunkle Jeans, dunkelblaues Sakko, weißes Hemd, dunkelblaue Krawatte. Er sieht gut aus. Sehr gut. Egal, woanders hinkucken! Ich bin eh superupjerescht, so als Trauzeugin, beste Freundin. In mir Freude, Wehmut, Nervosität – ich komme mir fast vor wie die Brautmutter! Nach der Trauung gibt es Sekt vor dem Standesamt (von der Trauzeugin organisiert) und ein Ständchen von Schnuckis und Flos Lieblingscoverband, die ich als Pressetussi dazu überreden konnte, hier aufzuspielen, es gibt dann auch einen Artikel in der lokalen Presse (da habe ich noch alte Kontakte, ich bin ja SO eine coole Sau! Hö, hö), als auch im Mittelwegverlag. Später geht es dann zu Schnuckis Eltern, wo es ein SüppCHEN, HäppCHEN und später noch Kaffee und Kuchen gibt. Gegen 20 Uhr trudeln dann alle, nach einer kleinen Pause, im *Anker* ein, wo es schöner ist, als der Name vermuten lässt. Es wird eine richtig gute Party mit tanzen, trinken, lachen und ein wenig weinen. Alles ist so, wie es sein soll. Und ich habe Nina noch nie so glücklich gesehen. Wunderbar! Als ich nach draußen gehe um zu rauchen (ja, ab und zu tue ich das immer noch), treffe ich auf Axel. „Ups, was machst du denn hier?" „Dasselbe wie du!" „Rauchen?" „Ja. Gibst du mir eine?" Lachend halte ich ihm das Päckchen hin, aus dem er sich bedient. Dann nimmt er mir das Feuerzeug aus der Hand und zündet erst meine, dann seine Zigarette an. Schweigend stehen wir da. Ich friere. „Ist schon merkwürdig, dass Nina jetzt unter der Haube ist. Ich hatte eigentlich gedacht, dass sie mal auf MEINER Hochzeit tanzen würde." „Das kann ja nun auch noch passieren." „Hmhggrr" knurre ich fast. An MEINE Hochzeit ist derzeit null zu denken. Macht aber auch nix. „Aber dann war sie doch die erste von uns beiden." „Das ist doch vollkommen egal. Selbst wenn du erst mit achtzig heiratest. Das ist doch kein Wettrennen, oder?" „Selbst, wenn", stoße ich den Rauch aus „dann hätte ich jetzt eh schon verloren." Axel wirft seine Kippe in einen Gully. „Ich geh jetzt." „Wie, jetzt schon?" „Es ist doch schon eins. Ich bin echt platt. Freue mich nur noch auf Weihnachten, da fahre ich in Urlaub, zum Skifahren." Ach. Mit Skihaserln? Aber was geht mich das an. Trotzdem! „Nein, Skihaserln sind nicht geplant, Ilsa." Scheiße! Kann mir das mal jemand abgewöhnen? „Ich bin im Moment wirklich nicht an Frauen interessiert. Mir reicht es vorläufig." Au weia, das bin ich auch schuld! Aber Bea auch! Aber ich eben auch. Aber er selber auch. „Das war kein Vorwurf, Kleines. Nur eine Aussage." Er zieht mich kurz an sich. Ein gutes Gefühl. So wie immer. „Und wenn ich wieder Interesse habe, dann nur an EINER Frau und das bist du und das wird sich nicht ändern. Und wenn du heiraten willst, dann hast du EINEN Antrag schon mal in der Tasche, nämlich meinen. Und der gilt von jetzt an bis wir beide im Altenstift in die Windeln kacken." Wow, wie romantisch! „Und im Heim dann nicht mehr?" Axel küsst mich. Und dann lässt er mich los. „Mach´s gut. Pass auf dich auf. Und denk an Oma Käthe und meinen Opa - die haben sich nicht gekriegt. Vielleicht machen wir es ja doch noch besser." Und dann ist er auch schon verschwunden.

Und lässt mich mit dieser verwirrenden und kitschigen (und ROMANTISCHEN) Situation bzw. den entsprechenden Gefühlen, allein zurück. Ich fingere erneut nach einer Zigarette.

Schnee

Am 22. Dezember lungere ich mal wieder am Flughafen herum und warte auf den Aufruf meines Fluges. Heute Abend ist die Premiere des

Tucholsky-Abends von Kaii und Axel und ich fliege nur dorthin, weil ich Kaii das Versprechen abgerungen habe, dass ich auf KEINEN Fall alleine mit Axel sein werde, es zu peinlichen oder gefühligen Momenten kommen könnte etc. pp. „Alles easy, Prinzessin! Danach gibt es eine kleine Premierenfeier, ganz intim im Adlon", (das ist ja echt intim), „wo ich ja auch mal meine Zelte aufbauen will. Da sind aber auch noch´n paar andere Leutchen, Berit auch, sie freut sich schon auf dich und Axel muss in der Nacht noch los. Ihr werdet euch also quasi gar nicht sehen." Ouh. Okay. Ist wohl auch besser so. Er feiert Weihnachten mit seiner Familie." Auch wenn es ein wenig piekst: Na also! „Zumindest mit seinen Kindern. Ich weiß es nicht so genau." Och Mensch, jetzt sag mir solche Sachen nicht! Mein Flug wird aufgerufen. An Bord lese ich das ZEIT Magazin und starre ansonsten aus dem Fenster. Weihnachten ist mir so wurscht. Ich kann in Berlin bleiben wenn ich will. Ich kann zu den Grünhagens fahren, wenn ich will. Ich kann zu Hause bleiben und schlafen. Und schreiben. Und essen. Und die Tendenz geht zu Letzerem Und dann zu Sylvester nach Hamburg. Oder mit Schnucki, Flo und ein paar anderen feiern. Oder zu Hause bleiben. Und schlafen. Und essen. Und schreiben.

In Berlin schneit es. Ich schultere meine Tasche, habe nur das Handgepäck, und stiefele direkt drauflos Richtung Ausgang. Kaii meinte, ich würde abgeholt. Ob Alfred denn auch da ist? Frage ich mich. Antwort: Nein!

Als ich durch die Tür des Ankunftsbereichs gehe, kommt ein Mann mit Hut auf mich zu. Er riecht nach Vetiver.